त्रिकोण में फँसी स्त्री

(तसलीमा नसरीन की आत्मकथा में धर्म, पितृसत्ता और राजनीति का दृष्टिकोण)

त्रिकोण में फँसी स्त्री

(तसलीमा नसरीन की आत्मकथा में धर्म, पितृसत्ता और राजनीति का दृष्टिकोण)

डॉ. पूजा तिवारी

प्रलेक प्रकाशन

प्रलेक प्रकाशन

PRALEKPRAKASHAN

(an Imprint of "PRALEK PUBLISHING HOUSE PVT. LTD.")

मुख्य कार्यालय : 702, जे-50, ग्लोबल सिटी, विरार (वेस्ट), मुम्बई, महाराष्ट्र-401303
दिल्ली एनसीआर ऑफ़िस पता : 03/सी, ज्ञान खण्ड-4 इंदिरापुरम गाजियाबाद, उ.प्र.-201014
E.mail : pralek.prakashan/gmail.com
Website : www.pralekprakashan.com
दूरभाष : +91 7021263557

त्रिकोण में फँसी स्त्री : डॉ. पूजा तिवारी
Trikan Main Fansi Stri : Dr. Pooja Tiwari

ISBN : 978-93-5869-26-17

प्रथम पेपरबैक संस्करण : 2025

मूल्य : 499/-

मुद्रक : रेप्रो इंडिया लिमिटेड
आवरण एवं पुस्तक सज्जा : प्रलेक स्टूडियो

(प्रलेक प्रकाशन का लोगो मिक्की पटेल की तूलिका से।)

हर उस स्त्री को समर्पित

जो

धर्म, पितृसत्ता या राज्य राजनीति

के कारण

निर्वासित है...

भूमिका

कार्ल मार्क्स ने कहा था, 'इतिहास खुद को दोहराता है पहले त्रासदी के रूप में और फिर प्रहसन के रूप में।' 20वीं सदी और 21वीं सदी का अब तक का बीता समय इस कथन पर शत-प्रतिशत खरा उतरता है। मुझे अगर कहना हो तो इन दोनों सदियों को कहूँगी 'बर्बरता और तमाशे से भरपूर सदी'। इन दोनों सदियों में तथाकथित विकास तो खूब हुआ पर इसके नाम पर बर्बरता और तमाशे भी खूब हुए। बीसवीं सदी में विश्वयुद्धों के माध्यम से शक्ति संतुलन का प्रयास, साम्यवाद का विघटन, शीत युद्ध, परमाणु युग की शुरुआत हुई तो वहीं 21वीं सदी द्वितीय विश्वयुद्ध के बाद के 'लॉन्ग पीस' को तोड़ती नजर आ रही है। इस सदी को संचार क्रांति, उपभोक्तावाद, आतंकवाद, असंख्य देशों के गृह युद्ध और राजनीतिक अस्थिरता, रूस-युक्रेन युद्ध, साम्प्रदायिक वैमनस्य, पारिस्थितिक संकट, वैश्विक मंदी और कोविड जैसी महामारी और अब आर्टिफिशियल इंटेलिजेंस के खतरों से जूझना पड़ रहा है। वर्ल्ड वाइड वेब ने दुनिया भर की सामाग्री जग को परोस तो दी उस सामाग्री को इक्कीसवीं सदी के लोग पचा नहीं पाए। सूचना का अतिरेक और दुरुपयोग बहुत अधिक हुआ। गलतफहमियाँ और गलत जानकारियों की बाढ़ ने लोगों की उचित-अनुचित की पहचान करने की क्षमता को पथभ्रष्ट करने में खूब भूमिका निभाई। विकास ने समाज में बनावटीपन ला दिया। ऐसे में क्या यह नहीं कहा जा सकता कि 'विकास एक त्रासदी' जैसा प्रतीत होने लगा है और इस त्रासदी ने हमारा ही माखौल उड़ाया है। हम अपने हाथों से ही अपना तमाशा कर रहे हैं। दुनिया का कोई देश इस त्रासदी और तमाशे से बचा नहीं है। यदि समाज को संचालित करने वाली सत्ताओं में गिने जाने वाले धर्म, पितृसत्ता और राजनीति को देखें तो धर्म 'ब्रेन वाश' का; पितृसत्ता 'राइट एंड ड्यूटी और जेंडर गैप' का; राजनीति 'पैरलल एकमोडेशन टू रॉन्ग' या 'पैरलल मीडियम ऑफ़ सपोर्ट टू रॉन्ग' का पर्याय बन गयी है।

बांग्लादेश भी इसी बर्बरता का शिकार हुआ और अकसर वहाँ भी बड़े तमाशे देखने को मिलते हैं। हाल ही में एक तमाशा और देखने को मिला जब सरकारी नौकरी मे कोटा सुधार की माँग एक व्यापक जन विद्रोह में बदल गया और 15 वर्ष से सत्ता में विद्यमान शेख हसीना को प्रधानमंत्री पद से इस्तीफा भी देना पड़ा बल्कि बांग्लदेश को छोड़कर भारत में शरण लेनी पड़ी और एक अंतरिम सरकार बनाई गई। यह व्यापक जनविद्रोह बांग्लादेश को कुण्ठित और दमित जनता में दमनकारी सत्ता के परिवर्तन की इच्छा का प्रतीक है। दरअसल बांग्लादेश की नीव ही धर्म, सम्प्रदाय और भाषा के ऐसे उबलते ज्वालामुखी पर पड़ी कि उसमें से समय-समय पर लावा निकलना तय ही था। इन्हीं लावों ने धर्म, पितृसत्ता और राजनीति के त्रिकोण में फँसी स्त्री को चेताने वाली एक विद्रोही तसलीमा नसरीन को जन्म दिया है। वे 'पक्षपातपूर्ण कुत्सित नियति की शिकार' स्त्री को 'उत्तेजित पुरुषांगों पर लहराती धर्म की ध्वजा' को उखाड़ फेंकने के लिए प्रेरित करते हुए समाज निर्धारित स्त्री शुचिता की 'चेस्टिटी बेल्ट' को उतार फेंकने का आह्वाहन करती हैं। वे 'थियोसेंट्रिक' के स्थान पर 'एन्थ्रोपोसेंट्रिक' समाज की स्थापना का स्वप्न देखती हैं।

तसलीमा धर्म, पितृसत्ता और राजनीति की इस तिकड़ी को समाज की एक फाँस के रूप में देखती है और इस फाँस को जल्द से जल्द निकाल फेंकने की चेतावनी देती हैं। वे एक असाधारण व्यक्तित्व वाली लेखिका हैं, जिनका लेखन समस्त विश्व के लिए न्याय के एक मजबूत स्तम्भ के रूप में खड़ा होकर उन तमाम सत्ताओं को ललकारता है, जिन्होंने समाज को चलाने का दावा किया था। चूँकि यह समय अस्तित्व की नहीं बल्कि वर्चस्व की लड़ाई का है। ऐसे में स्त्री का बढ़ता वर्चस्व हर एक सत्ता को अखरता है। तसलीमा के सन्दर्भ में भी यही हुआ। वर्चस्व की प्रतिस्पर्धा में उन्हें मिला-निर्वासन। ऐसा निर्वासन जो तीन दशकों से जारी है। एक लेखिका की ऐसी दुर्दशा के लिए कौन उत्तरदायी है?

वस्तुतः जब पुरुष की दृष्टि में स्त्री, 'मनुष्य' के स्तर से उतरकर 'उपभोग की वस्तु' के स्तर तक आ जाए, जब उसे हर रोज अपनी देह को बचाने के लिए जद्दोजहद करनी पड़े, वह घर में कैद कर दी जाए, उसकी अपनी कोई पहचान न हो, उसे लगातार एहसास-ए-कमतरी में जीना पड़े, स्त्री के लिए धर्म की बेड़ियों को दिन ब दिन और मजबूत किया जाता रहे, तो ऐसे में उसके समकक्ष खड़ी दूसरी स्त्री का दायित्व क्या है? वह स्त्री जो समाज के प्रति संवेदनशील है, जो अपनी आँखों पर पट्टी बाँधकर नहीं रह सकती, सिमटना और घुटना छोड़ चुकी है, जो लिखना जानती है, भुक्तभोगी है, निश्चित रूप से वह

अन्य स्त्रियों की दशा देखकर व्याकुल हो उठेगी और स्त्रियों की इस दशा के लिए जो भी ज़िम्मेदार हैं, वह उन सबकी निंदा करेगी और यह स्वाभाविक है कि वह उन सबसे प्रश्न करे, उनकी मान्यताओं को दरकिनार कर दे! 'तसलीमा नसरीन' ऐसी ही लेखिका हैं, जिन्होंने समाज की दकियानूसी विचारधाराओं को यथार्थ के धरातल पर खड़ा कर दिया। तसलीमा नसरीन का नाम विश्व की शीर्ष स्त्रीवादियों में शामिल किये जाने का एक कारण यह भी है कि वे अधिकतर स्त्रीवादियों के समझौतावादी दृष्टिकोण के स्थान पर स्त्रियों को वह सब कुछ शत-प्रतिशत प्राप्त करते हुए देखना चाहती हैं, जिस पर मनुष्य होने के नाते उनका अधिकार है। इसी अधिकार और सत्ता के लिए अपनी क़लम के माध्यम से आवाज़ उठाने वाली इस लेखिका की स्त्री-सम्बन्धी दृष्टि का वर्तमान परिदृश्य में आलोचनात्मक विश्लेषण करना आवश्यक हो जाता है।

किसी लेखक की रचनाओं को पढ़कर उसके मंतव्यों को तो समझा जा सकता है, किन्तु उन मंतव्यों के पीछे की पृष्ठभूमि को समझने के लिए, विशेषकर तसलीमा जैसी लेखिका बनने के पीछे के कारणों और विभिन्न व्यक्तित्वमूलक पक्षों, विभिन्न परिप्रेक्ष्यों को समझने के लिए, आत्मकथा से बेहतर माध्यम और कोई नहीं हो सकता। इस परिप्रेक्ष्य में तसलीमा की आत्मकथा का अध्ययन महत्वपूर्ण हो जाता है। कह सकते हैं कि तसलीमा जैसी लेखिका को समझना है तो हमें उनकी आत्मकथा को भी समझना होगा। आत्मकथा के पृष्ठ पर लिखे एक-एक शब्द के गूढ़ संकेतों, परिप्रेक्ष्यों को समझना होगा। तसलीमा की आत्मकथा केवल एक लेखिका के जीवन का ब्योरा मात्र नहीं हैं, बल्कि तत्कालीन समाज का चेहरा उजागर कर, पितृसत्तात्मक समाज की कलई भी खोलती है। समाज, राजनीति और व्यक्ति विशेषकर धर्म के प्रभाव का पर्दाफाश करती है। व्यक्ति, समाज और राष्ट्र के साथ-साथ स्त्री पर पड़ने वाले राजनीति के प्रभावों-दुष्प्रभावों को स्पष्ट करती है। किस तरह धर्म, पितृसत्ता और राजनीति की तिकड़ी के बीच स्त्री, पिसती जाती है,आत्मकथा में पर्याप्त उदाहरणों और साक्ष्यों के साथ प्रस्तुत करती हैं। अब तक प्रकाशित आत्मकथाओं में संभवतः सबसे विस्तृत आत्मकथा लेखन तसलीमा ने ही किया है। ऐसे में अनोखे विचारों के माध्यम से समाज की आलोचना का बीड़ा अकेले ही उठाने वाली, तसलीमा के धर्म, समाज और राजनीति के विरुद्ध प्रारंभ किये गए जिहाद की नब्ज़ को पकड़ना जरूरी हो जाता है इसमें उनकी आत्मकथा एक अहम भूमिका निभा सकती है।

'अ डिसओबिडिएंट वीमेन' यह वाक्य तसलीमा नसरीन की पहचान का

सूत्र वाक्य बन चुका है। इसे उनके प्रशंसक, विरोधी एवं स्वयं तसलीमा भी स्वीकार करती हैं। प्रश्न यह है कि तसलीमा 'नाफ़रमानादार जीव' क्यों बनी, उन्होंने समाज-नीति क्यों नहीं मानी? स्त्री सम्बन्धी चिंतन में जब भी तसलीमा नसरीन का नाम आता है, यह प्रश्न स्वाभाविक रूप से सामने आता है कि तसलीमा ने ऐसा क्या लिख दिया या ऐसा क्या कर दिया, जिससे दुनियाभर में उनके इतने विरोधी पैदा हो गए? किन कारणों ने एक लेखिका को समाज के प्रति इतना विद्रोही बना दिया? उन्हें अकेले ही पुरुष, समाज और राष्ट्र से लड़ने को विवश कर दिया? क्यों वह अपना सबकुछ छोड़कर स्त्री के पक्ष में खड़ी हो गई? क्यों पितृसत्ता और धर्म बार-बार उनके विचार के दायरे में कंटक बनते रहे और राजनीतिक खेमे के लिए वे आँख की किरकिरी बनी रहीं? इन्ही प्रश्नों का उत्तर तलाशने के उद्देश्य से यह पुस्तक लिखी गयी है।

धार्मिक कट्टरता की जमीन पर उगे सामाजिक मान्यताओं के बियाबान जंगल में अपने अस्तित्व की रोशनी खोज रही 'आधी आबादी' की ओर दुनिया का ध्यान खींचने वाली बंगाली लेखिका, तसलीमा नसरीन के विचार दिनों-दिन प्रासंगिक हो रहे हैं। अस्तित्व के लिए किए जा रहे उनके संघर्ष से भयभीत होकर उनको अपने देश से ही निर्वासित करने वालों ने एक तरह से तसलीमा के विचारों को मान्यता देने का ही काम किया। क्योंकि जिस धार्मिक प्रतिक्रियावादी समाज ने उनपर हिंसक कार्यवाहियाँ कीं और सवाल पूछने वाले को ही मानसिक यातना दी, उसने एक तरह से यह भी साबित कर दिया कि उसके पास तसलीमा के प्रश्नों का कोई उत्तर नहीं है और वह सवालों का जवाब न देकर खुद को बचाने के हिंसक तरीके भी अख्तियार कर सकता है। तसलीमा के लेखन को लेकर प्रगतिशील समाज ने सकारात्मक प्रतिक्रिया दी। दुनिया की दकियानूसी पितृसत्तात्मक और सड़ी-गली सामाजिक मान्यताओं और रीतियों से छुटकारा पाने की इच्छा रखने वालों ने तसलीमा का भरपूर साथ दिया। नतीजा, विश्व के तमाम देशों में उनके प्रशंसकों की संख्या में लगातार इजाफ़ा हो रहा है। तसलीमा के लेखन में समाज के लिए वैचारिक ताज़गी के तमाम ऐसे मुद्दे हैं, जिसे कुछ तथाकथित धार्मिक लंबरदारों और नेताओं ने पूरी तरह प्रतिबंधित कर रखा है। उनके लेखन में स्थानीय, विशेषकर एशियाई मुस्लिम समाज की स्त्रियों की दुर्दशा को सामने लाने और उनके पीछे के कारणों की पड़ताल करने का प्रयास किया गया है। उनके लेखन के केंद्र में विभिन्न धर्मों की की गई उल-जलूल व्याख्याओं के आधार पर स्त्रियों के लिए सीमित किए गए सामाजिक दायरों का वर्णन है। इन्हीं दायरों को तोड़ने के दौरान तसलीमा को मिले अनुभवों ने

आत्मकथा का रूप लेकर उनकी लेखनी को और प्रभावी बनाया है। तसलीमा ने स्त्री-विरोधी समाज से संवाद करने के लिए अपना लेखन शुरू किया। अपने सवालों का जवाब न पाकर वह और भी विद्रोही तेवर के साथ लेखन में जुटी हैं। फिलहाल तसलीमा के लेखन में स्त्री-मुक्ति के तमाम ऐसे सवाल भी शामिल हो चुके हैं, जिन्हें भौगोलिक सीमाओं, सांस्कृतिक मर्यादाओं और भाषाओं के जाल में उलझा कर खत्म कर दिया जाता है। तसलीमा उलझ कर खत्म हो जाती हैं या फिर कोई मार्ग तलाश पाती हैं यह समझना भी आवश्यक है।

तसलीमा नसरीन की रचनाओं का 'लज्जा' पुस्तक आने के बाद से ही विभिन्न भाषाओं के साथ-साथ हिंदी में भी अनुवाद किया गया। विश्व के विभिन्न देशों में तसलीमा पर काफी शोध कार्य किये जा चुके हैं और कई आलोचनात्मक पुस्तकें प्रकाशित हो चुकी हैं। अब प्रश्न यह उठता है कि इतना सब कुछ लिखे जाने के बाद तसलीमा के संदर्भ में लिखी गई प्रस्तुत पुस्तक की उपादेयता क्या है? इसके सम्बन्ध में यह कहूँगी कि एक तो तसलीमा को एक अनूदित लेखिका से इतर, समझने का प्रयास हिंदी में बहुत ही कम लोगों ने किया है और स्त्रीवादी अध्ययन की बात करने वाले भयवश या असहमतिवश तसलीमा के विचारों को उद्धृत करने से बचते रहे हैं। दूसरा, यह पुस्तक तुलनात्मक दृष्टि से नहीं बल्कि एक विरल लेखिका और स्त्रीवादी के रूप में तसलीमा के लेखन और उनके दृष्टिकोण का स्वतंत्र मूल्याँकन करती है। इसके अतिरिक्त तसलीमा पर अब तक लिखी गयी जितनी भी पुस्तकों को मैं पढ़ सकी हूँ लगभग सभी में उनके साथ हुई दुर्घटनाओं पर अफ़सोस तो जताया है, कविताओं की प्रशंसा भी की है; किन्तु उनके धर्म सम्बन्धी दृष्टिकोण पर खुलकर बात करने से सभी बचते रहे हैं। उनके धर्म के विरोध या धार्मिक कट्टरता को खत्म करने के सम्बन्ध में प्रस्तुत किये गए तर्कों और प्रमाणों का पुनर्परीक्षण या मूल्याँकन करने का प्रयास कम ही पुस्तकों में किया गया। प्रस्तुत पुस्तक तसलीमा के धर्म के विरोध में दिए गए तर्कों का पर्याप्त साक्ष्यों के आधार पर पुनर्परीक्षण करने का एक प्रयास है।

इसके अतिरिक्त अपने आप में एक स्कूल (निकाय) की भाँति काम करने वाली तसलीमा विश्व की ऐसी इकलौती लेखिका हैं, जिन्हें अपनी जन्मभूमि से लम्बे समय से निर्वासित रहना पड़ा है। उन परिस्थितियों और उस लेखन के स्वरूप को समझने का भी प्रयास किया गया है, जिसकी वजह से एक देश ने इस लेखिका को दर-दर भटकने और जीवन-भर अस्थायित्व और निष्कासन के दंश को झेलने पर बाध्य कर दिया। यहाँ तसलीमा के निष्कासन और प्रतिबंध

की राजनीतिक पृष्ठभूमि की पड़ताल भी की गयी है। इसमें न केवल एक लेखिका की लेखन-शैली का मनोविश्लेषणात्मक अध्ययन किया गया है, बल्कि सरकार और समाज की तत्कालीन परिस्थितिओं का भी मनोवैज्ञानिक अध्ययन किया गया है, जिसने एक लेखिका को 'विद्रोही लेखिका' बनाया और एक राष्ट्र को 'धर्मसापेक्ष राष्ट्र' और अतार्किक निर्णय लेने वाला राष्ट्र बना दिया।

तसलीमा और उनके विचार को पाँच प्रमुख बिन्दुओं के आधार पर समझने का प्रयास किया गया है। प्रथम है-रचनात्मक व्यक्तित्व। इस बिंदु के अंतर्गत तसलीमा के रचनात्मक जीवन के क्रमिक विकास को उनकी आत्मकथा के आधार पर देखने का प्रयास किया गया है। इसका उद्देश्य, तसलीमा के जीवन और लेखन का क्रमवार वर्णन करना है। इसके माध्यम से यह जाना जा सकेगा कि उन्होंने जीवन में किन परिस्थितियों और चुनौतियों के बीच से गुजरते हुए अपने लेखन को जारी रखा है, उनका महत्वपूर्ण लेखन क्या रहा है, उनके चिंतन के प्रमुख बिंदु या मुद्दे क्या रहे हैं और उनके लेखन के पथ-प्रदर्शक और प्रेरक तत्व क्या हैं? इसके साथ ही उनकी रचनाओं का परिचयात्मक विवरण भी प्रस्तुत किया गया है। यह बिंदु तसलीमा के रचनात्मक व्यक्तित्व के क्रमिक विकास की कहानी है, जिसका उद्देश्य एक लेखिका के निर्माण के मनोवैज्ञानिक और सामाजिक पहलुओं को समझना है। इसमें तसलीमा के रचनात्मक व्यक्तित्व को दो अलग-अलग कालखंडों में विकसित होता हुआ देखा गया है-निर्वासन से पूर्व और निर्वासन के पश्चात। इसके साथ ही इस अध्याय में तसलीमा की रचनाओं का संक्षिप्त परिचय और उनके साहित्य की संवेदना को समझने का प्रयास किया गया है।

दूसरा बिंदु है-धर्म। तसलीमा के भोगे हुए यथार्थ की मूल भावना को समझने के लिए यह आवश्यक है कि सर्वप्रथम उन पदों के अर्थ और स्वरूप को समझा जाए, जिसे तसलीमा ने कई बार स्त्री के विकास में ही नहीं बल्कि समाज के विकास में कंटक पाया है। उनमें से एक पद है 'धर्म'। इस बिंदु के अंतर्गत सर्वप्रथम 'धर्म' शब्द, उसके स्वरूप और तत्संबंधी अवधारणाओं पर व्यापक चर्चा की गयी है और तत्पश्चात् इस सम्बन्ध में तसलीमा के मत का आलोचनात्मक विवेचन किया गया है। 'धर्म' एक ऐसा मसला है, जिस पर एकमत होना बहुत ही कठिन है। इसका कारण, विश्व में असंख्य धर्मों का अस्तित्व और उन धर्मों की असंख्य व्याख्याएँ एवं तत्संबंधी मान्यताएँ हैं। एक तरफ 'धर्म' मनुष्य को निर्देशित करता है और अलौकिक से संपर्क साधने का माध्यम बनता है, वहीं दूसरी ओर उसकी कई नकारात्मक भूमिका भी दिखाई

देती है। धर्म की इस नकारात्मक भूमिका पर बोलने का साहस बहुत ही कम लोग कर पायें हैं। तसलीमा नसरीन उनमें से एक हैं। साथ ही उनका आत्मकथेतर साहित्य भी धर्म पर खुलकर प्रहार करता चलता है तो आत्मकथा उन कारणों और उन परिस्थितियों का ब्योरा देती है, जिसके कारण तसलीमा ने धर्म के विरुद्ध कलम चलाई। लेखिका के धर्म सम्बन्धी दृष्टिकोण को समझने का प्रयास किया गया है, जो डंके की चोट पर यह घोषणा करती है कि 'धर्म का समूल नाश कर दिया जाना चाहिए'। 'धर्म को मानने का अधिकार है, तो धर्म की आलोचना का अधिकार भी होना चाहिए' इस सूत्र वाक्य के द्वारा तसलीमा ने धर्म का विकल्प खोजने का मार्ग ही तो ढूँढना चाहा है। ऐसे में लहराती तलवारों और सड़कों पर उतरे लोगों के तमतमाते चेहरों को देखकर भी तसलीमा स्वयं के भय को दरकिनार कर किस तरह 'धर्म' को 'भय' के रूप में प्रतिस्थापित कर उससे मुक्ति के अपने संकल्प पर डटी रह सकीं, यह उन परिस्थितियों से गुजरने के साथ-साथ तसलीमा के द्वारा धर्म की आलोचना में प्रस्तुत तर्कों का भी तमाम प्रमाणों के आधार पर पुनर्मूल्याँकन करता है।

तीसरा बिंदु है-' पितृसत्ता'। तसलीमा इस पद को स्त्री-अधिकारों और सामाजिक समानता के दायरों को सीमित करने वाले पद के रूप में देखती हैं और इसके लिए वे किसी आन्दोलन का हिस्सा नहीं बनतीं बल्कि अपने जीवन और लेखन के माध्यम से इसका पुरजोर विरोध करती हैं। जिस समाज में स्त्री को देवी के समान पूजा जा रहा हो और दूसरी तरफ उसी स्त्री को पितृसत्ता के नाम पर घर की चाहरदीवारी में बंद कर हवश का शिकार बनाया जा रहा हो, उस समाज में तसलीमा जैसी लेखिका, अपने लेखकीय और मानवीय दायित्व के तले अपनी कलम को स्वयं के मन में उठ रही भावनाओं की अभिव्यक्ति के लिए और उन शोषित होती स्त्रियों की आवाज़ के रूप में अवश्य ही माध्यम बनाएगीं। तसलीमा ने आत्मकथा के माध्यम से समाज में शोषित और प्रताड़ित हो रही स्त्रियों के दर्द को तो अभिव्यक्त किया ही किन्तु उससे कहीं ज्यादा समाज से चुनौती लेने के लिए स्त्रियों को प्रोत्साहित करने का काम किया है। यहाँ उद्देश्य यह देखना है कि तसलीमा ने आत्मकथा में किस प्रकार स्त्रियों की पीड़ा को उकेरा है। एक स्त्री के रूप में उनका जीवन कहाँ तक पितृसत्ता के दबावों को झेलता रहा है और वे किस तरह इन दबावों से बाहर आईं। स्त्री-जीवन की विसंगतियों के कौन से कारकों को उत्तरदायी पाया है और उन कारकों से निपटने के लिए किस प्रकार स्त्री जाति का आह्वाहन किया है? पितृसत्ता और धर्म ऐसे दो तत्व हैं, जो तसलीमा की हर रचना में किसी न किसी रूप में दिखाई

देते हैं। इन दो कारकों की स्त्री-जीवन में भूमिका का किस दृष्टि से तसलीमा ने मूल्याँकन किया है, यह देखना भी उद्देश्य है। चूँकि तसलीमा के लेखन के केंद्र में 'स्त्री' है, इसलिए स्त्री-सम्बन्धी उनका चिंतन 'स्त्री-विमर्श' को किस आयाम तक पहुँचाता है या क्या दिशा तय करता है, यह भी स्पष्ट करने का प्रयास किया गया है। तसलीमा नसरीन की आत्मकथा में पितृसत्ता के स्वरूप और तत्सम्बन्धी उनके दृष्टिकोण को समझने से पहले यह जान लेना आवश्यक है कि 'पितृसत्ता' को लेकर साहित्य में किस प्रकार की बहस रही है; उससे सम्बन्धित कौन-कौन से मत स्थापित किये गए हैं; पितृसत्ता को लेकर की गयी इन बहसों का क्या निष्कर्ष निकला और स्त्री-जीवन में इस बहस का क्या मूल्य रहा इत्यादि। पितृसत्ता और उसके उद्‌भव के साथ-साथ उससे सम्बंधित विषयों जैसे स्त्री-मुक्ति आन्दोलन एवं स्त्री-विमर्श की भी चर्चा है। यहाँ धर्म और पितृसत्ता के गठजोड़ से प्रभावित स्त्री-जीवन का अध्ययन तसलीमा की दृष्टि से करने का प्रयास किया गया है।

चतुर्थ बिंदु है 'राजनीति'। यहाँ राजनीति से तात्पर्य राज्य की नीति से तो है इसके साथ ही धर्म और पितृसत्ता को हथियार बना स्त्री के विरुद्ध तैयार किये जाने वाले परिवेश से भी है। यहाँ सर्वप्रथम उस बंगाल के राजनीतिक और सांस्कृतिक इतिहास को देखा गया है, जो कभी अपनी सामासिक संस्कृति के कारण 'गंगारिदई' के नाम से प्रसिद्ध था। वही बंगाल धीरे-धीरे विभाजित होता गया और इस विभाजन का कारण साम्प्रदायिक रहा। बंगाल 'पश्चिम बंगाल' और 'पूर्वी बंगाल' में विभाजित होने के साथ अल्पसंख्यक हिन्दुओं और बहुसंख्यक मुस्लिमों के आधार पर 'पूर्वी पाकिस्तान' और बाद में 'बांग्लादेश' के रूप में स्थापित हुआ। इस पृष्ठभूमि को देखने का कारण यह है कि इससे यह समझ आता है कि बांग्लादेश की नींव ही भाषाई धर्म के आधार पर पड़ी है। यही कारण है कि समय-समय पर उस देश की नीतियों और सरकार के कार्यों में भी यह दिखाई देने लगता है। यहाँ बांग्लादेश के राजनीतिक इतिहास की पृष्ठभूमि के साथ वर्तमान राजनीतिक विचारधाराओं को देखने का प्रयास किया गया है। इसका उद्देश्य तसलीमा के संदर्भ में निर्मित किये गए राजनीतिक कुचक्र को समझना है। एक लेखिका जो लेखिका होने से पहले एक स्त्री है किस प्रकार देश और समाज की राजनीति का शिकार हुई और किस प्रकार इस राजनीति ने लेखिका के जीवन की दिशा को ही मोड़ दिया, यहाँ देखा जा सकता है। राजनीतिक चालों में धर्म को एक माध्यम बनाया जाना कोई नई बात नहीं है। यहाँ धर्म और राजनीति के इस अंतर्संबंध को तसलीमा की आत्मकथा के आधार

पर समझने का प्रयास किया गया है। एक लेखिका को उसके लेखन के कारण किस प्रकार की राजनीतिक पाबंदियों से गुजरना पड़ सकता है, इसका सर्वोत्तम उदाहरण हैं, तसलीमा नसरीन। एक धर्म निरपेक्ष राज्य से इस्लामिक राष्ट्र के उदय की पृष्ठभूमि के बीच कलम को हथियार बनाने वाली लेखिका को राजनीतिक उद्देश्यों की पूर्ति के लिए किस प्रकार तरह-तरह के तिकड़मों के माध्यम से अपने दायित्व से विमुख करने का प्रयास किया जाता है, इसका प्रस्तुतीकरण किया गया है। 'निर्वासन', 'ब्लासफेमी', 'प्रतिबंध', 'अश्लीलता का आरोप', 'अनावश्यक प्रतिरोध' आदि राजनीति नहीं तो और क्या है? इस राजनीति का आधार धर्म की जड़ों से जुड़ा हुआ है। इन्ही बिन्दुओं के आधार पर तसलीमा के जीवन और साहित्य में राजनीति के प्रवेश से उनके लेखन पर पड़े प्रभाव और अभिव्यक्ति की स्वतंत्रता के हनन के लिए रचे गए चक्रव्यूह का एक-एक कर उद्घाटन किया गया है और उसके पीछे की मनोवृत्ति को उजागर किया गया है। यहाँ निर्वासन की पीड़ा, प्रतिबंध की राजनीति और अश्लीलता के आरोप के बीच घिरे तसलीमा के साहित्य का मूल्याँकन किया गया है। यह स्पष्ट करने का प्रयास किया गया है कि राजनीति की शिकार एक स्त्री के लिये क्यों कोई देश अपना नहीं रह जाता। तसलीमा के सम्बन्ध में की गयी राजनीति-जैसे प्रतिबन्ध और निर्वासन की राजनीति और निर्वासित लेखिका की पीड़ा, ब्लासफेमी का षड्यंत्र, उपेक्षा की राजनीति-साहित्यिकता और असाहित्यिकता के बीच फँसा तसलीमा का लेखन-साहित्यिक प्रतिद्वंदिता की शिकार लेखिका के विरुद्ध की गयी राजनीति जैसे विविध पहलुओं को भी देखा गया है। 'राजनीति प्रेरित धर्म' और 'धर्म प्रेरित राजनीति' के क्या दुष्परिणाम हो सकते हैं, इसके सम्बन्ध में तसलीमा की दृष्टि को प्रमुखता से देखने का प्रयास किया गया है।

पाँचवा और अंतिम बिंदु है 'विकल्प की तलाश'। तसलीमा नसरीन आत्मकथा और आत्मकथेतर रचनाओं में कई बार धर्म, पितृसत्ता और राजनीति के द्वारा सीमित की गयी स्त्री के लिए उन विकल्पों की ओर संकेत करती हैं, जिससे उनकी मुक्ति सम्भव हो सकती है या उन्हें उनके सीमित दायरों से बाहर निकाला जा सकता है। यहाँ वे विकल्प के रूप में 'मानवतावाद' को स्थापित करती हैं। यह मानवतावाद है-धर्मनिरपेक्ष मानवतावाद, जिसके तत्व के रूप में सामने आते हैं-धर्म निरपेक्षता, मानवतावादी प्रेम, समाजवाद और लोकतान्त्रिक मूल्य, समानता और स्वतंत्रता आदि। इस अध्याय में मानवतावाद की सैद्धांतिकी के साथ-साथ इस सम्बन्ध में तसलीमा के मंतव्यों को उनकी आत्मकथा और

अन्य आत्मकथात्मक अभिव्यक्तियों के माध्यम से समझने का प्रयास किया गया है। यहाँ मानवतावाद के सम्बन्ध में तसलीमा के मत और विकल्प के रूप में उसकी स्थापना का मूल्याँकन है। मानवतावाद के विभिन्न रूपों और मानवतावादी मूल्यों को एक-एक कर प्रस्तुत किया गया है, जिसमें-धर्मनिरपेक्ष मानवतावाद से लेकर स्वतंत्रता, समानता, फेलोसेंट्रिक समाज के स्थान पर एन्थ्रोपोसेंट्रिक समाज की स्थापना, समाजवाद के रूप में बेहतर राजनीतिक व्यवस्था को विकल्प के रूप में प्रस्तुत किया जाना आदि का उल्लेख है। तसलीमा नसरीन आत्मकथा में स्त्री-जीवन के दायरे को सीमित करने वाले कारणों के वर्णन के साथ-साथ उनसे बाहर निकल आने के कई विकल्प भी बीच-बीच में प्रस्तुत करती हैं, जिन्हें समग्र रूप में 'मानवतावाद' कह सकते हैं। मानवतावाद के सैद्धांतिक पक्ष को देखने के साथ-साथ आत्मकथा में उन्होंने किस रूप में इसे स्थापित किया है, इसका भी मूल्याँकन है। मानवतावादी मूल्यों को विकल्प के रूप में स्थापित करने में तसलीमा की अन्य रचनाएँ आत्मकथा की पूरक जान पड़ती हैं।

तसलीमा ने अपने लेखन के माध्यम से समाज और सत्ता से संवाद करने का प्रयास किया है। लेकिन उनके इस संवाद में कोई सम्मिलित नहीं होना चाहता है शायद भयवश या राजनीतिवश। आशा यही करती हूँ कि है जो संवाद तसलीमा समाज और सत्ता के साथ करना चाहती हैं, उस संवाद को इस पुस्तक के माध्यम से पुनर्स्थापित किया जा सकेगा।

आभार

इस पुस्तक के लिए उन सभी को धन्यवाद ज्ञापित करना चाहूँगी, जिन्होंने इस कार्य को सफलतापूर्वक पूर्ण करने में महत्वपूर्ण अवदान किया। हिंदी विभाग, हैदराबाद केन्द्रीय विश्वविद्यालय, तेलंगाना, जवाहरलाल नेहरू विश्वविद्यालय, नई दिल्ली के भारतीय भाषा केंद्र की प्रोफेसर गरिमा श्रीवास्तव, हिंदी विभाग, हैदराबाद केन्द्रीय विश्वविद्यालय, तेलंगाना के पूर्व विभागाध्यक्ष प्रो. सचिदानंद चतुर्वेदी, महात्मा गाँधी अंतर्राष्ट्रीय हिंदी विश्वविद्यालय, वर्धा के पत्रकारिता एवं जनसंचार विभाग के अध्यक्ष एवं प्रोफ़ेसर कृपाशंकर चौबे, परिजनों एवं जीवनसाथी संदीप आप सब के सहयोग और प्रोत्साहन को नहीं भुलाया जा सकता। साथ ही जितेन्द्र पात्रो जी को और प्रलेक प्रकाशन समूह को धन्यवाद देना चाहूँगी जिन्होंने बगैर किसी शिथिलता के पुस्तक को अल्प समय में प्रकाशित कर पाठकों के बीच पहुँचाया।

-डॉ. पूजा तिवारी

अनुक्रम

रचनात्मक व्यक्तित्व

(क) व्यक्तित्व का साहित्यिक और मनोविज्ञानिक पक्ष : अन्तःसम्बन्ध

साहित्य का उसके रचयिता के व्यक्तित्व से घनिष्ठ सम्बन्ध होता है। काव्यशास्त्र में साहित्य और असाहित्य में अंतर के कुछ भेदक लक्षणों का उल्लेख है इनमें 'स्थायित्व' और 'रागात्मकता' के साथ-साथ इसे रचनाकार के 'व्यक्तित्व का प्रतिफलन' भी माना गया है। साहित्य और रचनाकार के इस सम्बन्ध को समझने के लिए साहित्यकार के व्यक्तित्व को समझना आवश्यक है। इसके लिए सबसे पहले यह आवश्यक है कि 'व्यक्तित्व' के अर्थ को समझा जाय। 'व्यक्तित्व' अंग्रेजी के 'पर्सनालिटी' का हिंदी पर्याय है जो 'पर्सोना' शब्द से बना है, जिसे प्रारम्भ में 'नाटक में पहने जाने वाले मुखौटे' से जोड़कर देखा गया। वर्तमान में इसे 'किसी व्यक्ति की वेश-भूषा, बातचीत के ढंग' आदि से जोड़कर देखा जाता है।[1] मनोवैज्ञानिक शेल्डन ने शारीरिक बनावट के आधार पर मनुष्य के व्यक्तित्व को समझने का प्रयास किया और उसे तीन श्रेणियों- 'एंडोमार्फी, मेसोमार्फी, एक्टोमार्फी में विभक्त किया।[2] किन्तु साहित्यकार के सन्दर्भ में उसकी वेशभूषा और शारीरिक गठन का महत्व नगण्य होता है। अतः यह देखना आवश्यक है कि साहित्य के सन्दर्भ में व्यक्तित्व से क्या आशय है? इस सन्दर्भ में मनोविज्ञान हमारी सहायता करता है। 'हैण्डबुक ऑफ़ पर्सनालिटी : थियरी एण्ड रिसर्च'[3] में किया गया अध्ययन, यह साफ़ दिखाता है कि व्यक्तित्व के सन्दर्भ में विभिन्न मनोवैज्ञानिक भिन्न-भिन्न मत देते हैं और व्यक्तित्व मनोविज्ञान पर अल्पोर्ट, स्टैगनर, मुर्रे, कैटल आदि ने काफी काम किया। उनके व्यक्तित्व को लेकर किये गए अध्ययन और मत भिन्न-भिन्न हैं, जैसे-मैक्डूगल के अनुसार 'व्यक्तित्व व्यक्ति की समस्त मानसिक शक्तियों और प्रवृत्तियों की समन्वित इकाई है'[4], कैटल का मत है, 'विशेष परिस्थितियों में व्यक्ति विशेष के व्यवहार को व्यक्तित्व कहते हैं'[5], कार्न ने 'व्यक्ति की समस्त

वैज्ञानिक प्रक्रियाओं को' व्यक्तित्व के रूप में परिभाषित किया है।[6] बेरोन के अनुसार, "व्यक्तियों के अनूठे संवेगों, चिन्तनों तथा व्यवहारों के सापेक्ष रूप से स्थिर पैटर्न के रूप में व्यक्तित्व को सामान्यतः परिभाषित किया जाता है।"[7] इस सम्बन्ध में फ्रायड और युंग के मत महत्वपूर्ण हैं। फ्रायड ने व्यक्तित्व के सम्बन्ध में केवल प्रारंभिक पाँच वर्षों को ही महत्वपूर्ण माना और यह स्वीकार किया कि केवल पाँच वर्ष की आयु तक ही व्यक्तित्व का विकास हो सकता हैं, वहीं कैटल और इरिक्सन ने यह माना कि व्यक्तित्व आजीवन विकसित होता रहता है। युंग ने मनुष्य के व्यक्तित्व की दो श्रेणियाँ निर्धारित की- अन्तर्मुखी और बहिर्मुखी।[8] अमेरिकी मनोवैज्ञानिक गार्डेन विलियर्ड अल्पोर्ट के अनुसार, "व्यक्तित्व, एक व्यक्ति की उसकी विशिष्टताओं के अनुसार सामाजिक उद्दीपकों के प्रति की गई प्रतिक्रिया और वह गुण है, जो वह अपने वातावरण के सामाजिक लक्षणों से प्राप्त करता है।"[9] सभी मतों को सम्मिलित कर देखने पर व्यक्तित्व को प्रभावित करने वाले जो कारक प्राप्त होते हैं, वे अग्रलिखित हैं-जैविक कारक और पर्यावरण सम्बन्धी कारक। जैविक कारक में अनुवांशिकता, शारीरिक गठन, अन्तःस्त्रावी ग्रंथियाँ और शारीरिक रसायन आते हैं, तो पर्यावरण सम्बन्धी कारक में जलवायु, परिवार, समाज और संस्कृति सम्मिलित किये गए हैं।

उपरोक्त पाश्चात्य मतों के अतिरिक्त प्राच्य मत पर दृष्टि डालें तो गणपति चन्द्र गुप्त का मत प्राप्त होता है। उनके शब्दों में, "हमारे विचार में व्यक्तित्व के अंतर्गत व्यक्ति की सभी विशेषताओं एवं प्रवृत्तियों का समावेश करते हुए उसे चार पक्षों के अंतर्गत विभक्त किया जा सकता है -1. शारीरिक पक्ष, 2. बौद्धिक पक्ष 3. भावात्मक पक्ष 4.चारित्रिक एवं व्यावहारिक पक्ष। साहित्य का सम्बन्ध वैसे तो इन सभी पक्षों से न्यूनाधिक मात्रा में होता है, किन्तु बौद्धिक एवं भावात्मक पक्ष से विशेष रूप से होता है, क्योंकि साहित्य के माध्यम से व्यक्ति अपनी बौद्धिक वृत्तियों एवं भावात्मक प्रवृत्तियों-जीवन-दृष्टि, विचारधारा, भावनाओं आदि की अभिव्यक्ति करता है।"[10] वे साहित्यकार के निर्माण के तीन प्रमुख तत्वों को उत्तरदायी मानते हैं-वंश परम्परा, वातावरण और द्वंद्व। साहित्य के चार तत्व होते हैं-विचार, भाव, कल्पना और शैली। साहित्यकार का व्यक्तित्व इन चार तत्वों के अंतर्गत किसी न किसी रूप में विद्यमान रहता है।

उपरोक्त विवरण और परिभाषाओं से स्पष्ट है कि मुख्यतः परिवार और समाज ही एक व्यक्ति को बनाता है। उसका व्यक्तित्व तथा उसके विचार सभी आस-पास की परिस्थितियों से प्रभावित होकर ही आकार लेते हैं। हाँ! यह संभव है कि ये प्रभाव कभी सकारात्मक हो सकते हैं या नकारात्मक हो सकते हैं।

ऐसे ही, अपनी परिस्थितियों द्वारा गढ़ी गई लेखिका हैं, तसलीमा नसरीन। तसलीमा का रचनात्मक व्यक्तित्व-वंश, वातावरण और द्वंद का परिणाम कहा जा सकता है। तसलीमा के 'रचनात्मक व्यक्तित्व की यात्रा' को उनकी आत्मकथा के सात खण्डों के माध्यम से समझा जा सकता है, जो उनके जन्म सन् 1962 से लेकर 2010 तक उनके भारत आगमन तक का सम्पूर्ण ब्योरा देती है। आत्मकथा में तसलीमा के रचनात्मक व्यक्तित्व को क्रमशः परिपक्व होते हुए देखा जा सकता है।

(ख) रचनात्मक व्यक्तित्व : निर्वासन से पूर्व

(i) बचपन के दिन :

कठिन परिस्थिति में जन्म :

आत्मकथा के प्रथम भाग 'मेरे बचपन के दिन' में नन्ही बालिका के रूप में तसलीमा की दुर्बलता, उनके भय और उनमें पनपने वाले हजारों प्रश्नों की उथल-पुथल को देख सकते हैं। दरअसल तसलीमा के संघर्ष की कथा उनके जन्म के पूर्व से ही प्रारम्भ होकर अनवरत चलती है। जन्म के समय गर्भ में उलट जाने की वजह से उनके पैदा होने में माँ और बच्ची तसलीमा को बड़े ही कष्ट का सामना करना पड़ा। इस सम्बन्ध में वे लिखती हैं, "मैंने साँस की तकलीफ भोगते हुए और दिल की धड़कन बंद होने की नाजुक स्थिति में इस धरती पर जन्म लिया।"[11]

धर्मभीरु होने की संभावना :

इस्लामी कैलेण्डर (हिजरी संवत) के अनुसार इस्लाम में पवित्र माने जाने वाले 'बारह रबी-अल-अव्वल'[12] (ग्रेगेरियन कैलेंडर के अनुसार-दिनांक 25 अगस्त, 1962) के दिन बांग्लादेश के मयमनसिंह के एक मुस्लिम परिवार में तसलीमा का जन्म हुआ। यह दिन इस्लाम में एक पवित्र दिन माना जाता है, क्योंकि इस दिन इस्लाम के प्रवर्तक मुहम्मद साहब का भी जन्म हुआ था। इस दिन जन्म होने के कारण परिजनों ने यह मान लिया कि तसलीमा भी आगे चलकर मुहम्मद साहब की ही तरह धर्म-भीरू होंगी। इस सम्भावना को सच में बदलने के लिए उनके परिजनों विशेषकर उनकी माँ ईदुलआरा और मौसी फजली के दबावों का उन्हें बार-बार सामना करना पड़ा। नन्ही तसलीमा को परिवार के लोगों द्वारा समाज के साथ घुल-मिल जाने के लिए तैयार किया जाने लगा, कुरीतियों को कुरीतियाँ न मानते हुए उन्हें स्वीकार करने के लिए विवश किया जाने लगा।

प्रश्नों की दुनिया में गोता लगाती नन्हीं तसलीमा :

किन्तु तसलीमा पर जितना अधिक दबाव बनाया जाता, उतना ही उनमें प्रतिक्रिया करने की प्रवृत्ति भी पनपती जाती। प्रारंभिक दिनों में वे बांग्लादेश के मैमनसिंह, दापुनिया, धोबाउड़ा, नान्दाइल, मदारीनगर, बेगुनबाड़ी, हाँसपुकुर, अमलापाड़ा, फूलपुर चाहे जहाँ रहीं या चाहे जिस जगह से भी उनका सम्बन्ध रहा, वे हर बार स्वयं को प्रश्नों से घिरा पातीं। इस प्रश्न करने की प्रवृत्ति ने उन्हें प्रश्नों का उत्तर पाने के लिए भी प्रेरित किया और उन्हें जो भी उत्तर प्राप्त हुए, वे या तो उनके लिए संतोषजनक नहीं थे या उत्तरों के सत्य और भयावहता ने उनके अंतस को भीतर तक झकझोर दिया।

निषिद्ध और वर्जित कार्यों के प्रति उनके मन में असंख्य प्रश्नों का जन्म हो रहा था। मसलन– 'मनुष्य का चित्र क्यूँ ना बनाया जाय?', 'नमाज़ पढ़ने पर भी अल्लाह मनचाही चीज़ क्यों नहीं देते?', 'कुरान अरबी में ही क्यूँ पढ़ते हैं', 'बांग्ला में नहीं पढ़ सकते?', 'अल्लाह को क्या बांग्ला भाषा नहीं आती?', 'क्या कबीरा–ए–गुनाह[13] भी अल्लाह माफ़ कर देता है?', 'किसकी बात सच है विज्ञान की या कुरआन की?', 'स्त्रियाँ क्या सच नहीं बोलतीं?', 'क्या पुरुष की हड्डी से स्त्री की रचना हुई है?', 'बेटी को जायदाद में कम हिस्सा क्यूँ मिलेगा?', 'पुरुष ही चार विवाह क्यों करेगा?', 'पुरुष ही तीन तलाक क्यूँ बोलेगा स्त्री क्यों नहीं?', 'अल्लाह से प्रेम करना चाहिए, पर डरने से क्या प्रेम संभव है?' आदि।

भयभीत और डरपोक तसलीमा :

किसी भी प्रकार के अंधविश्वास में विश्वास न करने वाली तसलीमा बचपन में भूतों के नाम तक से डरा करती थीं। अपने लेखन में निडर और साहसी दिखाई देने वाली तसलीमा, बचपन में इतनी डरपोक भी हो सकती हैं, यह जानकर आश्चर्य होता है। यह डर उनके परिजनों के द्वारा ही पैदा किया गया था। कई प्रकार के भय उनके जीवन को घेरने लगे–अपमानित होने का भय, अँधेरे से भय, साँप से भय, रात से भय, एकांत से भय, पिता से भय आदि। उनके व्यक्तित्व को इस प्रकार के भय ने भीतर तक प्रभावित किया। भय के कारण उनका व्यक्तित्व निरंतर अंतर्मुखी होता जा रहा था। किसी को कुछ बता न पाने और विरोध न कर पाने की कुंठा के कारण निषिद्ध कार्य को करने में उनकी रुचि क्रमशः बढ़ती गयी।

प्रतिबंधों के बीच तसलीमा और अन्य लड़कियाँ :

तसलीमा के बचपन के दिन किसी भी मध्य वर्गीय परिवार की लड़की की तरह ही कभी गाँव तो कभी शहर, कभी नानी के घर तो कभी मामाओं के साथ, कभी मौसी के साथ, तो कभी कठोर हृदय वाले पिता के साथ, तो कभी नरम दिल वाली माँ के साथ व्यतीत हुए। उन दिनों अपने परिवार की आँखों में तसलीमा 'दो बड़े-बड़े चूहे' देखा करती थीं अर्थात् रोक-टोक करने वाली निगाहें, जो उन्हें कोई भी ऐसा काम करने से रोकती थीं, जो केवल लड़के ही कर सकते हैं-जैसे बाहर जाना, धान की बालियों के साथ खेलना, जंगल, तालाब की ओर जाना, दुकान जाना आदि सब कुछ मना था, क्योंकि वे एक लड़की थीं। 1971 के बांग्लादेशी मुक्तियुद्ध के दौरान जब तसलीमा को परिवार के साथ हाँसपुकुर में कुछ दिनों के लिए छिपकर रहना पड़ा, तब उन्होंने देखा, "उस मकान में मेरी हम-उम्र लडकियाँ साड़ी पहनती थीं। पता चला किसी-किसी की शादी भी हो गयी थी। भोर उठकर वे लोग हंस और मुर्गियों का दड़बा खोलती थीं, चूल्हे में फुंकनी फूँकती थीं, मसाला पीसती थीं, देकी कूटती थीं, सूप से चावल फटकती थीं। मैंने उनसे कहा, 'एक्का-दुक्का, कुतकुत खेलोगी?' यह सुनकर वे सब मुँह दबाकर हँसीं, मगर खेलने नहीं आईं। लड़के पेड़ों पर चढ़कर आम, कैथा तथा नारियल तोड़ते थे। उनकी तरह पेड़ों पर चढ़ने की मेरी भी इच्छा होती। वे कहते, 'पेड़ों पर लड़कियों के चढ़ने से पेड़ सूख जाते हैं।' वे लोग लुंगी का फेटा बांधकर कबड्डी खेलते। मैं भी खेलना चाहती तो वे कहते, 'लड़कियाँ कबड्डी नहीं खेलतीं।"[14] इस प्रकार की घटनाओं ने उनके मन में समाज की रूढ़ियों के प्रति विद्वेष और स्त्रियों के प्रति चिंता का भाव उत्पन्न करने का काम किया।

मुक्तियुद्ध के बीच तसलीमा :

तसलीमा ने बचपन में बांग्लादेश के मुक्तियुद्ध की भयावहता को अपनी आँखों से देखा था। 1971 के इस मुक्तियुद्ध के समय उनकी आयु 9 वर्ष थी। पाकिस्तान से आये सैनिक बांग्लादेश के एक-एक घर के लोगों को मौत के घाट उतार रहे थे, घर की प्रत्येक औरत का बलात्कार किया जा रहा था। लाखों लोग अपना घर छोड़कर खानाबदोश जैसा जीवन जीने को विवश कर दिए गए। वे स्वयं एक बार इस तरह की घटना की शिकार हुईं। पाकिस्तान से आये कुछ सैनिकों ने उनके घर पर भी हमला कर दिया। वे सब कुछ लूटने के साथ किसी नौजवान लड़की की तलाश कर रहे थे। ऐसे में उन्होंने उनपर भी एक बार नज़र

डाली, किन्तु वे बाल-बाल बच गयीं। उस समय उन्हें जो महसूस हुआ, उस सम्बन्ध में वे लिखती हैं, "...मेरी देह पर जैसे एक ठंडा साँप सरक रहा था।"[15] साथ-ही वे बताती हैं, "मुक्तियुद्ध के समय पाकिस्तान से आये सैनिकों के लिए 'स्त्रियाँ हवस का साधन थीं। किशोर हो या अधेड़, किसी को भी देखते ही उनका सख्त डंडा पतलून फाड़कर बाहर निकल आता था।"[16] उनके घर पर हमला कर उनके यहाँ के जेवर लूट लिए गए और उनके पिता को भी शारीरिक यातना दी गयी। यह सब उन्होंने अपनी आँखों से देखा था, जो नन्ही तसलीमा को भीतर तक झकझोर गया। इसी विचलित कर देने वाली परिस्थिति ने उनके भीतर एक ही कौम के लोगों में पनपते विद्वेष और धर्म के नाम पर एकजुटता का दावा किये जाने के प्रति आलोचनात्मक दृष्टि उत्पन्न की।

औरतों के प्रति संवेदना का जन्म :

बांग्लादेशी समाज में बालिका का क्या स्थान रहा है, यह तसलीमा बचपन से ही अपने आस-पास के वातावरण को देखकर समझ रहीं थीं। नानी का कराहती माँ से कहना- 'थोड़ा बर्दाश्त कर। औरत को बर्दाश्त करने की आदत होनी चाहिए'[17]; नाना का माँ से कहना 'औरतों को ज्यादा पढ़ने-लिखने की क्या ज़रुरत!'[18]; नाना का भाइयों के पैदा होने पर अज़ान लगाना किन्तु लड़की पैदा होने पर नहीं; नाना द्वारा माँ को गोरेपन की दवा देना ताकि वह अपने पति को किसी और के चंगुल में जाने से रोक सकें; माँ का बदसूरत होने के कारण अपराध-बोध, अपने को तुच्छ समझना; एक ही समय में माँ और बेटी (नानी और माँ) का एक साथ गर्भवती होना; एक स्त्री होने के कारण माँ के सपने बिखरना; नानी का अकेलापन और निसंगतता; शराफ मामा और नवाज़ुद्दीन चाचा के द्वारा शारीरिक शोषण का प्रयास, जिसे उस समय तसलीमा समझ नहीं पायीं ("मैं इस नंगे होने वाले खेल का नाम नहीं जानती थी")[19]; माँ का जीवन जैसा था पाकिस्तान बनने के बाद भी वैसा ही रहा; घूमने-फिरने वाली लड़की फजली को घर में कैद कर केवल पति और ससुर की सेवा में लगा दिया जाना आदि घटनाओं ने उन्हें स्त्रियों के प्रति अधिक संवेदनशील बना दिया। तसलीमा ने अपने आसपास की स्त्रियों माँ, नानी, खाला, फूलबहारी, गेतू की माँ, मनी, रेनू, पीरबाड़ी की लडकियाँ- हुमैरा, मुनज्जबा, नसीमा, नाजिया, दिलरुबा, ममता, मुबश्शिरा, सहेलियों- गीता, चंदना, अमीना, सूफी, रेहाना, बकुली, शिप्रा आदि के जीवन में घट रही घटनाओं को बहुत नजदीक से देखा। वे यह तो समझतीं थीं कि उन स्त्रियों के साथ जो कुछ भी किया जा रहा है वह गलत है, किन्तु उसके पीछे छिपे कारणों को समझ पाने की क्षमता ने उस समय जन्म

नहीं लिया था। उन्होंने पितृसत्ता को अपने पिता, मामा, भाइयों और नाना के रूप में पहले ही देख लिया था। लेकिन इसे ही 'पितृसत्ता' कहते हैं, इसका ज्ञान उन्हें तब तक नहीं हुआ था।

कल्पना में रंग भरती तसलीमा :

तसलीमा बचपन से ही अत्यंत चिंतनशील रहीं हैं। कल्पना-जगत में अकसर ही उड़ान भरते हुए वह तरह-तरह के चित्र बनाया करतीं। वे लिखती हैं, "मेरे दिमाग में तस्वीर बसी रहती थी, शब्दों के बारे में मैं कभी सोचती ही नहीं थी। दरअसल मैं तस्वीर पढ़ती थी, शब्द नहीं। अक्षर आंकने से पहले मैंने पेड़, फूल, नदी, नाव को ही आंका था।"[20] रंगों से विशेष प्रेम रखने वाली नन्ही तसलीमा विद्यालय में खाने की रंगीन थाली मिलने पर प्रसन्नता में खाना ही भूल जातीं, उन्हें कविता के स्थान पर उसके चित्र ज्यादा याद रहते। रचनात्मकता के कुछ तत्व उनकी इस अभिरुचि में भी देखे जा सकते हैं।

कविता के प्रति प्रेम :

रंगों के साथ प्रेम के अतिरिक्त तसलीमा ने अपने मनोरंजन और दूसरों को चिढ़ाने के लिए छोटी-छोटी कविताएँ भी गढ़ना शुरू कर दिया। जैसे-

"कुट्टी,कुट्टी,कुट्टी
कल जाऊँगी बाड़ी
परसों जाऊँगी घर
क्या करेगी कर।" [21]

बड़े भाई नोमान के द्वारा 'पल्लव' (पाता) पत्रिका का प्रकाशन और उस पत्रिका में 'रामधनु' (इन्द्रधनुष) नामक तसलीमा के नाम से प्रकाशित कविता ने, उनके भीतर भी लिखने के प्रति लालसा को जन्म दिया (हालाँकि यह कविता तसलीमा के बड़े भाई ने लिखी थी)। इस प्रसंग का उल्लेख वह कुछ इन शब्दों में करती हैं :-

"बड़े भैया ने कहा, "आगामी अंक में तेरे नाम से एक और कविता छापूँगा। मैं बहुत खुश होकर बोली, "तब तो मैं अपनी कविता खुद ही लिखूँगी। बड़े भैया फिक्क से हँसकर बोले," अरे जा, तू भला क्या कविता लिखेगी। यह सुनते ही मुझे विषाद ने ढँक लिया...मेरा मन कविता में लगा रहा। इसके बाद भैया की अनुपस्थिति में उनकी पढ़नेवाली मेज़ की दराज़ खोलकर उनकी कविताओं की कापी निकालकर बड़े ध्यान से कविताएँ पढ़ने लगी। काश,मैं भी ऐसा ही लिख पाती।"[22] इस अभिलाषा ने उन्हें कविता की ओर बढ़ने के लिए प्रेरित किया।

अन्तर्मुखी व्यक्तित्व :

शराफ मामा और रियाजुद्दीन चाचा के द्वारा शारीरिक शोषण किये जाने से तसलीमा अंतर्मुखी हो उठीं। उन्हें इस शोषण के बारे में कुछ जानकारी नहीं थी, किन्तु उन्हें आभास था कि यह गलत है। लेकिन इस गलत के विरुद्ध आवाज़ उठाने का उस समय उनमें साहस नहीं था। इसका कारण यह था कि वे इस घटना के लिए स्वयं को ही दोषी मानती थीं -'न जाने कौन से अदृश्य धागे तसलीमा के ओंठ सी देते थे!' इस घटना के बाद तसलीमा का स्वभाव दब्बू की तरह हो आया था। वे किसी के भी सामने आने में कतराने लगीं। उनके भीतर पुरुष को लेकर एक प्रकार का भय बैठ गया।

द्वंदात्मक परिवेश : धार्मिक अरुचि और तार्किक चिंतन का जन्म

माँ की धार्मिक रुचि ने तसलीमा के भीतर धर्म को लेकर अरुचि पैदा कर दी। नौमहल के पीर बाड़ी में अमिरुल्लाह नामक मुल्ला के ढकोसलों को देखकर वे धर्म के प्रति घृणा के भाव से भर उठीं। एक तरफ परम धार्मिक माँ थीं जो कहतीं, "बेटे, इस भौतिक जगत की लिखाई पढ़ाई में कुछ नहीं होने वाला। आखिरत का सहारा लो, नमाज़-रोजा करो। अपने बाप की तरह काफिर मत बनो। अल्लाह का नाम लो। वह बड़े दयालु हैं। वे ही तुम लोगों को माफ़ करेंगे। कायदा सिपारा पढ़ो। कुरआन शरीफ पढ़ो।"[23] दूसरी ओर पिता का विश्वास था 'छात्रानाम अध्ययनम तप:'। उनका कहना था, "अल्लाह को पुकारने से क्या अल्लाह तुझे खाना दे जायेंगे। अपने खाने-पीने का इंतजाम खुद ही करना पड़ता है। अब जा, पढ़ने बैठ। पढ़ाई छोड़ कर उठेगी तो मार-मार कर हड्डी तोड़ दूँगा।"[24] इस तरह के द्वंदात्मक परिवेश के बीच तसलीमा की परवरिश हो रही थी।

प्रारम्भ में उन्हें समझ नहीं आया कि कौन सही है और कौन गलत। लेकिन धीरे-धीरे उनके मन से भ्रम का यह पर्दा हटता जा रहा था। जैसे-जैसे वे विश्व के महान लेखकों की जीवनियाँ, रचनायें, विज्ञान आदि पढ़ती गयीं और धर्म के आडम्बरों को देखा, वैसे-वैसे उनको यह स्पष्ट होने लगा कि पिता की बातें ज्यादा तार्किक और प्रमाणिक हैं। बड़े मामा सिद्दीक की तर्कपूर्ण और वैज्ञानिक बातों और फजली खाला के धर्म आधारित विचारों की भिड़ंत के बीच वे तर्क आधारित निर्णय लेने लगी थीं। किताबों के बीच रहते हुए जब उन्होंने कुरान और हदीस पढ़ी तो उन्हें इस बात का ज्ञान हुआ, "जिस कुरआन को सम्मान के साथ चूमकर खोला और बंद किया जाता है, उस कुरआन में इतनी विषमता की बातें

लिखी हुई हैं, मुझे यकीन नहीं आता...मतलब अल्लाह भी स्त्रियों को समान दृष्टि से नहीं देखते। अल्लाह भी लगता हैं गेंतू के बाप की तरह हैं। गेंतू का बाप अपनी पत्नी को बेहद मारता था क्योंकि वह उसकी बात नहीं सुनती थी।"[25] उन्हें बार-बार धर्म की ओर खीचने में पीरबाड़ी के अमिरुल्लाह, फजली खाला और माँ लगी हुई थीं, जिसके कारण उनका मन भयभीत हो उठता, "मेरे मन में भी कयामत का डर घुस गया था। तब पिता जी की जो इच्छा है कि मैं पढ़ लिखकर बड़ी होऊं, उसका क्या होगा?"[26] तो दूसरी ओर पिता, बड़े मामा और उनकी किताबें उन्हें तर्क का पाठ पढ़ा रहीं थीं -"अल्लाह ने जो कहा है, मैं महसूस कर रही थी, उनमें तर्क कम था। यह नया शब्द 'तर्क' मैंने सीख लिया था।"[27]

पुस्तकों से मार्गदर्शन प्राप्त करती तसलीमा : साहित्यिक रुचि का जन्म

इन दोनों पक्षों की खींचा-तनी के बीच पुस्तकें ही उनकी वास्तविक सहयोगी और पथप्रदर्शक बनीं। वे लिखती हैं, "किताबें पढ़कर मैंने अंग्रेजी गद्य-पद्य सीखा था, व्याकरण सीखा था, भूगोल-इतिहास सीखा था, गणित सीखा था। दुनिया ने हमें नीची-जात, ऊँची-जात, अमीरी-गरीबी आदि बातें सिखा दी थी।"[28] उनके आश्चर्य का ठिकाना ही नहीं रहता, जब वे देखती कि पीरबाड़ी में उनके ही उम्र की लड़कियाँ पढाई-लिखाई छोड़कर अल्लाह के रास्ते पर आ गयी हैं। इन लड़कियों को देख तसलीमा उनको मन ही मन स्कूल ले जाने के बारे में सोचने लगतीं, "जैसे कई बिल्लियाँ एक साथ दूध पी रही हों। मैं वह शब्द सुन रही थी और ऋषि मूषिक की तरह बैठकर उन्हें गिन रही थी- सात, छह, चार, तीन, दो, एक। लम्बी, नाटी, मंझोली, नाटी, नाटी, मंझोली। उन्हें मैंने मन ही मन स्कूल की एसेम्बली में खड़ा कर दिया- नाटी, नाटी, मंझोली, मंझोली, लम्बी। फिर उनसे गवाने लगी- "सात भाई चम्पा जागो रे, जागो रे!"[29]

साहित्य की ओर उनकी रुचि पैदा करने में तीन व्यक्तियों का विशेष योगदान रहा। बड़े भाई नोमान, मामा सिद्दीक और उनकी मित्र चंदना। नोमान ने उन्हें कविता और पत्रिकाओं से परिचित कराया। बड़े मामा सोवियत यूनियन के दूतावास के सांस्कृतिक केंद्र में 'उदयन' पत्रिका के संयुक्त सम्पादक थे। वे पत्रिका और अन्य किताबें 'अवकाश' (तसलीमा का घर) पर भेजा करते थे। उनमें 'उदयन' पत्रिका, 'बच्चों के लेनिन', 'द्वितीय विश्व युद्ध का इतिहास', 'साम्यवाद', 'क्या और क्यों', 'मैक्सिम गोर्की की माँ', 'मेरा बचपन', 'दुनिया की पाठशाला' आदि पुस्तकें सम्मिलित होती थीं। तसलीमा ने इन पुस्तकों से देश-दुनिया का ज्ञान अर्जित किया। वे लिखती हैं, "बड़े मामा की दी गयी

किताबों को उतनी छोटी उम्र में ही उलट-पुलट कर फिर पढ़कर देखने के बाद मुझे यह एहसास होने लगा कि यह दुनिया सिर्फ झाड़-फूँक की दुनिया नहीं है, इसके बाहर भी एक बहुत बड़ी दुनिया है, तर्क पर आधारित दुनिया।"[30]

नए ज्ञान की ओर तसलीमा बचपन से ही सदैव आकर्षित होती थीं। किसी अन्य बच्चे की तरह ही उन्हें भी यह संसार रहस्यमय लगता था। किसी चीज के बारे में मन में प्रश्न उठने पर जब तक उसका उत्तर नहीं प्राप्त कर लेती, तब तक चैन नहीं लेती और नया ज्ञान पाकर आश्चर्य से विभोर हो जातीं। वे लिखती हैं -

"माँ के छी:-छी: शब्द से सजग होकर मैं पूछती, "कम्युनिस्ट क्या होता है माँ?"

"और क्या होता है, अल्लाह खुदा को नहीं मानता।"

माँ उदास होकर कहती। पहली बार मैं चकित हुई थी, यानी कि इस दुनिया में ऐसे लोग भी थे जो अल्लाह खुदा को नहीं मानते थे।"[31]

(ii) किशोरावस्था में तसलीमा :

किशोरावस्था की ओर बढ़ती तसलीमा के भीतर उन्मुक्त होने की आकांक्षा बढ़ रही थी, "मेरी सीमा जितनी छोटी होती जा रही थी, बाँध तोड़ने की आकांक्षा मुझमें उतनी ही प्रबल होती जा रही थी। मैं अपने भीतर और बाहर के दोनों चेहरों को महसूस करने लगी थी। एक में उत्सुकता थी, दूसरा उदासीन था।"[32] इस तरह के द्वंदों और विरोधाभास से परिपूर्ण वातावरण में रहते हुए तसलीमा का अंतर्मन सबसे अलग हट कर सोचने लगा और यह चिंतन धीरे-धीरे कविताओं के रूप में बाहर आने लगा।

कविता लेखन :

तसलीमा जो भी सीखतीं उसे कविता में ढालने का प्रयास करतीं। चित्र और रंगों की दुनिया से आगे बढ़कर उन्होंने हाथ में कलम थाम ली और मन के असंख्य चित्रों को शब्दों का रूप दे डाला। अब खेल छोड़कर शब्दों से खेलना शुरू किया, इसमें सबसे ज्यादा सहयोग रहा बड़े मामा, बड़े भाई और माँ का। प्रारम्भ में खेल के लिए सबके साथ बैठकर मौखिक रूप में कविता गढ़ी गयी। काव्य-पाठ और कहानी-पाठ का आयोजन भी खेल-खेल में ही होता रहा। इसने कविता को लेकर भले ही कोई सैद्धांतिक समझ नहीं उत्पन्न की लेकिन इससे कविता के सम्बन्ध में रुचि और सामान्य समझ अवश्य ही विकसित हुई। उदाहरण के लिए-

"बड़े मामा-क्षुधा के राज्य में पृथ्वी गद्यमय है,
पूर्णिमा का चाँद जैसे झुलसी हुई रोटी।
तसलीमा -"मुझे तोड़ दो चाँद रोटी,कुछ खाऊँगी,
बाकी बस्तीवालों में बाँटूँगी।
माँ-"ताड़ का पेड़, खड़ा है एक पैर पर,
सब पेड़ों से ऊँचा होकर।
तसलीमा-"बरगद खड़ा है पाँच पैर पर,
सात हाथ आगे बढ़ाकर।"[33]

इसका परिणाम यह हुआ कि विद्यालय में पाठ्यपुस्तक की कविता के स्थान पर वे स्वयं की लिखी हुई कविताएँ सुनाया करतीं-

"ओ मधुमक्खी कहाँ जा रही नाच-नाच कर,
बहना जरा ठहरना मेरे कहने पर।"[34]

उन्हें मूल कविता को संशोधित करके कहने की आदत हो गयी -

"काना मामू काना मामू कहाँ जा रहे जरा एक बार रुकिये तो सही
किस्सा सुनने को आतुर हैं बच्चे, अब रुकने का समय नहीं।"[35]

किन्तु इस समय तक लेखन-कार्य में किसी गंभीरता का जन्म नहीं हुआ था। तसलीमा कभी किसी का मजाक उड़ाते हुए, तो कभी किसी से तुक मिलाते हुए 'छड़ा' रच रहीं थीं। 'छड़ा' एक बांग्ला शब्द है। यह बांग्ला लोकसाहित्य का महत्वपूर्ण अंग है, जो लोकजीवन में अत्यंत प्रचलित है। इस सम्बन्ध में हरिश्चंद्र मिश्र ने अपने आलेख 'लोकसाहित्य और साहित्य का अन्तःसम्बन्ध : रवीन्द्रनाथ के शिशु-साहित्य के विशेष सम्बन्ध में' में लिखा है, "रवीन्द्रनाथ शिशु गीतों को (बांग्ला में) छड़ा कहते हैं। उनको उनमें प्राचीन इतिहास दिखता है। वे कहते हैं कि सुना जाता है कि मंगल एवं बृहस्पति के कक्ष में कई छोटे-छोटे गृह हैं। कोई कहते हैं कि एक बड़ा गृह टूटकर खंड-खंड हो गया है। इन 'छड़ों' को भी इसी प्रकार खण्ड-खण्ड रूप में मेरा मन मानता है।"[36] रवीन्द्रनाथ ने स्वयं 'छेले घुमानो छड़ा' (बच्चों को सुलाने का गीत-लोरी) और 'छेले भुलानो छड़ा' (बच्चों को बहलाने का गीत) लिखा। रवीन्द्रनाथ टैगोर लिखते हैं, "ऐसा लगता है कि इधर-उधर करने से ही 'छड़ा' लिखा जा सकता है। किन्तु इधर-उधर का भाव पाना सहज नहीं है। उसके सारे कार्यों में हमारा ऐसा अभ्यास हो गया है कि सहज भाव की अपेक्षा सचेष्ट भाव ही हमारे लिए सहज हो जाता है, बिना बुलाये ही प्रौढ़ चेष्टा सभी कामों में स्वयं उपस्थित होती है...यही कारण है कि 'छड़ा' जिनके लिए सहज है उनके लिए अतिशय सहज

है, किन्तु जिनके लिए कठिन है, उनके लिए एकदम असाध्य है।"[37] रवीन्द्रनाथ द्वारा लिखे छड़े का एक उदाहरण –

"जादू यह तो बड़ा रंग जादू, यह तो बड़ा रंग।
चार काला दिखा सकते हो, तो जाऊँगी तुम्हारे संग।।
काक काला, कोकिल काला, काला भंवरा का वेश।
उससे अधिक काला, कन्या तुम्हारे सिर का केश।।"[38]

तसलीमा और उनकी मित्र चंदना ने कुछ इस तरह से लिखा –
चंदना– 'लो चली सुरैया, फूल बटोरिया, मुखड़ा घुमइया!
तसलीमा–'और कितना चलोगी, हाय! समय गुज़रता जाय'
चंदना– 'चलते-चलते ढलती जाय'।[39]

लेकिन समय के साथ हँसी-खेल का यह कार्य गंभीर रूप लेने लगा और धीरे-धीरे तसलीमा ने नियमित रूप से कविता लेखन प्रारम्भ कर दिया। उन्हें अपने स्कूल में 'कवयित्री' के नाम से प्रसिद्धि मिलनी प्रारम्भ हो गयी, जिसने उन्हें प्रोत्साहन दिया। इसी उत्साह में उन्होंने 'मुक्त विहंग' नाम से अपनी सबसे पहली कविता लिखी। उस समय उनकी उम्र तेरह वर्ष थी। उनके अन्दर कविता को लेकर एक इच्छा जन्म ले रही थी। वे भी औरों की तरह लिखना चाहती थीं। अपनी सहपाठी दिलरुबा की 'घास' कविता पढ़कर उससे कहा, "मुझे कविता लिखना सिखाओगी, दिलरुबा?...कविता लिखना किसी को सिखाया नहीं जा सकता। आसमान की ओर देखती रहना, तुम्हे रोना आयेगा। अगर तुम खूब रो सकती हो तो कविता भी लिख सकती हो।"[40] आकाश की ओर देखकर तसलीमा रो भले ही न सकी, किन्तु एक कविता अवश्य लिख डाली –

"मैं तुम्हे अपने खेल में शामिल करुँगी दिलरुबा
आता है गोल्लाछूट खेलना?
गोल्ला से एक शाम अचानक भागकर
खो जाऊँगी कहीं दूर, बड़ी दूर।
सात समंदर तेरह नदी के उस पार जाओगी?"[41]

इसके बाद से 'गोल्लाछूट'[42] शब्द तसलीमा का प्रिय शब्द बन गया। बचपन में खेले गए इस खेल ने तसलीमा को अपने दायरों से निकल आना सिखाया और यह भी सिखाया कि अन्य स्त्रियों को इस दायरे से बाहर आने के लिए किस तरह से प्रेरित किया जाय। तसलीमा ने अपनी जिज्ञासा को शांत करने के लिए घर में रखी सभी किताबें पढ़ डाली। कुछ समझ में आई और कुछ नहीं। माँ के दराज़ में रखी किताबों 'मक्सुदुल मोमेनिन', 'नेमुल कुरआन', पीर अमिरुल्लाह

की लिखी कविताओं की पुस्तक 'मीनार', 'ताज्केरातुल औलिया', 'हू एम आई' जैसी कताबें पढ़कर उन्हें यह महसूस हुआ कि, "दुनिया में सब कुछ भोग के लिए है और दुनिया की सर्वोत्तम सामग्री नेक चरित्र की औरत होती है।"[43]

अपनी ज्ञान-क्षुधा को पुस्तकों से शांत होता देख, उनकी रुचि पाठ्यक्रम से इतर साहित्यिक पुस्तकों में बढ़ गयी और वे दिन-रात सबसे छुपकर साहित्य पढ़ने में ही जुटी रहतीं, "अचानक मेरा मन किसी और तरफ मुड़ गया। किताबों की तरफ! आले पर जितनी सारी किताबें सजी हुई हैं, निमिष भर में पढ़ डालने की आकुलता! मानो वे किताबें मगरमच्छ की तरह मुँह-बाए मुझे निगल जाने को आतुर! आस-पास, हाथ की पहुँच में, जितनी सारी किताबें थीं, जब, सब पढ़ डाली, तो पहुँच के बाहर की किताबों की तरफ, अंगूठे के बल उचककर या सीढ़ी पर चढ़कर, ऊपर ताखे से किताबें निकाली जाने लगीं। मैं और चंदना गऊ-ग्रास की तरह पढ़ने में बेसुध!"[44] इस अध्ययन ने तसलीमा को उस ज्ञान तक पहुँचाया जो उन्हें अपने घर और समाज से कभी भी प्राप्त नहीं हुआ।

पत्र-पत्रिका में लेखन-कार्य :

छोटे भाई कमाल के द्वारा लायी हुई पत्रिका 'चित्राली'[45] को पढ़ने के साथ पत्रिकाओं को पढ़ने का क्रम प्रारम्भ हुआ। तसलीमा इस पत्रिका के लिए पत्र भी लिखा करती थीं। कई बार ये चिट्ठियाँ प्रकाशित भी हुई, जिससे लेखन के प्रति उनका उत्साह बढ़ता गया। इस सम्बन्ध में वे लिखती हैं, "कहीं भी, कोई भी मुद्रित-अमुद्रित शब्द देखते ही, उसे घोंट डालने वाली लड़की थी मैं। स्कूल जाते हुए, राह में अगर लड़के छोकरे न दिखे, तो हज़ारो बार पढ़े हुए साइन बोर्ड ही, नए सिरे से बार-बार पढ़ती हुई जाती थी। मूँगफली खरीद कर, मूँगफली खाते-खाते, उसके ठोंगे (लिफ़ाफ़े) पर छपे, जुमले ही पढ़ डालती। तेतुल का अचार खरीदती, तो अचार तो चाट-पोछकर खा जाती, तेल में धुंधलाये कागज़ तक पढ़कर उद्धार कर डालती। जो पढ़ाकू थी, वह तस्वीरों वाली मनोरंजक पत्रिका भला कैसे छोड़ती? छोटे भैया की उस 'चित्राली' पत्रिका पर नज़र दौड़ाते-दौड़ाते मुझे इसकी आदत पड़ गई। यह आदत धीरे-धीरे नशे में ढल गई।"[46]

इस पढ़ने की आदत से तसलीमा में सामान्य सामाजिक समझ विकसित हुई, जिसने उन्हें कुछ गंभीर लिखने के लिए प्रेरित किया। इस तरह उनका पहला लेख 'किन्नरकंठी सबीना उपेक्षित क्यों है?' चित्राली पत्रिका में प्रकाशित हुआ। उसी पत्रिका में इस लेख की प्रशंसा और आलोचना में कई पत्र भी प्रकाशित हुए। इसके बाद तसलीमा का लेखन कभी नहीं थमा। अब तसलीमा के लेख बांग्लादेश की पत्रिकाओं 'चित्राली' और 'पूर्वाणी', 'बेग़म', 'विचित्रा', 'बांग्ला

दर्पण', 'दैनिक जहान', 'रविवार', 'संधानी' आदि में आये-गए प्रकाशित होने लगे।

(iii) युवावस्था : अनुभवों से परिपक्व होता व्यक्तित्व

पत्र-मित्र : प्रेमानुभव

तसलीमा का जीवन अब तक बतौर लेखिका प्रारम्भ हो चुका था। इसी के साथ शुरू हुआ पत्र-मित्र बनाने का सिलसिला। पत्रिकाओं में तसलीमा ने जो लेख या पत्र लिखे उनके जवाब कभी आलोचना या प्रशंसा या फिर सुझाव के रूप में तसलीमा तक पहुँचने लगे। ऐसे में, तसलीमा के कई पत्र-मित्र भी बन गए। इन पत्रों के द्वारा बने संबंधों से तसलीमा ने यह जाना कि आत्मीयता से इतर भी कोई सम्बन्ध होता है और वह है 'प्रेम' का सम्बन्ध। किन्तु 'प्रेम' का ऐसा रूप, जिसका उद्देश्य केवल विवाह करना ही नहीं है, बल्कि यह पुरुष और स्त्री के बीच सौहार्द का एक सम्बन्ध है। 'प्लेटोनिक प्रेम' की ओर उनका विश्वास निरंतर बढ़ता गया। उन्होंने इन चिट्ठियों के माध्यम से कई लोगों से संपर्क बनाया और उनके जीवन के अनुभवों से अपने अनुभवों को समृद्ध किया –"खतों में इंसान को अपना बना लेना, मेरे स्वभाव में शामिल था।"[47]

कालेज की दुनिया : विज्ञान और साहित्य का सामंजस्य

1976 में हाईस्कूल एवं 1978 में इंटरमीडिएट करने के बाद तसलीमा ने मयमनसिंह मेडिकल कॉलेज में मेडिकल की पढ़ाई शुरू की। उन्होंने 1984 में जाकर एमबीबीएस की डिग्री प्राप्त की। तसलीमा विद्यालय की चाहर-दीवारी से बाहर निकल कर कालेज में प्रवेश कर चुकी थीं। वे अपने आस-पास की लड़कियों और स्वयं पर बढ़ती हुई पाबंदियों को महसूस कर रहीं थीं। उत्ताल हवा से बहते जीवन के चारों-ओर घर और समाज के द्वारा लगायी जाने वाली पाबंदियों को देख रहीं थीं। धर्म की बेड़ियों में जकड़े समाज को समझने लगी थीं। राजनीति से अभी कोसों दूर तसलीमा ने केवल कुछ सैद्धांतिक किताबों से ही मार्क्स, लेनिन, अरस्तू आदि के बारे में जाना था। उनमें अनुचित का विरोध करने की प्रवृत्ति जन्म ले चुकी थी। किसी तरह की पाबंदी चाहे वह दुप्पट्टा हो, बुर्का हो, या विवाह हो, इसे स्वीकार करना तसलीमा के बस का नहीं था। तसलीमा ने किसी भी प्रकार के बंधन के 'मर्म के प्रति अपने चर्म को कभी उदार नहीं किया'।

इस दौरान उन्होंने नियमित लेखन के साथ-साथ 'विचित्रा' पत्रिका में व्यक्तिगत विज्ञापन भी लिखा, "मैंने लिखा-'मैं दुर्धर्ष! दुर्निवार!' चंदना ने लिखा- 'आई एम द ग्रेटेस्ट!' फिर वही चित्राली जैसा काण्ड घटने लगा। मैं

कुछ भी लिखती तो उस पर बीसियों लोग लिखने लगे। कोई पक्ष में, कोई दो-तीन शब्दों में गुथा हुआ वाक्य। बेजान पोखर में कंकड़ फेंकने जैसा! समूचे पोखर में लहरें उठने लगतीं। किनारे पर बैठे-बैठे, मैं और चंदना दोनों ही इसका मजा लेते। सीमाओं में कैद हमारी ज़िन्दगी, ज़िन्दगी के इर्द-गिर्द घिरी चाहरदीवारी। क़दम-क़दम पर निषेध! हर बात में ना! इस 'ना' शब्द के निषेध की अवमानना करने की ताकत और साहस हम शब्दों के जरिये अर्जित करती थीं।"[48]

फ़िल्मी जगत पर आधारित पत्रिका में लिखते हुए तसलीमा फिल्म जगत में भी प्रसिद्धि पा रही थीं। एक बार बांग्ला फिल्मों के अभिनेता के 'चिपाचस' (छोटे भाई कमाल के द्वारा बनाया गया संगठन) के कार्यक्रम में आने पर उनका आटोग्राफ लेने पहुँची, तब जो हुआ उसके विषय में तसलीमा कुछ इस प्रकार से लिखती हैं, "जब मैंने उन्हें अपना पूरा नाम बताया, उन्होंने मुक्त कंठ से ठहाका लगाकर, मुझे अभिभूत करते हुए सवाल किया, 'तुम ही तसलीमा नसरीन हो? तुम मेरा आटोग्राफ क्या लोगी? तुम्हारा आटोग्राफ तो मुझे लेना है? तुम तो मुझसे ज्यादा मशहूर हो, जी!"[49] इस तरह अपने लेखन से प्रसिद्धि प्राप्त कर रही तसलीमा के लिए विभिन्न पत्रिकाओं में लेख या कविता लिखने के लिए प्रस्ताव आने लगे।

तसलीमा मेडिकल की पढ़ाई और बांग्ला साहित्य के प्रतिष्ठित लेखकों को पढ़ने के साथ-साथ पश्चिमी साहित्य भी पढ़ती रहीं। पत्र-व्यवहार करते हुए तसलीमा, कई लेखकों से परिचित हुई, जिससे उनके मन में एक पत्रिका के सम्पादन का सपना उमड़ पड़ा। तत्पश्चात् तसलीमा ने 'संझा-बाती' नाम से एक पत्रिका प्रकाशित करने का निर्णय लिया। पत्रिका प्रकाशित करने के लिए आर्थिक संसाधनों के इंतजाम में तसलीमा को काफी समस्याओं का सामना करना पड़ा। इसके लिए उन्होंने, "...शीशी-बोतल-कागज़वाले को बुलाकर, घर के सारे ज़रूर-गैर-ज़रूरी शीशी, बोतल, कागज़, और धूप दिखाने के बाद, दीमक झाड़कर, 'चित्राली' और 'पूर्वाणी' की पुरानी प्रतियाँ, मोह त्यागकर, इतवार की 'संधानी' और 'विचित्रा' की प्रतियाँ बेचकर, पैसे-पैसे जमा किये। अम्मी के आँचल की खूँट से भी कुछ पैसे झाड़े।"[50] हालाँकि पत्रिका निकलने पर पिताजी ने काफी विरोध किया, लेकिन तसलीमा तो अपनी धुन की पक्की थीं। पिताजी कभी-भी तसलीमा के लिखने के पक्ष में नहीं थे। वे कभी बातों से तो कभी शारीरिक बल प्रयोग कर तसलीमा को लिखने से रोकते रहे। वे अपनी बेटी को केवल डॉक्टर बनते हुए देखना चाहते थे। वहीं तसलीमा डॉक्टर

तो अपने पिता के लिये बनना चाहती थीं लेकिन लेखिका तो उनके अपने भीतर से जन्म ले रही थी। उन्होंने अपने भीतर की इस लेखिका को तमाम बाधाओं के बावजूद बाहर आने से नहीं रोका। उनके पिता से कभी-कभी उनका बौद्धिक तर्क-वितर्क भी होता था, जो उनके जीवन की अत्यंत रोचक घटना है। जब उनके पिता क्रोधित होते तो अपने दवाखाने जाने से पहले दीवार या दरवाज़े पर अपना गुस्सा कविता के रूप में लिखकर जाते। तसलीमा भी उसका प्रत्युत्तर कविता के रूप में ही देतीं।

उदाहरण के लिए :-

"पिताजी-मर्म-मर्म करे आघात, आत्मजा का क्रंद
पिता ही जाने, आत्मजा से आत्मा का अटूट बंधन!
तसलीमा-मुझे नहीं चाव, समेंटू मणि-मुक्ता की थाती
इतना ही शौक,जलाए रखूँ, 'संझा-बाती'।"[51]

अपने पिता के मना करने के बाद भी तसलीमा ने 'संझा-बाती' को जारी रखा और उसके कई अंक प्रकाशित भी किये। 'संझा-बाती' में आने वाली कविताओं से तसलीमा ने बहुत कुछ सीखा। उदाहरण के लिए- भाषिक परिवर्तन, व्याकरणिक परिवर्तन आदि। कई बार कविताओं को कुछ ठीक भी करना पड़ता। कुल मिलाकर, इन दिनों तसलीमा साहित्य के प्रति समर्पित हो उठीं थीं और कविता ही उनकी दुनिया बन गयी थी। वे लिखती हैं, "जब तक समूची दुनिया को कविता की दुनिया न बना दूँ, मुझे चैन नहीं था। मेरे सिर पर सच ही कविताओं का जूनून चढ़ गया था। कविता मेरे दिन रात की संगिनी बन गयी थी।"[52]

'सिलहट मेडिकल कालेज' में भर्ती होने के बाद तो नए प्रयोग शुरू हो गए। मेडिकल कालेज में भी साहित्यिक पत्रिका प्रकाशित करने की इच्छा बनी रही। तब तसलीमा ने इसका शुभारंभ दीवार-पत्रिका 'कृशानु' लिखकर किया। फिर 'अमृत' नामक एक और दीवार पत्रिका का संपादन किया। तसलीमा अपनी लगन के कारण ही मेडिकल की पढ़ाई के साथ-साथ साहित्य के क्षेत्र में भी उतने ही परिश्रम के साथ जुटी रहीं और उनकी इस मेहनत का ही परिणाम था कि 'संझा-बाती' का तीसरा अंक भी प्रकाशित हुआ। इस बार, तसलीमा ने लीक से हटकर एक काम यह किया कि 'संपादिका' के स्थान पर 'संपादक' तसलीमा नसरीन के नाम से पत्रिका प्रकाशित करवाई। इस सम्बन्ध में उनका कहना है, "...लेकिन संपादिका...प्रकाशिका...यह सब एक-टका मुझे नहीं सुहाता। लड़का हो या लड़की...संपादक, संपादक है। कोई भी हो सकता है?

कुछेक शब्दों में लिंग-भेद क्यों? लिंग फिजूल ही शामिल कर लिया गया है। मैं इसका इस्तेमाल नहीं करना चाहती। जो लड़की कविता लिखती है, उसे भी मैं सिर्फ कवि ही कहूँगी, महिला कवि नहीं।"[53] इतना ही नहीं, तसलीमा ने मेडिकल कालेज में ही 'शताब्दी चक्र' नाम की एक साहित्यिक संस्था भी बनाई और इस संस्था से 'धूप' नामक एक पत्रिका निकाली। साथ ही 'झनझन' शीर्षक से एक छड़ा पत्रिका भी निकाली। इन सबके लिए धन की व्यवस्था अपनी छात्रवृत्ति के पैसों से की। कुछ दिनों तक तसलीमा ने नाटक के निर्देशन का भी दायित्व संभाला। उनके निर्देशन में समरस बसु के नाटक 'आवर्त' का सफल मंचन भी हुआ।

अपनी दृढ इच्छा और निश्चय के बल पर तसलीमा 'संझा-बाती' (1978 से 1983 तक प्रकाशन किया) का चौथा अंक निकालने में भी सफल हुई। 'शताब्दी चक्र संस्था' की ओर से तसलीमा ने कई कार्यक्रम भी आयोजित किये। वास्तव में, तसलीमा को किताबों से लगाव तो था ही, लेकिन उन किताबों से सीखी बातों का व्यावहारिक जीवन में उतनी ही तेजी से प्रयोग करने का उतावलापन भी उनमें बहुत अधिक था। तसलीमा बैठकर किताबी कीड़ा बने रहने वालों में से नहीं थीं। वे कालेज के छात्र संघ चुनाव में भी शामिल हुई और सबके साथ राष्ट्रपति जियाउर रहमान से भी मिल आई।

निषिद्ध को सिद्ध किया :

तसलीमा को कालेज के आवारा छात्रों में गिना जाने लगा क्योंकि वे अन्य छात्रों की तरह दिन-रात मेडिकल की किताबों या प्रयोगशाला में डूबी नहीं दिखती थीं, उन्होंने कालेज के कई नियम तोड़े। वास्तव में, तसलीमा को बेवजह थोपे हुए नियम बिलकुल पसंद नहीं थे। उनका मन समाज के बेतुके नियमों को तोड़ डालने का होता था। इसीलिए वे आए दिन निषिद्ध कार्यों को ही करते दिखतीं, जैसे-कालेज की कैंटीन में केवल लड़के ही जाते थे, उन्होंने वहाँ जाना शुरू कर दिया। परिणामस्वरूप कालेज की सभी लड़कियाँ भी कैंटीन जाने लगीं, कालेज के सीनियर डाक्टरों को कभी-भी उन्होंने सलाम नहीं कहा, ब्रम्हपुत्र नदी की ओर अकेले जाने पर रोक थी, वह अकेले ही गयीं, पत्र-मित्र को पत्र लिखने पर रोक लगाई गयी, फिर भी उन्होंने पत्र लिखना बंद नहीं किया, विवाह परिवार की मर्जी से करना होगा, लेकिन अपनी इच्छा से ही किया आदि।

तार्किक चिंतन : राजनीति और धर्म के विरुद्ध

तसलीमा के भीतर राजनीति को लेकर थोड़ी-बहुत सोच विकसित होने

लगी थी, जो उनके इस कथन से साफ़ हो जाता है, "इस देश में मजहबी राजनीति निषिद्ध थी। उन्होंने यह निषेधाज्ञा भी वापस ले ली...कुरान पढ़ते हुए 'बिस्मिलाहि रहमान इररहीम' यानी शुरू करता हूँ अल्लाह के नाम पर! अब यह शिरोनामा, संविधान के शुरू में बिठा दिया गया है। देश में हिन्दू, बौद्ध, ईसाई-सभी धर्मों के लोंगो को अगर जूतों से भी पीटा जाता, तो भी शायद इससे बदतर अपमान नहीं होता...।"[54]

इसी प्रकार, चिकित्सा जगत में काम करते हुए तसलीमा ने यह देखा कि बड़े-बड़े डॉक्टर भी धर्म में उसी तरह विश्वास करते हैं, जिस तरह कोई आम इंसान। इसके प्रति भी उनमें खीझ उठती थी, "जिस प्रोफ़ेसर की बुद्धि में दिमाग जैसी जटिल चीज इतनी साफ़ है, उसे यह बात समझ में क्यों नहीं आती कि धर्म एक तर्कहीन मामला है।"[55] ऐसी स्तिथि में वह भ्रमित हो जाया करतीं। उन्हें पहले लगता था कि जो लोग पढ़े लिखे नहीं होते, वही धर्म में विश्वास करते हैं। लेकिन जब उन्होंने डॉक्टरों को भी धर्म का उतनी ही कट्टरता से पालन करते हुए देखा तो, वे इसका कारण समझ नहीं पायीं। उन्हें यह समझ नहीं आया कि धर्म की जड़ें समाज में इतनी गहरी कैसे हो गयीं? और वह इसी प्रश्न का उत्तर पाने में तत्पर हो गयीं।

रुद्र के साथ प्रेम और कविता की आँख-मिचोली : 'जुबान पर कविता, मन के भीतर कविता'[56]

'संझा-बाती' के दूसरे अंक के लिए कविता भेजी, ढाका के उदीयमान कवि रुद्र मुहम्मद शहीदुल्लाह ने।[57] यहीं से, तसलीमा के जीवन में एक ऐसा मोड़ आया, जो अप्रत्याशित था और जिसने उनके जीवन विशेषकर रचनात्मक जीवन की दिशा को एक नया मोड़ दिया। रुद्र बांग्लादेश के ढाका का रहने वाला था। वह एक बड़े परिवार से सम्बन्धित था, जो बहुत ही खानदानी और इस्लामिक संस्कारों को मानने वाला था। तसलीमा उसकी भेजी हुई रचनाओं से इतनी प्रभावित हुई कि उसकी वेश-भूषा और बाहरी व्यक्तित्व को न पसंद करते हुए भी, बिना घर में बताये उससे विवाह कर लिया। इस समय उनकी उम्र मात्र 22 वर्ष की थी। वे लिखती हैं, "रुद्र की कविता ने मुझे लेटी हुई मुद्रा से उठाकर सीधे बिठा दिया। नहीं, उसने मुझे खड़ा कर दिया। उस कविता ने मुझे बेचैन क़दमों से चहलकदमी के लिए लाचार कर दिया। ऐसा सत्य कथन; ऐसा दृढ और सशक्त वक्तव्य। उसकी कविता ने मुझे बेतरह आकर्षित किया।"[58] उसने कई कविताएँ तसलीमा को भेजीं, जिसे तसलीमा ने आत्मकथा में सम्मिलित किया है। इन कविताओं में प्रेम, उन्माद, अवसाद, कुत्सित राजनीति

को फटकार, देश और सामान्य जन की चिंता आदि दिखाई पड़ते हैं। उदाहरण के लिए रुद्र के कविता संग्रह 'उपद्रव उपकूल' की एक कविता -

"स्वाधीनता? स्वप्नों को खोकर पाया है जिसने, मेरा एकमात्र स्वजन!
स्वाधीनता? वह मेरे प्रिय जन के खून के विनिमय में,
खरीदी गयी अनमोल फसल
घर्षिता बहन की साड़ी, वह है लहूलुहान जाति-पताका?"[59]

विवाह करने के बाद, 'कागज की बहू' बनी तसलीमा, रुद्र के साथ धूप-छाँव का खेल इसलिए खेलती रही क्योंकि वह रुद्र नामक कवि और लेखक को पसंद करती थीं, न कि रुद्र नामक पुरुष को। रुद्र से पत्र-मित्रता के कारण तसलीमा को एक तरफ कविता की गूढ़ता और अभिव्यक्त करने की शैली का ज्ञान हुआ, वहीं दूसरी तरफ रुद्र के साथ प्रेम-सम्बन्ध ने उन्हें पितृसत्तात्मक मानसिकता के यथार्थ से भी परिचित कराया। रुद्र के साथ 'धूप' और 'सुबह' का खेल खेलते-खेलते तसलीमा की अपनी जिंदगी में अन्धेरा पैर पसारने लगा था। यह अन्धेरा था-सच की कड़वाहट का, अपनों से बढ़ती दूरी का, बात-बात पर बोले जाने वाले झूठ का। फलतः तसलीमा ने रुद्र से तलाक ले लिया।

रुद्र से तलाक लेने के बावजूद चाह कर भी तसलीमा इस अँधेरे से स्वयं को मुक्त नहीं कर सकीं। तसलीमा का व्यक्तिगत जीवन बार-बार उनके साहित्यिक जीवन को प्रभावित करता रहा। अपनी सहेली चंदना के विवाह और फिर बहन यास्मिन के विवाह के बाद तसलीमा बहुत निराश हुईं। वह इसलिए क्योंकि इन दोनों के रूप में जिन स्त्रियों को उन्होंने विवाह के पहले निडर, स्वतंत्र और पितृसत्ता के विरुद्ध बोलते देखा था, वे ही विवाह के बाद पति की गृहस्थी के लिए अपने अस्तित्व को भूल गयी थीं, वे भय में जीने लगी थीं और यह भय था, पति को खोने का। तसलीमा को महसूस हुआ कि समाज द्वारा बनायी हुई प्रथाओं में स्त्री अपने अस्तित्व को खो बैठती है। ये प्रथाएँ, परम्पराएँ और नियम कुछ इस तरह से बनाये गए हैं कि पुरुषों पर तो किसी तरह की आँच नहीं आती लेकिन स्त्रियाँ प्रत्येक दिन उस आँच में जलती रहती हैं और धीरे-धीरे उनका स्वत्व ही समाप्त हो जाता है।

इस बीच उनका पहला काव्य संग्रह 'जड़ में विपुल भूख' (1982) प्रकाशित हुआ। तसलीमा जीवन से सीख रहीं थीं और इस सीख में उन्होंने पुरुष की प्रवृत्ति, समाज और राजनीति की दिशा, धर्म की गहरी जड़ों को समझा। वे यह भी समझ गयीं कि साहित्य के क्षेत्र में जो लोग सामने वाह-वाही करते हैं,

वे पीठ-पीछे आलोचना करने से भी नहीं कतराते। इसका उदहारण है-प्रशंसा मिलने के बावजूद पुस्तक मेले में तसलीमा की पुस्तक की बिक्री न होना। लेकिन तसलीमा ने इन घटनाओं से सीख लेकर अपने व्यक्तित्व को और अधिक अनुभवी और परिपक्व बनाया।

व्यक्तित्व और जीवन का द्विखंडन :

तसलीमा के जीवन में धीरे-धीरे द्विखंडन प्रारम्भ हुआ। यह द्विखंडन था, रुद्र और तसलीमा के प्रेम का, साहित्य और चिकित्सा के क्षेत्र का, उनके पक्ष और विपक्ष में खड़े होने वाले लोगों का। वे लिखती हैं, "मेरी जिंदगी दो हिस्सों में बँट गयी थी- मयमनसिंह का घर, नाते-रिश्तेदार, नौकरी! ढाका में साहित्य, संस्कृति, बंधु-बांधव।"[60] जितना अधिक समाज को वे समझ रहीं थीं, उतना ही वे गंभीर और समाज-विरोधी भी हो रही थीं। वे समाज के यथार्थ को देखकर हतप्रभ रह जाती। उनसे कुछ कहते नहीं बनता। ऐसे में, वे स्वयं को अस्पताल में आने वाली गूँगी मरीज़ बकुली के समान महसूस करने लगी थीं, जो सब कुछ देख और समझ रही थी पर कुछ बोल नहीं सकती थी। इस न बोल पाने की दुर्बलता को उन्होंने अपने लेखन के माध्यम से सबल बनाया और अपने भीतर के उद्‌गारों की सशक्त अभिव्यक्ति की। इन सबके कारण, उनके मन में एक प्रकार की वितृष्णा जन्म लेने लगी जो समाज, पुरुष की मानसिकता, धर्म और परिवार के बंधन के प्रति थी। वे अपने भीतर पल-बढ़ रहे विचारों के कारण स्वयं को सबसे अलग-थलग महसूस करने लगीं। उनके विचार उनको दूसरों से दूर करते जा रहे थें। इसीलिए चिकित्सा के काम की व्यस्तता के बावजूद, वे स्वयं को रचनात्मक कार्य में लगाए रहीं, जिससे उन्हें एक आतंरिक शांति और आत्मसंतोष प्राप्त हुआ।

अव्यवसायिक :

एक डॉक्टर से जिस तरह की व्यवसायिकता की अपेक्षा की जाती है, वे उससे अलग तरह का व्यवहार अपने मरीजों से करतीं। डॉक्टर होकर भी कभी अपनी संवेदनाओं और भावनाओं के अतिरेक को रोक नहीं सकीं, अस्पताल में सबसे बड़ी अधिकारी होते हुए भी वैसा व्यवहार नहीं किया, इससे यह स्पष्ट होता है कि तसलीमा ने सदैव एक बेहतर इन्सान बनना चाहा है न कि कोई अधिकारी या कोई डॉक्टर। उनकी संवेदना समस्त मानव जाति के प्रति ही रही है, चाहे वह किसी भी धर्म, जाति या लिंग का ही क्यों न हो। यह जीवन दृष्टि आगे चलकर भी कायम रही और वर्तमान में भी है, जिसे न समझ पाने के कारण

ही आलोचकों ने उनपर विभिन्न प्रकार के आरोप मढ़े हैं।

चिकित्सक के रूप में 'वेस्कोटामी' और 'लाइगेशन कैम्प' में काम करते हुए तसलीमा पितृसत्ता की गहरी जड़ों से परिचित हुईं। उन कैम्पों में पुरुष चंद रुपयों के लिए अपनी स्त्रियों का लाईगेशन (गर्भाशय का ऑपरेशन) करा देते थे। वह महसूस कर रही थीं कि पति नाम का जीव अपने लिए तो सब कुछ कर सकता है लेकिन अपनी पत्नी के लिए नहीं। वह पत्नी के उपयोग और उपभोग किये जाने के किसी अवसर को नहीं छोड़ना चाहता है। इसके साथ ही चिकित्सा विभाग की भीतरी सच्चाइयों से भी परिचित हुईं। वह सदैव संपन्न की अपेक्षा विपन्न और असहाय लोगों की ओर अधिक आकर्षित होती थीं। उन्होंने कई बार प्रयास किया कि वह भी अन्य डॉक्टरों की तरह अपनी एक क्लीनिक चलायें किन्तु वे इसमें असफल रहीं। वे लिखती हैं, "अपने नाम, डिग्री के साथ, मरीज देखने के समय के उल्लेख के साथ, मैंने साइन बोर्ड, 'अवकाश' के काले गेट पर टांग दिया है। जमान प्रिंटर्स से डॉक्टर के नाम का एक लेटर पैड भी छपा लायी हूँ। सारा इंतज़ाम कर डाला। मरीज़ भी आने लगे हैं। लेकिन मोहल्ले के मरीज़! जाने-पहचाने चेहरे! जब भी वे लोग डॉक्टर की फीस देने लगते हैं मेरा चेहरा शर्म से लाल हो उठता है।"[61]

प्रेम से आगे निकलकर : समाज की विपरीत दिशा में

कुछ रचनात्मक करने के उद्देश्य से ही उन्होंने 'सुबह कविता परिषद्' नामक साहित्यिक संस्था का गठन किया। कविता पाठ के लिए आवृति कलाकारों को एकत्रित किया और 'सकाल कविता परिषद्', 'मैमनसिंह साहित्य परिषद्' के संयोजन से बने 'सामूहिक सांस्कृतिक गुट' में सम्मिलित हो गयीं। इस साहित्यिक संगठन की ओर से कई कार्यक्रम आयोजित करवाए, जिसके कारण तसलीमा धीरे-धीरे बांग्लादेश के बड़े कवियों और रचनाकारों से परिचित होने लगीं और एक समय ऐसा भी आया जब बांग्लादेश ही नहीं भारत और विदेश के अन्य साहित्यकार भी उन्हें जानने लगे। व्यक्तिगत जीवन और प्रेम की कविताओं से आगे निकलकर तसलीमा ने झूठ, असमानता, स्वेच्छाचार, अनाचार, अत्याचार के खिलाफ संग्राम की कविताएँ लिखनी प्रारम्भ की।

निरंतर साहित्य से जुड़े रहने के बावजूद वे अपनी क्षमता समझती थीं। उनकी राजनीति के बारे में विचारधारा भले ही परिपक्व नहीं हुई थी, किन्तु उन्होंने वैषम्यहीन समाज का सपना सँजोना शुरू कर दिया था। इस सम्बन्ध में वे लिखती हैं, "मेरी जुबाँ पर राजनीति के मुश्किल-मुश्किल शब्द कम ही आते थे। समीक्षा विश्लेषण में भी मैं निहायत कच्ची थी। आर्थिक-सामाजिक शब्द

का मतलब समझने में ही, मुझे काफी वक़्त लगता था। मैंने बेहद आसान शब्दों में जो बात समझी है वह है, स्वस्थ और खूबसूरत परिवेश तैयार करने के लिए, सभी लोगों के लिए रोटी-कपड़ा और मकान मौजूद हो; सबके लिए शिक्षा और स्वास्थ्य का इंतज़ाम हो। औरत मर्द को बराबरी का हक हो; संपत्ति का स्वस्थ बँटवारा हो। अंध श्रद्धा, गँवारपन, हिंस्रता, नृशंसता से समाज को मुक्त कराना चाहिए। इन समुचित कार्यों के लिए दक्ष और ईमानदार नेतृत्व की ज़रुरत है।"[62]

जैसे-जैसे वे प्रसिद्धि प्राप्त कर रही थीं, उनके व्यक्तिगत जीवन को लेकर लोगों की भौहें तनने लगीं। लेकिन तसलीमा ने इन तनी हुई भौहों की तनिक भी चिंता नहीं की। वे अपना जीवन अपने तरीके से जीना चाहती थीं, जिसमें किसी बाहरी व्यक्ति का कोई हस्तक्षेप न हो। वह सच्चे प्रेम की तलाश में थीं, जहाँ गृहस्थी बसाने के सपने न हों, बस स्वच्छन्दता और नितांत बन्धनहीन प्रेम हो। लेकिन यह प्रेम उन्हें कभी नहीं मिला। वह समझ रहीं थी कि सामाजिक सम्बन्ध केवल व्यक्तिगत लाभ के लिए ही बनाए जाते हैं और जैसे ही अपेक्षित लक्ष्य की प्राप्ति हो जाती है, पुरुष पल भर में ही सब कुछ भूल जाता है। नितांत बन्धनहीन, शर्तहीन प्रेम जैसी कोई चीज नहीं है और यदि है भी, तो प्राप्य नहीं है। जीवन के इन सब प्रसंगों और सीखों का प्रतिबिम्ब तसलीमा की कविताओं, आलेखों और उपन्यासों में भी देखा जा सकता है।

बांग्लादेश में धर्म को 'पारलौकिक मूली' बनाकर राजनीति आम-जन को किस तरह ठग रही थी, तसलीमा इसे अपनी आँखों से देख रही थीं। इस दुर्नीति की शिकार जनता और शिकारी नेताओं को सत्ता के लालच में अपना ईमान बेचते हुए देखा था और देश को धर्म के आधार पर खंडित होते हुए महसूस कर रही थीं। फिर भी वे सदैव देश के उज्ज्वल भविष्य की आशा बाँधे रहीं, "मैं किसी भी राजनीतिक दल की, किसी भी किस्म की सदस्य नहीं हूँ। लेकिन जिन लोगों ने यह प्रतिश्रुति दी है कि मुसीबत के ये दिन गुज़र जायेंगे और हम किसी खूबसूरत भविष्य की ओर बढ़ने लगेंगे, उनपर अपना भरोसा टिकाकर, मैं एक संभावना के अंकुर की जड़ों को सींचने लगी, उसमें खाद पानी देने लगी।"[63]

समय के साथ बांग्लादेशी राजनीति का रुख भी बदला। सत्ता को लेकर उहा-पोह के बीच बांग्लादेश ने क्रमशः शेख मुजीबुर्रहमान, जिया उर रहमान और तत्पश्चात् इरशाद की सरकार देखी। सत्ता के हस्तांतरण के साथ-साथ देश का इस्लामीकरण भी हो रहा था। जहाँ देश धीरे-धीरे धार्मिक कट्टरता की चपेट में आ रहा था, वहीं दूसरी ओर तसलीमा, धर्म की मुट्ठी से बाहर निकलने को व्याकुल हो उठीं थीं। उनके विचार उन्हें समय और समाज विपरीत धारा में बहा

ले जा रहे थे। इन विचारों के बल पर तसलीमा समाज को नई दिशा में जाता हुआ देखना चाहती थीं, किन्तु सरकार और समाज तो मध्य-युगीन सामन्तवादी सोच में गोता लगा रहे थे।

नजरों में चढ़तीं तसलीमा :

'सकाल कविता परिषद्' नाम से जिस प्रकाशन संस्था का प्रारम्भ तसलीमा ने किया था, उसी की ओर से 'निर्वासित भीतर-बाहर' नामक एक काव्य संग्रह 1989 में प्रकाशित हुआ। इस संकलन की कविता 'नियति' पर अश्लीलता का आरोप लगाकर प्रतिबंधित किये जाने की साजिश की गयी। यहीं से तसलीमा के विरुद्ध राजनीति और पुस्तकों पर प्रतिबंधों की श्रृंखला प्रारम्भ हुई। अपने साथ काम करने वाले लेखकों अबू हसन शहरयार, हासन रशीद, इलाल हाफ़िज़, सैय्यद शम्सुल हक़, मोजम्मल, नईम आदि के दुःचरित्र को सामने लाने पर कई लेखक उनके विरोधी हो गए। यहाँ तक कि तसलीमा विरोधी गुट भी बना लिया। इन लेखकों के सम्बन्ध में तसलीमा ने 'दूधराज कवि' कविता लिखी -

"इससे तो बेहतर है कुत्ता पाल लेना
धूर्त सियार तक मानता है पोस!
मैं भी दूध-केला खिलाकर, इतने दिनों
प्यार और उमंग से पालती रही, एक कवि!
मुझे डसकर
देखो, देखो, कैसे भाग रहा है, वही कवि!"[64]

तसलीमा ने अपने समकालीन और वरिष्ठ लेखकों के विषय में उनके व्यवहार, चरित्र और लेखन आदि को लेकर आलोचना-प्रत्यालोचना तो की ही, उनके व्यक्तिगत जीवन को भी बिना किसी लाग-लपेट के अपने आलेखों में सम्मिलित किया। वे ऐसा क्यों करती हैं, इसे स्पष्ट करते हुए वे लिखती हैं, "ऐसा मैं इसलिए करती हूँ, ताकि लोगों को समझा सकूँ कि साहित्य जगत की बड़ी-बड़ी रेहू-कातला मछली के आचरण में और पुरुष प्रधान किसी बदचलन मर्द के आचरण में बहुत ज्यादा फर्क नहीं होता।"[65] उनकी इस बेबाकी ने साहित्य और राजनीतिक जगत के लोगों का ध्यान उनकी ओर आकर्षित किया। यह उनके लिए आगे चलकर अत्यंत घातक साबित हुआ।

यथार्थ के धरातल पर लेखन : जीवन की घटनाएँ ही रचनाओं का विषय

1989 में बांग्लादेश की प्रतिष्ठित पत्रिका 'खबर कागज़' में उन्होंने कलाम (लेख) लिखना प्रारम्भ किया। इन कलामों में तसलीमा ने अपने जीवन के

अनुभवों को ही विषय बनाया। वास्तव में, तसलीमा कल्पना के आधार पर साहित्य रचने में स्वयं को अक्षम पाती हैं। इसका कारण यह है कि उनके आस-पास ही इतना कुछ घटता रहा है, जिसकी अभिव्यक्ति के लिए किसी प्रकार की फैंटेसी की ज़रुरत ही महसूस नहीं हुई। अपने कलामों के कारण तसलीमा बांग्लादेश में प्रसिद्ध हो गयीं। किन्तु उनसे ईर्ष्या करने वाले लोग भी सामने आने लगे। इनमें सबसे प्रमुख थे लेखक हुमायूँ आज़ाद, सैयद हक़, फरहाद मजहर आदि। किन्तु इन विरोधियों की परवाह न करते हुए तसलीमा निरंतर लेखन-कार्य में लगी रहीं और आगे चलकर 'विद्याप्रकाश प्रकाशन' की ओर से एक अन्य काव्य संग्रह 'मुझे कोई फर्क नहीं पड़ता' प्रकाशित हुआ। तसलीमा की रचनाओं के लिए अब ढाका पुस्तक मेले में हर वर्ष भीड़ उमड़ पड़ती थी। वे अब तक, एक जानी-पहचानी हस्तीं बन चुकी थीं।

समाज की समझ :

तसलीमा अपने जीवन में पुरुष को गिरगिट की तरह रंग बदलते हुए देख रही थीं। रुद्र, नईम और मुहम्मद अली मीनार से विवाह और विच्छेद की घटनाओं ने उन्हें यह समझा दिया कि 'अगर कोई औरत मुट्ठी में आ जाए, तो कोई भी मर्द नहीं चाहता कि वह अपना सिर आजाद करके भाग जाए।'[66] लेकिन तसलीमा ने इस पुरुष रूपी गिरगिट से अपने सिर को स्वतंत्र कर लिया और ढाका में अकेले ही रहने का निर्णय किया। अपने साहित्यिक जीवन में तसलीमा पाठकों के बीच दिन-पर-दिन ख्याति प्राप्त कर रही थीं। लोग उन्हें एक साहसी स्त्री के रूप में पहचानने लगे थे। इस विषय में वे लिखती हैं, "मेरी रचनाएँ पढ़कर लोग मेरे बारे में यही राय कायम करते हैं कि मैं विलक्षण साहसी हूँ, मर्द-वर्द बिलकुल पसंद नहीं करती, मर्द को देखते ही, उसके गाल पर थप्पड़ जड़ देती हूँ, तलपेट में लात जमाकर उसे चित कर देती हूँ। लेकिन आमने-सामने मैं बिलकुल भी वैसी नहीं हूँ। यह देखकर कोई-कोई शायद अवाक् या आहत भी होते हैं। ऐसे लोग अगर सुने कि मुझे मर्द के चाबुक खाने पड़ते हैं तो शायद बेहोश ही हो जाए।"[67] यह बात विशद रोष उत्पन्न करती है कि तसलीमा जब अपने व्यक्तिगत जीवन में पुरुषों से चोट खा रहीं थीं, तब उनकी निंदा की जा रही थी और पुरुषों द्वारा दी गयी उन्ही चोटों को जब साहित्यिक जीवन में उतारा तो उन्हें प्रशंसा मिली। समाज के इस दोहरे चरित्र को वह समझने लगी थीं।

प्रशंसा और आलोचना से सीख लेती तसलीमा :

ढाका जैसे शहर में अपनी गृहस्थी चलाने के लिए तसलीमा ने 'खबरकागज़'

और 'आज का अखबार' के साथ-साथ 'पूर्वाभास' और 'अनन्या' पत्रिका में भी कलाम लिखना शुरू किया। इस बीच, उनका एक और काव्य संग्रह प्रकाशित हुआ 'अतल में अंतरीप'। उन्होंने बांग्लादेश में भाषा को साम्प्रदायिक बनाये जाने के विरुद्ध आवाज़ उठाई और कहा 'भाषा का कोई धर्म नहीं होता'। इसके बाद, तसलीमा के पत्रिकाओं में छपे कलामों का संग्रह 'निर्वाचित कलाम' के नाम से पुस्तक के रूप में आया, जिसे अत्यधिक प्रशंसा मिली। इस प्रशंसा के साथ-साथ तसलीमा के विरोधी गुटों ने उनके विरुद्ध अपना वार तेज़ कर दिया। 'सुगंधा' जैसी पत्रिका में तसलीमा के विषय में अफवाहों के आधार पर कई उलटी-सीधी बातें देखकर उनके पिता ने उन्हें काफी पीटा और घर में कैद कर दिया। छोटी-छोटी पत्रिकाएँ तसलीमा की रचनाओं से अधिक उनके व्यक्तिगत जीवन और चरित्र में अधिक रुचि ले रही थीं। तसलीमा को इसके कारण काफी समस्याओं का सामना करना पड़ा। पिताजी और परिवार के सदस्यों के साथ उनके सम्बन्ध खराब हो गए।

तसलीमा समझ चुकी थीं कि उनकी बेइज्जती और आलोचना का अब कोई अंत नहीं बल्कि यह तो एक प्रारम्भ है। इसलिए उन्होंने निश्चय किया कि अब वह जीवन-भर सड़क के बीचों-बीच ही चलेंगीं, बिना किसी की परवाह किये अर्थात् उन्होंने अब किसी ऐसे नियम और परम्परा का पालन न करने का निर्णय लिया, जिनका सम्बन्ध उनके स्त्री होने से हो। इसी बीच बांग्लादेश आयी कैरोलिन राईट नामक अमेरिकी कवियत्री से उनकी भेंट हुई। वे तसलीमा की कविताओं पर ही काम कर रहीं थीं और उनकी कविताओं का अनुवाद भी किया।

व्यक्तित्व का नकारात्मक पक्ष :

उनके पहले पति रुद्र मुहमद की 1991 में मृत्यु हो गयी। रुद्र की मृत्यु को लेकर तसलीमा पर ही आरोप लगाये गए। तसलीमा सबको माफ़ करती रहीं। उनके स्वभाव में ही जैसे माफ़ करना बस गया था। अन्यथा, उनको छोड़ कर चले जाने वाले रुद्र, उनके विरुद्ध साजिश करने वाले दूसरे पति नईम और उनको मारने-पीटने वाले तीसरे पति मीनार से वह बार-बार नहीं मिला करतीं और न ही शारीरिक सम्बन्ध बनातीं। उन्हें इस बात का एहसास हुआ कि पुरुष की बातों में आ जाना, माफ़ कर देना और भावनात्मक हो जाना, उनके व्यक्तित्व के नकारात्मक पक्ष हैं। लेकिन इस स्वभाव से वे मुक्ति प्राप्त नहीं कर सकीं। उन्होंने अपनी आत्मकथा के माध्यम से अधिकतर स्त्रियों में विद्यमान इसी नकारात्मक पक्ष को प्रकाश में लाने की कोशिश की है।

यौन-स्वतंत्रता सम्बन्धी सोच :

तसलीमा ने 'समाज के हजारहा असंगत और तर्कहीन नियम से इनकार करने की तरह, यह नियम भी अस्वीकार कर दिया था कि 'अगर कोई एक स्त्री की देह छुए तो वह सड़ जाती है'। तसलीमा ने अपनी शारीरिक जरूरत को पूरा करना गलत नहीं समझा। उनकी 'यौन स्वतन्त्रता' और 'यौन शुचिता' सम्बन्धी सोच यहीं से उपजी। उनका मानना था कि कोई भी स्त्री कई पुरुषों से संपर्क बनाते हुए भी अपनी शुचिता को बरक़रार रख सकती है। क्योंकि यह देह उसकी है और इससे सम्बंधित निर्णय लेने का अधिकार भी केवल उसी स्त्री का ही है। तसलीमा लिखती हैं, "मैंने तोड़ डाली है जंजीर! पान से पोछ दिया है संस्कारों का चूना!"[68]

इन सबके बीच उनकी रचनाओं का प्रकाशन उपन्यास- 'शोध', 'अपरपक्ष'; कलामों का संग्रह 'नष्ट लड़की, नष्ट गद्य' और एक कविता संग्रह 'बालिका की लक्ष्यच्युती' के रूप में जारी रहा। इन सभी रचनाओं में तसलीमा ने 'स्त्री' को ही केंद्र में रखा। समाज और परिवार के नियमों को तोड़कर बाहर निकलने की अकुलाहट इन रचनाओं में दिखती है। इन रचनाओं के कारण तसलीमा अब केवल ढाका ही नहीं उसके बाहर पूरे बांग्लादेश और भारत में भी प्रसिद्ध हो चुकी थीं। उनके गीतों के अनुवाद के साथ-साथ उनका प्रसारण भी किया जाने लगा। इन गीतों को बंगाल के बड़े-बड़े गायकों समीन नबी, आलमगीर आदि ने आवाज़ दी। उन्हें विभिन्न कार्यक्रमों में आमंत्रित किया जाने लगा।

कट्टरतावादियों की बर्बरता और तसलीमा की बढ़ती निश्चयता :

इस्लाम धर्म और कुरान की आलोचना करने के कारण धार्मिक कट्टरतावादी उनके विरोध में उठ खड़े हुए। इसी कारण 'पूर्वाभास' पत्रिका के कार्यालय पर हमला कर तोड़-फोड़ की गयी, यहाँ तक कि उनके प्रकाशकों को धमकाया जाने लगा, उनपर मुकदमा किया गया। इन घटनाओं ने तसलीमा को भीतर तक झकझोर दिया। उन्होंने यह कल्पना नहीं की थी कि उनके लेखन के कारण कट्टरतावादी इस तरह भड़क उठेंगे। किन्तु तसलीमा यह भी अच्छी तरह जानती थीं कि उन्होंने अपनी रचनाओं में कुछ भी गलत नहीं लिखा है। इसलिए उन कट्टरतावादियों से भले ही कुछ प्रकाशक भयभीत हो गए, किन्तु तसलीमा ने किसी प्रकार का कोई भी समझौता किये बिना अपना लेखन जारी रखा। अपने लेखन के इसी क्रम में उन्होंने बांग्लादेश के लेखक गिरीन्द्र शेखर बसु[69] की पुस्तक 'लाल-कालो' का पुनः संस्करण निकाला। उनकी लेखन शक्ति का ही

परिणाम था कि उन्हें 'निर्वाचित कलाम' के लिए बांग्ला भाषा का सबसे उत्कृष्ट 'आनंद पुरस्कार' (1992) देने की घोषणा की गयी।

उनकी कविता का अंग्रेजी अनुवाद 'लाईट अप ऐट मिडनाईट' नाम से, लन्दन में रहने वाले लेखक फजलूल आलम कर रहे थे। जहाँ एक ओर उनके प्रशंसकों की संख्या बढ़ रही थी वहीं कट्टरतावादियों ने तसलीमा विरोधी गुट बनाना प्रारम्भ कर दिया। और इन्हीं गुटों में से एक 'तसलीमा नसरीन पेषण कमेटी' ने 17 फ़रवरी 1992 के ढाका पुस्तक मेले में उनकी पुस्तकों को जला दिया और तसलीमा पर हमला करने का प्रयास किया। तसलीमा इस समय दो विपरीत स्थितियों के मध्य झूल रही थीं, जिसके सम्बन्ध में वे लिखती हैं, "इधर मुझे उछाल फेंकने और पीसकर मार डालने की साजिश चल रही थी, दूसरी तरफ अनगिनत पाठक मेरी एक झलक भर पाने के लिए मेले में आते रहते हैं।"[70]

काला दिवस : साहित्यिक जीवन का टर्निंग प्वाइंट

तसलीमा अपने लेखन के कारण, साहित्यिक जगत के खास लोगों के बीच से निकलकर आम पाठकों तक भी अपनी पहुँच बना चुकी थीं। किसी देवी-देवता में विश्वास न रखने वाली तसलीमा अपने लेखन के कारण बांग्लादेशी स्त्रियों के लिए देवी समान हो उठीं थीं। विरोधियों ने आरोप लगाया चूँकि तसलीमा मुसलमानों के खिलाफ लिखती हैं, इसलिए 'आनंद बाज़ार' पत्रिका ने उन्हें यह पुरस्कार दिया, बांग्लादेशी कट्टरतावादियों ने उनपर 'रॉ' का एजेंट होने का आरोप लगाये। बेहया, बदचलन, रचनाएँ पोर्नोग्राफी हैं, यौनता की रानी जैसे न जाने कितने आरोप लगाये गए। हद तो तब हो गयी जब लोकतंत्र और धर्मनिरपेक्षता का दावा करने वाली सरकार ने तसलीमा पर निगरानी रखने के लिए विशिष्ट जाँच दल की नियुक्ति कर दी। इस बीच 'साध्वी' पत्रिका में उनकी 'माधवी का जीवन' कहानी प्रकाशित हुई और एक अन्य उपन्यास 'निमंत्रण' का भी प्रकाशन हुआ।

6 दिसंबर 1992 का काला दिवस भी आ पहुँचा। ढाका मेडिकल कालेज में लाशों और घायलों की कतार ने 'बाबरी मस्जिद ध्वंस' के भयंकर दुष्परिणाम की सूचना दे दी थी। तसलीमा अपनी आँखों से देखकर भी विश्वास नहीं कर पा रही थीं कि धर्म के नाम पर इंसान इस हद तक गिर सकता है। इस सम्बन्ध में तसलीमा लिखती हैं, "मनुष्य की मनुष्यहीनता की वजह से, मेरा इंसान होने का परिचय, मानो मुझ पर व्यंग कर रहा हो...मैं धर्म नहीं मानती; मैं प्रगतिशील आन्दोलन से जुड़ी हुई हूँ; मेरे ज्यादातर दोस्त धर्महीन हैं...देश के कल्याण के

लिए मैं दिन-रात सोचती रहती हूँ। लेकिन इस साम्प्रदायिक आतंक ने मुझे तोड़कर रख दिया; मेरे आदर्श टूट-फूट गए हैं।"[71]

इस घटना के बाद स्वयं को कुछ भी करने में असहाय महसूस करते हुए, तसलीमा ने कलम को ही अपना हथियार बनाया। बांग्लादेश में घट रही विभिन्न साम्प्रदायिक घटनाओं के आधार पर, अपने हृदय में उठ रहे आवेगों को अभिव्यक्ति देते हुए बांग्ला समाचार पत्रों 'एकता', 'संवाद', 'आज का अखबार', 'सुबह का अखबार' आदि के समाचारों के आधार पर उन्होंने 'लज्जा' उपन्यास लिख डाला, जो 1993 में 'पर्ल पब्लिकेशन' की ओर से प्रकाशित हुआ। हालाँकि यह तथ्यों पर आधारित उपन्यास था और तसलीमा का मानना है कि यह उपन्यास कोई रस नहीं देता, किन्तु यह उपन्यास तसलीमा के जीवन का 'टर्निंग प्वाइंट' बन गया जो नई राहों, नई समस्याओं और नई चुनौतियों को लिए खड़ा था। उन्हें इसके कारण अभूतपूर्व प्रशंसा और आलोचना का शिकार होना पड़ा। इसके बाद उन्हें भारत जाने की अनुमति नहीं दी गयी। उनका पासपोर्ट भी जब्त कर लिया गया। फ़रवरी 1993 में ढाका में आयोजित पुस्तक मेले में कट्टरतावादियों ने तसलीमा पर हमला कर दिया और उनकी कई किताबें जला दी गयीं, जिसमें लज्जा भी सम्मिलित थी। तसलीमा का जीवन अब संकट में था और यह संकट कट्टरतावादी संगठनों द्वारा खड़ा किया गया था।

जुलाई 1993 में 'लज्जा' को सरकार की ओर से, जनमानस में विभ्रांति और विभिन्न सम्प्रदायों के बीच ग़लतफ़हमी फैलाने और उत्तेजना पूर्ण तथा उकसाने वाले वक्तव्य के प्रयोग का आरोप लगाते हुए, निषिद्ध कर दिया गया। इस बार सरकार खुलकर तसलीमा विरोध में आ खड़ी हुई। इस थोपी हुई आपदा से तसलीमा को कोई पार नहीं मिला। परिणामस्वरूप लेखन के लिए किसी भी प्रकार की अनुमति लेने के झंझट से मुक्ति के लिए और साहित्य को अधिक समय देने के उद्देश्य से, लेखन को अपना अंतिम साध्य और साधन मानते हुए तसलीमा ने मेडिकल अधिकारी के पद से इस्तीफ़ा दे दिया।

इस बीच तसलीमा ने 'आनंदलोक' पत्रिका के लिए 'फेरा' नामक एक लम्बी कहानी, 'शोध' और 'भ्रमर कहियो जाकर' के साथ 'निमंत्रण' नामक उपन्यास, 'दुखियारी लड़की' कहानी संग्रह और 'चार कन्या' उपन्यास के साथ 'छोटे-छोटे दु:ख' कलामों का संग्रह भी लिखा और 'भात का माँड दो' नामक कविताओं का संग्रह भी संपादित किया। 'लज्जा तथा अन्यान्य' नामक किताब का सम्पादन भी किया, इसमें लज्जा के विषय में अन्य लेखकों ने जो कुछ भी लिखा, उसका संकलन किया गया। तसलीमा यह समझ चुकी थीं कि वे

कट्टरतावादियों की गतिविधियों की ओर जितना अधिक ध्यान देंगीं उतना ही उनका लेखन प्रभावित होगा। अत: जैसे-जैसे कट्टरतावादियों के हमले तेज़ हो रहे थे, तसलीमा की अपने लेखन के प्रति प्रतिबद्धता उतनी ही बढ़ती गयी।

इस बीच, फ्रांस के 'आर्ते टेलीविजन' के प्रयास से तसलीमा को उस धार्मिक और राजनीतिक झंझावात से निकलकर कुछ दिनों तक फ्रांस जाने का अवसर प्राप्त हुआ। पहली बार किसी यूरोपीय देश को देखकर तसलीमा अचरज से भर उठीं। वहाँ उन्होंने विभिन्न टी.वी. और रेडियो कार्यक्रमों में भाग लिया और कई साक्षात्कार दिए, 'लज्जा' पुस्तक का फ्रांसीसी अनुवाद भी किया जाना प्रारम्भ हुआ। वहाँ जाकर तसलीमा का मन बार-बार पश्चिमी और पूर्वी देशों की तुलना कर उठता। वहाँ के स्वच्छंद माहौल को देखकर तसलीमा का मन भी इस इच्छा से भर उठा कि बांग्लादेश में भी इसी तरह की स्वतंत्रता और समानता से भरा वातावरण होना चाहिए। जाति-भेद, वर्ग-भेद को मिटा देना चाहिए।

फ्रांस में कुछ दिन व्यतीत करने के बाद वे बांग्लादेश में समता, शिक्षा और विकास का सपना लेकर वापस तो आईं, किन्तु वे इस बात से अनभिज्ञ थीं कि उनका अपना देश उन्हें पुन: विदेश भेजने की तैयारी कर रहा था। उनके कभी लौट कर न आने का परिवेश ढाका में तैयार किया जा रहा था। इसी बीच, 9 मई 1994 को कलकत्ता के 'दि स्टेट्समैन' अखबार में तसलीमा का एक साक्षात्कार प्रकाशित हुआ, जिसमें यह लिखा गया कि तसलीमा कुरान में संशोधन करना चाहती हैं। यह खबर बांग्लादेश के अखबारों में भी प्रकाशित की गयी। जिसके बाद वहाँ तसलीमा विरोध का बड़ा तांडव प्रारम्भ हो गया। लोगों को भड़काने के लिए उनके नाम से गलत बातें प्रकाशित की जाने लगीं। 'इस्लामी ऐक्य गुट' ने तो उनके नाम पर एक लंबा-चौड़ा आरोप-पत्र तैयार कर लीफलेट के रूप में बाज़ार, मस्जिद, गलियों सड़कों पर चिपका दिया।

उनके शुभचिंतक उन्हें देश छोड़ने की सलाह देने लगें। क्योंकि फतवाबाज़ उनपर कभी भी हमला कर सकते थे। लेकिन, तसलीमा अपना देश छोड़कर कहीं भी जाने को तैयार नहीं हुई। अपना भय काफी पहले ही पीछे छोड़ चुकी तसलीमा के भीतर, भय एक बार फिर जाग उठा। उन्हें भय था, अपने सपनों के खत्म हो जाने का; भय था, अपने देश में कट्टरतावादियों की विजय का; भय था, सत्य के हार जाने का। इसी कारण, देश को अकेला, कट्टरतावादियों के हाथों में छोड़कर केवल अपना जीवन बचाकर भागना उन्होंने उचित नहीं समझा। वे लिखती हैं, "एक संभावना को कुचल पीसने का प्रयास किया जा रहा है, दुर्जनों के हाथ से, मैं वह संभावना छीन लाना चाहती हूँ।"[72] स्पष्ट है

कि तसलीमा यह समझ रहीं थीं कि उन्हें भीतर से कमजोर करने की साजिश की जा रही थी, जिससे थक-हार कर वे माफ़ी माँग लें। लेकिन माफ़ी माँगने के बजाय उन्होंने प्रत्येक क्षण अपने भीतर सकारात्मक ऊर्जा बनाये रखी।

अँधेरे दिन :

4 जून 1994 को तसलीमा के जीवन के सर्वाधिक कष्टमय दिनों की शुरुआत हो गयी। सरकार की तरफ से नुरुल आलम नामक किसी अफसर ने तसलीमा के खिलाफ क़ानून की धारा 295(क) के तहत मुकदमा दायर किया। उनपर धार्मिक भावनाओं को ठेस पहुँचाने का आरोप लगाते हुए सरकार की ओर से तसलीमा की गिरफ्तारी का वारंट जारी कर दिया गया। इस गिरफ्तारी और कट्टरतावादियों के हमले से बचने के लिए तसलीमा को दो महीने तक भूमिगत जीवन बिताना पड़ा। तसलीमा इस भूमिगत होने के दिनों को ही 'अँधेरे दिन' कहतीं हैं। किन्तु ये 'अँधेरे दिन' केवल उनके जीवन में ही नहीं आये थे, बांग्लादेश में भी धर्म का गहरा अन्धेरा छा गया। इन दो महीनों (4 जून से 4 अगस्त,1994) में तसलीमा के लेखन और उनके स्वतंत्र जीवन पर ही नहीं बांग्लादेश के समाज और राजनीति पर भी ग्रहण लग गया। हर कोई जैसे तसलीमा के नाम पर ही थम गया था। सबकी नज़रें तसलीमा को ही खोज रहीं थीं। सभी इस बात का इंतज़ार कर रहे थे, यह देखने को आँखें गड़ाए बैठे थे कि देखतें हैं तसलीमा का क्या अंजाम होता है? सदैव बांग्लादेश के विकास और समता की बात करने वाली तसलीमा के पक्ष में बोलने का साहस किसी के भीतर नहीं था। सरकार वोट के लालच में अपना मुँह सिले बैठी थी और दूसरी तरफ तसलीमा अपने जीवन को बचाने के लिए एक जगह से दूसरी जगह शरण ढूँढती और छिपती फिर रही थीं। इन दिनों ने तसलीमा को जीवन का असली चेहरा दिखा दिया था। जिन लोगों से उन्हें आशा थी उन्होंने भी भय के कारण तसलीमा की सहायता करने से इनकार कर दिया, उनके पक्ष में लिखना बंद कर दिया, और तो और कुछ लोग सरकार और कट्टरतावादियों के गुट में जा मिले थे।

आखिरकार यूरोपीय देशों एवं अमेरिका आदि के दबाव के बाद तसलीमा को बांग्लादेश छोड़कर जाने की शर्त पर, जमानत मिल गयी। न चाहते हुए भी अपने सपनों को कुछ समय के लिए भूलकर उन्हें स्वीडन जाना पड़ा। वे लिखती हैं, "कोई लेखक अपने लेखन के जुर्म में अपनी अभिव्यक्ति के अपराध में चरम निर्वासन का दंड झेलता रहे और समूचा देश महज टुकुर-टुकुर देखता रहे, कोई ऐतराज नहीं उठाएगा? मैं तो मन में यह सपना लिए जा रही हूँ कि देश के बोध-बुद्धि संपन्न लोग, यह बात हरगिज़ नहीं मानेंगे कि किसी लेखक को अपने

लेखन के जुर्म में निर्वासित होना होगा...जिस तरह अपना चेहरा ढँककर, सिर झुकाकर, चरम असम्मान के साथ, अपना नाम-परिचय छिपाकर देश से निकलना पड़ रहा है, मैं उस तरह नहीं लौटूँगी...लेखक के अधिकार के साथ लौटूँगी।" लेकिन तसलीमा को उस समय यह बात मालूम नहीं थी कि उनका वापस आना अब कभी भी नहीं हो पाएगा। जिस देश के लिए वह लिखती रहीं, जिसके लिए अपना जीवन संकट में डाल दिया और जिस पर विश्वास किया, उसी देश ने उन्हें आजीवन निर्वासित रहने के लिए छोड़ दिया। वे बड़े ही मार्मिक ढंग से लिखती हैं- 'भगवान न करे, किसी को भी अपना देश छोड़ने के लिए लाचार होना पड़े।'

(ग) रचनात्मक व्यक्तित्व : निर्वासन के पश्चात

"वैसे तो हर व्यक्ति को मृत्यु-पर्यंत किसी-न-किसी रूप में संघर्ष करना ही पड़ता है लेकिन तसलीमा को तो बचपन में ही ऐसे हादसे झेलने पड़े कि उसका प्रारंभिक जीवन ही कुंठित हो गया। यौवन की दहलीज़ पर उसे ऐसा निर्वासन मिला कि पुनर्वास की कोई सूरत भी बनती दिखाई नहीं पड़ती। ऐसे व्यक्ति को जब निर्वासन में भी अपने मनोनुकूल जगह रहने के लिए सुलभ न हो, तो उसकी पीड़ा और उसका संघर्ष कैसे उसकी आत्मा को नोचने वाला हो जाता है, इसे कोई भुक्तभोगी ही जान सकता है। इस सबब में तसलीमा का संघर्ष समय के साथ कम होने के बजाय बढ़ता और गहराता ही गया है।"[73]

तसलीमा के जीवन के साथ-साथ लेखन को भी निर्वासन के आर-पार के रूप में विभक्त करके देखा जाना इसलिए आवश्यक हो जाता है क्योंकि इससे यह समझा जा सकता है कि जो लेखिका निर्वासन से पूर्व अपने देश, अपने समाज के बारे में लिख रही थी, उसी लेखिका को उसके देश से निष्कासित किये जाने के बाद उसके लेखन के स्वरूप में, विषय में, उद्देश्य में क्या-कुछ परिवर्तन आया? क्या वह लेखिका धर्म और पितृसत्ता द्वारा गढ़ी राजनीतिक चालों के आगे हार मान गयी या फिर विदेशी धरती पर जाकर अपने देश को भूल गयी या स्वयं के दुखों में ही खोकर रह गयी?

(i) साहित्यिक चिंतन के दायरे में विस्तार :

निर्वासन के बाद के तसलीमा के साहित्य पर यदि दृष्टि डाले तो यह स्पष्ट होता है कि उपरोक्त में से कुछ भी तसलीमा के साथ नहीं हुआ। बल्कि एक लेखिका के रूप में, एक सामाजिक चिन्तक के रूप में उनके लेखन का दायरा बढ़ता ही गया है। उन्होंने विदेशी धरती पर भी बांग्ला भाषा को हथियार बनाते

हुए उसी तीक्ष्णता बल्कि कह सकते हैं, उससे भी अधिक तीक्ष्णता के साथ अपने मनोभावों की अभिव्यक्ति की।

निर्वासन के कई नुकसान तो थे ही किन्तु रचनात्मकता के सन्दर्भ में उन्हें एक फायदा यह हुआ कि उन्हें लिखने और काम करने का एक वृहद् 'प्लेटफार्म' मिला। अब उनके लेखन में पूरी दुनिया के प्रति चिंता दिखाई देने लगी। स्त्री जाति किसी देश में नहीं अपितु समस्त विश्व में शोषण की शिकार है यह उन्हें पहली बार महसूस हुआ। हाँ! इसका रूप अलग-अलग परिवेश के अनुसार भिन्न जरूर हो सकता है। विदेशी धरती पर उन्होंने अपने देश की महक को कभी भी खोने नहीं दिया उसे बांग्ला भाषा के रूप में सदैव अपने साथ संजोये रखा। निर्वासन के बाद तसलीमा की कई रचनाएँ आईं-आत्मकथा के सभी खंड, 'कुछ गद्य कुछ पद्य', औरत का कोई देश नहीं भी। इन रचनाओं में तसलीमा ने अपने विचारों को पुख्तगी के साथ रखा इसके अतिरिक्त उनके लेखन में केवल बांग्लादेश ही नहीं एशिया, यूरोप, अमेरिका और दक्षिण पश्चिमी देशों ईरान, ईराक, फिलिस्तीन आदि की समस्याओं का भी जिक्र दिखाई पड़ने लगा।

(ii) नई दुनिया के बीच :

निर्वासन के बाद स्वीडन पहुँचकर तसलीमा ने एक नई दुनिया देखी। अभिव्यक्ति की अपार स्वतंत्रता, समानता, कट्टरतावादियों का कोई नाम तक नहीं, धर्म मानने या न मानने की स्वतंत्रता आदि। यह सब देख, तसलीमा अपने देश के लिए अफ़सोस से भर गयीं। उन्हें इस बात का अत्यधिक कष्ट हुआ कि उनका देश अपने नागरिकों के लिए ऐसी व्यवस्था क्यों नहीं कर पा रहा है? वहाँ रहते हुए कई बड़े-बड़े लेखकों, साहित्यकारों, कलाकारों और राजनीतिज्ञों से उनकी भेंट हुई। उनसे उन्होंने बहुत कुछ सीखा। विदेशी धरती पर लेखन को एक व्यवसाय मानने की प्रवृत्ति देखकर उन्हें आश्चर्य तो हुआ और उन्होंने इसकी प्रशंसा भी की। क्योंकि पूर्वी देशों में भले ही लेखक के अन्दर ख्याति प्राप्त करने और रुपए कमाने की लालसा होती है किन्तु वह उसे नैतिक रूप से कभी भी स्वीकार नहीं करता। वे लिखती हैं, "...भारतीय उपमहादेश में ये त्यागी आदर्श काफी कुछ मैसोकिज्म जैसा है। अपने को आराम-ऐश से वंचित करना, अपने को तकलीफ देना-इस पार मेसोकिज्म को मानसिक रोग माना जाता है।"[74] तसलीमा ने बांग्लादेश में रहते हुए ही कई बार यह बात स्वीकार की कि वे अपना घर चलाने के लिए लिखती हैं। लेकिन वह भी पूर्वी देशों के लेखकों की तरह लेखन के सम्बन्ध में व्यावसायिक होने में संकोच करती हैं। यूरोप में उनका

यह स्वभाव बार-बार सामने आ जाता था, जिसे उनके कुछ साथी पसंद नहीं करते थे। लेकिन तसलीमा लेखन के सम्बन्ध में गैर-व्यावसायिक होना ही ज्यादा पसंद करती हैं।

स्वीडन में तसलीमा का भव्य स्वागत भले ही हुआ, किन्तु कड़ी सुरक्षा के बीच रहते हुए यह महसूस किया कि उन्होंने अपनी स्वतंत्रता खो दी है। तसलीमा की 'आज़ादी को धर-पकड़कर बक्सा बंद कर दिया गया'। ऐसे में विभिन्न प्रकार के नियमों के बीच रहते हुए काफी समय तक उनके लिए लिखना संभव नहीं हो पाया।

विभिन्न नामी-गिरामी पत्रिकाओं जैसे 'एक्स्प्रेशन', 'डगेनस नेइहेटर', 'न्यूयार्कर' आदि की ओर से उन्हें लिखने के लिए आमन्त्रण मिल रहे थे, विभिन्न कार्यक्रमों के भी आमन्त्रण मिले जैसे-नार्वे में इंटरनेशनल पार्लियामेंट ऑफ़ राइटर्स के सम्मलेन में आमंत्रण। इस संस्था ने 'रिपोर्टर्स सां फ्रंटियर्स' के साथ मिलकर उनके पक्ष में यूरोप के बीस देशों की बीस पत्रिकाओं में हर रोज बीस मशहूर लेखकों के तसलीमा के नाम लिखे गए खत प्रकाशित किये। उस सम्मलेन में तसलीमा को 'पेन क्लब' की ओर से 'कुर्ट टुखोलस्की' पुरस्कार दिया गया। अमेरिका के कई लेखकों ने पत्रिकाओं में तसलीमा के नाम खुली चिट्ठियाँ उस समय लिखी थीं (जब वे बांग्लादेश में अपनी जान बचाने के लिए भूमिगत हो गयी थीं)। इन पत्रों का संकलन पुस्तक के रूप में किया गया और उसका हिंदी अनुवाद 'प्रिय तसलीमा नसरीन' के नाम से बाद में प्रकाशित भी हुआ। इन पत्रों में सलमान रुश्दी, दक्षिण अफ्रिका की नोबेल पुरस्कार प्राप्त लेखिका नादिन गार्डीमर, बात इयोर, अमेरिका की सुजान सटांग, आस्ट्रिया की एल्फ्रिड इएलिनेक, जर्मन लेखक एरिख ल्येस्ट जैसे प्रतिष्ठित साहित्यकारों के पत्र भी सम्मिलित थे। तसलीमा ने इन सभी खतों का उत्तर एक पत्र में लिखा, जिसमें इन सभी लेखकों को धन्यवाद् देते हुए यह अफ़सोस व्यक्त किया कि अपार संभावनाओं के साथ जन्म लेने वाले बांग्लादेश की दुर्दशा का कारण वहाँ कट्टरपंथियों का राज है। यह राज समाप्त होने पर ही बांग्लादेश प्रगति की सीढ़ियों पर आगे बढ़ सकेगा। उन्होंने यह भी लिखा कि साहित्यकार ही सच्चे अर्थों में अपने देश की बुराइयों से सभी को परिचित करा सकता है। उनका कहना है, "मेरा दृढ विश्वास है कि साहित्यकार-कलाकार ही समाज के शरीर से सड़ा-गला कूड़ा-कर्कट हटाने की ज़रूरत महसूस करते हैं, वे लोग ही अँधेरा चीरकर गुच्छा-गुच्छा उजाला लाते हैं।"[75]

स्वीडन में तसलीमा का लोगों से मिलने-मिलाने के साथ बड़ी-बड़ी

साहित्यिक सभाओं, सम्मेलनों में भाग लेना, अपनी पुस्तकों के अनुवाद कार्य को देखना आदि चलता रहा। वे साहित्यिक गतिविधियों में प्रतिभाग करने, व्याख्यान देने और पुरस्कार प्राप्त करने हेतु विभिन्न यूरोपीय देशों में आमंत्रित की गयीं। यथा–'पुर्तगाल इंटरनेशनल पालियामेंट ऑफ़ राइटर्स' ट्रेंडहेइम विश्वविद्यालय में मानवाधिकार के बारे में भाषण, नार्वे की मानववादी संगठन द्वारा 'ह्यूमन 'एटिस्क फॉरवुड' मानववादी पुरस्कार, स्कैंडेनेवियन देशों में सबसे बड़े पुस्तक मेले के उद्घाटन के लिए गोथेनबर्ग आमन्त्रण, अन्तर्राष्ट्रीय पेन क्लब की तरफ से प्राग, चेक गणराज्य के लेखक सम्मलेन में प्रतिभाग, पेन क्लब फिनलैंड के कार्यक्रम में प्रतिभाग, फ्रांस के टेलीविजन पर 'बोर्नार्ड पीभो' के कार्यक्रम में प्रतिभाग, 'द फाम' संगठन की ओर से 'ए डिक्ट द नान्त' पुरस्कार, फ्रेंच सरकार की तरफ से 'प्री द द्रोया दे लोम' मानवाधिकार पुरस्कार, पेरिस विश्वविद्यालय में व्याख्यान, आस्ट्रिया की तरफ से आमंत्रण, स्विट्जरलैंड की मानवाधिकार संस्था की ओर से आमंत्रण, जहाँ उन्हें 1994 का 'सखारोव पुरस्कार' दिया गया, एमनेस्टी इंटरनेशनल की तरफ से आमंत्रण पर स्काटलैंड, आयरलैंड, हालैंड, इटली में व्याखान दिया, जर्मनी की ओर से आमंत्रण, अमेरिका की 'इंटरनेशनल अकादमी ऑफ़ हुमैनिज्म' की ओर से 'हुमैनिस्ट लारियेट' की उपाधि, हर्बर्ट विश्वविद्यालय में व्याखान, इटली, बर्लिन, वेनिस, टुरिन, फ्लोरेंस, रोम आदि का भ्रमण और वहाँ पर व्याख्यान, बेल्जियम के घेंट विश्वविद्यालय की ओर से डॉक्टरेट की उपाधि, राष्ट्रसंघ के सम्मलेन में भाषण हेतु आमन्त्रण, कनाडा के टोरंटो विश्विद्यालय में व्याख्यान, फ्रांस की राष्ट्रीय संसद में भाषण देने के लिए आमंत्रित किया गया, फ्रांस के फिल्म प्रोड्यूसर क्लाद माइजेर ने अपनी फिल्म प्रोडक्शन संस्था की तरफ से चित्र नाट्य के लिए स्क्रिप्ट लिखने के लिए फ्रांस के मूलादंदे में आमंत्रित किया। फ्रेंच संस्कृति कार्यालय से स्कालरशिप, फ्रांस के ह्युमेनिस्ट और एथिकल यूनियन की तरफ से मानववादी पुरस्कार, ब्राजील के पावलो विश्वविद्यालय में व्याख्यान हेतु आमंत्रण, यूनेस्को की ओर से नारीवाद और मानवतावाद पर बोलने के लिए आमंत्रण, अमेरिका के हार्वर्ड विश्वविद्यालय में व्याख्यान, आदि।

(iii) देश से निष्कासित किन्तु देश के लिए समर्पित :

विदेशी धरती पर रहते हुए तसलीमा का अपने देश के प्रति लगाव और अधिक बढ़ता गया है। किन्तु इस लगाव के बावजूद उनकी इस समय की रचनाओं में देश की आलोचना का कहीं भी अभाव नहीं दिखता। इस आलोचना का उद्देश्य किसी की निंदा करना नहीं बल्कि उन कमियों की ओर इंगित करना

है जो उनके देश को कमजोर बना रही हैं।

'लास एंजल्स टाइम्स' और 'ग्लोबल एंड मेल' पत्रिकाओं ने उनकी आत्मकथा के प्रथम खंड 'मेरे बचपन के दिन' को वर्ष 2002 की श्रेष्ठ 'नॉन-फिक्शन' की सूची में शामिल किया। यहाँ उनका जीवन भले ही व्यस्तता से भरा रहा हो किन्तु अन्दर ही अन्दर उनमें एक प्रकार की निःसंगतता राज कर रही थी। वे लिखती हैं-

"...अब भी, लौटा लो मुझे,
अब भी, मुझे धूल-रेत, नदी, हवा, सरसों खेत और ब्रम्हपुत्र दे दो मुझे!
अब भी, दे दो मुझे नलथान, लिपा-पुता आंगन,
हाथ पंखे की हवा, टिन की छादन की रिमझिम,
झींगुर की शोर भरी वर्षा,
धुँआ उठते भात में मागुर मछली, धनिया पत्ती का शोरबा!
अभी भी, स्कैंडीनिविया की देह से हटा लो, छूने को उन्मुख मेरी जड़ें!"[76]

तसलीमा को पश्चिम में 'रेडिकल नारीवादी' के रूप में पहचान मिली। वे जैसे-जैसे अंतर्राष्ट्रीय ख्याति प्राप्त करती जा रही थीं, उनके जीवन और लेखन के सम्बन्ध में जिज्ञासाओं के साथ अनुसन्धान और अन्य विभिन्न कार्य जोर पकड़ते जा रहे थे। मसलन, पीटर पिंकस्की नामक लेखक ने तसलीमा पर जर्मन भाषा में किताब लिखी, हेलेन सिक्रूस ने फ्रांस में तसलीमा पर एक नाटक लिखा, मारसेइ की स्त्रियों ने तसलीमा के समर्थन में एक किताब लिखी, फ्रेडरिक एल्फ्राय, जर्मनी के टीवी स्टेशन जी.डी.घ्फ़ और बी.बी.सी. ने तसलीमा पर वृत्तचित्र निर्मित किये, प्रख्यात जाज़ संगीतज्ञ स्टीव लेसी और गायिका इरेन एबिर ने उनकी कविताओं को गीत का रूप दिया और 'दि क्राई' के नाम से संगीत एल्बम भी बनाया। पदोवा विश्वविद्यालय में एक शोधार्थी द्वारा उन पर शोध कार्य किया गया। जावेद अख्तर ने उन पर एक कविता लिखी आदि। यानी विदेशी धरती ने उन जैसी लेखिका को एक 'तारिका' बना दिया। किन्तु वे इस तारिका वाली छवि को बहुत अधिक पसंद नही करतीं। उन्हें तो बांग्लाभाषी समाज के साथ रहते हुए, बांग्ला भाषा में बोलते और लिखते हुए ढाका और कलकत्ता के पुस्तक मेले में भ्रमण करते हुए ही जीवन जीना पसंद है। ऐसे में विदेशी धरती, विदेशी लोगों के बीच असहजता ने उनके लेखन को काफी दिनों तक बाधित किया। इस थोपी हुई दूरी के बीच "मुझसे एक अक्षर भी लिखा नहीं जाता। मैं जैसे किसी अनाम लेखिका की तरह जिंदगी गुज़ार रही हूँ...किसी जमाने में किसी देश में मैं लेखिका भी थी, कभी-कभी मैं यह भी भूल जाती

हूँ।"[77]

इस थोपी हुई नि:संगतता से खुद को बचाने के लिए उन्होंने अपनी स्मृतियों में खो जाना बेहतर समझा। परिणामत: इन स्मृतियों के आधार पर आत्मकथा लिखनी शुरू की। अकेलेपन, नि:संगतता और निराशा के बीच वे स्वयं को पश्चिमी संस्कृति में ढाल पाने में असहज महसूस करती हैं। ऐसे में उनका मन कई बार पलायनवादी हो उठता है –

"कभी-कभी तीखी चाह जागती है, फरार हो जाऊँ!
बर्च के सागर तट, ओक और पाइन के खूबसूरत अरण्य से,
शीतल शांत बाल्टिक सागर से घिरे,
सजे-सजाये नगर से!
लेकिन फरार हो जाऊँ कहाँ?
दुनिया में कहाँ है और कोई नगर, जो मेरे इंतज़ार में हो...।"[78]

यूरोप की संस्कृति में स्वयं को न ढाल पाने पर बार-बार एक बांग्लादेशी लेखिका सामने आ जाती, जिसे वहाँ के लोगों ने ढकने का भरपूर प्रयास किया। इस सम्बन्ध में वे लिखती हैं–

"परदेस अपने स्नेहिल बर्फ में,
ढके रखता है घमौरियों-भरी पीठ,
फिर भी निकल आती है एक बेअदब बंगाली,
बर्फ की परत तोड़कर,
लहक उठती है लपलपाती आग के मानिंद,
समूचे दूधिया मैदान में!"[79]

(iv) विदेश पर निर्भरता और तसलीमा का लेखन :

तसलीमा जितना अधिक यह स्वीकार करती हैं कि 'किसी और पर निर्भर करने जैसी मौत, और कोई नहीं होती' उतना ही वह इन पश्चिमी देशों पर निर्भर होती जा रही थीं या यह कह सकते हैं, उन्हें निर्भर बना दिया गया। यह निर्भरता उन्हें बार-बार कचोटती रही जो आज भी जारी है और उनके लेखों में देखी जा सकती है। अपने देश में भय के बीच रहते हुए भी वे इतनी तकलीफ नहीं महसूस करती थीं, जितनी विदेश में तमाम सुविधाओं के बीच रहते हुए महसूस करती हैं। वे लिखती हैं, "रातों को अचानक नींद टूट जाती है और मेरे मन में सवाल उठता है कि ये मेरी किताबें बिक रही हैं या मैं बिक रही हूँ? मेरी जिंदगी की कहानी बिक रही है? मेरा दम घुटने लगता है।"[80]

विदेशी धरती पर भी जां दार्न आलिए, ताहर बेन जेलुन जैसे कई तसलीमा

विरोधी भी उग आये। उन्हें वहाँ किसी के विरुद्ध कुछ भी कहने की स्वतंत्रता नहीं थी, जिसके कारण उन्हें अपना मुँह बंद कर बैठना पड़ रहा है। कई बार तो उनकी रचनाओं के विभिन्न भाषाओं में अनुवाद करते समय उनके विवादित विचारों को हटा दिया गया। उन्हें बस एक ही स्वतंत्रता प्राप्त थी जीवन की स्वतन्त्रता। किन्तु लोगों को यह नहीं ज्ञात था कि लिखना ही तसलीमा के लिए जीवन है-

"...पत्थर पर अगर रोपी जाए सपनों की पौध,
आँखों के आँसुओं से सींचकर,
क्या कभी घटती है छाया दुखों की?"[81]

दिन-रात के दबाव और सुरक्षा से तंग आकर उन्होंने सरकार से पुलिस की सुरक्षा को हटाने की माँग की जिसे स्वीकार कर लिया गया। इस सम्बन्ध उन्होंने स्वीडिश सरकार को पत्र लिखा, "अगर मेरे अनुरोध के बावजूद, आप लोग मुझे पहरेदारी और निगरानी में रखना चाहते हैं तो मेरा लिखना-पढ़ना, हमेशा के लिए बंद हो जाएगा, कह देती हूँ। अभी जो आप लोग, मेरी लेखिका होने पर गर्व करते हैं, बाद में नहीं कर पायेंगे! मैं आज़ादी चाहती हूँ, सम्पूर्ण आज़ादी। मेरी गर्दन पर कोई लगातार साँस-प्रश्वास लेता रहे, इस जैसा दुस्वप्न और कोई नहीं।"[82] इस प्रकार पहली बार विदेशी धरती पर उन्होंने अकेले चलना शुरू किया। भय और अकेलेपन से बाहर निकलकर वहाँ के समाज और संस्कृति को अपने अनुसार देखने और समझने का प्रयास किया। आवश्यकतानुसार उसकी आलोचना-प्रत्यालोचना और प्रतिवाद भी किया।

तसलीमा धीरे-धीरे पश्चिम की चाल को समझने लगीं और उसके अनुसार चलना भी सीख लिया। किन्तु उन्होंने सब कुछ सहज स्वीकार नहीं किया। वे लिखती हैं, "नहीं, मैं, उनका सब कुछ किसी शर्त पर भी नहीं सीख सकती. ..हाँ, पश्चिम का जो कुछ अच्छा है उसे ग्रहण करने में मुझे आपत्ति नहीं है, लेकिन जो बनावटी या नकली है, उसे मैं हरगिज़ क़ुबूल नहीं कर सकती।"[83] इतने देशों में भ्रमण के बावजूद उन्हें अपने लिए कोई भी देश या स्थान उपयुक्त नहीं लगा। कारण हम समझ सकते हैं। अपनी जड़ों से दूर फेंका हुआ इंसान बार-बार उन जड़ों को ही खोजने का प्रयास करता है :-

"क्या सच ही कोई देश मेरा है?
है मेरा कोई शहर या गाँव-देहात?
या मेरा कोई घर? कोई बदन या मकान?
यह जो मैं बहती रहती हूँ, एक देश से दूसरे देश,

यूँ बहते-उतराते किसी दिन, रात के अंतिम प्रहर
या दिन-दोपहर, कहाँ जा भिड़ेगा मेरा जीवन?[84]

विदेशी धरती पर प्रसंशा और अलोचना का सिलसिला जारी रहा। इस बीच तसलीमा ने अपने आवेगों को पुनः शब्दों में ढालना प्रारम्भ किया। इस सम्बन्ध में सबसे अधिक प्रोत्साहन दिया बांग्लादेश के प्रसिद्ध लेखक निखिल सरकार ने। वे लिखती हैं, "...उन्होंने कहा था, 'इतने-इतने देशों में भ्रमण कर रही हो, इतना-इतना तजुर्बा हो रहा है, लेकिन लिख कुछ भी नहीं रही हो।' 'लिखने का मन नहीं करता-'मैंने निसंतप्त आवाज़ में जवाब दिया। 'लिखने की कोशिश करो। लिखने के लिए ही देश छोड़ना पड़ा। अब निर्वासन में जाकर अगर लिखना ही बंद कर दो तो ज़िंदा कैसे रहोगी? देखना, यह लिखना ही तुम्हें बचाएगा। तुम्हें लिखना तो पड़ेगा ही।"[85]

इस अकेलेपन के बीच रहते हुए तसलीमा स्वयं को हर प्रकार के अहंकार, निराशा आदि से बचाने के लिए बार-बार अपना मूल्याँकन करती रहीं। एक प्रकार का स्वानुशासन विकसित किया। वे लिखती हैं, "लेकिन असल में क्या मैं किसी की भी हूँ? मैं अपने से ही सवाल करती हूँ। मैं मन-ही-मन अपने को समझाती हूँ-सिर्फ सुनती रहो! सिर्फ अपना दिमाग ठीक रखो। खबरदार! अहंकार को अपने आस-पास भी मत आने देना।"[86] विदेशी धरती पर नितांत अकेलेपन के बीच व्यतीत होने वाला तसलीमा का जीवन 'बर्च के पत्तों की तरह झड़ रहा' था और कोई भी उनके पास नहीं था 'जो कह सके-जियो!'। इस जीवन को जीते हुए भी तसलीमा अपने भीतर अपने देश-प्रेम का दीपक जलाए बैठी रहीं। वे सकुशल नहीं हैं, लेकिन सदैव अपने देश के लिए यही इच्छा रखी 'तुम सकुशल रहना, प्रिय देश!' अपने आस-पास की चीजों में अपना देश, अपनी संस्कृति कुछ इस प्रकार खोजती रहीं -

"असल में भात के स्पर्श से भात नहीं
लगता है मुट्ठी में आ गया है भरपूर बांग्लादेश!"[87]

विदेश में रहते हुए एक दिन तसलीमा ने अपने माता-पिता को भी खो दिया। जीवन-भर स्त्रियों के लिए लिखती रहने वाली तसलीमा अपनी माँ के प्रति अपराध बोध से भर उठीं। माँ को लेकर कई कविताएँ 'तुम्हारा न होना', 'मेरी माँ के बारे में', 'दुखवती माँ', 'देश कहने को अब', 'तुम नहीं हो, इसलिए', 'एक अकविता', 'अगर', 'चाह', 'प्रायश्चित' और साथ ही अन्य कविताएँ 'काश, ऐसा होता', 'जीना', 'यादें सेंकती हैं धूप', 'तुम्हारी देह, तुम नहीं', 'खाली-खाली लगता', 'ठीक वही-वही चाहिए', 'हरसिंगार बिछी राह',

'ईदुलआरा', 'मेरी इंसानियत', 'तुम सोयी हो कब्र में', 'पूरब-पश्चिम', 'माँ को खत', 'वह थी, वह नहीं है', 'न होना', 'मत जाओ', 'तुम थीं', 'लौट आओ', 'माँ' आदि लिखीं। इन कविताओं को आत्मकथा के छठे खंड 'नहीं, कहीं कुछ भी नहीं' में देखा जा सकता है। उन्होंने अपनी माँ की ही प्रेरणा से आत्मकथा लिखनी प्रारम्भ की। इस सम्बन्ध में वे लिखती हैं, "सन सत्तानबे के नवम्बर महीने में मैंने अदरख-पानी पीकर, लिखना शुरू कर दिया। अचानक मै साहित्यकार हो उठी। जो सो नहीं, मैं बकायदा आत्मकथा लिखने लगी। आत्मकथा लिखने का ख्याल कहाँ से आया, क्यों आया, मैं नहीं जानती। इसलिए कि शायद तुम मेरे बचपन के दिन याद कर रही थी। तुम मेरे सामने वे सब पुराने दिन याद कर रही थी और मैं मन ही मन उन यादों के सहारे किताब लिखने की परिकल्पना बुन रही थी।"[88]

(v) भारत की धरती पर लेखकीय संघर्ष :

1994 से 1999 के बीच के संघर्ष के बाद, उन्हें 2004 में भारत का एक्स वीजा प्राप्त हुआ और वे कलकत्ता आकर रहने लगीं। उन्होंने अपने निर्वासन के दौरान तमाम तकलीफों और उपेक्षा के बीच भी अपना लेखन जारी रखा। भारत के पश्चिम बंगाल में बंगाली समुदाय के बीच रहते हुए वे फिर से अपने देश को महसूस करने लगीं और उनका अवरुद्ध लेखन कार्य फिर से गति पकड़ने लगा। इसी बीच आत्मकथा का प्रथम भाग 'मेरे बचपन के दिन' प्रकाशित हुआ और इसके लिए उन्हें दूसरी बार बांग्ला भाषा का प्रतिष्ठित 'आनंद पुरस्कार' प्राप्त हुआ। तत्पश्चात, 'जलपक्ष', 'खाली-खाली लगता है' नामक कविता संग्रह और आत्मकथा का दूसरा और तीसरा भाग (द्विखंडित और वे अँधेरे दिन) भी प्रकाशित हुआ।

तसलीमा अपने लेखन को लेकर सदैव आश्वस्त रहीं। 'मेरे बचपन के दिन' के लिए आनंद पुरस्कार लेते समय उन्होंने कलकत्ता के रवींद्र सदन में कहा, "चूँकि मैं लिखती हूँ, इसलिए मुझे डाक्टरी छोडनी पड़ी; लिखती हूँ, इसलिए जुलूस निकाले गए, मेरी हत्या की धमकियाँ आई हैं; मेरे सिर का मोल निश्चित किया गया है; लिखती हूँ, इसलिए मुझ पर मुकदमें चलाए गए हैं; वारंट निकाले गए, हड़तालें होती रहीं, लोगों की हत्याएँ हुई, लिखती हूँ; इसलिए रातोंरात एक घर से दूसरे घर भागते रहना पड़ा। इस लिखने की वजह से ही नाते-रिश्तेदार, यार-दोस्तों को छोड़ना पड़ा; अपना घर द्वार छोड़ना पड़ा। ब्रम्हपुत्र, अपना देश-सब छोड़ना पड़ा! लेकिन लिखती हूँ, इसीलिए पुरस्कार भी नसीब हुआ!"[89]

उनके 'शोध' उपन्यास पर आधारित टीवी सीरियल पश्चिम बंगाल में

प्रसारित किया जाने लगा। टीवी पर मेगा सीरियल के लिए तसलीमा ने कहानी लिखनी भी शुरू की और नाम दिया, 'दु:सहवास'। उनकी कहानी 'फेरा' का नाटक के रूप में मंचन भी हुआ। कलकत्ता में रहने के दौरान स्टेट्समैन पत्र के बंगाली संस्करण 'दैनिक स्टेट्समैन' के लिए साप्ताहिक निबंध लिखे। उन्होंने अपनी रचनाओं के अतिरिक्त कलकत्ता को एक और भेंट दी और वह है अपने शरीर का दान। कलकत्ता को उन्होंने काफी कुछ दिया किन्तु कलकत्ता ने उन्हें दिया 'लानत-मलामत' (कलकत्ता कविता से)।

फिर वही सम्मलेन, कार्यक्रम, साहित्यिक अड्डों का दौर चल पड़ा। इस दौरान कई राज्यों के कार्यक्रमों में भी सम्मिलित हुईं। इसी बीच हैदराबाद से डा. ईनाईया की तरफ से 'शोध' उपन्यास के तेलुगु संस्करण के लोकार्पण के लिए हैदराबाद जाना उनके जीवन में एक बार फिर अन्धेरा लेकर आया। लोकार्पण कार्यक्रम के दौरान हैदराबाद के विधायकों और उनके समर्थकों ने तसलीमा पर हमला कर दिया, जिससे किसी तरह तो वे बच गयीं, किन्तु पश्चिम बंगाल के निष्कासन से नहीं बच सकीं। हैदराबाद से वापस आने पर कलकत्ता के घर में उन्हें गृहबंदी बना दिया गया। इस बीच कलकत्ता के मौलवियों ने सभा करके उनके विरुद्ध 'अनलिमिटेड' रुपयों का फतवा जारी किया। यही नहीं, गायक कबीर सुमन ने भी तसलीमा के विरुद्ध एक और फतवा ज़ारी कर दिया। फिर वही फतवा, जुलूस, विरोधी संगठन, विरोधी पत्रिका, विरोधी लेखों, सवाल-जवाब, प्रतिबन्ध और निर्वासन का सिलसिला शुरू हो गया।

इस बीच अंतर्राष्ट्रीय और राष्ट्रीय स्तर पर कई घटनाएँ हुईं-गुजरात दंगे, ट्विन टावर पर आतंकवादी हमला, पश्चिम बंगाल के सिंगूर और नंदीग्राम में दंगे, प्रथम आलो के कार्टूनिस्ट अरिफुर रहमान की हत्या, बांग्लादेश के लेखक हुमायूँ आज़ाद की हत्या और अंत में पश्चिम बंगाल से तसलीमा का निष्कासन। एक लेखिका जो सबकी स्वतंत्रता के लिए आवाज़ उठाती रही, उसकी स्वतंत्रता के लिए आवाज़ उठाने वाला कोई नहीं था। कलकत्ता में कट्टरपंथी तसलीमा की हत्या का अवसर ढूँढने लगे। इसीलिए दंगों की आशंका देखते हुए सरकार के आदेश पर, तसलीमा को एक दिन धोखे से दिल्ली ले जाकर, 'अज्ञातवास' में रख दिया गया। एक बार फिर उन्हें बंगाली सरजमीं छोड़ने पर मजबूर होना पड़ा, जिसे वे दूसरी मृत्यु के रूप में ही देखती हैं :-

> *"मौत से बचने के लिए लेना होगा मुझे आसरा मौत ही का,*
> *इसके अलावा और कोई चारा है क्या!"*[90]

तसलीमा भारत से जुड़ाव महसूस करती हैं क्योंकि एक तो उनके पूर्वज

भारत के हिन्दू थे, जो बाद में इस्लाम धर्म ग्रहण कर बांग्लादेश विस्थापित हो गए। इस तरह वे नृवैज्ञानिक और ऐतिहासिक तौर पर भी भारत से जुड़ी हुई हैं। इस सम्बन्ध में वे लिखती हैं, "मैं इतिहास की शिकार एक व्यक्ति हूँ अथवा जितनी भी समृद्ध हुई हूँ वह इतिहास के द्वारा हुई हूँ। इसके दारिद्रय, औपनिवेशिकता, धर्म-धर्मान्धता, हिंसा, हिन्दू-मुसलमान, खून-खराबा, देश-छोड़ना, माइग्रेशन, एक्सोडस, द्विजातित्व, या टू नेशन थियोरी, गणतंत्र हीनता, जात-पात, दंगे, युद्ध द्वारा शिकार की गई हूँ मैं। मुझे जितना भी भारतीय बनाया इन्हीं सब ने मिलकर बनाया है। इन सबसे ऊपर, बांग्लादेश नाम के एक मौलवाद, आतंकवाद, तानाशाह, दुर्नीति, गरीबी और दुर्भिक्ष से पीड़ित देश ने मुझे और भी ज्यादा अनुभवी बनाया है।"[91] दूसरा, बांग्लादेश का इतिहास और संस्कृति आपस में जुड़े हुए हैं। दोनों की परम्परा और विकास एक ही महाद्वीप भारत का हिस्सा है, तीसरा, बंगाली संस्कृति से लगाव के कारण वे पश्चिम बंगाल को अपूर्व बांग्लादेश के रूप में ही देखती हैं। इस कारण कलकत्ता से दूरी उन्हें अपने देश से दूर जाने जितनी ही कष्टप्रद महसूस हुई।

अज्ञातवास के जीवन से मुक्ति के लिए तसलीमा ने 17 मार्च 2008 को भारत छोड़ने का निर्णय किया। इसके बाद स्वीडन पुनर्गमन, पुरस्कारों व सम्मान, सम्मेलन का सिलसिला फिर शुरू हुआ-'सिमोन द बोवेयर' पुरस्कार अयान हिरसी अली के साथ, फ्रेंच में 'मेरे कारागार से' कविता संग्रह का प्रकाशन, कनाडा के माइक ने तसलीमा पर डाक्युमेंटरी बनाई, अल्बर्टो मंगुएल ने प्रसिद्ध धारावाहिक 'एम्पायर ऑफ़ द वर्ल्ड' में तसलीमा की कहानी को भी शामिल किया गया, पेरिस की नागरिकता मिली, फ्रेंच सरकार द्वारा मानवाधिकार प्राप्त लोगों को लेकर हुए उत्सव में आमंत्रण, पिपियार व्यावसायिक संगठन की ओर से 'फाउन्डेशन फार वूमेन' की सदस्य बनने का आमंत्रण, स्वीडेन में अंतर्जातीय साहित्य सम्मलेन में भाग लिया, स्पेन में बिल्बाओये सेंसरशिप के विरुद्ध सेमीनार में आमंत्रण, सेनफ्रांसिस्को, इटली, लक्सम्बर्ग के कविता उत्सव में भाग लिया, एम्सटर्डम में मुक्त चिंता पर कार्यक्रम, बेल्जियम की लोवेईन विश्वविद्यालय से डाक्टरेट, यूरोपीय पार्लियामेंट में कार्यक्रम में आमन्त्रण, आस्ट्रलिया में ग्लोबल एथीस्ट कन्वेशन में आमंत्रण, कनेक्टिकट विश्वविद्यालय में शिक्षिका पद हेतु आमंत्रण, विभिन्न विश्वविद्यालयों में पढ़ाने का आमंत्रण आदि। इन सब से स्पष्ट है कि तसलीमा ने हजारों झंझावातों के बीच रहते हुए अपने आदर्शों, अपनी मान्यताओं और अपने लेखन से कभी भी समझौता नहीं किया। वे निरंतर अपने कार्य में लगी रहीं।

यह उनके लेखन और संघर्ष का ही प्रभाव है कि उनको भारत का वीजा दिए जाने के पक्ष में कई लोग आगे आये। हिन्दुस्तान टाइम्स के करन थापर ने 'डू वी पास द तसलीमा टेस्ट' नाम से लेख लिखा, आनंद बाज़ार पत्रिका ने सरकार पर सवाल खड़ा किया, सुनंद सान्याल ने पक्ष में लेख लिखा, प्रणव मुखर्जी ने तसलीमा को भारत में रहने के पक्ष में लोकसभा में बात रखी, आशीष घोष, अरुंधती राय, भाष्कर राय, जय गोस्वामी, रामचन्द्र गुहा, चंद्रिल भट्टाचार्य, मुचकुंद दुबे, अपर्णा सेन, जयश्री दास गुप्ता, ग्लोरिया स्टाइनेम, टाइम्स ऑफ़ इंडिया, विभूतिभूषण नंदी, सुनंद सान्याल, देवव्रत बंद्योपाध्याय, आउटलुक की शीला रेड्डी, यूनेस्को के गुडविल एम्बेसडर मदनजीत सिंह, पाकिस्तानी प्रधानमंत्री बेनजीर भुट्टो, शिवनारायण राय, 'मेन स्ट्रीम' पत्रिका के सम्पादक सुमित चक्रवर्ती, अमलान दत्त, महाश्वेता देवी, शओली मित्र, शिवानी मुखोपाध्याय, सुबीर मित्र, श्रीनिरपेक्ष आदि ने तसलीमा के पक्ष में किसी न किसी रूप में अपनी बात रखी। दिल्ली में हिंदी के साहित्यकारों ने भी तसलीमा की अभिव्यक्ति की स्वतंत्रता के सम्बन्ध में प्रदर्शन किया। ऐसा नहीं था कि विदेश जाने पर उनके विरोधी समाप्त हो गए थे। 'डिएनए टेलीग्राफ', 'द स्टेट्स मैन', 'आजकल' आदि पत्रिकाओं और वीर सिंघवी, भवानी प्रसाद चट्टोपाध्याय, सिद्धार्थ शंकर राय जैसे लोगों के द्वारा विरोध भी जारी रहा। इतने विरोध के बीच तसलीमा ने गौतम घोष दस्तिदार की 'रक्त माँस' पत्रिका के लिए दो कविताएँ लिखीं- 'लांग लिव डेमोक्रेसी' और 'किसी भी कवि को क्या गृहबंदी बनाया गया था कभी'।

2010 से वे भारत में रह रही हैं। लेकिन यहाँ की राहें भी उनके लिए तिरस्कार और अपमान से भरी हुई हैं। यहाँ आकर उन्होंने देखा कि जो पत्रिकाएँ-'आनंदबाजार', 'देश', 'रविवार', 'प्रतिदिन', 'दैनिक स्टेट्समैन', 'जनसत्ता', आदि उनका लेख बेच-बेच कर अपार धन और नाम कमा चुके हैं, उन्होंने ही उनके लेखों का प्रकाशन बंद कर दिया। तसलीमा से सम्बंधित जो भी टीवी सीरियल या फिल्म बनाये जाने की योजना थी उन सब पर रोक लगा दी गयी। इसी बीच, 'विकिलीक्स' ने तसलीमा पर हुई राजनीति को जग जाहिर कर दिया। लेकिन सब अपने में ही चोर बने बैठे रहे।

आज भी हर वर्ष अपने वीजा की अवधि बढ़ाए जाने के साथ, भारत की नागरिकता के लिए दी गयी अर्जी के स्वीकार किये जाने का उन्हें इंतज़ार रहता है। किन्तु, उस स्त्री के जीवन को थोड़ा स्थायित्व देने के लिए किसी के पास समय कहाँ है या यूँ कहें साहस और इच्छा शक्ति का अभाव है। यह वही स्त्री

है, जो अपने लिए नहीं दुनिया के लिए, आज भी बेघर जी रही है। आज भी एक बिंदु के समान अकेले खड़ीं हैं और लड़ रहीं हैं। तसलीमा का कहना है, "यह लड़ाई किसी व्यक्तिगत स्वार्थ के लिए बिलकुल नहीं है, यह उससे भी बड़ा स्वार्थ है। मैं हुई तो हुई, दुनिया का कोई भी और इंसान, अपना मत प्रकाश करने के कारण, कभी-भी निर्वासन, निषेधाज्ञा, या निषिद्ध होने का शिकार न हो।"

बहरहाल जो भी हो तसलीमा के रचनात्मक व्यक्तित्व का कारवाँ अस्थायित्व और असुरक्षा के बीच निरंतर है। हिंदी की प्रतिष्ठित पत्रिका 'हंस' में 2011 से वह लगातार 'शब्दवेधी/शब्दभेदी' शीर्षक के अंतर्गत कॉलम लिख रही हैं। ज्यादातर पत्र और पत्रिकाओं ने भले ही उनका लेख प्रकाशित करना बंद कर दिया हो, लेकिन वाणी प्रकाशन के अरुण माहेश्वरी लम्बे समय से उनका समर्थन करते रहे हैं तथा अन्य कई लेखकों ने भी उनका समर्थन किया है। इसके साथ ही जब कई पत्रिकाओं ने उनके लेखों को प्रकाशित करने से इनकार कर दिया, तो वे आज के युग में द्रुतगामी विचार अभिव्यक्ति की सोशल मीडिया साइट्स 'ट्विटर' और 'फेसबुक' पर लगातार सक्रिय रहकर अपनी विचार अभिव्यक्ति को जारी रखे हुए हैं। उनके जीवन की निःसंगतता पर पश्चिम बंगाल की निर्देशिका चुरनी गांगुली ने 'निर्बासितो' नाम से एक फिल्म भी बनाई है, जिसे 2015 की 'बेस्ट डेब्यू फिल्म' का पुरस्कार भी प्राप्त हुआ है। इसके अतिरिक्त, उनकी पुस्तकें भी हिंदी में अनूदित होकर आई हैं जैसे -'कुछ गद्य कुछ पद्य' (2016), 'निषिद्ध' (2017) एवं उपन्यास-'बेशरम' (2019)। अतः यह कहना न होगा कि वर्तमान युग, तसलीमा नाम की लेखिका की रचनात्मक क्षमता से परिचित हो चुका है और आशा है कि भविष्य इससे परिचित होता रहेगा, क्योंकि लेखिका का साहित्यिक जीवन अभी-भी उतनी ही धार और लेखकीय साहस के साथ अनवरत है। लेकिन यह कहने में भी कोई गुरेज नहीं कि तसलीमा का लेखन निष्कासन से प्रभावित हुआ है और शायद राजनीतिक दबाव के कारण सोचा-समझा और सीमित लेखन करने लगी हैं। इसका प्रभाव लेखिका साहित्यिक छवि पर पड़ता दिखता है।

(घ) तसलीमा का रचना कर्म : रचनाओं का संक्षिप्त परिचय

तसलीमा ने काव्य, निबंध, आत्मकथा, उपन्यास और कहानी जैसी विधाओं में लेखन किया है। उनकी अधिकतर पुस्तकें और संग्रह हिंदी में अनूदित हो चुके हैं। यहाँ उनकी रचनाओं का संक्षिप्त परिचय प्रस्तुत है -

(i) कविता संग्रह

जड़ में विपुल भूख : 1986 में तसलीमा का प्रथम कविता संग्रह 'शिखोरे बिपुल खुधा' शीर्षक से प्रकाशित हुआ।

निर्वासित बाहर-भीतर : 1989 दूसरा काव्य संग्रह 'निर्बासितो बाहिरे-ऑन्तरे' शीर्षक से प्रकाशित हुआ।

मुझे कोई फर्क नहीं पड़ता : इस संग्रह का प्रकाशन 1990 में 'आमार किछु जाए आसे ना' शीर्षक से हुआ।

अतल में अंतरीन : इसका प्रकाशन 1991 में 'ऑतोले अंतरीन' शीर्षक से हुआ।

बालिका की लक्ष्यच्युति : इस संग्रह का प्रकाशन 1992 में 'बालिकार गोल्लाछूट' शीर्षक से हुआ।

बेहुला एक भाशिएछिलो भेला का प्रकाशन 1993 में हुआ।

यह दु:ख : यह जीवन : यह कविता संग्रह 1994 'एई कोष्टो झेपे, जीबोन देबो मेपे' शीर्षक से बांग्ला में प्रकाशित हुआ। इसका हिंदी में अनूदित संस्करण 1996 में वाणी प्रकाशन से प्रकाशित हुआ। इसमें सम्मिलित कविताओं का हिंदी अनुवाद शम्पा भट्टाचार्य द्वारा किया गया है। यह तसलीमा की 97 कविताओं का संकलन है। इसमें तसलीमा ने उस दु:ख और पीड़ा को अभिव्यक्त किया है, जो उनकी होने के साथ उन मनुष्यों की भी है, जो अपने प्रकृतिप्रदत्त अधिकारों से वंचित कर दिए गए हैं। ये कविताएँ केवल बांग्लादेश की सीमा में ही नहीं अपनी विषयवस्तु के कारण उस सीमा को पार कर समस्त मानव के विषय में चिंतन करती हैं। इस संकलन की कविताएँ बिना किसी कलावादी आग्रह के फेर में पड़े स्त्री-जीवन और स्त्री-संघर्ष, धर्म, राष्ट्र, इतिहास, परम्परा, प्रेम आदि का चित्रण पूरी सच्चाई एवं सीधी और सपाट भाषा के साथ करती हैं। उदाहरण :

> *"भारत कागज का कोई रद्दी टुकड़ा नहीं*
> *जिसे चिंदी-चिंदी कर फेंका जा सके।*
> *सैंतालीस एक शब्द है, जिसे मैं*
> *रबर से मिटा देना चाहती हूँ।"*[93]

मुझे मुक्ति दो : यह काव्य संग्रह 1996 'निर्बासित नारीर कोबिता' शीर्षक से बांग्ला में प्रकाशित हुआ। हिंदी में यह पुस्तक 'पूज्य प्रकाशन' से 2014 में प्रकाशित हुई। इसमें तसलीमा की सत्तावन कविताएँ संकलित हैं। इस पुस्तक में निर्वासित स्त्री की कविताएँ हैं, जो निर्वासित जीवन में स्मृतियों के बल पर अपने

देश को महसूस करने का प्रयास करती है। तसलीमा विदेशी धरती पर जिस हाल में हैं उनका रोजनामचा है, इसमें सम्मिलित कविताएँ। उनके अकेलेपन, उसके वापस लौट आने की आशा और निराशा आदि का मार्मिक चित्रण इन कविताओं में किया गया है। उदाहरण के लिए 'अब घर लौटना है' कविता में घर लौटने की ललक की अभिव्यक्ति कुछ इस प्रकार हुई है :-

"खूब मिली गर्मजोशी, नगर की चाभी, उपहार।
अब घर वापस लौटूँगी निखिल दा!

...

बहुत हुआ महासागर में तैरना, अब गाँव के तालाब में
भरी दोपहर में डुबकी लगाऊँगी-निखिल दा!"[94]

जोलपोद्यो : इसका प्रकाशन बांग्ला में सन् 2000 में हुआ। इसका हिंदी में अनुवाद 'जलपद्य' शीर्षक से किया गया। इस संकलन में सम्मिलित कविताएँ दग्ध हृदय की अत्यन्त सजल अभिव्यक्ति हैं। नितान्त व्यक्तिगत-सी लगती ये कविताएँ दरअसल जीवन के प्रति अदम्य मोह और ललक से भरी हैं। देश से, परिवेश से और परिवार से वंचित, यूरोप में निर्वासित जीवन बिता रही तसलीमा की इन कविताओं में यद्यपि दुःख की एक सर्वग्रासी छाया है लेकिन इस दुख से पलायन नहीं बल्कि उसे जीने की जिजीविषा है, जो एक प्रकार की आत्मोपलब्धि कही जा सकती है। तसलीमा कहती हैं : 'कविता को जन्म देने के लिए स्त्री होना होता है पहले।' कहीं ये कविताएँ स्त्री-पुरुष के लिंग-भेद को अस्वीकार करती हैं तो कहीं उसका अतिक्रमण करती नजर आती हैं। इन कविताओं में अपने प्रकृत रूप में उपस्थित हैं, तसलीमा नसरीन।

तसलीमा नसरीन की कविताएँ : यह तसलीमा की विभिन्न समय पर लिखी गयी कविताओं का हिंदी में अनूदित संकलन है। यह वाणी प्रकाशन से 2002 में प्रकाशित हुआ। इन कविताओं का अनुवाद मुनमुन सरकार के द्वारा किया गया। इस कविता संग्रह में स्त्री जीवन से सम्बंधित कविताएँ हैं। ये कविताएँ पितृसत्ता, धर्म और राजनीति के घेरे में बंधी स्थिति के लिए मार्ग खोजती हैं। उपभोग की संस्कृति से बाहर निकल आने के लिए स्त्रियों का आह्वाहन करती हैं। अपनी भाषा और शिल्प के कारण ये कविताएँ पार निकल आती हैं सीमा से आगे और प्रतिरोध की संस्कृति को विकसित करती हैं।

खाली-खाली लागे: इसका प्रकाशन 2004 में हुआ।

कुछ पल साथ रहो-यह कविता संग्रह 2005 में 'किछुखान थाको' शीर्षक से बांग्ला में प्रकाशित हुआ, जिसका हिंदी अनुवाद वाणी प्रकाशन से 2006 में

प्रकाशित हुआ। इस कविता संग्रह का हिन्दी अनुवाद सुशील गुप्ता ने किया है। इसमें 'कलकत्ता', 'मृत्यु', 'यार', 'मानवता' और 'नारी' शीर्षक के अंतर्गत लिखी गयी 55 कविताओं का संकलन हैं। इन कविताओं के विषय में तसलीमा भूमिका 'मुझे कुछ कहना है...' में लिखती हैं ,"इन्हें कविता भी कैसे कहूँ? इनमें ढेर सारे तो सिर्फ खत हैं। सुदूर किसी को लिखे गए, रोज़-रोज़ के सीधे सरल खत।" अस्तित्वहीनता के सम्बन्ध में 'न होना' कविता में वे लिखती हैं –

"एक भयंकर 'न होने' को साथ लेकर, मैं सोने जाती हूँ, हर रात
सो जाती हूँ, नींद से जागती हूँ, स्नानघर में दाखिल होती हूँ –
'न होना' साथ होता है।"[96]

भालो बासो? छेड़ बासो? : इसका प्रकाशन 2007 में बांग्ला भाषा में हुआ।

बंदिनी : यह संकलन बांग्ला में 2008 में 'बोंदिनी' शीर्षक से प्रकाशित हुआ। इसका हिंदी संस्करण 2009 में वाणी प्रकाशन से प्रकाशित हुआ, जिसका अनुवाद किया है, सुशील गुप्ता ने। इसमें साठ कविताएँ संकलित हैं। इस संकलन में तसलीमा की वे कविताएँ संकलित हैं, जो उन्होंने कलकत्ता में गृहबंदी रहने और दिल्ली में अज्ञातवास में रहने के दौरान लिखीं। इन कविताओं में तसलीमा के बंदी जीवन का दर्द और सरकार के प्रति रोष उभरा है। 'जिस घर में मैं रहने को विवश हूँ' कविता में वे लिखती हैं –

'इन दिनों मैं एक ऐसे कमरे में रहती हूँ,
जिसमें एक बंद खिड़की है
जिसे खोलना चाहूँ, तो मैं खोल नहीं सकती।"[97]

मुझे देना और प्रेम : यह संकलन हिंदी में 2012 में वाणी प्रकाशन से प्रकाशित हुआ। इसमें तसलीमा की पूर्व में बांग्ला में लिखी सौ कविताओं का संकलन किया गया है। इन कविताओं का अनुवाद प्रयाग शुक्ल ने किया है। इन कविताओं में जीवन के विविध रंग हैं। कभी किसी को सम्बोधित करती कविता तो कभी आत्मालाप करती कविता, कभी प्रकृति का गुणगान करती कविता तो कभी समाज से टकराती कविता। इन कविताओं में जीवन के साथ बहता समय, समाज, और मन है। इसकी कुछ कविताएँ अन्य संग्रहों में पहले भी प्रकाशित हो चुकी हैं। 'ईंट तोड़ने वाली लड़की' कविता का उदाहरण –

"लड़की खुद भी होती रहती हैं ईंट
होते होते होती वह भी ईंट से अधिक मजबूत,
हथौड़ी से टूटती है ईंट,
लड़की टूटती नहीं।"[98]

गोल्पो : यह बांग्ला भाषा में 2018 में प्रकाशित हुआ।

(ii) निबंध या आलेख संग्रह :-

निर्बाचित कलाम : इसका प्रकाशन बांग्ला भाषा में 1990 में हुआ। हिंदी में 'औरत के हक़ में' शीर्षक से इसका अनुवाद मुनमुन सरकार ने किया जो वाणी प्रकाशन से 2005 में प्रकाशित हुई। इस कृति के लिए तसलीमा को 1992 का 'आनन्द पुरस्कार' प्राप्त हुआ। इसमें तसलीमा के 78 आलेख संकलित हैं, जो समय-समय पर बांग्लादेश की विभिन्न पत्र-पत्रिकाओं में प्रकाशित हुए हैं। प्रस्तुत कृति में समाज में शोषित स्त्री के जीवन का हूबहू चित्रण है। इस चित्रण में तसलीमा ने अपने जीवन के प्रसंगों के साथ अपने आस-पास की स्त्रियों, अपने देश और समाज की स्त्रियों की दुर्दशा का चित्रण किया है। इस चित्रण के साथ उन्होंने धर्मशास्त्रों और सामाजिक रूढ़ियों की अलोचना और पितृसत्ता द्वारा स्त्री पर निरंकुश एकाधिकार को चुनौती भी दी है।

जाबो न केनो? जाबो! : इसका प्रकाशन 1991 में हुआ।

नष्ट लड़की, नष्ट गद्य : यह बांग्ला भाषा में 1992 'नोष्टो मेयेर नोष्टो गद्दो' शीर्षक से प्रकाशित हुआ। हिंदी में यह वाणी प्रकाशन से 1995 में प्रकाशित हुआ। इसके हिंदी संस्करण का अनुवाद मुनमुन सरकार ने किया है। यह तसलीमा के इकसठ लेखों का संग्रह है, जो समय-समय पर विभिन्न पत्र-पत्रिकाओं में प्रकाशित हुए हैं। इसमें भी वे सभी विषय हैं, जिन्हें तसलीमा ने अपनी अन्य पुस्तकों में केंद्र में रखा है। जैसे- धर्म, स्त्री, पितृसत्ता, राजनीति, प्रेम, मानवता आदि। स्त्री को मुक्ति के लिए मन्त्र देती पंक्ति 'नारी के शुद्ध होने की पहली शर्त यही है कि वह नष्ट हो' इसी संग्रह की है। इसमें सम्मिलित लेखों में स्त्री-दुर्भाग्य का ही चित्रण नहीं है बल्कि उससे उबर आने के मार्ग पर भी प्रकाश डाला गया है।

छोटे-छोटे दुःख : यह निबंध संग्रह बांग्ला भाषा में 'छोटो छोटो दुक्खो कोथा' शीर्षक से 1994 में प्रकाशन हुआ। हिंदी में यह 2002 में वाणी प्रकाशन से प्रकाशित हुई। इसका हिंदी में अनुवाद सुशील गुप्ता ने किया है। यह 53 लेखों का संग्रह है। स्त्री-अधिकार, प्रताड़ना, तिरस्कार और संस्कार की बात करते हैं इसमें सम्मिलित आलेख।

औरत का कोई देश नहीं : यह पुस्तक 'नारीर कोनो देश नेइ' शीर्षक से 2007 में बांग्ला भाषा में प्रकाशित हुई है। इसका हिंदी में अनूदित संस्करण 2009 में वाणी प्रकाशन से प्रकाशित हुआ। इस संस्करण का हिंदी अनुवाद सुशील गुप्ता ने किया है। यह 46 लेखों का संकलन है। तसलीमा का मत है

कि यदि देश का अर्थ सुरक्षा है तो यह निश्चित है कि औरत का कोई देश नहीं क्योंकि औरत कहीं भी सुरक्षित नहीं है। स्त्री की असुरक्षा के कारणों की पड़ताल करती है यह पुस्तक।

निषिद्ध-तसलीमा के आलेखों का संकलन है यह पुस्तक, जिसका प्रकाशन 2017 में वाणी प्रकाशन से हिंदी में हुआ है। बांग्ला में यह 'निषिद्धो' शीर्षक से 2014 में प्रकाशित हुआ था। इन लेखों का हिंदी अनुवाद सांत्वना निगम ने और सम्पादन विमलेश त्रिपाठी ने किया है। इसमें तसलीमा के द्वारा लिखित 45 लेखों का संग्रह है। इसमें जीवन और स्त्री को लेकर किये जा रहे चिंतन का आलोचनात्मक विश्लेषण किया गया है। तसलीमा यह मानती हैं कि नारीवाद पश्चिम की जागीर नहीं है और पूर्व की स्त्रियाँ यदि नारीवाद पर या स्त्री के सम्बन्ध में कुछ भी लिख रही हैं तो वह पश्चिम की नकल नहीं कहा जा सकता।

कुछ गद्य कुछ पद्य : इस पुस्तक का हिंदी में प्रकाशन वाणी प्रकाशन, दिल्ली से 2016 में हुआ। यह संग्रह बांग्ला भाषा में 'तसलीमा नसरीनेर गद्यो-पद्यो' शीर्षक से 2015 में प्रकाशित हुआ था। इसमें सम्मिलित 45 लेखों और 29 कविताओं का हिंदी अनुवाद महेंद्र मिश्र के द्वारा किया गया है। यह तसलीमा के उन आलेखों और कविताओं का संग्रह है, जो समय-समय पर विभिन्न पत्र-पत्रिकाओं में प्रकाशित हुई हैं। इस पुस्तक की विशेष बात यह है कि इसमें गद्य और पद्य के अलग-अलग रंगों को एक साथ घोलकर वर्तमान सामाजिक व्यवस्था का एक ढाँचा प्रस्तुत करने का प्रयास किया गया है। इसमें एक तरफ गद्य में लिखे गए लेख हैं, जिसमें समकालीन अन्तर्राष्ट्रीय परिदृश्य, समकालीन राजनीति, स्त्री-मुक्ति अन्तर्राष्ट्रीय समस्याएँ आदि है, वहीं कविताओं में प्रेम, स्त्री-मुक्ति, सामाजिक सम्बन्ध, आधुनिक युग के अकेलेपन, संत्रास और विखंडन का चित्रण मिलता है।

आमार प्रतिबादेर भाखा : मूल भाषा में 2016 में प्रकाशित।

सकाल गृहो हरालो जाल-बांग्ला भाषा में 2017 में प्रकाशित।

भाबनागुली : बांग्ला भाषा में 2018 में प्रकाशित

भिन्नमतो-बांग्ला भाषा में 2019 में प्रकाशित।

(iii) उपन्यास :

दो औरतों के पत्र : यह उपन्यास 1992 में 'ओपोरपक्ख' (अपरपक्ष) शीर्षक से बांग्ला भाषा में प्रकाशित हुआ। हिंदी में इसका अनुवाद सुशील गुप्ता के द्वारा किया गया है जो कि वाणी प्रकाशन से 2010 में प्रकाशित हुआ। नुपुर

और जमुना नामक दो बहनों के पत्र के माध्यम से हुई बातचीत को इस उपन्यास का 'प्लॉट' (विषयवस्तु) बनाया गया है। इसमें दो अलग-अलग परिस्थितियों के बीच जी रही, दो बहनों के विचारों को बड़े ही गूढ़ और रोचक ढंग से प्रस्तुत किया गया है। एक तरफ जमुना है जो 'फ्रीडम ऑफ़ सेक्स' की अवधारणा में विश्वास करती है और इसके कारण वह किसी भी प्रकार के सामाजिक बंधन में बंधना नहीं चाहती। दूसरी ओर है, छोटी बहन नुपुर जो सामाजिक रूढ़ियों को पहचानती है, किन्तु उसमें इतना साहस नहीं कि वह जमुना की तरह समाज को धता बता सके। नुपुर 'बधिया स्त्री' का प्रतीक है, जिसे या तो सामाजिक मान्यताओं में कोई खोट नहीं दिखता या फिर वह उसमें से निकल आने का साहस ही नहीं कर पाती। जय गोस्वामी की पंक्ति 'जब तक है साँस तब तक है आस, कभी आये कभी जाय ईश्वर में विश्वास' की तरह वह भी जीवन के विभिन्न सन्दर्भों को लेकर भ्रमित दिखती है। यह पत्र-शैली में लिखा गया एक अनूठा उपन्यास है, जो रचनात्मक स्तर पर तो प्रयोग करता दिखता है, साथ ही मनोवैज्ञानिक और सामाजिक रूप से भी स्त्री-जीवन और मानस पटल को छूता है। उपन्यास में तसलीमा ने स्त्रियों की स्वतंत्रता, समानता और सहस्तित्व के प्रश्न को अति-रोचक शैली में प्रस्तुत किया है। इस उपन्यास के संदर्भ में एक रोचक तथ्य यह भी है कि उपन्यास को तसलीमा ने सिर्फ तीन दिनों में ही लिखा है।

शोध : यह उपन्यास बांग्ला में 1992 में लिखा गया। इसका हिंदी अनुवाद सुशील गुप्ता ने किया है जिसका प्रथम संस्करण 2006 में वाणी प्रकाशन से प्रकाशित हुआ। यह उपन्यास एक स्त्री के प्रतिशोध की कहानी कहता है। यह प्रतिशोध है पुरुष की उस सोच से जो स्त्री के चरित्र को दागदार बनाती है। इसमें एक पति शक के कारण अपनी पत्नी झुमुर के गर्भ में पल रहे अपने ही बच्चे को जन्म से पहले मार देता है। तमाम सुबूत प्रस्तुत करने और समझाने के बाद भी झुमुर की पीड़ा को न समझने पर दिल ही दिल में उसके मन में अपने पति से ही बदला लेने की भावना न जाने कब घर कर जाती है। इस बदले की आग में जलते हुए वह न केवल पराये मर्द से सम्बन्ध बनाती है, बल्कि उसके बच्चे की माँ भी बनती है। और पति जो इन सब बातों से बेखबर है, उसे अपना बच्चा समझकर खुश होता है। उसकी खुशी देखकर झुमुर और भी खुश होती है, क्योंकि उसकी वह खुशी उसकी अपनी नहीं थी। यह उपन्यास यह सिद्ध करना चाहता है कि पुरुष चाहे प्रेम से स्त्री को अपने घर ले आये या पारिवारिक सहमति से लेकिन कुल मिलाकर वह औरत को घर-गृहस्थी से आगे निकलता हुआ नहीं देख सकता और शादी के पहले किये हुए तमाम वायदों को भूल जाता

है।

निमंत्रण: यह उपन्यास बांग्ला भाषा में 1993 में प्रकाशित हुआ। इसका हिन्दी में प्रथम संस्करण 2010 में वाणी प्रकाशन से प्रकाशित हुआ। इसका अनुवाद सुशील गुप्ता ने किया है। यह तहमीना अख्तर उर्फ़ शीला की कहानी है, जिसमें वह उसके प्रेमी मंसूर के द्वारा ही एक साजिश का शिकार होती है। मंसूर के द्वारा 'निमंत्रण' दिया गया। वह उसे प्रेम का निमंत्रण समझ बेखौफ़ घर से निकल तो पड़ती है, किन्तु घर लौटती है 'बलात्कार' से सने शरीर को लेकर।

फेरा : बांग्ला में यह 1993 में प्रकाशित हुआ और हिंदी में वाणी प्रकाशन से 1996 में प्रकाशित हुआ। अमर गोस्वामी ने इसका हिंदी अनुवाद किया है। यह उपन्यास वतन से बिछुड़ी हुई एक स्त्री कल्याणी की कहानी प्रस्तुत करता है। अपने देश से उसका लगाव कलकत्ता जाकर और अधिक बढ़ जाता है। ऐसे में, कलकत्ता के लोगों के बीच वह उसी प्यार की तलाश करती है। किन्तु उसे कहीं भी वह प्यार नहीं मिलता। उसे जीवन-भर अपने वतन लौटने की चाह होती है। इतनी चाह कि वह अपने बच्चों से जब भी बात करती है तो अपने वतन के बारे में, अपने बचपन के दोस्तों और अपने आस-पड़ोस के बारे में ही रटती रहती है। किन्तु उसका पति उसकी इन सब कहानियों में कोई रुचि नहीं लेता। वह उसकी संवेदना और पीड़ा को समझ ही नहीं पाता। ऐसे में, एक दिन वह पति के बगैर ही अपने देश को देख आने का निश्चय करती है। लेकिन उसका दुर्भाग्य कि उसकी यादों वाला देश ही अब यथार्थ में नहीं था। अपने देश पहुँचकर वह पराया महसूस करती है। लोगों से ज्यादा उसकी मिट्टी ही उसे वहाँ अपनी लगती है। सब कुछ बदल चुका होता है -लोग, परिस्थितियाँ, ब्रह्मपुत्र। प्रेम की जगह धार्मिक कट्टरता ने ले ली, लोगों की जगह नए लोगों ने ले ली, हहराती ब्रह्मपुत्र की जगह सिमटती सकुचाती ब्रह्मपुत्र को देख उसका हृदय टूट जाता है। ऐसे में वह पागलों की तरह अपने जानने वाले हर स्थान पर जाती है, किन्तु उसे कहीं भी एक बूँद प्यार या अपनापन नहीं मिलता। जिस देश की तलाश करने कल्याणी वापस आई थी, वह तो उसे कहीं मिला ही नहीं। हारकर वह अपने देश वापस लौट जाती है।

(v) लज्जा : इस उपन्यास का बांग्ला में प्रकाशन 1993 में हुआ। हिंदी में इसका अनुवाद मुनमुन सरकार ने किया जो 1994 में वाणी प्रकाशन से प्रकाशित हुआ। 6 दिसंबर 1992 को बाबरी मस्जिद विध्वंस के बाद बांग्लादेश में हिंदूओं के साथ हुई हिंसा को पृष्ठभूमि में रखते हुए यह उपन्यास लिखा गया। यह सुरंजन नामक एक हिन्दू युवक की कथा है, जो बांग्लादेश में भले ही रहता है

किन्तु उसके आस-पड़ोस में रहने वाले मुस्लिम उसके मित्र हैं। इस उपन्यास की शुरुआत होती है बाबरी मस्जिद तोड़े जाने पर बांग्लादेश के मुसलमानों की हिन्दुओं के प्रति की गयी आक्रामक प्रतिक्रिया से। सुरंजन 7 दिसंबर के दिन जब अलसाया हुआ सा अपने घर से निकलता है तो उसे मालूम भी नहीं होता कि उसका शहर साम्प्रदायिकता की आग में गत रात को झोक दिया गया है। वह अपने मित्रों को खोजता हुआ जब शहर की गलियों में गुजरता है तब उसे मालूम होता है कि बांग्लादेश के वे मुस्लिम जो कल तक हिन्दुओं के पड़ोसी और उनके मित्र थे, आज सभी हिन्दुओं की जान के पीछे पड़ गए हैं। हिन्दू जिस भी अवस्था में थे, वैसे ही अपनी जान बचाने के लिए देश छोड़ कर भाग रहे थे। कई तो मौत के घाट उतार दिए गए और स्त्रियों को बलात्कार का शिकार बनाया गया। शांति और अहिंसा में विश्वास रखने वाले सुरंजन को किस तरह इन परिस्थितियों ने एक 'इन्सान' से एक 'हिन्दू' बना दिया, यह उपन्यास इसी साम्प्रदायिक बर्बरता को अभिव्यक्त करता है।

भ्रोमोर कोइयो गिया : यह 1994 में बांग्ला भाषा में प्रकाशित हुआ।

फ्रांसीसी प्रेमी : यह उपन्यास 2002 में 'फोरासी प्रेमिक' शीर्षक से प्रकाशित हुआ। हिंदी में यह वाणी प्रकाशन से 2003 में प्रकाशित हुआ। यह नीला की कहानी है, जिसका एक परपुरुष से शारीरिक सम्बन्ध होता है और वह गर्भवती हो जाती है। इस परपुरुष को प्राप्त करने के लिए वह अपना सब कुछ दाँव पर लगा देती है। किन्तु अंत में उसी परपुरुष से हुए गर्भ को समाप्त करने का विचार करती है और इसी विचार के साथ यह उपन्यास समाप्त हो जाता है।

ब्रह्मपुत्र के तट पर : 'ब्रम्हपुत्रेर पारे' शीर्षक से 2013 में प्रकाशित हुआ। हिंदी में इसका अनुवाद सांत्वना निगम ने किया, जो वाणी प्रकाशन से 2015 में प्रकाशित हुआ। यह ब्रह्मपुत्र के तट पर बसे बांग्लादेश के एक शहर में जन्मी दो बहनों की कथा-बहनों की ही जुबानी है। सोच और स्वभाव की दृष्टि से एकदम अलग फिर भी जन्मगत स्नेह के बंधन में बंधी छोटी बहन मरणोपरांत लीक छोड़कर चलने वाली अपनी बड़ी बहन को समझने की कोशिश करती है। लेखिका ने चार नारी पात्रों के जीवन के वृतांत के द्वारा नारीवादी दृष्टिकोण से जीवन को देखने-समझने का प्रयास किया है और पाठकों तक उस दृष्टिकोण को पहुँचाने की कोशिश की है जो आज के संदर्भ में जरूरी और सराहनीय है। कुछ हद तक इस आत्मकथात्मक उपन्यास में अपनी धरती से उखड़ जाने की पीड़ा एक अमूर्त रूप से हर कहीं उपस्थित रहती है। ब्रह्मपुत्र के किनारे बसा हुआ वह बचपन का घर शुरू से आखिर तक साथ-साथ चलता रहता है। जीवन

भर एक निर्वासित की पीड़ा को झेलते हुए बूबू का घर पहुँच न पाना, स्वयं उसका पति का घर छोड़ निकल आना और अंत में घर पहुँच कर देखना कि वह घर कहीं खो गया है-फिर भी उस खोये घर को उसे अपनी अगली पीढ़ी के रूप में तपू को लौटाना ये सब इस उपन्यास की कथावस्तु हैं।

चार कन्या : यह तसलीमा के पूर्व में प्रकाशित चार उपन्यासों 'दूसरा पक्ष', 'शोध', 'निमंत्रण' और 'भंवरे जाकर कहना' का एक संकलन है। इसका प्रकाशन राधाकृष्ण पब्लिकेशन से 2004 में हुआ। इस संकलन का हिंदी अनुवाद मुनमुन सरकार ने किया है। यह चार स्त्रियों झुमुर, शीला, यमुना और हीरा की कहानी है। जिसमें इन चारों के जीवन के माध्यम से स्त्री-जीवन के अलग-अलग पक्षों को दिखाया गया है। ये सभी पात्र पुरुष के द्वारा ठगी जाती हैं किन्तु यह उनके भीतर अधिकारबोध उत्पन्न करता है। इसी अधिकारबोध तक पहुँचने में इन स्त्रियों को किन संघर्षों और झंझावातों से होकर गुजरना होता है, यह उपन्यास बखूबी दिखाता है।

बेशरम : यह वीन्दुम लज्ज्कुन्नू (शेम अगेन) शीर्षक से 2009 में सर्वप्रथम मलयालम में प्रकाशित हुआ। सर्वप्रथम मलयालम में प्रकाशित होने का कारण यह है कि इसे प्रकाशित करने के लिए कोई भी बंगाली प्रकाशक तैयार नहीं हुआ। 'द हिन्दू' अखबार की एक रिपोर्ट के अनुसार तसलीमा ने इस पुस्तक के अनावरण के कार्यक्रम में बताया कि यह पुस्तक 'लज्जा' के समान एक राजनीतिक पुस्तक नहीं है। इसमें प्रेम, सम्बन्ध, घृणा, भ्रम और आत्मसम्मान की कमी आदि को केंद्र में रखकर कथा लिखी गयी हैं, जो बांग्लादेश से भारत विस्थापित हुए परिवार की कहानी है।[99] इसका हिंदी संस्करण राधाकृष्ण प्रकाशन से 2019 में प्रकाशित हुआ। इसका हिंदी अनुवाद उत्पल बनर्जी ने किया है। यह लज्जा उपन्यास की उत्तरकथा है जिसमें बांग्लादेश से विस्थापित होकर पश्चिम बंगाल आए परिवार की कथा, एक दूसरे देश की भूमि पर एक अन्य की दृष्टि से देखे जाने का दंश, परायेपन का एहसास और दूसरी भूमि पर निवास और जीवन के संघर्ष की कथा है। साम्प्रदायिकता यहाँ भी एक मूल समस्या बनकर उभरती है। निर्वासन की असली पीडा को इस उपन्यास में महसूस किया जा सकता है।

(iv) कहानी संग्रह :

दुखियारी लड़की : इस कहानी संग्रह का प्रकाशन 1994 में बांग्ला में 'दुक्खोबोती मेये' शीर्षक से हुआ। हिंदी में इसका अनुवाद सुशील गुप्ता ने किया, जो कि वाणी प्रकाशन से 2005 में प्रकाशित हुआ। इसमें दस कहानियाँ संकलित

हैं, जो स्त्री जीवन की परतों को एक-एक कर खोलती हैं। कहानियों 'दुखियारी लड़की', 'मातृत्व', 'झरी हुई लड़की' आदि से गुजरते हुए इसके आत्मकथामक होने का भी आभास मिलता है। अर्थात् अन्य स्त्रियों की कथा के साथ तसलीमा की कथा भी गुथी हुई है।

मीनू : यह कहानी संग्रह बांग्ला भाषा में 2007 में प्रकाशित हुआ।

(v) आत्मकथा :

मेरे बचपन के दिन : तसलीमा ने आत्मकथा का प्रथम भाग मूलतः 'आमार मेयेबेला' शीर्षक से लिखा, जो 1999 में प्रकाशित हुआ। इसके हिंदी अनुवाद का प्रथम संस्करण, वाणी प्रकाशन, नई दिल्ली से 'मेरे बचपन के दिन' शीर्षक से 2002 में प्रकाशित हुआ। अमर गोस्वामी ने इसका हिंदी अनुवाद किया है। इसमें तसलीमा के जन्म लेने से लेकर बारह से तेरह वर्ष की आयु तक की कहानी है।

उत्ताल हवा : दूसरा भाग 'उत्तोल हबा' शीर्षक से 2002 में प्रकाशित हुआ। इस भाग के अनुवाद का प्रकाशन भी वाणी प्रकाशन, नई दिल्ली से 'उत्ताल हवा' शीर्षक से वर्ष 2003 में हुआ। इस खंड का अनुवाद सुशील गुप्ता ने किया है। इसमें तसलीमा ने किशोरावस्था की ओर बढ़ते अपने जीवन और अपने लेखन के लिए उत्तरदायी परिस्थितियों आदि का वर्णन किया है।

द्विखंडित : बांग्लादेश में 'का' और पश्चिम बंगाल में 'द्विखंडित' शीर्षक से आत्मकथा का तृतीय भाग वर्ष 2003 में प्रकाशित हुआ। इसका हिंदी अनुवाद 'द्विखंडित' शीर्षक से वाणी प्रकाशन से 2004 में प्रकाशित हुआ। इस भाग का अनुवाद सुशील गुप्ता ने किया है। इसमें तसलीमा ने युवावस्था की ओर बढ़ते अपने जीवन और उस जीवन में लेखन और प्रेम के कारण आने वाले झंझावातों का वर्णन किया है। इसमें तसलीमा के व्यक्तित्व को एक लेखिका के तौर पर परिपक्व होते हुए देखा जा सकता है। समाज, राजनीति, धर्म और पितृसत्ता सबंधी उनके दृष्टिकोण के विकास की कथा इस आत्मकथा का हिस्सा है।

वे अँधेरे दिन : आत्मकथा का चतुर्थ भाग 'सेई सोब ओंधोकोर' शीर्षक से 2004 में प्रकाशित हुआ। इसका हिंदी में अनूदित प्रथम संस्करण वाणी प्रकाशन, नई दिल्ली से 'वे अँधेरे दिन' शीर्षक से 2004 में प्रकाशित हुआ। इस खंड का हिंदी अनुवाद सुशील गुप्ता ने किया है। इसमें तसलीमा ने अपने लेखन के कारण मौलवादियों और सरकार के भय से भूमिगत जीवन के दिनों और उस समय घट रही घटनाओं का वर्णन किया है। इन घटनाओं का प्रस्तुतीकरण लोमहर्षक है।

मुझे घर ले चलो : पाँचवे भाग का प्रकाशन 'आमी भालो नेइ तुमि भालो थेको प्रियो देश' शीर्षक से बांग्ला भाषा में 2006 में हुआ। हिंदी में यह वाणी प्रकाशन से 'मुझे घर ले चलो' शीर्षक से 2007 में प्रकाशित हुई। इस भाग का हिंदी अनुवाद सुशील गुप्ता ने किया है। इसमें तसलीमा ने निर्वासन के बाद के अपने जीवन का विस्तृत ब्योरा दिया है। इसमें स्वीडन से लेकर अमेरिका तक विभिन्न देशों में भ्रमण, आमंत्रण आदि के आधार पर तसलीमा के समृद्ध होते अनुभव को देखा जा सकता है।

नहीं, कहीं कुछ भी नहीं : छठे भाग का प्रकाशन 'नेइ, किछु नेइ' शीर्षक से बांग्ला में 2010 में हुआ। इसका हिंदी संस्करण वाणी प्रकाशन, नई दिल्ली से 'नहीं, कहीं कुछ भी नहीं' शीर्षक से 2012 में प्रकाशित हुआ। इस संस्करण का हिंदी अनुवाद सुशील गुप्ता ने किया है। यह एक लम्बे पत्र के रूप में लिखी गयी है। यह पत्र तसलीमा ने अपनी माँ के नाम लिखा है। इस पूरे पत्र में तसलीमा पश्चाताप से भरी नजर आती हैं। यह पश्चाताप है अपनी माँ को वह सम्मान न दे पाने का जिसकी वह वास्तव में हकदार थीं।

निर्वासन : सातवाँ खंड मूलत: 'निर्बासन' शीर्षक से 2013 में प्रकाशित हुआ। इसका हिंदी संस्करण वाणी प्रकाशन, नई दिल्ली से 'निर्वासन' शीर्षक से 2014 में प्रकाशित हुआ। इस खंड का हिंदी अनुवाद अमृता बेरा ने किया है। इसमें तसलीमा ने पश्चिम बंगाल से अपने निर्वासन की कथा और राजनीतिक निर्णयों और उनके विरुद्ध चली गयी चालों को व्यक्त किया है।

उपरोक्त के अतिरिक्त एक अन्य पुस्तक उल्लेखनीय है जो 'Bangladesh A Country of Terrorism' शीर्षक से अंग्रेजी में प्रकाशित है। यह तसलीमा के लेखन और उनके कार्यों का क्रमिक परिचयात्मक विवरण देती है।

इन सभी पुस्तकों को यदि निर्वासन से पूर्व और निर्वासन के पश्चात् में बांटकर देखा जाय तो यह स्पष्ट होता है कि तसलीमा का व्यक्तित्व ही नहीं बल्कि उनके लेखन का स्वरूप भी निर्वासन से प्रभावित होता है। जहाँ निर्वासन से पूर्व उनका लेखन कविताओं पर केन्द्रित था और बेबाक था वहीं निर्वासन के पश्चात् वह एकदम सीधा-साधा, सोचा-समझा और एक रणनीति के तहत लिखा गया लेखन महसूस होने लगता है। मुख्य रूप से उत्ताल हवा (आत्मकथा के द्वितीय खंड) के बाद। ऐसा प्रतीत होने लगता है कि वे समझ गयी हैं कि पाठक किस तरह के लेखन को पसंद कर रहा है। इसलिए वे जानबूझकर अश्लील और अन्तरंग प्रसंगों को परोसती नजर आती हैं इससे उनके लेखन की वस्तुनिष्ठता प्रभावित होती है और वह केवल चटखारेदार रचना बनकर ही रह

जाती है। ऐसा नहीं कि निर्वासन के बाद तसलीमा ने केवल चटखारेदार लेखन ही किया है किन्तु इस दृष्टिकोण का वृहद् प्रभाव उनकी बाद की रचनाओं में है जो उनके लेखन को मुख्य उद्देश्य से भटकाता है।

(च) तसलीमा के साहित्य की संवेदना : अभिव्यक्ति के प्रमुख विषय

कहते हैं, 'अंदाज-ए-बयाँ ही रंग लाता है वरना दुनिया में कोई बात नई नहीं होती'। हम जितनी भी चीजें सोचते हैं या करते हैं या लिखते हैं वह हमसे पूर्व भी सोची, की या लिखी जा चुकी होती हैं। साहित्य के सन्दर्भ में भी यही है। तसलीमा का लेखन भी इसी मान्यता के इर्द-गिर्द घूमता है। तसलीमा के समस्त साहित्यकर्म को देखने के बाद यह नहीं कह सकते कि तसलीमा ने जो कुछ भी लिखा वह सर्वथा नवीन है। वस्तुतः उनसे पहले भी काफी कुछ उन विषयों पर लिखा जा चुका है और उनके सामानांतर भी लिखा जा रहा है। किन्तु एक चीज है, जो तसलीमा के लेखन को अन्य से भिन्न बनाती है और वह है तसलीमा की विचार अभिव्यक्ति की शैली।

तसलीमा की रचनाओं का विश्लेषण करने पर यह ज्ञात होता है कि तसलीमा नसरीन का लेखन कुछ अवधारणाओं के इर्द-गिर्द घूमता है। वह है, 'धर्म', 'पितृसत्ता', 'राजनीति', 'प्रेम' और 'मानवतावाद'। जाहिर है ये सभी विषय अन्य लेखकों के भी लेखन में केंद्रीय विषय रहे हैं। किन्तु यह जानना आवश्यक है कि तसलीमा ने इनपर बात करते हुए क्या कुछ नया किया है तसलीमा के लेखन के मर्म और संवेदना को समझने के लिए इन शब्दों के अर्थ और उनके अंतर्सबंध को जानना अति आवश्यक है। किन्तु इस सम्बन्ध में यह कहने में कोई गुरेज़ नहीं कि इन तीनों का अन्तर्सम्बंध इतना जटिल है कि किसी एक पंक्ति में इसे समेटना संभव नहीं है। यही कारण है कि अगले अध्यायों में इन शब्दों की मूल अवधारणा और इन सन्दर्भों में तसलीमा के विचारों को समझने का प्रयास किया गया है।

संदर्भ :

1. भारतीय एवं पाश्चात्य काव्य सिद्धांत, पृष्ठ-11.
2. http: //www.scotbuzz.org/2017/10/vyaktitv-evam-manav-vyavahar.html, 12/10/16 को देखा गया.
3. Handbook of Personality: Theory and Research, Ed.Olive P.John, Richard W.Robins, Lawrence.
   Perwin, The Gulford Press, New York, London, 2008
4. अरुण कुमार सिंह व आशीष कुमार सिंह (सं), व्यक्तित्व का मनोविज्ञान, पृष्ठ-5
5. अरुण कुमार सिंह व आशीष कुमार सिंह (सं), व्यक्तित्व का मनोविज्ञान, पृष्ठ-7
6. वही, पृष्ठ-7

7. वही, पृष्ठ-5
8. वही, पृष्ठ-10-11
9. https://en.wikipedia.org/wiki/Gordon_Allport, 30/04/17 को देखा गया.
10. डॉ. गणपति चन्द्र गुप्त, भारतीय एवं पाश्चात्य काव्य सिद्धांत, पृष्ठ-12
11. तसलीमा नसरीन, मेरे बचपन के दिन, पृष्ठ-32
12. इस्लाम में स्वीकार किये गये बारह महीनों-मुहर्रम, सफ़र, रबी-उल-अव्वल, रबी-उल-सानी, जमादिल अव्वल, जमादी-उल-आखिर, रजब, शाबान,रमजान, शव्वाल, जिल्काद, ज़िल्हजज में से तीसरा महीना। बारह रबी-अल-अव्वल को इस्लाम धर्म अनुयायी 'मिलाद-ए-नबी' का पर्व मनाते हैं।
13. इस्लाम में गुनाह या पाप की कई श्रेणियाँ बताई गयी हैं -गुनाह-ए-सगीरा, कबीरा-ए-गुनाह,। कुरान के सूरा निसा,31और सूरा जिमर 53 में इनका उल्लेख है। गुनाह-ए-सगीरा के अंतर्गत छोटे-छोटे गुनाह सम्मिलित हैं जैसे-किसी को गाली देना, धोखा देना, अपमान करना आदि। ये अच्छे अमल और इबादत की बरकत से माफ़ कर दिये जाते हैं। कबीरा-ए-गुनाह में 70 से अधिक गुनाह सम्मिलित किये गये हैं और वे तब तक माफ़ नहीं किये जाते, जब तक सच्चे दिल से तौबा कर उनसे हमेशा के लिए परहेज़ करने का वादा नहीं किया जाता। इनमें सबसे बड़ा गुनाह हैं 'शिर्क' अर्थात् अल्लाह के साथ किसी और की भी इबादत करना।
14. तसलीमा नसरीन, मेरे बचपन के दिन, पृष्ठ-17
15. तसलीमा नसरीन, मेरे बचपन के दिन, पृष्ठ-23
16. वही, पृष्ठ-27
17. वही, पृष्ठ-29
18. वही, पृष्ठ-35
19. तसलीमा नसरीन, मेरे बचपन के दिन, पृष्ठ-102
20. तसलीमा नसरीन, मेरे बचपन के दिन, पृष्ठ-69
21. मेरे बचपन के दिन, पृष्ठ-73
22. तसलीमा नसरीन, मेरे बचपन के दिन, पृष्ठ-105
23. तसलीमा नसरीन, मेरे बचपन के दिन,पृष्ठ-121
24. वही, पृष्ठ-122
25. तसलीमा नसरीन, मेरे बचपन के दिन, पृष्ठ-158
26. वही, पृष्ठ-181
27. वही, पृष्ठ-189
28. वही, पृष्ठ-165
29. तसलीमा नसरीन, मेरे बचपन के दिन, पृष्ठ-179
30. वही, पृष्ठ-194
31. तसलीमा नसरीन, मेरे बचपन के दिन, पृष्ठ-237
32. वही, पृष्ठ-239
33. तसलीमा नसरीन, मेरे बचपन के दिन, पृष्ठ-265
34. वही, पृष्ठ-268
35. तसलीमा नसरीन, मेरे बचपन के दिन, पृष्ठ-269
36. दयानिधि मिश्र (सं), लोक और साहित्य : अन्वय और समन्वय, वाणी प्रकाशन, नई दिल्ली, संस्करण-2015, पृष्ठ-141
37. वही, पृष्ठ-142
38. वही, पृष्ठ-143

39. तसलीमा नसरीन, उत्ताल हवा, पृष्ठ–18
40. तसलीमा नसरीन, मेरे बचपन के दिन, पृष्ठ–271
41. वही, पृष्ठ–272
42. 'गोल्लाछूट' गोल घेरा बनाकर खेला जाने वाला एक खेल है, जिसमें एक गोले से निकलकर दूसरे गोले में प्रवेश करना होता है। इसके दौरान यदि कोई दौड़ते समय गोले के बाहर ही छू जाता है, तो उसे चोर बना दिया जाता है।
43. तसलीमा नसरीन, मेरे बचपन के दिन, पृष्ठ–286
44. तसलीमा नसरीन, उत्ताल हवा, पृष्ठ–16
45. बांग्लादेश की प्रसिद्ध फ़िल्मी पत्रिका
46. तसलीमा नसरीन, उत्ताल हवा, पृष्ठ–21
47. तसलीमा नसरीन, उत्ताल हवा, पृष्ठ–141
48. तसलीमा नसरीन, उत्ताल हवा, पृष्ठ–103
49. वही, पृष्ठ–105
50. तसलीमा नसरीन, उत्ताल हवा, पृष्ठ–131
51. तसलीमा नसरीन, उत्ताल हवा, पृष्ठ–137
52. वही, पृष्ठ–142
53. तसलीमा नसरीन, उत्ताल हवा, पृष्ठ–172
54. तसलीमा नसरीन, उत्ताल हवा, पृष्ठ–188
55. वही, पृष्ठ–426
56. वही, पृष्ठ–143
57. रूद्र मोहम्मद शहिदुल्लाह प्रसिद्ध बंगाली कवि थे। उन्हें उनकी प्रेमपूर्ण और क्रन्तिकारी कविताओं के लिए जाना जाता है। इनका जन्म बारिसाल, बांग्लादेश में 16 अक्तूबर 1956 को हुआ। 1991 में नशीली दवाओं के सेवन के कारण और सिफिलिस रोग के कारण मात्र 34 वर्ष की आयु में उनकी मौत हो गयी। ढाका में हर वर्ष उनकी स्मृति में 'रूद्र मेला' आयोजित किया जाता है। साहित्यिक कार्य–कविता संग्रह –'उपद्रित उपकूल', 'फिरे चाइ स्वर्णों ग्राम', 'मानुषेर मानचित्र', मौलिक मुखोस, लघु कथा –सोनाली शिशिर आदि हैं। पुरस्कार– मुनीर चौधरी मेमोरियल अवार्ड, उनका गीत 'आमार भीतोरो बाहिरे ओंतोरे ओंतोरे' जो कि अत्यंत प्रसिद्ध हुआ और जिसे बाद में विभिन्न गायकों द्वारा गाया गया, के लिए 'मरणोपरांत 'बांग्लादेश चलचित्र सांगबादिक समिति पुरस्कार' दिया गया।
58. तसलीमा नसरीन, उत्ताल हवा, पृष्ठ–143
59. तसलीमा नसरीन, उत्ताल हवा, पृष्ठ–143
60. द्विखंडित, पृष्ठ–28
61. द्विखंडित, पृष्ठ–25
62. द्विखंडित, पृष्ठ–46
63. द्विखंडित, पृष्ठ–57
64. द्विखंडित, पृष्ठ–121
65. वही, पृष्ठ–134
66. द्विखंडित, पृष्ठ–150
67. द्विखंडित, पृष्ठ–191
68. द्विखंडित, पृष्ठ–212
69. गिरीन्द्र शेखर बसु दक्षिण एशिया के प्रसिद्ध मनोविश्लेषक थे। उनका जन्म दरभंगा में और शिक्षा कोलकाता में हुई थी। उन्होंने सिगमंड फ्रायड से बीस वर्षों तक बात–चीत जारी रखी

और उनकी इडिपल थ्योरी की आलोचना की। उन्हें 'फ्रायड इन एशिया' के नाम से भी जाना जाता है। 'लाल कालो' पुस्तक बांग्ला में लिखी गयी महत्वपूर्ण पुस्तक है।

70. तसलीमा नसरीन, द्विखंडित, पृष्ठ-260
71. द्विखंडित, पृष्ठ-348
72. तसलीमा नसरीन, वे अंधरे दिन, पृष्ठ-92
73. मोहन कृष्ण बोहरा, तसलीमा संघर्ष और साहित्य, पृष्ठ-137
74. तसलीमा नसरीन, मुझे घर ले चलो, पृष्ठ-120
75. तसलीमा नसरीन, मुझे घर ले चलो, पृष्ठ-75
76. तसलीमा नसरीन, मुझे घर ले चलो, पृष्ठ-70
77. तसलीमा नसरीन, मुझे घर ले चलो, पृष्ठ-320
78. वही,पृष्ठ-95
79. तसलीमा नसरीन, मुझे घर ले चलो, पृष्ठ-127
80. वही, पृष्ठ-180
81. तसलीमा नसरीन, मुझे घर ले चलो, पृष्ठ-201
82. वही, पृष्ठ-307
83. तसलीमा नसरीन, मुझे घर ले चलो, पृष्ठ-262
84. वही,पृष्ठ-105
85. तसलीमा नसरीन, मुझे घर ले चलो, पृष्ठ-249
86. वही,पृष्ठ-162
87. वही, पृष्ठ-349
88. तसलीमा नसरीन, नहीं कहीं कुछ भी नहीं, पृष्ठ-36
89. तसलीमा नसरीन, नहीं कहीं कुछ भी नहीं, पृष्ठ-224
90. तसलीमा नसरीन, निर्वासन, पृष्ठ-70
91. तसलीमा नसरीन, निर्वासन, पृष्ठ-75
92. तसलीमा नसरीन, निर्वासन, पृष्ठ-252
93. तसलीमा नसरीन, यह दुःख : यह जीवन, पृष्ठ-88
94. तसलीमा नसरीन, मुझे मुक्ति दो, पृष्ठ-68
95. तसलीमा नसरीन, कुछ पल साथ रहो, भूमिका
96. वही, पृष्ठ-42
97. तसलीमा नसरीन, बंदिनी, पृष्ठ-33
98. तसलीमा नसरीन, मुझे देना और प्रेम, पृष्ठ-17
99. http://www-thehindu-com/todays-paper/tp-national/tp-kerala/Taslimarsquos-lsquoShame-Againrsquo-in-Malayalam/article16622293-ece] 18/04/17 को देखा गया.

धर्म और तसलीमा

(क) धर्म का जटिल स्वरूप :

'धर्म' शब्द से प्राय: हर मनुष्य परिचित है, किन्तु जब व्यवहार में उतरते हैं, तो हम पाते हैं कि इस छोटे से शब्द के कई अर्थ, असँख्य व्याख्याएँ और विविध सिद्धान्त हैं, जिसके कारण इस शब्द का अर्थ बहुत अधिक जटिल हो जाता है। कुछ ने इसे 'दिवास्वप्न, भ्रम एवं कल्पना (फायरबाख) तो किसी ने अफीम (कार्ल मार्क्स), किसी ने मनो-व्याधि (सिगमंड फ्रायड) आदि कहा है तो कुछ इसकी सकारात्मक परिभाषा करते हुए 'जीवन के लिए आवश्यक मूल्य' के रूप में देखते हैं।

धर्म की अवधारणा अत्यंत प्राचीन है। यह उस समय से ही मनुष्य के साथ पलती-बढ़ती रही है, जब से मनुष्य ने भय के कारण प्रकृति की उपासना करना शुरू किया। प्रकृति की उपासना के लिए बनाए गए नियम और मनुष्य को संयमित करने के लिए बनाए गए नियम ही धीरे-धीरे रूढ़ होकर धर्म में बदल गए। धर्म की उत्पत्ति के विविध सिद्धान्तों में से उद्विकासवादी-फ्रेजर, मैक्समूलर और टॉयलर ने तो यही स्वीकार किया है। इसके अतिरिक्त प्रकार्यवादियों दुर्खीम और मैलिनासकी ने इसे सामाजिक उत्तेजना का परिणाम माना। दूसरी तरफ सामाजिक संरचनावादियों डेनियल डबसन, टिमोथी फिज़राल्ड आदि ने ईसाइयत को ही धर्म माना और गैर-पश्चिमी देशों के सम्बन्ध में इसे अनुपयुक्त ढंग से लागू किए जाने की बात कही। धर्म की उत्पत्ति की मार्क्सवादी व्याख्या इसे आर्थिक संघर्ष से जोड़कर देखती है। किन्तु सभी मतों के आधार पर यह अवश्य कहा जा सकता है कि धर्म की उत्पत्ति भय, नियंत्रण और सत्ता कायम रखने के उद्देश्य से ही हुई।

धर्म ने उत्पत्ति के बाद से भय और संयमित करने वाले नियम के रूप से आगे बढ़ते हुए 'राजधर्म' का रूप भी धरा। प्राचीन काल में राजसत्ताओं ने जनता

को नियंत्रित करने के लिए धर्म का सहारा लिया। मध्ययुग तक पहुँचते-पहुँचते इसने मनुष्य को भाग्यवादी बना दिया और आधुनिक काल में भाग्यवाद के स्थान पर भौतिकतावाद की स्थापना हुई। किन्तु इसके साथ ही समानांतर रूप में धर्म की सभी मान्यताएँ एक साथ आज भी कायम हैं।

'रिलिजन' और 'धर्म' में अन्तर होते हुए भी कई बार उसे पर्यायवाची के रूप में ग्रहण किया जाता है। रिलिजन धर्म सम्बन्धी पाश्चात्य मत का द्योतक है, जिसके अनुसार इसे पूजा उपासना और व्यक्तिगत क्रियाकलापों से जोड़कर देखा जाता है वहीं धर्म प्राच्य मत का द्योतक हैं, जहाँ इसे मनुष्य को नैतिकता और कर्तव्य का पाठ पढ़ाने वाले पथप्रदर्शक के रूप में देखा गया है।

धर्म की विभिन्न परिभाषाओं में विद्यानिवास मिश्र की परिभाषा सर्वोत्तम प्रतीत होती है, जिसके अनुसार धर्म को अभ्युदय एवं परमार्थ सिद्धि का माध्यम माना गया है और सत्य, अहिंसा, ताप और आर्जव चार पैर माने गए हैं, जिनसे यह संचरण करता है। याज्ञवल्क्य के अनुसार यह दस लक्षणों -धृति, क्षमा, अचौर्य, सत्य, शांति आदि से युक्त है। किन्तु धर्म का यह स्वरूप इतना सरल भी नहीं है। इसकी जटिलता तब स्पष्ट होती है, जब विश्व में प्रसारित विभिन्न धर्मों की ओर नजर जाती है। विभिन्न प्रकार के धर्म जैसे-इब्राहिमी धर्म-यहूदी, ईसाई और इस्लाम, गैर सिमेटिक धर्म- पारसी धर्म, गैर पैगम्बरी धर्म या भारतीय मूल के धर्म-बहाई धर्म, पूर्व-एशियाई धर्म, स्थानीय धर्म-शामानिज्म, ऑस्ट्रोनेशी धर्म, आस्ट्रेलियाई आदिवासी परम्पराएँ, पोस्टवार शिन्तो या कामी-नो-मिची बोन धर्म, नर्मियाज़्म, कुर्द धर्म, 'ड्रूज़', 'यजीदी', 'मेंड़ेंइयंस' और 'एलमाइश' आदि एवं धर्म के सम्बन्ध में विभिन्न विचारधाराएँ जैसे-पेगेनिज्म (बुतपरस्ती), मोनोथीस्टिक (एकेश्वरवादी धर्म), पोलिथीज्म (बहुदेववादी धर्म), पैन्थीज्म (देव पूजा करने वाले), एथीस्ट (नास्तिक), थीस्ट (आस्तिक), एग्नोस्टिसिज्म (अज्ञेयवाद/ अनीश्वरवाद) आदि धर्म की जटिलता को व्यक्त करने के लिए पर्याप्त हैं।

वैसे तो धर्म का विभिन्न आधारों जैसे -भौगोलिकता, नृजातित्व, संरचना आदि के आधार पर वर्गीकरण किया गया है किन्तु सामान्यतः पैगम्बरीय और गैर-पैगम्बरीय धर्मों के आधार पर वर्गीकरण किया गया है, जिसके अनुसार प्रमुख धर्म हैं-ईसाई, यहूदी, इस्लाम, हिन्दू और बौद्ध धर्म। विभिन्न धर्म हैं और उनसे सम्बंधित मान्यताएँ तो हैं ही इसके साथ उनमें पनपने वाले विवाद, मतभेदों या कुरीतियों को सुलझाने के लिए धर्म सुधार आन्दोलन भी किए गए। इसके साथ ही सभी धर्मों में समभाव और सहअस्तित्व के लिए भी कई साझा प्रयास किए

गए, जिसकी शुरुआत 1893 के 'शिकागो विश्वधर्म सम्मेलन' से हुई और वर्तमान में 'C-1 वर्ल्ड डायलॉग' के रूप में जारी है। 'हफिंगटन पोस्ट' (स्वतंत्र अमेरिकी न्यूज वेबसाईट) का लेख 'द एवर गोइंग रेलिजस मूवमेंट दैट डज नॉट गेट इनफ अटेंशन' यह सिद्ध करता है कि धर्म सुधार के तमाम प्रयासों के बाद धार्मिक असहिष्णुता अभी-भी एक अहम मुद्दा बना हुआ है।

ऐसे में अखिलेश मिश्र के आलेख 'आस्था की आढ़त में बिचौलियों की दलाली' की कुछ बातें इस संदर्भ में सटीक साबित होती हैं। वे लिखते हैं, "धर्म क्या है? सवाल जरा बेतुका है। कौन नहीं जानता कि धर्म क्या है और अधर्म क्या है। पिताजी कहते थे धर्म-अधर्म कुकुर भी जानता है तब आदमी क्यों नहीं जानेगा? लेकिन जब समझते हैं तो समझाने वालों की इतनी भीड़ क्यों है, क्या कमी है? मोटे पोथे लिखे गए हैं, हर भाषा में हैं। न जाने कितने महापुरुष इस काम में जुटे। शास्त्रार्थ हुए, तकरार हुई, सर फूटे, तलवारें बजी, खून बहा। क्यों? धर्म समझाने के लिए।"[1] यद्यपि धर्म को समझाने के लिए अनेकानेक मोटी पोथियाँ लिखी गई फिर भी दुर्भाग्य यह है कि धर्म अपने वास्तविक पथ 'मनुष्य का मार्गदर्शन करना' से इतर अर्थ में प्रयुक्त किया गया है जिसके कारण इसने कई विवाद और मतभेदों को जन्म दिया है।

(ख) तसलीमा द्वारा धर्म की आलोचना :

राहुल सांकृत्यायन ने 'वैज्ञानिक भौतिकवाद' पुस्तक लिखकर उसमें धर्म की आलोचना करते हुए उसे 'बेकार'[2] सिद्ध किया। इसमें उन्होंने धर्म को खारिज़ करने के लिए तमाम सैद्धांतिक पक्षों को प्रस्तुत किया। किन्तु तसलीमा की धर्म सम्बन्धी दृष्टि सैद्धांतिक आधार पर नहीं बल्कि व्यवहार के धरातल पर चलती है। तसलीमा धर्म को एक सिरे से खारिज करती हैं।

तसलीमा की धर्म के प्रति आलोचनात्मक दृष्टि उनके परिवार, समाज और देश में व्याप्त धर्म सम्बन्धी दृष्टि की आलोचना से जन्म लेती है। धर्म के सम्बन्ध में वे किसी प्रकार की रूढ़ि को नहीं मानतीं, बल्कि तार्किक चिंतन किए जाने को प्रोत्साहित करती हैं। एक तरफ वे अपने आत्मकथेतर साहित्य में धर्म को तर्क के तराजू पर तोलती हैं, तो आत्मकथा में धर्म विहीन समाज का सपना देखने के अपने हौंसले के बुनियादी कारणों को प्रकट करती चलती हैं। उनके द्वारा धर्म की आलोचना किए जाने के दो मुख्य कारण हैं-पहला, धर्म और पितृसत्ता एक दूसरे के पूरक बन स्त्री को निकृष्ट प्राणी सिद्ध करते हैं और दूसरा, धर्म मनुष्य के द्वारा मनुष्य के शोषण के लिए की गयी व्यवस्था है। स्पष्ट है, उनका धर्म सम्बन्धी मत तत्सम्बन्धी 'व्यस्था के विरुद्ध' पैदा होता है। यदि कोई धर्म किसी

अन्य धर्म के लोगों को हानि नहीं पहुँचाता या मानवता का हित लेकर व्यावहारिक जीवन में भी चलता तो संभवतः तसलीमा धर्म के विरुद्ध कभी नहीं लिखतीं। किन्तु उनके अनुसार ऐसा सम्भव नहीं है। धर्म होगा लेकिन उसके कारण द्वन्द नहीं होगा, यह स्वीकार करना तो ठीक उसी तरह है, जैसे यह मान लेना कि 'शरीर में रोग होगा, किन्तु वह अन्य अंगों को प्रभावित नहीं करेगा'। धर्म को एक रोग के रूप में देखने वाली तसलीमा ने अन्य धर्मों की अपेक्षा इस्लाम धर्म पर विशेष रूप से कटाक्ष किया है। इसका कारण यह कि एक मुस्लिम परिवार और एक इस्लामिक देश में जन्म लेने के कारण उन्होंने इस्लामी मानसिकता को पलते-बढ़ते देखा है। वे धर्म की आलोचना उसकी सामाजिक भूमिका के आधार पर करती हैं।

(i) धर्म की आलोचना में अब तक प्रस्तुत तर्क : आलोचना का स्वरूप एवं आधार

तसलीमा ने धर्म को एक सिरे से खारिज किया है और इसके लिए कई तर्क और प्रमाण प्रस्तुत किए हैं। तसलीमा से पूर्व और उनके समय के विश्व के कई विद्वानों ने भी अपने-अपने तरीके से धर्म की आलोचना की है। तात्पर्य यह है कि तसलीमा धर्म की आलोचना करने वालों में पहली नहीं बल्कि उनमें से एक हैं। यहाँ यह दृष्टव्य है कि धर्म की आलोचना के लिए अन्य विद्वानों या आलोचकों ने क्या तर्क प्रस्तुत किए हैं। मार्क्स की दृष्टि से देखें तो "धर्म की आलोचना समस्त आलोचना का आधार तथा आरम्भ बिंदु है।"[3] (यह मार्क्स ने 'हेगल के न्यायदर्शन की समालोचना का प्रयास' की भूमिका में लिखा है)। इस आलोचना के आरंभ का इतिहास भी बहुत पुराना है। प्रायः यह स्वीकृत किया जाता है कि धर्म की आलोचना आधुनिक युग की देन है किन्तु इसके प्राचीनतम साक्ष्य हमें रोमन साम्राज्य से ही प्राप्त होने लगते हैं। धर्म सबंधी इस आलोचना के सर्वप्रथम प्रमाण ग्रीस में मिलते हैं। पाँचवीं सदी ईसा पूर्व के वहाँ के एक लेखक डायगरस को नास्तिक होने के कारण और ग्रीक धर्म की आलोचना के कारण 'द अथीस्ट ऑफ़ मेलोस' की संज्ञा दी गयी थी।[4] पहली शताब्दी ईसापूर्व के ल्युक्रेटिस ने 'एपिक्युरिअनिज्म या आनंदवाद' का प्रचार किया और अपनी प्रसिद्ध कृति 'डी रेरम नाटुरा' अर्थात् 'ऑन द नेचर ऑफ़ थिंग्स' में घोषित किया -'धर्म ने मनुष्य में अपवित्रता को जन्म दिया है।'[5] यह 507 ई.पू. के ग्रीक दार्शनिक एपिकुरस की शिक्षाओं पर आधारित दर्शन है, जिसके अनुसार 'आनंद या सुख' ही सबसे बड़ी उपलब्धि है और अन्धविश्वास और आध्यात्मिक शक्तियों में विश्वास आलोच्य है। यही बात भारत के चार्वाक दर्शन में भी मिलती

है, जहाँ भौतिक सुख को ही सर्वोच्च बताया गया है –"यावत जीवेत सुखं जीवेत ऋणं कृत्वा, घृतं पीवेत" कहकर जीवन का आनंद लेने की बात की गयी है। सोलहवीं शताब्दी में निकोलस मैकियावली ने भी यही स्वीकार किया कि 'धर्म राजनीतिक सत्ताओं का लोगों के मत को प्रभावित करने का हथियार है।' स्पष्ट है कि धर्म की आलोचना का प्रारंभ धर्म की उत्पत्ति और विकास के बाद होने लगता है। आगे चलकर अट्ठारहवीं शताब्दी में वोलेंटियर और डेविड ह्यूम ने धर्म के असहिष्णुतापूर्ण तर्कों की आलोचना की।

धर्म की आलोचना को यदि देखें तो "धर्म पर आपत्तियाँ दो प्रकार की हैं –बौद्धिक और नैतिक। बौद्धिक आपत्ति यह है कि किसी भी धर्म को सच मानने का कोई कारण नहीं है; नैतिक आपत्ति यह है कि धार्मिक शिक्षाएँ उस युग की देन हैं जब लोग उससे अधिक क्रूर थे जितना वे हैं, और इसलिए वे उन अमानवीयताओं को बनाए रखना चाहते हैं, जिनसे युग की नैतिक अन्तश्चेतना को अन्यथा बाहर आ जाना चाहिए।"[6] ईसाई धर्म की आलोचना करने वाले चार्ल्स ग्लाक और रोडनी स्टार्क का मत है कि ऐतिहासिक रूप से धर्म (मुख्यतः क्रिश्चेनिटी) ने विभाजन का काम किया है और हटिंगटंग एवं बोर्डिलार्ड के अनुसार आज भी यह साम्प्रदायिक तनाव, संघर्ष एवं आतंकवाद जैसी गतिविधियों के लिए उत्तरदायी है। धर्म ने केवल समाज में एकता बनाए रखने में ही भूमिका नहीं निभाई बल्कि कई बार यह राजनीतिक तख्ता पलट, विभिन्न क्रांतियों आदि के लिए भी उत्तरदायी रहा है। उदाहरण के लिए–मैक्सबेबर द्वारा प्रस्तावित पूँजीवाद के विकास में प्रोटेस्टेंट धर्म की भूमिका, ईरान में अयातुल्ला खुमैनी के नेतृत्व में मोहम्मद राजशाह के शासनकाल में व्याप्त शोषणकारी व्यवस्था का विरोध, राजशाह के तख्तापलट एवं ईरान में सामाजिक परिवर्तन लाने में धर्म की भूमिका या फिर अमेरिका में घटित नवधार्मिक अधिकार आन्दोलन में धर्म की भूमिका। वस्तुतः धर्म लौकिक समस्याओं के निदान के लिए मानवीय प्रयासों को हतोत्साहित करता है। यही कारण है कि सीमोन दि बोउआर और जीन होल्म जैसी स्त्रीवादी लेखिकाओं ने एवं ब्रायन एस टर्नर का धर्म के नकारात्मक पहलुओं का विश्लेषण इसे पितृसत्तात्मक समाज के निर्माण और लिंग असमानता के पोषक रूप में प्रस्तुत करता है। मार्क्सवादी न होते हुए भी एंथोनी गिडनेस और हंटिंगटन ने अपनी पुस्तक 'क्लैश ऑफ़ सिविलाइजेशन' में धर्म की नकारात्मक भूमिका का विश्लेष्ण प्रस्तुत किया।

प्रफुल्ल कोलायन एक लेख 'धर्म की सत्ता, सत्ता का धर्म' में लिखते हैं कि "धर्म की सत्ता सापेक्षता उसे पुरोहितवाद की तरफ ले जाती है और धर्म

की सत्ता निरपेक्षता भक्ति की तरफ ले जाती है।"[7] इन दोनों से इतर एक अन्य स्थिति है और भी है–धर्म की आलोचना और धर्म के विकल्प की तलाश। धर्म का विकल्प क्यों खोजा जाय–क्योंकि वह निरंकुश है, भय उत्पन्न करता है, यथास्थितिवादी, अवैज्ञानिक, अन्धविश्वासी है। वह ईश्वर का भय व्याप्त कर मनुष्य को नियतिवादी बना देता है। बड़ी चालाकी से इसे ईश्वरीय आदेश बताकर लोगों को कई सौ वर्षों से ठगा जा रहा है। इसी कारण कुमार अम्बुज धर्म में सुधार की बात किए जाने को बेईमानी मानते हैं और सीधे उसका निषेध किए जाने को स्वीकार करते हैं। इसका कारण बताते हुए वे लिखते हैं, "अतएव हिन्दू धर्म सहित, संसार के प्रत्येक धर्म में न केवल ईश्वर या अवतार या पैगम्बर की उपस्थिति एक प्रमुख तत्व है बल्कि वह इस कारण अपरिवर्तनीय भी है। उसमें किसी तरह का संशोधन, पहली बात तो लगभग नामुमकिन है, क्योंकि उसके अनुयायी ऐसा करने नहीं देगें और यदि किसी तरह वह संशोधन हुआ भी तो एक नया धर्म सामने आ जाएगा, जिसमें संशोधनकर्ता को पैगम्बर या अवतार की मान्यता मिलेगी और इस तरह वह भी उतनी ही समस्याओं तथा बुराइयों से लैस होगा, जितना कोई भी धर्म हो सकता है।"[8] स्पष्ट है कि "धर्म दरअसल एक पुराना, भोथरा, जंग लगा औजार है।"[9] धर्म कई समस्याओं जैसे व्यवसायीकरण, संस्थानीकारण, राजनीतिकरण, साम्प्रदायिकता को उत्पन्न करता है, जो आलोचना की चेतना को बाधित कर उस पर कंडीशनिंग करता है। धर्म की आलोचना क्यों की जानी चाहिए इस सम्बन्ध में कार्ल मार्क्स 'हेगेल के न्यायदर्शन की समालोचना का प्रयास' में लिखते हैं, "धर्म के उन्मूलन का अर्थ है जनता के वास्तविक सुख की माँग करना...धर्म की आलोचना मनुष्य का मोहभंग कर देती है ताकि वह मनुष्य अब विवेक के साथ चिंतन कर्म कर सके...।"[10] वास्तविकता यह है कि यह कूपमंडूकता पैदा करता है और यथास्थितिवादी है, अकर्मण्यता और अनावश्यक संतोषी बनाता है। अतः आवश्यक है कि धर्म के विकल्प की तलाश की जाय।

किन्तु "धर्म की अधूरी आलोचना समाज विज्ञान में इतिहास, दर्शन, राजनीति, अर्थशास्त्र, संस्कृति आदि में अधूरी आलोचना का कारण बनता है और समाज विज्ञान में अधूरी आलोचना हमारी मुक्ति का, सर्वहारा, शोषित जनों की मुक्ति का, सबसे बड़ा बाधक बन जाता है। धर्म की मुकम्मल आलोचना हमारी मुकम्मल मुक्ति की एक शर्त है।"[11] प्रश्न यह है कि धर्म की मुकम्मल आलोचना क्या है? इस सम्बन्ध में लेखक एवं सामाजिक कार्यकर्ता अशोक यादव अपने लेख 'धर्म की आलोचना की आलोचना' में जिन बातों की ओर

ध्यान दिलाते हैं वे निम्नलिखित हैं –

1. हिन्दू धर्म के अलावा हमारे देश में जैन, बौद्ध, इस्लाम, ईसाई तथा सिक्ख धर्म हैं। हिन्दू धर्म के खिलाफ बाकी धर्मों की इतिहास में प्रगतिशील भूमिका रही है। इसलिए धर्म की आलोचना में इस अत्यंत महत्वपूर्ण बिंदु का खयाल रखना होगा। सभी धर्मों की आलोचना हम एक ही मापदंड से नहीं कर सकते।
2. दलित लेखक धर्म की आलोचना में वर्ण–व्यवस्था का सवाल उठाते हैं। किन्तु वर्ण–व्यवस्था के खिलाफ जैन, बौद्ध, इस्लाम, ईसाई तथा सिख धर्मों की प्रगतिशील ऐतिहासिक भूमिका को सामने नहीं लाते हैं।
3. दलित लेखक धर्म की आलोचना करते हुए वर्ण–व्यवस्था का सवाल केवल हिन्दू धर्म एवं समाज के परिप्रेक्ष्य में उठाते हैं। अन्य धार्मिक अल्पसंख्यक समुदायों में व्याप्त वर्ण–व्यवस्था और उससे जुड़े धर्म के प्रश्न को गौण कर देते हैं।
4. धर्म के सभी आलोचक-समाजवादी, मार्क्सवादी, दलित आदि एक स्वर से धर्म को ज्ञान–विज्ञान, मानव विकास में बाधक समझते हैं। जबकि अपनी उत्पत्ति तथा परवर्ती समय में सभी धर्मों ने, हिन्दू धर्म को छोड़कर, ऐतिहासिक रूप से क्रांतिकारी भूमिका का निर्वाह किया था। धर्म के संबंध में इस तथ्य को प्रमुखता से सामने नहीं लाया जाता है।
5. धर्मों के उद्‌भव और विकास के इतिहास से उपजे बोध का धार्मिक कट्टरता तथा धर्मों का शोषक वर्गों द्वारा इस्तेमाल के खिलाफ लड़ाई लड़ने में एक महत्वपूर्ण भूमिका हो सकती है लेकिन 'लिबरेशन थियालॉजी का सवाल धर्म की आलोचना का हिस्सा नहीं बन पाया है।

कहने का तात्पर्य यह है कि भारतीय उपमहाद्वीप के धर्म में धर्म के साथ जाति, वर्णव्यवस्था रूपी रोड़ा भी है। अतः केवल धर्म की आलोचना करना धर्म की पूर्ण आलोचना नहीं होगी। इसीलिए मार्क्स ने धर्म को 'मिथ्या सूर्य'[12] की संज्ञा दी है। सभी हिन्दू धर्मग्रन्थ वर्णव्यवस्था का पोषण करते हैं। गीता में उल्लिखित है –'चातुर्वण्यं मया सृष्टं गुणकर्म विभागशः/तस्य कर्तारमपि माँ विद्धयकर्तारमव्ययम्' अर्थात् गुण और कर्म के अनुसार चार वर्णों में विभाजित समाज–चातुर्वण्य व्यवस्था–मेरी ही सृष्टि है। यद्यपि मैं इस व्यवस्था का स्रष्टा हूँ किन्तु तुम यह जान लो कि मैं इतने पर भी अव्यय अकर्ता हूँ।' इसी प्रकार

इस्लाम, ईसाई और सिख धर्म में भी भीतरी खाँचे हैं। फायरबाख ने ईसाई धर्म की आलोचना करते हुए लिखा था कि इतिहास के लंबे दौर में ईसाई धर्म न केवल तर्क और ज्ञान से दूर जा चुका है, बल्कि उसने मनुष्यता से भी किनारा कर लिया है।' ईसाई धर्म की आलोचना में मार्क्स ने 'चर्च विरोधी आन्दोलन-हाइड पार्क में प्रदर्शन' शीर्षक लेख में लिखा-'ईसाई धर्म के महान संतों ने आम जनता की आत्माओं के उद्धार के लिए स्वयं अपने शरीर को यातना दी थी; आधुनिक शिक्षित संत स्वयं अपनी आत्मा के उद्धार के लिए आम जनता के शरीरों को यातनायें देते हैं।' नीत्शे की नजर में बौद्ध तथा ईसाई धर्म 'सर्वविध्वंसक निहिलिस्टिक धर्म' तथा 'मरणशीलन धर्म' है।[13] इन भीतरी बँटवारों को नज़रन्दाज करके धर्म की आलोचना नहीं की जा सकती। अत: आवश्यक है कि वर्ण व्यवस्था धर्म की आलोचना का मुख्य आधार हो और अन्य धर्मों में इसके विरुद्ध प्रस्तुत तर्कों को आधार बनाया जाय। उन्होंने धर्म की आलोचना में वर्गवादी खेमे (मार्क्सवाद, लेनिनवाद) और वर्णवादी खेमे (बुद्ध, फुले, आंबेडकर, पेरियार और लोहिया), को एकसाथ लाकर खड़ा कर देने का पक्ष लिया। इसके साथ ही उन्होंने 'लिबरेशन थियोलॉजी' को भी आवश्यक माना है, जिसका अर्थ है शोषण के विरुद्ध धर्म का एक हथियार या माध्यम के रूप में प्रयोग किया जाना। इस सिद्धांत का प्रयोग फिडेल कास्ट्रो ने यह आह्वान करने के लिए किया कि 'जो गरीबों का शत्रु है, वह यीशू का भी शत्रु है'।

बायर धर्म को राजनीतिक स्वतंत्रता के रास्ते में बाधक मानते हैं। वह धर्म के उन्मूलन के बिना वास्तविक राजनीतिक स्वतंत्रता को असंभव मानते हैं। यह बात उन्होंने यहूदियों को धर्म के आधार पर राजनीतिक स्वतंत्रता दिए जाने के प्रश्न पर कही थी। बायर की मान्यता थी कि राजनीतिक स्वतंत्रता केवल धार्मिक रूप से निरपेक्ष राष्ट्र-राज्य में ही संभव है; अर्थात् ऐसा राज्य जहाँ स्वतंत्र सामाजिक पहचान, जैसे धर्म, जाति, वर्ण आदि के लिए कोई स्थान न हो। इसके विपरीत मार्क्स का मत था कि धर्मनिरपेक्ष राज्य में नागरिक आध्यात्मिक और राजनीतिक रूप से स्वतंत्र होने के बावजूद आर्थिक असमानता के कारण शोषण और उत्पीड़न के शिकार बन सकते हैं।[14] स्पष्ट है, दोनों ने ही धर्म की आलोचना का समर्थन किया। कुमार प्रशांत अपने आलेख 'धर्म बनाम धार्मिकता' में लिखते हैं, "धर्म को हमारे विश्वास का ऐसा निजी तत्व नहीं, एक ऐसा सार्वजानिक हथियार बना दिया गया, जिससे हर वह गर्दन काटी जाने लगी जो सर को थामने का काम करती है।"[15]

धर्म का राजनीतिक दायरा बढ़ने के साथ-साथ आर्थिक जाल भी विस्तृत

हुआ है। धर्म जैसे-जैसे क्षमतावान लोगों के लिए राजनीतिक हिंसा का अस्त्र बनता गया, वैसे-वैसे उसके स्वरूप में सुधार की जरूरत भी महसूस की जाने लगी। यही कारण है कि स्वयं को धार्मिक घोषित करने के बावजूद, गाँधी भी धर्म में दोष आ जाने पर उसके सुधार या उसकी आलोचना करने से नहीं कतराते। उन्होंने अल्प्पी में 18 जनवरी 1933 को दिए अपने एक भाषण में हिन्दू धर्म के सम्बन्ध में कहा, "मैं इस धर्म का चेहरा बदल देना चाहता हूँ।" 'धार्मिक पुनर्जीवनवाद' के इस दौर में धर्मांध ताकतों को समाप्त कर देना और उनकी बढ़ती क्षमता को कम करना ही धर्म की आलोचना का मुख्य प्रयोजन है। क्योंकि अनिल जैन के लेख 'धर्म के नाम पर' के अनुसार, "यह मानसिक आतंकवाद धार्मिक-आध्यात्मिक दुकानदारियों की आड़ में हमारी सामाजिक और सांस्कृतिक संरचना को निरंतर खोखला बना रहा है।"[16]

ऐसा नहीं है कि समाज में केवल धर्म की आलोचना ही होती रही है बल्कि धर्म का एक बड़े स्तर पर समर्थन भी किया जाता रहा है। धर्म का समर्थन धर्म के सकारात्मक पक्षों के आधार पर किया जाता है जो अग्रलिखित हैं-मानसिक शांति, तत्काल आश्वासन, अवसाद को बाँटने का जरिया, विश्वास और संबल, सामाजिकता, नैतिक मूल्यों का प्रचार आदि। धार्मिक आलोचनाओं के समानांतर धर्म को सही ठहराने के लिए भी कई सिद्धांत रहे हैं और कई धार्मिक पुस्तकों में तो पहले ही धर्म या ईश्वर के अस्तित्व को नकारने वालों के लिए दंड के प्रावधान किए गए हैं। इन सिद्धांतों में से एक है 'अपोलोजेटिक्स' या 'ख्रीस्टीय मंडनवाद'। ईसाई धर्मशास्त्र में धार्मिक सिद्धांतों या विश्वासों के समर्थन में लिखे गए निबंधों को सामूहिक रूप से 'अपोलोजेटिक्स' कहते हैं। इस तरह की लिखी गयी पुस्तकों में जस्टिन की 'अपोलॉजी' सर्वप्रसिद्ध है। इस प्रकार की 'अपोलॉजी' हिन्दू, इस्लाम, यहूदी, बहाई और बौद्ध धर्म में भी प्राप्त होती है। 'देववाद'/'तटस्थेश्वरवाद' (डीज्म) का सिद्धांत यह तो स्वीकार करता है कि ईश्वर का अस्तित्व है और उसने ही विश्व की रचना की है, किन्तु इस विश्वास के लिए वह बौद्धिकतावाद और अनुभववाद का सहारा लेता है। 'पैन्थीज्म' या 'सर्वेश्वरवाद' भी इसी क्रम में है जिसे दार्शनिक स्पिनोजा ने प्रस्तुत किया।

(ii) धर्म की आलोचना के लिए प्रेरित करने वाले कारक :

पारिवारिक परिस्थितियाँ :

तसलीमा ने जीवन में धर्म को सदैव एक व्यवधान के रूप में महसूस किया, चाहे वह 'बचपन के दिन' हो, चाहे 'उत्ताल हवा' सी बहती उनकी किशोरावस्था या फिर 'युवावस्था का 'द्विखंडित' जीवन या एक परिपक्व और

अनुभव से परिपूर्ण 'वे अँधेरे दिन' या 'निर्वासन' के दौरान की प्रौढ़ावस्था। जीवन के हर पड़ाव पर तसलीमा ने कई बार धर्म की बेड़ियों में स्वयं जकड़ते हुए महसूस किया और अपने साथ-साथ अपने आस-पास हर किसी को धर्म की मुट्ठी में जकड़ा हुआ पाया। उन्होंने यह भी महसूस किया कि उनके आस-पास हर कोई इस मुट्ठी में बंद रहने में ही खुश है, किन्तु तसलीमा इस बंधन से कभी खुश नहीं रहीं।

तसलीमा अपने बचपन के दिनों में धार्मिक क्रियाकलापों के लिए परिवार के लोगों द्वारा बनाए जाने दबाव का विस्तृत वर्णन करती हैं- इस्लाम में पवित्र माने जाने वाले दिन, 'बारह रवि उल अव्वल' को तसलीमा का जन्म होना और उस दिन पैदा होने के कारण अल्लाह को खुश रखने का सारा उत्तरदायित्व, माँ का पीर के दर पर जाना और तसलीमा को भी वहाँ जाने और उन आडम्बरपूर्ण क्रियाकलापों में भाग लेने के लिए बाध्य करना, फजली खाला के द्वारा तसलीमा को धार्मिक हदों में रहने के लिए बाध्य करना, नमाज अदा करने के लिए बाध्य किया जाना, अल्लाह के विरुद्ध कोई तर्क या प्रश्न न किए जाने के लिए बाध्य किया जाना आदि। तसलीमा यह सब बताकर यह दिखाना चाहती हैं कि लगभग हर मुसलमान के घर में या कहें कि हर धर्म के व्यक्ति के घर में, इसी प्रकार एक मासूम बच्चे को धार्मिक मान्यताओं और आडम्बरों के पालन की सीख दी जाती है और उसे इस तरह से गढ़ दिया जाता है कि वह अपने धर्म से आगे निकलकर कभी कुछ सोच ही न सके। उसे धर्म के मामले में कभी-भी अपने विवेकानुसार निर्णय करने के लिए स्वतंत्र नहीं छोड़ा जाता। इसमें सबसे बड़ी भूमिका माता-पिता की होती है। अभिभावकों द्वारा बचपन से अनवरत दी जाने वाली धार्मिक शिक्षा में बच्चे को एक न एक दिन ढल ही जाना पड़ता है और इस तरह एक और धर्म के इशारों पर नाचने वाले इंसान का जन्म होता है। इस सम्बन्ध में तसलीमा लिखती हैं, "कोई शिशु जब जन्म लेता है, वह किसी धर्म के साथ नहीं आता। हर इंसान अपने माँ-बाप का ही धर्म मानने को लाचार होता है।"[17]

तसलीमा के पिता इस बात में विश्वास करते थे- 'कहाँ स्वर्ग है कहाँ नरक, कौन कहता है बहुत दूर, मनुष्य में ही है स्वर्ग-नरक, मनुष्य में ही सुरासुर'।[18] दूसरी ओर, उनकी माँ का मानना था, 'इतने सवाल नहीं पूछे जाते। अल्लाह पर आँख मूंदकर भरोसा करना। अल्लाह सर्वशक्तिमान हैं। अल्लाह के अलावा कोई भी माबूद नहीं है। अल्लाह-गफूर्रहीम। अल्लाह एक एवं अद्वितीय हैं।'[19] इस प्रकार के धर्म और तर्क के द्वंद के बीच पली-बढ़ी तसलीमा को अपने पिता

के कारण धर्म पर तार्किक दृष्टि से सोचने का अवसर भले मिला हो, किन्तु हर व्यक्ति के साथ ऐसा नहीं होता। अभिभावकों की कट्टर जातिवादी सोच के कारण एक अबोध बच्चा कब कट्टर धार्मिक बन जाता है, उसे खुद भी पता नहीं चलता। इसका उदाहरण तसलीमा के भाइयों, मामाओं और मौसियों के सन्दर्भ में देखा जा सकता है। तर्क के आधार पर उनका बाल मन अल्लाह के शक्तिशाली होने पर बार-बार सवाल खड़ा करता रहा। नमाज़ अदा करने के बाद अल्लाह जब उन्हें माँगी हुई चीजें- 'पोड़ाबाड़ी का चमचम', 'चाबी वाली गाड़ी', 'मुक्तागाछी का मंडा', 'एक जार मार्बल', 'गुब्बारा' आदि नहीं देता तो उन्हें खिन्नता हुई। इस खिन्नता को उन्होंने बंद कमरे में कई बार अल्लाह के लिए अपशब्दों का प्रयोग कर उतारने का प्रयास किया। इस प्रयास में उन्होंने पाया कि जिस अल्लाह को सर्वशक्तिमान और सर्वज्ञ कहा गया और उसके विरुद्ध अपशब्द न कहने का चलन है, उसी के विरुद्ध इतना कुछ कहकर भी उन्हें कोई नुकसान नहीं हुआ। उन्होंने वे सभी काम किए, जो अल्लाह के नाम पर प्रतिबंधित थे। जैसे-अंग्रेजी पढ़ना, गीत गाना, फिल्म देखना, नामाज न अदा करना, चित्र बनाना, बुर्का ना पहनना आदि। वे यह सब, परम्पराओं को न मानने के अपने निश्चय के कारण तो करती रहीं उसके पीछे कहीं न कहीं अल्लाह की ताकत को परखने और आजमाने का भी उद्देश्य था। इन कार्यों से उन्हें कोई नुकसान नहीं हुआ तो वे इस निष्कर्ष पर पहुँची कि ईश्वर या अल्लाह जैसी कोई परलौकिक शक्ति नहीं है। जो कुछ भी है वह भौतिक जगत में ही है।

बचपन में 'लाल-कालो खेल' (तसलीमा के गाँव में बच्चे लाल-कालो खेल खेलते थे, जिसमें वे लाल चीटियों को हिन्दू और काली चीटियों को मुस्लिम मानकार लाल चीटियों को एक-एक कर मार देते थे) खेलते-खेलते वे धीरे-धीरे लाल चीटियों के पक्ष में कब आ खड़ी हुई, यह उन्हें भी नहीं पता चला।

सामाजिक परिस्थितियाँ :

समाज में निरंतर बढ़ती धार्मिक कट्टरता :

तसलीमा बांग्लादेश के उस स्थान पर जन्मीं, जहाँ इस्लाम और हिन्दू धर्म के लोग कभी एक साथ रहते थे। इस तरह उन्होंने हिन्दू और मुस्लिम दोनों समाज के लोगों का धार्मिक जीवन नजदीक से देखा था। इस समाज में जहाँ पहले दोनों धर्म के लोग एक साथ मिलकर रहते थे और एक दूसरे के धार्मिक त्योहारों और अन्य क्रियाकलापों आदि में मिलजुलकर प्रतिभाग किया करते थे, उसी समाज

में एक दौर ऐसा भी आया, जब हिन्दू-मुसलमान एक दूसरे के धुर विरोधी हो उठे। विशेषकर बाबरी मस्जिद के विध्वंश के बाद तो यह विरोध कट्टरपंथ और साम्प्रदायिकता में तब्दील हो गया। हिन्दुओं को देश से खदेड़ दिया गया। इस स्थिति में एक बालिका, जो धर्म की जड़ों को तलाश रही थी, उसकी प्रतिक्रिया क्या होगी? निश्चित रूप से, धर्म के आधार पर अपनी ही कौम के लोगों के द्वारा अपने ही साथ रहने वाली दूसरी कौम के प्रति किया गया यह अपराध उसे 'अपराधबोध' से भर देगा। इस अपराधबोध के बाद ही उन्होंने 'लज्जा' जैसी पुस्तक लिखी।

हिन्दुओं की घटती जनसँख्या :

बांग्लादेश के समाज में कट्टरता जैसे-जैसे पैर जमा रही थी वैसे-वैसे उस समाज के बंगाली हिन्दुओं और साथ ही अन्य धर्म के अनुयायियों की सँख्या निरंतर कम होती जा रही थी। यदि जनसाँख्यिकीय आँकड़ों पर नजर डालें तो यह ज्ञात होता है कि प्रारम्भ से ही इस्लाम बांग्लादेश का सबसे बड़ा धर्म रहा है। 2011 में हुई जनगणना के अनुसार यहाँ कुल जनसँख्या का 90% मुस्लिम हैं, जो कि करीब 146 मिलियन है। बांग्लादेश विश्व में मुसलमान आबादी की दृष्टि से तृतीय स्थान पर है। इन मुस्लिमों के भी कई प्रकार हैं, जैसे-'बंगाली मुसलमान' जो कि कुल मुसलमानों का 98% हैं एवं 'बिहारी मुसलमान' और 'असमिया मुसलमान'[20] जो कि 2% हैं। इन मुस्लिमों में से अधिकांश मुसलमान 'सुन्नी' हैं। 'शिया' और 'अहमदिया' समुदाय की सँख्या अपेक्षाकृत कम है। शिया ज्यादातर शहरी इलाकों में रहते हैं। सभी मुस्लिम त्योहार जैसे 'ईद-उल-फितर', 'ईद उल-अधा' (बकरीद), 'मुहर्रम', 'मिलाद-अन नबी', 'शब-ए-बारात' और 'चांद रात' को पूरे देश में बहुत धूमधाम और भव्यता के साथ मनाया जाता है। 'विश्व इज्तेमा'[21] में विश्व के 150 देशों के व्यक्ति हिस्सा लेते हैं। दूसरी तरफ हिन्दुओं की सँख्या 9.0% है। इनकी कुल जनसँख्या 14 मिलियन है। बांग्लादेशी हिंदू मुख्य रूप से बंगाली हिंदू हैं, लेकिन 'गारो', 'खासी', 'जयंतिया', 'संथाल', 'बिश्नुप्रिया मणिपुरी', 'त्रिपुरी', 'मुंडा', 'ओरन', 'धनुक' जैसी आदिवासी जनजातियों के रूप में यहाँ एक अलग हिंदू जनसँख्या भी मौजूद है।

बौद्ध कुल जनसँख्या का 0.6% हैं। ज्यादातर बौद्ध 'स्थविरवाद' या 'थेरवाद' के अनुयायी हैं। प्राचीन काल में बांग्लादेश एशिया में बौद्ध धर्म का केंद्र था। बंगाल से ही बौद्ध दर्शन, बौद्ध सभ्यता, वास्तुकला आदि का कम्बोडिया, इंडोनेशिया और थाईलैंड आदि में प्रचार हुआ। माना जाता है कि कंबोडिया,

इंडोनेशिया और थाईलैंड की बौद्ध वास्तुकला (अंगकोरवाट मंदिर और बोरोबुदुर विहार सहित), बांग्लादेश के प्राचीन मठों जैसे सोमपुरा महाविहार आदि से प्रेरित हैं। बांग्लादेश के अधिकतर बौद्ध चटगाँव डिविजन में रहते हैं। इसके अतिरिक्त वे बांग्लादेश के मयमनसिंह, कोमिला, सिलहट, रंगपुर आदि में भी निवास करते हैं। यहाँ के बौद्ध बंगाली भाषी, 'बरुआ बौद्ध'[22] हैं। चटगाँव के अधिकांश बौद्ध विभिन्न जनजातियों जैसे 'मर्म', 'मुरु', 'खामी', 'बाम', 'चक', 'कुकी', 'मुरांग', 'तंचंग्या' और 'खियंग' के हैं, जो बौद्ध धर्म का प्राचीन समय से ही अनुसरण कर रहे हैं। 'बुद्ध पूर्णिमा' बंगाली बौद्ध और जनजातीय बौद्ध दोनों में सबसे अधिक प्रचलित पर्व है।

बांग्लादेश में ईसाई धर्म पुर्तगाली व्यापारियों और मिशनरियों के साथ 16वीं शताब्दी के अंत से 17वीं शताब्दी के प्रारंभिक वर्षों के दौरान आया। ईसाईयों की सँख्या कुल आबादी का 0.3% है। ज्यादातर ईसाई शहरी इलाकों में रहते हैं और अधिकतर 'रोमन कैथोलिक' हैं। 'लुशी' और 'बाम' आदि जनजातियों में भी कुछ लोग ईसाइयत के अनुयायी हैं।

इसके अतिरिक्त यहाँ बहाई, सिख, जीववादी, अनीश्वरवादी, नास्तिक भी हैं, जो कुल जनसँख्या का लगभग 0.1% हैं। यहाँ अनौपचारिक तरीके से निवास करने वाली जनसँख्या के रूप में 'रोंहिंग्या मुसलमान'[23] भी हैं। बर्मा से आए हुए लगभग 32000 रोंहिग्या शरणार्थी यहाँ पंजीकृत हैं, किन्तु एक अनुमान के मुताबिक़ दो से पाँच लाख रोहिंग्या अवैध तरीके से शरणार्थी के रूप में यहाँ रह रहे हैं (मुख्यतः बांग्लादेश के दक्षिण-पूर्व के कॉक्स बाज़ार में)।[24]

बांग्लादेश की दशकवार जनसँख्या वितरण को देखें तो स्पष्ट होता है कि यहाँ इस्लाम से इतर धर्मों के लोग चाहे वे हिन्दू हो, ईसाई हो, बौद्ध हों या अन्य धर्मों के हों उनकी जनसँख्या में बढ़ोतरी के स्थान पर इसमें कमी ही आई है। हिन्दुओं के सम्बन्ध में यह सँख्या तो और भी आश्चर्य में डालती है। जो हिन्दू, बांग्लादेश की 1951 ई. की जनगणना के अनुसार कुल जनसँख्या का 22% थे, वही 2011 ई. तक आते-आते मात्र 9.0% ही रह गए!

प्रश्न यह है कि कुल 13% हिन्दू आखिर गए कहाँ? इस प्रश्न का उत्तर और भी स्तब्ध करने वाला है। बांग्लादेश ने पाकिस्तान से अलग होने के लिए भले ही मुक्तियुद्ध किया था किन्तु वह अपनी भीतरी धार्मिक कट्टरपंथी मानसिकता से कभी भी उबर नहीं सका। इसका परिणाम यह हुआ अपने ही देश के, अपनी ही भाषा के हिन्दुओं को या तो मौत के घाट उतार दिया, या उनका जबरन धर्म परिवर्तन करवा दिया या फिर उन्हें देश से निकल जाने को मजबूर कर दिया।

अर्थात् अधिकतर हिन्दुओं को विस्थापन ने निगल लिया।

यह विस्थापन हुआ कहाँ? अपने ही पड़ोसी देश भारत में! एक अनुमान के मुताबिक़ 1964 से 2013 के बीच लगभग एक करोड़ दस लाख हिन्दुओं का विस्थापन हुआ है।[25] इस विस्थापन ने भारत के उन लोगों में बांग्लादेशियों के प्रति आक्रोश तो उत्पन्न किया ही, जिनकी जमीन पर ये विस्थापित हिन्दू जा कर रह रहे हैं और उन हिन्दुओं में भी अपने ही देश के प्रति घृणा का भाव भर दिया। यानी ये विस्थापित हिन्दू अब न तो अपने देश के हैं और न ही विदेशी धरती पर इन्हें कोई स्वीकार रहा है। बांग्लादेश के अल्पसंख्यक हिन्दू, हिन्दू होने के बावजूद, भारत के बहुसंख्यक हिन्दुओं में कभी भी घुल-मिल नहीं सके। वे केवल अपने देश से 'खदेड़े हुए लोग' की ही पहचान रखते हैं। तसलीमा ने इन खदेड़े जा रहे लोगों के लिए 1992 में 'लज्जा' लिखी तो उनके विरुद्ध हवा में तलवारें तैरने लगीं और उन्हें देशद्रोही की संज्ञा दी गयी। जबकि असलियत तो यह है कि तसलीमा ने उस समय धर्म के विरोध में नहीं, धार्मिक कट्टरपंथ और साम्प्रदायिक आधार पर किए जा रहे अत्याचार के विरुद्ध लिखा था। स्पष्ट है, बांग्लादेश की धार्मिक परिस्थितियों ने तसलीमा को धर्म के विरुद्ध लिखने के लिए प्रेरित किया।

राजनीतिक परिस्थितियाँ :

तसलीमा को धार्मिक व्यवस्था के विरुद्ध लिखने के लिए काफी हद तक बांग्लादेश में धर्म सम्बन्धी संवैधानिक व्यवस्था और सरकार के धर्म आधारित राजनीतिक निर्णयों ने भी प्रेरित किया है।

धर्म के सम्बन्ध में संवैधानिक प्रावधान :

यद्यपि प्रारंभ में बांग्लादेश के संविधान में राज्य को एक 'धर्मनिरपेक्ष राष्ट्र' घोषित किया गया था, किन्तु बाद में 1977 से 1988 के बीच हुए कई संविधान संशोधनों के माध्यम से 'इस्लाम' को बांग्लादेश का 'राज्य धर्म' घोषित कर दिया गया।[26] संविधान में धर्म, धार्मिक प्रावधान और धार्मिक स्वतंत्रता का उल्लेख कई स्थानों पर है। उदाहरण के लिए-

संविधान का प्रारंभ : संविधान का प्रारंभ 'बिस्मिल्ला-अर-रहमान-अर-रहीम' से होता है, जिसका अर्थ है 'शुरू करता हूँ अल्लाह के नाम से।' इसे प्रत्येक मुस्लिम किसी काम को शुरू करने से पहले 'तस्मिया' करता है, अर्थात् पढ़ता है।

प्रस्तावना : 'हम यह प्रण लेते हैं कि हमारे जाबाज लोगों द्वारा अपनी जान

की बाजी लगाने और वीर शहीदों को अपना जीवन बलिदान कर देने के लिए प्रेरित करने वाले उच्च आदर्श 'सर्वशक्तिमान अल्लाह में विश्वास', 'राष्ट्रवाद', 'लोकतंत्र' और 'समाजवाद' अर्थात् आर्थिक और सामाजिक न्याय, संविधान के मूल सिद्धान्त होगें।'[27] बाद में 2011 में 15वें संविधान संशोधन के माध्यम से इस्लाम ही देश का धर्म है मानते हुए अल्लाह से पूर्ण आस्था और विश्वास को हटा दिया गया।

भाग-1 : अनुच्छेद 2 -'इस गणतंत्र का राजधर्म इस्लाम है, किन्तु राज्य हिन्दू, बौद्ध, ईसाई या अन्य धर्मों के पालन की समान स्वतंत्रता और अधिकार देना सुनिश्चित करेगा।'

अनुच्छेद-12, (धर्मनिरपेक्षता और धार्मिक स्वतंत्रता)-यह अनुच्छेद धर्म के आधार पर किए जाने वाले सभी प्रकार के भेदभाव, उत्पीड़न और धर्म का राजनीति के लिए इस्तेमाल आदि को रोकने सम्बन्धी प्रावधान करता है।[29]

अनुच्छेद-28 (1,3) यह प्रावधान करता है कि किसी भी व्यक्ति के साथ धर्म, प्रजाति, जाति, लिंग और जन्म स्थान के आधार पर कोई भेदभाव नहीं किया जाएगा।[30]

अनुच्छेद 29- यह प्रावधान करता है कि किसी भी प्रकार के रोजगार के सम्बन्ध में धर्म, प्रजाति, जाति, लिंग या जन्मस्थान के आधार पर कोई भेदभाव नहीं किया जायेगा।[31]

अनुच्छेद 41- यह नागरिकों को किसी भी धर्म के अनुपालन की स्वतंत्रता देता है। सार्वजानिक व्यवस्था, कानून और नैतिकता के दायरे में किसी भी नागरिक को कोई भी धर्म मानने की स्वतंत्रता और किसी भी धार्मिक समुदाय को अपने धार्मिक संस्थानों को स्थापित करने, रखरखाव और प्रबंधन करने का अधिकार देता है और साथ ही यह उपबंध भी करता है कि कोई भी व्यक्ति जो किसी शिक्षा संस्थान में शिक्षा ग्रहण कर रहा है और यदि वहाँ उसके धर्म के अतिरिक्त किसी अन्य धर्म से सम्बंधित क्रियाकलाप हो तो वह किसी प्रकार की धार्मिक शिक्षा ग्रहण करने के, किसी धार्मिक समारोह या पूजा-पाठ आदि में भाग लेने लिए बाध्य नहीं किया जाएगा।[32]

वस्तुस्थिति यह है कि बांग्लादेशी संविधान एक साथ 'धर्मनिरपेक्ष' और 'धार्मिक' दोनों है। यह अपने आप में असमंजसपूर्ण और विवादस्पद स्थिति है। कोई भी राष्ट्र एक साथ दो विरोधी बातों का पालन करने में सक्षम नहीं हो सकता। इसी कारण संयुक्त राष्ट्र संघ के विशेष प्रतिनिधि हाईनर बिलेफेल्ड, जिन्होंने बांग्लादेश के संविधान का गहन अध्ययन किया, अपनी रिपोर्ट

'बांग्लादेश : अ सेकुलर स्टेट विद अ स्टेट रिलिजन?' (2015 में प्रस्तुत) में लिखते हैं, "बांग्लादेश का संविधान, जो कि धर्मनिरपेक्षता के साथ ही इस्लाम को राजधर्म घोषित करता है, उसका यह प्रावधान संशयास्पद है, इसका देश के अल्पसंख्यकों की सुरक्षा और मानवाधिकार पर सीधा प्रभाव पड़ता है।"[33] स्पष्ट है, जब संविधान ही धर्म के सम्बन्ध में स्पष्ट नहीं है, तो आम नागरिकों में भी भ्रम और आपसी असहमति की स्थिति अवश्य होगी। यही कारण है कि मुस्लिम समुदाय के लोग स्वयं को वहाँ का रहनुमा समझते हैं और अन्य धर्मों के लोगों को निकृष्ट दृष्टि से देखते हैं और उनका शोषण करते हैं। इस शोषण ने ही तसलीमा को अपने कौम के विरुद्ध खड़े होने का साहस दिया।

(iii) तसलीमा द्वारा धर्म की आलोचना में प्रस्तुत तर्क :

धर्म पितृसत्ता का पोषक है :

तसलीमा ने इस सन्दर्भ में विभिन्न धर्मग्रंथों को आधार बनाते हुए यह सिद्ध करने का प्रयास किया है कि धर्मों के मूल में पितृसत्तात्मक मानसिकता कार्य करती है जो सदैव स्त्री को कमतर दर्जे का सिद्ध करने में लगी रहती है। आत्मकथा के साथ-साथ उन्होंने अपने लेखों में इस सम्बन्ध में तमाम प्रमाण प्रस्तुत किए हैं। तसलीमा की 'औरत के हक़ में' पुस्तक तो इन्ही धार्मिक व्यवस्थाओं का उल्लेख करती है।

हिन्दू धर्म ग्रन्थ एवं संहिता ग्रंथों में पितृसत्ता :

वे लिखती हैं, "संहिता, ब्राम्हण, आख्यानक, उपनिषद्, और सूत्र साहित्य ही (श्रुति, गृह, धर्मसूत्र) मुख्य रूप से वैदिक साहित्य है, ईसा पूर्व बारहवीं से ईसा की चौथी शताब्दी के बीच रचित साहित्य द्वारा समाज का जो चित्र उभरकर सामने आता है, उसमें नारी को कहीं भी 'मनुष्य' नहीं समझा गया।"[34] प्रस्तुत साक्ष्य :

'वही नारी उत्तम है जो पति को संतुष्ट करती है। पुत्र संतान को जन्म देती है एवं पति से बढ़चढ़ कर कुछ भी नहीं कहती'- (ऐतरेय ब्राह्मण-3/24/27)[35]

- 'सुंदर पत्नी पति का प्रेम प्राप्त करती है'-(शतपथ ब्राह्मण -9/6)[36]
- 'यज्ञ में एक दंड (लाठी) को दो वस्त्रों के टुकड़ों से लपेटा जाता है, इसलिए पुरुष को दो पत्नी रखने का अधिकार है। चूँकि एक कपड़े के टुकड़े को दो लाठियों में नहीं लपेटा जाता, इसलिए नारी को द्विपतीत्व की मनाही है' (तैतरीय संहिता-6/6/4/3, तैतरीय ब्राहमण-1/3/10/58)[37]

- 'पिता रक्षति कौमारे, भ्राता रक्षति यौवने। रक्षति स्थविरे पुत्रा, न स्त्री स्वातंत्रमर्हति।'(वशिष्ठ धर्मसूत्र-5/1-2, 2/1)[38]
- 'यदि कोई स्त्री अपने पति की संभोग इच्छा को चरितार्थ करने में सहमत नहीं होती तो पति पहले उसे उपहार देकर खरीदने की कोशिश करेगा और यदि उससे काम न बने तो हाथ या लाठी से पीटकर उसे अपने वश में करेगा'(वृहदारण्यक उपनिषद्-6/4/7)[39]
- 'कन्या के जन्म लेने पर सभी हेय दृष्टि से देखते हैं, वह अवहेलना की पात्रा है।'(मैत्रेयिणी संहिता -4.6.4)[40]
- 'स्त्री सांप की तरह है, इसलिए पुरुष को कभी इसका विश्वास नहीं करना चाहिए।'(महाभारत-5/37/29)[41]
- 'नारी के लिए विवाह ही है उपनयन, पतिगृह में वास करना ही गुरुगृह में वास करना है, और पति सेवा है वेदाध्ययन।'(मनुसंहिता 2/67)[42]

इस्लाम धर्म में पितृसत्ता -

- 'पुरुष नारी का अभिभावक है'(कुरान, सूरा निसार)[43]
- 'स्त्री, सन्तान, ढेर सारा सोना-चाँदी, और नस्ली घोड़ों का समूह और गाय-बैल एवं खेत खलिहान के प्रति आसक्ति आकर्षक रहे हैं। यह सब इस जन्म की भोग की वस्तुएँ हैं।'(सूरा-अल-इमरान, आयत 14)[44]
- 'तुम्हारी स्त्रियाँ तुम्हारे अनाज का खेत हैं इसलिए तुम अपने खेत में जैसे चाहो, जा सकते हो।'(सूरा बकर, आयत 223)[45]
- 'पति को कभी अपने से असंतुष्ट नहीं होने दीजियेगा, वह जिस तरह से चलाना चाहे, उसके इशारे पर चलते जाइए।'(मकसूदुल-मो-मेनीन, 7वीं नसीहत)[46]
- 'आपके पति आपको जैसे चलाना चाहें, आप उसी तरह चलिए और वे जैसा भी करें, आप उसी में संतुष्ट रहें। किसी भी बात में उनके खिलाफ मत जाइए।' (मकसूदुल-मो-मेनीन, 29वीं नसीहत)[47]
- 'जब पुरुष महिलाओं के माध्यम होंगे तब वे खत्म हो जायेंगे।'(मुसतादरक अल् हक़ीम, चतुर्थ खंड, पृष्ठ-291)[48]
- 'हजरत आयशा (रा:) ने वर्णन किया है, 'नबी (सा:) ने कहा है 'तुम लोग घर के काम में लगी रहो। यही तुम लोगों का जिहाद है।'(मसनदे अहमद, छठा खंड, पृष्ठ-68)[49]
- 'जिस जाति ने स्त्री के हाथ में सत्ता सौंपी है, उस जाति का कभी

भला नहीं हो सकता है।'(बुखारी)[50]

ऐसे ही, तमाम साक्ष्य तसलीमा ने अपनी रचनाओं में प्रस्तुत किए हैं, जिससे यह सिद्ध होता है कि धर्मग्रंथों में निश्चित रूप से स्त्रियों के संदर्भ में एक हेय दृष्टि रही है और यह पितृसत्तात्मक मानसिकता के रूप में आज भी समाज में विद्यमान है। तसलीमा का मत है, 'लिंग केवल शारीरिक ही नहीं होता, सामाजिक, सांस्कृतिक और मनोवैज्ञानिक भी होता है।"[51] धर्म ने लिंगगत भेदभाव को बढ़ावा देने का कार्य किया है।

धर्म का इस्तेमाल सहूलियत के लिए :

'अशदो व लाइलाहाइल्ललल्लाहो व अशोदुन मोहम्मन अब्दोहू व रसूलोहु' का पाठ किसी अर्थ न समझ में आने वाली कविता की तरह करते-करते तसलीमा को धर्म का असली चेहरा उस दिन दिख गया जब दिन-रात कुरान का पाठ करने वाली माँ को स्वयं अल्लाह के निर्देशों को तोड़ते हुए देखा। वे लिखती हैं, "अल्लाह ने पुरुषों को खुली छूट दे रखी थी कि वे जब चाहें अपनी पत्नी को तलाक दें और जब चाहें एक, दो तीन शादियाँ करते हुए चार शादियाँ कर लें। वे सब तो अल्लाह के बनाए हुए नियमों पर ही चल रहे थे। तब फिर माँ उन्हें कैसे गाली देने का साहस करती थीं। अल्लाह के आदेश को सिर झुकाकर मानने का माँ का यह कैसा तरीका था। माँ को क्या पता नहीं था कि वे खुद ही गुनाह कर रही थीं...मुझे लग रहा था जैसे मैंने चुपके से छुपा हुआ यक्ष का धन देख लिया हो। मोहरों से भरे घड़े में लिपटे हुए साँप को छिपकर देखा था। लोग समझते हैं ऐसे घड़े मोहरों से भरे होते हैं। उसमें मोहरें होती भी हैं या नहीं, कौन जानता है। खाली घड़ा, बाजे घना।"[52] इसके अतिरिक्त, हदीस में फिल्म देखना 'हराम' होने के बावजूद माँ फिल्म देखने छिप-छिप कर जाया करती थीं और हद तो तब हो गयी जब घर में टी.वी आने पर तसलीमा की माँ मुगलेआज़म देखने के बाद 'अशर की नमाज़' पढ़कर अल्लाह से माफ़ी माँग लिया करती थीं। उनका यह अटूट विश्वास था कि अल्लाह दयालू है और उन्हें इस 'गुनाह' के लिए माफ़ कर देगा। इन सब घटनाओं से तसलीमा समझ गई कि मनुष्य जब चाहे अपनी आवश्यकता के अनुरूप धर्म का इस्तेमाल करता है और आश्चर्य की बात तो यह है कि धर्म के उल्लंघन के पक्ष में वह कोई नया धार्मिक तर्क बिना किसी संकोच के, गढ़ भी लेता है।

यहाँ यह उल्लेखनीय है कि इस्लाम में कुछ चीजों को 'हराम' और 'हलाल' घोषित किया गया है। यहाँ हराम से तात्पर्य उन चीजों से है, जिसे अल्लाह ने निषिद्ध किया है और हलाल वे हैं जिन्हें अल्लाह ने करने के लिए

अनुमति दी है। कुरान में 'अल-अहकाम-अल-खामशाह' अर्थात् गैर-प्रतिबंधित और प्रतिबंधित कार्यों की क्रमवार सूची बनाई गयी है[53]-

1. फर्द या वाजिब-अनिवार्य कर्तव्य
2. मुस्तहब-वांछनीय
3. मुबाह -जायज या अनुज्ञेय
4. मकरूह-घृणास्पद
5. हराम-प्रतिबंधित

हराम की दो प्रकार की श्रेणियाँ हैं -

1. अल-हराम-लि-दातिही-वे कार्य जिससे किसी का नुकसान हो।
2. अल-हराम-लि-गयरिही-ऐसे कार्य जिनसे किसी का नुकसान नहीं होता किन्तु वे प्रतिबंधित कार्य की श्रेणी में आते हैं।

हराम की श्रेणी में 'खान-पान' (कुछ विशेष प्रकार के माँस और मदिरा), 'जिना' (अवैध शारीरिक सम्बन्ध), 'रिबा' (सूदखोरी या मुनाफाखोरी), उत्तराधिकार से वंचित करना, मूर्ति और आलीशान रहन-सहन, 'शिर्क' (अल्लाह के अतिरिक्त किसी और की इबादत) आदि को सम्मिलित किया गया है। जहाँ तक फिल्म देखना या संगीत सुनना आदि के हराम होने का प्रश्न है तो कुरान में इस सम्बन्ध में कोई भी सीधी और स्पष्ट टिपण्णी नहीं की गयी है किन्तु 'हदीस' इस सम्बन्ध में कुछ प्रावधान अवश्य करती है।

धर्म पाखंड की शरण स्थली है :

तसलीमा की माँ एक मौलवी के पास जाया करती थीं, जिसने उनसे वादा किया कि वह उन्हें बहिश्त (स्वर्ग) का रास्ता दिखायेगा। वे तसलीमा को भी वहाँ ले गईं। तसलीमा को वह जगह बहुत ही असहज और आडम्बरपूर्ण लगी। वहाँ पर उन्हें हर चीज़ बहुत डरावनी और अतार्किक लगी। इस बारे में वह 'मेरे बचपन के दिन' में लिखती हैं, "पीरबाड़ी में घुसते ही मेरी देह सिहरने लगती थी। उस घर के पेड़ों पर मुझे लगता था, जिन्न, भूतों और प्रेतनियों का डेरा है। कौन जाने, किस पेड़ के नीचे से गुजरते समय जाने कब कोई जिन्न मुझ पर कूद पड़े। मैं माँ की उँगली कसकर पकड़कर पीर के कमरे की ओर जाती थी। दरअसल मैं नहीं चलती थी, माँ ही चलती थीं, मुझे उनके साथ चलना पड़ता था।"[54] पीरबाड़ी में बैठे पीर अमीरुल्लाह अल्लाह से बात करने का नाटक करते और वहाँ मौजूद लोग उनकी बातों पर आँख बंदकर विश्वास करते। तसलीमा का बहुत मन होता कि उनसे पूछे कि आप अल्लाह से किस भाषा में बात करते हैं, या अल्लाह आप को ही क्यों दिखते हैं, या आप अल्लाह से बात करने का

खर्चा दूसरों से क्यों वसूलते हैं? आदि। "माँ को अमीरुल्लाह ने यह आभास भी दे दिया कि लोगों को बहिश्त की ओर ले जाते वक़्त रास्ते में तरह-तरह की विपत्ति में पड़ना पड़ता है। रास्ते की कठिनाईयों को दूर करने के लिए पैसे की जरूरत पड़ती है। पैसे के बिना खुद नाबीजी भी चल नहीं पाए थे। इस रास्ते पर चलने के लिए कुछ धन खर्च करना पड़ता है, जिसे हदीया कहते हैं।"[55] किन्तु वे उस समय ये प्रश्न उनसे न कर सकीं, क्योंकि एक तो उनके मन में सबका भय था और दूसरा वह उम्र में इतनी छोटी थीं कि सम्भवतः उनके इन प्रश्नों को गंभीरता से नहीं लिया जाता। जैसा कि उनकी माँ ने भी किया। जितनी बार वे धर्म से सम्बन्धित कोई प्रश्न करतीं, माँ से उन्हें डाँट-फटकार के अतिरिक्त कभी कोई उचित उत्तर प्राप्त नहीं हुआ। किन्तु पीर वाली घटना जैसी अन्य कई घटनाओं से जुड़े प्रश्न उनके अवचेतन मन में कहीं रह गए। और यहीं प्रश्न उन्होंने अपनी रचनाओं के माध्यम से किए।

वैसे तो अलग-अलग धर्म और संप्रदाय के लोग एक दूसरे से खार-खाए बैठे रहते हैं पर अंधविश्वास किस तरह इन लोगों को भी एक जगह ला सकता है यह उस बूढ़े पीर की मजार वाली घटना से समझ सकते हैं। अपनी इच्छाओं की पूर्ति की कामना लिए हिन्दू, मुस्लिम, बौद्ध, ईसाई सभी उस मजार पर जाया करते थे जिस पीर के बारे कोई ठीक से जानता तक नहीं था। पर अवाक् तसलीमा बार-बार यही सवाल करती रहीं, 'वे बूढ़े फ़कीर क्या वाकई मौत के उस पार से किसी की साध-आह्लाद मिटा सकते हैं? अगर मिटा सकते हैं तो कैसे?' यह सवाल न तो वहाँ आने वाले किसी व्यक्ति के मन में उठता था और न ही उनकी माँ और अन्य किसी के पास इस सवाल का जवाब ही था। किन्तु तसलीमा ने इस सवाल को अपने अंतःकरण में सदैव जीवित रखा और आत्मकथा के माध्यम से इसे पाठकों में भी जीवित करने का प्रयास किया है।

तसलीमा के अनुसार मुल्ला और मौलवी जो अपने आपको धार्मिक नेता मानते हैं, उनमें सत्ता प्राप्त करने की सबसे अधिक लालसा होती है। वे धर्म का लबादा ओढ़कर सत्ता का लालच लिए बैठे रहते हैं और उसके लिए किसी भी हद तक जाने को तैयार रहते हैं। पारलौकिक सत्ता के प्रति आम लोगों में भय पैदा कर अपने लिए धन और ख्याति का इन्तजाम करते हैं। इसका एक उदाहरण तसलीमा ने आत्मकथा में उसी पीर के माध्यम से दिया है, जिनके पास बचपन में उन्हें ले जाया गया था। उस पीर ने आगे चलकर धर्म के नाम पर काफी जमीन हथिया ली और आस-पास के लोगों का रहनुमा बन बैठा। 'धर्म का प्रचार बढ़ता जा रहा था, पीरबाड़ी का विस्तार होता जा रहा था, कारखाना उनके नाम कर

दिया गया, पीर की मजलिस में लोग चीतों की तरह भीड़ करते थे।' पीरकोठी में पीर अमिरुल्लाह का आडम्बरपूर्ण रवैया और महिला मौलवियों का जीवन किसी भी संवेदनशील इंसान में धर्म के विरुद्ध घृणा उत्पन्न करने के लिए काफी है।

धर्म भय के कारण उत्पन्न है जो भय और लालच उत्पन्न करता है:

धर्म की उत्पत्ति सम्बन्धी 'प्रकृतिवादी सिद्धान्त' के अनुसार मनुष्य ने प्राकृतिक शक्तियों के भयवश ही उनकी उपासना शुरू की, जिसने धीरे-धीर आगे चलकर 'धर्म' का रूप ले लिया। इससे स्पष्ट है कि धर्म की उत्पत्ति भय से हुई है। "धर्म क्या केवल भय की उत्पत्ति है? इसका उत्तर 'हाँ' में कहा जाएगा। धर्म न केवल भय की उत्पत्ति होता है, बल्कि भय को बढ़ाता भी है। कुछ लोग चमत्कारों के कारण देवी-देवताओं में श्रद्धा रखते हैं। फिर भी असली कारण भय होता है। अयाचित का भय मनुष्य को अदृश्य शक्तियों की अनुकंपा प्राप्त करने हेतु प्रेरित करता रहता है।"[56] इस भय को तसलीमा ने पहचाना और प्रश्न भी किया, "तुम्हारे हुजूर तो कहते हैं अल्लाह से प्रेम करना चाहिए। डरने से क्या प्रेम करना सभव है?"[57] बर्टेंड रसेल की भी यही मान्यता है, "मैं इसे एक ऐसी बीमारी मानता हूँ जो डर से पैदा हुई है और जिसके कारण मानव जाति को अकथ्य कष्ट भोगना पड़ा है।"[58]

प्रश्न यह है कि यह किस तरह का भय है? भय- नरक या दोजख भेज दिए जाने का, ऐसा स्वर्ग या नरक जिसे कभी किसी ने नहीं देखा। अर्थात् धर्म इहलोक से ज्यादा परलोक की चिंता करने और इस सम्बन्ध में स्वयं को वहाँ के लिए तैयार होने के लिए प्रेरित करता है। कुरान में स्वर्ग का 164 और नरक का 137 बार उल्लेख हैं। ऐसा लगता है कि बार-बार स्वर्ग का वर्णन कर लोभ और नरक का वर्णन कर भय पैदा करने का प्रयास किया गया है। यह वर्णन केवल कुरान में ही नहीं हिदू धर्म के 'गरुण पुराण' और ईसाई धर्म के 'न्यू टेस्टामेंट' में अंतिम अध्याय 'प्रकटीकरण' में भी मिलता है।

धर्म लोभ भी पैदा करता है-स्वर्ग का लोभ। इस लालच के कारण ही व्यक्ति पाप करने से बचते रहते हैं और यदि पाप करने से बच नहीं पाते तो धर्म में उनके प्रायश्चित की भी व्यवस्था की गयी है। ग़ालिब ने भी सम्भवतः स्वर्ग पर कटाक्ष करते हुए ही लिखा-'हम खूब जानते हैं जन्नत की हकीकत, दिल के बहलाने को ग़ालिब ख्याल अच्छा है।' बहिश्त का ऐसा सुन्दर वर्णन कि लोगों में उसे प्राप्त करने का लोभ पैदा हो जाता है। कुरान के सूरा 2:24 में लिखा है, "और जो लोग ईमान लायें और उन्होंने अच्छे काम किए, उनको खुशखबरी

सुना दो कि उनके लिए (बहिश्त के) बाग़ हैं, जिनमें नहरे बह रही हैं। जब उनमें का कोई मेवा खाने को दिया जाएगा तो कह उठेंगे, यह तो वही है जो हमको पहले मिल चुका है...और वहाँ उनके लिए बीवियाँ पाक़-साफ़ होंगी और वह उनमें सदैव रहेंगे।"[59] इसी प्रकार सूरा 55 : आयत 45-75 तक बहिश्त का ऐसा वर्णन कि सुनने वाले में एक बार उसे देख लेने का लोभ पैदा ही हो जाय। बाइबिल में भी प्रलोभनकारी स्वर्ग का महिमामंडन किया गया है-'स्वर्ग का राज्य खेत में दिए हुए धन के समान है, जिसे किसी मनुष्य ने पाकर छिपा दिया और मारे आनंद के जाकर और अपना सब कुछ बेंच कर उसे मोल ले लिया।'

दूसरी तरफ भय है-नरक का भय। कुरान का सूरा 55 आयत 40-42 में क़यामत के बाद नरक में लोगों के साथ किए जाने वाले व्यवहार का वर्णन है। ऐसा वर्णन कि सुनने वाले की रूह काँप जाय। नरक में होने वाले अत्याचार के भय से वह सभी गुनाहों से स्वयं को बचाता है और अल्लाह के हुक्म की तामील बिना किसी प्रश्न और तर्क के करता है। सूरा 55:40 में उल्लिखित है-"गुनहगारों को उनकी सूरत से पहचान लिया जाएगा फिर मत्थे के बाल और पैरों के बाल पकड़ें जायेंगे।"[60] इसी प्रकार सूरा 4:55 में उल्लेख है -"यकीनन जिन लोगों ने हमारी आयतों से इनकार किया हम उनको जल्दी ही आग में झोकेंगे। जब उनकी खालें जल जायेंगी तब हम उनको दूसरी खालें देंगे ताकि वे बराबर अज़ाब का मज़ा चखते रहें।"[61] इस नरक की आग का जब वर्णन किया जा रहा था तो पीरबाड़ी में नन्ही तसलीमा ने देखा, "वहाँ मौजूद लोग आग में जलने के डर से फूट-फूट कर रो रहे थे...यह ठीक वैसा था जैसा बच्चों को डराया जाता है। पीटे जाने का डर दिखाने से काफी बच्चे जोर-जोर से रोने लगते हैं।"[62] आगे वे लिखती हैं, "दोजख की आग में अल्लाह द्वारा लोगों को जलाने का तरीका सुनकर मुझे लगा कि अल्लाह बड़ा निर्दयी है।"[63]

दोजख के भय के अतिरिक्त अल्लाह के अज़ाब या क़यामत का भय कुरान में है। सूरा इब्राहीम की आयत 41-43 में कयामत के लिए भय उत्पन्न किया गया है। सूरा 15:43 में उल्लेख है, "और लोगों को उस दिन से डरा जबकि उनपर सजा उतरेगी...।' कुरआन के सूरा 81 (सूरतुन्-नाज़िआति) की आयत संख्या 1 से 14 तक में कयामत के दिन का उल्लेख है-जिस दिन (क़यामत के दिन) (धरती) काँप उठेगी, और भूकंप के बाद भूकंप आयेंगे, उस दिन लोगों के दिल धड़क रहे होंगे और उनकी आँखें झुकी होंगी, (गुनाहगार) कहते हैं क्या हम उलटे पाँव लौटाए जायेंगे?, क्या जब (गल-सड़कर) हम हड्डियाँ हो जायेंगे तब दोबारा जिन्दः किए जायेंगे?, ऐसा हुआ तो लौटना घाटे की बात होगी,

तो ऐ पैगम्बर! (यह लोग यह जान लें कि) यह तो एक झिड़की होगी, और एकदम से लोग (हशर के) मैदान में आ मौजूद होंगे।"[64] हिन्दू धर्म में भी आत्मा के अमरत्व और मोक्ष की अवधारणा के सम्बन्ध में यह मत स्थापित किया गया है। यहाँ मनुष्य के कर्मों के फल के रूप में स्वर्ग और नरक की कल्पना की गयी है। इसमें पुनरुत्थान के स्थान पर पुनर्जन्म की अवधारणा है। इसमें चित्रगुप्त का उल्लेख मिलता है, जो मनुष्य के कर्मों का हिसाब रखता है।

धर्म के भय उत्पन्न करने की इस प्रवृत्ति पर व्यंगात्मक रूप में तसलीमा लिखती हैं, "अल्लाह का एकदम सीधा हिसाब था। नमाज़ रोज़ा नहीं रखनेवाले दोजख की आग में जलते थे। बुर्का नहीं पहननेवाले की भी यही गति होती थी। बेगाने पुरुषों से मिलने वालियों के लिए भी दोजख की आग इंतज़ार करती थी. ..यहाँ तक की जोर से रोने पर भी दोजख की आग...मुझे माँ से कहते डर लगता था कि आग से लोग इतना क्यों डरते थे। आजकल आग डरने की चीज़ नहीं है। ठन्डे मुल्कों में तो हर घर में आग जलाई रखनी पड़ती है। सर्कस के लोग आग का कैसा बेहतरीन खेल दिखाते हैं। अब आग से जलने का इलाज भी है. .तकलीफ देने की और भी न जाने कितनी भयंकर पद्धतियाँ हैं, लेकिन उन्होंने सिर्फ आग का डर ही दिखलाया...शारीरिक तकलीफ से कहीं ज्यादा मानसिक तकलीफ होती है। मुझे लगता है अल्लाह चतुर नही हैं बल्कि खराब हैं। गेंतू की माँ के शौहर की तरह। कभी-कभी पिताजी की तरह भी।"[65] परीक्षा के समय माँ तसलीमा के लिए अभिमंत्रित ताबीज लेकर आयीं। तसलीमा के मन में भी भय पैदा हुआ कि यदि उन्होंने यह न पहना तो वे फेल हो जायेंगी। अर्थात् प्रारंभ में धर्म के नाम पर तसलीमा के भीतर भी भय उत्पन्न हुआ। वे उस भय से तो उबर गई, किन्तु उनके परिवार के सदस्य न उबर सके। धर्म के भय ने तसलीमा की माँ ही नहीं फजली खाला, पीरबाड़ी की औरतों और लड़कियों, उनके देश के लोगों के भीतर 'धर्म का नशा' पैदा कर दिया। 'यह एक नशा था, अल्लाह का नशा, अफीम से भी गहरा।'[66] बहिस्त (स्वर्ग) से लगाव और दोजख (नरक) से इतना भय पैदा कर दिया गया था कि 'अमीरुल्लाह को संतुष्ट करने के लिए सिर्फ माँ ही नहीं और भी औरतें हरदम तैयार रहतीं थीं। शाम का चाय नाश्ता करने के बाद जब अमीरुल्लाह आराम फरमाने के लिए लेटते तब माँ और दूसरी औरतें आपस में इस बात पर छीना-झपटी करने लगतीं कि कौन हुजूर की बाँह दबायेंगी, कौन पैर और कौन सिर। माँ का लोभ पैरों के प्रति था। माँ के हिस्से में पैर पड़ने पर उनका चेहरा सितारे की तरह चमक उठता।'[67] इस भय ने इस कदर बुद्धि को जकड़ लिया कि 'माँ अल्लाहताला पर कोई पेचीदा जिम्मेदारी

देना पसंद नहीं करती थीं। माँ की नापसंदगी का दायरा इतना बढ़ रहा था कि मैं जो कुछ भी करती, माँ की नज़रों में वह गुनाह ही होता।"[68] दरअसल यह केवल तसलीमा की माँ के साथ ही नहीं हो रहा था। यह तो हर उस शख्स के साथ होता है, जो धर्म पर आँख बंदकर विश्वास करता है। और कई बार यदि कोई इस भय से पार पाने की कोशिश करता भी है, तो उसके साथ वही होता है, जैसा कि स्त्रीवादी चिन्तक और लेखिका अमीना वदूद अपनी पुस्तक 'इनसाइड द जेंडर जेहाद' में लिखती हैं, "किसी मुस्लिम द्वारा धर्म का ठीक से पालन न करने पर या अरुचि दिखाने पर उसे विश्वासघाती कहकर धर्मच्युत कर दिया जाता है। ज्यादातर लोग अपने जीवन की सुरक्षा को लेकर डरते हैं इसलिए वे इस्लाम विरोधी अपनी भावनाओं को छिपा ले जाते हैं।"[69]

स्पष्ट है कि धर्म में स्वर्ग और नरक सम्बन्धी व्यवस्थाओं का उल्लेख ईश्वर की महिमा और मनुष्य में ईश्वर का भय पैदा करने के उद्देश्य से की गयी दिखाई पड़ती है। इस सम्बन्ध में धर्म के समर्थक यह दावा कर सकते हैं कि यह भय उनमें नैतिक मार्ग पर चलने के उद्देश्य से पैदा किया गया है। दूसरी ओर तसलीमा इसके विरुद्ध कहती हैं कि भय पैदा कर हर कार्य नहीं करवाया जा सकता।

धर्म और धर्मग्रन्थ मनुष्य द्वारा रचे गए प्रपंच हैं :

तसलीमा का यह मानना है कि मनुष्य ने ही धर्म को बनाया है। इस सम्बन्ध में वे लिखती हैं, "किसी जमाने में मृत्यु भय, अनिश्चयता की आशंका और क्षमता के लालच में, चंद बुद्धिहीन और कुबुद्धिवाले इंसानों ने 'धर्म' नामक चीज़ तैयार की और यह धर्म एक गोत्र से दूसरे गोत्र, एक समाज से दूसरे समाज, एक देश से दूसरे देश में फैलता चला गया। इंसान हमेशा से ही किसी धर्म को अपनाता रहा है, ऐसा भी नहीं है। कभी-कभी यह जोर ज़बरदस्ती से भी इंसान पर लादा जाता रहा है।"[70] इसीलिए वे कविता में भी लिखती हैं –

"धर्म की पोथी लिखी है इंसान ने ही
जड़पोथियों को नरभक्षक बनाया है मनुष्यों ने ही।
धर्म के हैं बंधे हाथ-पाँव, मुख सिला हुआ है
छूट पाता तो धर्म भी चीखकर कहता,
पाखंडियों मरो तुम।
प्राण होता तो धर्म लज्जा से करता आत्महत्या,
करता दो हजार साल पहले ही,
मनुष्यों के लिए, उनके मंगल के लिए।"[71]

धर्म ग्रन्थ किसके द्वारा लिखित हैं इस सम्बन्ध में विवाद है। विशेषकर सामी

धर्मों के सम्बन्ध में जहाँ धर्म ग्रंथों को अवतरित माना जाता है। तसलीमा इसे विवाद नहीं मानती बल्कि एक सिरे से खारिज करते हुए इसे इन्सान के द्वारा लिखित मानती हैं। वे कुरान को 'पतियों के दल में शामिल पुरुष की रचना' तक कह देती हैं। इस्लाम धर्म में यह मान्यता है कि कुरान अल्लाह के शब्द हैं, जो दूत गैब्रील द्वारा मुहम्मद तक पहुँचे। इन शब्दों में किसी भी तरह का कोई फेर बदल नहीं किया जा सकता और बिना किसी शक के हर मुस्लिम को उसका पालन करना चाहिए। कुरान की आलोचना अल्लाह की आलोचना है। कुरान किसके द्वारा लिखित है या अवतरित इस पर विवाद है। कुरान के मनुष्य द्वारा लिखित होने के पक्ष में निम्नलिखित तर्क दिये जा सकते हैं -

- कुरान में ईश्वर अपनी बार-बार प्रशंसा करता है यदि ईश्वर महान है तो वह क्यों बार-बार स्वयं को इतना महान घोषित करने पर तुला हुआ है?
- इसके अतिरिक्त कई आयते ऐसी हैं, जिनसे यह लगता है कि वे अल्लाह के द्वारा अवतरित नहीं हुई हैं। उन्हें खलीफाओं के द्वारा जोड़ा गया है -

कुरान 1/1-7-"अल्लाह के नाम से जो बड़ा कृपाशील, अत्यंत दयावान है। प्रशंसा अल्लाह के लिए ही है, जो सारे संसार का रब है। बड़ा कृपाशील और अत्यंत दयावान है। बदला दिए जाने के दिन का मालिक है। हम तेरी ही बंदगी करते है और तुझी से मदद माँगते है। हमे सीधे मार्ग पर चला। उन लोगो के मार्ग पर जो तेरे कृपापात्र हुए है, जो ना प्रकोप के भागीदार हुए और न ही पथ भ्रष्ट के।"[72]

इस आयत को पढ़कर स्पष्ट हो जाता है कि ये शब्द साफ़-साफ़ अल्लाह को सम्बोधित करने के उद्देश्य से लिखे गए हैं। ये प्रार्थना के रूप में हैं। इस समस्या को दूर करने के लिए कुछ मुस्लिम संकलनकर्ता सुविधाजनक ढंग से इंग्लिश या हिंदी भाष्य में इस कठिनाई को दूर करने के लिए सूरह के आरम्भ में आदेशसूचक शब्द 'कहो' जोड़ देते है। यह स्पष्ट है कि यह शब्द बाद में जोड़ा गया है। स्वामी दयानंद सरस्वती ने अपनी पुस्तक 'सत्यार्थ प्रकाश' में कुरान की पहली आयत पर यही टिप्पणी करते हुए कहा है, "मुसलमान लोग ऐसा कहते है कि यह कुरान खुदा का कहा है परन्तु इस वचन से विदित होता है कि इसको बनाने वाला कोई दूसरा है क्योंकि जो परमेश्वर का बनाया होता तो 'आरम्भ साथ नाम अल्लाह के' ऐसा न कहता किन्तु 'आरम्भ वास्ते उपदेश मनुष्यों के' ऐसा कहता।"[73]

- इसी प्रकार कुरान की आयत 6/103–"तुम्हारे रब की तरफ से निशानियाँ आ चुकी। तो जिसने देख लिया सो अपने वास्ते, और जो अँधा रहा तो (उसका बवाल) उसकी जान पर, और मैं तुम पर निगहबान नहीं।"[74] इस आयत की पंक्ति 'मैं तुम पर निगहबान नहीं' का वक्ता स्पष्ट रूप से मुहम्मद साहब ही प्रतीत होते हैं।
- इसी प्रकार आयत 6:91, 81:15, 84:16-19, 6:114 में ऐसे शब्द कहें गए हैं, जिनसे यह बार-बार शंका उत्पन्न होती है कि कुरान मुहम्मद साहब या अन्य किसी मनुष्य के द्वारा ही लिखी गयी है।

दूसरी तरफ कुरान को अल्लाह की पुस्तक मानने के सम्बन्ध में जो तर्क दिए गए हैं वे निम्नवत् हैं –

- कोई भी कुरान की तरह दूसरी पुस्तक नहीं लिख सकता। इस विषय में कुरान के सूरा 2 आयत 22 में भी दावा पेश किया गया है –"और जो हमने अपने बन्दे (मुहम्मद) पर (कुरान) उतारा है अगर तुमको उसमें शक हो तो तुम उसके मानिंद (उस शक्ल की) एक सूरत (अध्याय) बना लो और अगर तुम सच्चे हो तो अल्लाह के मुकाबले में जो तुम्हारे सहायक हों उनको बुला लो।"[75]
- मुहम्मद साहब अशिक्षित और ईमानदार थे। किसी निरक्षर व्यक्ति से यह अपेक्षा कैसे की जा सकती है कि वह कुरान जैसी वैज्ञानिक शैली में कोई पुस्तक लिख सकेगा।
- कुरान वैज्ञानिक है–इसके लिए सूरा 23 आयत 11-13 को उदाहरण के तौर पर लिया जाता है। यह माना जाता है कि इस आयत में ईश्वर ने भ्रूण के विकास की विभिन्न अवस्थाओं को बताया है– 'हमने इनसान को मिट्टी के सत से बनाया है, फिर हमने उसे एक सुरक्षित ठहरने की जगह टपकी हुई बूँद बना कर रखा। फिर हमने उस बूँद को लोथड़ा का रूप दिया। फिर हमने उस लोथड़े को बोटी का रूप दिया। फिर हमने बोटी की हड्डियाँ बनाईं। फिर हमने उस हड्डियों पर माँस चढ़ाया। फिर उसको एक नई सूरत में बना खड़ा किया।"[76] इतने वर्ष पहले जब भ्रूण विज्ञान की उन्नति भी नहीं हुई थी, भ्रूण के विषय में आम इन्सान ऐसा वैज्ञानिक प्रस्तुतीकरण कैसे कर सकता है। इससे स्पष्ट होता है कि ये अल्लाह के शब्द हैं।

इस प्रकार स्पष्ट है कि कुरान ईश्वर के द्वारा अवतरित है या मनुष्य के द्वारा रचित इस पर विवाद है। हिन्दू धर्म ग्रंथों के सबंध में भी इस तरह के विवाद

कई बार सामने आए हैं जहाँ वेदों को 'अपौरुषेय' कहकर उनके ईश्वरीय होने की बात कई बार स्वीकार की गयी है।

कुमार प्रशांत अपने आलेख 'धर्म बनाम धार्मिकता में लिखते हैं, "हर धार्मिक संकल्पना का कोई न कोई विशिष्ट प्रज्ञावान जनक होता है-कहीं ईसा तो कहीं गौतम, कहीं मुहम्मद तो कहीं महावीर, कहीं जरथ्रुष्ट! मतलब यह कि संसार के सारे धर्म अपने-अपने समय के समाज को सँभालने के लिए मनुष्य ने खुद ही बनाए हैं। भगवान बेचारे की इसमें कोई भूमिका नहीं रही है, लेकिन सारे धर्म टिके इसी मान्यता पर हैं कि इनका कोई न कोई दैवी आधार है! ऐसा इसलिए है कि सामान्यतः मनुष्य मनुष्य की बनाई व्यवस्था में बंधकर हमेशा-हमेशा रहेगा, उसे इतना विवेकवान बनाने की मशक्कत हम नहीं करना चाहते और वह इतना विवेकवान हो सकता है, इस पर हमारा विश्वास नहीं होता।"[77]

धार्मिक शिक्षा घातक है और अलगाववाद उत्पन्न करती है :

सिर्फ घर और पीरबाड़ी ही नहीं बांग्लादेश के स्कूलों में भी धर्म का किस तरह से बोलबाला हुआ करता था, यह आत्मकथा के दूसरे भाग 'उत्ताल हवा' में दिखता है। धर्म की आरंभिक सीख अपने परिवार से लेकर जब स्कूल में प्रवेश के दौरान उससे मुक्ति की आकांक्षा ने जन्म लेना शुरू ही किया था, ठीक उसी समय यह देखकर तसलीमा आश्चर्यचकित हुए बिना नहीं रह सकीं कि धर्म तो यहाँ उससे भी ज्यादा मजबूत रूप में अपनी जड़ें गड़ाए बैठा है। जिस स्कूल में उन्हें विज्ञान और गणित की शिक्षा दी जा रही थी, वहाँ धर्म जैसे तर्कहीन विषय को भी उतने ही महत्वपूर्ण ढंग से पढ़ाने की व्यवस्था की गयी थी। 'क्लास की मुसलमान लड़कियों के लिए इस्लामियत का पाठ्यक्रम! हिन्दू लड़कियों के लिए सनातन धर्म शिक्षा!' दरअसल घर पर एक बच्चे को समाज की धार्मिक मान्यताओं में घुल-मिल जाने के लिए तैयार करने का काम किया जाता है। एक बच्चा किस तरह से समाज में जाकर अपने वर्ग, जाति और धर्म की पहचान करे, यह सिखाने का काम परिवार के द्वारा ही किया जाता है। स्कूल में पहुँचते ही बच्चा अपने आपको हिन्दू-मुस्लिम, लड़का-लड़की, अमीर-गरीब में बाँट कर उसी के अनुरूप व्यवहार करना शरू कर देता है और जो कसर रह जाती है वह स्कूली धार्मिक शिक्षा के माध्यम से पूरी कर दी जाती है।

इसके अतिरिक्त तसलीमा का मत है कि धार्मिक शिक्षा दिए जाने से अलगाववादी मानसिकता का जन्म होता है और कट्टरता बढ़ती है। धार्मिक मतान्ध लोगों में यह धारणा है जैसा कि पीर अमीरुल्लाह की मान्यता थी,

"दुनियादारी की पढाई-लिखाई से मन में शैतान घुस जाता है।"[78] पीरबाड़ी में धार्मिक शिक्षा ग्रहण कर रही हुमैरा ने कहा, "तुम दुनियादारी की पढ़ाई क्यों करती हो...अल्लाह तुम्हे काफी गुनाह देंगे...तुम्हारे पिता काफ़िर हैं। काफ़िर की बात मानने पर अल्लाहताला तुम्हे भी दोजख में भेजेंगे।"[79] माँ भी यही कहती, "एक दिन माँ से मैंने खीजकर पूछा, "यह सब क्या पढ़ती हूँ? इसका मतलब तो जानती ही नहीं।' माँ ने शांत स्वर में कहा, 'इसकी जरूरत नहीं। अल्लाह की किताब पढ़ने से सबाब मिल जायेगा।"[80] अल्लाह की किताब पढ़ने से सबाब मिलता है या नहीं यह तो निश्चित नहीं है किन्तु यह ज्ञात हो जाता है कि अलग-अलग धर्म के व्यक्तियों में विभेद है और दिन-रात एक ही पुस्तक को रटते रहने से यह विभेद व्यावहारिक जीवन में भी उतर आता है। अपने धर्म को ही सर्वश्रेष्ठ घोषित करने की भावना का जन्म होता है। इंसानों की अलग-अलग श्रेणियाँ बना दी जाती हैं-मुश्रिक, काफ़िर, मुनाफिक। अल्पसंख्यक और बहुसंख्यक, ऊँचा-नीचा, छूत-अछूत आदि। स्पष्ट है सामाजिक असमानता के तत्व इसी धर्म से ही निकल कर आए हैं।

धर्म में हिंसा अन्तर्निहित है। इसका प्रसार करने के लिए किसी भी हद तक जाने पर धर्म में किसी भी प्रकार के दंड के स्थान पर यश की व्यवस्था की गयी है। हिन्दू धर्म में देवी-देवताओं ने न जाने कितने युद्ध लड़े हैं और मुहम्मद साहब ने भी युद्ध लड़े हैं। "जिस तरह पूँजी कई अपराधों और हिंसा की जनक होती है, उसी तरह धर्म भी; जिस तरह पूँजी अपने पक्ष में किए गए अपराधों के दोषियों की रक्षा करने में सक्षम हो जाती है, उसी तरह धर्म भी। इसलिए ही धर्म और पूँजी का गठजोड़ बहुत आसानी से हो जाता है।"[81]

अंतरजातीय विवाह : बंधन या धर्म से मुक्ति : या नया धार्मिक बंधन

अंतरजातीय विवाह करके भी कोई धर्म के बंधन से मुक्त नहीं हो पाता। एक धर्म छूटता है तो दूसरा धर्म जकड़ लेता है। इसका सबसे अच्छा उदाहरण है तसलीमा की भाभी, गीता। एक हिन्दू परिवार से कम उम्र में ब्याह कर आई गीता को तसलीमा के घर में इस्लामिक रीति-रिवाजों और खान-पान को अपनाना ही अनिवार्य नही किया गया, बल्कि उसके अपने पूर्व संस्कारों को छोड़ देने के लिए भी बाध्य किया गया। तसलीमा इस विषय में बहुत ही कष्ट महसूस करते हुए लिखतीं हैं, "मुसलमान के घर ब्याह होने की वजह से, अब उसका 'पूजा' का मौज खत्म! वैसे हम सब बारहों महीनों के तेरहों पूजा-पर्व में मुहल्ले-मुहल्ले मंडप देखते, घूम-फिर सकते थे; अष्टमी और रथ के मेले में चीनी के खिलौने और विन्नी धान की खोई खरीद सकते थे। हिन्दू से मुसलमान

होने की वजह से, गीता के लिए यह सब संभव नहीं होगा यह जान-समझकर, हमारे अफ़सोस का अंत नहीं था।" इसी तरह तसलीमा की सहेली चंदना जो बौद्ध थी, को भी अपने परिवार से बहिस्कृत कर दिया गया; यहाँ तक कि उसके पिता ने उसके जीवित होते हुए भी उसका श्राद्ध कर दिया। उसका दोष केवल यह था कि उसने एक मुसलमान लड़के से विवाह किया था। इस पर भी तसलीमा अफ़सोस से भर गई। दरअसल यह अफ़सोस उन सभी स्त्रियों के लिए है, जो समाज की मान्यताओं को तोड़कर अंतरजातीय या अंतर्धार्मिक विवाह करने का साहस तो कर तो लेती हैं, किन्तु धर्म की जंजीरें उस नई जगह पर भी उनका पीछा नहीं छोड़तीं।

धार्मिक ग्रन्थ अवैज्ञानिक और अतार्किक हैं :

सहज ज्ञान की धारा से उत्पन्न विज्ञान ने दो पैरों पर चलने वाले एक मामूली प्राणी को प्रकृति को जीतने वाला मनुष्य तो बना दिया। लेकिन ज्ञान की इस धारा के विपरीत सदियों से अज्ञानता की एक समानांतर धारा विद्यमान रही है, जिसने ज्ञान के मार्ग को सदा से दूषित करने का प्रयास किया है। इस दूषित, संक्रमित और बीमार धारा का नाम है-धर्म। धर्म और विज्ञान में कोई तालमेल ही नहीं। जहाँ विज्ञान की धारा तर्क, शोध और तथ्यों पर आधारित है, वहीं धर्म का पूरा बखेड़ा अन्धविश्वास, आस्था, झूठ, कुतर्क और हिंसा पर आधारित है। फिर भी सभी धार्मिक गुट कई बार ऐसा दावा करते दिखते हैं कि उनका धर्म विज्ञान की कसौटी पर खरा उतरता है। धर्म में कितना विज्ञान है यह कुछ तथ्यों से ही स्पष्ट हो जाता है। मसलन- सृष्टि की उत्पति के बारे में धार्मिक ग्रंथों ने बिलकुल अलग-अलग बातें की हैं -कुरान में अल्लाह का कहना हमने सृष्टि को छह दिनों में बनाई (32/4) जबकि विज्ञान के अनुसार पृथ्वी अपने अक्ष पर चौबीस घंटे में एक घूर्णन पूरा करती है, जिसे एक दिन कहते हैं और सृष्टि के निर्माण की प्रक्रिया में 'हेडियन'[82] से 'आर्कियन'[83] युग तक कई लाख वर्ष लगे। 'श्रीमद्देवी भागवत' में सृष्टि की रचना की कहानी का उल्लेख कुछ इस प्रकार है- "जब भगवती भुवनेश्वरी ने अपने श्रीविग्रह से तीन शक्तियों को विदा किया, तब वे तीनों शक्तियाँ ब्रम्हा, विष्णु और शंकर के रूप में पुरुष बन गईं। एक-एक सुन्दर विमान पर उनका आसन था। उस समय उन प्रधान देवताओं के सामने भयंकर जलार्णव ही नजर आता था। अतः वे ठहरने के लिए स्थान बनाने लगे। उनके द्वारा पृथ्वी की सृष्टि हुई और उनपर वे रह गए...भगवती भुवनेश्वरी ने उस पृथ्वी को शेषनाग के मस्तक पर ठहराया। वे उसे स्थिर रूप से धारण किए रहें-इस विचार से सम्पूर्ण विशाल पर्वत बनाए गयें। जिस प्रकार काठ में लोहे

की कीलें ठोंक दी जाती हैं ताकि वे टस-से-मस न हों।"[84] कुरान में भी पहाड़ों को कीलों की तरह ठोकें जाने की बात कही गयी है (सूरा 78:6-7) -'हमने पृथ्वी को फर्श बनाया और पहाड़ों को खूँटों की तरह गाड़ दिया।[85] यही बात कुरान के सूरा 21: 30 में भी है, "हम ने ही ज़मीन में बोझ (पहाड़) रखे ताकि लोगों को लेकर झुक न पड़ें।"[86]

इसी प्रकार धर्म ग्रंथों के आत्मा और परमात्मा, स्वर्ग-नरक सम्बन्धी विचार भी अतार्किक लगते हैं। विज्ञान के अनुसार मानव शरीर कोशिकाओं से बना है। एक समय तक इन कोशिकाओं का निर्माण क्रम चलता रहता है, जैसे ही इन कोशिकाओं का बनना बंद हो जाता है, मनुष्य मृत्यु की ओर बढ़ने लगता है। जीव उत्पत्ति की 'ओपेरियन थियरी'[87] की माने तो उसकी उत्पत्ति रासायनिक पदार्थों के जटिल संयोजन से हुई है, जिसे वैज्ञानिक हेल्डन ने 'प्रोबायोटिक सूप' या 'प्राजैविक तरल' कहा था। किन्तु धर्म ग्रंथों में मनुष्य की उत्पत्ति के लिए अलग-अलग पदार्थ और अलग-अलग कारण निर्धारित किए गए हैं। जैसे-कुरान के अनुसार- सूरा अल हिज्र, आयत 26-'हमने मनुष्य को सड़े हुए गारे की खनखनाती हुई मिट्टी से बनाया', सूरा अल-अंबिया, आयत 30 -'और हमने पानी से हर जीवित चीज़ बनाई', सूरा अल-अलक, आयत 2, 'पैदा किया मनुष्य को जमें हुए खून के एक लोथड़े से'। हिन्दू धर्म ग्रंथों में पञ्च तत्वों से शरीर निर्मित माना गया है-क्षिति, जल, पावक, गगन, समीरा। पंच रचित अति अधम शरीरा'[88]। बाइबिल का प्रथम भाग तो केवल 'जेनेसिस' या 'उत्पत्ति' पर ही केन्द्रित है।

इसी प्रकार वैज्ञानिक तर्कों को माने तो धार्मिक ग्रंथों में उल्लिखित मृत्यु के बाद जीवन की बात अतार्किक ही लगती है। गीता में कहा गया है, "जैसे एक ही सूर्य पूरी पृथ्वी को प्रकाशित करता है, वैसे ही एक ही आत्मा सारे शरीरों में निवास करती है।"[89] एवं 'आत्मा न जन्म लेती है न मरती है यह नित्य और सनातन है'।[90] किन्तु यदि आत्मा न जन्म लेती है न मरती है तो 1900 ई. में दुनिया की जो आबादी 1.4 अरब थी वह सन् 2011 में 7 अरब तक पहुँच गयी। तो प्रश्न यह यह उठता है कि यदि आत्मा न तो मरती है और न जन्म लेती है तो इन 5.6 अरब नए शरीरों के लिए नई आत्माएँ कहाँ से आयीं। 'कमठ सेष सम धर वसुधा के'[92] अर्थात् पृथ्वी कछुए की पीठ और शेषनाग के फन पर धरी हुई है। धर्म-ग्रंथों की ऐसी अतार्किकता का कोई अंत नहीं।

तसलीमा ने यह सिद्ध करने का प्रयास किया है कि धार्मिक ग्रंथों में व्यक्त विचार या धर्म जिन व्यवहारों के आधार पर चलता है वे निराधार और अतार्किक

हैं। बचपन में उनका अपनी माँ से या घर के लोगों से किया गया वार्तालाप हो या उनके कलामो में उनके द्वारा उठाए गए प्रश्न, ये सभी दिखाते हैं कि धर्म तार्किक दृष्टि से काफी कमजोर है। तसलीमा के प्रश्न और तसलीमा के तर्क-

- "गुनाह, गुनाह, गुनाह! मैं तीन सीढ़ियाँ उतरकर खड़ी हो गयी। दाहिने मुड़ूँ तो गुनाह, पीछे मुड़ूँ तो गुनाह। प्रश्न पूछूँ तो गुनाह...लेकिन स्कूल में गणित के मास्टर तो बोर्ड पर गणित लिखकर कहते थे कि जो कुछ भी शंका हो पूछो। जो सवाल नहीं पूछता, वह गणित नहीं समझता।"[93]
- मैं माँ से कहती, "स्कूल के टीचर कहते हैं कि बिना अच्छी तरह समझे कोई चीज रटनी नहीं चाहिए। मूर्ख लड़कियाँ ही रटकर अपना काम चलाती हैं जबकि अच्छी छात्राएँ पहले उस विषय को समझकर तब अपने शब्दों में लिखती हैं। अरबी में पढ़ने के बजाय बांग्ला में नमाज़ पढ़ने की दिक्कत क्या है, अल्लाह को क्या बांग्ला भाषा नहीं आती?"[94]
- मुझे तस्वीर बनाते देख माँ कहती, "पेड़ पौधों की तस्वीर बना, फूलों की तस्वीर बना, इन्हें बनाने में कोई हर्ज़ नहीं है। मनुष्य में जान नहीं डाला जा सकता है, इसलिए मनुष्य की तस्वीर मत बना। सिर्फ अल्लाह ही है जो ऐसा कर सकता है, और कोई नहीं। उस दिन मेरे मुँह से न जाने कैसे निकल गया, "तुम मुझसे पेड़ बनाने के लिए कह रही हो मगर पेड़ों में भी तो जान होती है। इस पर माँ ने तसलीमा को तर्क-वितर्क करने से रोका।[95]
- "विज्ञान की बातों में मुझे तर्क ज्यादा नज़र आता था। अल्लाह ने आदम-हव्वा को धम्म से बहिश्त में फेंक दिया। यह मुझे कहानी जैसी ही लगती थी। परिकथाओं की तरह। माँ से कुछ कहने पर माँ कहती, 'अल्लाह के बारे में बुरी बातें कहने पर तेरी जीभ काटकर गिर जायेंगी।' मैंने जीभ गिरती है या नहीं यह देखने के लिए कमरे का दरवाज़ा बंद करके उनके खिलाफ जाने क्या-क्या कहा। मगर मेरी जीभ सलामत रही।"[96]
- "माँ की पहुँच से अपने को थोड़ा दूर रखकर बोली, 'समझो, अगर एक बच्चे ने जन्म लिया...उसके माता-पिता ने उसे जो सिखाया उसने वही किया- पूजा करना, कीर्तन करना, गाना वगैरह। यह बच्चा दोजख में जाएगा या बहिश्त में?..माँ बोलीं, 'अगर वह मुसलमान है, ईमान पर चलता हो, तब वह बहिश्त का हक़दार होगा, नहीं तो दोजख में

जाएगा।'...मैंने इस बार मौका पाते ही अपने गले के धनुष से शब्दों का तीर चलाया, 'तुम खुद कहती हो कि अल्लाह के न चाहने पर कुछ भी नहीं होता। अल्लाह ने ही उस बच्चे को विधर्मी के यहाँ पैदा किया। यह तो अल्लाह का दोष हुआ।"[97]

- तसलीमा का प्रश्न और माँ के उत्तर-'इन्सान कैसे बना-अल्लाह ने मिट्टी से इन्सान और आग से जिन्न बनाया है -जिन्न कहाँ रहता है?-वह हवा में रहता है हम उसे देख नहीं पाते हैं- अल्लाह कहाँ रहते हैं?- अल्लाह नूर हैं वे नज़र नहीं आते-सात आसमान के ऊपर से क्या अल्लाह दुनिया के लोगों को ठीक से देख नहीं पाते? अच्छी तरह से देखने के लिए क्या नीचे उतरना पड़ता है?- इतने सवाल नहीं पूछे जाते। अलाह पर आँख मूँदकर भरोसा करना। अल्लाह सर्वशक्तिमान हैं।'
- "मेरे एक हाथ में इमली थी, उसे जीभ से चाट रही थी, दूसरे हाथ में कुरान का तर्जुमा था। उसे पढ़ते हुए एक जगह मेरा खून जैसे ठंडा होने लगा-'पृथ्वी के चारो ओर सूरज चक्कर लगा रहा है, पहाड़ों ने पृथ्वी को कील की तरह अटका रखा है, इसीलिए पृथ्वी गिरने से बची हुई है।" मैंने इसे एक बार नहीं, दो बार, तीन बार पढ़ा ...लेकिन सच तो यह है कि सूर्य पृथ्वी के चारो तरफ नहीं, पृथ्वी सूर्य के चारो तरफ घूमती है। यानी कि कुरान में गलत लिखा था। या फिर स्कूल की किताब में जो लिखा था, वह गलत था।"[98]
- स्वर्ग-नरक जैसी खोखली और बेबुनियाद मान्यता पर व्यंग करते हुए लिखती हैं, "गुनाह किया तो दोजख में जाऊँगी, यही न? अगर दोजख में गयी, तो वहाँ तुम्हारे प्रिय दिलीप कुमार, मधुबाला, तुम्हारे उत्तम कुमार, सुचित्रा सेन सबसे भेट हो आएगी। तुम्हारे छवि विश्वास, पहाड़ी सान्याल को देख लूँगी और तुम जब जन्नत जाओगी, तो तुम्हे सिर्फ कठमुल्ले लोग ही दिखेंगे। चार-चार ब्याह रचाने वाले शैतान, बदमाश मुल्ले ही मिलेंगे। ये लोग इंसान को दुःख देते हैं, उन्हें सताते हैं; जलते-कुढ़ते रहते हैं, कुटिल काम करते हैं, इंसान का खून करते हैं, सैकड़ों बलात्कार करते हैं, बीवियों को जला कर मारते हैं, मार-कुटाई करते हैं, लेकिन दिन-दिन भर अल्लाह-अल्लाह जपते हैं, इसलिए उन्हें जन्नत मिल जाती है। बताओ मुझे, उन शैतानों का साथ देकर तुम्हे क्या मिलेगा? इससे तो बेहतर है गुनाह करो और दोजख के

रजिस्टर में अपना नाम लिखाओं। वहाँ आइन्स्टीन जैसे विख्यात वैज्ञानिक मिलेंगे, नेल्सन मंडेला मिलेंगे यानी दुनिया के बड़े-बड़े वैज्ञानिक, गायक, नायक, सबसे दोस्ती होगी। अगर तुम जन्नत गयी, तो अब्बू बहत्तर हूरों के साथ लीला करते नज़र आयेंगे...तुम आखिर किस सुख की उम्मीद में जन्नत जाना चाहती हो? किसलिए तुम नमाज़ अदा करती हो?"[99]

स्पष्ट है तसलीमा ने बचपन से ही धर्म को तार्किक दृष्टि से देखने का प्रयास किया और इस प्रयास में पाया कि धर्म कभी भी तर्क या विज्ञान पर आधारित नहीं हो सकता। धार्मिक ग्रंथों में व्यक्त बातें कोरी कल्पना पर आधारित हैं। और अफ़सोस कि इस कोरी कल्पना को सही साबित करने के प्रयास में बड़े-बड़े बुद्धिजीवी भी लगे होते हैं। ऐसा ही कुछ प्रयास भारत में पीस टीवी के संस्थापक और 'इस्लामिक रिसर्च फाउन्डेशन' के डॉ. जाकिर नाइक ने भी करने का प्रयास किया, जिन्हें बाद में धार्मिक कट्टरता के प्रचार के आरोप में गिरफ्तार किया गया। कुरान को वैज्ञानिक मानने वालों पर कटाक्ष करते हुए वे लिखती हैं, "...लेकिन मजे की बात यह है कि किसी भी वैज्ञानिक आविष्कार से पहले, कुरान के इस आविष्कार का अता-पता नहीं होता। वैज्ञानिकों ने 'ब्लैक-होल' घटना का पहले ऐलान कर दिया, बाद में कुरान विशेषज्ञ भी कुरान में 'ब्लैक-होल' की घटना खोज निकालेंगे। अगर कोई मिसाल नहीं भी मिली, तो किसी आयत की ऐसी व्याख्या कर देंगे मानो अल्लाह ही इशारे-इशारे में इस ब्लैक-होल की बात पहले ही कह गए हैं। कुरान में लिखा हुआ है कि सूर्य, पृथ्वी के चारो तरफ घूमता है, ये तमाम पहाड़ मानो कील की तरह इस्तेमाल किए गए हैं। ताकि पृथ्वी गिर ना पड़े। इतने जमाने आए, मगर अब विज्ञान के जानकार मुसलमान यह कभी कुबूल नहीं करेंगे कि यह कुरान में लिखा हुआ है। वे स्पष्ट अरबी का अस्पष्ट अनुवाद करके यह समझाने की कोशिश करेंगे कि पृथ्वी स्थिर है, यह कहकर, अल्लाह ने दरअसल कुछ और समझाना चाहा है। अल्लाह कहाँ, क्या समझाना चाहते हैं, आजकल के धुरंधर ज्ञानी, अल्लाह से भी ज्यादा समझते हैं।"[100] धर्म ग्रंथों के उपरोक्त अतार्किक मत के ही कारण तसलीमा इस बात का समर्थन करती हैं कि धर्म ग्रंथों में संशोधन होना चाहिए। इसलिए मानव जाति को अतार्किकता से निकल आने का आह्वाहन 'इहलौकिक' कविता में कुछ इस प्रकार करती हैं -'देह और मन की जंजीरों को खोलकर/चलो जी उठें वैज्ञानिक ढंग से।'[101]

धर्म, साम्प्रदायिकता और धार्मिक कट्टरता के लिए उत्तरदायी है:

दरअसल समय के साथ-साथ अन्य सभी चीजों का रूप चाहे बदल गया हो पर धर्म उसी रूप में, समाज पर, अपने दांत गड़ाए बैठा है। जिस धर्म शब्द को कभी नैतिकता, आचरण और कर्तव्य के सन्दर्भ में देखा जाता था, आज वह उस अर्थ से कहीं दूर निकल आया है। अब यह धर्म अपने विकृत रूप में अच्छाइयों को धारण करने की नहीं, सामाजिक बुराइयों को धारण करने की सीख देता दिख रहा है। इस्लाम इस मामले में अन्य धर्मों से ज्यादा कट्टर दिखता है। तसलीमा इसी कट्टरतावाद के विषय में लिखती हैं, "शरीर में अगर विष वृक्ष बढ़ रहा हो, इसलिए अगर डाल, पत्ते काट दिए जाएँ, तो वृक्ष क्या अपने डाल-पत्ते फैलाना बंद कर देगा? अपनी शाखों पत्तों में क्या ज़हर फलने-फूलने नहीं देगा? ज़रूर देगा! इसलिए हम यह उम्मीद नहीं कर सकते कि कट्टरवाद नामक वृक्ष काट फेंकने से, कट्टरवाद खत्म कर पायेंगें? जितने दिनों तक धर्म की जड़ें कायम है; उतने दिनों कट्टरवाद भी उगता-बढ़ता रहेगा। कट्टरवाद की जड़ है-धर्म!"[102] स्पष्ट है तसलीमा का मत है कि ज़रूरत है, सबसे पहले धर्म को जड़ सहित उखाड़ फेका जाय। पर यह कार्य करेगा कौन? सभी तो धर्म की हवा में बह रहे हैं और जो चन्द लोग इस हवा के विपरीत जाने प्रयास करते हैं, उन्हें बहुसंख्यक धार्मिक लोगों के द्वारा उखाड़ फेंका जाता है। तसलीमा के सन्दर्भ में भी कुछ ऐसा ही हुआ है।

बांग्लादेश की धार्मिक स्थिति के विषय में तसलीमा लिखती हैं, "देश उग्रपंथी जंगी मुस्लिमों के अड्डे में परिणत हो गया है। बाकी जो लोग बच रहे हैं जो यह कहते हैं कि वे लोग उग्रपंथी नहीं हैं, वे लोग कट्टरवाद के विरोधी हैं। वे लोग भी चोरी-छिपे कट्टरवाद की जड़ें कस कर दबोचे बैठें हैं। धर्म ही कट्टरवाद की जड़ है- बहुत से लोग जोर-शोर से यह बात क़बूल करना चाहेंगे लेकिन वे लोग धर्म में विश्वास करते हैं, इसलिए आज धर्मनिरपेक्ष इंसान भी कट्टरवाद के विरुद्ध उतनी सख्ती से नहीं लड़ पा रहा है...बांग्लादेश में जो लोग यह दावा करते हैं कि वे लोग कट्टरवादी नहीं हैं, वे लोग क्या धर्म की मूल नीति में विश्वास नही करते। जो लोग विश्वास नहीं करते उनमें से अधिकांश में इतनी हिम्मत नहीं है कि वे लोग डंके की चोट पर यह कह सकें कि धर्म में उनका विश्वास नहीं है।"[103] ऐसे धार्मिक कट्टरतावादी आम मुस्लिम व्यक्ति का 'ब्रेनवाश' कर धार्मिक लाभ उठाने का अवसर कभी नही चूकते। तसलीमा के सम्बन्ध में यही किया गया। हज़ारों-हजार मुस्लिमों को अल्लाह का वास्ता देकर तसलीमा विरोधी दल में शामिल किया गया। इनमें से ज्यादातर तो ऐसे हैं,

जो धर्म का पालन सामाजिक दबाव में कर रहे हैं। उनमें अल्लाह और उसके नुमाइंदों को नाराज़ करने हिम्मत नहीं है। 'अल्लाह का अपमान करे वाली औरत' के रूप में प्रचारित तसलीमा के जीवन को छीन लेने पर आमादा चंद गुटों के बहकावे में आकर ये लोग भी विरोधी गुटों में शामिल हो जाने को विवश हो गए हैं।

कहने को तो पूरी दुनिया तकनीकी युग में प्रवेश कर चुकी है, विश्व सिमट कर छोटा हो गया है, 'ग्लोबल गाँव' जैसी विचारधारा स्वीकार की जा रही है, किन्तु धर्म, जाति, नस्ल और साम्प्रदायिकता का खाँचा फैलता ही जा रहा है। यह बात 'पी.ई.डब्ल्यू. रिसर्च सेंटर' के द्वारा किए गए शोध के आधार पर पुष्ट हो जाती है। इस शोध में विश्व के विभिन्न देशों में धर्म के आधार पर बढ़ती अशांति को चिन्हित किया गया है। यह शोध यह स्पष्ट करता है कि दक्षिण और दक्षिण-पूर्व के देशों में धार्मिक अशांति विश्व के अन्य देशों की अपेक्षा अधिक है।

तसलीमा का मानना है कि धर्म के कारण साम्प्रदायिकता उत्पन्न होती है। इस्लाम धर्म में साम्प्रदायिकता पैदा करने वाली आयतें निम्नलिखित हैं -

- कुरान 4:13-"और जो अल्लाह और उसके रसूल का हुक्म न माने और अल्लाह की हदों से हट कर चले (तो अल्लाह) उसको (नरक की) आग में दाखिल करेगा, (वह) उसमें हमेशा रहेगा और उसको जिल्लत की मार दी जायेगी।"[104]
- कुरान के सूरा 4 की आयत 88 से 125 तक जिहाद, काफ़िर आदि का उल्लेख अन्य धर्मानुयायियों के सम्बन्ध में काफी भ्रामक स्थिति पैदा करती है।
- कुरान 4:101-"निःसंदेह 'काफिर (गैर-मुस्लिम) तुम्हारे खुले दुश्मन हैं।"[105]
- कुरान 5:52-"हे 'ईमान' लाने वालों! तुम यहूदियों और ईसाईयों को मित्र संबंध न बनाओ"[106]
- कुरान 5:57-" ऐ ईमान (अल्ला पर यकीन) लानेवालो! तुमसे पहले जिनको किताब दी गई थी, जिन्होंने तुम्हारे धर्म को हँसी- खेल बना लिया है, उन्हें और इनकार करनेवालों को अपना मित्र न बनाओ। और अल्लाह का डर रखों यदि तुम ईमानवाले हो।"[107]
- कुरान 9.5, -"फिर, जब (मियाद वाले चार) अदब के महीने बीत जावें तो उन (अहद तोड़नेवाले) मुशरिकों को जहाँ पाओ क़त्ल करो

और उनको गिरफ्तार करो, उनको घेर लो, और हर घात की जगह उनकी ताक में बैठो।"[108]

- कुरान 9:23, "हे 'ईमान' लाने वालों! (मुसलमानों) अपने बापों और भाईयों को अपना मित्र मत बनाओ यदि वे ईमान की अपेक्षा 'कुफ्र' (इस्लाम को धोखा) को पसन्द करें। और तुम में से जो कोई उनसे मित्रता का नाता जोड़ेगा, तो ऐसे ही लोग जालिम होंगे।"[109]
- कुरान 9.28, "हे 'ईमान' लाने वालो केवल एक आल्लाह को न मानने वाले मुश्रिक (मूर्तिपूजक) नापाक (अपवित्र) हैं।"[110]
- कुरान 9:37- "अल्लाह 'काफिर' लोगों (गैर-मुस्लिमो) को मार्ग नहीं दिखाता।"[111]
- कुरान 9:123-"हे 'ईमान' लाने वालों! (मुसलमानों) उन 'काफिरों' (गैर-मुस्लिमो) से लड़ो जो तुम्हारे आस पास हैं, और चाहिए कि वे तुममें सख्ती पायें।"[112]
- कुरान 21:98-"(कहा जाएेगा) : निश्चय ही तुम और वह जिसे तुम अल्लाह के सिवा (दूसरे भगवान को मानना) पूजते थे 'जहन्नम' का ईधन हो। तुम अवश्य उसके घाट उतरोगे।"[113]
- कुरान 32:22- "और उस से बढ़कर जालिम कौन होगा जिसे उसके 'रब' की आयतों के द्वारा चेताया जाये और फिर वह उनसे मुँह फेर ले (इस्लाम छोड दे) निश्चय ही हमें ऐसे गुनाहगारों से बदला लेना है।"[114]
- कुरान 33:61-"फिटकारे हुए, (मुनाफिक) मूर्तिपूजक जहाँ कही पाए जाऐंगे पकड़े जाएँगे और बुरी तरह कत्ल किए जाएँगे।"[115]
- इसी प्रकार कुरान की कई ऐसी अन्य आयतें भी हैं, जिन्होंने मुस्लिमों को अन्य धर्म के अनुयायियों से सतर्क रहने, उनसे दूरी बनाए रखने की सलाह दी गयी है। उदाहरण के लिए-4:89, 5:14, 8:65, 8.69, 9:14, 9:29, 9:68, 9:111, 21:98, 2:22, 41:27, 41:28, 48:20 एवं 66:9 आदि।

इस साम्प्रदायिकता और कट्टरता की परिणति हम इस्लाम धर्म में 'जिहाद' के नाम पर 'मुस्लिम आतंकवाद' और हिन्दू धर्म में धर्म रक्षा के लिए पनप रहे 'हिन्दू आतंकवाद' एक रूप में देख सकते हैं। पाकिस्तानी पत्रकार आरिफ जमाल ने 'जिहाद' विषय पर शोध किया और पाया कि 'जिहाद का जिहादियों ने वही अर्थ लिया है, जैसा कि कुरान में उल्लिखित है और इसके पीछे उद्देश्य है जन्नत

की बहत्तर हूरियों की प्राप्ति।[116]

बढ़ती सामाजिक अशांति और धार्मिक प्रतिद्वंदिता के सम्बन्ध में आत्मकथा 'नहीं, कहीं कुछ भी नहीं' में तसलीमा लिखती हैं, "यह सोचकर मुझे अचरज होता है कि इंसान जितना विज्ञान-निर्भर होता जा रहा है, उतना ही दुनिया भर में धर्म का भी विस्तार होता जा रहा है। विवर्तन तत्व में इसका यथेष्ट प्रमाण नहीं मिलता, यह वज़ह दिखाकर, तथाकथित उन्मत विश्व में भी अलौकिक सृष्टि में विश्वासी होने का आन्दोलन ज़ारी है। सभ्यता क्या अंत में पीछे की दिशा में चल पड़ेगी? मध्ययुग का अन्धकार ही क्या इंसान का गंतव्य है?"[117]

कई बार धर्म के स्थान पर आध्यात्मिकता की बात की जाती है किन्तु कुमार अम्बुज के अनुसार तो धर्म "अलौकिकता के अन्तरंग में जाकर वह आध्यात्मिकता को पुष्ट करता है। आध्यात्मकिता अपार्थिवता, अभौतिकता की तरफ ले जाती है और धर्म को ही गरिमा देती है। ये दोनों एक-दूसरे के पूरक हैं, एक दूसरे का मान बढ़ाने वाले हैं। रेखांकित किया जाना चाहिए कि आध्यात्मिकता किसी भौतिक दर्शन या वाद की तरफ यात्रा नहीं करती है। जो 'धर्म और आध्यात्मिकता में आध्यात्मिकता का गर्वीला चुनाव करते हैं, वे सूक्ष्म और अप्रत्यक्ष तरीके से धर्म की ध्वजा उठाते हैं।"[118] और वे धर्म को एक मनोरोग की संज्ञा देते हैं "चिकित्सकीय दृष्टि से देखें तो 'धर्म के नशे में पैदा मानसिक उत्ताप या अवसाद बाकायदा एक मनोरोग है जिसकी विशिष्ट, निर्दिष्ट दवाएँ हैं: उदाहरण के लिए होम्योपैथी में 'वेरेट्रम' और 'स्त्रेमोनियम'।"[119]

धर्म और साम्प्रदायिकता भी अलग नहीं है। कुमार अम्बुज के अनुसार, "जो लोग सोचते हैं कि धर्म और साम्प्रदायिकता अलग-अलग चीजें हैं, वे वस्तुतः अंगूर और अंगूर की शराब में जानबूझकर भेद नहीं करना चाहते। अंगूर से जब तक शराब नहीं बनती, वह एक फल है, लेकिन अंगूर की शराब जब बनेगी तो अंगूर से ही बनेगी। इसी तरह प्रत्येक धर्म-विश्वासी सांप्रदायिक हो यह कतई जरूरी नहीं, लेकिन प्रत्येक साम्प्रदायिक आदमी किसी न किसी धर्म में, उपासना पद्धति में विश्वास करने वाला होता ही है।"[120] तसलीमा का मत इससे इतर नहीं है।

पश्चिमी देश भी धर्मान्धता से ग्रस्त हैं :

निर्वासन के दौरान विभिन्न देशों- फ़्रांस, अमेरिका, स्वीडन आदि में रहते हुए तसलीमा ने पश्चिमी जगत की संस्कृति और धर्म के विषय में काफी कुछ समझा। पश्चिमी देशों में किए गए उनके भ्रमण की एक यात्रा-संस्मरणात्मक झलक उनकी आत्मकथा 'मुझे घर ले चलो' में दिखती है। पश्चिमी देशों के

स्वच्छन्द परिवेश में तसलीमा इस बात को लेकर हैरान दिखती हैं कि तर्क, तकनीक, और बौद्धिकता में विश्वास रखने वाले ये देश अभी तक धर्म के खाँचें से बाहर नहीं निकल पाए हैं। इसकी अभिव्यक्ति वह कविता के रूप में इस प्रकार करतीं हैं-

जैसे भारत अपने मंदिर को लेकर,
मस्जिद को लेकर सऊदी अरब, ईरान, मिश्र, पाकिस्तान
वैसे ही गिरजे को लेकर यहाँ,
इस यूरोप में जारी है अतिशयता!
कैथेड्रल है शहर का मुकुट,
अभी भी लगती है भीड़, आलोकित गिरजों में,
ईसा के जन्मदिन पर सजते हैं घर-घर पाइन के पेड़
बच्चे लिखते हैं खत, उत्तरी ध्रुव के सांताक्रूज के नाम।
अभी भी वे नहीं बने इंसान, अभी भी हैं क्रिस्तान।
दुनिया की राह पर चलते फिरते नज़र आते हैं,
सिर्फ हिन्दू, बौद्ध, ईसाई, यहूदी, मुसलमान,
कहीं नज़र नहीं आता इंसान![121]

तसलीमा ने पश्चिम में धर्म के साथ-साथ नस्लवाद की समस्या का भी उल्लेख किया है। यूरोप प्रवास के दौरान उन्हें और उनकी ही तरह अश्वेत लोगो को नस्ल के आधार पर कई तरह की असुविधाओं का सामना करना पड़ता है, यह उन्होंने विभिन्न घटनाओं के माध्यम से दिखाने का प्रयास किया। जैसे काली चमड़ी होने के कारण सभी यह अनुमान लगा लेते थे कि तसलीमा वहाँ की निवासी नहीं हैं और इस आधार पर उनसे कई बार अस्पताल में या राह चलते दुर्व्यवहार किया गया। उन्होंने नस्लवाद पर व्यंग करते हुए लिखा है, "श्वेतांग मूर्ख साँवले रंग की बुद्धि को कभी स्वीकार नहीं करते।"[122]

धर्म की आलोचना की स्वतंत्रता होनी चाहिए :

तसलीमा भले ही यह मानती हों कि यदि धर्म पालन की स्वतंत्रता दी गयी है तो धर्म की आलोचना करने की स्वतंत्रता भी होनी चाहिए, लेकिन सभी ऐसा नहीं स्वीकार करते, विशेषकर धार्मिक कठमुल्ले तो ऐसी बात से ही व्याकुल हो उठते हैं। वे ईश्वर के स्थान पर प्रकृति को स्थापित करती हैं -'ईश्वर पर भरोसा नहीं/प्रकृति को देखती हूँ मुग्ध आँखों से'।[123] ईश्वर या किसी अलौकिक सत्ता की आलोचना करते हुए वे नास्तिकता और धर्मनिरपेक्षता सबंधी विचारों का समर्थन करती हैं।

स्त्रीवादी चिन्तक और लेखिका 'अमीना वदूद' अपनी पुस्तक 'इनसाइड द जेंडर जेहाद' में लिखती हैं, "किसी मुस्लिम द्वारा धर्म का ठीक से पालन न करने पर या अरुचि दिखाने पर उसे विश्वासघाती कहकर धर्मच्युत कर दिया जाता है। ज्यादातर लोग अपने जीवन की सुरक्षा को लेकर डरते हैं इसलिए वे इस्लाम विरोधी अपनी भावनाओं को छिपा ले जाते हैं।"[124] कुरान में अल्लाह की निंदा करने या धर्म का त्याग करने वालों के लिए मृत्युदंड का प्रावधान किया गया है। औरतों द्वारा धर्म त्याग या ईश निंदा किए जाने पर उनके लिए कैद की सजा निर्धारित की गयी है। इस तरह के बेबुनियादी धार्मिक नियम मनुष्य की स्वतन्त्रता में बाधक हैं। ये मानवाधिकार का उल्लंघन है। व्यक्ति विशेष को अपनी इच्छानुसार धर्म चुनने और उसका पालन करने की स्वतन्त्रता है। ये नियम उसकी इस स्वतन्त्रता का अतिक्रमण करते हैं। संयुक्त राष्ट्र संघ द्वारा 10 दिसम्बर 1948 को 'अंतर्राष्ट्रीय मानव अधिकार घोषणा पत्र' की धारा-18 में मानवाधिकार को कुछ इस तरह से स्वीकृत किया गया, "प्रत्येक व्यक्ति को विचार, अंतःकरण, धर्मोपासना की स्वतंत्रता का अधिकार है। इसमें धर्मपरिवर्तन, धर्मोपदेश, व्यवहार, पूजा और अनुष्ठान की स्वतंत्रता सम्मिलित है।"

धर्म अनावश्यक व्यवस्था है :

विख्यात पत्रकार 'करन थापर' को दिए अपने एक साक्षात्कार में तसलीमा कहती हैं, "हमें किसी भी धर्म को स्वीकार नहीं करना चाहिए क्योंकि यह मानवता के विरुद्ध है, यह मानव अधिकार के विरुद्ध है और अभिव्यक्ति के अधिकार के विरुद्ध है।"[125]

दुनिया के एकेश्वरवादी धर्मों में ईसाई और इस्लाम धर्म ने अपने प्रसार और अपने धर्म की रक्षा के लिए प्रचार किया और इसके लिए किसी भी हद तक चले गए। हत्या, लूट, जनसंहार तक कर डाला। इस्लाम धर्म में 'दारुल हर्ब'[126] को 'दारुल इस्लाम' में बदलने के जिस लक्ष्य की बात की गयी है सारी इस्लाम कौम उसी में लगी है। यद्यपि 'पैन अरब'[127] जैसे आन्दोलन हुए किन्तु यह आन्दोलन आपसी मतभेदों और राजनीति के कारण असफल हो गया या कह सकते हैं औपनिवेशिक ताकतों ने उसे सफल नहीं होने दिया। हालाँकि इस आन्दोलन से धार्मिक दृष्टिकोण में काफी परिवर्तन आया। समाज में आम लोगों को 'ब्लैक आउट' करने वाली आयतों का तो प्रचार बखूबी किया जाता है किन्तु शासन-प्रशासन, न्यायाकर्ताओं को उनके दायित्वों को याद दिलाने वाली आयतों का प्रचार नहीं किया जाता और न ही इसमें दी गयी हिदायतों का व्यवहार में कोई प्रयोग होता है। उदाहरण के लिए- 'चोर-चोरनी का हाथ काट देना चाहिए'

(5.38), 'अल्लाह के विधान को अंजाम देते हुए उन लोगों के प्रति दया, तुम लोगों को प्रभावित न करे। अगर तुम लोग अल्लाह और उनके भक्तों में विश्वास करते हो, तो मोमिनों का झुण्ड, उन दोनों को सजा झेलते हुए देखे' (सूरा 28. 2), 'अल्लाह ने जो नाजिल किया है, उसके मुताबिक़ काम न करने वाला काफ़िर होता है' (सूरा 5.44)। वस्तुतः इस प्रकार की आयतों को छिपाकर रखा जाता है जबकि अल्लाह ने इस बारे पहले ही कह रखा है, 'मैंने इंसानों के लिए किताब में जो स्पष्ट विधान और पथ निर्देश नाजिल किया है, वह इतने साफ-साफ तरीके से जाहिर करने के बावजूद, जो लोग इसे गुप्त रखते हैं, अल्लाह ऐसे लोगों को लानत भेजते हैं और लानतकारी भी उन लोगों को लानतें देता है। (सूरा 2.151) इसके साथ ही बहुत से मुस्लिम ऐसे भी हैं जो कुरान की कुछ आयतों को मानकर चलते हैं और अपने को कट्टरवादी होने से बचाने के लिए अन्य आयतों का पालन नहीं करतें। लेकिन कुरान के अनुसार ऐसा करने वाले स्वयं सजा के पात्र हैं क्योंकि कुरान यह कहती है, 'तो क्या तुम लोग किताब के कुछ हिस्से पर विश्वास करते हो और कुछ अंशों को खारिज कर देते हो? जो लोग ऐसा करतें हैं उनको एकमात्र फल यह मिलता है कि पार्थिव जीवन में हीनता और कयामत के रोज़ सख्त से सख्त सजा की ओर फेंक दिए जाओगे' (सूरा 2.85)। साथ ही कुरान के किसी भी हिस्से को तुच्छ कहना पूरी कुरान को तुच्छ कहने के बराबर है- 'ये वही लोग हैं, जो अपने आचरण और कामकाज के जरिये, यह जताना चाहते हैं कि हम कितने हिस्से पर विश्वास करते हैं और कितने हिस्से को खारिज करते हैं और ये लोग कोई बीच के रास्ते का सहारा लेना चाहते हैं। सच पूछा जाय तो काफिर वही लोग होते हैं (सूरा 4:150, 4:151)।'

तसलीमा का कहना है कि समाज के लिए धार्मिक कट्टरतावादियों से ज्यादा वे लोग घातक हैं जो धार्मिक संत्रास का सारा दायित्व कट्टरतावादियों पर मढ़ देते हैं। आज का ज्यादातर समाज या तो पूरी तरह से धर्म में शामिल है या 'जिराफ़' (बीच का रास्ता अपनाने वाले) में। ऐसे लोगों के लिए कुरान में स्पष्ट रूप से 'काफ़िर' (सूरा 5.45) और 'फ़ासिक' (सूरा 5.47) संज्ञा का प्रयोग किया गया है। धर्म और धार्मिक मान्यताओं और तत्संबंधी भ्रामक और कई बार घातक स्थितियों से बचने के लिए तसलीमा धर्म जैसी व्यवस्था को पूर्णतः समाप्त कर देने की ही पक्षधर हैं। युगांडा मूल की लेखिका इरशाद माँझी का मत है कि 'यह जरूरी नहीं है कि इस्लाम की सभी नकारात्मक मान्यताओं को मिटा दिया जाय या संशोधित कर दिया जाय इसके स्थान पर यह आवश्यक है

मुस्लिम समाज यह मान ले कि उसमें कुछ बातें हैं जो हानिकारक हैं या गलत संदेश देती हैं जैसा कि ईसाई और यहूदी द्वारा पहले ही बाइबिल के ओल्ड टेस्टामेंट में लिखी उग्र या हिंसात्मक बातों को 'सिंस ऑफ़ स्क्रिप्चर' या 'पवित्र पुस्तक का पाप' कहकर स्वीकार किया गया है।'[128]

क्या धर्म सम्बन्धी व्यवस्था को पूर्णतः समाप्त करना सम्भव है अथवा उसका कोई अन्य विकल्प हो सकता है? तसलीमा की दृष्टि से इस प्रश्न के उत्तर की तलाश पाँचवे अध्याय में करने का प्रयास किया गया है। तसलीमा की धर्म सम्बन्धी अभिव्यक्तियों के सम्बन्ध में कमर मेवाड़ी एक साक्षात्कार में कहते हैं "यह धर्म ही सिखाता है कि कन्या को वस्तु की तरह दान करो, जबकि मनुष्य को मनुष्य द्वारा दान करना अपहरण का दूसरा रूप है। तसलीमा नसरीन ने धर्म का मुकाबला किया है। दूसरी तसलीमा नसरीन पैदा नहीं हुई, जो धर्म को चुनौती दे सके।"[129] तसलीमा जानती हैं कि वे पहली नहीं हैं जिन्होंने धर्म के विरुद्ध आवाज़ उठाई है किन्तु वे इस बात से वाकिफ हैं कि धर्म का मसला इतना भ्रामक है कि इन आवाज़ों को उठने में ही काफी देर हो जाती है –

'भगवान से इन्सान खेलता है या इन्सान से भगवान
इन्ही दो सवालों के पोखर में कोई डूबता है, कोई तैरता है।
अच्छा तैरने वाले भी कभी-कभी आधा जीवन बिता देते हैं पानी में।'[130]

तसलीमा यह जानती हैं कि अकेले ही धर्म की काली छाया को दूर नहीं किया जा सकता फिर भी अकेले खड़ी हैं यह कहते हुए –

'तमाम धरती पर धर्म ने फैला रखी हैं
अपनी अट्ठारह अँगुलियाँ
अकेले के प्रतिरोध से कितनी तोड़ी जा सकती है भला उसकी हड्डियाँ
कितना फाड़ा जा सकता है दूर तक फैला
विषमता का माहाजाल!'[131]

स्पष्ट है, धर्म में व्याप्त तमाम भ्रामक स्थापनाओं के कारण तसलीमा धर्म के समूल नाश किए जाने की पक्षधर हैं।

(घ) तसलीमा के धर्म सम्बन्धी मत की सीमाएँ :

हालाँकि तसलीमा के धर्म के सम्बन्ध में प्रस्तुत मत तार्किक दृष्टि से देखने पर सही जान पड़ते हैं किन्तु तसलीमा के मत की भी अपनी सीमाएँ हैं। पहला तो यह कि तसलीमा अन्य धर्मों की अपेक्षा इस्लाम पर ही अधिक कटाक्ष करती हैं जिससे उन्हें हिन्दू समर्थक या ईसाई खेमे के दबाव में लिखने वाले लेखक के रूप में भी देखा गया है। उनके घोर इस्लाम विरोधी होने के कारण हिन्दू राष्ट्रों

विशेषकर भारत में हिन्दू समर्थक राजीनीति ने उन्हें इस्लाम विरोधी के रूप में प्रयुक्त करने में कोई कसर नहीं छोड़ी। पुरुषोत्तम अग्रवाल का मत है "यह सही है कि तसलीमा की बेचैन आवाज़ का उपयोग हिन्दू राष्ट्रवादी ही नहीं, यूरोपीय सत्ता प्रतिष्ठान भी अपने ढंग से कर रहा है। कुछ, मुस्लिम बुद्धिजीवियों की राय में सलमान रुश्दी और तसलीमा के बहाने यूरोपीय ईसाइयत एशियाई इस्लाम से अपना सदियों पुराना हिसाब चुकता कर रही है। तथ्य के रूप में ये दोनों बाते सही हैं, लेकिन क्या कोई भी रचनाकार इस तरह के सोच-विचार से अपना रचना-धर्म निर्धारण करे?[132]

'तसलीमा नसरीन एक विवादास्पद लेखिका' शीर्षक से लिखे एक लेख में तनवीर जाफरी लिखते हैं, "व्यक्तिगत घटनाओं को सीधे तौर पर किसी धर्म विशेष से जोड़कर उस धर्म को ही अपने निशाने पर लेना एवं इसी राह पर चलते हुए स्वयं को धार्मिक आलोचनाओं हेतु पारंगत साबित करना ही यह सोचने को मजबूर करता है कि वास्तव में तसलीमा एक अत्यंत बहादुर लेखिका हैं या महा बेवकूफ महिला।'[133]

तसलीमा के द्वारा इस्लाम एवं अन्य धर्मों की आलोचना में प्रस्तुत तर्क कई बार धार्मिक पुस्तकों के अध्ययन के बाद सही जान पड़ते हैं। किन्तु इसके साथ ही कई ऐसे बिंदु हैं, जिससे तसलीमा की धर्म की आलोचना भी आलोचना की पात्र होती दिखने लगती है। उनके मत की आलोचना का आधार यह दिखता है कि उन्होंने विभिन्न धर्मों के भीतरी बंटवारे और मतवाद को एक तरह से नजरंदाज़ करते हुए धर्म को खारिज किया है। इतनी विभिन्नता होने के कारण एक ही आधार पर धर्म को खारिज करना उचित नहीं जान पड़ता। इसके अतिरिक्त उनके समस्त लेखन में इस्लाम धर्म की ही अधिक आलोचना है। ईसाई धर्म की आलोचना के बिंदु बहुत कम ही दिखते हैं। फिर भी यह अवश्य है कि उन्होंने धर्म की आलोचना में जो तर्क प्रस्तुत किए वे अन्य आलोचकों से काफी-हद तक मिलते-जुलते हैं। विशिष्टता यह है कि उन्होंने एक तो इस्लाम धर्म को ही विशेषतः केंद्र में रखा है और उसकी आलोचना में तमाम प्रमाण प्रस्तुत किए और दूसरा यह कि उनकी आलोचना की शैली अन्य आलोचकों से अधिक उग्र है। यह आलोचना विशेषकर धर्म के पितृसत्तात्मक स्वरूप के सन्दर्भ में है।

कह सकते हैं तसलीमा आत्मकथा में जीवन के अनुभवों के आधार पर धर्म की आलोचना करती हैं तो वहीं अपने आलेखों में वे तथाकथित धर्म-ग्रंथों में सम्मिलित प्रावधानों के आधार पर धर्म पर सीधे कटाक्ष करती हैं। इन कटाक्षों

में कहीं न कहीं सत्य निहित है इसे नजरंदाज करना या ना करना व्यक्तिगत विवेक पर निर्भर करता है।

संदर्भः

1. अखिलेश मिश्र, धर्म का मर्म, वंदना शर्मा (सं), पृष्ठ-39
2. राहुल सांकृत्यायन, वैज्ञानिक भौतिकवाद, पृष्ठ-52
3. अखिलेश मिश्र, धर्म का मर्म, भूमिका
4. https://en.wikipedia.org/wiki/Criticism_of_religion, 18/10/17 dks ns•k x;k.
5. "But ^tis that same religion oftener far / Hath bred the foul impieties of men

   (https://en.wikipedia.org/wiki/Criticism_of_religion#cite_ref&9, retrived on 12/12/17)
6. राजकिशोर, धर्म और धर्म सत्ता, वाणी प्रकाशन, संस्करण -2015, नई दिल्ली, पृष्ठ-135
7. वही, पृष्ठ-38
8. राजकिशोर, धर्म और धर्म सत्ता, वाणी प्रकाशन, संस्करण -2015, नई दिल्ली, पृष्ठ-106
9. वही, पृष्ठ-112
10. वही, पृष्ठ-115
11. https://naidastak.wordpress.com/2013/07/07/criticism_of_religion, 18/10/17 *को देखा गया.*
12. https://naidastak.wordpress.com/2013/07/07/criticism_of_religion, 18/10/17 को देखा गया.वही
13. https://omprakashkashyap.wordpress.com/2010/06/19/
14. राजकिशोर, धर्म और धर्म सत्ता, पृष्ठ-23
15. वही, पृष्ठ-61
16. तसलीमा नसरीन, द्विखंडित, पृष्ठ-267
17. तसलीमा नसरीन, मेरे बचपन के दिन, पृष्ठ-153
19. उत्ताल हवा, पृष्ठ-56
20. 'बंगाली मुसलमन' उन मुसलमानों को कहा जाता है, जो बंगाल के मूल निवासी हैं और बंगाल विभाजन के बाद जिन्होंने पूर्वी बंगाल (बांग्लादेश) को चुना। ये इस्लाम का पालन करते हैं और बंगाली भाषा का प्रयोग करते हैं। बांग्लादेश में ये बहुसंख्यक हैं। ये भारत के सिक्किम और कोलकाता में भी ये निवास करते हैं। वहाँ इनकी गणना अल्पसंख्यकों में की जाती है।
21. बांग्लादेश में होने वाली मुस्लिमों की एक बहुत ही प्रसिद्ध वार्षिक प्रार्थना सभा। जिसमें 150 देशों के व्यक्ति भाग लेते हैं। इसके लिए वहाँ की सरकार के द्वारा व्यापक व्यवस्था की जाती है। यह तबलीगी ज़मात की बांग्लादेशी शाखा के द्वारा हर वर्ष टोंगी में आयोजित किया जाता है। इसके लिए बंगलादेश स्सर्कार के द्वारा 160 एकड़ की भूमि आवंटित की गयी है।
22. ये बांग्लादेश में निवास करने वाली सबसे प्राचीन लोग माने जाते हैं। बरुआ बौद्ध वर्तमान में बांग्लादेश के चटगाँव के अतिरिक्त म्यामार के रखाइल, भारत के त्रिपुरा में रहते हैं। ये महायान मतानुयायी हैं।
23. According to UN High Commissioner for Refugees (Bangladesh 2015 International Religious Freedom Report, United states Department of states, Bureau of Democracy, Human Rights and Labour)
24. according to The International Organization for Migration ((Bangladesh

2015 International Religious Freedom Report, United states Department of states, Bureau of Democracy, Human Rights and Labour)

25. https%//www.hindujagruti.org/hindi/news/79249.html, 18/10/17 dks ns•k x;k.

26. Constitution of Peoples Republic of Bangladesh, article 2A&^The state religion of republic is Islam, but other religions may be practised in peace and harmony in the Republic.

27. Pledging that the high ideals of nationalism, socialism, democracy and secularism, which inspired our heroic people to dedicate themselves to, and our brave martyrs to sacrifice their lives in, the national liberation struggle, shall be the fundamental principles of the Constitution* (Preamble, Constitution of Bnagladesh& constituteproject.org)

28.2A. The state religion&^The state religion of the Republic is Islam, but the State shall ensure equal status and equal right in the practice of the Hindu, Buddhist, Christian and other religions.* (Constitution of Bnagladesh&constituteproject.org.)

29. 12. Secularism and freedom of religion&The principle of secularism shall be realised by the elimination of a.communalism in all its forms_ b. the granting by the State of political status in favour of any religion_ c. the abuse of religion for political purposes_ d. any discrimination against, or persecution of, persons practicing a particular religion.

30. (Constitution of Bnagladesh&constituteproject.org.)

28. Discrimination on grounds of religion, etc. 1. The State shall not discriminate against any citizen on ground only of religion, race, caste, sefi or place of birth. 3. No citizen shall, on grounds only of religion, race, caste, sefi or place of birth be subjected to any disability, liability, restriction or condition with regard to access to any place of public entertainment or resort, or admission to any educationalinstitution. (Constitution of Bnagladesh, pg&15, constituteproject.org.)

31. 29. Equality of opportunity in public employment 1. There shall be equality of opportunity for all citizens in respect of employment or office in the service of the Republic. 2. No citizen shall, on grounds only of religion, race, caste, sefi or place of birth, be ineligible for, or discriminated against in respect of, any employment or office in the service of the Republic. *(Constitution of Bnagladesh, pg&15, constituteproject.org.)

32. 41. Freedom of religion 1. Subject to law, public order and moralitya. every citizen has the right to profess, practice or propagate any religion_ b. every religious community or denomination has the right to establish, maintain and manage its religious institutions. 2. No person attending any educational institution shall be required to receive religious instruction, or to take part in or to attend any religious ceremony or worship, if that instruction, ceremony or worship relates to a religion other than his own. (Constitution of Bnagladesh, pg&18, constituteproject.org.)

33. the Constitution of Bangladesh, which enshrines the principle of secularism while at the same time proclaiming Islam as the official State religion gives rise to ambiguities that have a direct impact on human rights in the country, including the protection of religious minorities.,(Bangladesh% a secular State with a State religion\)
http%//www.ohchr.org/EN/NewsEvents/Pages/DisplayNews.aspñ\NewsID¾16401&LangID¾E)

34. तसलीमा नसरीन, औरत के हक़ में, पृष्ठ-23
35. वही, पृष्ठ-23
36. वही, पृष्ठ-23
37. वही, पृष्ठ-24
38. वही, पृष्ठ-24
39. तसलीमा नसरीन, औरत के हक़ में, पृष्ठ-25
40. वही, पृष्ठ-44
41. वही, पृष्ठ-71
42. वही, पृष्ठ-71
43. वही, पृष्ठ-57
44. वही, पृष्ठ-67
45. वही, पृष्ठ-27
46. वही, पृष्ठ-23
47. वही, पृष्ठ-149
48. वही, पृष्ठ-165
49. तसलीमा नसरीन, नष्ट लड़की, नष्ट गद्य, पृष्ठ-131
50. वही, पृष्ठ-150
51. तसलीमा नसरीन, निषिद्ध, पृष्ठ-111
52. तसलीमा नसरीन, मेरे बचपन के दिन, पृष्ठ-160
53. Adamec , Ludwig (2009). Historical Dictionary of Islam , 2nd Edition. Lanham% Scarecrow Press , Inc. p. 102. ISBN 9780810861619.and Gibb , H.A. R. (editor) (1960). The Encyclopaedia of Islam. Leiden , The Netherlands% E. J. Brill. p. 257.
54. तसलीमा नसरीन, मेरे बचपन के दिन, पृष्ठ-176
55. वही, पृष्ठ-126
56. https://omprakashkashyap.wordpress.com/2015/04/16/धर्म;और;नैतिकता, 18/10/17 को देखा गया.
57. तसलीमा नसरीन, मेरे बचपन के दिन, पृष्ठ-187
58. राजकिशोर, धर्म और धर्मसत्ता, पृष्ठ-131
59. कुरान शरीफ़, सूरा-सूरतुल-बक़रति, आयत 24, पृष्ठ-31
60. कुरान शरीफ, सूरतुर्रह्मानी, आयत-40, पृष्ठ-879
61. कुरान शरीफ, सूरतुन्निसा,आयत 55, पृष्ठ-159
62. तसलीमा नसरीन, मेरे बचपन के दिन, पृष्ठ-120
63. वही, पृष्ठ-120
64. कुरान शरीफ़, पृष्ठ-971
65. तसलीमा नसरीन, मेरे बचपन के दिन, पृष्ठ-286
66. वही, पृष्ठ-116
67. तसलीमा नसरीन, मेरे बचपन के दिन, पृष्ठ-118
68. वही, पृष्ठ-146
69. Amina Wadud, Inside the Gender Jihad, pg.82
70. तसलीमा नसरीन, द्विखंडित, पृष्ठ-267
71. तसलीमा नसरीन, निर्वासन, पृष्ठ-72

72. कुरान शरीफ, पृष्ठ–28
73. http%//aryamantavya.in/quran&ishwariya&vaani/ , 18/10/17 dks ns•k x;k.
74. कुरान शरीफ, पृष्ठ–245
75. वही, पृष्ठ–31
76. वही, पृष्ठ–571
77. राजकिशोर, धर्म और धर्म सत्ता, पृष्ठ–23
78. तसलीमा नसरीन, मेरे बचपन के दिन, पृष्ठ–178
79. वही, पृष्ठ–179
80. वही, पृष्ठ–124
81. राजकिशोर, धर्म और धर्म सत्ता, पृष्ठ–109
82. पृथ्वी के इतिहास का पहला युग, जिसकी शुरुआत लगभग 4.54 बिलियन वर्ष पूर्व (4.54 ळं) सौर–नीहारिका से हुई अभिवृद्धि के द्वारा पृथ्वी के निर्माण के साथ हुई, को हेडियन (Hadean) कहा जाता है।
83. (https: //hi.wikipedia.org/wपाप/पृथ्वी;का;इतिहास)
84. आर्कियन (Archaean) युग की शुरुआत 3.8 बिलियन वर्ष पूर्व हुई। ऐसा माना जाता है कि आर्कियन युग के प्रारंभिक काल में ही प्राथमिक जीवन की शुरुआत हो गई थी और कुछ संभावित जीवाष्म की आयु लगभग 3.5 बिलियन वर्ष पूर्व आंकी गई है।
85. (https: //hi.wikipedia.org/wपाप/पृथ्वी;का;इतिहास)
86. हनुमान पोद्दार, चिम्मनलाल गोस्वामी (सं), संक्षिप्त श्रीमद्देवीभागवत, पृष्ठ–127
87. कुरान शरीफ, शेरवानी संस्करण, अनु.–नंदकुमार अवस्थी, किताबघर प्रकाशन, लखनऊ, प्रथम संस्करण, 1978, तीसवाँ पारः– अम्म यतसाअलून, सूरा 78 –सूरतन्नबइ, आयत–6 व 7, पृष्ठ–969
88. वही, तीसवाँ पारः– अम्म यतसाअलून, सूरा 21–सूरत–उल–आम्बिया, आयत–30, पृष्ठ–543
89. यह सिद्धांत रूसी वैज्ञानिक अलेक्जेंडर इवानोविच ओपेरिन ने 1924 में प्रस्तुत किया था। (https: //samadhanrps.wordpress.com/2016/05/14/मनुष्य; की;उत्पत्ति;कहाँ;क्यों; कैसे)तुलसीदास, रामचरितमानस, किष्किन्धाकाण्ड 11/02
90. भगवद्गीता, 18:13
91. भगवद्गीता, 2:20
https: //www.thoughtco.com/current-world-population-1435270, 18/10/17 को देखा गया.
92. रामचरित मानस, बालकाण्ड, 20/7
93. तसलीमा नसरीन, मेरे बचपन के दिन, पृष्ठ–149
94. वही, पृष्ठ–152
95. वही, पृष्ठ–94
96. तसलीमा नसरीन, मेरे बचपन के दिन, पृष्ठ–190
97. वही, पृष्ठ–146
98. वही, पृष्ठ–156
99. तसलीमा नसरीन, उत्ताल हवा, पृष्ठ–392
100. तसलीमा नसरीन, द्विखंडित, पृष्ठ–304
101. तसलीमा नसरीन की कवितायें, पृष्ठ–84

102. तसलीमा नसरीन, द्विखंडित, पृष्ठ-420
103. तसलीमा नसरीन, औरत का कोई देश नहीं, पृष्ठ-168
104. कुरान शरीफ, पृष्ठ-147
105. वही, पृष्ठ-171
106. वही, पृष्ठ-205
107. वही, पृष्ठ-207
108. कुरान शरीफ पृष्ठ-396
109. वही, पृष्ठ-323
110. कुरान शरीफ, पृष्ठ-325
111. वही, पृष्ठ-327
112. वही, पृष्ठ-346
113. वही, पृष्ठ-551
114. वही, पृष्ठ-661
115. वही, पृष्ठ-705
116. शंकर सरन, जिहादी आतंकवाद, पृष्ठ-117
117. तसलीमा नसरीन, नहीं, कहीं कुछ भी नहीं, पृष्ठ-226
118. राजकिशोर, धर्म और धर्म सत्ता, पृष्ठ-110
119. वही, पृष्ठ-110
120. वही, पृष्ठ-112
121. तसलीमा नसरीन, मुझे घर ले चलो, पृष्ठ-181
122. तसलीमा नसरीन, नहीं, कहीं कुछ भी नहीं, पृष्ठ-89
123. तसलीमा नसरीन की कवितायें, पृष्ठ-30
124. Amina Wadood, Inside The Gender Zihad, पृष्ठ-82
125. https%//en.wikipedia.org/wiki/Devil's_advocate, 18/10/17 को देखा गया.
126. जिस देश में शरिया का कानून नहीं लागू होता उसे दारुल हर्ब अर्थात संघर्ष का स्थान और जहाँ शरिया का कानून लागू होता है उसे दारुल इस्लाम कहा जाता है।
127. पैन अरबिज्म जिसे अखिल अरबवाद के नाम से भी जाना जाता है, यह एक राष्ट्रवादी विचारधारा है जो सभी अरब लोगों को एक राष्ट्र-राज्य में एकीकृत करने का समर्थन करती है,जिसमें अटलांटिक महासागर से अरब सागर तक,पश्चिम एशिया से उत्तरी अफ्रीका के सभी अरब देश शामिल हैं। यह एक आन्दोलन के तौर पर 1950 के आस-पास अरब देशों में काफी प्रचलित था किन्तु अरब इस्लामवाद के प्रचार को इसका मुख्य उद्देश्य बना दिए जाने के बाद यह आन्दोलन मंद पड़ गया।
128. जिहादी आतंकवाद, शंकर सरन, पृष्ठ-129
129. रमणिका गुप्ता, मेरे साक्षात्कार, पृष्ठ-126
130. तसलीमा नसरीन की कवितायें, पृष्ठ-152
131. वही, पृष्ठ-31
132. 'आस्था और आलोचना', पुरुषोत्तम अग्रवालः संस्कृतिः वर्चस्व और प्रतिरोध, द्वितीय संस्करणः 2008, राजकमल प्रकाशन, नई दिल्ली, पृष्ठ-159.
133. http: //gadyakosh.org/gk/rlyhek;uljhu;एक;विवादस्पद;लेखिका;तनवीर;जाफ़री.

पितृसत्ता और तसलीमा

(क) पितृसत्ता : स्त्री-पुरुष संबंधों का यथार्थ

'पितृसत्ता' स्त्री-पुरुष के सम्बन्धों का यथार्थ है। पितृसत्ता को समझने के क्रम में कुछ प्रश्न महत्वपूर्ण हो जाते हैं जैसे-इसके केंद्र में अवस्थित दो ध्रुवों-स्त्री और पुरुष, की उत्पत्ति कैसे हुई एवं उनके संबंधों का क्रमिक विकास और इस विकास के क्रम में पितृसत्ता का जन्म कब, क्यों और कैसे हुआ?

मनुष्य की उत्पत्ति के सम्बन्ध में दो प्रकार के मत हैं-परम्परावादी और वैज्ञानिक। परम्परावादी या धार्मिक मत मनुष्य को किसी दैवीय शक्ति की रचना मानता है जबकि वैज्ञानिक मत के अनुसार मनुष्य कोशिकाओं से बना है और उसका क्रमिक विकास वानर से मनुष्य के रूप में हुआ। इस सम्बन्ध में मन्मथनाथ गुप्त का मत है, "ईश्वर ने मनुष्य को किसी पदार्थ से उत्पन्न किया, यह भाववाद और भौतिकवाद में एक समझौता-सा है।"[1] स्त्री और पुरुष के रूप में मनुष्य की उत्पत्ति भले ही हुई थी किन्तु उन्होंने अपने अलग-अलग लिंग को बहुत बाद में पहचाना होगा और इतना ही नहीं उनके बीच मैथुन सृष्टि को जारी रखने में संभव है यह भी बहुत बाद में ही समझा गया होगा और इस प्रक्रिया में बहुत से अन्य प्रयोग किए गए होंगे, जिनमें से यही प्रयोग उनके वंश को जारी रखने में सक्षम रहा होगा तभी दो विपरीत लिंगों के बीच मैथुन को स्थान मिला और मनुष्य ने इसे अपनाकर यह सिद्ध किया कि 'योग्यतम की उत्तरजीविता' के लिए हर संभव प्रयास किए गए हैं। इसके पीछे किसी परमात्मा की इच्छा या टेलियोलॉजी हो यह बात नहीं बल्कि प्रकृति के अन्य तत्वों का जिस प्रकार विकास हुआ उसी प्रकार मनुष्य का भी विकास हुआ और लिंग-भेद भी इस क्रमिक विकास का ही परिणाम था। मन्मथनाथ के अनुसार "यह अत्यंत साधारण प्राकृतिक निर्वाचन प्रणाली है।"[2]

वहीं पितृसत्ता शब्द अंग्रेजी के 'पेट्रियार्की' का हिंदी रूपान्तरण है, जो

यूनानी भाषा के 'पैटर' और 'आर्क' शब्दों के मेल से बना है, जिसका अर्थ होता है –'पिता का शासन'। स्पष्ट है पितृसत्ता का सम्बन्ध पुरुष प्रधान समाज से होता है, जिसमे संपत्ति सहित समस्त अधिकार और निर्णय लेने की शक्ति पुरुषों के हाथ में होती है। प्रमुख नारीवादी गार्दालर्नर ने यह प्रस्तावित किया कि पितृसत्ता इतिहास के किसी पड़ाव पर उत्पन्न नहीं हुई थी और न ही इसके पीछे किसी एक कारण का हाथ था। इसके आकार लेने में लगभग 2500 वर्ष लगे होंगे। आकार लेने की उसकी यह प्रक्रिया समाज की अन्य संरचनाओं के विकसित होने की प्रक्रिया से जुदा नहीं रही है। इसलिए, अलग-अलग समाजों में यह अलग-अलग रूप लिए होता है।

'सत्ता' शब्द लोलुपता से जुड़ा हुआ है, जो समाज में व्यक्ति के लिए एक अलग या यूँ कहें एक प्रमुख ओहदे की व्यवस्था करता है। यह एक व्यक्ति या वर्गविशेष के सर्वोच्च होने का प्रतीक है। दरअसल मनुष्य अपनी प्रवृत्ति से ही बहुत लोभी रहा हैं और उसकी हर पल यह आकांक्षा रही है कि वह सर्वोच्च रहे और अन्य उसके अधीन। इस विचार ने ही समाज में पितृसत्ता और मातृसत्ता की अवधारणा को जन्म दिया है। स्त्री और पुरुष समान दर्जे के होते हुए भी सभ्यता के प्रथम चरण से ही एक दूसरे पर विजय पाने का प्रयास करते रहें हैं और यह प्रयास कभी जान बूझकर किया गया और कभी अनजाने में। पर अंत में जीत हुई पुरुषों की। कुछ प्राकृतिक और कुछ तात्कालिक कारणों से एक बार सत्ता हाथ से निकल जाने के बाद कभी-भी स्त्री पुरुष के समकक्ष नही खड़ी हो सकी। परिणाम यह हुआ कि पुरुषों ने स्त्रियों को अपने अधीन मानना शुरू कर दिया और समस्त अधिकारों का मालिक बन बैठा। यहीं से पुरुष सत्ता पर काबिज़ हो गया और उसका सत्ता पर काबिज़ होना 'पितृसत्ता' कहलाया।

पितृसत्ता एक ऐसी विचारधारा है, जो पुरुषों को श्रेष्ठ और समस्त अधिकारों के योग्य देखती है और स्त्रियों को एक निकृष्ट जीव के रूप में देखती है, जो यह अपेक्षा करती है कि स्त्री बिना कोई सवाल किए पुरुष की अधीनता स्वीकार करे और उसकी सेवा में उपस्थित रहे। इसके कारण के रूप में 'जैविक भौतिकवाद' को उत्तरदायी मानते हुए अभय कुमार दुबे लिखते हैं 'स्त्री-पुरुष असमानता को जिन दार्शनिक विचारों ने और पुष्ट किया उनमें जैविक भौतिकवाद की खास भूमिका रही। इनमें व्यक्तियों के एक समूह को जन्मना श्रेष्ठ और योग्य (पुरुष) और दूसरे समूह को जन्मना सामान्य (नारी) माना गया।"[3] पुरुष ने समाज के समस्त उत्पादन के साधनों पर नियंत्रण कर स्त्री को पंगु बना दिया। स्टालिन ने इसी कारण लिखा कि 'जब तक स्त्रियों को

सामाजिक उत्पादन के काम से अलग, केवल घर के निजी कामों तक ही सीमित रखा जाएगा, तब तक स्त्रियों का मुक्त होना और पुरुषों के साथ बराबरी का हक़ पाना असम्भव है और असम्भव ही बना रहेगा। स्त्रियों की मुक्ति तभी संभव होगी जब वे बड़े पैमाने पर, सामाजिक पैमाने पर उत्पादन में भाग ले सकेंगी, और जब घरेलू कामों में उनका कम से कम समय जाया होगा।"[4]

परिवार की जो अवधारणा आगे चलकर अस्तित्व में आई उसके मूल में परिवार का प्रारंभिक शाब्दिक अर्थ निहित है। परिवार का अंग्रेजी रूपांतरण है 'फैमिली'। इसका सम्बन्ध लैटिन 'फेमुलस' और 'फैमेलिया' से है। फेमुलस का अर्थ है 'गुलाम'। स्पष्ट है, प्रारंभ में परिवार गुलामों और मालिक के संबंधों से बना था, जिसमें बाद में स्त्री और संताने भी सम्मिलित कर लिए गए और इसके संचालन की बागडोर पुरुष रूपी मालिक ने अपने हाथों में रखी। धीरे-धीरे परिवार के स्वरूप निश्चित होने के क्रम में और जब मनुष्य में प्रेम और घृणा जैसी भावनाएँ स्पष्ट होने लगीं तो परिवार का दायित्व स्त्री से पुरुष की ओर खिसक गया। स्त्री और उससे उत्पन्न बच्चों के प्रेम ने उसे 'परिवार' के रूप में रहने के लिए प्रेरित किया और उनकी सुरक्षा की भावना ने उसके मन में परिवारेत्तर के प्रति घृणा या असुरक्षा की दृष्टि पैदा कर दी और यहीं से शुरू हुआ पितृसत्ता का खेल। "जो चीजें पहले जैसी थीं, वैसी ही रह सकती थीं। केवल एक नियम की जरूरत हुई कि भविष्य में पुरुष सदस्यों की संताने जेन्स या गोत्र के अन्दर समझी जाएँगी। इस प्रकार मातृकुल में कुल परिचय तथा उत्तराधिकार का मातृकुलमूलक नियम खत्म हो गया और उसके स्थान पर उत्तराधिकार का पितृकुलमूलक नियम आ गया।"[5] यह सार्वदेशिक स्तर पर स्त्री की पराजय थी।

(ख) बांग्लादेश में पितृसत्ता और स्त्रियों की स्थिति :

तसलीमा की पितृसत्ता सम्बन्धी दृष्टि समझने के पूर्व यह देखना आवश्यक है कि बांग्लादेश में स्त्रियों की स्थिति क्या है और इस सम्बन्ध में संवैधानिक प्रावधान क्या हैं। क्योंकि तसलीमा का पितृसत्ता सम्बन्धी दृष्टिकोण और स्त्री-सम्बन्धी चिंतन देश में स्त्रियों की स्थिति को देखने के फलस्वरूप किए गए चिंतन की ही उपज है।

फौरी तौर से देखें तो बांग्लादेश में स्त्रियों की स्थिति में स्वतंत्रता के बाद काफी सुधार हुआ है। 1988 से बांग्लादेश में कोई भी पुरुष प्रधानमंत्री नहीं चुना गया, जो किसी भी समाज और देश के लिए गर्व का विषय हो सकता है। ऐसे में यह अपेक्षा भी बढ़ जाती है कि स्त्रियों की स्थिति अपेक्षाकृत सुदृढ़ होनी

चाहिए। इसके लिए यहाँ यह आवश्यक है कि यह देखा जाए कि बांग्लादेश का संविधान इस सम्बन्ध में कौन-कौन से प्रावधान करता है और व्यावहारिक स्तर पर स्त्रियों की स्थिति क्या है?

बांग्लादेश का संविधान सार्वजानिक जीवन में स्त्री और पुरुष के लिए समान अधिकार की घोषणा करता है। इसका उदाहरण उसके विभिन्न अनुच्छेदों के माध्यम से देखा जा सकता है –

- अनुच्छेद 19-इसमें राज्य सभी क्षेत्रों में स्त्रियों के लिए अवसर की समानता का प्रावधान करता है।[6]
- अनुछेद 29 (2,3,4) इस के सभी उप-अनुच्छेद यह प्रावधान करते हैं कि स्त्रियों को जीवन के हर क्षेत्र में पुरुषों के समान ही अधिकार दिये जायेंगे, स्त्रियों के प्रति लिंग के आधार पर राज्य किसी भी प्रकार का भेदभाव नहीं करेगा और जरूरत पड़ी तो राज्य स्त्रियों के लिए विशेष व्यवस्था कर सकता है।[7]
- अनुच्छेद 65 (3) के अनुसार 'महिलाओं के लिए 50 सीटें आरक्षित होगीं जिनपर उनका चुनाव एकल संक्रमणीय आनुपातिक प्रतिनिधित्व की पद्धति के माध्यम से किया जाएगा।'[8]

इसके अतिरिक्त महिलाओं के लिए विशेष कानून भी बनाए गए हैं। जैसे –दंड संहिता-1860, दहेज़ विरोधी दंड अधिनियम-1980, महिलाओं के विरुद्ध क्रूरता का दमन अधिनियम –1983, महिलाओं और बच्चों के विरुद्ध दमन की रोकथाम अधिनियम 2000 आदि। तसलीमा ने बांग्लादेश में लागू उत्तराधिकार कानूनों का आलोचना की है। उनके अनुसार बांग्लादेश में 'मुस्लिम परिवार क़ानून' 1961 लागू है। इसके अनुसार पिता की सम्पत्ति में से पुत्री का हिस्सा पुत्र के हिस्से का आधा होगा। पति की सम्पत्ति में यह हिस्सा 1/8 और बेटे की सम्पत्ति में 1/16 होगा। बांग्लादेश के विरासती कानून के अनुसार किसी व्यक्ति की सन्तान यदि एक मात्र पुत्री है तो कानून के अनुसार सारी सम्पत्ति व्यक्ति के भाई को मिलेगी। यदि व्यक्ति अपनी पुत्री को सम्पत्ति देना चाहे तो उसे उसके नाम रजिस्ट्री करानी होगी। रजिस्ट्री के लिए उसे सम्पत्ति का दस प्रतिशत कर देना होगा। इसी प्रकार वे 'हिन्दू उत्तराधिकार कानून' की भी पड़ताल करती हैं और यह पाती हैं कि हिन्दू औरतों की स्थिति इस मामले में मुस्लिम औरतों से कहीं ज्यादा बदतर है। इस कानून के अनुसार मृत व्यक्ति की सम्पत्ति में बतौर उत्तराधिकारी पुरुष वर्ग में पोते-पड़पोते तक हकदार माने गए हैं लेकिन उस तालिका में औरत का कहीं नाम तक नहीं है! बीवी, बेटी, माँ को हिस्सा तब

मिलता है जब कोई पुरुष उत्तराधिकारी जीवित न हो।

स्पष्ट है संवैधानिक प्रावधानों और व्यवहार में बांग्लादेश में स्त्रियों की स्थिति में बहुत फर्क है। यूनिसेफ के द्वारा किए गए विभिन्न सर्वेक्षणों के आधार पर प्रस्तुत एक रिपोर्ट[9] के अनुसार बांग्लादेश के सामाजिक-सांस्कृतिक वातावरण में व्यापक लैंगिग भेदभाव होता है, इसलिए लड़कियों और महिलाओं के विकास में कई बाधाएँ आती हैं। लड़कियों को अकसर अपने परिवार पर आर्थिक बोझ ही माना जाता है और जन्म के समय से ही उनके स्वास्थ्य, देखभाल और शिक्षा आदि में भेद-भाव किया जाने लगता है। सीमाएँ और भेदभाव उनकी आजीविका, सीखने की क्षमता, मनोरंजन और सामाजिक गतिविधियों को प्रभावित करते हैं। बाल विवाह, किशोर मातृत्व, अत्यधिक मातृ मृत्यु दर आदि सामान्य बात है। घर में, महिलाओं की भागीदारी बहुत सीमित है और उनकी निर्णय लेने की शक्ति वर्जित है। उदाहरण के लिए, लगभग 48% बांग्लादेशी महिलाओं का कहना है कि उनके पति अकेले अपने स्वास्थ्य के बारे में निर्णय लेते हैं, जबकि 35% का कहना है कि उनके पति केवल अकेले ही परिवार और मित्रों की यात्रा के संबंध में निर्णय करते हैं। महिलाओं के खिलाफ हिंसा महिलाओं के विकास के लिए एक और बड़ी बाधा है। स्त्री की स्थिति में सुधार के लिये शिक्षा महत्वपूर्ण है। हालाँकि बांग्लादेश ने स्त्रियों की प्राथमिक और माध्यमिक शिक्षा पर काफी सफलता प्राप्त की है किन्तु उनके रोजगार की दर अभी भी काफी कम है। स्त्रियों की मजदूरी पुरुषों की मजदूरी की 60 से 65 प्रतिशत तक ही है। हालाँकि बीस तीस वर्षों में बाल विवाह घटा है किन्तु अभी भी यह कहीं न कहीं दिखाई दे जाता है, ज्यादातर गरीब परिवारों में। जबकि लड़कियों के विवाह की कानूनी उम्र 18 वर्ष है। दहेज़ प्रथा बहुत ही सामान्य है। दहेज़ के बावजूद गरीब परिवार में बाल विवाह या कम आयु में विवाह को अधिक लाभप्रद माना जाता है क्योंकि इससे पिता को अधिक दिनों तक पुत्री का भार वहन नहीं करना पड़ता। किन्तु यह लड़कियों के स्वास्थ्य, शिक्षा और उनके सम्पूर्ण विकास की दृष्टि से उचित नहीं है। इसके अतिरिक्त बांग्लादेश में मातृ मृत्यु दर बहुत अधिक है। सरकारी आकड़ों के अनुसार एक लाख में से 320 माताओं की मृत्यु हो जाती है। जबकि संयुक्त राष्ट्र संघ का अनुमान है कि यह दर एक लाख पर 570 है। घर पर ही बच्चे का जन्म, माँ की कम उम्र, कुपोषण आदि उच्च मातृ मृत्यु दर के लिए उत्तरदायी है। प्रति 51 में से एक बच्चे के जन्म के अवसर पर माँ की मृत्यु होती है। गर्भावस्था की जटिलताओं और उचित इलाज की अनुपलब्धता के कारण प्रति वर्ष पंद्रह हज़ार स्त्रियों की

मृत्यु हो जाती है। इसके अतिरिक्त बांग्लादेश किशोरावस्था में गर्भधारण की दृष्टि से भी विश्व के देशों में प्रमुख है। यहाँ तीन में से एक महिला किशोरावस्था में ही गर्भवती हो जाती है। बीस की आयु से पहले ही वे गर्भवती हो जाती हैं। हालाँकि इस संख्या में पिछले वर्षों की तुलना में लागातार कमी हो रही है किन्तु इसकी गति अपेक्षाकृत बहुत धीमी है। महिलाओं का मानना है कि चूँकि घर के सभी मामलों के निर्णय पुरुष लेते हैं अतः उनके स्वास्थ्य और इलाज को लेकर भी उनका निर्णय ही महत्वपूर्ण होता है। इस कारण जब तक पति समर्थन नहीं करता या उन्हें इलाज के लिए नहीं ले जाता तब तक वे सारी सुविधाएँ होते हुए भी इलाज से वंचित रह जाती हैं। रिपोर्ट के अनुसार राष्ट्रीय स्तर के आकड़ों को देखें तो कुल प्रसव के 85% प्रसव घर पर ही होते हैं। उचित देखभाल के अभाव में महिलाएँ एनीमिया, कुपोषण आदि की शिकार हो जाती हैं।

इतना ही नहीं स्वास्थ्य के अतिरिक्त स्त्रियाँ घरेलू हिंसा की भी शिकार हैं। रिपोर्ट के अनुसार जब स्त्रियों और पुरुषों से बात की गई तो एक तिहाई ने स्त्रियों को पीटने को उचित ठहराया। किशोरियाँ कई प्रकार के लैंगिक-विभेद और यौन-उत्पीड़न की शिकार होती हैं। 2007 में किए गए एक सर्वेक्षण के अनुसार लगभग 65 प्रतिशत महिलाएँ बेरोजगार थीं। हालाँकि महिलाओं की स्थिति में सुधार के लिए सरकार द्वारा समय-समय पर कई योजनायें बनाई गई हैं किन्तु यह बहुत अधिक कारगर नहीं हो पा रहा है, इसका कारण पुरुषों का स्त्रियों या अपनी पत्नियों, बेटियों और बहनों पर वर्चस्व है। रिपोर्ट यह सिद्ध करती है कि जो भी वे कमाती हैं उनके पति, भाई या पिता ही निर्धारित करते हैं कि वह कैसे खर्च किया जाएगा। स्त्रियाँ निर्णय लेने के लिए स्वतंत्र नहीं हैं।

इतना ही नहीं वेश्यावृत्ति के उद्देश्य से महिलाओं की तस्करी के मामले यहाँ दिन पर दिन बढ़ते ही जा रहे हैं। तलाक के लिए महिलाओं को अदालत के आदेश की आवश्यकता होती है जबकि पुरुषों को ऐसे न्यायालयी आदेश की आवश्यकता नहीं होती। इस वजह से वे जब चाहे अपनी पत्नियों को तलाक दे देते हैं। पैतृक संपत्ति में महिला पुरुष के भी आधे हिस्से की हकदार है। कई पारम्परिक प्रथाओं ने महिलाओं का दमन किया है। कई महिलाओं पर स्थानीय धार्मिक नेताओं के द्वारा नैतिक दृष्टि से पतित होने का आरोप लगाया जाता है, जिसके कारण उन पर फतवा जारी कर दिया जाता है, जिससे महिलाओं को सार्वजानिक रूप से सजा दी जाती है। गौरतलब है कि फतवा के लिए कोई कानूनी व्यवस्था या उपबंध नहीं है यह केवल परम्परा का हिस्सा है, जिसे धार्मिक कट्टरपंथियों ने जारी रखा है, जो स्त्रियों को लेकर बहुत ही संकुचित

दृष्टिकोण रखते हैं। इसके अतिरिक्त बांग्लादेशी महिलाएँ एसिड अटैक, पर्दा प्रथा, बलात्कार आदि अन्य समस्याओं से जूझ रही हैं। हालाँकि बांग्लादेश ने कई दशकों से प्रधानमंत्री के रूप में महिलाओं को ही देखा है किन्तु देश की 2014 की संसद में 350 सदस्यों में से केवल 70 महिलायें ही संसद की सदस्य हैं। जिनमें से केवल 20 महिलाएँ ही निर्वाचित हैं।

महिलाओं की इस स्थिति का कारण यह है कि वहाँ धर्म का राज्य, समाज और परिवार का बहुत अधिक दबाव है। हर चीज, हर निर्णय धर्म के द्वारा निर्देशित है। इस्लामिक राष्ट्रीयता के बीच संविधान से कहीं अधिक शरियत को प्राथमिकता दी जाती है। ऐसे में महिलाओं के सन्दर्भ में भी इस्लामिक कानूनों और धार्मिक पुस्तक कुरान का ही पालन किया जाता है। सामंती विचारधारा वाले इस्लाम में महिलाओं को एक वस्तु से अधिक कुछ नही समझा जाता। ऐसे में बराबरी का दर्जा तो बहुत दूर की कौड़ी है। दरअसल धर्म के आधार पर चलते हुए सामाजिक समानता स्थापित करना बहुत मुश्किल है। बांग्लादेश भी महिलाओं के सम्बन्ध में उन्ही समस्याओं से जूझ रहा है, जिससे ज्यादातर इस्लामिक राष्ट्र जूझ रहे हैं। 'द फ्रैक्चर्ड स्केल' की लेखिका फ़ॉस्टिना परेरा का मत है "नागरिकों के किसी भी पिछड़े वर्ग के साथ महिलाओं का रखा जाना, उनके प्रति सुरक्षात्मक दृष्टिकोण पितृसत्ता का द्योतक है। कानून की भाषा, सभी कानूनों की भाषा आज तक पितृसत्तात्मक ही रही है।"[10]

स्पष्ट है, बांग्लादेश में स्त्रियों का जीवन बदहाल है और पितृसत्तात्मक मानसिकता और धर्म के शिकंजे में इस तरह फँसा हुआ है कि उससे पार पाना उसके लिए अत्यंत मुश्किल जाना पड़ता है।

(ग) तसलीमा की आत्मकथा में पितृसत्ता से शोषित स्त्रियों का जीवन

तसलीमा ने आत्मकथा में अपने जीवन के साथ-साथ कई स्त्रियों के जीवन की कथा को भी प्रस्तुत किया है। इन कथाओं में कभी तसलीमा की माँ हैं तो कभी नानी, कभी सहेली चन्दना तो कभी बहन यास्मीन, कभी मोहल्ले की औरतें तो कभी देश की सीमा पार की औरतें भी हैं। कहने का तात्पर्य यह है कि तसलीमा की आत्मकथा केवल अपने देश की स्त्रियों के जीवन में ही नहीं बल्कि सुदूर पश्चिम के तथाकथित स्वतंत्र समाजों की स्त्रियों को भी देखती हैं, जिनके जीवन को अपेक्षाकृत स्वतंत्र होने का दावा किया जाता है। दरअसल स्त्री के जीवन की त्रासदी जो पुरुषों के द्वारा उत्पन्न की जाती है उसका कोई अंत नहीं। हर स्त्री का जीवन भीतर से देखने पर एक समान ही

लगता है, जैसा कि तसलीमा की पर-नानी, नानी, माँ और स्वयं तसलीमा के जीवन में भी दिखता है। सभी एक ही प्रकार की मानसिकता और सत्ता से त्रस्त हैं और वह है 'पितृसत्ता'।

(i) स्त्री के रूप में तसलीमा का जीवन और उसमें पुरुष की भूमिका

चूँकि तसलीमा दो बेटों के बाद पैदा हुई इसलिए उनके पैदा होने पर कोई दु:ख नहीं मनाया गया। इस सम्बन्ध में वे लिखती हैं, "मेरे पैदा होने से पहले दो भाई जन्म ले चुके थे। बेटा पैदा करने के कारण माँ मुँह दिखाने लायक रह गई थी। अन्यथा खानदान में चिराग कौन जलाता?"[11] लेकिन साथ ही 'बड़े भाइयों के पैदा होने के बाद मेरे नाना ने घर की सीढ़ियों पर खड़े होकर मुहल्लेवालों को सुनाकर 'अल्ला हो अकबर' की अज़ान लगाई थी। मेरे पैदा होने पर अज़ान नहीं दी गई। बेटियों के पैदा होने पर अज़ान नहीं दी जाती।[12] स्पष्ट है, तसलीमा ने समाज और परिवार के पितृसत्तात्मक स्वरूप को सर्वप्रथम अपने परिवार के भीतर ही देखा। नाना, पिताजी, मामाओं और दो भाइयों के बीच पलने-बढ़ने वाली तसलीमा ने लगभग हर दिन परिवार में पुरुष प्रभुत्व को महसूस किया। "छोटकू जा सकता है, तुम नहीं। तुम लड़की हो। लड़कियों को दुकान पर नहीं जाना चाहिए।"[13] 'पितृसत्ता के चलते स्त्रियों को बचपन से, घर से ही लैंगिक भेद-भाव झेलने की आदत डाल दी जाती है। बेटे को शिक्षा, खेलकूद, आहार, चिकित्सा और सामाजिक मेल-जोल में प्राथमिकता दी जाती है। कन्याओं के लिए निषेधों की बड़ी लक्ष्मण रेखा खींच दी जाती है। स्त्री को पुरुष वर्चस्व वाले समाज से भय लगता है। बालक शाम को ट्यूशन पढ़ने जा सकता है पर बालिका नहीं जा सकती। उसे समाज की यौन-आक्रामकता से भय है। यह भय है पितृसत्ता का।"[14] तसलीमा के लिए भी इसी प्रकार की लक्ष्मण रेखा खिंची गई -"जब मैं छोटी थी, तब कहा जाता था, मैं छोटी हूँ, अकेले उतनी दूर जाना ठीक नहीं...जब मैं बड़ी हुई तो कहा जा रहा था कि बड़ी लड़कियों का बाहर निकलना ठीक नहीं।"[15] किन्तु तसलीमा ने कभी-भी इस लक्ष्मण रेखा के भीतर रहने की आज्ञा का पालन नहीं किया। उनके द्वारा लक्ष्मण रेखा के बाहर निकल आने के अनुभव काफी दर्द भरे और जटिल रहे। ब्रह्मपुत्र के तट पर ही नहीं जहाँ भी वे गयीं वहाँ उन्हें अपनी देह से खेलने वाले पुरुष ही मिले। स्त्री के लिए उसका घर ही सबसे सुरक्षित कहा जाता है। किन्तु पिता द्वारा घर को लाख सुरक्षित बनाए जाने के बावजूद घर के भीतर के पुरुष की कुत्सित मानसिकता से वे तसलीमा को नहीं बचा सकें। घर के भीतर ही रहने वाले उनके ही चाचा और मामा ने तसलीमा का शारीरिक शोषण किया। यहाँ

तक कि अपने ही घर की छत पर भी तसलीमा सुरक्षित नहीं थीं। आस-पास के सिरफिरे मोहल्ले के लड़के अश्लील इशारे किया करते थे। उन लड़कों या अन्य पुरुषों ने बचपन में उनके साथ जो कुछ भी किया उसके लिए वे शर्म से बुझ गयीं उनका आत्मविश्वास समाप्त होता गया। वे लिखती हैं, 'मुझे शर्म आई, मानो उन लड़कों की करतूत के लिए पूरी तरह मैं ही जिम्मेदार थी।'[16] और 'अंदर ही अन्दर सिकुड़ती गई, जैसे इसके लिए मैं ही कसूरवार हूँ'।[17] जिस शर्म का एहसास उन पुरुषों को होना चाहिए था वह तसलीमा महसूस करती रहीं। इसका कारण समाज द्वारा उन पुरुषों में स्थापित की गई पुरुषों की श्रेष्ठता का दंभ नहीं तो और क्या था?

मासिक धर्म के रूप में स्त्री के साथ की गई नियतिगत भिन्नता पर भी तसलीमा कोफ़्त व्यक्त करती हैं और इसे 'पक्षपातपूर्ण कुत्सित नियति'[18] की संज्ञा देती हैं, जिसके कारण उन्होने बची हुई आजादी को भी 'सेमल की रुई की मानिंद'[19] उड़ते हुए देखा। तसलीमा लिखती हैं, "मुझे बड़ा होने का बेहद शौक था...लेकिन इस रक्त -पात ने मुझे इतना बड़ा कर दिया, सभी के इतने ओट में कर दिया कि मुझे डर लगने लगा। माँ ने ग्यारह साल की होते ही मेरा हाफपैंट छुड़वाकर अपने हाथों से पाजामा सिलकर मुझे पहनाया था। बारह साल की होने पर ओढ़नी थमा दी। मेरी टाँगें लम्बी हो रही थीं, सीना उभरने लगा था, इसलिए बड़ी होने वाली चीजों को अब छिपाए रखना था। अगर मैं ये चीजें न पहनूँ तो लोग मुझे बेशर्म, निर्लज्ज कहेंगे।"[20]

जीवन में किसी 'अन्चीन्हा-अनजान इन्सान'[21] के प्रेम में कभी न पड़ने के बारे में सोचने वाली तसलीमा एक दिन प्रेम कर बैठी ऐसे ही अनचीन्हे अनजाने पुरुष रुद्र से। रुद्र जिसे वह कविताओं में तो बखूबी जानती थीं किन्तु उसके व्यवहारिक जीवन में वह कौन था, उसका परिवार उसका खानदान, उसकी आर्थिक स्थिति जाने बगैर ही उन्होंने रुद्र से विवाह कर लिया वह भी बिना किसी को बताए। किंतु यह विवाह नहीं स्वयं के पैर में कुल्हाड़ी मार लेना साबित हुआ। जिस प्रेमी के लिए तसलीमा अपना सब कुछ छोड़कर घर से बाहर चल पड़ी थीं, उसी 'प्रेमी' को 'पुरुष' बनते देर नहीं लगी। एक हलफनामे पर हस्ताक्षर कर तसलीमा तो 'कागज़ की बहू' बन गई और अपना समस्त प्यार, समय, पैसा उस कविता लिखने वाले पुरुष पर न्योछावर कर दिया किन्तु वही प्रेमी चंद दिनों में तसलीमा का संरक्षक और निदेशक बन बैठा। रुद्र ने तसलीमा में एक औरत देखी, जबकि तसलीमा रुद्र में एक प्रेमी, एक साथी, एक मित्र की तलाश कर रहीं थीं। रुद्र के साथ बिताई पहली रात तो जैसे उनके बलात्कार

की तरह थी, जिसमें प्रेम नहीं शारीरिक तृप्ति का खेल होता रहा। वह तसलीमा के प्रेम को दरकिनार कर अन्य औरतों से भी संसर्ग करता रहा। इस शारीरिक अतृप्ति के अतिरिक्त तसलीमा को सामाजिक स्तर पर भी हानि ही झेलनी पड़ी। उन्हें लेखिका तसलीमा के स्थान पर हर जगह रुद्र की पत्नी के रूप में देखा जाने लगा। इतना ही नहीं रुद्र ने तसलीमा पर अपने सभी-भाई बहनों की जिम्मेदारी सौंप दी और स्वयं स्वच्छंद होकर अन्य स्त्रियों से संसर्ग करता रहा। तसलीमा को एहसास होने लगा कि विवाह केवल पौरुष को पुष्ट करने का माध्यम है। जैसे ही यह पुष्ट हो जाता है स्त्री केवल गृहस्थी समेटने वाली और बच्चे पैदा करने वाली मशीन बन कर रह जाती है। प्रारंभ में तसलीमा ने इन सबसे समझौता करने का प्रयास किया, क्योंकि वे रुद्र को प्रेम करती थीं। किन्तु जैसे ही उन्हें यह एहसास हुआ कि उनके प्रेम का कोई मूल्य नहीं है उन्होंने रुद्र से तलाक ले लिया। तसलीमा ने तो यह कदम उठा लिया किन्तु अधिकांश स्त्रियाँ ऐसा कदम आजीवन नहीं उठा पातीं और समझौतों से भरा जीवन जीती रहती हैं।

इस तलाक के बाद तसलीमा ने अकेले रहने का संकल्प लिया। किन्तु यह संकल्प बहुत दिनों तक नहीं रह सका। क्योंकि अकेली स्त्री को ढाका जैसे शहर में कोई भी एक कमरा देने को तैयार नहीं था। उन्होंने इस परेशानी से तंग आकर नईम से और बाद में मीनार से विवाह किया। किन्तु दोनों ने भी वही रवैया अपनाया जो रुद्र ने अपना था। वे तसलीमा जैसी स्त्री को अपने हाथ से नहीं जाने देना चाहते थे और उससे अपने नियंत्रण में भी रखना चाहते थे। किन्तु तसलीमा ने इस बार भी स्वयं को इन पुरुषों की कैद से मुक्त कर लिया। अपनी मर्जी से ब्याह करने वाली तसलीमा अपने ही घर में 'अनचाही अतिथि'[22] बन कर रह गयीं। 'पति नामक सुरक्षा को जरूरी' समझ तसलीमा ने एकाधिक पुरुषों से ब्याह तो किया किन्तु ये विवाह उनके लिए 'अपने गले में खुद फाँसी लगाने' जैसा ही था इस फाँसी की रस्सी को 'लोग-बाग़ पसंद करते हैं' किन्तु तसलीमा तो स्वयं को 'कोल्हू के बैल की तरह गोल-गोल घूमता'[23] हुआ ही महसूस कर रही थीं। साथ ही एकाधिक विवाह के कारण उनकी देह से जो कलंक चिपक गया था उसे देखते ही लोग उन्हें 'कलंकिनी मान'[24] लेते हैं और माँ भी आरोप लगाने से बाज नहीं आती, "अउरतों के बारे में इतना-इतना लिखत हो, मरद लोगन की करतूत लिखत हो, लेकिन मरद बिना जी नाही सकती?"[25] और वही तसलीमा जब सभी पुरुषों से तलाक लेकर अलग रहने का विचार बनाती हैं तो उन्हें 'पति-विहीना' की दृष्टि से देखा जाता है और स्वयं को ढके रखने के लिए

पति रूपी 'बेशकीमती चादर'[26] की अनिवार्यता को महसूस करती हैं।

इसके बाद भी तसलीमा के जीवन में कई पुरुष आए। बांग्लादेश में मिलन और विदेशी धरती पर सुयेनसन और फ़्रांस के लरों जैसे पुरुष उनके जीवन में आए किन्तु कोई पुरुष कभी सच्चे प्रेम के साथ नहीं आया। बल्कि तसलीमा के कथन 'जो इन्सान एक बार विश्वास तोड़ता है, वह हर बार विश्वास का खून करता है। तोड़-फोड़ करना ही उसका नशा बन जाता है'[27] के समान हर बार उनका विश्वास तोड़ने ही पहुँच गए। तसलीमा ने ऐसी तमाम बड़ी-बड़ी सख्शियतों का नाम आत्मकथा में लिया है, जिन्होंने तसलीमा का किसी न किसी रूप में फायदा उठाने का प्रयास किया था। इसमें अबुहसन शहरयार, लेखक हाशन रशीद, हिलाल हाफिज़, सैय्यद शम्शुलहक़, इमदादुल हक़ मिलन, अताउल करीम शरीफ, काजल शाहनवाज़, अब्दुल करीम, जनाब मोजम्मल, नईम, मेडिकल अधिकारी हारून-उर-रशीद, मानू (बांग्लादेश मेडिकल एसोशियेशन का नेता), सुनील गंगोपाध्याय, हबीबुल्ला जैसे पुरुष सम्मिलित हैं, जो आत्मकथा में समय-समय पर तसलीमा के विश्वास को तोड़ते नज़र आए हैं।

निर्वासन के बाद तसलीमा की सम्पत्ति पर उनके ही भाइयों ने कब्जा कर लिया क्योंकि उन्हें इसके लिए बकायदा कानूनी संरक्षण प्राप्त था। बांग्ला कानून के अनुसार जिस स्त्री की गृहस्थी न हो उसकी सम्पत्ति पर भाइयों का ही हक़ होता है।

एक बात यहाँ उल्लेखनीय है कि तसलीमा ने इन पुरुषों से अपने संबंधों का उल्लेख केवल उनकी कलई खोलने के लिए ही नहीं किया बल्कि एक स्त्री के रूप में उनकी अपनी कमजोरियों को उजागर करने के लिए भी किया है। वह लेखिका जो समाज में अपने लेखन के कारण एक सशक्त स्त्री के रूप में अपना स्थान बनाती है वह दरअसल अपने जीवन में कितनी कमजोर रही है, समाज के साथी पुरुषों ने किस तरह कई बार उसे ठगा है, किस प्रकार वह बार बार अकेलेपन के कारण पुरुषों का साथ पाने के लिए उन्हें माफ़ करती गई है और इस माफ़ करने की प्रवृत्ति के कारण उसे असंख्य मुसीबतों का सामना करना पड़ा है तसलीमा का मुख्य उद्देश्य यही बताना है। अपने अपराधबोध, अपनी कमियों और दुर्बलताओं को इन पुरुष प्रसंगों के माध्यम से वे पाठकों के बीच रखती हैं। इस प्रकार तसलीमा ने अपने जीवन में कदम-कदम पर पितृसत्तात्मक मानसिकता को ही नहीं बल्कि पितृसत्तात्मक कानूनों की जकड़न को भी महसूस किया। उनका जीवन इस जकड़न से निकलने की लगातार की जाने वाली कोशिश का सबसे बेहतरीन उदाहरण है।

(ii) माँ के जीवन में पितृसत्ता :

तसलीमा की माँ का जीवन एक आम स्त्री के पितृसत्ता से तहस-नहस हुए त्रासद जीवन का प्रमाण है -'अम्मी को अभाव था मगर अभावबोध नहीं था'।[28] दरअसल यह अभावबोध ही तो स्त्री को वह सब करने पर विवश करता है, जो समाज के अनुसार उसे नहीं करना चाहिए। अभावबोध न होने के कारण माँ आजीवन पिता, भाई, पति और बेटों के रूप में पुरुषों के द्वारा बनाई चाहरदीवारी से घिरी रही और इस दीवार को महसूस करने के बावजूद इससे निकल पाने का साहस वह आजीवन बटोर नहीं पायी। उस माँ को जो निरंतर अपने पति के तिरस्कार और अपमान की शिकार बनी रही जब पिता के द्वारा मेहमानों के लिए भोजन पकाने के लिए फेहरिस्त गिनाई जाती तो वह गर्व से फूल उठती। 'अम्मी उनकी सारी बातें ध्यान से सुनती थीं, क्योंकि इसी वक्त उन्हें अपने मूल्यवान होने का एहसास होता था।'[29] नानी के द्वारा दी गई हिदायत 'थोड़ा बर्दाश्त कर, औरतों को बर्दाश्त करने की आदत होनी चाहिए'[30] का पालन करते-करते बर्दाश्त करने की आदत इस हद तक बढ़ गई कि अपने भीतर पल रही भीषण बीमारी का कभी सही इलाज करने का कदम स्वयं नहीं उठा सकी। दरअसल घर गृहस्थी के बोझ से स्त्री 'बासी गुलाब की तरह हो जाती है हाथ लगाते ही झर पड़ेगी-कुछ इस तरह से।'[31] हर व्यक्ति का दर्द महसूस करती '...एक नामालूम-सी बेवकूफ लड़की का भी दिल होता है, उसमें भी उथल-पुथल होती रहती है, इसे कौन समझता है?'[32] पढ़ने में तेज़ माँ की पढ़ाई छुड़वाकर 'जैसे उनके पैरों में किसी ने अदृश्य जंजीर डाल दी। माँ के सपने एक बार फिर टूटकर बिखर गए।'[33] इस अशिक्षा और अज्ञान के ही कारण 'एक ही परिवार में माँ और बेटी लगभग एक ही समय गर्भवती हुई।'[34]

पढ़ने में तेज तसलीमा की माँ आजीवन केवल घर की नौकरानी बनकर रह गयीं। इस बात का एहसास उनकी माँ को हर क्षण होता रहा। 'अम्मी का ख्याल था औरत चाहे अमीर की बीवी हो या दरिद्र की, उसकी तकलीफ की सीमा नहीं होती...अमीर की बहुरिया होना और अमीर होना बिलकुल अलग-अलग बात है।'[35] यानि जब तक औरत के पास उसका अपना धन न हो पति या परिवार के धन के आधार पर उसे धनी नहीं कहा जा सकता। कुछ ऐसा ही तो वर्जीनिया वुल्फ ने 'अपना एक कमरा' में भी कहा था। यही कारण है कि असुरक्षा से घिरी तसलीमा की माँ आजीवन अभाव और शक के बीच जीती रही, जहाँ 'सम्मोहन के नीचे संशय, हर्ष के बगीचे में हताशा'[36] विद्यमान थी। इस हताशा ने तसलीमा की माँ में कमतरी का एहसास भर दिया 'पिताजी की मोटी-मोटी

चिकित्सा सम्बन्धी पुस्तके माँ खोलकर देखती, फिर उन्हें झाड़-पोछकर करीने से रख देती। वह समझती थी कि अपने पति की तुलना में वे बेहद नगण्य हैं और तुच्छ हैं। उन्हें आशंका थी कि एक दिन पिता उन्हें छोड़कर चले जायेंगे। आशंका से नीले हुए चहरे पर वे सफेद पाउडर लगातीं, अपनी छोटी-छोटी आँखों में काजल आँजती, जिससे वे बड़ी नज़र आयें और वे अपने पति की नजरों में कुरूप न लगें।'[37] और इस भय को बढ़ाने का काम किया तसलीमा के नाना ने, जिन्होंने 'माँ के काले चेहरे को गोरा करने की दवा लाकर दी थी जिससे पिताजी की नजरों में माँ का कुरूप न लगें और वह अपने बीवी बच्चों को छोड़कर दुबारा कहीं न चले जाएँ।[38] अपने सांवले रंग के कारण माँ आजीवन प्रेम के एक शब्द के लिए तरसती रही। इसके प्रमाण के रूप में तसलीमा ने पिता और माँ के शादी के बाद चिट्ठियों के माध्यम से हुए वार्तालाप को दिखाया है- "पिता की चिट्ठी,"नोमान, कमाल और नसरीन कैसी हैं? चावल खत्म हो जाने पर नए बाज़ार के चावल के आढ़त से अपने अब्बाजान को भेजकर चावल खरीद लेना ...गैर जरूरती सामन न खरीदना ...इति रजब अली।" जबकि माँ की चिट्ठियों में प्यार होता, "प्रियतम तुम कैसे हो...तुम्ही मेरा सुख हो..इस पृथ्वी पर मैं अब कुछ नहीं चाहती।" पिता का जवाब, "रोज दो ढाई रुपये से ज्यादा बाज़ार मत करना. ..जो कुछ सौदा खर्च करना उसे कापी में लिख लेना।"[39] "ऐसे ही विचित्र व्यक्ति के साथ माँ के दिन बिता रही थी। लोग यही सोचते थे कि वे डॉक्टर की पत्नी हैं, उनका जीवन सुख से भरपूर है। मगर उन्हें ही सिर्फ पता था कि पिता की देह से आने वाली एक दूसरी औरत की गंध ने उनकी खुशी छीन ली थी।"[40]

पति तो था ही उनके पिता जी और बेटों ने भी तसलीमा की माँ ईदुलआरा को सदैव हीन भावना से ही देखा। पिता ने पढ़ाई रोक दी, पति ने प्रेम और सम्मान नहीं दिया और बेटों ने सेवा से वंचित रखा। खाने की मेज़ पर जो माँ अपने बेटों को स्वादिष्ट खाना देने के लिए दिन-रात लगी रही वही माँ एक-एक धोती के लिए तरसती रही -'उनकी दुनिया बेहद छोटी सी थी! चीथड़ी साड़ी, चीथड़ा रजाई, चीथड़ा तोशक और मिट्टी के चूल्हे में फूँकनी फूँक-फूँककर, तेल हीन, साबुन हीन उनकी ज़िन्दगी!'[41] पितृसत्ता स्त्री के लिए अशिक्षा के माध्यम से जो जीवन तैयार करती है उसी का उल्लेख उन्होंने कुछ इस प्रकार किया -"आयशा खातून ने तुम्हारी माँ के साथ पढ़ाई की है यह जानने के बाद, तुम्हे दो औरतों को जोड़ना होगा। एक औरत मिट्टी के चूल्हे में सरसों के खोल ठूँसती थी, फूँकनी फूँकती थी; दूसरी सज धजकर दफ्तर आती थी। यही औरत

शायद पिछली बेंच पर बैठने वाली लड़की थी। टीचर अगर 'गोबर' का अंग्रेजी पूछते थे, तो वह सिर झुकाकर बैठी रहती थी। दूसरी तरफ से तेज़ छात्रा, ईदुलआरा ने झटपट जवाब दिया- 'काउडन्ग'...वही इदुलआरा अब 'काउडन्ग' से उपले बनाकर, चूल्हा जलाने के लिए जमा करती थी।"[41] यही कारण है कि ऐसे मूल्यहीन जीवन ने तसलीमा को कभी आकर्षित नहीं किया और निरंतर उपेक्षा सहती हुई उनकी माँ एक दिन दुनिया से गुजर गयीं।

(iii) नानी के जीवन में पितृसत्ता :

नानी खैरुन्निसा के जीवन में भी कुछ इसी प्रकार की घटनाएँ हुईं। पढ़ना-लिखना जानने वाली लड़की को 'अचानक ही 'काला अक्षर भैस बराबर' मार्का लड़के के साथ उनका लाया रसगुल्ला खत्म होने से पहले ही फटाफट शादी कर दी गई।'[43] इस विवाह में भी आशंका और हताशा ही थी -'मनीरुद्दीन को पूरी तौर पर भले ही न सही, गृहस्थी की मोह-माया में किसी तरह उलझाए रखने में खैरुन्निसा सफल हो गई। मगर उन्हें हमेशा डर लगा रहता था कि न जाने कब वह पक्षी फुर्र हो जाए।'[44] इस आशंका को सच करते हुए एक दिन नाना दूसरी औरत से ब्याह कर उसे घर ले आए। नानी दूसरी औरत के आने पर 'छाती पीट-पीटकर रोई थी' और 'बगल के बिस्तर पर लेटकर रात-भर जागकर तकिया भिगोती' रही। उसी नानी ने तसलीमा के पिता के किसी दूसरी स्त्री से नाजाएज सम्बन्ध होने पर जब तसलीमा की माँ रोई तो कहा, 'आँसू बहाकर क्या अपने मर्द को लौटा सकेगी?'[45] नानी यह तो समझती थी कि 'मर्द भरोसे के लायक नहीं होते। इनकी जात बड़ी खराब होती है'[46] किन्तु वही नानी अपनी बेटी इदुलआरा के पति के दूसरी स्त्री के पास जाने पर उसे चुप कराने पहुँच जाती है। वह उसे किसी प्रकार के विद्रोह करने या अपने अधिकारों की बात करने के लिए नहीं प्रेरित करती। ऐसा ही आत्मकथा में तसलीमा को छोड़कर सभी स्त्रियों के साथ होता है। वे विद्रोह न कर यथास्थितिवादी बनी रहतीं हैं। इस यथास्थितिवाद का नाम ही है 'अनुकूलन'। इस अनुकूलन के सम्बन्ध में सुधा अरोड़ा ने एक बेहतरीन उदाहरण प्रस्तुत किया -'एक वैज्ञानिक ने दो मेढक लिए। एक को उसने काफी गरम पानी में रखा। पानी के अत्यंत उच्च तापमान को ना सह पाने के कारण वह उससे कूदकर फ़ौरन बाहर आ गया। दूसरे मेढक को पहले उसने सामान्य पानी में रखा और धीरे-धीरे उसका तापमान बढ़ाया। इस धीरे-धीरे बढ़ते तापमान के प्रति उसने अपने शरीर को अनुकूलित कर लिया और उससे बाहर नहीं निकला। एक समय ऐसा आया कि जब तापमान अत्यंत उच्च हो गया और उसकी तापमान को झेलने की फितरत के कारण वह बाहर नहीं

निकला बल्कि उसी में मर गया। दरअसल समाज की सभी स्त्रियों के साथ भी सदियों से यही 'कंडीशनिंग' की गई है।[47]

तसलीमा की परनानी का जीवन भी इससे अलग नहीं था। असहायता और आशंका के बीच बीते अपने जीवन के अंतिम दिनों में पति और बेटों द्वारा साथ छोड़ दिए जाने पर उन्हें अंततः अपनी बेटी खैरुन्निसा यानी तसलीमा की नानी के यहाँ ही आकर रहना पड़ा –'उन्हें भी अपने शिकारी बेटे के बजाए खैरुन्निसा के यहाँ रहना अच्छा लगता था, जबकि समाज ने औरतों को बचपन में पिता, यौवन में पति और उम्र हो जाने पर पुत्र के आश्रय में रहने की हिदायत दी है।'[48]

(iv) अन्य स्त्रियों का जीवन :

तसलीमा की आत्मकथा के सभी भागों में स्त्रियों के जीवन, उनके संघर्ष, उनकी तकलीफों और रोंगटे खड़ी कर देने वाली दास्ताँ सुनाई देती है। वे अपनी बहन, सहेलियों, खालाओं, घर पर काम करने वाली बाइयों, पड़ोस में रहने वाली औरतों के जीवन का उल्लेख कर स्त्री जीवन की एक सामान्य जीवन-गाथा का चित्र खींचती हैं। यह सामान्य गाथा यही दिखाती है कि बांग्लादेश की स्त्रियाँ चाहे वह हिन्दू हों या मुस्लिम सभी पितृसत्तात्मक मानसिकता में जकड़े समाज की ज्यादतियों की शिकार हैं। उदाहरण के तौर पर जो बहन यास्मीन ब्याह से पहले ऊँची आवाज़ में सुर बाँधकर रवीन्द्र संगीत गाया करती थी और जिस मित्र चंदना ने कभी न ब्याह करने की कसम खायी थी, वही दोनों ब्याह के बाद पूरी तरह से बदल गयीं। यास्मीन ने अपनी आवाज़ ही जैसे भुला दी थी और ससुराल में दबे स्वर में बोलती और चंदना अपनी ही गृहस्थी में मग्न हो गई। कभी 'कृष्ण चूड़ा के घने खूबसूरत दरख्त के समान'[49] लगने वाली और कभी ब्याह न करने का ऐलान करने वाली वही चंदना ब्याह के बाद भूल गई कि कभी वह भी तसलीमा के समान छड़ा और कविताएँ लिखा करती थी। इसी तरह हिसाबी जीवन जीने वाली शिप्रा भी 'बोध बुद्धिहीन मोहब्बत' पाकर सबकुछ भूल कर एकदम बदल गई। यह भूल जाना और बदल जाना सहज और स्वाभाविक नहीं दिखता। इसी चंदना ने जब बेटी को जन्म दिया तो उसके पति ने उसे कटार से मारने की कोशिश की। इसी प्रकार तसलीमा की खाला फजली भी अपनी सारी खूबियाँ छोड़ ब्याह के बाद पति और 'वसुर के इशारे पर नाचने लगी–'फजली खाला मोहल्ले में घूमने फिरने वाली लड़की थी। दिनभर मोहल्ले में इधर-उधर घूमती रहती। उसी लड़की के हाथों में मेदिनीपुर के अमीरुल्लाह ने तस्बीह पकड़ा दी। उन्हें घूँघट में कैद कर दिया। उन्होंने अपने घर के चारों तरफ ऊँची दीवार बनवा दी जिससे की किसी बाहरी व्यक्ति की नज़र बहू पर

न पड़े।"[50] इसी फ़जली खाला की बेटी मुबस्शिरा की भी एक दिन मौत हो गई। इसका कारण वही शराफ मामा थे, जिन्होंने तसलीमा के साथ भी यौन शोषण किया था। उस शराफ की वजह से मुबस्शिरा गर्भवती हो गई। उस गर्भ को हटाने के लिए उसे तमाम जड़ी-बूटी और दवाएँ आदि दी गयीं, जिससे सेप्टिसेमिया के कारण उसकी मौत हो गई। इस मौत ने मुबस्शिरा को तो बदनाम कर दिया, किन्तु शराफ मामा साफ-साफ बच निकले। किताबी कीड़ा ममता की तरह ही ब्याह के समय अधिकतर लड़कियाँ अपने होने वाले पति को ठीक से नहीं जानती-पहचानतीं। वही अनजान शख्स एक दिन 'किताब पढ़ने के उसके शौक को हाथी पर सवार व्यक्ति की भाँति झाड़ू मारकर फेंक' देता है।'[51]

दरअसल इस प्रकार की प्रताड़ना का शिकार हर वर्ग की स्त्रियाँ हैं। इससे उनके पतियों या जिनके भी संरक्षण में वे हैं, उनकी आर्थिक क्षमता से कोई लेना देना नहीं है। हाँ, तसलीमा ने यह स्वीकार अवश्य किया है कि निम्न वर्ग की स्त्रियाँ अपेक्षाकृत अधिक स्वतंत्र हैं। वे कम से कम घूँघट उतार कर सड़क पर निकल सकती हैं। मेहनत-मजदूरी या छोटे-मोटे काम करने के लिए घर से बाहर निकल सकती हैं। सड़क पर अँधेरी रात में कुप्पी जलाकर सब्जी और तरह-तरह के सामान बेच रही स्त्रियों को देख वे लिखती हैं;

विस्तृत इलाके में फैली हुई औरतें आज
अपने-अपने रोज़गार सजाये बैठी रहती हैं।
न, उनके पास देह सौन्दर्य, न रूप!
बस, वे अपने-अपने सामान, धूल में बिछाए बैठी रहती हैं-
कुम्हड़ा, परवल, लौकी, पोई और डंठल के साग, बैगन वगैरह!
सुदूर जाने कौन हर रोज़,
करूण स्वर में बांसुरी बजाता रहता है।
ये औरतें किसी की बीवी हैं, किसी की बहन,
किसी की माँ, तुम लोग जानते तो हो!
इन औरतों ने उघाड़कर फेंक दिया है अपना घूँघट...[52]

किन्तु उच्च खानदान और उच्च जाति वाली स्त्रियों को आजीवन चाहरदीवारी में ही जीवन बिताना होता है। फिर भी, तसलीमा की आत्मकथा में कई निम्न वर्ग की स्त्रियों का भी जिक्र आता है, जो पुरुष द्वारा किए गए अत्याचार की शिकार हैं। जैसे-पड़ोस में रहने वाली गेतू को माँ; नौकरानी मनी, जिसकी भतीजी चीनी का शारीरिक शोषण किया गया; नौकरानी रेनू, जिसकी देह को तसलीमा के घर में ही शिकार बनाया गया; रुबीना-जज की बेटी, जिसे पीर के

पास छोड़ कर उसकी सारी पढ़ाई बंद करवा दी गई; अस्पताल में आने वाली औरतें आदि। डॉ. सईदा खातून इस सम्बन्ध में लिखती हैं, "Taslima ex-powers subaltern women in her new episteme, obsessively coming back to the question of the female body as the subaltern articulation."[53] अपनी मित्र शेफाली को याद करते हुए तसलीमा लिखती हैं :

'तू कहाँ है, शेफाली?
अब तू जहाँ है, वहाँ अब क्या दोनों जून तुझे खाना देते हैं?
तुझे कपड़े -लत्ते देते हैं? रूपये पैसे देते हैं?
या तुझे कपड़े देने भेजकर, पानी की मशीन चलाने को कहते हैं?
ताकि तू जल मरे! ताकि तू खाक हो जाए!
ताकि उन्हें हाथ न बढ़ाना पड़े, तुझे बचाना न पड़े!'[54]

तसलीमा जब डॉक्टर थीं तो उन्होंने ऐसी कई घटनाएँ देखीं, जिन्होंने पुरुष मानसिकता के घिनौनेपन से परिचित कराया। वे लिखती हैं, "कक्ष के बाहर प्रतीक्षारत नाते-रिश्तेदारों को लड़की के जन्म की खबर देते ही, मेरी आँखों के सामने ही, उन सबके चेहरे पर घोर विषद छा जाता। लड़की का जन्म किस कदर अप्रिय और अनचाहा है, मैं हर रोज अपनी ही आँखों से देखती रही।"[55] प्रसूति गृह में पुत्र के लिए कराहती स्त्री हो या लाइगेशन कैम्प में नसबंदी करवाती नव-वधुओं की असहाय आँखें या पुरुषों से स्त्रियों को मिला सिफिलिस रोग, जिसका कोई इलाज नहीं करवाया जाता आदि किसी भी संवेदनशील व्यक्ति में पितृसत्तात्मक मानसिकता के विरुद्ध रोष पैदा करने के लिए काफी हैं। स्पष्ट है, जो कष्ट तसलीमा के पहले की पीढ़ियाँ देखती आयीं थीं वही कष्ट, बिल्कुल उसी रूप में तसलीमा और उनकी पीढ़ी की अन्य स्त्रियाँ भी देख रही थीं। तो फिर बदलाव कहाँ हुआ? लेखक रामशरण 'स्त्री मुक्ति का सपना' पुस्तक में संकलित अपने एक लेख में स्त्रियों के जीवन के इसी दुहराव की ओर इंगित करते हुए लिखते हैं, "स्त्रियों के लिए इतिहास कब्र से भी उठकर आ जाता है और अश्वत्थामा की तरह साबित होता है जो कभी नहीं मरता!"[56]

तसलीमा की आत्मकथा में 'भात देने वाले को भतार'[57] कहकर स्त्री भले ही अपने लिए एक संरक्षण की तलाश करती है किन्तु वही भात देने वाला पुरुष भात देने के नाम पर स्त्री-अस्मिता से खिलवाड़ करने से बाज नहीं आता। ऐसे में, स्त्री में पुरुष बन जाने की इच्छा स्वाभाविक रूप से जन्म लेगी। किन्तु जब पुरुष जाति से ही घृणा हो जाए तब पुरुष जैसा हो जाने की चाहत भी काफूर हो जाती है। कुछ ऐसा ही तसलीमा के साथ भी हुआ, जिसके विषय में वे

लिखती हैं, "मैंने एक अखबार में पढ़ा था कि उस दिन एक लड़की अचानक लड़का बन गई। मुझे बेहद इच्छा हुई कि काश किसी दिन नींद से जागने पर मैं भी देखूँ कि मैं लड़की से लड़का बन गई हूँ। सीने पर अब कोई बेडौल माँस पिंड नहीं है। तब एक पतला शर्ट पहनकर मर्जी मुताबिक घूमूँगी-फिरूँगी... मछली का सबसे बड़ा हिस्सा माँ मेरी थाली में परोसेंगी, इसलिए कि मैं लड़का थी।"[58] किन्तु घर पर काम करने वाली स्त्री की बेटी फूलबहारी की हालत देखकर स्त्री की 'स्वाभिमानी चाल'[59] को पसंद करने वाला कौन मन विचलित नहीं होगा। फूलबहारी का विवाह एक वृद्ध इन्सान से कर दिया गया और बाद में उसी ने गला घोंटकर उसकी हत्या कर दी। ऐसे में, मन में लड़का बनने की इच्छा समाप्त हो जाना और पितृसत्ता से घृणा भर आना स्वाभाविक है। 'उत्ताल हवा' में 'औरत' शीर्षक से लिखे गए खण्ड में लेखिका का मत है, "औरत की जिंदगी, मुझे अपने में शामिल होने की दावत देने लगी। औरतों ने मुझे सोचने पर मजबूर कर दिया। मुझे आम औरत के दुःख-दर्द का एहसास होता रहा। मैंने अपनी निजी जिंदगी में जो दुःख-तकलीफ झेली थी, वह भी तो आम औरत की ही दुःख तकलीफ थी। सिर्फ मेरा ही क्यों यह दुःख-दर्द हज़ारों-लाखों औरतों का था।"[60] इस दुःख को व्यक्त करने का बीड़ा तसलीमा ने उसी दिन उठाया था।

(v) विदेश में स्त्रियों का जीवन :

तसलीमा लिखती हैं, "जितना-जितना मैं इंसानों को देखती हूँ, उतना ही मुझे लगता है कि दुनिया के सभी लोग एक जैसे हैं।"[61] स्त्रियों के सम्बन्ध में यह बात एकदम सटीक बैठती है। तसलीमा ने अपने अनुभव के आधार पर विश्व की सभी स्त्रियों के जीवन को एक-समान पाया है। आत्मकथा में तसलीमा ने निर्वासन के दिनों का जिक्र किया है। इस जिक्र में भी स्त्रियाँ हैं किन्तु वे स्त्रियाँ हैं विदेश की। विश्व के मानचित्र पर विस्तृत पश्चिमी जगत, जिसे अत्याधुनिक और समानतापूर्ण व्यवहार का द्योतक माना जाता है, वहाँ भी स्त्री-पुरुष के बीच भेद-भाव और स्त्री के शोषण को देख तसलीमा आश्चर्य चकित हुए बिना नहीं रह सकीं। यद्यपि पूरब के देश आर्थिक दृष्टि से पश्चिम से कमजोर हैं किन्तु पश्चिम और पूरब में स्त्रियों की संवेदना, उनके दर्द समान हैं। वह इस बात को कविता के रूप में कुछ इस तरह से व्यक्त करती हैं-

"मैं पूरब की, वह लड़की पश्चिम की,
लेकिन एक जैसे गहरे, हमारे तमाम दर्द,
मैं ठहरी काली-कलूटी, वह लड़की ललछौंही दूधिया गोरी,

लेकिन एक जैसे नीले, हमारे तमाम दुःख,
रोने से पहले, हमें सुनने की ज़रुरत नही पड़ी एक-दूसरे की व्यथा,
हम तो जानती हैं, अपनी-अपनी कथा।"[62]

भारत या बांग्लादेश ही नहीं समूचा विश्व पितृसत्ता से प्रभावित है। तसलीमा को इस बात का एहसास तब हुआ जब वह अपना देश छोड़कर विदेश गयीं। स्त्रियों के वेश्या बनने के पीछे किसी स्त्री की इच्छा नही होती बल्कि यह पितृसत्ता ही है, जो स्त्रियों को अपने हाथ का खिलौना बनाना चाहती है। पितृसत्ता का यह घिनौना रूप पश्चिम में पूर्वी देशों से भी ज्यादा निकृष्ट और अश्लील रूप में विद्यमान है। यह देखकर तसलीमा स्त्रियों के प्रति असीम करुणा और पितृसत्ता के प्रति अपार क्रोध से भर उठीं। वे लिखती हैं, "मेरे मन में ख्याल आया कि उन अधिकांश औरतों को, लड़कियों का धंधा करने वाले दलाल, झूठ बोलकर किन्ही और-और मुल्कों से पकड़ लाये होंगे। बिलकुल वैसे ही जैसे बांग्लादेश की लड़कियों और औरतों को पकड़ लाते हैं और भारत या पाकिस्तान के वेश्यालयों में बेंच दिया जाता है...चारो तरफ चाहे जितनी भी झिलमिलाती रौशनी हो, मुझे यह, कतई विश्वास नहीं होता कि कोई भी औरत अपनी इच्छा से इस पेशे में आई होगी। ये औरतें राहगीरों की तरफ चाहे जितनी भी हँसी उछालती हों, अन्दर ही अन्दर तकलीफ और दर्द से उनकी छाती फटती होगी. ..इस दुनिया में औरतों के जिस्म का हाट बैठा है। अमेरिका, यूरोप, एशिया, अफ्रीका वगैरह देशों के मर्दों की जीभ मारे लोभ और भूख प्यास के लपलपा रही हैं।"[63]

फ़्रांस में जोंन ऑफ़ आर्क और सूडान में लुब्ना एहमद को केवल इसलिए प्रताड़ना दी गई क्योकि वे लड़कों जैसे कपड़े पहनती थीं। ऐसी ही ना जाने कितनी घटनाएँ हैं जो हर रोज़ पूरे विश्व में घटती रहती हैं, जिनमें से ज्यादातर गुमनाम ही रह जाती हैं। पर इन घटनाओं से मनुष्य ने क्या कुछ सीख ली है? नहीं, बिलकुल नहीं! यदि सीख ली होती तो भारत, बांग्लादेश ही नहीं समूचे विश्व में स्त्रियों के प्रति धर्म और पितृसत्ता का प्रकोप इस तरह नहीं गिरता जैसा आज के समय में दिख रहा है। तसलीमा लिखती हैं, "धर्म के लोग, सदी-दर-सदी इसी तरह औरतों पर अत्याचार करते रहे हैं; उन्हें जला-जलाकर मारते रहे हैं। आज न हो, इन सभी देशों में धर्म के अत्याचार का अवसान हो चुका है। लेकिन, हमारे देश में ही नहीं जिन सब देशों में मुसलमानों का वास है, निष्ठुरता अभी भी बहाल तबियत से अड्डा गाड़े बैठी है।"[64] देश और विदेश की स्त्रियों के दुःख-दर्द का वर्णन करने के कारण बात इयोर जैसी लेखिका

ने तसलीमा के सन्दर्भ में लिखा, "आप असंख्य औरतों की असीम शक्ति के साथ एकात्म हो गई हैं।"[65]

(घ) आत्मकथेतर रचनाओं में स्त्रियों का जीवन :

तसलीमा आत्मकथा में ही नहीं बल्कि अपने कलामों, उपन्यासों, कहानियों और कविताओं में भी स्त्रियों के जीवन की विसंगतियों को चित्रित करती हैं। यदि कलामों या आलेखों की बात करें तो वे 'मंजू-सुरेश प्रेम प्रसंग' में न्यायालय में मंजू को सुरेश के साथ रहने की अनुमति दिए जाने के बाद मंजू को सुरेश रूपी संरक्षण के दायरे से बाहर निकल एकाकी जीवन जीने की ही सलाह देती हैं। दूसरी तरफ स्त्री को शारीरिक रूप से कमजोर सिद्ध करने वालों के विरुद्ध तसलीमा ने कई प्रमाण प्रस्तुत किए। उदाहरण के लिए अल्जीरिया की खिलाड़ी हासिबा बुल्तेरकाह और आस्ट्रेलियाई क्रिकेट की निर्देशक जैकी। स्त्री अपने घर में भी सुरक्षित नहीं इसका प्रमाण सरकारी रिपोर्ट के आधार पर देते हुए लिखा कि देश में 53 प्रतिशत बच्चे किसी न किसी बलात्कार के शिकार होते हैं उनमें से 83% बालिकाओं का बलात्कार घर पर ही होता है। 50% मामले में वह अपराधी बच्ची का कोई सम्बन्धी ही होता है। एक आलेख में उन्होने बॉलीवुड जिसे वैचारिक रूप से अत्यंत स्वतंत्र माना जाता है, वहाँ भी पितृसत्तात्मक मानसिकता किस प्रकार कार्य करती है यह दिखाने के लिए लिखा कि किसी ने भी ऐश्वर्या से यह जानना नहीं चाहा कि वे अभिषेक को अभिनय की अनुमति देंगी या नहीं'[66] सभी अभिषेक का ही रवैया देखने में जुटे हैं। 'विवाहेतर शारीरिक सम्पर्क के कारण स्त्री को 'असती' या 'पतिता' कहा जाता है और उससे उत्पन्न होने वाली सन्तान को 'जारज'। किन्तु पुरुष के लिए इस प्रकार का कोई सम्बोधन नहीं है।[67] स्त्रियों को पहनाई जाने वाली 'चेस्टिटी बेल्ट' या 'सतीत्व को सुरक्षित रखने वाली बेड़ी' भले ही आज दिखाई नहीं देती किन्तु यह अदृश्य रूप में आज मौजूद है। हंस के 2012 के सितम्बर अंक में तसलीमा का एक लेख हैरानी में डालता है और पुरुष की मानसिकता का पर्दाफाश करता है। इस लेख में इंदौर की उस घटना का जिक्र है, जिसमें एक पति ने शक के कारण अपनी पत्नी के यौनांग पर ताला लगा दिया। बाजारवाद और भूमंडलीकरण ने स्त्री जीवन को सौन्दर्य की प्रतियोगिता जैसा बना दिया है। स्त्री भय में है कि यदि वह अपना रूप खो देगी तो सब कुछ खो बैठेगी। इसके लिए तसलीमा ने फिल्म इंडस्ट्री का उदाहरण लिया है, "क्या किसी बेहद मोटी अभिनेत्री को दिलीप कुमार जैसा स्टार समझा जा सकता है? जिस शरीर के साथ गोविंदा हीरो बनता है, किसी स्थूलकाय लड़की या औरत को क्या हिरोइन बनने का मौका

दिया जाता है? अमिताभ बच्चन अपनी त्वचा पर सैंकड़ों झुर्रियों के बावजूद आज भी मेगा-स्टार बने हुए हैं, लेकिन रेखा को अपने माथे की झुर्रियाँ मिटा कर ही टिके रहना पड़ता है।'[68] ऐसे तमाम आलेख तसलीमा ने लिखे हैं और उनके माध्यम से स्त्री जीवन के विविध प्रसंगों में पितृसत्ता की घुसपैठ और उसके दुःपरिणाम से समाज को चेताने की कोशिश की है।

उनके उपन्यासों में भी स्त्रियों का जीवन ही केन्द्र में है। उदाहरण के लिए 'शोध' उपन्यास की नायिका झुमुर भले ही भौतिकशास्त्र में एम.एस.सी है किन्तु उसकी पहचान एक बहू से ज्यादा कुछ नहीं है। उसे अपने मायके या कहीं बाहर जाने पर भी प्रतिबन्ध लगा दिया जाता है। ऐसे प्रतिबंधित दायरे में रहते हुए वह अपना वास्तविक नाम ही बिसर जाती है। उसे जब कोई अपने नाम से बुलाता है तो वह चौंक जाती है। अपने अस्तित्व, अपने परिचय को खो देने का गुस्सा उसके भीतर बैठा होता है। और इसका बदला वह किसी और से शारीरिक सम्पर्क बनाकर और उससे गर्भ धारण कर लेती है। 'फेरा' की कल्याणी अपने मामा के बेटे की हवश का शिकार होती है। 'फ्रांसीसी प्रेमी' में नीला भी अपने पति की कैद में रहकर अकेली घूमने की अपनी खवाहिश को दबा कर बैठ जाती है और अपने भाई के मित्र सुनील की हवश का शिकार बनती है। नीला की माँ का व्यक्तित्व और पितृसत्ता की हदों में सिमटा जीवन तसलीमा की माँ के जीवन की याद दिलाता है। 'दो औरतों के पत्र' और 'ब्रह्मपुत्र के तट पर' जैसे उपन्यासों में स्त्रियाँ पुरुषतंत्र को चुनौती देते हुए नाजाएज बच्चे को पैदा करती हैं।

कहानियों में भी स्त्री पितृसत्तात्मक मानसिकता के दायरे में बंधी नजर आती है। 'कौन है जो मुझे घर से निकाले' कहानी में नवविवाहिता द्वारा बिना पूछे बाहर निकल पड़ने पर घरवाले आपत्ति करने लगते हैं जिसके कारण उसे अपनी टहलने की रुचि को त्याग देना पड़ता है। इसलिए तो तसलीमा लिखती हैं, "व्यक्तित्व का विसर्जन देकर ही औरतों को 'भली औरतों' के खाते में अपना नाम लिखाना पड़ता है।'[69] 'दुखियारी लड़की' कहानी की नायिका आलेया की तीन बेटियाँ होने के कारण उसे तलाक का सामना करना इस बात का प्रमाण है कि बेटियों को पालने से बेहतर उपाय है, तलाक। इसी कहानी में तसलीमा ने 'हलाला विवाह' का भी प्रसंग दिखाया है और इसके माध्यम से इमामों की वासना का भी चित्रण किया है। पुरुष स्त्री को पाने के लिए धर्म के आधार पर नई-नई तरकीबे खोजता है, उसमें से एक तरकीब है हलाला निकाह। 'बुझाओ जीवन डाह' कहानी में निलोफर ससुराल की प्रताड़ना से तंग आकर आत्महत्या कर लेती है। 'सीधी-सादी मृत्यु' दहेज़ के लालच में की गई हत्या की कहानी है।

इसमें स्त्री को पुरुष का प्रतिरोध करते हुए भी दिखाया गया है। ऋतु अपने पति के लाख कहने के बावजूद अपने पीहर से कुछ भी नही माँगकर पुरुष का प्रतिरोध करने का प्रयास करती है। इसी प्रकार स्त्री के प्रतिरोध को अभिव्यक्त करती कहानी है 'ब्याह का घर', जिसमें दोलन ब्याह के अवसर पर ही क़ुबूल है बोलने की जगह 'ना' कर सबको चकित कर देती है। 'दिन गुजरते हुए' कहानी में तसलीमा ने अनीस के रूप में एक आर्थिक आत्मनिर्भर और यौन स्वतंत्रता की धारणा को चरितार्थ करती हुई स्त्री का चित्र खींचा है, जिसमें वह अपने पति की पाबंदियाँ को नहीं मानती और उसकी सीमाओं के पार जाकर अपनी यौन स्वतंत्रता को चरितार्थ करते हुए कैस से शारीरिक सम्बन्ध भी बनाती है। स्त्रियों के घर में किए जा रहे इस्तेमाल के सन्दर्भ में तसलीमा उपमान देते हुए लिखती हैं, "पतियों के घर में स्त्रियाँ हैंगर में कपड़े की तरह टंगी रहती हैं, इस्तेमाल होना ही जिनका मुख्य काम है।"[70] कहानी 'झरी हुई पत्ती' में अंगूरी द्वारा माँ से पूछे गए प्रश्न दरअसल तसलीमा के समाज के सामने खड़े किए गए प्रश्न हैं। अंगूरी का पूछना कि शादी क्यों की जाती है और माँ का उत्तर औरत का मुँह बंद करने के लिए और पुरुष का सेवा जतन करने के लिए और अंगूरी का प्रतिप्रश्न 'दामाद लोग क्या बीमार रहते हैं?' ये सभी दरअसल समाज की दकियानूसी व्यवथाओं पर प्रश्न है।

कुल मिलाकर तसलीमा ने आत्मकथा के साथ-साथ विविध विधाओं में स्त्रियों को केंद्र में रखते हुए जो कुछ भी लिखा और स्त्रियों के जीवन का जो कुछ भी चित्र खींचा है उसे उनकी ही कविता 'प्रगति की पृष्ठभूमि' के आधार पर संक्षेप में इस प्रकार व्यक्त किया जा सकता है –

'उसने बाँझपन के कारण पहली बीवी को तलाक दे दिया
लड़की पैदा होने की वजह से दूसरी को
और तीसरी बीवी को तलाक दिया है दहेज़ न लाने के कारण
चौथी को घर लौटकर पीटता है
दो कच्ची मिर्च या एक मुट्ठी भात के लिए।'[71]

(च) स्त्रियों के विसंगतिपूर्ण जीवन का कारण :

तसलीमा ने स्त्री के शुष्क और कटीले तारों से घिरे जीवन का कारण ढूँढते हुए यह पाया कि इसकी जड़ पितृसत्ता और इसके धर्म से गठजोड़ में है।

(i) पितृसत्ता :

तसलीमा के अनुसार पुरुषतंत्र या पितृसत्ता, "एक तंत्र है जहाँ नियम कानून

पुरुष के पक्ष में है, सामाजिक विधि व्यवस्था पुरुष के पक्ष में है, इस सामाजिक संसार में जो कुछ भी है, सभी कुछ पुरुष के अपने पक्ष में है। सब कुछ पुरुष केन्द्रित है।"[72] तसलीमा की आत्मकथा में जो भी पुरुष दिखे वे सभी स्वच्छन्द, हावी और शोषण करने वाले व्यक्ति के रूप में दिखते हैं और स्त्रियाँ उनके चंगुल में फँसी चिड़ियों की तरह बेसुध। वास्तव में 'अगर कोई औरत मुट्ठी में आ जाए तो कोई भी मर्द नहीं चाहता कि वह अपना सिर बचाकर भाग जाए।'[73] इसका सबसे बड़ा उदाहरण है तसलीमा के पिता रजब अली और पहले पति रुद्र। तसलीमा के पिता का जीवन और उनका चरित्र समाज के पुरुष का चरित्र साबित होता है क्योंकि रजब अली जो अपने जीवन में करते दिखते हैं वही तसलीमा के जीवन में आने वाले अन्य पुरुष, पुरुष मित्र, पति और भाई आदि भी करते दिखते हैं। रजब अली ने स्वयं को परिवार का सर्वेसर्वा घोषित कर रखा था –'मेरी इच्छा के विरुद्ध चलेगी तो घर से बाहर हो जा। यहाँ रहने की क्या ज़रुरत है? मेरा ही खाती है, मेरा ही पहनती है, मेरी बातों को अक्षरशः मानकर ही इस घर में रह सकती है।'[74] जितना उनके काम और बातों का मूल्य होता था उससे कई गुना कम उनकी माँ की बातों और कार्यों का मूल्य था। जहाँ तसलीमा की 'माँ की मर्जी से इस घर में पत्ता तक नहीं हिलाता था' वहीं पिता 'के पास हाजरहा इख्तियार थे। अगर वे चाहें, तो हम सबको उपासे रख सकते थे, अगर वे चाहे, तो सबको भर पेट सुख दे सकते थें। अगर वे चाहे तो अपने आतंक से समूचे घर में थर्राहट भरकर, सन्नाटे में बदल सकते थे।'[75] पिता बाहर निकलकर अन्य स्त्रियों के साथ संसर्ग करते थे और लफ्फाजी भी करते–'किसी का गोरा रंग देखते ही पिताजी चाहे वह साली हो या चकलादार की बीवी, उसके साथ लग जाते थे'[76] किन्तु किसी स्त्री को ऐसा करता देख उसको बेहया या बदचलन की ही संज्ञा दी जाती।

पुरुष अपनी यौन आकांक्षा के लिए स्त्री का शोषण करता है। जैसा कि मामा शराफ और चाचा ने तसलीमा के साथ किया। तसलीमा की आत्मकथा में लगभग सभी पुरुष 'खिलाड़ी मर्द' बनकर 'जिस तिस औरत से खेलते'[77] हुए दिखते हैं। सारी सहूलियतें लड़कों के लिए ही होती है। जैसे कि 'माँ और बड़े मामा दोनों ने एक साथ पढ़ाई शुरू तो की किन्तु अंत नहीं किया। पढ़ाई के दौरान ही उनमें भेदभाव किया जाने लगा। माँ को भाई की मेज साफ रखनी पड़ती, फल नाना केवल मामा के लिए ही लाते वही मामा 'अचानक न जाने कब बड़े हो गए, बढ़ते-बढ़ते उन्होंने असमान छू लिया और माँ जहाँ थीं, वहीं रह गई। माँ को आज भी ईर्ष्या होती थी पर क्या वह ईर्ष्या इस व्यक्ति के प्रति थी?'

दरअसल यह ईर्ष्या व्यवस्था के प्रति थी और यह व्यवस्था थी 'पितृसत्ता की व्यवस्था'। तसलीमा इस पुरुषतंत्र से निकलने की हिदायत 'ओ मन जागो' कविता में कुछ इस प्रकार देती हैं-

ऐसा पूरा का पूरा मर्द, कभी मत बसाये रखना दिल में,
पुरुष जब अंतस में दाखिल होता है, अकेले दाखिल नहीं होता,
दाखिल होता है समूचा पुरुषतंत्र!

oooo

इस तंत्र के मोहक मन्त्र पर अगर तुम हुई मुग्ध, प्यार से पुलकित, तो,
समझ लो, तुम्हारी मौत हो गई, निश्चित है तुम्हारी मौत!
ओ मन, तुम उठो, नाचो अपनी तरह,
तुम जिंदा रहो अपनी तरह![78]

इस पितृसत्तात्मक व्यवस्था का एक अन्य उदाहरण वे बांग्लादेश की बसों में स्त्रियों के लिए व्यवस्था के आधार पर स्पष्ट करती हैं। बांग्लादेश की बसों में स्त्री यात्री के आने पर उसे किसी स्त्री या किसी वृद्ध के बगल में ही बैठने का ही नियम था। एक बार इस घटना से पाला पड़ते हुए तसलीमा ने जो महसूस किया वह लिखती हैं, "पराये मर्द के बगल में बैठना सुरक्षित नहीं है, इसलिए बसों में यह नियम चालू किया गया। लोगो का ख्याल है, औरतों के लिए सबसे सुरक्षित, अपना मर्द होता है! सबसे सुरक्षित जगह, अपने मर्द का घर होता है यानी पति का घर! काश!, कंडक्टर को यह जानकारी होती कि मेरे लिए वही घर सबसे असुरक्षित साबित हुआ है।"[79] 'औरत को हर समय अपने बचाव के लिए तरकीबों से भरा रहना पड़ता है-हमारे मर्द जब ज़रुरत से ज्यादा समझने का नाटक न करें, तो सामूहिक विपत्ति की आशंका हर वक़्त रहती है। औरत की छठी इन्द्रिय चूँकि हर वक्त चौकन्नी रहती है, इसलिए आशंका का अंदाजा लगाने में तकलीफ नहीं होती।"[80]

पितृसत्तात्मक मानसिकता किस प्रकार हावी होकर मनुष्य को ही निकृष्ट बना देती है वह तसलीमा ने राष्ट्रपति इरशाद के माध्यम से दिखाया है, जिन्होंने पुत्र न होने की सामाजिक बदनामी और राजनीतिक वारिश के अभाव की पूर्ति के लिए क्या-क्या नहीं किया। तसलीमा लिखती हैं, "इरशाद को कोई बच्चा-कच्चा नहीं था। इसलिए कुसंस्कारी लोगो ने उन्हें निरबंसिया कहकर बुलाना शुरू कर दिया। जो मर्द बच्चे पैदा नहीं कर सकता वह भला कैसा मर्द? ऐसा मर्द अगर देश चलाएगा तो देश की फसल कम हो जायेगी। वगैरह-वगैरह! ये बातें हवा में तैरने लगीं। हवा पर काबू पाने के लिए, उन्होने एक अधकचरा

नाटक किया, काफी कुछ कच्चे अंडे, पके अंडे कर देने जैसा। अचानक अपनी बीवी, रौशन को लोगों के सामने हाज़िर किया और उसकी गोद में एक बच्चा बिठाकर, ऐलान किया- लो, अब वे बाप बन गए हैं।"[81]

तसलीमा हर उस कार्य का परित्याग करने की सलाह देती हैं, जिसमें पितृसत्ता के तत्व मौजूद दिखाई पड़ते हैं। उदाहरण के लिए 'तुम्हारा क्या' कविता में -

'कहा था तुमने, मैं जींस पहनकर न सोया करूँ
लेकिन मैं जींस पहनकर ही सोती हूँ।'[82]

"कोयले को लाख धोने के बाद जैसे उसकी कालिमा नहीं मिटती, मर्दों का चरित्र बिलकुल वैसा ही होता है, जर्जर बुड्ढे होने के बावजूद वे शुद्ध पवित्र नहीं होते।"[83] समाज में पितृसत्ता की पैठ के कारण ही मन्नू भंडारी लिखती हैं, "पिछले-पैंतीस चालीस वर्षों में स्त्री ने जड़ संस्कारों से अपने को बहुत कुछ अलग कर लिया है, पुरुष आज भी जिसमें बंधा बैठा है। अति-आधुनिकता का दम भरने वाले पुरुष भी व्यवहार के धरातल पर निहायत ही दकियानूसी सिद्ध होंगे। चमड़ी की एक परत उतारिए रूढ़ संस्कारों से ग्रस्त वही सामंती पति विराजमान मिलेगा। यदि पुरुष इन संस्कारों से मुक्त हो जाए जिसके चलते हर बात और हर क्षेत्र में वर्चस्व उसका, अधिकार उसके, तो स्त्री को तो अपने आप मुक्ति मिल जाएगी।" इसीलिए वे यह विचार रखती हैं, "आज स्त्री-विमर्श से कहीं अधिक पुरुष विमर्श की आवश्यकता है।"[84] दरअसल मैत्रेयी पुष्पा के शब्दों में कहें तो तसलीमा के विचार कुछ इस तरह के हैं कि ऐसा लगता है 'गुरूर से फूले हुए गुब्बारे में एक स्त्री ने कलम चुभो दी, भयानक विस्फोट हुआ।'[85]

(ii) धर्म और पितृसत्ता का गठजोड़ :

2005 में उत्तर प्रदेश में हुआ 'इमराना रेप केस' स्त्री जीवन में धर्म और पितृसत्ता की दखलंदाजी का सबसे बड़ा प्रमाण है। इस मामले में शरीयत का सहारा लेते हुए दारुल-उलूम-देवबंद ने बलात्कारी ससुर को ही इमराना का पति इस बिनाह पर घोषित कर दिया जाना कि कुरान की आयत (सूरा 4: आयात 22 जिसमें मुहम्मद के अपने मुँह बोले बेटे की बीवी से निकाह किए जाने पर जिक्र है) इसका हुक्म देती हैं, अत्यंत ही दुखद और खेद का विषय है। इसके अतिरिक्त वे धर्म ग्रन्थ 'मकसुदुल मोमिनीन' में औरतों के सम्बन्ध में किए प्रावधानों का जिक्र करती हैं[86] जिसमें औरतों के लिए पैतीस नसीहतें की गई हैं। इन नसीहतों के अनुसार स्त्री को हर क्षण अपने पति की सेवा में तत्पर होना चाहिए चाहे वह जैसा भी हो। इसके अतिरिक्त वे हिंदू धर्म ग्रंथों में भी स्त्रियों

की स्थिति का अवलोकन करती हैं। वेदांग, उपनिषद्, महाभारत, वृहदारण्यक उपनिषदों आदि के तमाम उदाहरण पेश कर वे दिखाती हैं कि स्त्रियों को किसी भी धर्म में पुरुष से श्रेष्ठ या कम से कम उसके बराबर होने का दर्जा नहीं दिया गया है। इस्लाम का सहारा लेकर बांग्लादेश और अन्य मुस्लिम देशों में कई बार स्त्रियों के विरुद्ध फतवा जारी कर उन्हें मार दिया गया है। इसके लिए तसलीमा कई घटनाओं का जिक्र करती है- नूरजहाँ[87] (जिसे जमीन में गाड़ कर ऊपरी भाग पर पत्थर से मार-मार कर हत्या कर दी गई), फिरोजा[88] (जिसे हिन्दू लड़के से प्रेम के कारण झाड़ू से मार-मार कर मौत के घाट उतार दिया गया), सिम्मी[89] जिसने सामाजिक अपमान के भय से ज़हर पी लिया, गाँव की तीस औरतों के विरुद्ध फतवा और जाति से बाहर किया जाना[90] (क्योंकि इस्लाम में परिवार नियोजन प्रतिबंधित है और उन औरतों ने इसे अपनाया था) आदि-आदि घटनाएँ, जो तसलीमा की आत्मकथा, आलेखों और कविताओं सभी में किसी न किसी रूप में मौजूद हैं। वे धर्मग्रंथों जैसे कुरान में अल्लाहताला द्वारा स्त्री के लिए सम्बोधन-पान-पत्र, सुराही, प्रस्रवण, निसृत सुरापूर्ण प्याला, खेत आदि और सामान्य जीवन में स्त्रियों के लिए प्रयोग किए जाने वाले रमणीय शब्दों मसलन 'माल', 'रमणी', अन्त:पुर्वासिनी', पुरबाला, अनाघ्राता, पद्मिनी, अर्धांगिनी और पतित होने सम्बन्धी शब्द-नष्ट, पतित, असती, अलक्ष्मी, बंध्या, रक्षिता, भार्या, पतिव्रता आदि के आधार पर यह दिखाना चाहती हैं कि भाषाई स्तर पर स्त्री के लिए इस प्रकार के शब्दों के प्रयोग का कारण यह है कि 'धर्म उन्हें उकसाता है और समाज और राष्ट्र उन्हें प्रश्रय देता है।'[91] कलकत्ता के साहित्य संसद द्वारा प्रकाशित शब्दकोष और बांग्लाभाषा के समानार्थी शब्दकोश के आधार पर तसलीमा ने लिखा कि बांग्ला शब्दकोश में पुरुष शब्द का अर्थ 'मनुष्य' है किन्तु नारी को मनुष्य नहीं कहा गया।[92] दरअसल इस प्रकार के शब्दों का प्रयोग कर पुरुष स्त्री को जाएकेदार फल बना उसे 'इमली की तरह चूसना चाहता है, अमरुद की तरह काटना चाहता और अनार की तरह निचोड़ना चाहता है।'[93] और यदि पुरुष के लिए कुछ शब्दों का प्रयोग हुआ भी तो उसकी तुलना हमेशा शक्तिशाली चीजों से करते हुए उसे -पुरुषोत्तम, पुरुष-पुंगव कहा गया और बाघ, सिंह, पुंगव(सांड) से उसके पराक्रम को जोड़ा गया।

इससे साबित होता है कि धर्म की नींव में ही पितृसत्ता है और ईश्वर का भय दिखाकर या उनका आदेश बताकर कई बार स्त्रियों के साथ धोखा किया जाता है। ऐसे में इस बात की सम्भावना व्यक्त किया जाना कि जब मातृसत्ता का अंत हुआ तो यह भी सम्भव है कि पितृसत्ता का भी अंत हो! पूर्ण होने के

आसार नजर नहीं आते। जैसे-जैसे समाज वैज्ञानिकता, तकनीक और तथाकथित विकास की ओर बढ़ रहा है वैसे-वैसे स्त्री और पुरुष का भेद भी खत्म होना अपेक्षित है। किन्तु यह भेद खत्म होने के बजाए अलग-अलग रूपों में सामने आता रहता है। ऐसे में यह प्रश्न उठना लाजिमी है कि पितृसत्ता को इतना मजबूत आधार कहाँ से मिला? क्यों पुरुषों ने तो स्त्रियों की नींव को हिलाकर अपनी सत्ता स्थापित तो कर ली किन्तु स्त्रियाँ पुनः उस स्थान को प्राप्त नहीं कर सकीं? इस प्रश्न का उत्तर तसलीमा के अनुसार 'धर्म' है। उनके अनुसार धर्म ने पितृसत्ता को सींचा है और पितृसत्ता ने धर्म को खत्म नहीं होने दिया। दोनों ने गठजोड़ बना स्त्री को निरंतर ठगने का काम किया है -"धर्म के कवच का इस्तेमाल करते हुए पितृसत्तात्मकता को बनाए रखने की साजिश काफी पुरानी है।"[94] पुरुष ने अपनी सहूलियत के लिए ही धर्म को संरक्षण दिया, जिससे उसकी सत्ता सदैव बरकरार रहे -"धर्म पूरी तरह पितृसत्तात्मक है। मैं धर्म का पालन करूँगी और स्त्रियों के अधिकारों को भी मान्यता दूँगी-यह कहना कुछ ऐसा है कि मैं शहद के साथ ज़हर पिऊँगी।"[95]

ऐसे कई उदाहरण तसलीमा ने आत्मकथा और आत्मकथेतर रचनाओं में प्रस्तुत किए हैं, जिनसे धर्म और पितृसत्ता का गठजोड़ स्पष्ट होता है। तसलीमा ने 'कुरान में नारी' नाम से एक पुस्तक लिखने की योजना बनाई और इस दौरान कुरान और हदीस के बहुत से संस्करणों जैसे-इस्लामिक फाउंडेशन का बांग्ला कुरान, कलकत्ता से प्रकाशित बांग्ला इस्लामी-फाउंडेशन ट्रस्ट का कुरान, मौलाना मउदिर का अनुवाद आदि को पढ़ा। ऐसा इसलिए ताकि धार्मिक विवेचन में किसी प्रकार की कोई त्रुटि न रह जाए। इस सन्दर्भ में अपने बड़े मामा की भी मदद ली। इस अध्ययन के दौरान उन्होंने पाया कि औरतों को लेकर कुरान की कट्टरता को छिपाने के मौलवियों और अनुवादकों ने कुरान के कई तथ्यों को बदल दिया या उनका अलग तरह से अनुवाद कर दिया है। वे इसका एक उदाहरण भी प्रस्तुत करती हैं-अनुवादक ने कुरान की आयत का अनुवाद करते हुए लिखा था कि 'लड़कियों को जब भी मारो, तो धीरे से मारो, चेहरे पर कभी मत मारो...' इस वाक्य के सम्बन्ध में उनके मामा ने बताया कि अरबी कुरान में 'धीरे से मारने' जैसी किसी बात का उल्लेख नहीं है, इसे तो अनुवादक ने अपनी तरफ से जोड़ दिया है। इसी सम्बन्ध में कटाक्ष करते हुए वे लिखती हैं, "जैसे-जैसे दिन गुजरते जा रहे हैं, समाज जितना-जितना आधुनिक होता जा रहा है, औरतों के अधिकार की बात उठने लगी है, इस्लामी मौलवी वर्ग इस्लाम में औरत को मर्यादा दी गई है, यह दावा करने लगे हैं। मौलवियों के इसी वर्ग ने

ही कुरान के अनुवाद के दौरान, अल्लाह की निष्ठुरता छिपाने की जिम्मेदारी उठाई है। मानो अल्लाह ने धीरे से मारने की बात कही है, तो बेहद संवेदन शील नजर आयेंगे।"[96] इसी प्रकार अन्य आयतों के साथ भी खिलवाड़ किया गया। सुरा-अल-नाजल की आयत 21 और 22 को भी यह कहकर बदल दिया गया कि पहले की आयतें शैतान की थीं। इस आयत में अल्लाह की तीन बेटियों 'अललात', 'अलजउजा' और 'अलमनात' का उल्लेख किया गया था। तसलीमा के बड़े मामा ने उन्हें इस सम्बन्ध में बताया कि सन आठ सौ में मुहम्मद की जीवनी लिखने वालों 'इब्ने जरीब', 'अल तबारी', 'अल वाहिदी', 'इब्ने शाद', 'इब्ने इसाक' ने लिखा कि मक्का में मुहम्मद के कोई खास भक्त नहीं थे, जिसके कारण उन्होंने 'कोराइश वंश' की तीन देवियों के आगे सर झुकाया। कोराइश वंश बहुदेववादी था और इसमें मूर्ति पूजा को महत्व दिया जाता था। वे अपने देवता को 'अल्लाह' कहते थे। मुहम्मद ने 'अल्लाह' शब्द इन्ही मूर्तिपूजकों से लिया था। इसी प्रकार 'सूरा हज्ज' की 52 और 53 आयत में भी शैतान का उल्लेख है। इसमें लिखा है कि अल्लाह ने मुहम्मद के पहले जितने भी नबी भेजे सभी शैतान थे। इसका यह तात्पर्य है कि मुहम्मद ने स्वयं को सर्वश्रेष्ठ साबित करने के लिए आयतों में अपने मुताबिक फेर-बदल किए। इसी कारण तसलीमा ने यह प्रश्न उठाया कि मुहम्मद की आयतों/अल्लाह की वाणी में भूल-सुधार की क्या जरूरत थी? ये सुधार अब्दुल्ला नामक व्यक्ति किया करता था। बाद में मुहम्मद ने इस अब्दुल्ला नामक शख्स का क़त्ल कर दिया।'[97] स्पष्ट है कि कुरान में किया गया यह दावा कि पूरे विश्व में उसकी एक ही प्रति है गलत साबित होता है और यह भी सिद्ध होता है कि कुरान की आयतों में कई बार सहूलियत के अनुसार परिवर्तन किया गया है। ये सभी परिवर्तन पुरुषों के द्वारा किया गया है, जिससे स्त्रियों के पक्ष में बहुत ही कम बातें कुरान में दिखती हैं। इसी प्रकार अपनी सहूलियत के लिए की गई कुरान की आयतों की व्याख्याओं के सन्दर्भ में पत्रकार और लेखक शीबा असलम फहमी ने भी हंस 2010 के मार्च के एक अंक में 'इक गोरा हो, इक काला हो, इक लम्बा हो, इक छोटा हो'[98] शीर्षक से लेख लिखकर मौलाना द्वारा की गई इस्लाम की आयत की व्याख्या को प्रस्तुत किया। यह नामी-गिरामी मौलाना अशरफ अली थानवी साहब के द्वारा कुरान की उस आयत की व्याख्या थी, जिसमें पुरुषों को चार विवाह करने की अनुमति प्रदान की गई है। इसमें चार विवाह के पक्ष में उन्होंने कई तर्क गढ़े -जैसे कि स्त्री के मासिक धर्म या 'अय्यामे हैज' में रहने के दौरान या गर्भवती या 'अय्यामे हमल' होने के बाद या बच्चा पैदा या 'वज़्ये

हमल' होने के तीन महीने के दौरान स्त्री अपवित्र होती है और शारीरिक सम्पर्क नहीं बनाया जा सकता। ऐसे में अल्लाह ने पुरुष को यह इजाजत दी है कि वह दूसरी औरत से शारीरिक सम्पर्क करे या उससे निकाह कर ले। दूसरी औरत से निकाह के बाद उसके गर्भवती होने के दौरान पहली औरत भी चूँकि गर्भवती होगी अतः वह तीसरी औरत से विवाह कर सकता है। इसी प्रकार उन्होंने चौथे विवाह के लिए और अन्य स्त्रियों से विवाह या पर-स्त्रीगमन या 'मुताः निकाह' के लिए बेतुके तर्क गढ़ लिए हैं। इन तर्कों का कुरान से कोई लेना देना नहीं है।

आत्मकथा में तसलीमा ने हदीस के अनुसार स्त्रियों की स्थिति का अवलोकन किया और पाया कि हदीस के अनुसार 'दुनिया में सब कुछ भोग के लिए है और दुनिया की सर्वोत्तम सामग्री नेक चरित्र औरत होती हैं','अगर मैं किसी को सिजदा करने का हुक्म देता तो सभी औरतों को ज़रूर हुक्म देता कि वे अपने पतियों को सिजदा किया करें', 'जब भी कोई स्त्री अपने पति से कहेगी कि तुम्हारा कोई भी काम मुझे पसंद नहीं, बस तभी उसकी सत्तर सालों की इबादत बर्बाद हो जायेगी, भले ही उसने दिन में रोज़ा रखकर और रात में नमाज़ पढ़कर सत्तर साल का पुण्य कमा रखा हो', 'पति अपनी औरत को चार कारणों से पीट सकता है -अगर वह अपनी पत्नी को श्रृंगार करके अपने पास आने के लिए कहे और उसकी पत्नी इनकार कर दे, सहवास के लिए पति के बुलावे की वह अनदेखी करे, अगर वह फर्ज़, गुसल और नमाज़ पढ़ना छोड़ दे; पति की अनुमति के बिना वह किसी के यहाँ घूमने जाए', 'जो औरतें पति की दूसरी शादी पर ईर्ष्या न करके सब्र करती हैं, उन्हें अल्लाह शहीदों के बराबर सबाब देते हैं।'[99]

इस प्रकार, पुरुष के पक्ष में किए गए प्रावधानों के कारण ही तसलीमा ने कुरान को 'पतियों के दल में शामिल पुरुषों की रचना' कहा है। दरअसल इस प्रकार का उल्लेख कर तसलीमा यह सिद्ध करना चाहती हैं कि स्त्रियों को धर्म के माध्यम से भय दिखाकर वह सब कुछ करने पर मजबूर किया जाता है, जो पुरुष भीतर ही भीतर स्त्री से अपेक्षा करता है। उदाहरण के लिए पीर अमीरुल्लाह ने पीरबाड़ी आने वाली लड़कियों को इस तरह से 'ब्लैक आउट' कर दिया था कि वे घर नहीं जाना चाहती थीं और न ही विवाह करना चाहती थीं। वे तो बस बहिश्त जाने के ख्वाब देखती। बहिश्त जाने वालों की सूची तैयार की गई, जिसमें लड़कियों का क्रम बनाया गया था।[100] यह क्रम बहिश्त का था या बिस्तर का यह तो वे ही जाने। पीरबाड़ी में लडकियाँ "नौ-दस साल की उम्र से बुरका

पहनने लगी थीं। वे स्कूल नहीं जाती थीं, घर के बाहर नहीं खेलती थीं, घर के बाहर अकेली नहीं निकलती थीं क्योंकि उनके मुरब्बियों ने कह दिया था कि यह सब करने से अल्लाह नाराज़ हो जायेंगे।"[101] इसी प्रकार तमाम मिथक गढ़ स्त्रियों के दायरे को सीमित करने की साजिश भी की गई है। जैसे एक मिथक यह कि "पेड़ों पर लड़कियों के चढ़ने से पेड़ सूख जाते हैं।"[102] इसी कारण अनिल जैन ने 'धर्म के नाम पर' लेख में लिखा, "परलौकिक मृगमरीचिका में इन्सान को फंसाकर उसे दुनिया के यथार्थ से दूर ले जाने का नाम ही आज 'धर्म' है।"[103]

पितृसत्ता और धर्म के गठजोड़ के कारण ही तसलीमा ने दोनों से दूरी बनानी शुरू की "मैं पिताजी से जितनी दूरी महसूस करती थी, उतनी ही अल्लाह के साथ भी। असल में मैं चाहती थी कि ये दोनों ही अनुपस्थित रहें। दोनों ही मुझे दो तरफ धकेल रहे थे कि मेरा अपना कोई अस्तित्व नहीं रहता था, बस दो हिस्सों में बंटी चीरघर की लाश बनकर रह जाती थी।"[104] तसलीमा नहीं चाहती कि सभी स्त्रियाँ इस प्रकार से छिन्न-भिन्न व्यक्तित्व लिए चीरघर की लाश बनी रहें। इसीलिए वे धर्म और पितृसत्ता के गठजोड़ को तोड़ना चाहती हैं।

बांग्लादेश में विभिन्न प्रकार के संवैधानिक और राजनीतिक प्रावधान होने के बावजूद महिलाओं को बराबरी का हक नही मिला है और इसका सबसे बड़ा कारण है इस्लामिक मान्यताओं में विश्वास और पितृसत्ता को बरकरार रखना। आत्मकथा के दूसरे भाग 'उत्ताल हवा' में वह अपनी अम्मी से सवाल करती हैं, "मुझे यह समझ नहीं आता खुद औरत होकर तुम इतना अपमान कैसे कुबूल कर लेती हो? मर्द कुरान हदीस मानकर चल सकते हैं, उन्हें यह इज्ज़त बख्शी गई है। लेकिन औरत होकर तुम, यह सब कैसे मान लेती हो? तुम्हारे शौहर को तुम्हे पीटने का हक है। तुम्हारे बाप की जाएदाद में तुम्हारे भाई को जो मिलेगा, वह पाने की तुम हक़दार नहीं हो। तुमने यह कैसे मान लिया कि मर्द अगर 'तलाक' कह दे तो तलाक हो जाता है? और तुम्हे तलाक कहने का कोई हक नही है। तुम्हे यह कैसे कुबूल है कि जन्नत में तुम्हे बहत्तर संगी-साथी नही मिलेंगे, सिर्फ तुम्हारे शौहर को बहत्तर हूरे मिलेंगी? इसलिए की वह मर्द है? कोर्ट में साक्षी देने जाओ तो तुम्हारी अकेली गवाही को गवाही नही माना जायेगा, दो-दो औरतों की गवाही चाहिए, हालाकि मर्द के मामले में दो-दो मर्दों की गवाही की बिलकुल ज़रुरत नहीं होती। एक ही मर्द की गवाही से काम चल जाता है। मर्द इहलोक में भी ऐश से रहे और परलोक में भी! तुम्हारे लिए, मेरे लिए, हर औरत के लिये, इस दुनिया में अल्लाह ने दुःख-दर्द झेलने का फरमान लिखा है और

उस दुनिया में भी! यह है तुम्हारे अल्लाह का न्याय!"[105] तसलीमा का यह सवाल केवल अपनी अम्मी से ही नही बल्कि उन सभी औरतों से है, जो अपने समाज की दकियानूसी मान्यताओं का आँख मूँदकर पालन करतीं हैं और उस पर किसी भी प्रकार का तर्क-वितर्क नहीं करना चाहतीं। किन्तु तसलीमा मध्ययुगीन सामंती सोच की उपज धर्म और पितृसत्ता के संबंधों पर बात करने की आवश्यकता को महसूस करती हैं, "...औरतों की आज़ादी के बारे में लिखते हुए, जो सबसे बड़ी रुकावट है वह है धर्म और पुरुषतंत्र! दोनों के खिलाफ अगर बात न की जाए, तो कैसे चलेगा? बीच में रुकावट कायम रख कर क्या आज़ादी या अधिकार वसूल किया जा सकता है?"[106]

तसलीमा धर्म और पितृसत्ता के गठजोड़ के सम्बन्ध में लिखती हैं, "औरत पर हो रहे ज़ुल्म-अत्याचार पर लिख रही थी, लोग वाहवाही करते रहे। लेकिन जैसे ही मैंने औरत पर होने वाले अत्याचारों की भीतरी वजहों की छानबीन शुरू करते हुए, धर्म का जिक्र उठाया, तब यह वाहवाही मिलनी बंद ही गई, मैं कट्टरतावादियों की बात नहीं कर रही हूँ। जो लोग पाँच बार नमाज़ नहीं पढ़ते, रोजा नहीं रखते, बकायदा हजामत बनवा कर, सूटेड-बूटेड होकर, अपने को प्रोग्रेसिव या प्रगतिशील कहते हुए घूमते-फिरते हैं; जो औरतें बेआबरू होकर निकलती हैं, पराये मर्दों के साथ अनायास ही मिलती-जुलती हैं, और सबसे बड़ी बात, जो औरतें युग-युगों से नारी-मुक्ति आन्दोलन करती रहीं हैं, जिन्होंने संस्थाएँ खोली हैं, समितियाँ स्थापित की हैं, उन औरतों ने भी नाक भौं चढ़ाकर कहा- लड़की की हिम्मत तो देखो! धर्म को बदनाम करती फिर रही है।"[107] स्पष्ट है कि धर्म और पितृसत्ता के द्वारा बुने हुए जाल में समाज के उन वर्गों के लोग भी फँस चुके हैं, जिन्हें तथाकथित प्रगतिशील की संज्ञा दी जाती है। पर क्या वास्तव में वे प्रगतिशीलता के अर्थ और उसकी गूढ़ता को समझते हैं? क्या धर्म की बैसाखी थामे हुए प्रगतिशील हुआ जा सकता है? क्या हमेशा पुरुषों के हाथ में सत्ता की बागडोर थमाकर समाज और राज्य को प्रगति के मार्ग पर ले जाया जा सकता है? तसलीमा की दृष्टि से तो बिलकुल भी नहीं!

तसलीमा ने धर्म और पितृसत्ता के इस गठजोड़ के विषय में बेगम रुकैया के विचार को आधार बनाया है, जिसे उन्होंने लगभग सौ साल पहले लिखा था, "हमारी यथासंभव अवनति होने पर भी दासत्व के विरुद्ध हम कभी भी सिर नहीं उठा पाए। इसका प्रधान कारण यही समझ में आता है कि जब भी किसी बहन ने सर उठाने की कोशिश की, तभी धर्म की दुहाई या शास्त्रों के वचनों के अस्त्राघातों से उसका मस्तक विचूर्ण हुआ है। हमें अँधेरे में रखने के लिए पुरुषों

ने उन धर्म ग्रंथों को ईश्वर का आदेश-पत्र कहकर प्रकाशित किया है।"[108] स्पष्ट है तसलीमा ने बेगम रुकैय्या के इस कथन के माध्यम से यह स्पष्ट करना चाहा है कि हमारा समाज सौ साल पहले जहाँ था, आज भी वहीं है। बदलाव के जितने प्रयास किए गए सभी को धर्म और पुरुष ने मिलकर कुचल डाला। तसलीमा के सम्बन्ध में भी यही करने का प्रयास किया गया। इस साजिश का ही तो परिणाम है तसलीमा का बहिस्कार और निर्वासन, जिसे वह आज तक झेल रहीं हैं।

स्त्री, धर्म का पालन तो करे पर न तो मस्जिद जाए, न मजार, किसी पुरुष के साथ इबादत भी न करे, वह घर की चाहरदीवारी को ही अपनी मस्जिद समझ ले, वहाँ रह रहे लोगो की सेवा ही को ही अपना धर्म समझ ले, इस्लाम धर्म की ये मान्यताएँ स्त्रियों के प्रति साजिश नहीं तो और क्या है? यह धर्म और पितृसत्ता के ऐसे गठजोड़ का परिणाम है, जिसका सारा हानिकारक पक्ष स्त्रियों की झोली में ही आ गिरता है। दूसरी तरफ पुरुष धर्म-धर्म रटकर अपनी प्रभुसत्ता को यथावत् जारी रखने की साजिश में सफल हो जाता है। 'ये धर्मग्रन्थ पता नहीं, औरत को पुरुष का कितना ऋणी मानते हैं कि यहाँ तक लिखते हैं कि यदि किसी पुरुष के शरीर से सर्वदा पीप या मवाद बहता रहे तो उसके तमाम खून-पीप को औरत अपनी जीभ से चाटकर साफ कर दे, तब भी पुरुष का हक़ अदा नहीं होगा। हजरत अली एक जगह कहते हैं कि 'अगर कोई स्त्री अपने एक स्तन से कबाब और दूसरे स्तन से रसा बनाकर पति को समर्पित करे और पति यदि इससे भी उससे संतुष्ट न हो तो वह स्त्री कितनी भी पुण्यवती क्यों न हो, नरक में फेंकी जायेगी।"[109] बांग्लादेश की वर्णवादी फासिस्ट पार्टी ने कुछ इस तरह का आह्वाहन किया, "औरतों ने जो इतनी लम्बी लड़ाई के बाद, जो आजादी हासिल की है। वह देश की खातिर, वर्ण के खातिर विसर्जित कर दें।"[110] इस विसर्जित होती आज़ादी को देख तसलीमा किस प्रकार चुप रह सकतीं थीं? किन्तु इस चुप्पी को तोड़कर तसलीमा देश निकाला, समाज से बहिष्कार, परिवार से बहिष्कार जैसी यातना मिली। ऐसे में सामान्य स्त्री भला इस तरह की प्रताड़नायें कैसे सहन कर सकती है। यही कारण है कि वह पितृसत्ता और धर्म के द्वारा दिए गए निर्देश का अक्षरशः पालन करती है।

पुरुष हमेशा से ही न जाने क्या-क्या तर्क गढ़कर धर्म को अपने पक्ष में कर स्त्रियों को अपनी मुट्ठी में जकड़ता आया है। यह बात नसबंदी कैम्प में आने वाली स्त्रियों के सन्दर्भ में दिखाई देती है। तसलीमा लिखती हैं, "वैसे मर्द चाहे जिस भी उम्र का हो अपनी क्षमता नहीं खोना चाहता। कैम्प में विभिन्न उम्र की औरतों की ही भीड़ होते हैं। तुम्हें पता चलता है, जिन औरतों को छह-सात

बाल-बच्चे हो चुके हैं और बच्चे पैदा करते-करते जिनकी देह थक चुकी है, वे अगर आपरेशन के लिए राज़ी हो भी जाते हैं, तो उन्हें कैम्प में आने नहीं दिया जा रहा है! वज़ह? उनके पतिदेव! पति लोगों का ख्याल है, बच्चे अल्लाह की मर्ज़ी से होती हैं, अल्लाहताला की मर्जी के खिलाफ कुछ करना गुनाह है।"[111] दरअसल यह अल्लाह की नहीं बल्कि अल्लाह की दुहाई देने वाले पति की साजिश है। उनका मत है इसी प्रकार के 'धार्मिक कट्टरतावाद से ही इंसान प्रगति विरोधी, नारी विरोधी होता है।'[112]

कट्टरपंथ विभिन्न धर्मों के लोगों में आपसी वैमनस्य पैदा करता है और इस वैमनस्य का शिकार स्त्री किस प्रकार होती है यह उनके 'लज्जा' उपन्यास और 'लज्जा 2000' और लज्जा 2002' कविताओं में देखा जा सकता है। इनमें यह दिखाया गया है कि धर्म के नाम पर स्त्रियों का शरीरिक शोषण किया जाता है-'उत्तेजित पुरुषांगों पर लहराती धर्म की ध्वजा!'[113] और 'उसका एक मुसलमानी नाम'[114] स्त्री का बलात्कार करने और उसकी अस्मिता से खेलने के लिए काफी हो जाता है। कैनेडियन लेखिका 'इरशाद माझी' अपनी पुस्तक 'द ट्रबल विद इस्लाम टुडे' में प्रश्न उठाती हैं कि आखिर इस्लाम को क्यूँ माना जाये? तसलीमा भी मानती हैं 'धर्म की ज़ंजीर तोड़कर बाहर निकले बिना भी औरतों की गति नहीं है' और यदि वह बाहर नहीं निकली तो 'औरत पर धर्म का बुलडोजर चलेगा। बुलडोजर तले औरत, औरत नहीं रहेगी, टुकड़े-टुकड़े माँस पिंड में तब्दील हो जायेगी'[115] और इस माँस पिंड से पुरुष खेलता नजर आएगा, अनंत काल तक।

स्त्रियों के लिये बनाए गए कानून अपनी जड़ों में स्त्री विरोधी हैं। वे निरंतर धर्मशास्त्रीय मानदंडों के अनुसार ही निर्देशित किए जाते हैं। इसी कारण महिलाओं की सुरक्षा के लिए बनाए कानूनों को अरविन्द जैन 'उदारवादी और सुधारवादी मेकअप' के रूप में देखतें हैं। वे लिखते हैं, "नारी सम्बन्धी अधिकांश फैसलों की आधार भूमि तो धर्मशास्त्र ही है जो मर्दों के लिए अफीम और औरतों के लिए जहर से भी अधिक खतरनाक सिद्ध हुए हैं।"[116] ममता कालिया धर्म की इसी भूमिका के सम्बन्ध में लिखती हैं, "भारतीय परम्परा ने जहाँ स्त्रियों को ऐसे दस-बीस आर्ष सूक्तों से विभूषित किया है कि वे अपने को देवी समझती रहें, वहीं तमाम ऐसे कटाक्ष भी कए हैं जिनसे वे दानवी सिद्ध हों। यानी मानवीय इन्हें रहने ही नहीं दिया गया है।"[117] केवल इस्लाम ही नहीं हिन्दू, ईसाई आदि धर्मों में भी स्त्री के प्रति की गई ज्यादतियों के साक्ष्य उनके धर्मग्रंथों में विद्यमान हैं। उदाहरण के लिए प्रोटेस्टेंट धर्म में नारी साक्षरता को बढ़ावा इसलिए

दिया गया ताकि स्त्रियाँ बाइबिल पढ़-समझ सकें। लूथर के अनुसार औरतें पुरुष के मुकाबले कमजोर थीं और उन्हें घर का काम-काज करना तथा बच्चों की देखभाल करनी चाहिए। लूथर महिलाओं की आध्यात्मिक बराबरी की वकालत तो करता है मगर राजनीति और चर्च में उनके भाग लेने को गलत मानता है। काल्विन अध्यात्मिक बराबरी की बात तो करता है मगर राजनीति और चर्च के मामले में हिस्सा लेना ठीक नहीं मानता। 1523 ई. में जब कैथोलिक धर्म में पुनः संत की घोषणा की गई तो 55 में से 43 पुरुष थे केवल 12 स्त्रियाँ थीं। 'सिस्टर ऑफ़ चैरिटी' नामक भिक्षुणियों के संघ को स्थापित करके उन्हें एक स्वतंत्र भूमिका अदा करने के लिए तैयार किया गया। प्रोटेस्टेंट और कैथोलिक दोनों धर्मों में स्त्रियों का स्थान अधीनता का ही था। इसी प्रकार गीता भी स्त्री के ही दूषित होने सम्बन्धी प्रावधान करती है पुरुष यहाँ भी नदारद है-

अधर्माभिभवात्कृष्ण प्रदुष्यन्ति कुलस्त्रियः
स्त्रीषु दुष्टासु वार्ष्णेय जाएते वर्णसंकरः।।40।।

अर्थात जब कुल में अधर्म प्रमुख हो जाता है तो कुल की स्त्रियाँ भी दूषित हो जाती हैं और स्त्रीत्व के पतन से वृष्णवंशी! अवांछित संताने उत्पन्न होती हैं।[118]

धर्म और पितृसत्ता के इस गठजोड़ की कलुषित मानसिकता से केवल पुरुष ही नहीं ग्रस्त हैं बल्कि स्त्रियाँ भी इसकी शिकार हैं। तसलीमा लिखती हैं, "नारी जब पुरुषों का प्रतिनिधित्व करती है और पुरुषतंत्र की समर्थक और सहायिका की भूमिका निभाने में सक्रिय होती है, तब नारी-पुरुष अलग-अलग पहचान में नहीं आते। कभी-कभी मुझे यह भी लगता है कि पुरुष को अगर औरत की सहायता न मिली होती, इतना सहयोग न मिला होता (तो) सिर्फ पुरुषों की साजिश और षड्यंत्र पर, सिर्फ पुरुषों की बुद्धि और शक्ति पर पुरुषतंत्र नहीं टिक पाता।"[119] अरुणा बुरटे इस पर चिंता व्यक्त करते हुए लिखती हैं कि 'धर्मान्धता की शिकार स्त्रियाँ स्त्रियों के ही विरोध में खड़ी हो जाती हैं। इसके लिए उन्होंने कई उदाहरण प्रस्तुत किए जैसे-2002 में मुस्लिमों पर जब जेनोसाइडल हिंसा हुई, तब औरतें हिन्दू (धर्मान्धता से तैयार होने वाली पहचान) होने के कारण हिंसा में शामिल थीं। इसी धर्मान्धता का शिकार हो 1987 में कई स्त्रियाँ शाहबानों के विरोध में भी उतरीं। भँवरी देवी के खिलाफ और बलात्कारियों के समर्थन में भी कई औरते सम्मिलित थीं।[120]

स्पष्ट है, धर्म और पितृसत्ता के गठजोड़ ने स्त्री-पुरुष दोनों के चिंतन और बौद्धिक स्तर को प्रभावित किया है। दरअसल पितृसत्ता और धर्म के इस जाल में फँसकर 'औरत अपनी अनंत सम्भावनाओं और स्वाधीनता के आगे खुद इति

खींच देती है'।'[121]

(छ) तसलीमा का स्त्री-विमर्श : पितृसत्ता के समानान्तर या पितृसत्ता के विरोध में

(i) स्त्री विमर्श या नारीवाद

पितृसत्ता के पनपने में जितना समय लगा, उतना ही उसके विस्तृत होने में भी। किन्तु इस विस्तार के दौरान पितृसत्ता से हो रही स्त्री की हानि को जैसे-जैसे समझा गया वैसे-वैसे स्त्रियों की स्थिति में सुधार, उनकी समाज में भूमिका को बढ़ाने का प्रयास भी किया गया। इस प्रयास को दो बिन्दुओं में समेटकर देख सकते हैं-सामाजिक सुधार आंदोलनों में स्त्रियों के लिए उठाये गए कदम और दूसरा नारीवाद या स्त्री-विमर्श के रूप में स्त्री मुद्दों पर चिंतन और बेहतर विकल्पों की तलाश का प्रयास।

पितृसत्ता के समानांतर : सामाजिक सुधार आन्दोलन

पितृसत्ता की जड़ों के फैलने के साथ स्त्री-उत्पीड़न का दौर भी शुरू हुआ। इस उत्पीड़न को हम स्त्री अधिकारों में निरंतर की जा रही कमी, शिक्षा का अभाव, सती प्रथा, पर्दा प्रथा, देवदासी प्रथा, आदि के रूप में देख सकते हैं। इन कुप्रथाओं से निकलने के लिए एकजुट प्रयास उन्नीसवीं शताब्दी के सामाजिक सुधार आन्दोलन के दौरान दिखाई पड़ता है। वस्तुतः ये कदम पितृसत्ता के समानांतर थे, जिनका उद्देश्य पितृसत्ता से मुक्ति नहीं बल्कि स्त्रियों की स्थिति में अपेक्षाकृत सुधार था। उन्हें समाज में प्रस्तुत होने योग्य, घर को उचित तरीके से चलाने योग्य और कुछ सामाजिक प्रताड़नाओं से मुक्त करना था। यह माना गया कि 'अच्छी स्त्री ही अच्छे राष्ट्र का निर्माण कर सकती है', इसलिए यह आवश्यक हो गया कि स्त्रियों को 'अच्छा' बनाया जाए। इसके लिए ही उनकी शिक्षा पर बल दिया गया। यह प्रयास किसी देश या स्थान विशेष तक सीमित नहीं रहा बल्कि समस्त विश्व में इस प्रकार के सुधारवादी आन्दोलन शुरू हुए। अपनी-अपनी परिस्थितियों के अनुरूप कभी आगे, तो कभी पीछे।

यूरोप में धर्म और सामाजिक सुधार आन्दोलन को 'रेनेसा' का नाम दिया गया जब मध्यकालीन अन्धकार से निकलकर समाज और धर्म सुधार का प्रयास किया गया। इस प्रयास में स्त्रियों की दशा विशेषकर उनकी शिक्षा के लिए कुछ प्रयास किए गए। इसी प्रकार भारत में भी समाज सुधार का प्रयास किया गया। विपिन चन्द्र के अनुसार भारतीय समाज सुधार आंदोलनों के दो उद्देश्य थे, "(अ) स्त्रियों की मुक्ति तथा उनको समान अधिकार देना (ब) जाति प्रथा की

प्रताड़नाओं को समाप्त करना तथा खास कर छुआछूत का खात्मा।"[122] भारत में स्त्री-सुधार आन्दोलन 19वीं शताब्दी में जन्मे सामाजिक सुधार अन्दोलन का ही एक हिस्सा रहा है। राधा कुमार समाज सुधार आन्दोलन की पृष्ठभूमि मुगलों के समय से देखती हैं, जब मुगलकालीन शासन व्यवस्था के विरुद्ध छोटे रजवाड़े विद्रोह करने लगे थे। समय-समय पर अलग-अलग जगह पर हुए आंदोलनों ने नई व्यवस्था को लाने और दृष्टिकोण परिवर्तन का काम किया। 1950 के पूर्व तक स्त्री की छवि को 'माँ' के रूप में देखा गया। गांधी, मैडम कामा, सरोजनी नायडू आदि ने स्त्री को 'माँ' के रूप में देखे जाने पर बल दिया। मातृशक्ति को बयान करते हुए कहा 'जो हाथ पालना झुलाते हैं वही दुनिया पर राज करते हैं', गांधी ने नारी के मातृभाव के उद्धारक गुणों पर बल दिया। इन सुधार आन्दोलन से स्त्रियों को लेकर जो महत्वपूर्ण कदम उठाये गए वे हैं-सती प्रथा का अंत, स्त्री शिक्षा के लिए मार्ग प्रशस्तीकरण, बाल-विवाह की समाप्ति, विधवा विवाह, बहु विवाह पर रोक, स्त्रियों का उत्तराधिकार आदि। इन महत्वपूर्ण प्रयासों में राजाराम मोहन राय, हेनरी डेरोजियो, देवेन्द्रनाथ ठाकुर, ईश्वरचंद्र विद्यासागर, ज्योतिबा फुले, सावित्री बाई फुले, विष्णु शास्त्री, करसोन दास मलजी, दादा भाई नौरोजी आदि का नाम उल्लेखनीय है बल्कि इसके अतिरिक्त भी कई अन्य नाम हैं जिनके महत्व को रेखांकित करते हुए, विपिन चन्द्र लिखते हैं, "उन्नीसवीं शताब्दी के सुधारकों का महत्व उनकी संख्या के आधार पर नहीं तय किया जाना चाहिए। वास्तव में वे तो एक नयी धारा के प्रवर्तक थे।"[123]

पितृसत्ता के विरोध में : नारी मुक्ति आन्दोलन एवं नारीवाद

स्त्री-मुक्ति आन्दोलन : स्त्री जीवन में सुधारों का मार्ग और अधिक तेजी से तब खुलने लगा, जब उसने स्वयं आन्दोलन में कूदकर अपने लिए राह बनानी शुरू की। यही कारण है कि स्वतंत्रता आन्दोलन के दौरान स्वतंत्रता प्राप्ति के लिए स्त्रियों ने भी आन्दोलन में बढ़-चढ़कर भागीदारी की, जिससे यह साबित हो सके कि भारत की आजादी केवल पुरुषों की आजादी नहीं है। इस सन्दर्भ में रमाबाई, निरुपमा देवी, ताराबाई शिंदे, काशीबाई कानितकर, आनंदी बाई जोशी, माई भगवती, मनोरमा मजूमदार, कादम्बिनी बाई गांगुली आदि स्त्रियों के नाम उल्लेखनीय हैं। यह समय था, जब स्त्री सम्बन्धी मुद्दों पर खुल कर बहस की गई।

जहाँ स्त्रियों ने स्वतंत्रता आन्दोलन के समय यह दिखा दिया कि आजादी केवल पुरुषों की बपौती नहीं है, वहीं स्वतंत्रता के बाद आज़ाद भारत में स्त्रियों ने और कह सकते हैं कुछ पुरुषों ने भी स्त्रियों को लेकर एक प्रकार की बौद्धिक बहस की शुरुआत की। इस बहस का उद्देश्य पितृसत्तात्मक मानसिकता पर प्रहार

था। इसे नाम दिया गया 'स्त्री-विमर्श'। यह एक उत्तराधुनिक अवधारणा के रूप में आज प्रतिस्थापित है। किन्तु इसकी जड़ें पिछले आंदोलनों से भी जुड़ती हैं। इस विमर्श का उद्देश्य केवल अधिकार पर चर्चा करना ही नहीं बल्कि व्यवहार में उसका उपार्जन भी है। राधाकुमार लिखती हैं, "पूर्ववर्तियों का ध्यान उसकी भूमिका की बजाए उसके स्त्रीत्व पर अधिक था जबकि बाद के नारीवादियों ने उसकी पुनरुत्पादक क्षमता के बजाए उत्पादक क्षमता को रेखांकित किया।"[124]

राधा कुमार का मानना है कि स्वतंत्रतापूर्व जो भी महिला आन्दोलन हुए उस पर साम्राज्यवाद का असर है जबकि स्वतंत्रता के बाद हुए नारीवादी आंदोलनों पर लोकतंत्र के अनुभव का विशेष प्रभाव दिखता है। आंदोलनों के दो रूप दिखते हैं -पहला- इसमें कम्युनिस्टों का अन्न अभियान, शराब विरोधी आन्दोलन, चिपको आन्दोलन, मूल्यवृद्धि विरोधी महिला अभियान सम्मिलित किए जा सकते हैं, जबकि दूसरे पक्ष में वे आन्दोलन थे, जिसमें पुरुषों का वर्चस्व था किन्तु इसमें महिलाओं ने भी जमकर भागीदारी की थी, जैसे स्वाधीनता तिभागा और तेलंगाना आन्दोलन। प्रथम प्रकार के आन्दोलन में स्त्रियों की भूमिका केवल एक गृहणी के रूप में रह गई जबकि दूसरे में पुरुषों की समस्या पर अधिक ध्यान दिया गया। किन्तु इसका लाभ यह हुआ कि इस समय स्त्रियों ने स्वयं को एकजुट करना सीखा।

नारीवाद : नारीवाद के लिए अंग्रेजी में 'फेमेनिज्म' शब्द का प्रयोग किया जाता है, जिसे लिंगों के राजनीतिक, आर्थिक, सामाजिक और व्यक्तिगत समान अधिकार के लिए किए गए आन्दोलन के रूप में देखा जाता है। 'फेमिनिज्मे' शब्द का सर्वप्रथम प्रयोग फ्रांसीसी दार्शनिक चार्ल्स फोरिए ने 1837 में किया।[125] वेबस्टर डिक्शनरी के अनुसार -1. यह लिंगगत राजनीतिक, आर्थिक और सामाजिक समानता का सिद्धांत है। 2. यह स्त्रियों के अधिकारों और उनकी आवश्यकताओं पर आधारित व्यवस्थित आन्दोलन है।[126] "बीसवीं सदी के मुक्ति संघर्षों में स्त्री का मुक्ति संघर्ष शायद सबसे अधिक मूलगामी और सार्वभौमिक रहा है। सबसे अधिक अहिंसक, रक्तहीन और सत्याग्रही भी। इस संघर्ष की व्यापकता का महत्वपूर्ण पक्ष यह भी है कि 'यह जितना अधिक बाहरी स्तर पर संगठित और घटित हुआ है, उतना ही आन्तरिक स्तर पर भी। वह एक साथ आत्मसंघर्ष भी रहा है। आत्मबोध, आत्मविश्लेषण और आत्माभिव्यक्ति का संघर्ष भी। दर्शन, मनोविज्ञान, इतिहास जैसी अनेक विधाएँ इस संघर्ष पर एकाग्र हुई हैं और स्त्री के मुक्ति संघर्ष का एक समृद्ध शास्त्र विकसित हुआ है, जिसे समग्र रूप से स्त्री-विमर्श कह दिया जाता है।"[127]

वस्तुतः स्त्रीवाद एक राजनीतिक विचार है, जो समाज से स्त्री के लिए न्याय की माँग करता है और लैंगिक विभेद की मनोवृत्ति को समूल नष्ट करना चाहता है। आक्सफोर्ड एडवांस लर्नर डिक्शनरी में स्त्रीवाद को इस तरह से परिभाषित किया गया है, "इस बात में विश्वास कि औरत को भी पुरुषों के समान अधिकार और अवसर (संवैधानिक, कानूनी, राजनैतिक, सामाजिक और आर्थिक आदि) मिलना चाहिए, नारीवाद है।"

एक आन्दोलन के रूप में यह पश्चिमी देशों फ्रांस, इंग्लैंड और अमेरिका में शुरू हुआ। "जब महिलाओं ने अपनी सामाजिक भूमिका को लेकर सोचना-विचारना आरंभ किया, वहीं से स्त्री आंदोलन, स्त्री-विमर्श और स्त्री-अस्मिता जैसे संदर्भों पर बहस शुरू हुई। स्त्री-आंदोलन में जहाँ एक ओर स्त्रियों की भूमिका को सामने लाने का प्रयास हुआ और उनकी सामाजिक, राजनीतिक भागीदारी को स्वीकार किया तो वहीं स्त्री-विमर्श ने स्त्री को बहस के केंद्र में लाने का प्रयास किया, जिसमें एक ओर समाज में उसकी दोयम दर्जे की स्थिति को बताया गया तो दूसरी ओर उससे जुड़े मुद्दों को बहस के जरिए केंद्र में रखा गया, जिसमें स्वतंत्रता, समानता और अस्मिता जैसे प्रश्नों को उठाया गया।"[128] विश्व में फेमेनिज्म को लेकर भिन्न-भिन्न मत है। कुछ सूदूर पश्चिमी फेमेनिस्ट इतिहासकारों का मत है कि स्त्रियों के लिए अधिकारों के लिए हुए सभी आंदोलनों को फेमेनिज्म के अंतर्गत सम्मिलित किया जाना चाहिए। जबकि कुछ का मत है कि इस शब्द का प्रयोग केवल आधुनिक स्त्रीवादी आंदोलनों के लिए ही किया जाना चाहिए और उससे पूर्व हुए आंदोलनों को वे 'प्रोटो-फेमेनिस्ट' कहते हैं।

जो भी हो स्त्रीवादी दर्शन के क्रम में सर्वप्रथम सुकरात, प्लेटो, अरस्तू, हीगेल आदि के मत को भी देखा जा सकता है। 'समाज विज्ञान कोश' के अनुसार 'प्लेटो और अस्तू' से लेकर देकार्त के विमर्श को देखकर एकबारगी तो ऐसा लगता है कि जैसे इन दार्शनिकों ने स्त्री को दर्शन की सीमाओं से बाहर रखने की परियोजना चला रखी हो।'[129] रूसो ने स्त्री को बौद्धिक गतिविधियों से अयोग्य माना। हीगेल ने 'प्राइवेट' और 'पब्लिक स्फीयर' बना कर पब्लिक स्फीयर में जाने की स्त्री की क्षमता ही छीन ली।[130] स्त्री के लिए इस प्रकार के दमनकारी दृष्टिकोण का आंकलन करते हुए जेन फ्लेक्स ने इसके लिए पुरुषों की 'साइकोसेक्शुअलिटी' को उत्तरदायी मानते हुए पुरुष दार्शनिकों द्वारा प्रतिपादित सिद्धान्तों को उनकी 'मेस्क्युलिन' आग्रहों की वजह से असत्य घोषित किया।[131] दूसरी तरफ जैक देरिदा जैसे दार्शनिकों ने नारीवाद का ही खंडन किया। इसका कारण सम्भवतः स्त्री और पुरुष के रूप में जेंडर-द्विभाजन को अस्वीकार

करना हो सकता है। उनक मत था कि 'स्त्री जब अपनी आवाज़ हासिल करने का दावा करती है तो उसकी कोशिश का अंत दरअसल पुरुष की तरह बोलने में होता है।'[132]

प्रभा खेतान के अनुसार नारीवाद के महत्वपूर्ण प्रश्न हैं -पति के वर्चस्व पर सवालिया निशान, यौनिकता का चुनाव, विवाहेतर संबंधों का दावा, तलाक की बढ़ती हुई संख्या और बड़ी संख्या में स्त्रियों का अकेले जीवन यापन करना, बच्चे माँ-बाप की सम्पत्ति और परिवार का औचित्य? इस प्रकार 'नारीवाद', नारीवादी आन्दोलन से होता हुआ 'स्त्री-विमर्श' तक क्रमशः आगे बढ़ा और इस आगे बढ़ने के साथ-साथ उसके उद्देश्य और औचित्य के प्रश्न में भी परिवर्तन हुआ। इसीलिए इसे 'व्यवस्था परिवर्तन का समग्र प्रश्न'[133] कहा गया है।

वस्तुतः यदि प्रसिद्ध नारीवादी अन्दोलनकर्ता अरुणा बुरटे के शब्दों में कहें तो 'नारीवादी आन्दोलन एक होमोजिनियस प्रवाह नहीं है, उसमें अनेक शेड्स हैं।'[134] इसी कारण आधुनिक स्त्री-विमर्श को चार मुख्य धाराओं या लहरों में विभक्त कर देखा गया है। वस्तुतः भारतीय उपमहाद्वीप में उठे स्त्री-विमर्श को विश्व में प्रचलित रहे नारीवाद की तीसरी लहर के अंतर्गत रख कर देख सकते हैं, जो लैटिन अमेरिकी, एशियाई और अश्वेत नारियों से सम्बन्धित थी। इसमें समाज की विभिन्नता के अनुसार स्त्री-विमर्श के स्वरूप में भिन्नता का पुट मौजूद था। इस रूप में यह पाश्चात्य स्त्री-विमर्श से भिन्न था। यहाँ इतनी भिन्नता रही है कि समस्त स्त्रियों के लिए एक सिद्धांत के आधार पर यहाँ काम नहीं किया जा सकता। इसीलिए 'अल्पसंख्यक स्त्री', 'दलित स्त्री', 'आदिवासी स्त्री' और 'सवर्ण स्त्री' जैसे मुद्दे मुखरित हुए। इन मुद्दों एवं तत्संबंधी समस्याओं को साहित्य के माध्यम से मुखरित किया गया। इस साहित्य के रूप में उपन्यास, कहानी, कविता और आत्मकथा ने विशेष भूमिका का निर्वाहन किया। यह साहित्य स्वयं स्त्रियों के माध्यम से तो लिखा ही गया लेकिन इसमें पुरुषों ने भी काफी योगदान दिया।

(ii) तसलीमा का स्त्री विमर्श :

सुधा अरोड़ा 'स्त्री से जुड़ी समस्याओं को देखना-परखना एक बर्रे के छत्ते में हाथ डालने' के समान मानती हैं।'[135] ऐसा इसलिए कि विश्व और भारतीय उपमहाद्वीप में स्त्रियों को लेकर अनगिनत मुद्दे हैं और इसके लिए किसी एक मत या एक सिद्धांत के आधार पर निर्णय नहीं किया जा सकता है। राजेन्द्र यादव की नज़र में स्त्री एक 'फ्लोटिंग इकाई'[136] है, जिसका अपना कुछ भी नहीं है। इस सबकुछ विहीन स्त्री के विषय में चिंतन करना या स्त्रीवादी बनना तसलीमा

का कोई पूर्व निर्धारित प्रयोजन नहीं रहा। बल्कि यह तो अंतःकरण में उठ रही प्रतिक्रिया है, जिसे देखने और सुनने वालों ने स्त्रीवाद का नाम दिया और तसलीमा को स्त्रीवादी होने की उपाधि। तसलीमा का स्त्री चिंतन स्वयं से प्रारंभ होकर समाज के हर वर्ग की स्त्री के चिंतन तक जाता है। इस चिंतन में वे पाती हैं कि 'कोई भी औरत सुखी नज़र नहीं आती'[137] और 'माफ़ करने के अपार धन से भरी पड़ी है'।[138] इस कारण वे सर्वप्रथम स्वयं के जीवन के द्वारा या उसका उदाहरण प्रस्तुत कर स्त्री को पितृसत्तात्मक संस्कारों के चंगुल से निकल आने के लिए प्रेरित करती हैं। रुद्र से अपना रिश्ता तोड़ते हुए वे मन ही मन कह उठती हैं, "ना, मेरी जिंदगी किसी की ज़िंदा बैसाखी बनने के लिए, हरगिज़ नहीं है। किसी दूसरे की बैसाखी बनने के लिए, मै अपनी ज़िन्दगी कुर्बान नहीं कर सकती। रुद्र के लिए मुझे अफ़सोस है। उसके लिए मुझे हमदर्दी होती है। लेकिन इससे भी ज्यादा हमदर्दी मुझे अपने लिए होती है।"[139] अपने लेखन के माध्यम से स्त्री के मन में इसी हमदर्दी को पैदा करने का प्रयास किया है ताकि स्त्री स्वयं के विषय में कुछ सोच सके।

वे स्त्रियों को समस्त पितृसत्तात्मक संस्कारों, गर्भाशयजनित दायित्वों, शारीरिक सीमाओं, सतीत्व की अवधारणा और स्त्रियोचित मानसिकता से बाहर निकल आने के लिए प्रेरित करती हैं। शुलामिथ फायरस्टोन ने तो 1960 के दशक में ही यह घोषित कर दिया था कि 'स्त्री की असली स्वतंत्रता तब घटित होगी जब वैज्ञानिक प्रगति उसे गर्भाशयजनित दायित्वों से मुक्त कर देगी।'[140] वर्तमान में इसी कारण स्त्री-स्वातंत्र्य को उसके शारीरिक स्वातंत्र्य से जोड़कर देखा जाता है। स्त्री को तो हमेशा अपने सतीत्व को ही बचाने की सलाह दी जाती है। "पान में अगर चूना मौजूद न हो, तो लोग बाग़ उसे फीका और बेरंग-बेस्वाद मान लेते हैं, वैसे औरत को, औरत में कुछ भी इधर-उधर हो जाए, तो उसे बर्बाद मान लेते हैं। मर्द कहते हैं कि औरत की मूल संपदा का नाम है- सतीत्व! ये सारे नियम मर्दों ने ही गढ़े हैं। औरतों को विवश किया जाता है कि विवाह से पहले वे अपना कुंवारापन और विवाह के बाद अपना सतीत्व अनछुआ रखें, हिफाज़त करें। विवाह नामक सामाजिक नियम, औरत की देह और मन को मर्द की संम्पत्ति बना देता है।औरत इसी नियम के जाल में फँसी रहती है।"[141] समाज में कुछ इस तरह की व्यवस्था की गई है कि स्त्रियाँ स्वयं को ही हेय दृष्टि से देखने लगती हैं। उन्हें यह नहीं पता होता कि यह सोच हर रोज समाज के द्वारा ही उनके मन में स्थापित किए जाने का प्रयास किया जाता है। उनके कमज़ोर पड़ने से पितृसत्तात्मक समाज को और अधिक बल मिलता है। इसी को लक्ष्य करते हुए

तसलीमा लिखती हैं, "अपने जिस गुनाह की वजह से मैं इतने सब अत्याचार बर्दाश्त कर रही हूँ, वह वजह है- मैं औरत हूँ। मेरी शिक्षा-दीक्षा, मेरी रूचि, मेरी बुद्धि मुझे इंसान नहीं बना सकी, मुझे औरत बनाकर ही छोड़ दिया है। इस देश में औरत की कोई भी योग्यता, उसे इनसान में तब्दील नहीं कर सकती...।"[142]

स्त्री के सम्पत्ति के अधिकार के सम्बन्ध में भी तसलीमा एक बहस खड़ी करती हैं। ऐसा करते हुए वे 'मार्क्सवादी स्त्रीवाद' की पक्षधर नज़र आती हैं। स्त्री के सम्बन्ध में मार्क्सवादी दृष्टि ने यह सिद्ध किया है कि उत्पादन के साधनों और संसाधनों पर अधिकार रखने वाला वर्ग ही सत्ता पर हावी रहा है। पुरुष ने अपनी शारीरिक क्षमता और चालाकी से समस्त सत्ता अपने हाथ में लेकर स्त्रियों को घर में कैद कर दिया। स्टालिन अपने लेख 'अराजकता और समाजवाद' में यह स्पष्ट करते हैं कि "स्त्रियों की मुक्ति तभी संभव होगी जब वे बड़े पैमाने पर, सामाजिक उत्पादन में भाग ले सकेंगी, और जब घरेलू कामों में उनका कम से कम समय जाया होगा।"[143] यह उत्पादन केवल आर्थिक ही नहीं बल्कि राजनीतिक और सामाजिक भी है। इस सामाजिक उत्पादन में भाग लेने के लिए तसलीमा ने सदैव स्त्रियों को प्रेरित किया वे लिखती हैं, "जो कुछ मेरा है, वह मैं शत-प्रतिशत चाहती हूँ। जहाँ बेटों के सृजन में एक शुक्राणु और डिम्बाणु की जरूरत होती है, वहाँ इति गढ़ने में आधे शुक्राणु और आधे डिम्बाणु से काम नहीं चलता। फिर सम्पत्ति में आधा-अधूरा क्यों?"[144] इसी प्रकार कई बार स्त्रियों को उनकी शारीरिक बनावट के आधार पर कमजोर सिद्ध करने का प्रयास किया जाता है। किन्तु वे इसे नहीं स्वीकार करतीं क्योंकि दोनों की उत्पति एक ही प्रकार के तत्व से होती है और दूसरा गुणसूत्रों की अदला-बदली मात्र से यह सिद्ध नहीं हो जाता कि वे कमजोर हैं। हाँ, स्त्री शरीर में गर्भाशय जनित दायित्व उसे कई बार कमजोर बना देता है। ऐसे में तसलीमा और अन्य आधुनिक नारीवादी स्त्री को गर्भाशय और बच्चे पैदा करने के बोझ से ही मुक्त कर देने की माँग करती हैं। वे यौन स्वतन्त्रता में स्त्री को बच्चे पैदा करने या न करने का निर्णय स्वयं लेने की पक्षधर हैं। इसके लिए वे 'नाजन्म क्रांति'[145] की बात करती हैं, जिसके अनुसार स्त्रियों को बच्चे पैदा करना बंद कर देना चाहिए क्योंकि उनकी कोख से जन्म ले रही बच्चियों का समाज में यदि शोषण होना है तो इससे बेहतर है कि वे जन्म ही न लें। हालाँकि तसलीमा के इस विचार को मृणाल पाण्डेय ने 'विश्वव्यापी आत्महत्या'[146] की पैरवी करने वाला बताते हुए खारिज किया है।

तसलीमा को विवाह एक 'भुतहे कांड' और 'कलंक' के समान लगता है,

इसीलिए वे लिखतीं हैं, 'विवाह करके भी कलंक, न करके भी कलंक! अगर मुझे कोई एक कलंक वरण करना पड़े, तो विवाह का कलंक क्यों?'[147] इसी प्रकार वे यह मानती हैं कि एक अकेली और अविवाहित स्त्री भी अपना जीवन उतने ही अच्छे तरीके से गुजार सकती है जितना कि पुरुष। वे भले ही यह मानती हों पर पितृसत्तात्मक समाज ऐसा कदापि स्वीकार नहीं करता बल्कि ऐसी स्त्रियों पर कई आरोप लगाकर उसे समाज से बाहर करके ही दम लेता है। वे लिखती हैं, "मुझे बार- बार यही लगता रहा है कि पति और गृहस्थी अगर ना भी हो, तो भी एक औरत बखूबी ज़िंदा रह सकती है, यह बात साबित करने का सिर्फ एक ही उपाय है- कुछ अर्जन या वर्जन! कुछ अतिरिक्त योग्यता अर्जित करना ज़रूरी है। वर्जन के तौर पर पौष्टिक आहार आदि का वर्जन, साध-आह्लाद, ऐशो- आराम का वर्जन! जैसे विधवाएँ रहती हैं या संन्यास या आत्महत्या वरण करती है या फिर चिता पर बैठ जाती है। अर्जन के तौर पर किसी भी क्षेत्र में असाधारण सफलता प्राप्त करना।"[148] स्पष्ट है, स्त्री की राह पुरुष के बगैर कठिन ज़रूर है पर स्वतन्त्रता के सुख से भरी हुई है, जिसे प्राप्त करने की स्वतंत्रता हर स्त्री को होनी चाहिए तसलीमा इस की पक्षधर हैं।

तसलीमा पुरुषों की स्त्रियों के प्रति प्रतिस्पर्धात्मक मानसिकता की ओर भी ध्यान आकर्षित करती हैं। यह प्रतिस्पर्धा ईर्ष्या को जन्म देती है। वे लिखती हैं, "मर्द की ईर्ष्या की कदर भयंकर होती है इसका मुझे हाड़-हाड़ एहसास हो गया। जिंदगी में जिन कई मर्दों से मैंने रिश्ता बनाया, सिर्फ एक ही वजह से वह प्यार टूट बिखर गया- ईर्ष्या! लोग कहते हैं औरत ईर्ष्या- कातर होती है। लेकिन मर्दों की तुलना में औरतें रत्ती भर भी जलाधुर नहीं होतीं। आज देश-देश में जितने भी अपराध घट रहे हैं, उनका सिंह भाग पुरुषों की ईर्ष्या की वजह से है। मर्द औरतों की देह पर एसिड फेकते हैं, औरतों को गोली मारते हैं, चीर या कुचलकर या पीट-पीटकर, गला दबाकर हत्या कर रहे हैं। महज ईर्ष्यावश! ऐसे कितने मर्द हैं जिन्हें औरत की ईर्ष्या की वजह से अपनी जान देनी पड़ी? कितने मर्दों का सर्वनाश किया है, औरतों ने बताओं?"[149]

नारीवाद की सैद्धांतिकी की दृष्टि से देखें तो तसलीमा को 'प्रो-फेमिनिस्ट' एवं 'रेडिकल फेमिनिस्ट' की श्रेणी में रखा जा सकता है। 'प्रो फेमिनिस्ट' शब्द उन नारीवादियों के लिए प्रयोग किया जाता है, जो नारीवाद में तो विश्वास करते हैं किन्तु इसके लिए किसी नारीवादी आन्दोलन का हिस्सा नहीं बनते। ज्यादातर यह शब्द पुरुष नारीवादियों के लिए प्रयोग किया जाता है। इस प्रकार देखें तो तसलीमा स्त्री के पक्ष में खड़ी अवश्य हुई किन्तु उन्होंने किसी भी प्रकार के

नारीवादी संगठन की न तो सदस्यता ली और न ही किसी भी प्रकार के नारीवादी आन्दोलन का हिस्सा रहीं। हनीफा दीन को दिए गए एक साक्षात्कार में तसलीमा बताती हैं, "I intentionally abstained from membership of any woman's organisation because I believed that as an individual I had the right to say what I wanted, A right that would get qualified if I became part of any women's organisations compromise so much...All my anger and protest is through my writing."[150]

इसी प्रकार तसलीमा के स्त्री-विमर्श को रेडिकल फेमिनिज्म की श्रेणी में इसलिए रखा जा सकता है क्योंकि वे लिबरल फेमिनिस्टों की तरह स्त्री अधिकारों के लिए लोकतान्त्रिक तरीके से इंतज़ार कर प्राप्त करने की राय नहीं देतीं। वे स्त्री को अपने अधिकारों के लिए जागरूक बनाती हैं और उसे समाज से छीन लेने के लिए प्रेरित करती हैं। उदाहरण के लिए 'फेस ऑफ़' कविता-

'चेहरा अब नहीं है, और चेहरों जैसा!
मानो तलैया भर की कीचड़ पर, कोई राक्षस चलकर गुजर गया हो!'
oooo
'वह तुम्हारा चेहरा नोचकर, तुम्हारे चेहरे से अलग नहीं करेगी ...
लेकिन उसने दांत गड़ा दिए हैं
उसने तुम्हारे पुरुषांग को काट खाया
शी 'बाइट्स योर डिक-ऑफ'।[151]

इसका सबसे बेहतर उदाहरण है, तसलीमा की कविता 'विपरीत खेल', जिसे उन्होंने अपनी आत्मकथा के तृतीय खंड 'द्विखंडित' में सम्मिलित किया है-

मेरा अब मन करता है,
पाँच-दस रुपयों में खरीद लूँ कोई छोकरा!
छोकरा खरीदकर, उसकी छाती-पीठ पर
जबरदस्ती लात जमाकर कहूँ-जा स्साला!
छोकरा खरीदकर, उसके कुंचित अंडकोष पर,
लात जमाकर, कहूँ-जा स्साला![152]

किन्तु इस कविता के सम्बन्ध में वीर भारत तलवार का मत कुछ विपरीत है। वे लिखते हैं, "मगर जरा ठहर के सोचिए कि ये एक स्त्री शोषण के सवाल पर एक तात्कालिक आवेगपूर्ण प्रतिक्रिया, एक उग्र प्रतिक्रिया के अलावा इसमें और क्या है? किस लड़के को खरीदकर ले आएगी तस्लीमा नसरीन? हमें आपको तो नहीं खरीद सकती? किसी कमजोर गरीब घर के, किसी आदिवासी-दलित लड़के को लेके आएगी, क्योंकि लड़कियाँ भी तो उसी प्रकार

की पाते हैं पुरुष। तो आप एक कमजोर और गरीब लड़के को वैसे ही खरीद के ले आओगे, जैसे कमजोर और गरीब लड़कियों को लेकर कोई ले आता है? ये कोई नारीवाद नहीं है। ये एक घटना की प्रतिक्रिया हो सकती है, लेकिन इसी उग्र प्रतिक्रिया में आप उस मर्दवादी अवधारणा को आत्मसात कर ले रही हैं, जो मर्दवादी धारणा शरीर का इस प्रकार का उपभोग करके लात मारके उसको भगा देती है।"[153] दूसरी तरफ प्रख्यात स्त्रीवादी आलोचक और लेखिका रोहिणी अग्रवाल का मत है, "स्त्री विमर्श कटघरे में पुरुषवादी स्त्री को खड़ा नहीं करता, पुरुष तंत्र को खड़ा करता है। तब परीक्षण की अनिवार्य एवं संयुक्त प्रक्रिया में उसकी सकारात्मक भागीदारी कहाँ है? शोषण की नींव पर खड़े खंडित घर ही क्या उसे प्रिय हैं जहाँ स्त्री रुदन पृष्ठभूमि संगीत की रचना कर उसके पौरुष और अहं को दीप्त करता है?...तसलीमा नसरीन बिखरकर पुरुष की हिंसा का कोई भी साहित्यिक अनुष्ठान नहीं करना चाहतीं। इसलिए खबरों को आवेग की सघनता, आक्रोश की प्रखरता और विश्लेषण की तटस्थता दे वे नियम कायदों की बिसात ही पलट देना चाहतीं हैं।"[154] जो भी हो तसलीमा के स्त्रीवाद को लेकर कई आलोचक संतुष्ट नहीं दिखते हैं, तो कई आलोचक उनके स्त्रीवाद की सराहना करते नहीं थकते। कुल मिलाकर तसलीमा का स्त्री-विमर्श पुरुषोचित मानसिकता के विरुद्ध खड़ा किया गया एक व्यक्तिगत आन्दोलन है। यह आन्दोलन अपने आप में विशिष्ट है, जिसकी सूत्रधार स्वयं तसलीमा हैं। कई बार उन पर पुरुष विरोधी होने का आरोप लगाया गया है। इस सम्बन्ध में लेखिका और अनुवादक सुशील गुप्ता को दिए अपने एक साक्षात्कार में तसलीमा कहतीं हैं, "मुझे मर्दों की नीयत से शिकायत है कि वह औरतों को बराबरी का हक देने को राजी नहीं हैं। भई, अगर मर्दों के प्रति कड़वाहट होती, तो मै उनसे अन्तरंग सम्बन्ध कैसे बनाती? प्रेम कविताएँ कैसे लिखती? मेरा कहना है कि अगर औरत, मर्द की आज़ादी में दखल नही देती, तो मर्द भी उन की आजादी में दखल क्यों देते हैं? असल में मर्दों की कथनी-करनी में भयंकर फर्क है। कहने को तो वे उदार बनते हैं, मगर औरत, बीवी, प्रेमिका को किसी तरह की आजादी देने को तैयार नही होते। समूची की समूची मर्द जात ही एक जैसी है। मजा यह है कि हमारा समाज, सभ्यता और संस्कृति भी उन्ही की पक्षधर है।"[155]

तसलीमा का स्त्री-विमर्श स्त्री की यौनेच्छा, गर्भधारण की स्वतंत्रता, अपनी देह पर स्वयं स्त्री के अधिकार की पैरवी कुछ इस प्रकार करता है- "एक चीज मेरे विश्वास के अन्दर पक्की तौर पर घर करती जा रही थी, वह थी अपनी चाहों की कद्र करना..., मेरी देह नितांत मेरी है। इस पर दखल करने का हक मेरे

अलावा और किसी का नहीं हो सकता। इस शरीर को मैं कीचड़ में डुबो दूँ या सिर की शोभा बनाऊं, इसका फैसला सिर्फ मैं करूँगी। मैंने एकाधिक मर्दों से शारीरिक संपर्क स्थापित किया है, यह जानकर अनगिनत मर्द मेरे तन-बदन की तरफ टुकुर-टुकुर देखते रहते हैं, मानो यह शरीर आसानी से सुलभ है, हाथ बढ़ते ही उपलब्ध हो जाएगा... उन लोगों को कभी यह ख्याल नहीं आता कि मर्द भी भोग की सामग्री हो सकते हैं। औरत भी मर्द का भोग कर सकती है और वे लोग कभी सपने में भी नहीं सोच सकते कि अगर मैं न चाहूँ तो एकमात्र बलात्कार करने के अलावा वे लोग मेरी देह नही पा सकते।"[156] कुछ ऐसा ही तो अमरकांत के उपन्यास 'इन्हीं हथियारों से' की पात्र कनेरी, सदाशय व्रत से कहती है, "तुम जबरदस्ती करोगे? कर लो, मैं तुम्हारे सामने हूँ। यह तो शरीर मिट्टी का है पर समझ लेना आत्मा नहीं मिलेगी। बिना आत्मा के शरीर चाहे जितना ले लो।"[157]

आज का स्त्री-विमर्श केवल सामाजिक मुक्ति की ही बात नही करता बल्कि देह मुक्ति की बात करता है। वास्तव में स्त्री की मुक्ति तभी होगी जब उसे देह मुक्ति और देह-शुचिता को संरक्षित रखने के दायित्व से मुक्ति मिले। मन्नू भंडारी का इस सम्बन्ध में मत है, "हाँ, इस बात को मैं केवल मानती ही नहीं बल्कि जरूरी भी समझती हूँ कि स्त्री-शरीर के साथ 'शुचिता' का जो तमगा लटका रखा है (पुरुष जिससे पूरी तरह से मुक्त है) उससे स्त्री को मुक्त होना ही है-करना ही है।"[158] इस पहचान के लिए वह किसी के प्रति खुद को कृतज्ञ न महसूस करे बल्कि यह उस का हक समझ कर कुबूल करे। तसलीमा इसी 'देह मुक्ति' की बात करती हैं, और 'यौन स्वतन्त्रता' का पक्ष लेतीं हैं। किसी भी स्त्री को यह निर्णय लेने की स्वतंत्रता होनी चाहिए कि वह अपना शरीर किसे सौंपे या न सौंपे। इस पर किसी भी मर्द का कोई हस्तक्षेप नही होना चाहिए। ये कुछ ऐसे विषय हैं जिसपर चर्चा करना ही पूर्वी देशों में अश्लील माना जाता है। अधिकारों की बात तो दूर है। तसलीमा इस पर खुल कर बात करतीं है। रोहिणी अग्रवाल लिखती हैं, "बेशक समाज ने उन्हें इंसान का दर्जा नही दिया, शिक्षा ने डॉक्टर का ज्ञान तो दिया ही है। वे जानती हैं कि बदन पर हुए घाव को जब तक खोलकर न दिखाया जाए, उपचार सम्भव नहीं है। फिर निर्लज्जता और अश्लीलता की बात कहाँ? इसलिए आयु बढ़ने के साथ-साथ 'एक-एक तिलचट्टा होती चलती' लड़कियों को देख वे मिनमिनाती नहीं, चिल्लाती है कि सतीत्व' बड़े ही अशालीन ढंग से स्त्रियों पर आरोपित एक संस्कार है'(चारकन्या, दूसरापक्ष, पृष्ठ36); कि 'विवाह नामक सामाजिक नियम औरत की देह और मन को मर्द की संपत्ति बना देता है' (द्विखंडित, पृष्ठ 212);

कि 'मै हारून के शारीरिक सुख के लिए रखा द्विपदीय प्राणी मात्र हूँ। मुझे सुबह-दोपहर-शाम को खा पी कर जिंदा रहना पड़ता है क्योंकि वह मझे भोगेगा' (चारकन्या, प्रतिशोध, पृष्ठ143); कि 'मैंने इस नियम को भी अस्वीकार कर दिया है की अगर मेरी देह कोई छुए तो मै सड़ जाउंगी। मैंने तोड़ डाली है ज़ंजीर। पान से पोंछ दिया है संस्कार का चूना।' (द्विखंडित, पृष्ठ 212)।"[159]

आलोचकों के उन्हें अश्लील घोषित करने के बावजूद तसलीमा प्रश्न उठाती हैं, "पितृसत्ता कहती है कि स्त्री की देह कभी न जागे। यदि जाग भी जाए, तो उसे नींद में सुलाए रखने में ही मंगल है। स्त्री को बढ़कर सामने नहीं आना चाहिए। वह यौन दासी है। जो स्त्री काम वासना रखती है, उसे बुरी औरत माना जाता है, जबकि पुरुष यदि ऐसा करे, तो उसे वीर्यवान, शौर्यवान कहा जाता है। इस विषमता के चलते स्त्री-पुरुष में क्या कभी सच्चा और स्वस्थ सम्बन्ध हो सकता है?"[160] यह कथन ओमा शर्मा की कहानी 'बांग्लादेश' में रचना की माँ की हिदायत की याद दिलाता है, जिसमें वह कहती हैं, "...दुनिया बदलती है, वक़्त बदलता है मगर कुछ चीजे हमारे यहाँ कभी नहीं बदलतीं हैं और नही बदलेंगी... उनमें एक है औरत की हैसियत...नुमाइश के लिए वह चाँद पर चली जाए मगर देहरी के भीतर वह एक देह से ज्यादा कुछ नही। और देह भी ऐसी जो पति नाम के पुरुष के संसर्ग से अपना निजी और सामाजिक वजूद हासिल करती है और उसी के द्वारा ठुकराए जाने पर ऐसी बासी जूठन मान ली जाती है कि उसका कोई मोल नहीं बचता।"[161] स्पष्ट है तसलीमा स्त्री की देह पर स्त्री के अधिकार की समर्थक हैं। उनका यह मत 'व्यक्तिवादी नारीवाद'[162] के विचार के समान है जो 'स्त्री का शरीर, स्त्री का अधिकार' की बात करता है और स्त्री के सभी यौन अधिकारों चाहे वे मातृत्व हों या वेश्यावृत्ति सभी का सम्मान करता है और इस सम्बन्ध में स्त्री के निर्णय को प्राथमिकता दिए जाने की पैरवी करता है। तसलीमा यह भी दिखाना चाहती हैं कि स्त्री का यौनांग 'पैसिव' नहीं होता। उसमें भी पुरुष के समान ही उत्तेजना होती है। शारीरिक सम्बन्ध केवल पुरुषों के लिए ही अनिवार्य नहीं हैं स्त्रियों को भी शारीरिक प्रेम की आवश्यकता होती है। इसके लिए उन्होंने 'सिहरन'/'कंपन' शीर्षक से कई कविताएँ लिखी और स्त्री की यौन आकांक्षा को कुछ इस प्रकार अभिव्यक्त किया –

'मेरे मन की उम्र अभी सोलह के द्वार
देह ने किया, पिछले दिनों, बीस पार
इस बयालीस की उम्र ने कहा –
अभी तक तुम्हें पीस रहा, इश्क का ज़हरीला बुखार।'[163]

कई बार तसलीमा इस शारीरिक तृप्ति के लिए किसी पुरुष की आवश्यकता को भी नकार देतीं हैं। ऐसे में वे समलैंगिकता की बात करती हैं। आत्मकथा में भी यह दिखाई देता है कि वे कई बार स्त्रियों के साथ शारीरिक सम्पर्क बनाती हैं और कई बार अपनी देह की तृप्ति के लिए हस्तमैथुन भी करती हैं। ऐसा करने के दौरान ही वे अपनी देह की कद्र करना सीखतीं हैं, जिसे पुरुष द्वारा केवल मसला-कुचला जाता महसूस किया। 'पद्मावती' और 'औरत जन्म' कविता में समलैंगिक रिश्तों के आधार पर यह दिखाया कि शारीरिक तृप्ति के लिए किसी पुरुष की आवश्यकता नहीं-

(पद्मावती कविता)
'होठों का होठों से होता रहा प्यार
प्यार होता रहा आकाश पार
जन्म ले रही थी, नारी से नारी![164]
एवं
(औरत जन्म कविता)
मैं खुद को प्यार करती हूँ।
औरत को!
औरत जन्म को!"[165]

इस दृष्टि से तसलीमा को 'व्यक्तिवादी नारीवादी' कहना गलत नहीं होगा।

चाहे कितनी भी स्त्री मुक्ति की बात कर ली जाए या स्त्री-विमर्श को बढ़ावा दिया जाए, स्त्रियों की स्थिति तब तक यथावत बनी रहेगी, जब तक एक स्त्री स्वयं इस दलदल से निकलने की इच्छा ज़ाहिर नहीं करेगी या जब तक वह स्वयं इसके लिए कदम नहीं बढ़ाएगी। तसलीमा ने यह भी महसूस किया कि कुछ तथाकथित बुद्धिजीवी स्त्रियाँ भी पितृसत्ता की सोच तले दबी हुई हैं, जो न स्वयं और न ही किसी और को इस दायरे से बाहर आने देना चाहती हैं। स्त्रियों पर पितृसत्तात्मक मानसिकता के प्रभाव का उदाहरण प्रस्तुत करते हुए तसलीमा लिखती हैं, "मैंने बहुतेरी महिला चित्रकारों का काम भी देखा है। वे स्त्री को पुरुष की आँखों से देखती हैं। पुरुषों की सिखाई तुलिका से ही स्त्री को चित्रित करती हैं। मैं ऐसी महिला चित्रकार देखना चाहती हूँ, जो पुरुषों की सुडौल बाँहों, उनके नितम्बों, जांघों और यौनांगों की तस्वीर बनाएँ। आखिर पुरुष अंगों के प्रति स्त्री में भी एक स्वाभाविक आकर्षण है ही।"[166] तसलीमा जब गिरफ्तारी के भय से भूमिगत हो गयीं थीं, उसी दौरान प्रख्यात बांग्लादेशी लेखिका पूरबी बासु के पुस्तक विमोचन के कार्यक्रम में प्रबुद्ध मानी जाने वाली

लेखिका सूफिया कमाल का वक्तव्य उन्होंने आत्मकथा में शामिल किया, जिसमें सूफिया तसलीमा की ओर इशारा करते हुए कहती हैं, "तसलीमा नारीवादी विषयों पर लिख रहीं है, यह अच्छी बात है, मगर वह लेखन उग्र नहीं होना चाहिए। हाँ, औरतें असल में माँ होती हैं। उन्हें सहनशील होना चाहिए। मर्द जब भूले से भी गुस्से से भड़क जाता है, नाराज़ होता है, तो गृहस्थी कायम रखने के लिए, औरतों को ही नरम होना पड़ता है। मर्द स्वभाव से ही गर्म होता है। ऐसे में अगर औरत भी ताव खा जाए, तो गृहस्थी कैसे चलेगी? माँ जात को ढेरों जिम्मेदारियाँ होती हैं...मर्दों के खिलाफ बोलना, उग्रता दिखाना औरतों को शोभा नहीं देता। इससे औरत की कमनीयता भंग होती है।"[167] इसके विपरीत सुमन राजे इस प्रकार के प्रकटीकरण का पक्ष लेती हुई लिखती हैं, "स्त्री मुक्ति के विमर्श में यौन-मुक्ति का विमर्श भी अनिवार्यतः जगह पायेगा क्योंकि स्त्री की अन्य गुलामियों में उसकी यौनिक गुलामी भी शामिल है।"[168] और ग्लोरिया स्टाइनेम का मत है, "By telling the truth about her life as a doctor, an artist and a free women in a patriarchy that allows none of those things, Taslima exposes a false world for all to see."[169]

वस्तुतः तसलीमा का स्त्री-विमर्श उन्हें विश्व की शीर्ष स्त्रीवादियों के समक्ष खड़ा कर देता है और कई मायनों में वह उनसे भिन्न भी प्रतीत होती हैं। आत्मकथा 'द्विखंडित' में वे लिखती हैं, "मैं समूची मर्द जात से जंग भी नहीं कर रही हूँ। मैं तो सिर्फ समाज के सड़े-गले नियमों से लड़ रही हूँ; जो नियम औरतों को गुलाम बनातें हैं; उसे भोग की सामाग्री बनाते हैं; उसे 'सेक्स का माल' समझकर, इस्तेमाल करते हैं; औरत को बूँद भर भी मर्यादा नहीं देते, मैं इन मुद्दों पर समाज, धर्म और देश की साजिश के खिलाफ प्रतिवाद कर रही हूँ।"[170] उनके जैसे बेबाक लेखन का साहस बहुत कम ही लेखकों ने किया है। इसी कारण बांग्लादेशी लेखक मीर नुरुल इस्लाम 'बांग्ला की वाणी' पत्रिका में उन्हें 'बिलकुल फर्क नज़रिए की, अनोखी कवि'[171] कहा। विश्व में अन्य कई रचनाकारों ने तसलीमा की तरह ही सवाल उठाये, जिसके कारण उन्हें भी तमाम आलोचनाओं का सामना करना पड़ा, उदाहरण के लिए- ईरान की वफा सुलतान, युगांडा की इरशाद माँझी, पाकिस्तान की तहमीना दुर्रानी और रहील रज़ा, सोमालिया की अय्यान हिरसी अली, भारत की अरुंधती राय आदि। तसलीमा का स्त्री-विमर्श इन सबके समान होते हुए भी इन सबसे भिन्न और विशिष्ट इसलिए हैं क्योंकि इसमें स्त्रियों की मुक्ति का मार्ग उनके सभ्य बन जाने में नहीं बल्कि उनके 'नष्ट' हो जाने (अर्थात् किसी भी प्रकार की परम्परा का पालन न करना) में है। 'ए लड़की सुनो' कविता में तसलीमा स्त्रियों को हिदायत देती हैं, अपनी

चुप्पी से आगे निकल आने की। चाहे उसके लिए उन्हें कितनी भी मुसीबत, लांछन आदि का सामना क्यों न करना पड़े।

'तुम्हे क्या करना है, पता है?
अब, तुम उठकर खड़ी हो जाओ!
पीठ सीधी किए, सर ऊँचा उठाये, खड़ी हो जाओ।
ooooo
वहाँ मौजूद सभी औरते,
तुम्हारी ही तरह वेश्या होने के सपने देखेंगी।[172]

तसलीमा पितृसत्ता से मुक्ति के लिए स्त्री को 'नष्ट' होने की सलाह देती हैं। यह नष्ट होना है- समस्त मान्यताओं, समस्त संस्कारों, समस्त रीति-रिवाजों, समस्त थोपे गए दायित्वों को ठुकरा कर अपने अनुसार जीवन जीना, जिसमें परतंत्रता नहीं स्वतंत्रता हो, स्वाभिमान हो। इसीलिए उनका कहना है, 'नारी के शुद्ध होने की पहली शर्त है उसका नष्ट होना'।"[173] तसलीमा का यह उद्देश्य उनकी कविता 'अगर कर सको, तो घर्षण करो' कविता से स्पष्ट हो जाता है-

'सुनो, अब घर्षिता न होना!
बल्कि बलात्कार को अमादा मर्द का पुरुषांग काटकर,
उसी के हाथ में पकड़ा दो।
या झुला दो उसकी गर्दन में
मुन्ने राजा अब चूसते रहें अपना-अपना दिग्विजयी अंग!
चूसते रहें निरुपाय झूलता हुआ अंडकोष!
oooo
चलो हम सब मिलकर बुरी औरतें बन जाएँ,
बुरी बनने जैसा भला काम, और कहीं है भला?'[174]

तसलीमा पितृसत्ता से मुक्ति, औरतों के मन पर राज करने वाली अदृश्य सामाजिक बेड़ियों से मुक्ति, बराबरी और स्वतन्त्रता के लिए 'गोल्लाछूट दौड़' लगाने अर्थात् अपने निर्धारित दायरे से बाहर निकल आने की सलाह देती हैं -

"हम लडकियाँ खेल सकें, जो खेल
इसलिए उतरती थी शाम
उस खेल का नाम है- 'गोल्लाछूट'
...एक बार फिर, मेरा मन होता है, मैं भी खेलूँ!
अभी भी कभी-कभी आकुल-व्याकुल होती हैं
पांवों की उंगलियाँ,

धूल में धस जाना चाहतीं है गुप्त एड़ियाँ!
मेरा मन होता है, जाऊँ
दुनिया की तमाम जवान-जहान लड़कियाँ
लगा दे 'गोल्लाछूट' दौड़!"[175]

यह अपने साथ गोल्लाछूट लगाने का आह्वाहन ही स्त्रियों को मुक्त होने के लिए प्रेरणा का सूत्र वाक्य बन जाता है। इस सम्बन्ध में बंगाली लेखक शम्सुर रहमान लिखते हैं, "हमारे समाज में बहुतेरे लोग औरत की व्यक्तिसत्ता को विकसित होने देना नहीं चाहते...इस परिस्थिति से तालमेल बिठाकर, तसलीमा चल नहीं पातीं, इसलिए तसलीमा विद्रोही हो उठती हैं। उन्होंने अपने पैरों की बेड़ियाँ तोड़ फेंकी हैं और दूसरों को भी तोड़ फेंकने का आह्वाहन करती हैं।"[176]

इस प्रकार स्त्री के सम्बन्ध में जो कथ्य तसलीमा ने प्रस्तुत किए हैं उनका संक्षेप में विवरण उनके ही शब्दों में कहें तो यहाँ 'औरत के सुख की कथा, व्यथा-कथा, औरत के पाँव तले जमीन की बातें, जंजीर तोड़ने की कथा; समाज-देश-परिवार के नियम विधि तोड़कर बाहर निकल आने की कथा। इंसानी हकों के साथ जिन्दा रहने का बयान'[177] किया गया है। यहाँ निष्कर्ष रूप में रोहिणी अग्रवाल के मत को रखा जा सकता है। वे कहती हैं, "आक्रामक और कंटीले लेखन के लिए विख्यात बांग्लादेश की लेखिका तसलीमा नसरीन औरतों की आँसू भरी दास्तानें कह कर अपने वक्त और ऊर्जा का क्षय नहीं करना चाहतीं। "जंजीरें तोड़ दी हैं मैंने/ पान के पत्ते से हटा दिया है संस्कार का चूना" (तसलीमा नसरीन की प्रतिनिधि कविताएँ, समर्पण पृष्ठ) का उद्घोष कर वे उस लड़की की गतिविधियों में ज्यादा दिलचस्पी लेती जान पड़ती हैं जो लोगों की टेढ़ी नज़रों, कामुक सीटियों और 'बदचलन' सरीखा गालियों से बिना घबराए निर्द्वंद्व अपने रास्ते आगे बढ़ रही है। अलबत्ता इस लड़की को वे सावधान ज़रूर कर देना चाहती हैं कि रैबिसयुक्त कुत्तों के आक्रमण की ही तरह हर देह के लिए घातक होता है सिफलिस युक्त मर्दों का आक्रमण। (वही, पृ0 14) लेकिन यही तसलीमा कविताओं और टिप्पणियों के संसार से बाहर आकर जब गाढ़ी रूमानियत के साथ अपने बचपन की यादों में डूबती हैं तो माँ ईदुल की कथा कहते-कहते बेहद वस्तुपरक ढंग से औसत औरत की नियति का बखान करने लगती हैं। हालाँकि 'मेरे बचपन के दिन' में किशोरी होती बच्ची की नज़र से माता-पिता के कलहपूर्ण सम्बंधों का चित्रण किया गया है, किंतु समूचा प्रकरण मुखर होकर इस बात की पुष्टि करता है कि माँ के श्याम वर्ण और कुरूपता तथा पिता के दाम्पत्येतर सम्बंधों के बीच माँ जिस असुरक्षा बोध से ताउम्र पगलाई रही, वह दो तथ्यों की

उपज थे। एक, डॉक्टर पति की तुलना में अल्पशिक्षित होना, और दूसरा इस्लाम द्वारा पुरुष को बहुविवाह का अधिकार देना।"[178]

तसलीमा के स्त्री-विमर्श की तुलना यदि हिंदी साहित्य के स्त्री-विमर्श से करें तो यह पाते हैं कि विषय वही हैं, बातें वही हैं किन्तु अंतर है तो अभिव्यक्ति का। उस अभिव्यक्ति का, जिसमें भय नहीं साहस है। साहस है तमाम प्रतिष्ठित सत्ताओं -पितृसत्ता और धर्म से लड़ जाने का। बंगाली कवि शम्सुर्रहमान लिखते हैं, "तसलीमा के साहस की तारीफ करनी चाहिए। वे हमारे पुरुष शासित, पाश्चात्य उन्मुख, घुन खाए समाज पर बार-बार चाबुक बरसा रही हैं। अचल समूह को धकिया रही हैं। धार्मिक गँवारूपन, संकीर्णता और अमानवीयता के खिलाफ, दांतों तले ऊँगली दबाने जैसा मंतव्य जाहिर करने में वे बूँदभर भी दुविधा नहीं करतीं। उनके उच्चार में कहीं दुराव-छिपाव नहीं है।"[179] आत्मकथाओं जैसे-मलिका अमर शेख की 'मला उध्वस्त व्हायचय', बेनजीर भुट्टो की 'डॉटर ऑफ़ डेस्टिनी' (मेरी आप बीती), इस्मत चुगताई की 'कागजी है पैरहन', किश्वर नहीद की 'बुरी औरत की कथा', तहमीना दुर्रानी की 'मेरे आका', मैत्रेयी पुष्पा की 'गुड़िया भीतर गुड़िया', आशा अपराद की 'दर्द जो सहा मैंने' आदि में एक तरफ़ा तलाक, बाल यौन शोषण, बलात्कार, घरेलू हिंसा, पुनरुत्पादन का बढ़ता श्रम आदि चित्रित हैं। कुल मिलाकर जाहिदा हिना के शब्दों में कहें तो इन आत्मकथाओं में स्त्री का मुकाम 'कोरिया गैर'[180] अर्थात् 'घरेलू कब्र' ही दिखता है। किन्तु इन आत्मकथाओं में कई बार व्यक्तिनिष्ठता इतनी अधिक रह गई है कि तसलीमा की आत्मकथा से उसकी तुलना कर पाना कठिन हो जाता है। तसलीमा की आत्मकथा में आत्मनिष्ठता के साथ-साथ वस्तुनिष्ठता है क्योंकि एक तरफ यह स्वयं के जीवन के माध्यम से एक सशक्त स्त्री के संघर्षों को दिखाती है। तो वहीं दूसरी तरफ अन्य स्त्रियों के जीवन में भी झाँकती है। इसके माध्यम से स्त्री-विमर्श के नये मानकों को स्थापित करते हुए आगे बढ़ती है। तसलीमा की आत्मकथा अपने आप में मौलिक और एक 'ट्रेंड सेटर' के रूप में देखी जा सकती है। मैत्रेयी पुष्पा लिखती हैं, "यह वही स्त्री है, जिसके लेखकीय साहस पर तालियाँ बजाई जाती हैं और मिसाल देकर हमारा प्रबुद्ध वर्ग कराहता रहा है-काश हिंदी में कोई तसलीमा नसरीन होती।"[181]

स्पष्ट है, तसलीमा ने धर्म और पितृसत्ता के गठजोड़ को स्त्री की उन्नति और उसकी स्वतंत्रता की राह में सबसे बड़ा बाधक स्वीकार किया है। मोहन कृष्ण बोहरा के द्वारा इस गुत्थी को न सुलझा पाना कि एक तरफ ग्लोरिया स्टाइनेम (जिन्होंने यह कहा- 'अ वूमेन विदाउट मेन इज लाइक अ फिश

विदाउट अ बाइसिकल') के साथ खड़ी हो वह स्त्री के जीवन में पुरुष के महत्व को नकारती हैं है यानी पुरुष का साफ-साफ विरोध करती हैं वहीं नवनीता देवसेन द्वारा उन्हें पुरुष विरोधी कहने पर वह स्वयं को पुरुषतंत्र विरोधी साबित करने लगती हैं।[182] दरअसल मोहन कृष्ण बोहरा का इस प्रकार भ्रमित होना जाएज है। कई बार तसलीमा पुरुष को खरीदकार लात मरकर भगा देना चाहती हैं तो उसी पुरुष के लिए कहीं वे तड़पती हुई नज़र आती हैं। ऐसे में भ्रम उत्पन्न होता है। किन्तु वे सहअस्तित्व और समानाधिकार की बात कर पुरुष विरोधी होने की अपनी छवि का पटापेक्ष कर लेती हैं। दूसरी तरफ वर्तमान परिस्थितियों के संदर्भ में व्यवस्थापकों को धर्मग्रंथों की प्रासंगिकता पर एक बार फिर से विचार करने के लिए प्रेरित करती हैं। यदि ऐसा न किया गया तो उनकी मान्यता है कि 'न स्त्री स्वतान्त्रयमर्हति' (मनुस्मृति 9.3), 'पुरुष स्त्री से श्रेष्ठ है' (सूरा बकर 2:228) और 'तेरी लालसा तेरे पति की होगी, और वह तुझ पर प्रभुता करेगा' (बाइबिल उत्पत्ति 3:16) आदि-आदि कहकर और विभिन्न प्रकार से बर्गलाकर स्त्री को सदैव इसी प्रकार अधीनस्थ घोषित किया जाता रहेगा।

अंतर्राष्ट्रीय श्रम संगठन की रिपोर्ट 'दुनिया की 98 प्रतिशत पूँजी पर पुरुषों का कब्जा है। पुरुषों के बराबर आर्थिक और राजनीतिक सत्ता पाने में औरतों को अभी हज़ार वर्ष और लगेंगे।'[183] लम्बे समय के प्रति आश्वस्त है किन्तु इसे नामुमकिन नहीं समझतीं। बस इसके लिए स्त्रियों को स्वयं उठकर सामने आने के लिए प्रेरित करती हैं और मुक्ति की राह में पाती हैं कि 'अकेली नहीं है वह/दल बाँधकर जाना होता है, तोड़ने प्रासाद...!'[184] तसलीमा का स्त्री-विमर्श धर्म की बेड़ियों को काटने के साथ पुरुष रूपी मानसिकता के त्याग का आह्वाहन करता है, जिसमें यौन स्वतंत्रता के साथ परिवार और विवाह जैसी संस्था के विघटन, और 'नाजन्म क्रांति' की बात की गई है। तसलीमा ने अपने जीवन में इन क्रांतियों को लाकर यह तो सिद्ध कर दिया कि एक स्त्री के लिए समस्त मान्यताओं को तोड़ना संभव है।

तसलीमा के लिए स्त्रियों का जीवन भोगा हुआ यथार्थ है और यह यथार्थ अब उनके विचारों में घुल मिल गया है। बाल विवाह, अनमेल विवाह, दहेज़, पुरुष का वहशीपन, कई स्त्रियों के साथ सम्बन्ध, घर की चाहरदीवारी में कैद स्त्री, पर्दा, बुर्का, वेश्याएँ, पढ़ी लिखी स्त्री, कामगार स्त्री, गरीब और बेसहारा स्त्रियाँ, धनी और अभिजात्य वर्ग की स्त्रियाँ आदि तमाम विषयों को तसलीमा ने अपनी आत्मकथा में स्थान दिया है।

कुल मिलाकर यह कह सकते हैं कि उन्होंने 'सीमंतनी उपदेश' की

लेखिका की भाँति गुहार-मनुहार न करते हुए सभी उत्तरदायी लोगों और संस्थाओं को सीधे फटकारा, वे 'शृंखला की कड़ियाँ' की लेखिका महादेवी वर्मा की घोषणा कि 'हमारा उद्देश्य पुरुष से बदला लेना नहीं है' के विपरीत पुरुष से बदला लेने की प्रवृत्ति से सहमत हैं (क्योंकि पुरुष और पितृसत्ता कई बार एक होते दिखाई देते हैं), पितृसत्ता, धर्म और पुरुष की राजनीति से स्त्री अस्तित्व पर छाए अंधकार के बादलों को वे मनुहार करके नहीं बल्कि विरोध और बहिष्कार की मशाल जलाकर खत्म करना चाहतीं हैं। अन्यथा स्त्री 'सेकेण्ड सेक्स' के रूप में 'अन्या' घोषित की जाती रहेगी। 'स्त्री मुक्ति का सपना' लिए 'सपनों की मंडी' में चाहे साहित्य कितना भी घूम ले, किन्तु 'स्त्रीत्व के मानचित्र' से कोई दूर नहीं भाग सकता। तसलीमा का स्त्री-विमर्श सिमोन द बोउआर की तरह यह स्वीकार करता नजर आता है कि 'स्त्री पैदा नहीं होती बल्कि बना दी जाती है', बेट्टी फ्राईडेन की तरह वे भी 'बेबी वुमेन' निर्मिति को तोड़ती नजर आती हैं, जेम्स स्टर्बा की भाँति हीगेल के पब्लिक और प्राइवेट के सिद्धांत को नकारते हुए 'सहस्तित्व' पर बल देती नजर आती हैं, मार्क्स और एंगल्स की भाँति स्त्री को भी पूँजीगत अधिकारों की प्राप्ति करते हुए देखना चाहती हैं, फ्रायड की तरह 'पुरुष ग्रंथि' और 'शिश्न ईर्ष्या' का निरूपण भी करती हैं, तो जॉक लकाँ की भाँति वे भाषा के पितृसत्तात्मक स्वरूप की भी आलोचना करती हैं। शुलामिथ फायरस्टोन की भाँति स्त्री-मुक्ति का स्त्रोत जैविकीय क्रांति अर्थात् प्रजनन की नई तकनीक और उसके विकल्प में देखती हैं, केट मिलेट और सिमोन की भाँति वे भी स्त्रियों को नारीत्व के विचार से मुक्त होते हुए देखना चाहती हैं। तसलीमा को 'प्रो-फेमिनिस्ट', 'व्यक्तिवादी नारीवादी', एवं 'रेडिकल फेमिनिस्ट' की श्रेणी में रखा जा सकता है। उनका स्त्री-विमर्श पश्चिम के विचारकों से काफी हद तक समानता रखता है बस अंतर है तो अभिव्यक्ति के स्वरूप का और यही अभिव्यक्ति उन्हें विशिष्ट और भिन्न बनाती है। तसलीमा को उनकी आत्मकथा और स्त्री सम्बन्धी चिंतन के लिए एक 'ट्रेंड सेटर' या 'पथ-प्रदर्शक' के रूप में देखा जा सकता है।

संदर्भ :

1. मन्मथनाथ गुप्त, स्त्री पुरुष संबंधों का रोमांचकारी इतिहास, पृष्ठ-23.
2. मन्मथनाथ गुप्त, स्त्री पुरुष संबंधों का रोमांचकारी इतिहास, पृष्ठ-35.
3. समाजविज्ञान विश्वकोश, पृष्ठ-781.
4. महिलायें और साम्यवाद, पृष्ठ-2.
5. Engles, Origin of family, p.30.47
6. 'The State shall endeavour to ensure equality of opportunity and participa-

tion of women in all spheres of national life." (Constitution of Bnagladesh, pg-13, constituteproject.org.)

7. Women shall have equal rights with men in all spheres of the State and of public life.3. No citizen shall, on grounds only of religion, race, caste, señ or place of birth be subjected to any disability, liability, restriction or condition with regard to access to any place of public entertainment or resort, or admission to any educational institution. 4. Nothing in this article shall prevent the State from making special provision in favour of women or children or for the advancement of any backward section of citizens.'(Constitution of Bnagladesh, pg-15, constituteproject.org.)
8. "There shall be reserved fifty seats exclusively for women members and they will be elected by the aforesaid members in accordance with law on the basis of procedure of proportional representation in the Parliament through single transferable vote: Provided that nothing in this clause shall be deemed to prevent a woman from being elected to any of the seats provided for in clause (2) of this article.*(Constitution of Bnagladesh, pg-26, constituteproject.org.)
9. Women and girls in Bangladesh.docx A UNICEF Bangladesh
10. https://www.linkedin.com/pulse/women-rights-bangladesh.constitution -omar-faruk-stranger, 12/12/17 को देखा गया
11. तसलीमा नसरीन, मेरे बचपन के दिन, पृष्ठ-28
12. वही, पृष्ठ-42
13. वही, पृष्ठ-14
14. प्रो.कमला प्रसाद, राजेन्द्र शर्मा : स्त्री मुक्ति का सपना, पृष्ठ-59
15. तसलीमा नसरीन, मेरे बचपन के दिन, पृष्ठ-283
16. तसलीमा नसरीन, उत्ताल हवा, पृष्ठ-93
17. वही, पृष्ठ-95
18. तसलीमा नसरीन, मेरे बचपन के दिन, पृष्ठ-254
19. वही, पृष्ठ-254
20. वही, पृष्ठ-257
21. तसलीमा नसरीन, उत्ताल हवा, पृष्ठ-73
22. वही, पृष्ठ-464
23. तसलीमा नसरीन, द्विखंडित, पृष्ठ-185
24. तसलीमा नसरीन, द्विखंडित, पृष्ठ-186
25. वही, पृष्ठ 175
26. वही, पृष्ठ-140
27. तसलीमा नसरीन, उत्ताल हवा, पृष्ठ-478
28. वही, पृष्ठ-151
29. वही, पृष्ठ-227
30. तसलीमा नसरीन, मेरे बचपन के दिन, पृष्ठ-29
31. तसलीमा नसरीन, उत्ताल हवा, पृष्ठ-155
32. तसलीमा नसरीन, मेरे बचपन के दिन, पृष्ठ-62
33. वही, पृष्ठ-60

34. वही, पृष्ठ–66
35. तसलीमा नसरीन, उत्ताल हवा, पृष्ठ–221
36. तसलीमा नसरीन, मेरे बचपन के दिन, पृष्ठ–34
37. वही, पृष्ठ–35
38. वही, पृष्ठ–61
39. तसलीमा नसरीन, मेरे बचपन के दिन, पृष्ठ–63
40. वही, पृष्ठ–90
41. तसलीमा नसरीन, उत्ताल हवा, पृष्ठ–53
42. तसलीमा नसरीन,द्विखंडित, पृष्ठ–13
43. तसलीमा नसरीन, मेरे बचपन के दिन, पृष्ठ–50
44. वही, पृष्ठ–53
45. वही, पृष्ठ–37
46. वही, पृष्ठ–37
47. कथादेश, हरिनारायण (सं), अंक–1, मार्च 2008, पृष्ठ–32
48. तसलीमा नसरीन, मेरे बचपन के दिन, पृष्ठ–53
49. तसलीमा नसरीन, उत्ताल हवा, पृष्ठ –115
50. तसलीमा नसरीन, मेरे बचपन के दिन, पृष्ठ–113
51. वही, पृष्ठ–258
52. तसलीमा नसरीन, उत्ताल हवा, पृष्ठ–376
53. Dr. S. Prasanna Sree, Psycho Dynamics of Women in post modern Literature, Sarup and Sons, New Delhi, 2008, pg–160
54. तसलीमा नसरीन, कुछ पल साथ रहो, पृष्ठ–45
55. तसलीमा नसरीन, उत्ताल हवा, पृष्ठ–383
56. लीलाधर मंडलोई (सं), स्त्री मुक्ति का सपना, पृष्ठ–32
57. तसलीमा नसरीन, मेरे बचपन के दिन, पृष्ठ–235
58. वही, पृष्ठ–259
59. वही, पृष्ठ–268
60. तसलीमा नसरीन, उत्ताल हवा, पृष्ठ–376
61. तसलीमा नसरीन, मुझे घर ले चलो, पृष्ठ–92
62. वही, पृष्ठ–185
63. वही, पृष्ठ–105
64. तसलीमा नसरीन, नहीं, कहीं कुछ भी नहीं, पृष्ठ–177
65. तसलीमा नसरीन, मुझे घर ले चलो, पृष्ठ–72
66. तसलीमा नसरीन, औरत का कोई देश नहीं, पृष्ठ–124
67. तसलीमा नसरीन, नष्ट लड़की नष्ट गद्य, पृष्ठ–44–47
68. तसलीमा नसरीन, औरत का कोई देश नहीं, पृष्ठ–31
69. तसलीमा नसरीन, औरत का कोई देश नहीं, पृष्ठ–76
70. तसलीमा नसरीन, औरत के हक़ में, पृष्ठ–29
71. तसलीमा नसरीन, तसलीमा नसरीन की कवितायें, पृष्ठ–34
72. मोहन कृष्ण बोहरा, तसलीमा संघर्ष और साहित्य, पृष्ठ–351
73. तसलीमा नसरीन, द्विखंडित, पृष्ठ–150
74. तसलीमा नसरीन, मेरे बचपन के दिन, पृष्ठ–123

75. तसलीमा नसरीन, उत्ताल हवा, पृष्ठ-53
76. तसलीमा नसरीन, मेरे बचपन के दिन, पृष्ठ-67
77. तसलीमा नसरीन, उत्ताल हवा, पृष्ठ-492
78. तसलीमा नसरीन, कुछ पल साथ रहो, पृष्ठ-111
79. तसलीमा नसरीन, उत्ताल हवा, 419
80. तसलीमा नसरीन, द्विखंडित, पृष्ठ-89
81. वही, पृष्ठ-218
82. तसलीमा नसरीन, कुछ पल साथ रहो, पृष्ठ-56
83. तसलीमा नसरीन, द्विखंडित, पृष्ठ-118
84. कथादेश, हरिनारायण (सं), अंक-1, मार्च-2008, पृष्ठ-34
85. मैत्रेयी पुष्पा, सुनो मालिक सुनो, पृष्ठ-97
86. तसलीमा नसरीन, औरत के हक में, पृष्ठ-147
87. वही, पृष्ठ-176
88. तसलीमा नसरीन, छोटे-छोटे दु:ख, पृष्ठ-67
89. वही, पृष्ठ-182-183
90. वही, पृष्ठ-108
91. तसलीमा नसरीन, औरत के हक में, पृष्ठ-13
92. वही, पृष्ठ-7
93. वही, पृष्ठ-86
94. हंस, अगस्त-2011, पृष्ठ-109
95. वही, पृष्ठ-109
96. तसलीमा नसरीन, द्विखंडित, पृष्ठ-426
97. वही, पृष्ठ-429
97. हंस, मार्च:2010, पृष्ठ-90
99. तसलीमा नसरीन, मेरे बचपन के दिन, पृष्ठ-268-287
100. वही, पृष्ठ-181
101. वही, पृष्ठ-274
102. वही, पृष्ठ-11
103. राजकिशोर, धर्म और धर्मसत्ता, पृष्ठ-61
104. तसलीमा नसरीन, मेरे बचपन के दिन, पृष्ठ-286
105. तसलीमा नसरीन, उत्ताल हवा, पृष्ठ-393
106. तसलीमा नसरीन, नहीं, कहीं कुछ भी नहीं, पृष्ठ-303
107. तसलीमा नसरीन, द्विखंडित, पृष्ठ-295
108. तसलीमा नसरीन, निर्वासन, पृष्ठ-28
109. तसलीमा नसरीन, औरत के हक़ में, पृ.-170
110. तसलीमा नसरीन, वे अँधेरे दिन, पृष्ठ-49
111. तसलीमा नसरीन, द्विखंडित, पृष्ठ-16
112. तसलीमा नसरीन, वे अँधेरे दिन, पृष्ठ-343
113. तसलीमा नसरीन, कुछ पल साथ रहो,पृष्ठ-94
114. वही, पृष्ठ-95
115. तसलीमा नसरीन, द्विखंडित, पृष्ठ-63
116. लीलाधर मण्डलोई, अरविन्द जैन (सं), स्त्री मुक्ति का सपना, पृष्ठ-12

117. ममता कालिया, भविष्य का स्त्री विमर्श, पृष्ठ- 23
118. श्रीमद्भागवद्गीता यथारूप, ए.सी. भक्तिवेदांत स्वामी प्रभुपाद, भक्तिवेदांत ट्रस्ट
119. तसलीमा नसरीन, औरत का कोई देश नहीं, पृष्ठ-204
120. कथादेश, हरिनारायण(सं),अंक-1, वर्ष-2008, पृष्ठ-35
121. तसलीमा नसरीन, द्विखंडित,116
122. विपिनचंद्र, आधुनिक भारत का इतिहास, पृष्ठ-232.
123. विपिन चन्द्र, आधुनिक भारत का इतिहास, पृष्ठ-128.
124. राधा कुमार, स्त्री संघर्ष का इतिहास, पृष्ठ-14.
125. https://en.wikipedia.org/wiki/Feminism, (12 January 2018)-
126. https://www.merriam-webster.com/dictionary/feminism, (12 January 2018)-
127. सुमन राजे, हिंदी साहित्य का आधा इतिहास, पृष्ठ-302.
128. भावना मसीवाल, 'जेंडर की अवधारणा और अन्या से अनन्या', 'स्त्री काल',http://www.streekaal.com/2014/10/blog-post;29.html, (12 January 2018).
129. समाज विज्ञान विश्वकोश, खंड-1, अभय कुमार दुबे(सं), पृष्ठ-780.
130. वही, पृष्ठ-781.
131. वही, पृष्ठ-781.
132. वही, पृष्ठ-782.
133. अरविन्द जैन लीलाधर मंडलोई, स्त्री मुक्ति का सपना, पृष्ठ-112.
134. कथादेश, सं-हरिनारायण, अंक-1, दिल्ली, मार्च 2008, पृष्ठ-35.
135. कथादेश, हरिनारायण(सं),अंक-1, वर्ष-2008, पृष्ठ-30
136. राजेन्द्र यादव, कथा जगत की बागी मुस्लिम औरतें, पृष्ठ-12
137. तसलीमा नसरीन, उत्ताल हवा, पृष्ठ-378
138. तसलीमा नसरीन, द्विखंडित, पृष्ठ-492
139. तसलीमा नसरीन, उत्ताल हवा, पृष्ठ-494
140. सुमन राजे, हिंदी साहित्य का आधा इतिहास, पृष्ठ-308
141. तसलीमा नसरीन, द्विखंडित, पृष्ठ-212
142. वही, पृष्ठ-132
143. प्रदीप झा (सं व अनुवाक), महिलायें और साम्यवाद, पृष्ठ-1
144. तसलीमा नसरीन, द्विखंडित, 417
145. https://www.bbc.com/hindi/india/2015/11/151123_taslima_nasrin_ no_birth_women_revolution_du, 12/1/18 को देखा गया.
146. वही
147. तसलीमा नसरीन, द्विखंडित, पृष्ठ- 186
148. तसलीमा नसरीन, द्विखंडित, पृष्ठ-140
149. तसलीमा नसरीन, नहीं, कहीं कुछ भी नहीं, पृष्ठ-190
150. Haneefa Deen ,The Cresent and The Pen, pg.21
151. तसलीमा नसरीन, कुछ पल साथ रहो, पृष्ठ-112
152. तसलीमा नसरीन, द्विखंडित, पृष्ठ-252
153. वीर भारत तलवार के आलेख 'स्त्री विमर्श : इससे दयनीय कोई दूसरा विमर्श नहीं है हिंदी में' से, स्त्रोत : (https: //tirchhispelling.wordpress.com/tag/स्त्री-विमर्श/)
154. वागर्थ, दिसंबर-2004, पृष्ठ-19

155. कथादेश, अप्रैल, 2014, पृष्ठ-17
156. तसलीमा नसरीन, द्विखंडित, पृष्ठ-213
157. अमरकांत, इन्ही हथियारों से, पृष्ठ-129
158. कथादेश, हरिनारायण (सं), अंक-1, वर्ष-2008, पृष्ठ-33
159. वागर्थ, दिसंबर, 2004, पृष्ठ-22
160. कथादेश, सितम्बर-2008,पृष्ठ-72
161. कथादेश, फ़रवरी, 2006, पृष्ठ-52
162. I feminists, or individualist feminists, say that the feminist slogan "a woman's body, a woman's right, should eñtend to every peaceful choice a woman can make. Ifeminists believe that freedom and diversity benefit women, whether or not the choices that particular women make are politically correct. They respect all señual choices, from motherhood to porn. As the cost of freedom, ifeminists accept personal responsibility for their own lives. They do not look to government for privileges any more than they would accept government abuse. Ifeminists want legal equality, and they offer the same respect to men. In short, ifeminism calls for freedom, choice, and personal responsibility. Source : (https: //www.uah.edu/woolf /feminism;kinds.htm)
163. तसलीमा नसरीन, कुछ पल साथ रहो, पृष्ठ-68
164. वही, पृष्ठ-108
165. वही, पृष्ठ-109
166. तसलीमा नसरीन, नष्ट लड़की : नष्ट गद्य, पृष्ठ-34
167. तसलीमा नसरीन, वे अँधेरे दिन, पृष्ठ-317
168. सुमन राजे, हिंदी साहित्य का आधा इतिहास, पृष्ठ-317
169. Taslima Nasrin, Exile : A memoir, Penguin publication, 2015, cover
170. तसलीमा नसरीन, द्विखंडित, पृष्ठ-279
171. वही, पृष्ठ-301
172. तसलीमा नसरीन, कुछ पल साथ रहो, पृष्ठ-104
173. तसलीमा नसरीन, निर्वासन, पृष्ठ-21
174. तसलीमा नसरीन, कुछ पल साथ रहो, पृष्ठ-115
175. तसलीमा नसरीन, द्विखंडित, पृष्ठ-255
176. वही, पृष्ठ-298
177. वही, पृष्ठ-229
178. स्त्रीकाल ई. पत्रिका पर रोहिणी अग्रवाल का आलेख 'भारतीय उपमहाद्वीप का स्त्री लेखन : स्त्री सशक्तीकरण की अनुगूँजें', http://www.streekaal.com/2017/12/women.writh-ing.in.Indian.sub.continent.html, 16/04/17 को देखा गया.
179. तसलीमा नसरीन, द्विखंडित, पृष्ठ-298
180. समयाँतर, जून 2015, पृष्ठ-45
181. मैत्रेयी पुष्पा, सुनो मालिक सुनो, पृष्ठ-95
182. मोहन कृष्ण बोहरा, तसलीमा संघर्ष और साहित्य, पृष्ठ-361
183. लीलाधर मण्डलोई,अरविंद जैन, स्त्री मुक्ति का सपना, पृष्ठ-56
184. तसलीमा नसरीन, उत्ताल हवा, पृष्ठ-381

राजनीति और तसलीमा

'राजनीति' शब्द अपने आप में बहुत ही व्यापक अर्थ रखता है। राजनीति दो शब्दों से बना है 'राज और 'नीति' अर्थात् 'राज्य की नीति'। हर राज्य की अपनी कुछ नीतियाँ और नियम होते हैं। राज्य की आवश्यकता क्यों है इस सम्बन्ध में प्लेटो का मानना था कि 'सभी मनुष्य अपूर्ण हैं, इसलिए उन्हें राज्य के रूप में संगठित-सुनियोजित होने की आवश्यकता पड़ती है। चूँकि हर व्यक्ति प्रत्येक कार्य में निपुण नहीं हो सकता, इसलिए राज्य का कर्तव्य है कि व्यक्ति की रुचि, योग्यता और सामर्थ्य के आधार पर उसके अनुकूल कर्तव्य का निर्धारण करे।'[1] प्लटो का मानना था कि 'आदर्शराज्य में बहुत अधिक फेरबदल की संभावना नहीं होती। अगर नागरिक ऐसा महसूस करते हैं, तो समझना चाहिए कि उनमें असंतोष बना हुआ है, यानी वहाँ राज्य के स्तर पर कोई कमी बनी है।'[2] प्राचीन भारतीय चिंतन में राज्य को 'सप्तांग राज्य' के रूप में परिभाषित किया गया है। ये सात अंग हैं :- (1) स्वामी, (2) अमात्य, (3) मित्र, (4) कोश, (5) राष्ट्र, (6) दुर्ग, (7) सेना। शुक्रनीति में कहा गया है, "राज्य के इन सात निर्माणक तत्वों में स्वामी सिर, अमात्य नेत्र, मित्र कर्ण, कोश मुख, सेना मन, दुर्ग भुजाएँ एवं राष्ट्र पैर हैं।" आधुनिक राजनीतिक विचारक गेटेल राज्य के चार निर्माणक तत्व-जनसँख्या, भू-भाग, सरकार एवं सम्प्रभुता मानते हैं। जो भी हो लेकिन किसी राज्य की राजनीतिक संरचना के लिए जनता/जनसँख्या/प्रजा को होना अनिवार्य है। इस प्रजा की आस्था और उसकी सहूलियतों का ध्यान रखना सरकार का दायित्व है। इससे स्पष्ट है कि राज्य की स्थापना जनता को संयमित और अनुशासित करने के लिए की गई। यदि वही जनता राज्य की नीतियों के प्रति असंतोष व्यक्त करने लगे तो यह समझ लेना चाहिए कि नीतियाँ सही नहीं है और उनमें सुधार अपेक्षित है। स्पष्ट है कि जहाँ राज्य जनता को संयमित करता है वहीं जनता भी राज्य को अपनी नीतियों में सुधार और आवश्यकतानुसार,

समयानुसार परिवर्तन की सलाह देती है। अर्थात् दोनों एक दूसरे के पूरक हैं।

राज्य जनता को अनुशासित करने के जो नियम बनाता है, उनमें धर्म एक महत्वपूर्ण सहायक के रूप में काम करता है। यह कहा जाता है कि धर्म पूर्णतः व्यक्तिगत मामला है। किन्तु जब व्यक्ति राज्य और समाज से सम्बंधित है तो उससे जुड़े हुए धर्म को व्यक्तिगत मामला कैसे कह सकते हैं? प्राचीन से लेकर आधुनिक राजसत्ताओं ने धर्म ग्रंथों या धार्मिक रखवालों से निर्देश प्राप्त कर अपनी नीति को आवश्यकतानुसार परिवर्तित किया है। भारतीय इतिहास के आदिकाल और मध्यकाल में ब्राम्हणों या धर्मज्ञों का वर्चस्व इसी कारण से था क्योंकि उन्हें ज्ञानी माना जाता था। भारत के इतिहास में चाणक्य, इसका सबसे उल्लेखनीय उदाहरण है।

वैसे तो तसलीमा ने आत्मकथा में कई बार यह उल्लेख किया है कि वे राजनीति के सैद्धांतिक पक्ष को बहुत अधिक नहीं समझती। वे लिखती हैं, "मेरी जुबान पर राजनीति के मुश्किल-मुश्किल शब्द कम ही आते थे। समीक्षा विश्लेषण में भी मैं निहायत कच्ची थी। आर्थिक-सामाजिक शब्द का अर्थ समझने में ही, मुझे काफी वक्त लगा।" किन्तु यह उनके जीवन के प्रारंभिक दिनों की बात है। उनकी आत्मकथा को पढ़ते वक्त ऐसा नहीं लगता कि वे राजनीतिक समझ में कहीं कमजोर हैं। बल्कि ऐसा लगता है कि वे भले ही किसी भी राजनीतिक पार्टी की सदस्य नहीं हैं और न उससे जुड़े किसी कार्यक्रम में भाग लेती हैं, लेकिन उन्होंने अपने देश में हो रहे हर एक राजनीतिक बदलाव, राजनीतिक चालों पर बखूबी नज़र रखी और वे राजनीति को कम से कम उस स्तर तक समझती हैं जैसा कि एक बुद्धिजीवी से अपेक्षा की जाती है। तसलीमा के राजनीतिक मंतव्यों और उनके विरुद्ध की गई राजनीति को देखने से पहले बांग्लादेश की राजनीतिक पृष्ठभूमि को देखना आवश्यक है। अतः यहाँ सर्वप्रथम उस राजनीतिक परिदृश्य को समझा गया है जो तसलीमा के विरुद्ध की गई राजनीति के लिए आधार बना।

(क) बांग्लादेश : धर्मनिरपेक्ष लोकतांत्रिक राष्ट्र बनाम इस्लामिक राष्ट्र

वस्तुतः देखा जाय तो बांग्लादेश का इतिहास केवल बांग्लादेश का इतिहास नहीं है बल्कि यह भारत, पाकिस्तान और बांग्लादेश तीनों का इतिहास है। इसके राजनीतिक परिदृश्य को विभिन्न चरणों में समझ सकते हैं, जिसे आरेख-

चरण-1 : गंगारिदई से बंगाल प्रांत तक राजनीतिक इतिहास

चरण-2 : बंगाल प्रान्त से पूर्वी पाकिस्तान बनने तक का राजनीतिक इतिहास

चरण-3 : पूर्वी पाकिस्तान से बांग्लादेश बनने तक का राजनीतिक इतिहास

चरण-4 : बांग्लादेश : घोषित गणतांत्रिक एवं अघोषित साम्प्रदायिक राष्ट्र की राजनीतिक पृष्ठभूमि

गंगारिदई से बंगाल प्रान्त तक का राजनीतिक इतिहास और राजनीति : एक सामासिक संस्कृति वाले प्रान्त से साम्प्रदायिक आधार पर विभाजित प्रान्त तक

बंगाल के इतिहास में भारत के पश्चिम बंगाल के साथ बांग्लादेश का इतिहास भी सम्मिलित है जो कभी एक हुआ करते थे। यहाँ बीस हजार वर्ष पूर्व की लौह सभ्यता के साक्ष्य मिलते हैं। प्राचीन ग्रीक और रोमन साम्राज्य के लोग इस क्षेत्र को 'गंगारिदई' के नाम से पुकारते थे।

कुछ सन्दर्भों से ज्ञात होता है कि बंगाल के आदिम लोग आर्यावर्त के वैदिक लोगों से जातीयता और संस्कृति में भिन्न थे और उन्हें 'दस्यु' की संज्ञा दी जाती थी। भागवत पुराण में उन्हें 'पापी मनुष्य' कहा गया जबकि बौधायन का धर्म सूत्र 'पुंड्र' और 'वंगों' के समय कपटपूर्ण संस्कारों का उल्लेख करता है। महाभारत आदि हिन्दू ग्रंथों से ज्ञात होता है कि प्राचीन बंगाल को विभिन्न जनजातियों व राज्यों में विभाजित किया गया था। ये जनपद थे- वंग (दक्षिणी बंगाल), पुंड्र (उत्तरी बंगाल) और सुहमा (पश्चिमी बंगाल)। नन्द वंश प्रथम ऐतिहासिक राज्य था, जिसने समस्त बंगाल को इंडो-आर्य शासन का हिस्सा बनाकर राजनीतिक एकता स्थापित की।

इस क्षेत्र का प्रारम्भिक इतिहास भारतीय साम्राज्यों को लेकर किए गए उत्तराधिकार के युद्ध, आन्तरिक संघर्षों और प्रभुत्व के लिए हिन्दू और बौद्ध के आपसी संघर्ष का इतिहास समेटे हुए है। प्राचीन बंगाल कई जनपदों में विभाजित था जबकि इसके प्राचीन शहर के साक्ष्य वैदिक काल में जाकर मिलते हैं। बंगाल का गुप्त पूर्व इतिहास संदिग्ध और अस्पष्ट है। समुद्रगुप्त की विजय से पूर्व बंगाल दो भागों में विभाजित था -'पुष्करण' और 'समताता'। समुद्री शक्ति और प्राचीन ऐतिहासिक सिल्क रूट का हिस्सा रहे प्राचीन बंगाल ने हिन्द महासागर और दक्षिण पूर्ण एशिया में कई बस्तियों की स्थापना की। इसका फारस, अरब और भूमध्य सागर के साथ मजबूत व्यापारिक सम्बन्ध था जो कपास और मलमल पर आधारित था। यह क्षेत्र कई प्राचीन भारतीय साम्राज्यों जैसे मौर्य और गुप्त आदि का भी हिस्सा था। प्राचीन से लेकर आधुनिक काल तक यह कई क्षेत्रीय और केन्द्रीय राज्यों का भी गढ़ था। यहाँ हिन्दू राजवंशों के साथ-साथ मुस्लिम राजवंशों का भी प्रभुत्व रहा। जैसे-प्राचीन काल में 'गौड़', 'मल्लभूम' और

'बरुं-भुइयाँ' जमींदार शासक थे तो वहीं मध्यकाल में 'पाल', 'सेन', 'चन्द्र', 'देव' राजवंश, 'गणेश' राजवंश, 'भूरिश्रेष्ठ', 'कोच-बिहार' राजवंश, 'भुशुट' साम्राज्य, 'त्रिपुरा राजवंश', 'वर्दवान राजवंश' जैसे हिन्दू राजवंशों के साथ मुस्लिम राजवंशों जैसे 'हुसैन शाही राजवंश', 'खिलजी', 'तुगलक' और 'गुलाम वंशों', 'मुहम्मद शाही', 'इलियास शाही', 'सोनारगांव सल्तनत', 'पश्तूनो के सूर', 'कर्रानी वंश' के साथ 'मुग़ल वंश' और 'बंगाल के नवाबों' का शासन भी रहा। इसके बाद यह कुछ दिनों तक मराठों के आधिपत्य में रहा।

विलियम वैन स्कैंडल की बांग्लादेश पर लिखी शोधपूर्ण पुस्तक 'अ हिस्ट्री ऑफ़ बांग्लादेश' में बांग्लादेश के इतिहास को कई दृष्टिकोण से देखने का प्रयास किया। धार्मिक दृष्टि से देखते हुए वे पाते हैं कि बांग्लादेश का धर्म सम्बन्धी इतिहास 2000 ई. के आस-पास जाकर स्पष्ट होता है। इस समय यहाँ हिन्दू, बौद्ध और जैन संस्कृति के साक्ष्य मिलते हैं। किन्तु आगे चलकर इस्लाम धर्म के आगमन ने यहाँ के राजनीतिक परिवेश को बदल दिया। इस्लाम का इस हिस्से में आगमन दो माध्यमों से हुआ -एक व्यापारियों के रूप में समुद्र मार्ग से और दूसरा आक्रमणकारियों के रूप में स्थल मार्ग से। इस्लाम के आगमन का यह प्रभाव पड़ा कि आगे आने वाले वर्षों में बंगाल पर इन मुस्लिमों का शासन रहा, जिसे मुग़ल शासन के नाम से जाना गया और यह भी कि यहाँ की काफी जनता विशेषकर पूर्वी बंगाल की जनता ने भारी संख्या में इस्लाम धर्म स्वीकार कर लिया।

पूर्वी बंगाल में ही इस्लाम का अधिक प्रचार किस वजह से हुआ इस विषय में रिचर्ड इटन का मत है कि ऐसा इसलिए हुआ कि उस समय पूर्वी बंगाल में कृषि सम्बन्धी प्राकृतिक परिवेश में सुधार होने के कारण राजनैतिक ध्यान अधिक बढ़ गया था। अतः मुस्लिम शासकों ने उधर अधिक ध्यान दिया और उनके प्रभाव में आकर ही जनता ने धर्म परिवर्तन किया। लेकिन इस दौरान बंगाल के डेल्टाई और पूर्वी इलाकों में रहने वाले आदिवासियों ने न तो इस्लाम ग्रहण किया और न ही बंगाली पहचान स्वीकार की। आज भी बांग्लादेश के 'चिटगांव हिल ट्रक्ट' में विभिन्न समुदाय विद्यमान हैं। समुदाय जैसे- मरु, खुमी और खेयंग, स्थानीय बौद्ध-मरमा और चकमा, तौंगचेंग्य और सक, ईसाई समुदाय के बाम, पंगखुआ, खेयेंग, मरु, लुशाई आदि। इसके साथ ही डेल्टाई इलाके के गारो, खासी, हजोंग, संताल, ओरों, कोच, मालो, रखाइन आदि। इनमें से न तो कोई स्वयं को बंगाली मानता है और न ही बंगाली भाषा का प्रयोग ही करता है। किन्तु बांग्लादेश के निर्माण के बाद इन समुदायों को अल्पसंख्यक मान लिया गया।[5]

बहरहाल यह मुस्लिम शासन सोलहवीं शताब्दी तक अपने चरम पर रहा। इसका अंत उस समय हुआ जब अट्ठारहवीं शताब्दी के मध्य में अंग्रेजों ने बंगाल पर विजय की।[6] इस दौरान यहाँ कई स्वतंत्र राज्यों का भी उदय हुआ। एक बात यह उल्लेखनीय है कि इस्लाम और हिन्दू धर्म की मिश्रित संस्कृति वाले इस इलाके में राजसत्ताओं के दौर में साम्प्रदायिकता जैसी कोई चीज नहीं थी। इसे तो ब्रिटिश उपनिवेश के दौरान हवा मिली।

ब्रिटिशों के समय में बंगाल एक तरफ जहाँ शिक्षा, विज्ञान आदि की दृष्टि से उन्नति कर रहा था वहीं उनके द्वारा की गई लूट ने ब्रिटेन में औद्योगिक क्रांति को बढ़ावा दिया विशेषकर वस्त्र उद्योग के सम्बन्ध में। वहीं दूसरी तरफ बंगाल में इस लूट ने औद्योगीकरण का ह्रास ही नहीं किया यह कई अकालों का कारण भी बनी। 1905 में राजनैतिक लाभ के उद्देश्य से इस सामासिक संस्कृति वाले प्रान्त को साम्प्रदायिक आधार पर दो भागों में विभक्त कर दिया-पश्चिमी और पूर्वी बंगाल। पश्चिमी बंगाल में जहाँ हिन्दू बहुसँख्यक थे, वहीं पूर्वी बंगाल मुस्लिम बहुसँख्यक इलाका था। इस तरह साम्प्रदायिक राजनीति की नींव पड़ी। हिन्दू और मुस्लिम अलग-अलग हो गए और उनमें वैमनस्य की शुरुआत हुई। हालाँकि उस समय बंगाल विभाजन वापस ले लिया गया, किन्तु वहाँ रह रहे लोगों के दिलों में साम्प्रदायिक खाँचे बन गए थे, जो कभी खत्म नहीं हुए।

बंगाल प्रान्त से पूर्वी पाकिस्तान का राजनीतिक इतिहास : छद्मउपनिवेशीकरण की राजनीति

बंगाल विभाजन की नीति से यह साफ़ हो गया था कि अंग्रेजों का मकसद हिन्दुओं और मुसलमानों में फूट डालना है, जिससे वे अपने शासन को बचाए रख सकें और उन्होंने आगे चलकर यही किया। परिणामस्वरूप अलग मुस्लिम राष्ट्र पाकिस्तान की माँग की गई। यह माँग 'अखिल भारतीय मुस्लिम लीग' के द्वारा की गई थी। प्रारम्भ में मुस्लिम लीग की माँग स्वतंत्र भारत में अल्संख्यक मुस्लिम अधिकारों को सुनिश्चित करने तक सीमित थी। किन्तु 1940 में मुस्लिम लीग ने 'लाहौर संकल्प' पारित किया। इस प्रस्ताव द्वारा ब्रिटिश भारत के उत्तर-पश्चिमी, पूर्वी क्षेत्रों में, जहाँ मुस्लिमों का बाहुल्य था, मुसलमानों के लिए 'स्वतंत्र रियासतों' की माँग की गई एवं उक्तकथित इकाइयों में शामिल प्रांतों को स्वायत्तता एवं संप्रभुता युक्त बनाने की भी बात की गई थी। तत्पश्चात् यह संकल्पना भारत के मुसलमानों के लिए पाकिस्तान नामक एक अलग स्वतंत्र स्वायत्त मुल्क बनाने की माँग करने में परिवर्तित हो गया।[7] इस संकल्प के कारण अंतर-धार्मिक हिंसा बढ़ने से इसने 'संयुक्त भारत' या 'एक राष्ट्र भारत' की

संकल्पना को ठेस पहुँचाई। इस प्रस्ताव को तत्कालीन बंगाल के मुख्यमंत्री, शेर-ए-बांग्ला के नाम से प्रसिद्ध, ए.के. फजलूल हक़ ने सामान्य सत्र में प्रस्तुत किया, जिसे 23 मार्च, 1940 को स्वीकृत कर लिया गया।

1946 के आम चुनाव में बंगाल विधानसभा में मुस्लिम लीग ने बहुमत प्राप्त किया, जिससे मुस्लिम लीग के समर्थन में नोआखली और कलकत्ता में साम्प्रदायिक हिंसा भड़क उठी। पूर्वी बंगाल में भी पृथक पाकिस्तान की माँग बढ़ गई। तसलीमा अपनी माँ की स्मृति के आधार पर उस समय की परिस्थिति का वर्णन करते हुए लिखती हैं -'भारत से पाकिस्तान की आजादी के लिए पूर्वी बंगाल के लोग बौखला उठे थे। वे किसी भी कीमत पर भारत से स्वतंत्रता चाहते थे। इस संघर्ष के समय नारे लगाये जा रहे थे '...लड़कर लेंगे पाकिस्तान, वीर मुजाहिद नौजवान, न्योछावर कर देंगे अपनी जान, लाना होगा पाक़ कुरआन।"[8]

अंततः 1947 में भारत स्वतंत्र हुआ और भारत व पाकिस्तान दो स्वतन्त्र देश बनाये गए और बंगाल के क्षेत्र का एक बार फिर से साम्प्रदायिक विभाजन किया गया। बंगाल का मुस्लिम बहुल पूर्वी क्षेत्र पाकिस्तान के हिस्से में आया, जिसे 'पूर्वी पाकिस्तान' नाम दिया गया और हिन्दू बहुल पश्चिमी क्षेत्र 'पश्चिमी बंगाल' के नाम से भारत का राज्य बन गया। जनमत संग्रह के बाद असम का मुस्लिम बहुल क्षेत्र, सिलहट भी पूर्वी पाकिस्तान में सम्मिलित हो गया। इस विभाजन से छिन्न-भिन्न हुई भारतीय उपमहाद्वीप की पहचान के सम्बन्ध में कृष्णा सोबती का दर्द कुछ इस प्रकार उभरता है -"कैसे पढ़ा जाएगा इस नई लिपि को। नई रियासती वर्णमाला! क्या पहचान में आ रहा है नया लैंडस्केप।"[9]

किन्तु इस स्वतंत्रता के बाद भी परिस्थितियाँ बहुत अधिक नहीं बदलीं। तसलीमा उस दुखद घटना को याद करते हुए लिखती हैं, "माँ का जीवन जैसा था पाकिस्तान बनने के बाद भी वैसा ही रहा...बस इस बीच हुआ यह कि अमला के परिवार के लोग रोते-रोते हिंदुस्तान चले गए...पूरे स्कूल में अब कोई भी हिन्दू लड़की नहीं थी। खाली कक्षाओं में दो-चार मुसलमान लड़कियाँ बैठकर इतिहास की पुस्तक में जुड़े एक नये अध्याय से 'पाकिस्तान हमारा मुल्क है, कायदे आजम मुहम्मद अली जिन्ना हमारे राष्ट्रपिता हैं' रटती रहतीं। अब कविताओं की नई-नई किताबें छपकर आने लगीं। सत्येन्द्रनाथ दत्त, यतीन्द्र मोहन बागची की कविताओं की जगह गुलाम मुस्तफा, बन्दे अली मियाँ आदि की कवितायें पढ़ाई जाने लगीं। रवीन्द्रनाथ की जगह काजी नजरुल इस्लाम।"[10] पाकिस्तान निर्माण के बाद, "देश बदल गया था पर लोग कहाँ बदले थे! अब अँगरेजों के बदले सड़क पर काबुलीवाले नज़र आते।"[11]

पूर्वी पाकिस्तान से बंगाल प्रान्त बनने तक का राजनीतिक इतिहास :

1947 से 1971 के पूर्वी पाकिस्तान (वर्तमान बांग्लादेश) का इतिहास राजनीतिक अस्थिरता और आर्थिक बदहाली का दौर था। 1956 में एक कानून पारित कर पश्चिमी पाकिस्तान के साथ पूर्वी पाकिस्तान को भी एक 'इस्लामिक राज्य' घोषित कर दिया गया। सैन्य हस्तक्षेप से 1958 में लोकतान्त्रिक व्यवस्था स्थापित की गई और 1958 से 1962 और 1969 से 1971 तक मार्शल लॉ लागू किया गया। 1947 में पाकिस्तान के उद्भव के साथ ही पूर्वी और पश्चिमी पाकिस्तान में भेद-भाव किया जाने लगा था। एक हजार मील की दूरी के साथ इन दोनों की सांस्कृतिक और भाषाई विविधता ने इन दोनों के बीच की खाई को बढ़ाने का काम किया और उस पर पश्चिमी पाकिस्तान की सरकार द्वारा किए जा रहे भेद-भाव और शोषणपूर्ण रवैये ने पूर्वी पाकिस्तान के लोगों के असंतोष को बढ़ाने का ही काम किया। इस शोषण के विरुद्ध पूर्वी पाकिस्तान में जो सबसे पहला आन्दोलन हुआ वह था, 'बंगाली भाषा आन्दोलन' 1952, जिसके माध्यम से यह माँग की गई कि 'बांग्ला' को पाकिस्तान की आधिकारिक भाषा के रूप में मान्यता दी जाय। तसलीमा अपनी माँ के सन्दर्भ से लिखती हैं, "जिस साल बेटा जन्मा था, सन 52 में, उसी साल बांग्ला भाषा को राष्ट्रभाषा बनाने की माँग को लेकर जुलूस निकालने वालों पर उर्दू भाषियों ने गोली चलाई थी। माँ सोचने लगी कि अगर मुसलमान ही मुसलमान को मारे तो फिर मुसलमानों का एक अलग देश बनाने की ज़रूरत क्या थी?"[12] दरअसल यह प्रश्न किसी भी नागरिक के मन में उठना स्वाभाविक है।

पाकिस्तान के जन्म के समय बंगाल को धर्म के आधार पर बाँट तो दिया गया किन्तु दोनों बंगालों की भाषा एवं संस्कृति एक थी। जबकि पश्चिमी पाकिस्तान और पूर्वी पाकिस्तान धर्म के आधार पर भले ही एक थे किन्तु भाषा और संस्कृति की दृष्टि से पूरी तरह भिन्न थे। इस भिन्नता ने दोनों के बीच की खाई को बढ़ाना शुरू कर दिया था। 23 फ़रवरी 1948 को ही पाकिस्तान ने उर्दू को राष्ट्रीय भाषा घोषित किया और इसे पूर्वी पाकिस्तान के लिए भी अनिवार्य कर दिया। ऐसे में बंगाली भाषा में रचा बसा पूर्वी पाकिस्तान और आज का बांग्लादेश अपनी भाषा की उपेक्षा को कैसे सहन कर सकता था। परिणामस्वरूप ढाका विश्वविद्यालय के छात्रों एवं अन्य राजनीतिक दलों के कार्यकर्ताओं ने 21 फ़रवरी, 1952 को एक व्यापक विरोध प्रदर्शन प्रारम्भ किया। कई वर्षों के संघर्ष के बाद पाकिस्तानी सरकार ने 1956 में बांग्ला को राजभाषा का दर्जा दिया।

भले ही पाकिस्तान की सरकार ने पूर्वी पाकिस्तान की माँग स्वीकार कर

ली थी किन्तु इससे पाकिस्तान के इन दो धड़ों के बीच की खाई बढ़ती ही गई। इसी कारण "जिस सड़क से पहले 'लड़कर लेंगे पाकिस्तान' का जुलूस निकला था, उसी सड़क से अब 'अयूबशाही का नाश हो', 'अयूब मोनेम भाई दो, साथ ही उन्हें फाँसी दो' का नारा लगाते हुए जुलूस निकलता।"[13] इस खाई को बढ़ाने में तत्कालीन राजनीतिक नीतियों ने भी अहम् भूमिका अदा की। उदाहरण के लिए, जबकि पश्चिम पाकिस्तान की जनसँख्या पूर्वी पाकिस्तान से कम थी फिर भी राजस्व आवंटन, औद्योगिक विकास, कृषि सुधार एवं नागरिक विकास परियोजनाओं में पश्चिमी पाकिस्तान को ही तवज्जो दी जा रही थी। पाकिस्तान की सिविल और सैन्य सेवाओं में पंजाबियों का प्रभुत्व था। पाकिस्तानी सेना में केवल एक रेजिमेंट ही बंगाली थी। बहुत से बंगाली पाकिस्तानी कश्मीर मुद्दे को लेकर बहुत अधिक उत्साह नहीं दिखाते थे, इसी कारण पूर्वी पाकिस्तान के बंगालियों को नजरंदाज किया जा रहा था। पाकिस्तान ने पूर्वी पाकिस्तान को एक तरह से उपनिवेश ही बना लिया था। इस उपनिवेशीकरण की राजनीति से तंग आकर ही 1966 में आवामी लीग के नेता शेख मुजीब-उर-रहमान ने लाहौर में विपक्षी दलों के राष्ट्रीय सम्मेलन में छह बिन्दुओं वाला एक 'चार्टर ऑफ़ सर्वाइवल' प्रस्तुत किया। इसमें उन्होंने पाकिस्तान की असफलता को देखते हुए पूर्वी पाकिस्तान के लिए स्वायत्त सरकार के साथ राजनीतिक, आर्थिक और सैन्य स्वायत्ता की माँग की।

25 मार्च, 1969 को जनरल याहया खान ने पाकिस्तान का शासन अपने हाथों में लेते ही देश में हो रही सभी राजनीतिक गतिविधियों को रोकते हुए तानाशाही जैसा माहौल तैयार किया। इस माहौल में पूर्वी पाकिस्तान के कुछ छात्रों ने पाकिस्तान विरोधी आन्दोलन को गुप्त रूप से जारी रखा। 'स्वाधीन बंगाली न्युक्लस' नाम के संगठन के सदस्यों सिराजुल आलम खान और काजी आरिफ अहमद ने '15 फ़रवरी बाहिनी' नामक एक संगठन का निर्माण किया। दूसरी तरफ पश्चिमी पाकिस्तान से आर्थिक और सांस्कृतिक भेदभाव के कारण उभरे गुस्से ने 'आवामी लीग' को पूर्वी पाकिस्तान में एक मजबूत राजनीतिक पार्टी बना दिया। 7 मार्च, 1971 को सुहरावर्दी पार्क में आवामी लीग के अध्यक्ष शेख मुजीब-उर-रहमान ने पूर्वी पाकिस्तान के लोगों को अपनी स्वतंत्रता के लिए तैयारी करने का आह्वाहन कर बांग्लादेश मुक्ति संघर्ष का आगाज़ किया।

1970-71 के चुनाव में आवामी लीग को पूर्वी पाकिस्तान की सभी सीटों पर विजय प्राप्त हुई। किन्तु पाकिस्तान की नेशनल असेम्बली में भी बहुमत प्राप्त करने के बावजूद एवम् पूर्वी पाकिस्तान में हार के कारण राजनीति करते हुए

पाकिस्तान के राष्ट्रपति याहया खान ने 1 मार्च 1971 को पूर्वी पाकिस्तान में नेशनल असेम्बली के सत्र को ही अनिश्चित काल तक के लिए स्थगित कर दिया। जिससे रोष में आकर स्वतंत्रता संग्राम की शुरुआत की गई और ऐसे में शेख मुजीब ने अपनी जनता को निर्देशित किया। इस समय दिया गया शेख मुजीब का भाषण जनता के लिए प्रेरणा स्त्रोत था। उन्होंने कहा-

'ए बारेर सोंग्राम अमादेर मुक्तिर सोंग्राम, एबारेर सोंग्राम सोधींन्तोर सोंग्राम'[14]

अर्थात् इस बार का संघर्ष हमारी मुक्ति का संघर्ष है, इस बार का संग्राम हमारी स्वतंत्रता का संग्राम है।

इस मुक्तियुद्ध की भयावह परिस्थितियों के वर्णन के साथ ही तसलीमा की आत्मकथा की शुरुआत होती है, "युद्ध छिड़ने वाला था। हर मुहल्ले में इसी की चर्चा थी। किसी के माथे पर, तो किसी की नाक के नीचे, किसी के खुले मुँह में, तो किसी के गालों पर, कानों पर, सर पर आँखे ही नज़र आतीं...लोग शहर छोड़कर गाँवों की तरफ भाग रहे थे...जिन्हें अपना घर छोड़कर दो कदम भी हिलना पसंद नहीं था वे भी बोरिया बिस्तर लपेटने में जुट गए। गिद्धों की चोंचों से मृत देह की दुर्गन्ध आती थी। कबूतरों के बेचैन पंखों की फड़फड़ाहट से गोलियों की आवाज़ सुनाई पड़ती थी। लोग पैदल, रेलगाड़ियों से, नावों से भाग रहे थे। उनके पीछे पड़ा रह जाता था-खाली मकान, आँगन के पेड़-पौधे, जलचौकी, हँसियाँ-हँसुआ और काली बिल्ली।"[15] 26 मार्च 1971 को पाकिस्तानी सेना ने भी सैनिक कार्यवाही शुरू कर दी। शेख मुजीब को गिरफ्तार कर लिया गया और अन्य राजनीतिक नेता जान बचाकर भारत की ओर भागे जहाँ उन्होंने एक 'अस्थायी सरकार' का गठन किया।

5 अप्रैल को जनवादी बांग्लादेशी गणतंत्र की 'अस्थायी सरकार' का गठन मेहरपुर (जिसे बाद में मुजीब नगर नाम दिया गया) में किया गया। शेख मुजीब को राज्य का प्रमुख घोषित किया गया। ताजुद्दीन अहमद प्रधानमत्री बने, सैयद नजरूल इस्लाम कार्यवाहक राष्ट्रपति और खोदकर मुश्ताक अहमद बांग्लादेश के विदेशमंत्री बनाये गए। वहाँ पर बांग्लादेश की सेना के साथ युद्ध की रणनीति तैयार की गई और इस सेना को नाम दिया गया 'मुक्तिफौज'। बाद में इसका नाम 'मुक्तिवाहिनी' रख दिया गया। पाकिस्तानी सेना और मुक्तिवाहिनी के मध्य युद्ध के दौरान एक अनुमान के मुताबिक़ करीब दस लाख बंगाली विशेषकर हिन्दुओं को देश छोड़कर भारत के राज्यों असम, बंगाल और त्रिपुरा में शरण लेनी पड़ी क्योंकि पाकिस्तानी फौजी एक-एक कर सबको मौत के घाट उतार रहे थे। निर्दोषों की हत्या के साथ इस समय लाखों महिलाओं के साथ बलात्कार भी

किया गया। एक अनुमान के मुताबिक करीब चार लाख महिलाओं के साथ ज्यादतियाँ की गईं जिनमें उनके साथ बलात्यौन सम्बन्ध बनाना, सैनिक कैण्ट मे महिलाओं को सेक्स वर्कर के रूप मे रखना एवं सामूहिक बलात्कार जैसी हरकतें शामिल थीं। पाकिस्तानी फौज का निरपराध, हथियार विहीन लोगों पर अत्याचार जारी रहा, जिससे लोगों का विशेषकर वहाँ के अल्पसँख्यक हिन्दुओं का भारत की ओर भारी सँख्या में पलायन होता रहा।

पाकिस्तानी सेना के द्वारा सताए गए शरणार्थियों की सँख्या भारत में जैसे-जैसे बढ़ने लगी भारत आर्थिक दबाव महसूस करने लगा। परिणामस्वरूप इस मामले में भारत को भी हस्तक्षेप करना पड़ा। शुरुआत में भारत ने अंतर्राष्ट्रीय समुदाय से अपील की कि पूर्वी पाकिस्तान की स्थिति सुधारी जाए लेकिन कोई विशेष प्रयास न होता देख अप्रैल 1971 में तत्कालीन प्रधानमंत्री इंदिरागाँधी ने मुक्तिवाहिनी को समर्थन देकर, बांग्लादेश की स्वतंत्रता में सहयोग करने का निर्णय लिया। भारत की सहानुभूति पूर्वी पाकिस्तान के साथ थी, इसी कारण 3 दिसम्बर, 1971 को भारत ने इस युद्ध में हस्तक्षेप किया और इस प्रकार एक नये युद्ध का प्रारम्भ हुआ जिसे 'भारत-पाक युद्ध 1971' के नाम से जाना जाता है। यह युद्ध अल्पावधि (लगभग दो सप्ताह) का था किन्तु यह भीषण हिंसक था। इस युद्ध में पाकिस्तान की हार हुई। परिणामस्वरूप 16 दिसंबर, 1971 को पाकिस्तानी सेना के कमांडिंग ऑफिसर लेफ्टिनेंट जनरल ए. के. नियाजी ने समर्पण पत्र पर हस्ताक्षर किए और आखिरकार अगले दिन बांग्लादेश को एक स्वतंत्र राष्ट्र के रूप में पहचान मिल गई। नब्बे हज़ार से भी अधिक पाकिस्तानी सैनिकों ने आत्मसमर्पण किया जो कि द्वितीय विश्वयुद्ध के बाद सबसे बड़ा आत्मसमर्पण था।

11 जनवरी 1972 को पूर्वी पाकिस्तान के स्थान पर देश का नया नाम 'बांग्लादेश' रखा गया और संविधान के तहत इसे 'संसदीय लोकतंत्र' घोषित किया गया। इस सम्बन्ध में जसवंत सिंह का मत है कि 'पाकिस्तान का अपनी एक शाखा से अलग हो जाना पाकिस्तान में रहे मूर्खतापूर्ण प्रतिनिधित्व का परिणाम था।[16] मुक्ति युद्ध के सम्बन्ध में तसलीमा का मानना है कि 'इस युद्ध ने यह साबित कर दिया था कि सिर्फ मुसलमान होने भर से पूर्वी और पश्चिमी पाकिस्तान में एकता स्थापित नहीं की जा सकती और द्विजातित्व के आधार पर भारत और पाकिस्तान का विभाजन एक गलत फैसला था।' महुआ माझी का उपन्यास 'मैं बोरिशाइल्ला', वीरेन्द्र कुमार गौड़ के 'यूँ जन्मा बांग्लादेश', सलाम आजाद की 'बांग्लादेश में हिन्दू नरसंहार' और '1971 बांग्लादेश की मुक्तियुद्ध

की कहानियाँ' जैनुल आबदीन की 'हजारों डूबते सूरज' और जसवंत सिंह की 'खतरे में भारत' आदि पुस्तकों से मुक्तियुद्ध के इतिहास, राजनीति और सांप्रदायिक आधार पर हुई ज्यादतियों की पुष्टि होती है।

बांग्लादेश : घोषित गणतांत्रिक एवं अघोषित साम्प्रदायिक राष्ट्र की राजनीतिक पृष्ठभूमि

'राजनीति' एक कुटिल शब्द है और धर्म उसका साथ देने वाला कुटिल व्यवहार। बांग्लादेश या कह सकते हैं विश्व के किसी भी देश के इतिहास को देखा जाय, तो इन दोनों ने मिलकर बड़ी-बड़ी सत्ताओं, बड़े-बड़े महानुभावों के अस्तित्व को हिला कर रख दिया है। इन दोनों के गठजोड़ का सबसे अधिक शिकार हुआ है, आम इन्सान, विशेषकर स्त्री। राजनीति के शुष्क रास्ते में धर्म रस भरने का काम करता है, तो धर्म राजनीति की मदद से अपने उदेश्यों को प्राप्त करता है।

बांग्लादेश स्वतंत्र तो हुआ किन्तु उसका राजनीतिक वातावरण पाकिस्तान के राजनीतिक वातावरण से बहुत अधिक भिन्न नहीं रहा, जिसके कारण धीरे-धीरे जनता स्वयं को ठगा हुआ सा महसूस करने लगी। इस त्रासदी के लिए कृष्णा सोबती के शब्द सटीक बैठते हैं -"जाती सरकार ने सजा दी हमें और आती सरकार ने हमीं से कर ली वसूली।"[17] आजादी के पूर्व जब बांग्लादेश पाकिस्तान का हिस्सा था तब भी वह मुस्लिम राष्ट्र था। आजादी के बाद भी वह इस्लामिक मूल्यों पर ही कायम रहा।

कृष्णा सोबती के अनुसार "जब इतिहास बदलते है तो भूगोल भी बदल जाते हैं।"[18] यह बात भारत उपमहाद्वीप के सन्दर्भ में बिलकुल सटीक है। जैसे-जैसे भारत का इतिहास बदला वैसे-वैसे उसका भूगोल भी बदला। इस बदलते भूगोल में पाकिस्तान और बांग्लादेश के रूप में दो नये राष्ट्रों का जन्म हुआ। पाकिस्तान अपनी नीतियों के कारण बांग्लादेश को अपने हाथों से गँवा बैठा। और बांग्लादेश की विभिन्न सरकारों ने अपनी नीतियों के कारण लोकतान्त्रिक देश की छवि को खराब कर लिया। वह घोषित तौर पर लोकतंत्र तो है किन्तु व्यवहार में एक कट्टर इस्लामिक राष्ट्र भी बनता जा रहा है।

इसके राजनीतिक इतिहास पर यदि दृष्टि डाले तो कई बार धर्म और सम्प्रदाय केन्द्रित राजनीति करते हुए विभिन्न सरकारों ने अपने हित साधे हैं। उदाहरण के लिए -बांग्लादेश की सबसे पहली सरकार में शेख मुजीबुर्रहमान के नेतृत्व में 1974 में तीन महीने का आपातकाल घोषित किया जाना और इस दौरान 'जातीय रक्षा वाहिनी' के माध्यम से विद्रोहियों के दमन के नाम पर आम जनता

का किया गया शोषण, संसदीय प्रणाली को भंग करना, राष्ट्रीय अखबारों पर प्रतिबंध। इन नीतियों के कारण मुजीब की इस प्रकार आलोचना की जाने लगी जिसके विषय में पत्रकार एंथनी मस्करेनहास लिखते हैं कि '1975 के अंत तक उन्हें 'राष्ट्र के पिता के पद' से उतारकर 'बांग्लादेश के सबसे ज्यादा घृणित व्यक्ति' के रूप में देखा जाने लगा था'।[19] हालाँकि तसलीमा शेख मुजीबुर्रहमान को अत्यंत सम्मान की दृष्टि से देखती हैं। तसलीमा 24 जनवरी 1969 की एक घटना का उल्लेख करती हैं जिस दिन उनके पड़ोस में रहने वाले मामूली से व्यक्ति मिंटू के स्वतंत्रता की माँग को लेकर हुए संघर्ष में, गोली लगने से मृत्यु हो जाने पर शेख मुजीब सांत्वना देने के लिए उसके घर तक पहुँच गए।[20] ऐसे व्यक्तित्व वाले व्यक्ति के प्रति श्रद्धा हो उठना स्वाभाविक है। उनका यह मत है कि देश की सत्ता सँभालने वाले शेख मुजीबुर्रहमान में भले ही बहुत सारी कमियाँ रही हों, किन्तु उनके द्वारा संविधान निर्माण के निर्णय ने उन्हें खासा लोकप्रिय बना दिया। संविधान निर्माण ने धर्मनिरपेक्षता के उसी बीज को सींचने का काम किया था, जिसे 1971 के स्वाधीनता संग्राम में सम्मिलित लोगों ने मिलकर बोया था। संविधान ने बंगाली जातीयतावाद को तो जगह दी ही, साथ ही समाजतंत्र और धर्मनिरपेक्षता को भी मजबूती प्रदान की। लेकिन अफ़सोस यह कि इन्ही शेख मुजीब के पूरे परिवार का क़त्ल करने वालों ने आगे चलकर 'फ्रीडम पार्टी' नाम से एक नयी पार्टी भी बना ली और 'युव कमांड' नाम से एक छात्र संगठन भी गठित किया। शेख मुजीब की हत्या के बाद "वक्त एक ही रात में बदल गया। शेख मुजीब का नाम लेने पर पाबन्दी लग गई। जय बांग्ला कहने पर भी...बैठकखाने में रह-रहकर पिताजी की आवाज़ कानों में सुनाई पड़ती, 'पता नहीं, भविष्य अब क्या होगा?"[21] भविष्य की उनकी वह दुश्चिंता सत्य साबित हुई।

आगे की सरकारों का रवैया तानाशाही पूर्ण रहा। मुस्ताक अहमद ने मार्शल लॉ लागू कर सैन्य तानाशाही का मार्ग प्रशस्त किया। मुजीबुर्रहमान के बाद मेजर जियाउर्रहमान ने सत्ता क्या संभाली, उसे आर्थिक दृष्टि से गर्त में पहुँचा दिया। इन्होने गुलाम आयम जैसे देशद्रोही को राष्ट्र में कदम रखने की इजाजत ही नहीं दी, बल्कि संविधान में 'बिस्मिल्लाह' शब्द भी जोड़ दिया। राजनेता बहुसँख्यक मुस्लिमों के क्रोध का पात्र नहीं बनना चाहते इसलिए हर सरकारी काम की शुरुआत 'बिस्मिल्लाह-उर-रहमान-उर-रहीम' से करते हैं और दूसरी तरफ अल्पसँख्यक हिन्दुओं, बौद्धों और सिखों आदि की सहानुभूति पाने के लिए, अपने देश को धर्मनिरपेक्षता का लबादा उढ़ाये रखना चाहते हैं। बांग्लादेशी

संविधान के भाग एक के अनुच्छेद-2अ में स्पष्ट रूप से उल्लेख है, "इस गणतंत्र का राष्ट्रीय धर्म 'इस्लाम' होगा पर अन्य धर्मों का भी पालन गणतंत्र की शांति और साहचर्य को ध्यान में रखते हुए, किया जा सकता है।"[22] इसके अतिरिक्त भाग 3 के अनुच्छेद 28(1) में धर्म के आधार पर होने वाले विभेद के सम्बन्ध में कहा गया है, "राज्य किसी भी नागरिक से धर्म, नस्ल, जाति, लिंग या जन्मस्थल के आधार पर किसी भी तरह का कोई भेद भाव नही करेगा।" किन्तु व्यावहारिक धरातल पर इसका बिल्कुल भी पालन होता नहीं दिखता। जियाउर रहमान ने अपनी पार्टी बी.एन.पी. के तले देश की राष्ट्रवादी पहचान को बढ़ाने के उद्देश्य से कट्टरपंथी पार्टी 'जमात ए इस्लामी' से प्रतिबंध हटा दिया, देश की छवि एंटी-कम्युनिष्ट राष्ट्र के रूप में स्थापित करने के लिए रूस का विरोध किया, इसके बाद इरशाद ने सैन्य तख्तापलट करते हुए मार्शल लॉ लागू किया बांग्लादेश की छवि सोवियत रूस विरोधी निर्मित की, आन्तरिक तानाशाही का माहौल तैयार किया और राजनीतिक दलों और ट्रेड यूनियनों पर प्रतिबंध लगा दिया, राजनीतिक आन्दोलन करने और भ्रष्टाचार करने पर मौत की सज़ा दिए जाने का प्रावधान किया गया, स्थानीय प्रशासनिक परिषद् में एक सैन्य पद का प्रावधान किए जाने की नीति से व्यापक विरोध और 1987 में पुनः आपातकाल, जून 1988 में संविधान में संशोधन कर इस्लाम को 'राष्ट्रधर्म' घोषित किया गया जैसी अजीबोगरीब नीतियों के कारण देश घोर आर्थिक क़र्ज़ में डूब गया। इरशाद के धर्म प्रेरित निर्णय की आलोचना करते हुए तसलीमा लिखती हैं, "अब तक मस्जिद गढ़-गढ़ कर, देश का बेड़ा गर्क कर रहे थे। लोगों की आँख में धूल झोकने के लिए जहाँ-तहाँ, जब-तब पीर पनप रहे थे। अब इरशाद खुद ही मजहब का ढोल लेकर, मैदान में उतर पड़े हैं।"[23] उनके इस निर्णय पर उन्होंने 'पारलौकिक मूली' नाम की कविता भी लिखी जो इस तरह से है -

'झुला दी है सामने एक अदद पारलौकिक मूली
भीति और लालसा, नाक की नोंक पर, सिर्फ उड़ती है धूल!
इस बार आँखों पर चढ़ा लो सियाह अंधेपन की ढेपी
जो है, जितना ज्यादा अंधा, उतना ज्यादा उसका विश्वासी में नाम
यकीन मानों तभी होगी, मिलेगी रोशनाई
इसी विश्वास के साथ उछाल दो अपनी युगल आँखें इहलोक में
और दिमाग के सजग कोशों में जड़ दो ताला चाबी
शाबास! यही तो...अब तुम सचमुच ईमानदार हो।" [24]

यह घटना बांग्लादेश के पतन की एक बहुत बड़ी तारीख के रूप में इतिहास में दर्ज है और यह अभी तक बांग्लादेश को प्रभावित कर रही है। इसी के विषय में तसलीमा लिखती हैं, "हाय री तकदीर! देश के नसीब में यही कुछ था? बांग्ला के हिन्दू, बांग्ला के बौद्ध, बांग्ला के ईसाई, बांग्ला के मुसलमान -हम सभी बंगाली हैं।' यह गाना गीत लायक, अब शायद कोई मंच नहीं रहा।"[25]

राजनीति के एक दाँव-पेच में से एक यह भी है कि सत्ता पर काबिज़ होने के उद्देश्य से दो विरोधी दल भी आस-पास आ जाया करते हैं। जिसे 'अवसरवादी राजनीति' की संज्ञा दी जाती है। इसका उदाहरण हैं शेख हसीना और खालिदा जिया। तसलीमा इस सम्बन्ध में लिखती हैं, "दोनों एक दूसरे का मुँह तक नहीं देखती हम सब तो यही देखने के अभ्यस्त थे, लेकिन इन दिनों, वे दोनों ही गाली-गलौज भूलकर, देश की भलाई के लिए एकजुट हो गई हैं।"[26] वे एक साथ 'इरशाद हटाओ' की माँग करने लगी। इरशाद के विरुद्ध जुलूस निकले जिसमें विद्यार्थियों ने बढ़-चढ़कर भागीदारी की किन्तु सत्ता पर काबिज रहने के लिए वे कुकृत्य पर कुकृत्य किए जा रहे थे। ढाका विश्वविद्यालय के जुलूस पर ट्रक चढ़ाकर काफी लोगों की हत्या कर दी गई। "बांग्लादेश की राजनीति में कई तरह से धर्म घुल मिल गया था। इसका एक रूप था पीरों की ओर राजनीतिज्ञों का झुकाव और पीरों का राजनीति में आगमन। इरशाद स्वयं अन्धविश्वास के शिकार थे और अपनी सत्ता को बचाने के लिए तरह-तरह के टोटके करने से भी नहीं हटते थे। राजनीति के क्षेत्र में हफ्फेजी पीर, अतारसी का पीर, शर्बीना के पीर, सईदाबादी पीर न जाने कौन-कौन से पीरों का प्रभाव दिख रहा था। किन्तु इरशाद का पीरों वाला हथियार काम नहीं आया और न ही आचानक अपनी बीबी रौशन और बच्चे को पेश करना ही काम आया। लगातार तीन वर्ष तक विरोधी आन्दोलन चला और अंत में इरशाद की सत्ता 'सन नब्बे के तुमुल ज्वार में बह गई'।"[27]

इसके बाद प्रथम कार्यवाहक सरकार (1990-1991) आई और उसके बाद देश का शासन बारी-बारी से दो स्त्रियों के हाथ में ही रहा है। इन दोनों स्त्रियों के द्वारा सत्ता प्राप्त करने के लिए चली गई कूटनीतिक चालों को राजनीतिक गलियारे में 'बेगमों का संघर्ष' कहा गया। इरशाद की सत्ता की समाप्ति के बाद, दो दल जो अब तक साथ-साथ खड़े दिख रहे थे एक दूसरे के धुर-विरोधी के रूप में आमने सामने आ गए। बी.एन.पी की तरफ से खालिदा जिया तो आवामी लीग की ओर से शेख हसीना। इन दोनों ने धर्म को जरिया बनाकर अपनी राजनीति को चमकाने का प्रयास किया। इस सम्बन्ध में तसलीमा लिखती हैं,

"राष्ट्रधर्म इस्लाम के देश में धर्म भी हथियार बन गया। खालिदा जिया अगर मजहब की दो बातें करती थीं, हसीना चार बातें! अवामी लीग कभी इस बात के लिए बदनाम थी कि वह पार्टी धर्म की परवाह नहीं करती। धर्मनिरपेक्षता, अवामी लीग सरकार के राज्य गठन की चार नीतियों में से एक थी। इस बदनामी से हसीना मुक्त होने की जितनी-जितनी कोशिश कर रही थीं, खालिदा उतनी ही तदबीर से इसे इस्तेमाल कर रही थीं।"[28] परिणाम यह हुआ कि धर्म को हथियार बनाकर खालिदा जिया की पार्टी बी.एन.पी. ने चुनाव में जीत हासिल की। उन्होंने अवामी लीग के विरुद्ध भारत समर्थक होने का प्रचार किया, धर्म विरोधी होने का प्रचार किया। ऐसे में धर्म के आधार पर विभाजित जनता अपने राष्ट्रीय मूल्यों को खो देने और देश के भारत के हाथों बिक जाने के भय से खालिदा जिया को जिताने का निर्णय कर बैठी। और अब्दुर रहमान जैसे रजाकार को प्रेसिडेंट के पद पर आसीन किया जाना भी इस धर्म आधारित की राजनीति का एक हिस्सा था।

अगले चुनाव में विजय आवामी लीग की हुई। तसलीमा लिखती हैं, "इस देश में पहली बार कोई महिला प्रधानमंत्री गद्दी पर आसीन हुई और विरोधी लीडर भी एक महिला थी। इस वजह से मैं खुश थी। लेकिन उसी खुश-खुश तन-बदन में एक अजगर भी फन काढ़कर, सिर उठा रहा था! मेरा तन बदन आतंक से सिहर उठा।"[29] यह आतंक था, राजनीति में धर्म का आतंक। शुरूआती दिनों में तसलीमा अवामी लीग की शेख हसीना की काफी पक्षधर दिखाई पड़ती हैं क्योंकि इरशाद की सरकार की अपेक्षा लोग मुजीबुर्रहमान की बेटी से अधिक आशा रखते थे और उन्हें भी उस बेटी से कुछ आशा हुई थी। वे लिखती हैं, "मैं किसी भी राजनैतिक दल की, किसी भी किस्म की सदस्य नहीं हूँ। लेकिन जिन लोगों ने यह प्रतिश्रुति दी है कि मुसीबत के ये दिन गुज़र जायेंगें और हम किसी खूबसूरत भविष्य की ओर बढ़ने लगेगें, उन पर अपना भरोसा टिकाकर, मैं एक संभावना के अंकुर की जड़ों को सीचने लगी, उसमें खाद पानी देने लगी।"[30] इस आशा को चूर-चूर होते ज्यादा देर नहीं लगी। शेख हसीना के हज करके आने के बाद अपने बालों को काली पट्टी से बाँध रखना राजनीति में धर्म के इस्तेमाल के सबसे बड़े प्रमाण के रूप में तसलीमा ने प्रस्तुत किया है।

खालिदा जिया ने 1991 में अपनी पार्टी बी.एन.पी का नेतृत्व करते हुए कट्टरपंथी पार्टी जमात-ए-इस्लामी के साथ मिलकर सरकार बनाई। इससे पूर्व वे इस कट्टरपंथी पार्टी की आलोचना करते नहीं थकती थीं। स्पष्ट है धर्म को लेकर की जाने वाली राजनीति में किसी तरह का कोई अंतर नहीं आया। वे

लिखती हैं, "सत्ता मिल जाने के बाद, कोई भी, कोई वादा पूरा करने का मन नहीं बनाता। संविधान से जातीय धर्म को हटाकर, धर्मनिरपेक्षता बहाल करने की बात किसी की जुबान पर नहीं उभरी। इस देश की राजनीति, देश के लोगों का कल्याण करने की दृष्टि से नहीं, बल्कि राजनीतिक सत्ता की राजनीति थी।"[31] तसलीमा का मानना है कि देश में कट्टरपंथी दल जमात-ए-इस्लामी को लगातार मिल रही राजनीतिक बढ़त इस बात का प्रमाण है कि अवामी लीग और बी. एन. पी. सत्ता के लिए जमाते इस्लामी को यह अवसर दे रही थीं। इसका एक प्रमाण यह भी है कि 1971 के मुक्तियुद्ध के विरुद्ध खड़े होने वाले गुलाम आयम के विरुद्ध जब 'इकहत्तर के घटक दलाल निर्मूल कमिटी' बनाकर उसका विरोध का प्रयास किया गया तो सरकार ने उनका साथ न देकर जनसमूह को ही तितर-बितर कर दिया और अदालत के निर्देशों को न मानते हुए फाँसी की जगह केवल लोक दिखावे के लिए उसे जेल में बंद कर दिया।

1990 के अक्टूबर में 'इन्कलाब' अखबार की एक गलत खबर कि बाबरी मस्जिद का विध्वंस हो गया है के कारण लोगों ने बिना सच जाने हुए ही हिन्दुओं के घर फूँक डाले थे। कई लोगों की हत्या कर दी गई थी। फिर 6 दिसंबर 1992 में जब कि सचमुच बाबरी मस्जिद को ढहा दिया गया था, अब क्या हो सकता है इसकी कल्पना करके ही तसलीमा काँप उठीं! एक-एक दिन बहुत भय और आतंक के बीच गुजर रहा था। पड़ोसी ही पड़ोसी की हत्या कर रहा था। ढाका के आस-पास के इलाके ही नहीं दूर दराज के क्षेत्र भी इस साम्प्रदायिक हिंसा के शिकार हुए। बाबरी मस्जिद विध्वंस के बाद अस्पतालों में हज़ारों की भीड़ में घायल लोग आने लगे, जिनको यह तक नहीं पता था कि उन्हें किस लिए मारा गया, बाबरी मस्जिद कहाँ है? इसी पर रोष प्रकट करते हुए तसलीमा लिखती हैं, "मेरा मन हो रहा था कि इंसान के बदन से झरता हुआ खून राजनीति के चेहरे पर मल दूँ।"[32] सभी बांग्लादेशी राजनीतिक पार्टियाँ शांति के लिए जनता से अपील कर रहीं थीं, छात्र संगठन शांति जुलूस निकाल रहे थे किन्तु कोई भी कट्टरवादी गुटों को रोकने में समर्थ नहीं हो पा रहा था। चिल्ला-चिल्ला कर ये नारा दिया जा रहा था, "एक-एक, दो-दो हिन्दू धर, सुबह-शाम नाश्ता कर।"[33] ये कट्टरतावादी 'इन्सान का रूप धरे आदमखोर' ही नज़र आ रहे थे। हिन्दुओं के विरुद्ध किए जा रहे दंगों के सम्बन्ध में सरकार और विरोधी पार्टियों की उदासीनता के सम्बन्ध में वे लिखती हैं, "मुझे लगता रहा, बी. एन. पी. सरकार के खिलाफ आन्दोलन करने की सुविधा हासिल करने के लिए, आवामी लीग भी हिन्दुओं पर जोर-जुल्म बरसाना चाहती है। इस मुद्दे के साथ, सरकारी

आन्दोलन चलाने के लिए, बड़ी शान से मैदान में उतरा जा सकता है। मुझे इन राजनीतिक पार्टियों पर बेतरह गुस्सा आता रहा।"[34] बांग्लादेशी सरकार की नीरसता के विषय में लिखती हैं, "मुझे नेताओं के कीर्ति कलाप से नफरत हो आई। अगर वे लोग चाहते तो यह साम्प्रदायिक आतंक रोक सकते थे। भारत सरकार ने फटाफट कदम उठाया और दंगा रोक दिया। भारत में दंगा होता है, तो वहाँ मुसलमान भी हिन्दुओं पर टूट पड़ने का दम-खम रखते हैं लेकिन बांग्लादेश में दंगे नहीं, संत्रास होता है। मुसलमान हिन्दुओं पर जुल्म करते हैं।"[35]

ऐसे माहौल में सांस्कृतिक धरोहर का भी बँटवारा किया जाने लगा। 21 फ़रवरी को गीत गाया जाता 'मेरे भाई के खून में रंगी, इक्कीस फ़रवरी क्या हम भूल सकते हैं।"[36] राजनीतिक लाभ के लिए किए गए कार्यों की हद तो तब हो गई जब 'सन इकहत्तर के युद्ध के दौरान जो गीत स्वाधीन बांग्ला बेतार केंद्र से बजाए जाते थे, जो गीत सुनकर मुक्तियोद्धा प्रेरणा ग्रहण करते थे ; जो गीत सुन-सुनकर देश को आज़ाद कराने का जोश लिए, लोग आगे बढ़ते रहे ; देश को बचाने के लिए पाकिस्तानी फौजों के हाथों, अपनी जान गँवाने में भी नहीं झिझके, उन्ही गीतों को आज हमने, अपने गीत, सबके गीत कबूल करने से इनकार कर दिया'[37] स्वाधीनता संघर्ष के समय गाये जाने वाले गीतों तक पर राजनीति होने लगी, "गीतों का पार्टीकरण कोई नया नहीं है। जियाउर रहमान जब हुकूमत में थें, उन दिनों शहनाज रहमतुल्लाह का गाना -'पहला बांग्लादेश, मेरा शेष बांग्लादेश' रेडियो-टेलीविज़न पर खबरों से पहले और बाद में अक्सर बजाया जाता रहे, इसलिए इस गीत ने सम्प्रदायवादी पार्टी के गानों में अपना नाम लिखा लिया। इरशाद ने भी जिया के नक्शे कदम पर चलते हुए, देश भक्ति का एक गीत, अपनी पार्टी के लिए चुन लिया, हाय री तकदीर! गीतों की भी मुक्ति नहीं है। गीत को भी किसी न किसी पार्टी में अपना नाम लिखाना पड़ता है।"[38] स्पष्ट है 'धर्म और राजनीति के गठजोड़ ने स्थितियों की स्वार्थपूर्ण और मनमानी व्याख्या को जन्म दिया।"[39]

इसके बाद आवामी लीग की हसीना सरकार में कुछ प्रगतिशील कार्य होते दिखाई दिए, जिसके कारण उन्हें यूनेस्को शांति पुरस्कार भी प्राप्त हुआ। अपनी दूसरी पारी में खालिदा जिया भी कुछ प्रगतिशील कदम उठाते हुए नज़र आयीं और आतंकवाद के खात्मे के लिए अमेरिका का सहयोग किया। लेकिन उनकी इस छवि को उस समय ठेस पहुँची जब विकिलीक्स के खुलासे में उनके ही पुत्र तारिक रहमान पर भ्रष्टाचार के आरोप लगे। इसी समय जमात-उल-मुजाहिदीन जैसा आतंकवादी संगठन बांग्लादेश में प्रभावी हो उठा और कई आतंकवादी

घटनाओं को अंजाम दिया। जनवरी 2007 में स्थितियाँ काबू के बाहर हो गयीं और आपातकाल लागू हुआ। इसके बाद 2008 में शेख हसीना की आवामी लीग पुनः सत्ता में आई।

स्पष्ट है कि बांग्लादेश में राजनीति धर्म को और धर्म राजनीति को पोषित करते रहे हैं। इस पोषण से जनता नहीं बल्कि सत्तानसीन ही फायदा उठा रहे हैं। तभी तो प्रफुल्ल कोलख्यान 'धर्म की सत्ता और सत्ता का धर्म लेख में लिखते हैं, "राजनीतिक सत्ता और धर्म सत्ता ने एक दूसरे के साथ मिलकर समाज सत्ता का दुरुपयोग किया है।"[40] तत्कालीन समय में देश के धार्मिक दृष्टिकोण के विषय में तसलीमा लिखती हैं, "देश में दो तरह के गुट थे एक कट्टरवाद के साथी और दूसरे कट्टरवाद के विरोधी।"[41] समाजतांत्रिक मूल्यों पर चलने का दावा करने वाले लोग भी धर्म से पृथक नहीं रहे। समाजतांत्रिक दल के रवैये के सम्बन्ध में तसलीमा लिखती हैं, "यह पार्टी तो दिनोदिन जमाते इस्लामी से भी लघुतर रूप धारण करती जा रही है। कामरेड फरहाद का जब इंतकाल हो गया तो इस्लामी नियम के मुताबिक विशाल जनाजे की तैयारी की गई। लोक दिखावे के लिए ही सही, कम्युनिस्ट लोग ही अगर धार्मिक कार्यक्रमों से बाहर नहीं निकल पायें, तो बाकी पार्टियाँ कैसे बाहर निकलेंगी?"[42] वे लिखती हैं, "मेरे मन में सवाल जाग उठा–अगर सारे मुसलमान नास्तिक हो जाएँ, तो क्या सारी समस्याओं का समाधान हो जाएगा? मेरे मन ने कहा नहीं होगा। मुझे पक्का विश्वास है कि गुलाम आयम नास्तिक बन्दा है, मुझे तो जमात के सारे ही नेता नास्तिक लगते हैं। आस्तिक तो वे लोग हैं, जो गुलाम आयम के अनुगामी हैं, मूरख और बुद्धू हैं, जिनकी नाक में धर्म की नकेल डालकर, गुलाम आयम राजनीति के करतब सिखा रहा है।"[43]

जमाते इस्लामी जैसी कट्टरपंथी पार्टी को मिल रही पश्चिमी मदद और बढ़ावे के सम्बन्ध में बहारुद्दीन को दिए साक्षात्कार में वे कहती हैं, "समूचे देश में जमाते इस्लामी की राजनीति पर पाबंदी लगाये जाने की माँग चल रही है। धर्म के इन कारोबारियों के हाथ में मध्य-प्राच्य रुपये और हथियार मौजूद हैं, वही लोग नई पीढ़ी के हाथों में ढेरों रूपए और अस्त्र सौंप रहे हैं, हमारी नौजवान पीढ़ी को गुमराह कर रहे हैं।"[44] पाकिस्तान के शासन और स्वतंत्र बांग्लादेशी शासन के 42 वर्ष के दौरान देश में कई ऐसे नेता हुए जिन्होंने धर्म को अपना हथियार बनाने के अतिरिक्त कोई काम नहीं किया और इसमें सबसे बड़ा योगदान रहा इरशाद की सरकार का। इसी पर कटाक्ष करते हुए तसलीमा के बड़े मामा ने अपने लेख में लिखा, "ये लोग क्या मोमिन मुसलमान हैं? या मुस्लिम नामधारी,

आधुनिक भावधारा के पृष्ठपोषक मोहम्मद अली जिन्ना, सर सैय्यद अहमद, सर मोहम्मद इकबाल वगैरह के भविष्य हैं? बहरहाल, चाहे जो भी हो, इन आधुनिकतावादी, धर्म के धंधेबाजों ने कट्टरवाद का अगला छोर तो काट दिया, मगर जड़ों को सींचते रहे, नतीजा यह हुआ कि कट्टरवाद का पेड़, धीरे-धीरे तरोताजा होकर फल-फूल रहा है...और बढ़ता जा रहा है।"[45]

इस प्रकार धार्मिक कट्टरपंथियों को सरकार के द्वारा प्रश्रय मिलने के कारण ही बांग्लादेश में कट्टरपंथ बढ़ रहा है। कट्टरपंथ को बढ़ाने वाले मौलानाओं के सम्बन्ध में तसलीमा ने लिखा, "टिड्डियाँ जैसे पूरी फसल बर्बाद कर देती हैं, इन मौलाना लोगों ने इसी तरह से 'सोनार बांग्ला' के गांवों को तबाह कर डाला है। अगर इन्हें निर्मूल नहीं किया गया, तो एक दिन पूरा का पूरा बांग्लादेश ध्वंसस्तूप में परिणत हो जाएगा।"[46] हालाँकि विलेम वैन स्केनडेल का मत है कि बांग्लादेश के उदारवादी इस मत से सहमत है कि बांग्लादेश में इस्लामीकरण तेजी से बढ़ा है जिसे सरकार और आतंकवादी संत्रास और भय के कारण मदद मिल रही है। दूसरी तरफ उदारवादी बांग्लादेश का दायरा वैश्विक सम्पर्क के कारण भी बढ़ रहा है।'[47]

वस्तुतः बांग्लादेश की प्रत्येक सरकार ने धर्म का प्रयोग अपनी सहूलियतों के अनुसार किया है। इसलिए तसलीमा लिखती हैं, "जो लोग इस देश को गणतांत्रिक देश कहते हैं, मैं उन लोगों को धिक्कार देती हूँ। धर्म मुक्त होना गणतंत्र की पहली शर्त है। यह शर्त पूरी न हो, तो गणतंत्र का नाम धारण करने का मतलब, जाति को बुद्धू बनाना।"[48] तसलीमा उन बांग्लादेशी प्रगतिशील विचारकों से भिन्न मत रखती हैं जो यह मानते हैं कि यदि कट्टरता खत्म हो गई तो धर्म के रहते हुए भी शांति रह सकती है। वे लिखती हैं, "मेरा ख्याल है कि जितने दिन तक धर्म रहेगा, कट्टरवाद भी मौजूद रहेगा। कमरे में अगर साँप छोड़ दिया जाए और घरवालों को समझा दिया जाए कि उन्होंने साँप को अच्छी तरह से समझा-बुझा दिया है कि वह किसी को दंश न मारे, यह बात क्या विश्वास योग्य है? साँप ने आज दंश नहीं मारा तो कल मारेगा ही।"[49] इसी कारण वे एक प्रकार से चेतावनी देती नज़र आती हैं, "राष्ट्र धर्म इस्लाम को अगर अलविदा नहीं किया गया तो यह देश गणतांत्रिक बांग्लादेश से इस्लामिक प्रजातंत्र बनने में ज्यादा वक्त नहीं लेगा..देश-धर्म इस्लाम होने की वजह से, हिन्दू, बौद्ध, ईसाई धर्म में विश्वासी लोगों को या जिन्हें इस धर्म में विश्वास न भी हो, लेकिन जो लोग उन धर्मावलम्बियों की संतान हैं, उन्हें दूसरे दर्जे के नागरिकों के तौर पर जिंदगी गुजारनी होगी।"[50]

(ख) धर्म और राजनीति का गठजोड़ :

तसलीमा राज्य के सन्दर्भ में धर्म को एक 'नकारात्मक तत्व' के रूप में देखती हैं। कारण? 'धर्मसत्ता खुद सदियों से एक आततायी चीज है, ऊपर से राजनीति से उसके आधुनिक सम्बन्ध ने खून की नदियाँ बहायी, दंगों से भय और असुरक्षा का माहौल तैयार किया, इसने वज्रपात यह किया कि धर्म को जीवन से बाहर निकाल दिया। यही वजह है कि आज चारों ओर धर्म की जगह पर निर्बुद्धिपरकताएँ है या धर्म के नाम पर मनोरंजन है।"[51] इसलिए वे धर्म को एक 'पारलौकिक मूली' करार देती हैं, जो जनता को लुभाने के लिए सरकार और राजनीति द्वारा लटका दी जाती है और इसके लोभ में आकर जनता अपनी सुध-बुध खो बैठती है। धर्म और राजनीति के गठजोड़ के सम्बन्ध में वे लिखती हैं, "हज़रत पैगम्बर के झब्बे की आड़ में छिपा हुआ है अल्लाह नाम का धोखा! इसी इस्लाम को दुनिया भर के करोड़ों-करोड़ बुद्धुओं ने आज भी टिकाए रखा है। इसके पीछे और कुछ नहीं, महज राजनीति का खेल है।'[52]

राममनोहर लोहिया ने कहा था, "राजनीति अल्पकालिक धर्म है और धर्म दीर्घकालिक राजनीति।"[53] अन्य शब्दों में कहें तो राजनीति और धर्म मिलकर एक प्रकार का 'कॉकटेल' बनाते हैं। परलौकिक निष्ठा के रूप में धर्म राजनीति को मर्यादित करता है एवं राजनीति उसके लिए अप्रत्यक्ष रूप से उपकारी होती है। स्वरूपतः धर्म के कारण राजनीतिक संघर्ष संभव नहीं है, जब तक धर्म और राजनीति का मिश्रण न हो। धार्मिक व्यवस्था को राजनीति का आधार मानने पर असहिष्णुता, हिंसा और सत्ता लोलुपता रूपी विकृतियाँ उत्पन्न होती हैं। इन दोनों के सम्बन्ध को दो आधारों पर समझा जा सकता है :

धर्म और राजनीति का अंतर्संबंध दो तरह से दिखाई देता है। 'धर्म का राजनीतिकरण' और 'राजनीति के लिए धर्म'। प्राचीन ग्रन्थ जहाँ राजनीति में धर्म के प्रयोग को सही ठहराते हैं, वहीं आधुनिक आलोचनाओं ने इसके नकारात्मक पक्ष को भी उजागर करना शुरू किया है।

अराजके हि लोकेअस्मिन् सर्वतो विद्रुते भयात्।
रक्षार्थमस्य लोकस्य राजानामसृजत्प्रभुः।।[54]

अर्थात् 'जब संसार में कोई राजकीय संस्था न थी, तो भय और आतंक के मारे लोग त्रस्त रहते थे! तब इस (मानव संस्था) की रक्षा के लिए ईश्वर ने शासन सत्ता को जन्म दिया। ईश्वर ने ऐसी बुद्धि दी जिस से मनुष्य ने संसार में शासन सत्ता स्थापित की।' यह सत्ता स्थापित की गई थी लोगों में भय कम करने के लिए, उन्हें सुशासित रखने के लिए, उन्हें मार्गदर्शित करने के लिए।

धर्मसापेक्षता को मानने वाले लोगों की मान्यता है कि धर्म को राजनीति से पृथक करना सर्वथा असम्भव है। इसलिए इस मान्यता के लोग धर्म और राजनीति के परस्पर सामजंस्य से ही लोक का कल्याण करना चाहते हैं। 'सैक्युलर' लोग इन्हें साम्प्रदायिक शक्तियाँ अथवा 'कम्युनल फोर्सेज' कहकर पुकारते हैं।

धर्म और राजसत्ता का सम्बन्ध बहुत पुराना है। शायद उतना ही पुराना जितना पुराना धर्म है और जितनी पुरानी सत्ता के प्रति मनुष्य की लालसा की कहानी। धर्म के अनुसार जीवन को मर्यादित करने की सर्वप्रथम कोशिश स्मृतियों में दिखाई पड़ती है। धर्म के संस्थानीकरण की राजनीति वहीं से शुरू होती है। इन स्मृतियों और ब्राह्मणों को रचा था, समाज में प्रभुत्व रखने वाले ब्राह्मण वर्ग ने, जिससे तत्कालीन शासक भी भय खाते थे। धरती पर लगभग एक ही समय में जन्म लेने वाले चाणक्य और अरस्तु जैसे राजनीतिज्ञों के मत को इस सम्बन्ध में देखना आवश्यक है। एक तरफ जहाँ अरस्तु 'शुभत्व' की स्थापना जीवन का उद्देश्य मानता था, दूसरी तरफ चाणक्य का विश्वास 'सुदृढ़ राजतन्त्र' स्थापित करने में था, जिसके लिए वह साम-दाम-दंड भेद किसी का भी सहारा लेने का हिमायती था। बहरहाल दोनों को अलग-अलग शासकों के माध्यम से बड़ी सत्ताओं की स्थापना में सफलता मिली। किन्तु "कोरी कूटनीति से सत्ता तो हथियाई जा सकती थी। इसके जरिये राजनीतिक दुश्मनों को ठिकाने लगाया जा सकता था, लेकिन महाशक्तिशाली सम्राट भी संगठित जनशक्ति से भय खाते थे, जानते थे संगठित जनाक्रोश से बचना कठिन और कभी-कभी तो असंभव हो जाता है। इस भय से मुक्ति में धर्म राजसत्ता का मददगार बना। वह इहलौकिक दुखों के सापेक्ष पारलौकिक सुखों को लाकर सामाजिक असंतोष को कम करने तथा इसके माध्यम से जीव में आभासी संतुलन बनाये रखने में सक्षम था। धर्म के इसी गुण के कारण धर्मसत्ता और राजसत्ता का गठजोड़ हुआ।"[55]

धर्म और राजनीति के सम्बन्ध पर गाँधी और विवेकानंद के विचार उल्लेखनीय हैं। पूर्व केन्द्रीय मंत्री जगमोहन ने अपने लेख 'धर्म-राजनीति का गाँधी दर्शन' में लिखा है, "यह विवेकानंद के विचारों का ही प्रभाव था कि गाँधीजी यह कहने में समर्थ रहे कि जो लोग यह कहते हैं कि धर्म का राजनीति से कुछ लेना-देना नहीं है वे यही नहीं जानते हैं कि धर्म का असली अर्थ क्या है? गाँधीजी ने यह भी कहा कि मेरे अंदर के राजनेता को मैं कभी भी अपने निर्णयों पर हावी होने का मौका नहीं देता हूँ। यदि मैं राजनीति में भाग लेता नजर आ रहा हूँ तो सिर्फ इसलिए, क्योंकि आज राजनीति ने साँप की कुंडली की तरह हमें जकड़ लिया है, जिससे कोई कितनी भी कोशिश कर ले, बचकर नहीं

निकल सकता। इसीलिए मैं इस साँप से लड़ना चाहता हूँ। उन्होंने यह भी महसूस किया कि इस साँप से लड़ने का सबसे अच्छा तरीका है वास्तविक धर्म के उच्च आदर्शों को विकसित करना। बार-बार गाँधीजी ने यह रेखांकित किया कि सिद्धान्तहीन राजनीति मौत के फंदे के समान है, जो राष्ट्र की आत्मा को ही मार डालती है।"[56] कहने का तात्पर्य यह है कि यद्यपि गाँधी जी ने धर्म को राजनीति के साथ जोड़ने का प्रयास किया, किन्तु यह धर्म था मानवता का धर्म जहाँ 'ईश्वर ही सत्य है' नहीं बल्कि 'सत्य ही ईश्वर है' की अवधारणा में विश्वास किया जाता है।

तसलीमा राष्ट्र के लिए किसी भी प्रकार के धार्मिक प्रश्रय को आवश्यक नहीं मानतीं। उनका मत है, "राष्ट्र को क्या कभी किसी धर्म की ज़रुरत होती है? इंसान को भले धर्म को ज़रुरत होती है, मगर देश क्या कोई इंसान है? देश तो सभी संस्कृति, सभी भाषा के लोगों की हिफाज़त के लिए होता है। देश अगर निरपेक्ष न हो, देश सारे विविध सम्प्रदायों के बीच, किसी एक सम्प्रदाय का पक्ष ले, तो उस देश के लोगों में विरोध और विश्रृंखलता ज़रूर सिर उठाएगी।"[57]

यदि वर्तमान में राजनीति और धर्म के गठजोड़ का कारण क्या हो सकता है, इस प्रश्न पर विचार करें, तो हम पाते हैं कि सत्ता पर काबिज़ लोग जब हिटलरी रुतबे की तमन्ना रखते हैं, तुष्टिकरण के बहाने छलने का प्रयास करते हैं, जनता को भय और दहशत में रखना चाहते हैं, तो वे धर्म के साथ मिलकर एक ऐसा 'कॉकटेल' तैयार करते हैं, जिसकी तासीर से आम लोगों का निकल पाना मुश्किल हो जाता है। कह सकते हैं, ऐसे में धर्म, लोगों को भावनात्मक रूप से छलने के एक माध्यम से अधिक कुछ नहीं होता। जब रामचंद्र शुक्ल भक्ति के उद्‌भव के सम्बन्ध में लिखते हैं, "पौरुष से हताश जाति के लिए ईश्वर की शक्ति और करुणा की ओर ध्यान ले जाने के अतिरिक्त दूसरा मार्ग ही और क्या था?"[58] तो इससे यह साफ़ ज़ाहिर होता है कि जनता निराशा में सैदव ईश्वर का सान्निध्य ढूँढती रही है और इस बात का फायदा उठाकर सत्तानशीनों ने ईश्वर को बेचना और खरीदना शुरू किया। इसके हजारों-हज़ार उदाहरण हैं। भारत और बांग्लादेश ही नहीं बल्कि समस्त विश्व इस धर्म और राजनीति की आपसी चालबाजी में फँसा हुआ है, जिसने न केवल तमाम नरसंहार करवाए बल्कि इंसानों के आपसी विश्वास और मानवता से जुड़े सद्‌भाव को भी समाप्त करने का प्रयास किया है।

सामंती और प्राक्-औद्योगिक समाज में पुरोहित वर्ग और सत्ताधारियों के बीच गठजोड़ हुआ करता था। पुरोहित वर्ग ने ही सर्वप्रथम इस अवधारणा को प्रस्तुत

किया कि राजाओं को शासन करने का दैवीय अधिकार है। यूरोप में राजा और पोप हमराही हो गए। इस्लामिक दुनिया के बड़े हिस्से में नवाब और शाही इमाम में दोस्ती हो गई और हिंदू धर्म के प्रभाव वाले क्षेत्रों में राजा और राजगुरु एक साथ खड़े दिखने लगे। इस गठजोड़ का लाभ यह हुआ कि शासक अब अधिक से अधिक सत्ता अपने हाथों में केंद्रित करने के लिए धर्म का इस्तेमाल कर सकते थे। आश्चर्य नहीं कि राजाओं ने अपनी विस्तारवादी महत्वाकांक्षाओं को धार्मिक आधार पर औचित्यपूर्ण ठहराना शुरू कर दिया। अगर कोई ईसाई राजा अपने राज्य का विस्तार करना चाहता था तो उसके लिए किए जाने वाले युद्ध को वह 'क्रूसेड' बताता रहा। इसी तरह, मुस्लिम शासकों ने युद्ध नहीं 'जिहाद' किया। हिंदू राजाओं की लड़ाई सदैव 'धर्मयुद्ध' हुआ करती थी। इन सबके अतिरिक्त धर्म और राजनीति के गठजोड़ के ढेरों उदाहरण आज भी मौजूद हैं।

लेखिका तसलीमा नसरीन के सम्बन्ध में बांग्लादेश सरकार ने जो भी निर्णय लिए वे सभी तथाकथित इस्लामिक धर्मज्ञों के आदेश के अनुसार ही लिए गए। इस निर्णय के पीछे तात्कालिक परिस्थितियाँ तो हैं ही किन्तु इसके पीछे लम्बे समय से चली आ रही इस्लामिक राष्ट्र की मानसिकता भी है, जिसका विकास इतिहास के गर्भ में धीरे-धीरे होता रहा। धर्म के विरुद्ध कुछ सुन और सह न पाने की मानसिकता किसी एक दिन की देन नहीं है। इसकी नींव तो उस बंगाल-विभाजन के समय ही पड़ गई थी जब हिन्दू और मुस्लिमों के मध्य संस्कृति और भाषा की एकता के बावजूद धर्म की गहरी खाई खोद दी गई थी। तसलीमा आत्मकथा के माध्यम से अपने समय के राजनीतिक सच को बयाँ करती हैं, जो उन्होंने स्वयं अपनी आँखों से देखे थे और जो उनकी माँ या पिता ने देखे थे। इसमें पाकिस्तान के निर्माण से लेकर बांग्लादेश के मुक्तियुद्ध और उसके बाद के बांग्लादेश में सत्ताओं की पलटवार, खेमेबाजी, अवसर की राजनीति सम्मिलित है। इस राजनीतिक परिदृश्य में बदलती सत्ताओं के साथ वे पूरे बांग्लादेश को भी खोखला होता हुआ देखती हैं। यही कारण है कि उनके उपन्यास के पात्र जब बांग्लादेश वापस जाकर अपने देश को देखते हैं, तो उन्हें देश खोखला और पिछड़ा हुआ नज़र आता है। उदाहरण एक लिए 'फेरा' की कल्याणी को, "ब्रह्मपुत्र की तरह ही उसके जन्मस्थान के शहर के लोग भी गंदे, कमजोर और बड़े दुखी लगे।"[59]

भारत में, इस धर्म सम्बन्धी राजनीतिक चालबाजियों को हम प्राचीन काल से ही देखते आ रहे हैं। जब समाज में वर्ग बने और यही वर्ग जाति में तब्दील हो गए, उस समय ब्राह्मण जिनके हाथ में ज्ञान और बुद्धि की शक्ति थी, उन्होंने

स्वयं को सर्वश्रेष्ठ घोषित कर क्षत्रियों को शासन करने का अधिकार देते हुए भी, उनकी नकेल अपने हाथों में रखी। जबकि वैश्यों और शूद्रों को धर्म और जाति के नाम पर सदैव समाज में निकृष्ट बनाये रखा। यह एक राजनीतिक चालबाजी ही कही जा सकती है। मध्यकाल में मुस्लिम सत्ताओं के आगमन से धर्म परिवर्तन की राजनीति शुरू हुई, जिसका उद्देश्य एक तो सत्ता हथियाना और अधिक से अधिक सत्ता समर्थकों को पैदा करना था। इसके लिए उनके धर्म के अधिक से अधिक अनुयायी पैदा किए जाने आवश्यक थे। इस कार्य के लिए धार्मिक और ईश्वरीय लोभ देकर लोगों का धर्म-परिवर्तन करने का सिलसिला शुरू हुआ, जो ब्रिटिशों के समय में आकर और अधिक तेज़ हो गया और इसने बाद में साम्प्रदायिक रूप ले लिया। ब्रिटिशों ने इस साम्प्रदायिक मतभेद का किस तरह से फायदा उठाया इससे हम सभी वाकिफ हैं। लेकिन इस तरह के कार्यों से एक बात तो स्पष्ट हो गई कि सत्ता और राजनीति में बने रहने के लिए धर्म एक हथियार की ही भाँति कार्य कर सकता है और उसने किया भी।

भारत की स्वतंत्रता के बाद इस सम्बन्ध में स्थिति बद-से-बदतर होती चली गई। सत्ता लोलुप राजनीतिज्ञों ने जनता में अन्धविश्वास को कम करने के बजाय उसे बनाये रखने का काम किया। लोगों को धर्म के नाम पर आपस में लड़वाने के लिए दंगे करवाए। इस सम्बन्ध में ओपरेशन ब्लू स्टार, बाबरी मस्जिद विध्वंस, गोधरा काण्ड मुजफ्फरनगर के दंगों, बीफ के नाम पर हो रहे दंगों को उदाहरण के तौर पर पेश किया जा सकता है। भारत का वर्तमान समय एक ऐसा संक्रांति काल है जिसमें हिंदू धर्म की पहचान की राजनीति परवान चढ़ रही है। जहाँ पड़ोसी देशों का इस्लामीकरण हो रहा है वहीं भारत भी हिन्दूकरण के प्रयास में लगा नजर आ रहा है। इस धर्म आधारित राजनीति के सम्बन्ध में अखिलेश मिश्र लिखते हैं, "कुछ धार्मिक प्रतीकों को राष्ट्रीय अस्मिता बताने में भी कमाल हुआ है। लाल कृष्ण आडवाणी ने रामजन्म भूमि को राष्ट्रीय 'अस्मिता' का सवाल बना दिया। उन्हें कौन समझाए राम का जन्म नहीं अवतार हुआ था। प्रथम रामावतार अयोध्या में नहीं नैमिषारण्य में हुआ था जहाँ मनु शतरूपा ने तपस्या की थी। वह स्थल तो है वहाँ मंदिर नहीं है। बने तो कोई रोकेगा नहीं। इसलिए उससे राजनीतिक लाभ नहीं होगा।"[60]

तसलीमा लिखती हैं कि, "कट्टरता का चरित्र हर मुल्क में एक जैसा होता है।"[61] बांग्लादेश और भारत दोनों जगह धर्म की राजनीति के शिकार लोग देखने को मिल जाते हैं किन्तु उनके अनुसार यह दोनों देशों में अलग-अलग तरह से है। पश्चिम बंगाल में जहाँ बंगाली होते हुए भी हिन्दुओं और मुसलमानों की

अलग-अलग बस्ती है और वहाँ हिन्दुओं को 'बंगाली' और मुसलमानों को 'गैर बंगाली' के रूप में देखने का चलन है। बांग्लादेश में हिन्दू और मुसलमान बंगालियों की अलग-अलग बस्तियाँ नहीं थीं। सब एक साथ रहते थे और एक साथ एक दूसरे के त्योहारों, सुख-दुःख आदि में भाग लेते थे। किन्तु सरकारी स्तर पर किए गए प्रयासों में पर्याप्त अंतर दिखता है। जहाँ भारत की कम्युनिस्ट पार्टी ने बांग्लादेश के अल्पसँख्यक मुसलमानों की सुरक्षा के लिए पर्याप्त कदम उठाए थे वहीं बांग्लादेश में हिन्दुओं को दूसरे दर्जे का नागरिक समझा जाता रहा है। उनके अनुसार, "बांग्लादेश सम्प्रदाय मुक्त धर्ममुक्त देश हो सकता था, क्योंकि इस देश में हिन्दू-मुसलमान पास-पास रहते सहते हैं, क्योंकि मुसलमानों के धर्मग्रन्थ कुरान में क्या लिखा है, यह निन्यानबे प्रतिशत मुसलमान ही नहीं जानते, क्योंकि उन लोगों की भाषा अरबी नहीं है, चूँकि उन्हें जानकारी नहीं है, इसलिए उन लोगो को यह पता नहीं कि विधर्मियों की उपेक्षा करने की बात कही गई है...क्योंकि आस-पास रहते-सहते, इन दोनों जातियों के बीच सहधर्मिता रच-बस गई है।"[62] बालकृष्ण भट्ट 'इंदु' जनवरी 1893 के अंक में लिखते हैं, "सच पूछो तो हिंदुस्तान की अधोगति का एक हेतु हमारा धर्म भी, मजहब भी हो रहा है। जिससे हम ऐसे जकड़ लिए गए हैं कि आगे सर फैला ही नहीं सकते।" "धर्म में सब महत्व ही महत्व पाओगे। जरा आँख खुली की वह महत्व धर्म में निरी पेल-पेल हो जायेगी। यह महत्व नहीं है बल्कि निरी गवाही है कि हिन्दू कौम कहाँ तक शीतला भवानी से लेकर भूत-प्रेत, पिशाच, डाकिनी, शाकिनी वाले मियाँ गाजी मिर्जा इमाम हुसैन तक को पूजती है और फिर अपने धर्म के महत्व के सम्बन्ध में हम फूले नहीं समाते...हर तरह की चपकुलिशों में पड़ काँख रहे हैं सही, पर उस बंधी लकीर से बाहर न होंगे।"[63]

विश्व में भी इस गठजोड़ के उदाहरण कम नहीं हैं। इसका सबसे बड़ा उदाहरण यह कि वर्तमान में विश्व के 43 देशों ने अपना-अपना राष्ट्रधर्म घोषित कर रखा है और 40 देश ऐसे हैं जो किसी न किसी धर्म विशेष का पक्ष लेते हैं। इसके अतिरिक्त विश्व के इतिहास के पन्नों को पलटते हुए हम धार्मिक नरसंहारों के तमाम काले बादलों को देख सकते हैं। फिलिस्तीन और इजराइल के मध्य यहूदी और मुस्लिमों का संघर्ष, अबीसीनिया और सोमालिया के बीच इस्लाम को लेकर विवाद और युद्ध, नाइजीरिया में संघर्ष, दक्षिणी वियतनाम में बौद्धों को लेकर विवाद, चीन में डंगन और पैनथाय विद्रोह, लेबनीज सिविल वार, यूगोस्लाविया में क्रोएशियन और बोस्नियन युद्ध, फतह-हमास युद्ध, अफगानिस्तान युद्ध आदि का आधार कहीं न कहीं धर्म ही रहा है। ईरान में

अयातुल्लाह खुमैनी के सत्ता में आने के बाद तो पश्चिमी मीडिया में हलचल मच गई और इस्लाम को 'आने वाले समय का सबसे बड़ा खतरा' बताया जाने लगा। म्याँमार में अशिन विरथू जैसे लोगों का उदय हुआ, जिसे बर्मा का बिन लादेन कहा जाने लगा। परिणामतः लाखों मुस्लिमों और हिन्दुओं को म्याँमार से विस्थापित होना पड़ा। श्रीलंका में बौद्ध पुरोहित वर्ग ने धर्म के नाम पर राजनीति में घुसपैठ शुरू कर दी। इसी दौर में अमरीका में ईसाई कट्टरवाद का बोलबाला बढ़ा। न्यूयार्क के डब्ल्यूटीसी टावर पर 9/11 के हमले के बाद, अमरीकी मीडिया ने 'इस्लामिक आतंकवाद' शब्द गढ़ा। तब से लेकर आज तक यह आम धारणा बनी हुई है-बल्कि मजबूत हुई है-कि इस्लाम और मुसलमान, आतंकवादी हिंसा की जड़ में हैं। इस्लाम का राजनीति मे उपयोग और कुछ सिरफिरे लोगों द्वारा अपने हितों की रक्षा के लिए इस्लाम के नाम का इस्तेमाल करने के कारण इस धारणा को मजबूती मिली और पूरी दुनिया में मुसलमानों की छवि खराब हुई।

कह सकते हैं, लगभग सभी धर्म, अपने-अपने संदर्भों में, मानवतावाद की बात करते हैं परंतु विभिन्न धर्मों के दार्शनिक पक्ष के बजाए उनके तथाकथित पुरोहितों की मनगढ़ंत बातें ही उस धर्म की पहचान बना दी गयीं हैं, जिससे धर्मों का मूल-उत्स कहीं खो गया है। और इस परिस्थिति का फायदा उठा इन धार्मिक लंबरदारों ने राजनीति से गठजोड़ कर आम-जन को मूर्ख बनाने के सिवा कोई महत्वपूर्ण कार्य नहीं किया। वरिष्ठ पत्रकार रवीश कुमार व्यंगात्मक शब्दों में लिखते हैं, "जिन लोगों ने अभी तक राजनीति को कुँवारा रखा, वही अब वैज्ञानिक दृष्टिकोण को लेकर हंगामा कर रहे हैं। हमारी राजनीति की बारात निकल गई है और हम हैं कि बारातघर में हंगामा कर रहे हैं। मैं तो प्रसन्न हूँ कि राजनीति की धर्म से शादी हो गई। राजनीति अब अपने पति के संरक्षण और अनुशासन में रहेगी। मल्लब, घर में रहेगी, मुनि जी, मौलवी जी और संत जी बाहर जाकर चुनाव लड़ आएँगे। मुझे नहीं पता कि तमाम पत्नियों को नई सखी राजनीति की यह हैसियत पसंद आई है या नहीं। वह तो अभी तक इसी राजनीति से अपने लिए आज़ादी माँग रही थी कि हमें पतियों और पिताओं की चौकीदारी से मुक्त करो। लो, कल्लो बात...अब उनकी राजनीति भी पत्नी हो गई है...हाथ भी पीले कर दिए गए हैं।[64]

वस्तुतः जाति धर्म और साम्प्रदायिकता को राजनीति में एक 'प्ले कार्ड' के रूप में इस्तेमाल किया जा रहा है। जो राष्ट्र के विकास की सम्भावनाओं को कहीं न कहीं कम करता है। तस्लीमा नसरीन का इस गठजोड़ पर उंगली उठाना उन्हें

भारी पड़ गया। और फिर तसलीमा विरोधी राजनीति का सिलसिला शुरू हुआ।

(ग) तसलीमा के विरुद्ध राजनीति

(i) निर्वासन का षड्यंत्र और ब्लासफेमी की राजनीति :

तसलीमा नसरीन ने देश के राजनीतिक परिवेश और माहौल के साथ-साथ आत्मकथा में उनके विरुद्ध तैयार किए गए राजनीतिक माहौल का जिक्र भी किया है। एक अकेली स्त्री के विरुद्ध कैसे पूरा राजनीतिक महकमा और कट्टरपंथी वर्ग एक साथ आया और उसके पीछे किस प्रकार की रणनीतियाँ रहीं, दोनों ने इस परिस्थिति में एक दूसरे का साथ कैसे दिया, उनके विरुद्ध कूटनीतिक चालों में कौन-कौन से दल शामिल रहे और किस तरह से उन्हें देश से निर्वासित करने का पूरा माहौल तैयार किया गया इसका उल्लेख वे आत्मकथा में करती हैं।

निर्वासन क्या है?

'निर्वासन', अर्थात् अपने स्थान से दूर भेज दिया जाना, जिसमें होता है एकाकीपन, छटपटाहट, और निःसंगतता। ऐतिहासिक परिपेक्ष्य से यदि देखें तो लेखक के निर्वासन की बात संभवतः सबसे पहले प्लेटो ने अपनी पुस्तक 'इओन' में की थी। उनका कहना था, चूँकि लेखक 'अनुकरण का अनुकरण' करता है, अतः उसे आदर्श राज्य से निष्कासित कर दिया जाना चाहिए।' किन्तु यह बात उसने कला के संदर्भ में कही थी। क्योकि साहित्य या कला अनुकरण होने के कारण 'त्रिधा अपेत' अर्थात् सत्य से तीन गुना दूर होता है। यह बात उसने किसी राजनीतिवश कही होगी, ऐसा नहीं लगता।

डब्ल्यू ई. लेविस की पुस्तक 'एनसेस्टरी ऑफ़ मैन : द थियरी ऑफ़ एक्साइल' के अनुसार तो प्रत्येक मनुष्य निर्वासित मनुष्य है। इस पुस्तक के अनुसार 'पृथ्वी एक जेल है और इस दुनिया का हर व्यक्ति यहाँ एक कैदी है।'[65] इस पुस्तक में प्रस्तुत किए गए 'निर्वासन के सिद्धान्त' की माने तो मनुष्य का सम्बन्ध पृथ्वी के बाहर से है और मनुष्यों को यहाँ निर्वासित कर भेजा गया है। अब तक हुई वैज्ञानिक खोजों के आधार पर अभी इस सम्बन्ध में किसी निर्णय पर पहुँचना कठिन है। लेकिन एक बात तो है कि जैसे ही हमें यह पता चलता है कि हम निर्वासित हैं, तो हम उसके कारणों की तलाश करने में जुट जाते हैं। क्योंकि हमें दुःख और अफ़सोस होता है कि हम अपनी जड़ों से दूर चले आये हैं।

लियोंग यू अपने लेख 'पोलिटिकल डिसकोर्स : थियरीज ऑफ़ कोलोनाइजेशन एण्ड पोस्ट कोलोनाइजेशन' में लिखते हैं, 'निर्वासन प्रायः जबरन किसी स्थान

पर भेज दिए जाने के रूप में देखा जाता है। व्यवहार में किसी न किसी व्यक्ति की राजनीतिक असंतुष्टि के बाद किस दूर-दराज इलाके में भेज दिए जाने या प्रवासी बन जाने पर मजबूर कर दिए जाने को ही निर्वासन के रूप में देखते हैं। ऐसे में यह स्वीकार किया जाता है कि 'निर्वासन', 'प्रवजन' से भिन्न होता है। जहाँ प्रवजन में व्यक्ति अपना स्थान छोड़कर दूसरे स्थान पर सदा के लिए चला जाता है और धीरे-धीरे उसे ही अपना समझने लगता है, जबकि निर्वासन में अपनी धरती, अपनी जड़ों से प्रेम बाकी रहता है और एक प्रकार से वहाँ लौटने की छटपटाहट भी बाकी रहती है।'[66] लेकिन इस प्रकार की धारणा उत्तर-औपनिवेशिक काल की राजनीति और सिद्धान्त में स्वीकार नहीं की गई। उनके अनुसार उत्तर-औपनिवेशिक काल में निर्वासन के लिए कई अन्य तत्व भी उत्तरदायी हो सकते हैं : 1. भौतिक स्थान, जो किसी व्यक्ति के सांस्कृतिक उत्पादन के लिए उत्तरदायी होता है। उदाहरण के लिए, नाइजीरिया से विस्थापित होकर ब्रिटेन में रहने वाला व्यक्ति जब साहित्य लिखता है, तो उसके साहित्य में उसके पहले वाले देश की संस्कृति, अनुभव आदि भी समाहित होते हैं। अतः ऐसे में वह न तो अपने को पूरी तरह से नाइजीरिया का समझ पाता है और न ही ब्रिटेन का। यह भी एक प्रकार का 'निर्वासन' ही है। इसे कृष्णा सोबती 'दो चित्ता परायापन' कहती हैं, जिसमें अपनों से दूर न जाने और परायों के नजदीक हो जाने का भय एक साथ रहता है।[67] 2. इसके अतिरिक्त कई बार व्यक्ति अपने स्थान (जन्मभूमि या जहाँ वह अधिकतर रहा है) से निकले बिना भी, निष्कासित महसूस कर सकता है। जिसे एक प्रकार से 'आत्मनिर्वासन' कह सकते हैं। इसके लिए व्यक्ति को उसके स्थान से निकल जाने की आवश्यकता नहीं है। ऐसा उपनिवेशीकरण और आधुनिकीकरण के कारण होता है। इस सम्बन्ध में उस स्थान पर रहते हुए व्यक्ति यह महसूस करता है कि उपनिवेशीकरण के कारण उस स्थान विशेष की संस्कृति, पारम्परिक भाषा आदि का नाश हो चुका है या उनमें काफी बदलाव हो चुका है। ऐसे में वह वहाँ रहते हुए भी निष्कासित ही महसूस करता है। यह उस व्यक्ति में खोने और मातृभूमि से अलग या विस्थापित होने का भाव पैदा करता है।

लियोंग यू ने एडवर्ड सईद के निर्वासन के सिद्धान्त का हवाला देते हुए बताया कि 'एडवर्ड का मानना था कि निर्वासन 'वास्तविक' और 'रूपक' एवं 'स्वैच्छिक' एवं 'अनैच्छिक' हो सकता है। यह इंगित करता है कि निर्वासन के लिए शारीरिक हिंसा ही केवल उत्तरदायी नहीं होती बल्कि विवशता भी सूक्ष्म रूप में कार्य करती है। इस प्रकार का निर्वासन विदेशों में शिक्षा और शोध के

लिए रह रहे बुद्धिजीवियों में देखा जा सकता है। एडवर्ड सईद के अनुसार बुद्धिजीवियों के संदर्भ में निर्वासन उनकी बौद्धिकता से सम्बंधित होता है। इस सम्बन्ध में इसका उत्तर-औपनिवेशिक परिवेश से सम्बन्ध एकदम प्रत्यक्ष दिखाई नहीं देता। यह बुद्धिजीवियों का उनसे विभेद करता है जो या तो लीक पर चलते हैं और या जो अधिकारियों का लगातार प्रतिरोध करते हैं। सईद के अनुसार ये लोग अपने ही समाज से पृथक लोग हैं, जिसके कारण वे विशेषाधिकार, शक्ति और सम्मान में निर्वासन के पात्र हो जाते हैं।'[68]

जॉन डी बार्बर अपने लेख 'एडवर्ड सईद एण्ड द स्पेस ऑफ़ एक्साइल' में लिखते हैं, "अपने संस्मरण 'आउट ऑफ़ प्लेस' (1999) में एडवर्ड सईद ने निर्वासन की स्थिति को स्वयं और विश्व के बारे में स्थापित सबसे गहन अनुभूतियों के रूप में प्रस्तुत किया। एक रूपक के रूप में निर्वासन शब्द का उसका प्रयोग विभिन्न धार्मिक समुदायों की देश और काल को लेकर प्रस्तुत विचारधाराओं के अनुरूप दिखाई देता है। यद्यपि सईद पवित्र स्थान या जन्मभूमि की पवित्रतता जैसी विचारधारा का विरोध करता था, किन्तु निर्वासन उसके जीवन में कुछ धार्मिक मिथकों के समान रहा जैसा कि उसने अपनी आत्मकथा में कहा है।"[69] निर्वासन के सम्बन्ध में यदि एडवर्ड सईद के सिद्धान्त को देखें तो स्पष्ट हो जाता है कि वे निर्वासन को एक राजनीतिक घटना मानने के साथ-साथ बुद्धिजीवियों की बौद्धिक पृथकता, जों उन्हें अपनी संस्कृति के मूल्याँकन की दृष्टि प्रदान करती है, के रूपक के रूप में भी देखते हैं। वे निर्वासन को एक राजनीतिक स्थिति और आलोचनात्मक विचार के रूप में देखते हैं।

'निर्वासन' शब्द अंग्रेजी के 'एक्साइल' का पर्यायवाची है, जिसका अर्थ है 'देश निकाला' या 'अपने देश से लम्बे समय के तक दूर रहना'।[70] किन्तु 'शरणार्थी' या 'प्रवासी' शब्द से इसका तात्पर्य भिन्न है। व्यवहार में, इस शब्द का प्रयोग उन लोगों के लिए किया जाता है, जिन्हें अपने मूल निवास या मातृभूमि से अलग कर दिया जाता है। इसमें अब उन लोगों को भी सम्मिलित किया जाने लगा है, जो स्वेच्छा से अपना मूल स्थान छोड़ देते हैं। निर्वासन, एक स्थान विशेष पर इस भावना के साथ रहना है कि वह अपने घर या मातृभूमि से दूर है। 'निर्वासन एक ऐसी कथा है, जिसमें निर्वासित अपने घर से दूर की कठिन यात्रा को याद करता है और कभी-न-कभी घर वापसी की आशा के साथ आगे बढ़ता रहता है।'[71] अपने निबंध 'रिफ्लेक्शन ऑन एक्साइल' (1984) में सईद लिखते हैं," निर्वासन हमें चिंतनशील बनाता है, लेकिन इसे अनुभव

करना बहुत पीड़ादायक है।" एडवर्ड निर्वासन में अकेले जी रहे व्यक्ति की विवशता को किसी वीर कार्य या किसी रोमांचकारी कार्य के रूप में देखे जाने की आलोचना करते हैं। उनका मत है, "इसके लिए आपको पहले नोबोकोव और जॉयस को परे रखकर उन असँख्य लोगों के बारे में सोचना होगा जिनके लिए संयुक्त राष्ट्र संघ की एजेंसियाँ बनाई गई हैं। निर्वासन को मानवतावादी, सौन्दर्यबोधपरक, या धार्मिक दृष्टि से देखना इस दंड की पीड़ा को कम करके देखना है : 'क्या यह सत्य नहीं है कि साहित्य और धर्म इस निर्वासन के सम्बन्ध में अस्पष्ट हैं, जो कि अपने आप में बहुत ही दुर्भाग्यपूर्ण है; या यह मनुष्यों के द्वारा अन्य मनुष्यों के लिए ही उत्पन्न किया गया है; या फिर मृत्यु की तरह, लेकिन मृत्यु की दया रहित इस निर्वासन ने लाखों लोगों को अपनी परम्परा, परिवार और स्थान से अलग कर खत्म कर दिया है?'[72] इस चेतावनी के बावजूद एडवर्ड यह भी बताते हैं कि निर्वासन उत्पादक के रूप में कार्य करते हुए बौद्धिक विचारशक्ति को आकार देता है। इसके लिए वह थियोडर एडोर्नो और एरिक आरबक का उदाहरण देते हैं, जिन्हें नाजियों के द्वारा अपने देश से भगा दिया गया था और जिसके कारण उनकी रचनाओं में इस अनुभव को महसूस किया जा सकता है। सईद का मनना है कि निर्वासन एक व्यक्ति में ईमानदार व्यक्तिपरकता, मन की स्वतंत्रता, आलोचनात्मक दृष्टि और दृष्टिकोण की मौलिकता को प्रोत्साहित करता है। इस प्रकार एडवर्ड ने निर्वासन में भी सकारात्मकता की तलाश की है। सईद ने यह भी कहा कि लोगों में युद्ध तभी शुरू होते हैं, जब लोग या समूह यह मानना प्रारम्भ कर देते हैं कि उनका किसी स्थान विशेष पर अधिकार है, जो उन्हें ईश्वर प्रदत्त है। इसी कारण एडवर्ड ने 'पवित्र स्थान' जैसी अवधारणा का खंडन किया है।

थॉमस ट्वीड अपनी पुस्तक 'इन क्रोसिंग एण्ड ड्वेलिंग : अ थियरी ऑफ़ रेलिजन' में धर्म से सम्बंधित सिद्धान्त प्रस्तुत करते हुए यह बताते हैं कि धर्म एक तरफ मनुष्य को एक देश या स्थान विशेष तक तो बाँधता ही है किन्तु शरीर, घर, मातृभूमि और ब्रम्हाण्ड के बन्धनों से निकल आने का भी मार्ग दिखाता है। उनके इस सिद्धान्त के तीन बिंदु हैं-स्थिति, गति और सम्बन्ध। उन्होंने विश्व का धार्मिक मानचित्रण तीन प्रकार से किया है -1 लोकेटिव या स्थानीय : इसके अंतर्गत उस स्थान को रखा है, जहाँ से धर्म की शुरुआत होती है और उस स्थान विशेष को 'पवित्र स्थान' घोषित कर दिया जाता है। इसे वे एक तरह से आध्यात्मिक मानचित्रकारी या क्षेत्रीयकरण कहते हैं। 2. यूटोपिया/सुपरालोकेटिव/ परा-स्थानीय-इससे तात्पर्य स्थानीयता से परे के स्थान से है जिसमें मान्यताएँ

किसी एक स्थान विशेष से सम्बंधित नहीं होतीं। इसमें किसी नगर या स्थान का महत्व नहीं होता। ट्वीड की मान्यता है कि इससे मातृभूमि या सम्बंधित स्थान की महत्ता समाप्त हो जाती है। 3. तीसरा वर्गीकरण वे ट्रांस-लोकेटिव के रूप में करते हैं, जो उन तरीकों को बताता है कि प्रवासी धर्म किस तरह से अनुयायियों को पीछे और आगे के इतिहास और भूगोल की ओर देखने, उनकी जन्मभूमि और उनके द्वारा अपनाई गई भूमि और भूत एवं वर्तमान के बीच बने रहने में सहायता करता है।[73] सईद की निर्वासन सम्बन्धी व्याख्या इस तीसरी श्रेणी के अंतर्गत आती है, जो किसी प्रकार की किसी स्थानीय पहचान को महत्व दिए जाने का निषेध करता है। लेकिन सईद निर्वासन के अनुभव को कम नहीं करना चाहते बल्कि इसे चेतना में रखने का समर्थन करते हैं। सईद के अनुसार 'निर्वासन में होना कोई भाग्य का मामला नहीं है बल्कि यह दृष्टिकोण और प्रतिबद्धता का मामला है, जो व्यक्ति विशेष के मूल्यों को प्रदर्शित करता है।'[74]

स्पष्ट है कि निर्वासन कई प्रकार का हो सकता है और इसके कई रूप हो सकते हैं जैसे -आत्मनिर्वासन, निर्वासन और विस्थापन। मूल सन्दर्भ एक होते हुए भी, ये सब एक नहीं है। इसीलिए कृष्णा सोबती लिखती हैं "पुराने ठिये से उखड़ना, पुराने लगावों से दूर होना और वतन को पीछे छोड़ना क्या एक ही बात है?[75] मिस्र मूल की लेखिका ईमान मर्सल के आत्मकथ्य के अनुसार, "कुछ कवियों को निर्वासन मिलता है, कई विस्थापित हो जाते हैं, लेकिन कई ऐसे कवि होते हैं, जो बिना घर-बार, देश-दुआर छोड़े ही एलियनेशन, विस्थापन या तमाम राजनीतिक संघर्ष झेल लेते हैं। इसीलिए मैं निर्वासन शब्द का इस्तेमाल करने से बचती हूँ क्योंकि इस शब्द के सारे अर्थ समझे बिना इसका गलत इस्तेमाल धड़ल्ले से किया जाता है। मेरे लिए 'रेक्वीअम' में अन्ना आख्मातोवा का निर्वासन, चेस्वाव मिवोश द्वारा 'नेटिव रेल्म' में झेले निर्वासन से कहीं भी अलग नहीं है। मैं अपने संदर्भ में निर्वासन की जगह विस्थापन शब्द का प्रयोग करती हूँ, क्योंकि मुझ पर इजिप्ट छोड़ने का कोई दबाव ही नहीं था। बोस्टन, और उसके बाद कनाडा के एडमॉन्टन के अपने शुरुआती दिनों में मैं भी उन्हीं सब चीजों से गुजरी, जिनसे विस्थापित लोग गुजरते हैं-नॉस्टैल्जिया, घर की याद, क्रोध, दो स्थानों की तुलना। मुझे सर्रियल या अतियथार्थवादी किस्म के स्वप्न भी आते थे, जिनमें मैं शहरों, लोगों, भाषाओं सबको आपस में जोड़ दिया करती थी। इस पूरे दौर में कविता लिखने के प्रति कोई मोह भी नहीं था। पाँच साल तक तो मैंने एक भी कविता नहीं लिखी।"[76]

निर्वासन और विस्थापन में अंतर को अभिव्यक्त करते हुए रेनाता चेकाल्स्का

कहते हैं 'निर्वासन का अनुभव अलग है और दूसरी संस्कृतियों का आपकी जमीन पर आकर बस जाना, घुल-मिल जाना बिलकुल अलग अनुभव है।"[77] इसे तसलीमा और बांग्लादेश के हिन्दुओं के माध्यम से समझ सकते हैं। तसलीमा बांग्लादेश से निर्वासित की गयीं जबकि बांग्लादेश के हिन्दू वहाँ की परिस्थितियों से तंग आकर भारत के विभिन्न क्षेत्रों में विस्थापित हुए। स्पष्ट है विस्थापन मजबूरी में या जरूरत के अनुसार होता है किन्तु निर्वासन थोपा हुआ राजनीतिक कदम है।

तसलीमा का निर्वासन :

तसलीमा का निर्वासन एक प्रकार का राजनीतिक निष्कासन है। यह निष्कासन न तो सलमान रुश्दी की तरह है (जिन्होंने कट्टरपंथियों से बचने के लिए देश छोड़ दिया) न ही नोबेल पुरस्कार प्राप्त एलेक्जेंडर सोल्जेनित्सिन की तरह (जिन्होंने एक प्रकार से आत्मनिर्वासन स्वीकार किया)। तसलीमा के निर्वासन की राजनीतिक घटना का केवल बांग्लादेश से ही नहीं बल्कि सम्पूर्ण विश्व से सम्बन्ध है, क्योंकि ऐसे समय में जब अभिव्यक्ति की स्वतंत्रता की माँग अपने चरम पर पहुँच रही है, किसी को 'अभिव्यक्ति' के कारण आजीवन अपने देश ने निष्कासित कर देना, समस्त विश्व की तथाकथित अभिव्यक्ति की आज़ादी और चुप्पी दोनों पर प्रश्न खड़ा करती है। शाजिया उमर ने 'डार्क डायमंड' पुस्तक में बांग्लादेश को एक अशांत क्षेत्र के रूप में देखते हुए यहाँ साहित्य सृजन को बहुत बड़ी चुनौती के रूप में देखा है। और उनका मानना है कि इसका प्रमाण है पिछले कुछ वर्षों में बांग्लादेश में तीस से अधिक लेखकों का कत्ल होना।

ऐसा नहीं है कि समस्त विश्व में तसलीमा ही एकमात्र निर्वासित हैं। इससे पूर्व भी कई लेखकों को विभिन्न कारणों से निर्वासित किया गया या उन्हें विस्थापित हो जाना पड़ा। जैसे-ओविड, बोधा, विक्टर ह्यूगो, मिलान कुंदेरा, सोल्झेनित्सिन, शर्मीला सैयद, अरुन्धती राय, ओरहान पामुक, निकोलस मैकियावाली, ब्लादिमीर लेनिन आदि। किन्तु एक बात यहाँ यह महत्वपूर्ण है कि समस्त विश्व में किसी लेखिका के इतने लम्बे राजनीतिक निर्वासन का प्रथम और इकलौता उदाहरण हैं, तसलीमा नसरीन। उनकी आत्मकथा से स्पष्ट होता है कि उनके निर्वासन का मुख्य कारण है, 'ब्लासफेमी'।

(ii) ब्लासफेमी सम्बन्धी कानूनी और धार्मिक प्रावधान

कानूनी प्रावधान :

तसलीमा को निर्वासित करने की जो भी राजनीतिक चालें चली गई और अंततः उनके निर्वासन के सम्बन्ध में जो भी निर्णय लिया गया, उसका सबसे

बड़ा आधार था 'ब्लासफेमी'। ब्लासफेमी अर्थात् 'ईश निंदा'। अंग्रेजी शब्द 'ब्लासफेमी' ग्रीक के शब्द 'blafhmevw' से निःसृत है। अंग्रेज़ी शब्द ब्लासफेमी का अर्थ विभिन्न शब्द-कोश 'ईश्वर को अपमानित करना' बताते हैं। पिछले दशक वर्षों में ब्लासफेमी के बहुत सारे मामले दिखाई दिए हैं और इसके विरुद्ध दी जाने वाली सजा में भी इजाफा हुआ है। प्यू रिसर्च की 2014 में प्रस्तुत रिपोर्ट विश्व के 26 प्रतिशत ईशानिंदा विरोधी कानून एवं किसी न किसी प्रकार का दण्डात्मक प्रावधान विद्यमान है। एक तरफ ईसाई बहुल देशों में उदार दण्डात्मक प्रावधान दिखाई देते हैं। वहीं मुस्लिम बहुल देशों में ईशानिंदा कानून कठोर प्रावधान करते हैं।

भारत, पाकिस्तान और बांग्लादेश में ईश निंदा सम्बन्धी प्रावधान :

ईशनिंदा के सम्बन्ध में, इन तीनों देशों में सबसे अधिक कठोर निर्णय लेने वाला देश है, पाकिस्तान। मिलिट्री तानाशाह जिया उल हक ने पाकिस्तान पीनल कोड में धारा 295बी और 295सी जोड़ दी, जिसके तहत व्यवस्था दी गई कि पैगंबर मोहम्मद साहब की निंदा करने पर उम्रकैद की सजा हो सकती है। फिर 1992 में इसमें बदलाव करते हुए 295 सी के तहत उम्रकैद के बजाय सजा-ए-मौत की व्यवस्था की गई। पाकिस्तान के 'नैशनल कमिशन फॉर जस्टिस एण्ड पीस' (एनसीजेपी) की स्टडी के मुताबिक धारा 295सी के तहत 1986 से अब तक 1058 लोगों को दंडित किया गया है, जिनमें 51 फीसदी मुसलमान हैं। पाकिस्तान में एक ईसाई बच्ची रिमशा को मौत की सजा दी गई, 2010 में पाँच बच्चों को ईशनिंदा करने के कारण मौत की सजा सुनाई गई, वहीं 2011 में पंजाब प्रान्त के गवर्नर को ईशनिंदक होने के कारण गोली मारकर हत्या कर दी गई। ऐसी घटनाएँ जारी हैं।

इन तीन देशों में ईशनिंदा सम्बन्धी प्रावधानों की पृष्ठभूमि ब्रिटिशकाल से देखी जा सकती है। ब्रिटिश शासनकाल के दौरान वर्ष 1860 में ईश निंदा कानून को संहिताबद्ध किया गया था और इसमें वर्ष 1927 में विस्तार किया गया। ब्रितानी शासनकाल के दौरान बनाया गया ये आम क़ानून था। इसके तहत अगर कोई व्यक्ति जानबूझकर किसी पूजा करने की वस्तु या जगह को नुकसान या फिर धार्मिक सभा में खलल डालता है तो उसे दंड दिया जाएगा। साथ ही अगर कोई किसी की धार्मिक भावनाओं का अपमान बोलकर या लिखकर या यो अन्य किसी आधार पर करता है तो वह भी गैरकानूनी माना गया। विभाजन के बाद पाकिस्तान ने इसे अपना लिया।

पाकिस्तान में करीब सभी गैर-इस्लामी पार्टियों के एजेंड़े में ईशनिंदा कानून

में संशोधन करना शामिल है, लेकिन अभी तक किसी भी पार्टी ने इसमें संशोधन लाने को लेकर कोई प्रगति नहीं की है। पाकिस्तान पीपल्स पार्टी की सांसद शेरी रहमान ने वर्ष 2010 में ईशनिंदा कानून में संशोधन लाने के लिए निजी बिल पेश किया था। इस बिल में ईशनिंदा के अभियुक्तों के कानूनी अधिकारों को बेहतर करने का प्रस्ताव था। लेकिन बाद में इस बिल को वापस ले लिया गया था। इसका कारण यह रहा कि यह एक संवेदनशील मामला है और कोई भी बड़ी पार्टी धार्मिक पार्टियों से दुश्मनी मोल नहीं लेना चाहती।

भारत में ब्लासफेमी के सम्बन्ध में भारतीय दंड संहिता की धारा 153-।, 295-। और 296, 297, 298 के तहत दूसरी की धार्मिक भावनाओं को आहत करने या निंदा करने या लोगों को भड़काने आदि के सम्बन्ध में जेल और जुर्माने का प्रावधान है। भारत इस सम्बन्ध में बहुत अधिक कठोर नहीं है क्योंकि यहाँ सभी को अपने-अपने धर्म का पालन करने की स्वतंत्रता है।

बांग्लादेश का जनवादी 1971 में एक धर्मनिरपेक्ष राज्य या किंतु 1988 में इस्लाम को राज्य धर्म बना दिया गया। राज्य धर्म के बावजूद बांग्लादेश एक धर्म निरपेक्ष दंड संहिता का पालन करता है जो अंग्रेजों के समय में 1860 में बनाई गई थी। इस दंड संहिता के एक खंड में ब्लासफेमी को हतोत्साहित करने के लिए प्रावधान है इस प्रकार है -'किसी की धार्मिक भावनाओं को आहत न किया जाय।' कानून सरकार को यह अधिकार देतें हैं कि वे ईश निंदक सामग्री या लेखन को कब्जे में ले सके या प्रतिबंधित कर सके। सरकार के अधिकारी और कर्मचारी को भी ईश निंदा को हतोत्साहित करने का अधिकार है। ब्लासेफेमी से सम्बन्धित कानून के उदाहरण :-

- बांग्लादेश की दंड संहिता (1860) की धारा 295-A के अनुसार, "यदि कोई व्यक्ति जानबूझकर या दुर्भावनापूर्ण तरीके से किसी व्यक्ति की 'धार्मिक भावनाओं को आहत करने का इरादा' करता है, तो उसे कारावास दिया जाएगा।"
- बांग्लादेश की दंड संहिता की धारा 99 (a), (b),(c),(d),(e) और (f) के अनुसार, सरकार किसी अखबार की प्रतियों को जब्त कर सकती है यदि वह राज्य के विरुद्ध या नागरिकों में उत्तेजना या नफरत फैलाता है या धार्मिक भावनाओं की निंदा करता है। मजिस्ट्रेट ऐसी जगहों पर पुलिस को वारंट के साथ भेज सकता है जहाँ इस प्रकार की सामग्री प्राप्त होगी। पीड़ित व्यक्ति हाईकोर्ट की नोटिस में मामले को ले जा सकता है। खंड 108 के तहत, 'मजिस्ट्रेट ऐसे व्यक्ति से

स्पष्टीकरण माँग सकता है जिसने जन भावनाओं को आहत किया हो या वर्ग संघर्ष पैदा किया हो। धारा 144 के तहत मजिस्ट्रेट एक पत्रकार को अपने काम पर वापस जाने से रोक सकता है।

- डिजिटल सुरक्षा अधिनियम 2018 (डी.एस.ए.) की धारा 28 के तहत 'धार्मिक भावनाओं को ठेस पहुँचाने' को ईशानिंदा माना गया है जिसके तहत पांच साल की कैद की सजा का प्रावधान है।

तसलीमा के निर्वासन के पूर्व भी और निर्वासित होने के पश्चात् भी बांग्लादेश में ब्लासफेमी के कारण सज़ा देने की कई घटनाएँ दिखाई देती हैं। जैसे दाउद हैदर ने 1973 में मुहम्मद, ईसामसीह और बुद्ध की निंदा करते हुए एक कविता लिखी, जिसके कारण उनके विरुद्ध गिरफ्तारी का वारंट जारी हुआ। फलस्वरूप उन्हें अपना देश छोड़कर भारत की शरण लेनी पड़ी। इसके अतिरिक्त इनामुल हक़ (1974), अहमद शरीफ(1992) के विरुद्ध कार्यवाही, सरकार ने 1995 में हुमायूँ आज़ाद द्वारा लिखी 'नारी' पुस्तक को प्रतिबंधित कर दिया क्योंकि उसमें धार्मिक सिद्धांतों का विश्लेषण करने का प्रयास किया गया था। हालाँकि 2000 में उनपर लगा प्रतिबंध हटा लिया गया था, किन्तु 2004 में धार्मिक उन्मादियों ने हुमायूँ आज़ाद पर हमला कर दिया, जिसके कारण वे गंभीर रूप से घायल हो गए और उन्हें अपना देश छोड़कर जर्मनी पलायन करना पड़ा जहाँ उनकी जल्द ही मौत हो गई। इसी प्रकार लेखक मोनिर हुसैन सागर को 2000 में उनकी पुस्तक 'नारी तुमि मानुष छिले कोबेई' (नारी कभी तुम मनुष्य थी) के लिए मौत के घाट उतार दिया गया। अप्रैल 2013 में अपने अपने ब्लॉग पर अपमानजनक शब्दों के प्रयोग के कारण ब्लोगर्स मोशिउर रहमान बिप्लब, रसेल परवेज़, सुब्रत अधिकारी, आसिफ मोइउद्दिन को गिरफ्तार किया गया, 2014 में अशुगंगा जिले में हिन्दुओं के कई मंदिरों को यह कहकर गिरा दिया गया कि एक हिन्दू ने उनकी धार्मिक भावनाओं को आहत किया है, 2015 में ही तीन धर्मनिरपेक्ष, मानवतावादी लेखकों अविजित राय, वासिकउर रहमान, अनंत विजय दास की हत्या कर दी गई, 17 सितम्बर 2017 को एक कार्टून पत्रिका 'आलपिन' में मुस्लिमों में पुरुष के नाम के आगे मुहम्मद लागए जाने पर व्यंग किए जाने के कारण पत्रिका के कार्टूनिस्ट अरिफुर रहमान को कारवास दिया गया। इसके अतिरिक्त भी बहुत से नाम हैं जिन्हें फेसबुक पर, या ब्लॉग में लिखने या पत्रिका में लिखने के कारण किसी न किसी प्रकार की सज़ा दी गई या फिर उनकी हत्या कर दी गई जैसे- अहमद रजीब(2013 में ब्लॉग लेखन के कारण हत्या), लतीफ़ सिद्दकी (2014 में, न्यूयार्क में हज के विपरीत कुछ

बोल देने के कारण मंत्रिपद से हटा कर जेल भेज दिया गया), युनुस अली (2012 में अपनी स्कूल लाइब्रेरी में लज्जा पुस्तक रखने के कारण गिरफ्तार किया गया), युवा ब्लॉगर काज़ी महबूबउर रहमान और उल्लास दास (2014 में को लोगों के द्वरा पीता गया और जेल भेज दिया गया), ओंग सिंग मरमा (2014 में फेसबुक पर इस्लाम विरुद्ध टिप्पणी करने के कारण गिरफ्तार किया गया) आदि।

स्पष्ट है, भले ही बांग्लादेश में ईशनिंदा के लिए मौत की सजा का प्रावधान नहीं है, किन्तु व्यवहार में कट्टरपंथी मानसिकता के लोगों द्वारा ही समय-समय पर लेखकों के लिए सरकार द्वारा मौत की सज़ा देने की माँग की है और कई बार तो वहाँ की आवाम ने ही इस काम को अंजाम दे दिया है। हालांकि धार्मिक असहिष्णुता की घनाटनाएं भारत, पाकिस्तान और बांग्लादेश तीनों में जारी हैं।

धार्मिक प्रावधान :

पाकिस्तान और बांग्लादेश में एक बड़ा तबका ईशनिंदा के लिए दंड दिए जाने के विचार का समर्थन करता है। ज्यादातर लोग ये मानते है कि पाकिस्तान में जनरल जिया-उल-हक के शासनकाल में जो कानून संहिताबद्ध किया गया था, वह सीधा कुरान से लिया गया है और उसे किसी व्यक्ति ने नहीं बनाया है।[78] इस सम्बन्ध में यह देखा जाना आवश्यक है कि ईशनिंदा को लेकर विभिन्न धर्म ग्रन्थ क्या कहते हैं?

'ईश-निंदा' की अवधारणा मूलतः सेमेटिक धर्मों जो पैगंबरवाद पर आधारित हैं, जैसे यहूदी, ईसाई और इस्लाम में है। भारतीय धर्मों, सनातन या हिन्दू, बौद्ध और जैन में यह प्रावधान नहीं है। बाइबिल में इसे दूसरे रूप में दिखाया गया है। ब्लासफेमी, न्यू टेस्टामेंट में 55 बार प्रयुक्त हुआ है। ओल्ड टेस्टामेंट में इसके लिए कुछ हिब्रू शब्दों कलाल (शाप) गद्दाप (निंदा) या हेरेप (घृणा) का प्रयोजन गया है। दोनों ही टेस्टामेंट्स में इसका भाव 'ईश्वर को शापित' करने या 'निंदात्मक टिप्पणी' करने को ले कर है। साथ ही बाइबिल में 'पवित्र आत्मा' की निंदा करने वाले को माफ़ न करने की चेतावनी दी गई है (मैथ्यू-12 : 31-32)। कई आयतें हैं जो इसके लिए मृत्युदण्ड पत्थर मारकर हत्या करना, को उदाहरण प्रस्तुत करते हैं।

दूसरी तरफ इस्लाम में ब्लासफेमी के लिए अरबी में जो शब्द बताये गए हैं, वे हैं-'सब्ब', यानी अपमान, 'शत्म ' यानी अपशब्द, 'तज्दीफ' यानी इनकार, 'कुफ्र' अर्थात् जिसे अल्लाह पर यक़ीन न हो। कुरान में ईशनिंदकों के लिए नरक की बात की गई है। इस्लाम में ईशनिंदा के कई रूपों में 'उपहास उड़ाना' और

'उस पर संदेह करना' भी है।

कुरान ईशनिंदा की आलोचना करता है जिसके लिए विभिन्न आयतें जैसे –2: 88[78], 5:17[79], 5:68[80], 5:73[81], 9:74[82], 11:19[83],20[84] आदि ईशनिंदकों को अल्लाह के द्वारा सजा दिए जाने का उल्लेख करती हैं। आयत 6:108 मुसलामानों से दूसरे धर्मों को देवताओं की निंदा करने की सलाह देती है। कुरान से यह ज्ञात होता है कि अल्लाह ने समय-समय पर कई खलीफाओं को मनुष्य को निर्देशित करने के लिए भेजा है। जबकि प्रत्येक खलीफा के समय में उनके समकालीन लोगों ने कई बार उनके विरुद्ध नकारात्मक दृष्टिकोण रखा और कुछ न कुछ विपरीत बाते की हैं। कुरान में दो सौ से अधिक आयतें हैं, जिनमें इन काफिरों द्वारा खलीफाओं के विरुद्ध कुछ न कुछ कहा गया है। उदाहरण के लिए, कुरान की आयतें 7: 66[85], 36:30[86], 40:24[87], आदि। कुछ इस्लामिक न्यायविद हदीस के अनुसार ऐसे कृत्य के लिए मृत्यु दंड की बात करते हैं। हदीस इस्लामिक न्यायशास्त्र का एक महत्वपूर्ण श्रोत ग्रन्थ है। इनके अनुसार ईश्वर की निंदा तो क्षम्य है, क्योंकि वह क्षमा कर देगा, लेकिन पैगम्बर मुहम्मद की निंदा अक्षम्य और दंडनीय है।

इस्लामिक न्यायविद चाहे कितना भी दावा कर लें कि कुरान दंडात्मक प्रावधान नहीं करता फिर भी कुरान में कई ऐसी आयतें हैं जो धर्म या ईश्वर की आलोचना करने के कारण दंडात्मक प्रावधान करती नजर आती हैं। उदाहरण के लिए कुरान की आयत 5: 33-34[88], 33:57-61[89] आदि के अतिरिक्त हदीस में काब-इब्न-अल-अशराफ और अबू रफ़ी को मुहम्मद साहब की निंदा के कारण दंड देने की बात की गई है। इसके अतिरिक्त ईशनिंदा को लेकर विभिन्न इस्लामिक वर्गों में अलग-अलग मत है –

हनफी : इस समुदाय में यह मान्यता है कि यदि कोई व्यक्ति गैर मुस्लिम है और अल्लाह या खलीफाओं की निंदा करता है तो उसे मृत्युदंड दिया जाना चाहिए और यदि वह मुसलमान है या कोई स्त्री है तो उसे कारावास में तब तक पीटा जाना चाहिए जब तक वह इस्लाम के प्रति पुनः अपनी श्रद्धा न स्पष्ट कर दे।

मालिकी : इस समुदाय में पुरुषों द्वारा कमी गई ईशनिंदा के लिए मृत्युदंड को स्वीकार किया गया है और यदि कोई स्त्री ईशनिंदा करती है तो उसको कारावास दिए जाने का नियम है। और तब तक शारीरिक दंड देने की मान्यता है जब तक वह इस्लाम के प्रति पुनः अपनी श्रद्धा व्यक्त न कर दे।

हनबली : इसमें स्त्री और पुरुष दोनों के द्वारा की गई ईशनिंदा के लिए मृत्युदंड को अनिवार्य माना गया है और वे किसी प्रकार का कोई प्रायश्चित

स्वीकार नहीं करते।

जाफरी (शिया) : शिया संन्य तौर पर इस्लाम, पैगम्बर या इमाम की निंदा के लिए मृत्युदंड को स्वीकार करते हैं जबकि ईशनिंदक मुसलमान हो। यदि वह गैर-मुस्लिम है तो उसे या तो सुधरने का अवसर दिया जाएगा या मृत्युदंड।

स्पष्ट है कि इस्लाम और ईसाई धर्म ईशनिंदक को दंड दिए जाने के प्रावधान के सम्बन्ध में एकदम से स्पष्ट नहीं है। कई बार ईशनिंदकों की सजा का दायित्व ईश्वर पर तो कई बार उन्हें माफ़ करने और कई बार कठोर सजा यहाँ तक कि जान से मार देने का भी प्रावधान दिखाई देता है। हालाँकि इसके मूल में शांति स्थापित करने की भावना हो सकती है किन्तु यह काफिरों के सन्दर्भ में भ्रामक स्थिति तो पैदा ही करता है। तसलीमा इसी भ्रामक स्थिति की शिकार हुई हैं।

(iii) ब्लासफेमी : तसलीमा के निर्वासन के षड्यंत्र का आधार

तसलीमा ने जब भी धर्म के विरुद्ध कुछ भी लिखा या उसकी आलोचना की तो उसकी पृष्ठभूमि में स्त्री की स्थिति का मूल्यांकन करना रहा है। तसलीमा के इसी मूल्यांकन को धार्मिक कट्टरपंथियों ने अपने धर्म पर खतरा महसूस करते हुए तसलीमा की दृष्टि को 'ब्लासफेमी' का रूप दे दिया। इस ब्लासफेमी के आरोप में सरकार भी उनके साथ हो गई। तसलीमा धर्म से उपजी समस्याओं से गर्त में जाते अपने देश को देख चिंतित होती हैं इसलिए लोगों को धर्म के विरुद्ध चेताती हैं। अन्धकार युग या मध्ययुग की विभीषिका से लेखिका परिचित कराती हैं और यह संभावना जताती हैं कि बांग्लादेश भी जल्द ही ऐसी विभीषिका से जूझेगा, "मुझे आशंका होती है कि यह देश भी धीरे-धीरे अँधेरे अतल गर्त में समाता जा रहा है। मुझे यह आशंका होती है कि धर्म नामक कालव्याधि के कीटाणु छितरा गए हैं, देश की जनता इनसे भयंकर रूप में आक्रांत होने वाली है।"[91] धर्म को लेकर की गई उनकी टिप्पणियों, आलोचनाओं और चेतावनियों को नाम दिया गया 'ब्लासफेमी'।

इस तथाकथित ब्लासफेमी के कारण उनपर तरह-तरह की ज्यादतियाँ की गयीं। उदाहरण के लिए उन्हें कमजोर करने के लिए सरकारी चिकित्सक के रूप में उनका स्थानान्तरण दूर-दराज़ के इलाके में कर दिया गया। ढाका में तैनाती के लिए तसलीमा ने शेख हसीना तक से सिफारिश की। किन्तु शेख हसीना ने तसलीमा के सम्बन्ध में कोई सहायता करने से इनकार करते हुए कहा, "उसका लेखन तो मुझे भी पसंद नहीं है। लेखक निर्मलेंदु गुन ने जब इसका कारण पूछा, 'क्यों? पसंद नहीं है?' तब शेख हसीना ने कहा, 'धर्म के बारे में कुछ जाने बिना

ही वह लिखती है। इस्लाम में औरत-मर्द के समान अधिकार हैं। इस्लाम में औरत का सम्मान सबसे ज्यादा किया गया है-इन सबसे इनकार करती है।"[92] अर्थात् उनका स्थानान्तरण दूरस्थ स्थल पर केवल इसलिए किया गया क्योंकि वे धर्म के विरुद्ध लिखती थीं और वह शेख हसीना को अतार्किक जान पड़ा।

औरत का हिस्सा हमेशा कम होगा। वह आधे की हकदार नहीं है। तसलीमा ने कुरान के इस असमानतापूर्ण प्रावधान पर प्रश्न खड़ा किया। इस प्रश्न ने धार्मिक लंबरदारों के बीच खलबली पैदा कर दी। इसे अल्लाह के निर्णय में दखलंदाजी के रूप में देखा गया। इन प्रश्नों को उठाने का उद्देश्य यह दिखाना था कि इस्लाम में जो स्त्री को विशेष अधिकार देने की बात की जाती है वह कहीं भी नहीं है बल्कि हर तरफ असमानता और पक्षपात दिखाई देता है। इस पक्षपात से सामान्य जन को परिचित कराना ही तसलीमा का उद्देश्य रहा है।

वे इस्लाम के प्रवर्तक मुहम्मद साहेब के व्यक्तित्व पर भी प्रश्नचिन्ह लगाती हैं जिन्होंने कई शादियाँ की और उसके पीछे हर बार अल्लाह की इच्छा बताकर अपना बचाव किया। उनका मानना है आम जनता तो बड़े-बड़े लोगों के भाषण और जुलूसों को देख और सुनकर ही उनके पीछे हो लेती है। उसमें तर्क करने की क्षमता कहाँ है? इसे वे एक घटना के माध्यम से स्पष्ट भी करती हैं। जब वे एक रिक्शे पर सवार होकर अपने ही विरोधी जूलूस के बीच से गुज़र रहीं थीं तो उन्होंने रिक्शेवाले से जो प्रश्न पूछे उसपर उसकी प्रतिक्रया कुछ इस प्रकार थी –

"तसलीमा का जुलूस था।"

'तसलीमा का जुलूस मतलब?'

'लोग तसलीमा की फाँसी चाहते हैं।'

'क्यों? फाँसी क्यों चाहते हैं? तसलीमा ने क्या किया है?'

तसलीमा ने मस्जिद तोड़ा है.'

'कौन सी मस्जिद? आप जानते हैं?'

'बाबरी मस्जिद!'

'एक औरत ने मस्जिद कैसे तोड़ डाला?'

'कैसे तोड़ा यह मुझे नहीं पता.'

'आपने यह सब कहाँ से सुना?'

'हम सब सुनते हैं। दिलावर हुसैन सीडी का कैसेट तो रास्ते-घाट पर भी बजता रहता है।'

'आप भी तसलीमा की मौत चाहते हैं?'

'हाँ! चाहूँगा क्यों नहीं? जब सभी लोग चाहते हैं, तो हम भी चाहता हूँ?"[93]

स्पष्ट है आम जनता बिना किसी सच्चाई को जाने धर्म के नाम भर से तसलीमा के विरुद्ध खड़ी हो गई थी।

इसके अतिरिक्त उन पर आरोप लगाया गया कि उन्होंने भारत के संघ परिवार के हाथ में 'लज्जा' के रूप में एक हथियार थमा दिया है। यह बांग्लादेश की सरकार के साथ विश्वासघात है। वही तसलीमा जिन्हे बचपन में देशगान बजने पर रोंगटे खड़े हो जाते थे, या जो अपने राष्ट्र को तिल-तिल कर मरते हुए देखना नहीं चाहती थीं इसलिए समस्त अराजकताओं के विरुद्ध कलम उठाई थी, उन्हें ही 'राष्ट्रद्रोही' करार दिया गया। तसलीमा ने लज्जा में लिखा, "उस दिन एक आदमी ने कहा, भारत में अब तक चार हज़ार दंगे फसाद हुए हैं। फिर भी भारत के मुसलमान देश नहीं छोड़ रहे। लेकिन यहाँ के हिन्दुओं का एक पैर बांग्लादेश में रहता है तो दूसरा भारत में। यानी भारत के मुसलमान लोग जूझ रहे हैं और यहाँ के हिन्दू भाग रहे हैं।"[94] सम्भवतः इसी प्रकार के कई सत्यों को उजागर करने के कारण उन्हें 'राष्ट्रद्रोही' कहा गया।

जिस तरह डॉक्टर से इलाज करवाने के लिए गुप्त अंगों को भी सामने उघाड़ कर दिखाना होता है वैसे ही यदि देश को रोगमुक्त करना है तो उसकी गंदगियों, वहाँ हो रहे गलत कार्यों आदि को सामने लाना ही होगा ऐसा दायित्व समझते हुए तसलीमा ने लेखन किया। वे देश के मुसलमानों के प्रति भी सहानुभूति रखती हैं तभी तो लज्जा में लिखती हैं, "यदि तुम अमीर हो तो तुम हिन्दू हो या मुसलमान, यह फैक्टर नहीं है। पूँजीवादी समाज व्यवस्था का तो यही नियम है। जाकर देखो, दरिद्र मुसलमानों की हालत भी ऐसी ही है। धनी व्यक्ति चाहे हिन्दू हो या मुसलमान, दरिद्र का शोषण कर रहा है।"[95] जो लोग उन्हें 'भारत का एजेंट' कहते हैं वे उन सन्दर्भों को सामने रखने से बचते हैं जहाँ तसलीमा ने भारत के हिन्दू कट्टरपंथ व कट्टरपंथी पार्टी की आलोचना की है। उदाहरण के लिए लज्जा में सुरंजन कहता है, "मैं सचमुच का इंसान हूँ, उनको आपत्ति तो इसी बात पर है। उग्र-कट्टरपंथी हिन्दू और मुसलमान में कोई विरोध नहीं है। यहाँ के जमात नेता के साथ भारत की भारतीय जनता पार्टी की दोस्ती नहीं देख रहे हो?"[96] स्पष्ट है, तसलीमा पर 'भारत का एजेंट' और 'राष्ट्रद्रोही' होने जैसा आरोप हवा में मारे गए तीर से अधिक कुछ नहीं था किन्तु अफ़सोस कि यह तीर सध गया।

तसलीमा की पुस्तक 'निर्वाचित कलाम' में लिखे गए कलामों के जवाब में, बांग्लादेश 'सृजनशील लेखक परिषद' के सहयोगी सम्पादक मो. मुक़द्दस

हुसैन ने 'उचित जवाब' नाम से एक पुस्तक लिखी। इसमें उन्होंने तसलीमा की किताब को हूबहू छापकर उसके हर पृष्ठ पर तसलीमा की बातों का जवाब दिया। इस किताब को लेकर तसलीमा ने कोर्ट में 'स्वत्वाधिकार' के सम्बन्ध में याचिका दायर की। तसलीमा की इस याचिका को यह कहकर खारिज कर दिया गया कि बांग्लादेश की दंडविधि की 292 धारा[97] के तहत इस किस्म की पुस्तक का लेखन, प्रकाशन और वितरण दंडनीय अपराध है। अतः पुस्तक के लिए किसी भी प्रकार के स्वत्वाधिकार का दावा नहीं किया जा सकता। पूरे बांग्लादेश में स्वत्वाधिकार को लेकर दायर किया गया यह पहला केस था। इससे स्पष्ट है कि बांग्लादेश में लेखन को जब्त करने या प्रतिबंधित करने में सरकार तेजी से निर्णय लेती थी किन्तु उसके अधिकार के सम्बन्ध में उदासीनता थी। लेखक से ही यह अपेक्षा की गई कि वह सीमित होकर लिखे।

तसलीमा नसरीन पर बांग्लादेश के दो इस्लाम विशेषज्ञों ने 'तसलीमा नसरीन की इस्लाम दुश्मनी और अपव्याख्या' नाम से किताब लिखी, जिसके अंतिम पन्नों पर यह बयान किया गया था कि मुसलमान होते हुए भी इस्लाम की निंदा करने पर कौन-कौन सी सजाएँ मिलती हैं। इस सम्बन्ध में तसलीमा के बड़े मामा (पृष्ठ 421, द्विखंडित) ने भी इस्लामिक कट्टरवादी कहे जाने वाले नेताओं की आलोचना करते हुए एक लेख में लिखा कि तथाकथित इस्लामिक नेता दिखावे के लिए सफ़ेद कुर्ता और पैजामा तो पहन लेते हैं, किन्तु दाढ़ी मूछ जो बुखारी हदीस और मुस्लिम हदीस में मुड़ाना हराम है,ऐसा करने से क्या वे धर्म की अवहेलना नहीं करते?[98] तसलीमा की आलोचना में लिखी गई पुस्तक के जवाब में उनके बड़े मामा ने कई तर्क पेश किए, जिसे तसलीमा ने द्विखंडित में सम्मिलित किया है। उनके आलोचनात्मक लेख से यह साबित होता है कि धार्मिक मुल्लाओं ने जबरन तसलीमा को धार्मिक रूप से अल्पज्ञानी बताने का प्रयास किया है। वस्तुतः ये विधर्मी स्वयं धर्म की असलियत को नहीं जानते और अपने को इस्लाम के रक्षक के रूप में प्रस्तुत करते हैं। इसके लिए कई उदाहरण प्रस्तुत किए जैसे-कट्टरपंथियों ने यह आरोप लगाया कि तसलीमा ने जिस 'नमाज' शब्द का प्रयोग अपने लेखों में किया है, वह तो कुरान में है ही नहीं इसकी जगह 'सलात' शब्द का प्रयोग किया गया है। इसके आधार पर उन्होंने यह दिखाने का प्रयास किया कि तसलीमा धर्म के मामले में अल्पज्ञ हैं। जबकि कुरान में 'नमाज' के अर्थ में ही 'सलात' शब्द का भी प्रयोग किया गया है (सूरा-सूरत-बनी-इसरा-ईल, आयत-78 -"अकिमिस्सिलात लिदुलूकिश -शमसि इला गस्किल्लैलि व कुरआनल् -फज़्रि -इन्न कुरआनल्-फज़्रि कान मशहूदन

अर्थात् रात के एक हिस्से में जागकर (सत्संग) करो (और नमाज़ तहज्जुद पढों) और तुम्हारे लिए यह फ़र्ज़ से जियाद: बात (नफ्ल) है।[99] उन्होंने लिखा कि आज तक किसी ने भी इस शब्द (नमाज) पर ऐतराज नहीं किया बल्कि अरब और मक्का के बड़े-बड़े विद्वान भी इसी शब्द का इस्तेमाल करते आ रहे थे। टेलीविजन, रेडियो आदि में इन शब्दों का प्रयोग किया गया। अचानक तसलीमा को लेकर इस तरह से बवाल मचाना उनके प्रति उचित सोच न होने का परिचायक था। इसी तरह 'साउम' शब्द का प्रयोग न करके व्यवहार में 'रोजा' शब्द का ही प्रयोग किया जाता है जबकि यह भी कुरान के खिलाफ था। फिर भी किसी ने प्रश्न नहीं खड़ा किया। उन्होंने यह भी तर्क दिया कि व्यवहार में 'मुसलमान' शब्द का प्रयोग किया जाता है, जिसका कोई अर्थ नहीं है। मूल शब्द 'मुस्लिम' है जिसका अर्थ है 'आत्मसमर्पित' या 'अनुगत'। किताब में एम.एन राय, ए. जी. आर. बेरी, आर. ओ. निकोलस, डॉ मौरिस बुकाइली की तारीफ़ की गई और तसलीमा को उनकी किताब पढ़ने की सलाह दी गई, क्योंकि उन्होंने इस्लाम धर्म की तारीफ की थी। लेकिन असलियत यह है कि भले ही उन्होंने इस्लाम की तारीफ की, लेकिन उन लोगों ने इस्लाम ग्रहण नहीं किया। इससे यह जाहिर है कि कथनी और करनी में समानता न होने के कारण उन लोगों ने स्वयं भयंकर मुनाफिक किया था। इसके साथ ही लेखों के दौरान जिस हदीस का तसलीमा ने प्रयोग किया उसका हवाला या सन्दर्भ भी नहीं दिया, ऐसा आरोप लगाया गया। लेकिन हदीस के सूत्रों का हवाला न देना यह कोई अकादमिक बेईमानी नहीं थी क्योंकि लेख में किसी तरह के सन्दर्भ देने की आवश्यकता नहीं होती। यह कार्य तो शोध आलेख में किया जाता है। और साथ ही तमाम टीवी, रेडियो आदि जो धर्म सम्बन्धी बातें की जाती हैं, उनके संदर्भों का तो कहीं कोई उल्लेख नहीं करता और न ही कोई उनपर सवाल उठाता है।

स्पष्ट है तसलीमा पर होने वाली धर्म प्रेरित राजनीति का कहीं भी कोई अंत नहीं था। आगे उनके पासपोर्ट को उनके लेखन की वजह से जब्त कर लिया गया। स्वास्थ्य मंत्रालय, गृह मंत्रालय सभी उनके विरुद्ध साजिश में शामिल हो गए। इसके के लिए इकहत्तर के युद्ध में पाकिस्तान का साथ देने वाले मौलाना अन्नान के अखबार 'इन्कलाब' का सहारा लिया गया। इन्कलाब ने तसलीमा को नकली पासपोर्ट बनाने का आरोपी बताया, इस्लाम विरुद्ध अनाप-शनाप लिखने का आरोप लागाया, सरकार के विरुद्ध लिखने का दोषी मानकर उनके लिए फाँसी की सज़ा की माँग की और आश्चर्य की बात यह कि सरकार भी उसका अक्षरशः पालन करने पर उतर आई। तत्कालीन गृह मंत्री अब्दुल मतीन चौधरी

एक रजाकार रह चुके थे। इन्होने भी मुक्तियुद्ध के समय पाकिस्तानी फ़ौज की तरफ से पहरा देने का काम किया था। उन्होंने तसलीमा को बेहद फूहड़ लिखने वाली लेखिका कहा और उनकी किताबों को प्रतिबंधित करने की धमकी भी दी। जिसकी शुरुआत उन्होंने लज्जा को प्रतिबंधित करने के साथ की। स्पष्ट है कि तसलीमा के विरुद्ध वे ही लोग गुटबंदी कर रहे थे जो या तो पाकिस्तान समर्थक रहे हैं या धर्म को सबसे बड़ा राजनीतिक हथियार मानते हुए उसके पक्ष में खड़े थे।

तसलीमा को इन सब राजनीतिक प्रपंचों के चलते अपनी सरकारी नौकरी से इस्तीफ़ा देना पड़ा। उन्होंने सोचा था जिस तरह से सरकार के अधीन काम करते हुए उन्हें अपने हर कार्य के लिए सरकार से अनुमति लेने के लिए दबाव डाला जा रहा है, वह इस्तीफ़ा देने के बाद बंद हो जाएगा। किन्तु ऐसा कुछ भी नहीं हुआ। न ही उनका पासपोर्ट वापस दिया गया, न उनका इस्तीफ़ा मंजूर किया गया। इसके विपरीत उनका पद रिक्त घोषित करते हुए किसी और की नियुक्ति कर दी गई और यहाँ तक कि उनकी कई महीनों की तनख्वाह भी नहीं दी गई और गृह मंत्रालय की ओर से उनकी एक-एक किताब पढ़कर उसकी जाँच करने का आदेश दिया गया। उनपर निगरानी रखने के लिए स्पेशल फ़ोर्स को तो पहले से ही रख दिया गया था अब स्पेशल फ़ोर्स के लोग इनके घर तलाशी के लिए भी आने लगे थे। वह जो कुछ भी लिखती या जो कुछ भी कहतीं उसके ऊपर तुरंत एक जाँच कमिटी बना दी जाती और फिर वही इन्वेस्टिगेशन का सिलसिला, प्रश्नों की झड़ी -आपने ऐसा क्यों कहा? क्यों लिखा? आदि। वे लिखती हैं, "मैंने कहाँ, क्या कहा, अब इसकी भी जाँच की जाएगी? असल में ये लोग मेरे आस-पास कोई हद बाँधना चाहते हैं कि मैं क्या कहूँ, क्या लिखूँ!"[100]

दरअसल सरकार का मुख्य उद्देश्य तसलीमा को पूरी तरह से धर्म और सरकार विरुद्ध न लिखने के लिए मजबूर करना था या उन पर कुछ ऐसे आरोप सिद्ध करना था, जिससे उन्हें रोका जा सके। किन्तु तसलीमा ने भी किसी मजबूरी को अपने आड़े नहीं आने दिया। फिर भी इस घेराबंदी और कलम पर तलवार चलाने के सम्बन्ध में वे लिखती हैं, "देश की स्वाधीनता का दुश्मन, हमारा दंड-मुंड विधानकर्ता बन बैठा है। आज उसके भारी नितम्भों तले, लेखकों की लिखने की स्वाधीनता, अपनी राय ज़ाहिर करने का हक़ दब-पिसकर रह गया है।"[101] इस लामबंदी के भय के कारण ही उनकी माँ तसलीमा पर बार-बार धर्म और सरकार विरोधी बातें न लिखने के लिए दबाव डालती रहीं। किन्तु

तसलीमा ने एक ही चीज़ को चुना था, और वह है, उनका लेखन। वे लिखती हैं, "मुझे सच का बयान करना ही अच्छा लगता है। उस वक्त मैं यह नहीं सोचती कि कौन लोग इस सच को अपने स्वार्थ में इस्तेमाल करेंगे, कौन लोग इसका अनुवाद करेगे और कौन लोग, दूसरों द्वारा इस्तेमाल करने का फायदा उठाएँगे, फूहड़ अफवाहें फैलायेंगे।"[102] 'माफ़ी मैं कभी, किसी दिन भी नहीं माँगूगी।'"[103]

फलतः सरकार के साथ-साथ धार्मिक कट्टरपंथी भी सड़क पर उतर आयें। धार्मिक कट्टरतावादियों ने आन्दोलन छेड़ दिया, जो भीतर ही भीतर राजनीतिक प्रश्रय प्राप्त कर रहे थे। मस्जिदों में हर शुक्रवार तसलीमा के विरुद्ध खुतबा पढ़ा जाता, उनके नाम पर गाली-गलौज की जाती, उनके विरोध में पोस्टर और लीफलेट पूरे शहर में बाँटे जाते और हद तो तब हो गई जब सिलहट की 'सहाबा सैनिक परिषद्' के सभापति मौलाना हबीबुर रहमान ने उनके विरुद्ध फतवा जारी करते हुए, सिर की कीमत पचास हज़ार रूपए घोषित कर दी और उनकी फाँसी की माँग करते हुए हड़ताल की। पैसों के लिए कोई भी तसलीमा का सिर आसानी से क़लम कर सकता था, इसी भय से तसलीमा का बाहर निकलना लगभग बंद हो गया। एक खौफ़ भरा माहौल तैयार हो गया। तसलीमा को अपनी सुरक्षा के लिए पुलिस सुरक्षा की माँग करनी पड़ी। किन्तु यह सुरक्षा उन्हें काफी दिनों बाद प्राप्त हुई (14 अक्टूबर, 1993) और वह भी एमनेस्टी इंटरनेशनल और अन्य मानवाधिकार संस्थाओं के दबाव बनाने के बाद।

इस बीच उन्हें फ्रांस की आर्ते टेलीविजन की ओर से फ्रांस जाने का मौका मिला। वहाँ उन्होंने देखा कि फ्रांसीसी लोगों को यह लगता है कि 'लज्जा' की वजह से बांग्लादेश के कट्टरपंथी उनके विरुद्ध हैं। किन्तु सत्य तो यह था कि उनकी पुस्तक 'निर्वाचित कलाम' में सम्मिलित लेखों के कारण यह उन्माद फैला था। फ्रांस में विभिन्न कार्यक्रमों में भाग लेने के बाद तसलीमा भारत होते हुई बांग्लादेश लौट आयीं। किन्तु भारत में 'द स्टेट्समैंन' को दिया एक साक्षात्कार जो कि 9 मई 1994 को प्रकाशित हुआ उनके विरुद्ध एक हथियार बन जाएगा यह उन्हें भी नहीं पता था। दरअसल इस इंटरव्यू में यह लिख दिया गया था कि तसलीमा कुरान में संशोधन करना चाहती हैं, जबकि तसलीमा ने शरीयत को खत्म करने की बात कही थीं।

यह खबर जब बांग्लादेश पहुँची तो वहाँ बवाल मच गया। इस बीच मोतीझील थाने के एक अफसर ने उनके विरुद्ध इस्लाम की निंदा करने के कारण मुकदमा कर दिया, जिसके कारण 4 जून 1994 को उनके विरुद्ध गैर

जमानती वारंट जारी किया गया। ऐसे में तसलीमा को अपना जीवन बचाने के लिए भूमिगत होना पड़ा। ये भूमिगत होने के दो महीने तसलीमा के जीवन के सबसे खौफनाक दिन थे, जिसे तसलीमा ने 'अँधेरे दिन' नाम दिया। कट्टरपंथियों और सरकार के भय के कारण उन्हें कोई भी अपने साथ रखने को राजी नहीं था और जिन्होंने उन्हें शरण देना मंजूर किया भी उनके यहाँ वे कई दिन तक नहीं रह सकीं। इसी कारण भूमिगत होने के दौरान तसलीमा ने कई घर बदले।

तसलीमा के फतवे के विरुद्ध और पक्ष में काफी कुछ लिखा जा रहा था। कट्टरवादी नेता, पत्रकार, सब एकजुट होकर तसलीमा विरोध में जन सभाएँ कर रहें थे। मस्जिदों और मदरसों में लोगों और युवाओं को तसलीमा के विरोध के लिए 'ब्लैक आउट' किया जा रहा था। मस्जिद में तरह-तरह की सभाओं के लिए लीफलेट बाँटे जा रहे थे, जिसमें तसलीमा के लिए कुछ इस तरह के शब्दों का प्रयोग किया गया-"पवित्र कुरान, दीन इस्लाम और महानबी (सा.) के खिलाफ घृणित कटाक्ष करनेवाली, देश की अटूट प्रीति और स्वाधीनता के खिलाफ गंभीर साजिश में लिप्त, कुख्यात-मक्कार, खुदाद्रोही, रसूल की दुश्मन, शैतान रुश्दी की जोड़ीदार, भारत की उग्र साम्प्रदायिक पार्टी, बी जे पी की बिसात का मोहरा, नारी जाति की कुलंगार..."।[104] इस सम्बन्ध में तसलीमा लिखती हैं कि "ढाल प्रस्तुत है। तलवार भी प्रस्तुत है। तमाम दीवारों पर पोस्टर चिपकाये गयें हैं, मानों तसलीमा को अभी सज़ा नहीं दी गई, तो इस्लाम का सर्वनाश हो जाएगा, देश जलकर खाक हो जाएगा।"[105]

ऐसे में तसलीमा के बचने का उपाय यह सुझाया गया कि यदि ढाका में तसलीमा को लोगों का समर्थन मिल जाय तो इस मुकदमें को कमजोर किया जा सकता है किन्तु धार्मिक उन्मादियों के भय के कारण यह सम्भव नहीं हो सका। इस बीच फ्रांस में तसलीमा की लज्जा 'पुस्तक' के अनुवाद का दायित्व लेने वाले क्रिश्चेन बेस ने एक खत तसलीमा को लिखा कि उन्होंने पुस्तक की रायल्टी उनके खाते में भेज दी है। किन्तु तसलीमा को यह धनराशि नहीं प्राप्त हुई लेकिन यह खत उनके विरोधियों तक पहुँच गया और उन्होंने यह प्रचार कर दिया कि तसलीमा को इस्लाम के विरुद्ध लिखने के लिए पश्चिमी देशों से धन मिल रहा है। इतना ही नहीं यह आरोप भी लगाया गया कि 'लज्जा' लिखने के लिए भारत की बी.जे. पी से उन्हें पैतालीस लाख रुपये मिले हैं। इस तरह के आरोपों के साथ 30 जून 1994 को ढाका में एक तसलीमा के विरुद्ध एक विशाल जन सभा की गई। दूसरी तरफ विदेश से लागातार तसलीमा के समर्थन में दबाव बनाया जाता रहा। विदेश से तसलीमा के मुद्दे को कवर करने के लिए

आने वालों पर प्रतिबंध लगा दिया गया, जिससे कट्टरपंथियों का हौसला बुलंद होता गया और परिणाम यह हुआ कि 'मुस्लिम सोसाइटी' के द्वारा 30 जुलाई 1994 को एक लॉन्ग मार्च यह कहते हुए कहा गया कि यदि इस दिन तक तसलिमा की गिरफ़्तारी न हुई तो ढाका के घर-घर की तलाशी ली जायेगी। इस मुहीम में 'खिलाफत मजलिस' और 'इस्लामी जिहाद संगठन' (जिसने तसलीमा की हत्या के लिए स्क्वायड गठित किया था) भी सम्मिलित हो गए।

ऐसे माहौल में तसलीमा के लिए यह आवश्यक हो गया कि उन्हें किसी भी तरह से कोर्ट से जमानत मिले। उन्हें कोर्ट से जमानत इस अलिखित शर्त पर मिली की जमानत मिलने के बाद वे देश छोड़कर चली जायेगी क्योंकि उनके रहने से देश में शांति और अवव्यस्था होगी। तसलीमा इस शर्त को मानने के लिए तैयार नहीं हुई क्योंकि वे अपना देश छोड़कर नहीं जाना चाहती थीं। किन्तु वकील सारा हुसैन, डॉ. कमाल हुसैन और अमीरुल इस्लाम के दबाव और सलाह के बाद वे अपनी जान बचाने के उद्देश्य से और यह सोचकर कि कुछ दिनों में माहौल शांत हो जाएगा तो वे देश वापस आ जाएँगी, देश छोड़कर जाने को तैयार हो गयीं। इसके अतिरिक्त अन्य उपाय भी नहीं था। अन्यथा कुछ ही दिन में उनकी गिरफ्तारी हो जाती और उन्हें जेल में बंद कर दिया जाता और बहुत सम्भव था कि जेल में ही उनकी हत्या कर दी जाती या उन्हें इतनी यातना दी जाती कि उनकी मृत्यु हो जाती। न चाहते हुए भी उन्हें रातों-रात उन्हें अपना देश छोड़ देना पड़ा।

(iv) विदेशी धरती पर निर्वासित लेखिका :

यूरोप में तसलीमा :

निर्वासन के बाद तसलीमा को स्वीडन जाना पड़ा। यहाँ तसलीमा का जीवन जैसे एक कैद से छूटकर दूसरी कैद में पहुँच गया। उनके लिए आलीशान व्यवस्था तो की गई, उन्हें बहुत से सम्मान भी दिए गए किन्तु इन सभी ने तसलीमा को जैसे बाँध दिया था। स्वीडेन की 'पेन' संस्था ही यह निर्धारित करती कि वह कहाँ जाएँगी, किससे मिलेगीं, कौन से कार्यक्रम में भाग लेगीं आदि। ऐसे दमघोटू परिवेश में तसलीमा का रहना असम्भव हो रहा रहा था। इस दौरान उन्होंने नार्वे, स्टॉकहोम, एम्सटर्डम, फिनलैंड, स्विट्जरलैं, स्काटलैंड, हालैंड, आयरलैण्ड, जर्मनी, इटली, अमेरिका जैसे देशों में विभिन्न कार्यक्रमों में प्रतिभाग किया और दुनिया के तमाम देशों की संस्कृति से परिचित हुईं। इस भ्रमण और अवलोकन का जिक्र उन्होंने आत्मकथा के पाँचवें खंड 'मुझे घर ले

चलो' में किया है, जिससे यात्रावृतांत जैसा अनुभव होता है।

इस विदेशी धरती पर एक तरफ सम्मान और सुरक्षा थी तो दूसरी तरफ उन्हें कड़वे अनुभवों से भी गुजरना पड़ा -जैसे-सुरक्षा के कारण उन्होंने अपनी स्वतंत्रता खो दी थी, ये देश तसलीमा के नाम पर अपने मानववादी होने का ठप्पा लगाना चाहते थे यही कारण है कि तसलीमा को लेकर नार्वे और स्वीडन में होड़ मची थी और वे दोनों ही तसलीमा को बांग्लादेश से अपने देश लाने के लिए बांग्लादेशी सरकार पर दबाव डालते रहे, उनकी पुस्तकों के अनुवाद को लेकर होड़ मची रही, स्वीडेन पेन के गैबी ग्लाइसगेन ने तसलीमा को अपने फायदे के लिए इस्तेमाल किया, फ्रांस के 'एडिशन द फाम' प्रकाशक संस्था ने उनके निर्वाचित कलाम का फ्रेंच अनुवाद करते हुए धर्म सम्बन्धी बातों को छांट दिया, फ्रेंच लेखक ज-दार्न आलिए ने आरोप लगाया कि लज्जा किसी और की पुस्तक है और बांग्लादेश में स्त्रियों के सम्बन्ध में जो कुछ भी तसलीमा ने लिखा वह झूठ है। इसका अफ्रीकी लेखक ताहिर बेन नूर ने भी इसका समर्थन किया, बांग्लादेश के दाउद नामक व्यक्ति से विवाह की अफवाह (जिसने पैगम्बर की आलोचना करते हुए कविता लिखी थी और इसके कारण उसे देश से निष्कासित कर दिया गया था) फैलाई गई, उनपर यह दबाव डाला गया कि वे एक व्यावसायिक लेखक की तरह व्यवहार करें, लोगों का अभिवादन करें, प्रकाशक तसलीमा को धन के एक माध्यम के रूप में देखते रहे और उनका दोहन करते रहे आदि। कुल मिलाकर तसलीमा को पश्चिम के अनुरूप ढालने का भरसक प्रयास किया गया। किन्तु तसलीमा स्वयं को इस माहौल के लिए 'मिसफिट' महसूस करती रहीं और वहाँ से निकल आने का प्रयास करती रहीं जो आज भी जारी है।

भारत में तसलीमा :

1999 में तसलीमा को भारत का अस्थायी वीजा मिला, जिसके अनुसार वे कुछ दिनों तक ही भारत में रह सकती थीं। यहाँ आकर तसलीमा ने कलकत्ता में रहना शुरू किया। किन्तु यहाँ भी तसलीमा विरोधी माहौल तैयार हो चुका था। 'आनंद पब्लिशर्स' ने तसलीमा की आत्मकथा का प्रथम भाग प्रकाशित करने से इनकार कर दिया, इस भाग को बांग्लादेश में शेख हसीना ने अश्लील कहकर प्रतिबंधित कर दिया, मुंबई में तसलीमा के 'शोध' उपन्यास के मराठी संस्करण के अनुवाद के अवसर पर आमंत्रण का कट्टरपंथियों द्वारा विरोध किया गया, 'मेरे बचपन के दिन' के लिए दूसरा आनंद पुरस्कार लेने के लिए भारत आने के लिए वीजा कई शर्तों के साथ दिया गया जैसे-कलकत्ता के अतिरिक्त कहीं नहीं जाना

होगा, पाँच दिन से ज्यादा भारत में नहीं ठहरना होगा, साहित्य के अलावा किसी विषय पर बात नहीं करेंगी और कोई साक्षात्कार नहीं देना आदि, इसके अतिरिक्त आत्मकथा का तीसरा खंड 'द्विखंडित' भी बांग्लादेश के साथ-साथ पश्चिम बंगाल में भी प्रतिबंधित कर दिया गया और इस प्रतिबंध के लिए लेखकों ने ही सरकार को सलाह दी, कई लेखकों का नाम लेने के कारण कलकत्ता में उनपर मानहानि का केस दर्ज़ किया गया, कलकत्ता में तसलीमा की उपस्थिति ज्यादा दिन बर्दाश्त नहीं की जा सकी जबकि वहाँ उस समय बुद्धदेव भट्टाचार्य की नेतृत्व वाली वामपंथी सरकार थी, शोध उपन्यास के तेलगू संस्करण के लोकार्पण के कार्यक्रम के दौरान हैदराबाद में तसलीमा पर हमला किया गया, जिसमें स्थानीय विधायक सम्मिलित थे, पश्चिम बंगाल में तसलीमा पर फतवा जारी किया गया, इसी समय नंदीग्राम और सिंगुर में किसानों के विद्रोह और रिजवान प्रेम-प्रसंग के कारण अस्थिर स्थितियों का हवाला देते हुए तत्कालीन पश्चिम बंगाल सरकार ने उनको कलकत्ता से चले जाने के लिए दबाव बनाना शुरू किया। उन्हें तीन महीने तक नज़रबंद रखा गया। बढ़ते दबाव की वजह से उन्हें जयपुर ले जाया गया, जहाँ तत्कालीन राजस्थान सरकार ने उन्हें अपने राज्य में रहने की अनुमति प्रदान नहीं की, इसके बाद उन्हें दिल्ली में चार महीने अज्ञातवास में रखा गया, जिसे तसलीमा ने 'मौत की कोठरी' कहा क्योंकि इस दौरान उन्हें किसी से भी मिलने की अनुमति नहीं दी गई, उन लोगों को धमकाया गया जिन्होंने तसलीमा से सम्पर्क करने का प्रयास किया, सरकार की मंशा यह थी कि तसलीमा को अकेलपन में रखकर उन्हें विदेश जाने के लिए बाध्य किया जा सकेगा। इस दौरान स्वास्थ्य सम्बन्धी समस्या आने पर सरकार ने उनके इलाज में कोताही की एवं उन्हें अस्पताल में भर्ती करने की अनुमति नहीं दी, जिससे उनका स्वास्थ्य दिन पर दिन गिरता गया और अंत में हार कर तसलीमा ने भारत छोड़ने का फैसला किया, भारत के पूर्व राजदूत मदनजीत ने तत्कालीन प्रधानमंत्री मनमोहन सिंह को तसलीमा को सुरक्षा और संरक्षण देने के सम्बन्ध में खत लिखा था और किन्तु उन्होंने लाचारी भरा खत लिखने के अतिरिक्त कुछ भी नहीं किया, कर्नाटक में 'आउटलुक' पत्रिका में तसलीमा का लेख बिना तसलीमा की अनुमति के प्रकाशित किया गया, जिससे वहाँ भी तसलीमा विरोधी माहौल बन गया।

2010 से उनके वीजा की अनुमति बढ़ाकर एक वर्ष तो कर दी गई किन्तु उनके पश्चिम बंगाल जाने के रास्ते बंद कर दिये गए, पत्र-पत्रिकाओं में तसलीमा के लेख प्रकाशित करना बंद कर दिया, प्रिंट के साथ-साथ डिजिटल

मीडिया में भी वे निषिद्ध कर दी गयीं। तसलीमा के इस तरह निषिद्ध किए जाने पर भारत सरकार मौन है। वे लिखती हैं, "यह कैसी विडम्बना है कि भारत उपमहादेश में जन्म लेकर भी वह यहाँ मुँह खोल नहीं पातीं। मुँह खोलने के लिए उन्हें यूरोप और अमेरिका जाना पड़ता है।"[106]

(v) एक निर्वासित लेखिका की पीड़ा :

तसलीमा को अपने देश से निर्वासित किए जाने के 3 दशक बीत चुके हैं, विदेश उनका दोहन करता रहा और भारत ने उन्हें संरक्षण देते हुए भी उन्हें सौतेला बनाए रखा है – नागरिकता न देकर। ऐसे में, निर्वासित लेखिका की पीड़ा रह-रह कर उसके साहित्य में छलक पड़ती है। यह पीड़ा इतनी संवेदना उत्पन्न करती है कि उसे अभिव्यक्त करने के दौरान कई बार 'निःशब्दता' की स्थिति से गुजरना पड़ता है।

'निर्वासन' यह शब्द ही अपने आप में भयानक है। एक प्रकार का निष्कासन या कह सकते हैं अपना जो कुछ भी है वह सब छोड़ कर चले जाना! कितना कठिन है यह सब, एक दुःस्वप्न की तरह? निर्वासित व्यक्ति से विशेषकर जब वह लेखिका हो या एक स्त्री हो तब समाज, देश और दुनिया यही प्रश्न करती दिखती है 'तुम कहाँ जाओगी यह घंघरिया पहनकर।[107] कहाँ जा सकती है एक स्त्री जिसे निर्वासन मिला हो, अपने अस्तित्व से, अपने घर से, अपने राष्ट्र से? निर्वासन में जीवन बिताने वालों का भी कोई जीवन होता है, उनका अस्तित्व क्या बार-बार अपने होने पर प्रश्न नहीं करता? यह देखा जाना आवश्यक है।

तसलीमा नसरीन ऐसे ही निर्वासन का दंश पिछले तीस वर्षों से झेल रही हैं। अपनी मातृभूमि से पृथक, अपने देश से निष्कासित, अपने परिजनों से बिछड़ी, विश्व के किसी भी कोने में अपने लिए छटाक-भर जगह की तलाश में हैं। और दूसरी तरफ तथाकथित भूमंडलीकरण और मानवतावाद में विश्वास करने वाला हमारा समाज मुँह खोले उसके हश्र का इंतज़ार कर रहा है। यही नहीं लेखिका को एक निषिद्ध वस्तु के रूप में देख आव-बाव उगल रहा है। तसलीमा लिखती हैं, "निषिद्ध वस्तु को गड्ढे में गाड़ रखा है राजा लोगों ने। धर्म का ध्वंस करने वाली चुड़ैल को आखिर पकड़ ही लिया गया है...धर्मान्धों के खुले मुँह में डाला जा रहा है स्वादिष्ट भोजन आतंकवादियों की जीभ से बहने दिया जा रहा है खौलता लावा।"[108]

आत्मकथा के प्रत्येक भाग में तसलीमा ने अपने निर्वासन से मिली पीड़ा और दुःख को व निर्वासन के अनौचित्य के प्रश्न को बेहद ही संगीन तरीके उठाया है। विश्व में संभवतः यह पहला मामला है, जिसमें किसी लेखिका को

उसके ही देश के लेखकों के द्वारा निर्वासित किए जाने की माँग की गई हो, इतने लम्बे समय तक अपने देश से निर्वासित होकर दर-दर भटकता पड़ा हो। कुल मिलाकर निर्वासन के साथ उनकी "आजादी को धर पकड़कर बक्सा बंद कर दिया गया।"[109]

तसलीमा का निर्वासन किसी एक दिन की घटना नहीं है बल्कि यह उसी समय प्रारम्भ हो गया था, जब तसलीमा ने तार्किक दृष्टि से सोचना प्रारम्भ किया। जब उन्हें पहली बार विश्वास हुआ कि धर्म से इतर 'तर्क' और 'विज्ञान' नाम की कोई चीज भी है, उन्होंने स्त्री होने के कारण जब पहली बार अपमान और यौन शोषण झेला तब ही निर्वासन के बीज बोये जा चुके थे-

"बचपन में "मेरा वक्ष दबाकर/
दौड़कर हो गया हवा/
अपमान से नीली पड़ी मैं/
घर लौटकर रोई रातभर"[110]

इस अपमान को महसूस किए जाने के बाद तसलीमा पितृसत्तात्मक सोच वाले व्यक्ति, समाज और राष्ट्र के दायरे से बाहर हो गयीं। इसके बाद परिपक्व होते मन ने जब धर्म और धार्मिक लंबरदारों की परम्परावादी सोच और कट्टर विचारधारा पर प्रहार किया तो वे धार्मिक दृष्टिकोण रखने वाले समुदाय और देश से भी बहिष्कृत कर दी गयीं, जब उन्होंने राजनीतिक विसंगतियों के विरुद्ध कलम उठाई, तब वे राजनीतिज्ञों की आँखों की किरकिरी बन गयीं। धीरे-धीरे परिवार की अनैतिक और अतार्किक मान्यताओं को ठुकरा देने के कारण उन्हें अपने परिवार से भी बहिस्कृत होना पड़ा।

तसलीमा ने एक ऐसे राष्ट्र में जन्म लिया जो घोषित रूप से तो लोकतांत्रिक है, किन्तु उसकी जड़ें धर्म के जल से सींची जाती रही हैं। वे लिखती हैं, "उद्‌भट ऊँट की पीठ पर सवार था स्वदेश! समाजतंत्र न सही, यथासंभव गणतंत्र तक देश में नसीब नहीं था।"[112] ऐसे माहौल में धर्म की आलोचना करने वाले को कैसे स्वीकार किया जा सकता है और राजनीतिक हस्तक्षेप के माध्यम से धार्मिक लंबरदारों ने तसलीमा को अपना देश छोड़ने पर मजबूर कर दिया।

देश छोड़कर विदेश की ओर कदम रखना तसलीमा के लिए सरल न था। यहाँ का माहौल उन्हें 'नाक में कसी नकेल'[113] की भाँति हर समय चुभता है। विदेशी धरती, अपरिचित लोग, विदेशी राजनीति आदि ने तसलीमा को नितांत अकेला कर दिया और ऐसे में पलायन के अतिरिक्त कोई उपाय नहीं सूझता-

"कभी-कभी तीखी चाह जागती है, फरार हो जाऊँ

बर्च के सागर तट, ओक और पाइन के खूबसूरत अरण्य से
शीतल शांत बाल्टिक सागर से घिरे,
सजे सजाये नगर से!
लेकिन फरार होकर जाऊँ कहाँ
दुनिया में कहाँ है और कोई नगर,
जो मेरे इंतजार में हो?..."[113]

यूरोप, अमेरिका, भारत और विश्व के कई देशों में रहने के दौरान तसलीमा इसी प्रकार की निःसंगतता की शिकार हुई हैं। उनमें यह बात घर करने लगी कि जब अपनी धरती पर सम्मान नहीं मिला तो दूसरे लोग उन्हें क्यों सम्मान देंगे? प्रारम्भ में एक तारिका की भाँति उनका स्वागत किया गया, उन्हें सम्मान दिया गया, सभी ने उन्हें हाथों-हाथ लिया, किन्तु तसलीमा महसूस करने लगी कि "यहाँ भी एक बांग्लादेश घात लगाए बैठा है।"[114] जब तक प्रकाशकों को उनकी रचनाओं के अनुवाद से पैसा कमाने का लालच रहा तब तक वे उनके इर्द-गिर्द चक्कर लगाते रहे, राजनीतिक पार्टियाँ मानवाधिकार के नाम पर वोट बटोरती रहीं, किन्तु धीरे-धीरे "...विदेश मुझे थोड़ा-थोड़ा करके निगलना सीख गया है"[115] कि अनुभूति उन्हें होने लगी। यह एहसास होने लगा कि वे विदेशी लोगों के लिए केवल एक आकर्षण हैं जो कुछ दिनों में समाप्त हो जाएगा। ऐसे में उन्हें अपने अस्तित्व पर आशंका होने लगी। वे लिखती हैं, "एक बात बखूबी मेरी समझ में आ गई है कि धर्मान्ध उग्रवादियों ने मुझे खदेड़ते-खदेड़ते जहाँ पहुँचा दिया है, बिलकुल अनात्मीय परिवेश में, अनचीन्हे-अनजान जगत में, ताकि मैं अकेले-अकेले कष्ट-तकलीफ पाते-पाते दम तोड़ दूँ, ताकि मैं भयंकर विरुद्ध स्त्रोत में यह भूल जाऊँ कि किस वजह से मैं हूँ!"[116] किन्तु तसलीमा ने उनके इस उद्देश्य को पूरा नहीं होने दिया। अपने अस्तित्व को बनाये रखने के लिए अपने लेखन को और अधिक धार दी, अपनी अभिव्यक्ति की आज़ादी को अपनी मुट्ठी में एक बार फिर समेटा और बांग्ला भाषा को अभिव्यक्ति का माध्यम बनाया। आत्मावलोकन किया और अपने भीतर की लेखिका को विश्वास दिलाया कि 'लिखती हूँ, इसलिए पुरस्कार भी नसीब हुआ'[117]

भारत जैसे देश ने अपनी 'अतिथिदेवो भवः' की अवधारणा पर कायम रहते हुए तसलीमा को 'एक्स वीजा' प्रदान तो किया किन्तु यह वीजा कई प्रतिबंधों से युक्त है, जिसके विषय में तसलीमा लिखती हैं, "वीजा प्राप्त करने के लिए, जो मुझे मंजूर करना था, वे शर्तें थीं- भारत की राजनीति के बारे में मैं अपनी जुबान पर एक भी शब्द नहीं लाऊँगी, कलकत्ता के आलावा अन्य किसी शहर

में कदम नहीं रखूँगी..."[118] अर्थात् पूर्ण प्रतिबंध के साथ निवास की स्वतंत्रता। किन्तु तसलीमा ने इस प्रतिबंध के साथ भारत में रहना स्वीकार कर लिया। कारण? वे भारत को बांग्लादेश की तरह अपनी मातृभूमि समझती हैं, उन्हें यहाँ की संस्कृति में बांग्लादेशी संस्कृति की झलक मिलती है। विशेषकर कलकत्ता उन्हें विशेष प्रिय है। वहाँ के बंगाली समुदाय से मिलकर वे अपनत्व से विभोर हो उठती हैं और 'कलकत्ता का प्रेम' कविता में लिखती हैं-

"...अब अगर न भी करे प्यार, शायद, भले दुरदुराकर भगा दे
तब भी कलकत्ता का आँचल थामे, खड़ी रहूँगी बेअदब लड़की की तरह!
अगर धकियाकर हटा भी दे, तो भी मेरे कदम नहीं होंगे टस से मस!"[119]

किन्तु हाय दुर्भाग्य! हजारों सपने और आशाएँ लेकर आए अतिथि को जाना होगा! निर्वासित व्यक्ति के सपनों के विषय में ग्रीक कवि एस्क्युलस लिखते हैं, "मैं जानता हूँ कि एक निर्वासित व्यक्ति कैसे केवल अपने सपनों के बल पर ही जीवित रहता है।"[120] अनिश्चयता की स्थिति के विषय में लिखती हैं, "उधर मुझे पश्चिम बुला रहा है और मैं नहीं जा रही हूँ...मैं किस तरफ जाऊँगी? जगत कह रहा है उधर जाओ बचो! वहाँ सहानुभूति है, स्वर्णपदक है, इधर अवज्ञा और अपमान है। मैंने इधर को ही चुन लिया, पर इधर की राजनीति के आगे मेरा सपना पराजित हो गया है।"[121] इस भूमि को भी छोड़कर जाना होगा! क्यों? क्योंकि उन्होंने कलम को अपना हथियार बना रखा है। जहाँ भी समाज के अस्तित्व के लिए अनुचित तत्वों को देखती हैं, उसे सामने प्रस्तुत कर देती हैं चाहे वह सत्य कितना भी कटु क्यों न हो। उदाहरण के लिए उनकी कविता 'अमेरिका' का एक अंश-

"तुम्हे शर्म कब आएगी, अमेरिका ...
तुम्हारे विस्फोट से आज नष्ट हैं संभावनाएँ!
तुम्हारे विस्फोट से आज विलुप्त हैं सपने!
तुम कब नज़र डालोगे, अपने हत्या-यज्ञ की तरफ?"[22]

इस प्रकार के लेखन के कारण वे भारत के कई राज्यों और स्थानों में प्रतिबंधित और निषिद्ध वस्तु बन गयीं हैं। सब उन्हें अछूत मानकर दूर कर देना चाहते हैं। इसलिए वे लिखती हैं -

'देश कहने को क्या कुछ भी नहीं होना चाहिए मेरा?
ऐसी हूँ मैं अपराधी, ऐसी हूँ मानवता की दुश्मन
ऐसी हूँ देशद्रोही कि
देश कहने को क्या कुछ भी नहीं होना चाहिए मेरा।

भारतीय लेखक समुदाय के कई दिग्गज उनके लेखन को अश्लील साहित्य के रूप में देखते हैं, बंगाली संस्कृति से वे बहिष्कृत की जा चुकी हैं, दिल्ली में मकान की तलाश में भटक रही हैं, साहित्यकारों की मंडली से उन्हें निकाल फेंका गया है, उनके पक्ष में लिखने की हिम्मत किसी में नहीं जुटती! इसलिए कि उन्होंने रात के अँधेरे में कही जाने वाली बातों को दिन के उजाले में ला खड़ा किया या फिर इसलिए कि उन्होंने पितृसता, धर्म और राजनीति के त्रिकोण को तोड़कर समाज में सहस्तित्व, समानता और मानवधिकारों की बात की? वे लिखती हैं, "जो देश निकट भविष्य में 'सुपर पावर' होने की योग्यता रखता है, वह देश मेरे जैसे स्वदेशहीन, स्वजनहीन एक असहाय लेखक को जगह नहीं दे पा रहा है...सिर्फ इसलिए कि हाथ गिने हुए कुछ मौलवादी नहीं चाहते हैं!"[123] इसकी वजह यह है कि वे ऐसे विचारों की अभिव्यक्ति करती हैं जिसे समाज में 'टैबू' के रूप में स्वीकार किया जाता है। और हद तो तब हो गई जब समाज ने उनकी भावनाओं, उनके संदेशों और उनके उद्देश्यों को न समझते हुए जैसे को तैसा करते हुए उन्हें ही 'टैबू' घोषित कर दिया। नाओमी वुल्फ के शब्दों में कहें तो 'जेंडर क्वेक' की भाँति वे लगातार लिखती रही हैं किन्तु यह प्रश्न तसलीमा के मन को बार-बार झकझोरता रहता है –

"यह जो मैं बहती रहती हूँ, एक देश से दूसरे देश
एक द्वीप से दूसरे द्वीप! एक आकाश से दूसरे आकाश
या फिर एक समुन्दर से दूसरे समुन्दर तक
यूँ बहते-बहते कहाँ जा भिड़ेगा मेरा जीवन।"[124]

अपनी स्वतंत्रता की माँग करते-करते लगातार संघर्ष करती तसलीमा भले ही यह कहकर कि 'मेरे अंतस में है, वह देश'[125] या "पृथ्वी ही मेरा इस पार, पृथ्वी ही मेरा उस पार"[126] स्वयं को सांत्वना दे रही हैं फिर भी वे भय और अस्थायित्व के साये में दिन-रात यह अवश्य महसूस करती हैं, "मैं घुप अँधेरे में, निराशा की तेज रफ़्तार नदी में तैरते-तैरते, उम्मीद की एक कमजोर सी लौ की रोशनी की तरफ बढ़ती जा रही हूँ। यह लौ सचमुच रोशनी की है या मरीचिका है।"[127]

तसलीमा ने स्वयं के निर्वासन को कभी आत्मकथा के रूप में, तो कभी थोड़ी कल्पना का आधार लेकर विभिन्न पात्रों के माध्यम से अपने उपन्यासों (फेरा, ब्रह्मपुत्र के तट पर), कहानियों (दुखियारी लड़की) और कविताओं में अभिव्यक्त करने का प्रयास किया है। इस निर्वासन की पीड़ा इतनी गहन है कि वह उनकी हर रचना हर आलेख में कहीं न कहीं नज़र जरूर आ जाती है।

जिसके कारण रचनाओं में विषयगत दोहराव दिखाई पड़ता है। किन्तु उस स्थिति को भी समझा जा सकता है, जब एक लेखिका के डर, उसके अकेलेपन के विषय में कोई नहीं लिखना चाहता तो मजबूर होकर उसे स्वयं के जीवन, स्वयं की पीड़ा जैसे विषय को दोहराना पड़ता है। खुद ही कलम चलाकर खुद की ही बात करनी पड़ती है। उदाहरण के लिए हंस में लिखे उनके अधिकतर लेखों में वे अपने प्रति की गयीं ज्यादतियों की बात जरूर करती हैं। जैसे –"मेरा कोई दल नहीं, राजनीति नहीं, कोई संगठन नहीं है। मेरे साथ कोई बुद्धिजीवी नहीं है। ये बुद्धिजीवी किसी न किसी राजनीतिक दल के सुविधावादी समर्थक होते हैं। मैं पूरी तरह से अकेली, अपने आदर्शों और विश्वास पर आस्था रख भारत में जी रही हूँ। क्या मेरे पाँव के नीचे जमीन है? न, नहीं है। फिर भी यहाँ हूँ, सिर्फ प्यार की वजह से। इस देश में न रहने पर, अपने देश की तरह की जगह और कहाँ पाऊँगी?"[128] तसलीमा ने तो कलकत्ता को अपार प्रेम और श्रद्धा दी है किन्तु कलकत्ता से उन्हें जो मिला वह कविता में इस रूप में अभिव्यक्त हुआ है-

'इस बार कलकत्ता ने मुझे काफी कुछ दिया,
लानत-मलामत, ताने-फिकरे,
छिः-छिः धिक्कार,
निषेधाज्ञा
चूना-कालिख, जूतम-पजार[129]

इस निर्वासन में एक तरफ अस्तित्वहीनता का एहसास है-"मृत्यु तो खैर, मेरे साथ चलती ही रहती है, अपने किसी बेहद अपने का 'न-होना' भी साथ-साथ चलता रहता है!"[130] एवं 'न होना' कविता में –

"न होना' साथ होता है।

ooooo

छत पर बेलौस बैठे रहने की मस्ती में, बैठे-बैठे चाँद निहारते हुए,
चाँद को देखते-देखते चुम्बन लेने में, निभृत में
रहता है साथ-साथ यह 'न होना'।" [131]

तो दूसरी तरफ नितांत अकेलापन भी है। 'वह लड़की' कविता में तसलीमा अपने अकेलेपन की ओर इंगित करती हैं। इस अकेलेपन से उसे केवल एक ही चीज मुक्ति दिला सकती है और वह है 'कलकत्ता'-

"वह लड़की अकेली है
असहनीय तरीके से अकेली है वह लड़की!

...

एकमात्र कलकत्ता ही उठाता है लहरें, उस लड़की के शांत-थिर जल में,
एकमात्र कलकत्ता ही उसे नदी कर देता है।"[32]

अकेलेपन के अतिरिक्त इस निर्वासन में तमाम अपमान और तिरस्कार भी है। 'कलकत्ता का प्रेम' कविता में कलकत्ता का मानवीकरण किया गया है। तसलीमा को आशा थी जिस कलकत्ता में वे कई वर्षों तक रहीं, जिसके समाज के साथ उन्होंने अपना समाज बना लिया, वह कलकत्ता उन्हें जाता हुआ देख कुछ प्रतिक्रिया करेगा, वहाँ के उनके साथी साहित्यकार कुछ कहेंगे किन्तु उन सबने उन्हें निराश किया। यह निराशा इस प्रकार अभिव्यक्त हुई है –

"तीस-तीस साल के लगनेवाले मेरे एहसासों की तरफ तुमने,
देखा है कई-कई बार,
लेकिन कुछ कहा नहीं!
जब मैं फुर्र हो रही थी, सिर्फ तभी
तुमने मेरे दोनों हाथों में भर दिए गुलाब ही गुलाब!
∞
'लेकिन मुझे तुम्हारे कुछ कहने का इन्जार था!'[33]

पश्चिम का बनावटी जगत और वहाँ की उनकी तकलीफों को 'आयी हूँ अस्त होने' कविता में तमाम बिम्बों के माध्यम से बयाँ किया है। जिस स्त्री ने अपना सारा जीवन, सारा कुछ पूरब से सीखा और उसी को अपना सब कुछ समर्पित कर दिया, उसे निर्वासन के दंड ने भीतर से तोड़ दिया है। वह पश्चिम की चमकदार गलियों में अपने लिए कुछ नहीं पाती और महसूस करती है कि उसका यहीं अंत हो जाएगा–

"पूरब में तो जन्मी थी, पूरब में ही तो नाची थी, दिया था यौवन,
जो भी था ऊँडेलना, ऊँडेल दिया पूरब में!
अब, जब कुछ भी नहीं रहा, जब बाल हुए कच्चे-पक्के,
जब आँखों में मोतियाबिंद, धूसर-धूसर नजर ;
जब सब कुछ खाली-खूली, चहूँओर भाँय-भाँय –
आई हूँ ढलने पश्चिम में।"[34]

'बर्फ़बारी में' कविता में विदेशी धरती पर ठूँठ की भाँति निष्क्रिय होने के एहसास की अभिव्यक्ति की गई है–

"अचानक जाने किसने मुझे उछाल फेंका यहाँ, बर्फ़बारी में...
बाहें फैलाए जारी है नृत्य, बर्फ की बेटी का!"
...

"सारा कुछ 'वेत-सफ़ेद! मौत की तरह!"

...

'ओ देश, ओ कलकत्ता, थोड़ी सी आग देगा?"[135]

निर्वासन से आहत मन और छिन्न-भिन्न व्यक्तित्व :-

'अकाज' कविता में -

"मैं दूर हूँ, बहुत दूर, कहीं भी, किसी भी जगह,
अभी भी लेती हूँ साँस!
निर्जन परिवेश में, अपनी ही साँसों की आवाज़,
अचानक-अचानक मुझे चौका जाती है।"[136]

निर्वासन के कारण अपने देश, अपनी भूमि और अपनी संस्कृति से बढ़ता प्रेम की अभिव्यक्ति 'प्रिय चेहरा' कविता में हुई है। कलकत्ता को पाने के लिए पुलक उठती है लेखिका। किन्तु यह कलकत्ता तो उनके हाथों से दूर है।

"जब भी देखती हूँ आप का चेहरा आप मुझे कलकत्ता लगते हैं।" [137]

'आखिरकार' कविता में, :-

"तुमसे मन उचटने का मतलब है, ब्रह्माण्ड से मन उचाट,
तुम्हारे न होने का मतलब है, आखिरी तीली-तिनका तक उजाड़!" [138]

निर्वासन के बावजूद देश के सुखी रहने की कामना कुछ इस तरह करती हैं -

'देश तुम कैसे हो? कैसे हो तुम देश?
तुम देश कैसे हो? कैसे हो तुम देश?
मेरा दिल तड़पता है तुम्हारे लिए, तुम्हारा नहीं तड़पता?
मेरा जीवन छीज रहा है तुम्हे याद करते हुए, और तुम्हारा?
खोई रहती हूँ सपनों में, तुम?
अपने घाव, अपने आँसू छिपाए रखती हूँ गोपन में
गोपन में छिपाए रखती हूँ उड़ते बाल,फूल, गहरी साँस
मैं कुशल नहीं हूँ, तुम कुशल रहना प्रिय देश।"[139]

"बहुत बुरा समय आने पर बस प्रश्न रह जाते हैं, उत्तर नहीं"[140] तसलीमा का जीवन भी प्रश्नों का जीवन हो गया है-कब समाज में स्त्री-पुरुष समानता स्थापित होगी? कब राजनीति धर्म की जकड़ से बाहर निकल अपने नागरिकों

की भलाई के लिए सोचेगी? कब धर्म की रूढ़िवादिता का अंत होगा? कब सब एक साथ मिलकर सहभाव से सामाजिक उन्नति के लिए चिंतन करेंगे? कब मनुष्य, मनुष्य होगा? या उनके ही शब्दों में कहें तो, "मेरा बहुत मन करता है कि यह जान सकूँ कि कितने दिन, ठीक कितने माह या सालों तक मुझे मेरी आजादी वापस नहीं मिलेगी।"[141] उनके ये प्रश्न यह सोचने पर मजबूर करते हैं कि अभिव्यक्ति की स्वतंत्रता और अधिकारों की बात करने वाले तथाकथित आधुनिक व प्रगतिशील कहे जाने वाले विश्व में राजनीति, पितृसत्ता और धर्म के गठजोड़ की शिकार एक लेखिका के जीवन का यह हश्र क्या हमें मंजूर है?

(vi) प्रतिबंध की राजनीति :

अभिव्यक्ति की स्वतंत्रता आधुनिक युग की माँग नहीं, बल्कि यह प्राचीन सभ्यता के उद्‌भव के साथ ही अपनी महत्ता स्थापित करती आई है। सुकरात जब यह कहता है, 'समाज की उदारवादी संस्थाओं से अभिव्यक्ति की स्वतंत्रता को अलग करने की तुलना में सूर्य को ब्रह्माण्ड से अलग करना संभवतया अधिक आसान है', तब वह इसी अभिव्यक्ति की स्वतंत्रता की महत्ता को स्थापित करता है। विश्व की विभिन्न राजव्यवस्थाओं में यह प्रश्न सदैव चुनौतीपूर्ण रहा है कि कौन-सी सूचना या जानकारी जनता के बीच जाए और कौन-सी न जाय। इस निर्धारण के दौरान कई बार आवश्यक अभिव्यक्तियों को भी बाधित करने का प्रयास किया गया है। राज्य के द्वारा स्वयं के संदर्भ में खतरा महसूस करते ही वह नागरिकों के अभिव्यक्ति के अधिकार को बाधित करने में कभी पीछे नहीं हटा। किन्तु दूसरी तरफ नागरिकों या समाज के व्यक्तियों के किसी आवश्यक ज्ञान या जानकारी से अनभिज्ञ रहना भी कहीं से उचित नहीं जान पड़ता। अपने समाज के यथार्थों से जो जन भिज्ञ न हो वह समाज का हिस्सा भी कैसे हो सकता है। Vrije UniversityAmsterdam के मार्क स्कुएलेन्बर्ग के द्वारा प्रस्तुत शोध पत्र 'Behave or Be Banned\ Banning Orders and Selective Eñclusion from Public Space' से यह स्पष्ट होता है कि प्रतिबन्ध के पीछे 'रेस्पोंसबिलाइजेशन' की नीति काम करती है। इसके कारण नागरिकों की सुरक्षा के दायित्व और शांति व्यवस्था बनाये रखने के लिए कई बार ऐसे मुद्दों को दबाने का प्रयास किया जाता है जो समाज को उकसाते हैं या सरकार के लिए खतरा महसूस होते हैं। स्पष्ट है, सरकार या राज्य के द्वारा जो भी साहित्य प्रतिबंधित किया जाता है, वह कहीं न कहीं राज्य, व्यवस्था या समाज के यथार्थ को समाने रखता है और उसमें अंतर्निहित सत्य से घबराकर, या उसे राज्य में अस्थिरता फ़ैलाने या लोगों में भ्रम फ़ैलाने के नाम पर प्रतिबंधित कर दिया जाता है।

"दमनकारी सत्ता का सामना करते हुए जनता का साहित्य लिखना खतरनाक काम है। लेकिन ऐसे खतरनाक समय में ही साहित्य की शक्ति और सार्थकता की पहचान होती है और जनता के लेखकों के साहस की परीक्षा भी।"[143] प्रश्न यह उठता है कि इस प्रतिबंधित साहित्य, विचार या व्यक्ति से समाज के अन्य लोगों का क्या कोई सरोकार नहीं? यदि नहीं तो इस तरह की अभिव्यक्तियों का कोई मूल्य नहीं और यदि हाँ, तो लोग प्रतिबंध को कैसे स्वीकृति कर सकते हैं और क्यूँ किसी लेखक को प्रतिबंधित होने के लिए छोड़ दिया जाता है? उस लेखक को जो उनकी ही बात कर रहा होता है। तसलीमा का साहित्य ऐसे ही प्रतिबंधित साहित्य के अंतर्गत आता है।

साहित्य पर प्रतिबन्ध और कानूनी प्रावधान :

साहित्य पर प्रतिबंध बौद्धिक तबकों को चुप कराने एवं धमकाने के लिए सत्ताधारी गुटों की एक राजनीतिक कोशिश है। राजनीतिक तुष्टिकरण के लिये सरकार ऐसे कदम उठाती है। गौरतलब है कि भारत और बांग्लादेश में बुक सेंसरशिप या साहित्य प्रतिबंधित करना बहुत ही सरल है। इस मामले में न्यायायिक प्रतिरोध शून्य है। भारत में आपराधिक संहिता की धारा 95 सरकार को किसी भी अखबार, किताब या दस्तावेज़ की प्रतियों को ज़ब्त करने के लिये अधिकृत करता है, जो कि भारतीय दंड संहिता के कुछ प्रावधानों जैसे कि धारा 124ए, धारा 153 ए और बी, धारा 292 और धारा 295ए का उल्लंघन करते हैं। विदित हो कि भारतीय दंड संहिता की धारा 124ए राजद्रोह, धारा 153 ए और बी साम्प्रदायिक आवेग या असंतोष भड़काने, धारा 292 अश्लीलता फ़ैलाने और धारा 295ए धार्मिक मतानुयायियों के अपमान से संबंधित है।

वस्तुस्थिति यह है कि इन कानूनों का सरकार एक हथियार के रूप में इस्तेमाल करती है। सत्ता क्यों साहित्य को लेकर राजनीति करती है, इस सम्बन्ध में मैनेजर पाण्डेय लिखते हैं, "लेकिन जब साहित्य के शब्द सामाजिक यथार्थ के दर्पण बनते हैं, तब यथार्थ को छुपाने के लिए और सच को झुठलाने के लिए सत्ता साहित्य पर आक्रमण करती है।"[144] लेकिन मैनेजर पाण्डेय के ही अनुसार साहित्य के इस प्रतिबंध का उल्टा असर होता है। वे लिखते हैं, "साहित्य पर प्रतिबंध का उल्टा असर होता है, क्योंकि प्रतिबंधित साहित्य पाठकों को अधिक आकर्षित और प्रभावित करता है। लेकिन आत्मप्रवंचना के शिकार शासकों को निरर्थकता के रास्ते पर दौड़ने से कौन रोक सकता है?"[145] तसलीमा के साथ भी कुछ ऐसा ही हुआ। जब उनके उपन्यास 'लज्जा' को बांग्लादेश में प्रतिबंधित कर दिया गया तो उसकी पायरेटेड प्रतियाँ बिकने लगी। भारत में उसका प्रसार

हो गया और देखते ही देखते लाखों प्रतियाँ बाज़ार में आ गयीं। जितना अधिक सरकार ने लज्जा को छिपाने की कोशिश की उतना ही उसे लोगों ने पढ़ा।

प्रतिबंधित साहित्य का इतिहास और वर्तमान :

एम. जेराल्ड बैरीयर ने अपनी किताब 'बैण्ड कंट्रोवर्सियल लिटरेचर एंड पोलिटिकल कंट्रोल इन ब्रिटिश इंडिया' (1976) में1907 से 1947 के बीच बांग्ला में 226, हिंदी में 1391 किताबों के प्रतिबंधित किए जाने का उल्लेख है। यदि प्रतिबंधित साहित्य के इतिहास पर नज़र डाले तो ज्ञात होता है कि इस प्रतिबंध का सिलसिला बहुत पुराना है। यह केवल भारत ही नहीं विश्व के लगभग हर साहित्य में दिखाई पड़ता है। ग्रीस विचारक डिमोस्थेंस ने कहा, "व्यक्तियों के लिए बोलने की स्वतंत्रता पर प्रतिबंध से बढ़कर कोई आपदा नहीं हो सकती।" रोमन और ग्रीस साम्राज्य ऐसे प्राचीनतम उदाहरण हैं, जहाँ अभिव्यक्ति की स्वतंत्रता के साथ-साथ प्रतिबंध की राजनीति भी सर्वप्रथम दिखाई देती है। रोमन इतिहासकार टेसियस के अनुसार सम्राट आगस्टस, वह प्रथम रोमन शासक था, जिसने राज्य के विरुद्ध लिखे या बोले गए प्रत्येक शब्द को दण्डित करने का प्रयास किया। उसने लेबेनियस के लेखों को सार्वजानिक रूप से जला डालने का आदेश दिया। इसी प्रकार चीन के शी-हुआंग-ती ने 213 ईसा पू. में कन्फ़्युशियस के विचारों से सम्बंधित सभी पुस्तकों को जला दिया था। इसी प्रकार बाद के मंचू साम्राज्य ने भी उनके निर्देशानुसार इतिहास न लिखने के कारण कई लोगों को दण्डित किया और पुराने इतिहास को जला दिया। मिल्टन अपने प्रसिद्ध निबंध 'एरोपेजेटिका' में लिखते हैं कि एथेंस दो प्रकार के लेखन को ही प्रतिबंधित करता था-प्रथम-ईश निंदा और दूसरा-मानहानि। इस पर भी दंड तभी होता था, जब वह प्रकाशित रूप में हो। स्पार्टा में प्रारम्भ में पुस्तक प्रकाशित करवाने के लिए किसी अनुमति की आवश्यकता नहीं थी। किन्तु आगे चलकर कई पुस्तकों पर प्रतिबंध लगाया गया। एस्काइलेस, एरिस्टोफेन्स की रचनाओं की आलोचना की गई। प्रोटेगोरस की एक पुस्तक जो कि इस वाक्य के साथ प्रारम्भ हुई, "जहाँ तक ईश्वर का सम्बन्ध है, मैं नहीं जानता कि वह है या नहीं" के कारण एथेंस में इस पुस्तक को प्रतिबंधित कर दिया गया।

यदि तीसरी दुनिया के देशों में देखें तो ज्ञात होता है कि यहाँ सबसे अधिक साहित्य को प्रतिबंधित करने का प्रयास किया गया है, जो आज भी जारी है। इस सम्बन्ध में मैनेजर पाण्डेय ने तीसरी दुनिया के देशों में जन साहित्य पर सरकार की नीति के सम्बन्ध में 'वह कलम की नोक से डर रहा है' लेख में इसे 'तीसरी दुनिया की दुरंगी चाल'[146] और 'दमनकारी सांस्कृतिक नीति'[147] की संज्ञा दी।

और इस दमन के कुछ उदाहरण भी प्रस्तुत किए, जैसे–इंडोनेशिया के नाटककार विली–बोडस रेंड्रा, केन्या के उपन्यासकार, नाटककार और रंगकर्मी न्गुगी व थिओंगो के साहित्य पर प्रतिबंध।

स्पष्ट है, तीसरी दुनिया की सरकारें साम्राज्यवाद विरोधी होने का केवल ढोंग कर रही हैं। दरअसल वे इस ढोंग के पीछे एक नया खेल खेल रही हैं, नव–उपनिवेशवाद का। इस ढोंग में पूर्व में उपनिवेश के रूप में रह चुके देश, अब स्वयं उन देशों की भाँति कार्य–प्रणाली अपना रहे हैं। इस सम्बन्ध में न्गुगी ने लिखा "अब केन्या की नव–उपनिवेशवादी सत्ता के जुल्मों के बारे में चुप रहना सामाजिक बुराई से सहयोग करना है।"[148] लैटिन अमेरिका के चिली, अलसल्वाडोर तो लेखकों के दमन के लिए कुख्यात हैं ही, इसमें एशिया के भारत, पाकिस्तान, बांग्लादेश के साथ अफ्रीका के देश भी सम्मिलित हैं।

भारत में लेखकों के दमन का यह खेल स्वतंत्रता के पूर्व स्वाधीनता आन्दोलन के समय से चला आ रहा है। स्वाधीनता संग्राम के समय पत्र–पत्रिकाओं, पुस्तकों पर प्रतिबंध के साथ प्रेस पर भी प्रतिबंध लगा दिया गया था, किन्तु स्वाधीनता के बाद संविधान ने जिस अभिव्यक्ति की स्वतंत्रता का दावा किया था, वह सरकारों ने सत्ता की खुशफहमी बनाये रखने के लिए उस दावे को निराधार कर दिया। एक तरफ जहाँ स्वाधीनता संग्राम के दौरान 'सैनिक', 'चाँद', 'स्वदेश', 'वर्तमान', 'विप्लव', 'क्रांति', 'वालंटियर', 'अभ्युदय' जैसी हिंदी की पत्रिकाएँ प्रतिबंधित की गयीं, वहीं वृन्दावन लाल वर्मा की रचना 'सेनापति उद्धव', सुन्दरलाल की 'भारत में अंग्रेजी राज', नवजादिक लाल श्रीवास्तव की 'पराधीनों की स्वाधीन यात्रा' आदि पुस्तकों पर भी अंग्रेजों ने पाबंदी लगा दी। माधवराव सप्रे की लिखी 'स्वदेशी आंदोलन और बायकाट', प्रेमचंद की 'सोजे वतन' एवं 'समर यात्रा' जैसी पुस्तकों को भी प्रतिबंधित किया गया।

पुस्तकों के प्रतिबंध का यह क्रम स्वतंत्रता के बाद हुए तेलंगाना आन्दोलन, नक्सलबाड़ी आन्दोलन और आपातकाल से होता हुआ वर्तमान तक जारी है। सरकार अब भी वही दमनकारी संस्कृति लेकर चल रही है। विभिन्न भाषाओं की पुस्तकों को प्रतिबंधित किया गया है जैसे–यशपाल, लक्ष्मीचंद्र वाजपेयी 'चन्द्र', लीलावती बीए, जनार्दन प्रसाद झा 'द्विज', आचार्य चतुर सेन शास्त्री, विश्वंभर नाथ शर्मा 'कौशिक तथा प्रेम बंधु ब्रजेन्द्र नाथ गौड़ का उपन्यास 'पैरोल पर', कैथरीन मेयो की 'मदर इंडिया', तेलगू कवि चेरवंड राजु पर प्रतिबंध, लेखकों पर सिकंदराबाद षड्यंत्र मुकदमा, तेलगू कवि वरवर राव पर की पुस्तक 'भविष्यातु चित्रपटम्' पर प्रतिबंध, सलमान रश्दी की 'द सिनेटिक वर्सेस' व 'द

मूर लास्ट साइन', जोसेफ़ लेलिवेल्ड की 'ग्रेट सोलः महात्मा गाँधी एँ ड हिज़ स्ट्रगल विद इंडिया', जसवंत सिंह द्वारा लिखित मोहम्मद अली जिन्ना की जीवनी 'जिन्नाः इंडिया-पार्टिशन-इंडिपेन्डेन्स', जेम्स लेन की किताब, 'शिवाजीः हिन्दू किंग इन इस्लामिक इंडिया', डीएच लॉरेन्स की किताब, 'लेडी चौटरलीज़ लवर, राम स्वरूप की अंडरस्टैंडिंग इस्लाम थ्रू हदीस, वेंडी डोनिगर की द हिंदूजः एन अल्टरनेटिव हिस्ट्री, ऑब्रे मेनन की द रामायना ऐज टोल्ड, जसवंत सिंह की जिन्नाः इंडिया-पार्टिशन-इंडीपेंडेंस, सेमर हर्श की 'द प्राइज ऑफ पॉवर', वी एस नायपाल की 'एन एरिया ऑफ डॉर्कनेस', एलेक्जेंडर कैम्पबेल की 'द हार्ट ऑफ इंडिया', जेम्स लेन की, 'शिवाजीः हिन्दू किंग इन इस्लामिक इंडिया', स्टेलनी वेल्पोर्ट की 'नाइन आवर्स टू रामा', हमीश मैकडोनाल्ड की 'द पोलिस्टर प्रिंस : द राइज ऑफ़ धीरुभाई अम्बानी', रोहिंटन मिस्ट्री की 'सच अ लॉन्ग जर्नी', जोसेप लिलीवेल्ड की 'द ग्रेट सोल', कुर्त फ्रिश्केलर की 'आयेशा' आदि। भारत में प्रतिबंध का ताजा उदाहरण बाबा रामदेव के जीवन पर लिखित 'गॉडमैन टू टाइकून' एवं हाँसदा सोवेंद्र शेखर के कहानी संग्रह 'द आदिवासी विल नॉट डांस' पर प्रतिबंध है।

भारत की तरह बांग्लादेश में पुस्तकों पर प्रतिबंध का सिलसिला जारी है। पं. एम.ए. चमूपति द्वारा लिखित रंगीला रसूल इब्न बराक की पुस्तक 'व्हाई आई एम नॉट ए मुस्लिम', मोतीउर रहमान की 'आमर फाँसी चाय', हुमायूँ आज़ाद की 'नारी', सलमान रुश्दी की 'सेटेनिक वर्सेज' हुमायूँ कबीर द्वारा लिखित छेमाल (दीवार) लेम्लिंट कर्नल शरीफुल हक दलिन की जा देखेजी जा बुओची, जा कोरेचो, कहम अब्दुल मेडिपोक्रिटर शोधने आदि को प्रतिबंधित किया गया है। इस क्रम में सरकार द्वारा 2004 में अहमदिया समुदाय के सभी प्रकाशनों पर भी प्रतिबंध लगाया गया।

स्पष्ट है, पुस्तक प्रतिबंध का राजनीतिक हथियार कई देशों ने अपनी सहूलियतों के लिए अपनाया है। ऐसे में अभिव्यक्ति की स्वतंत्रता पर संकट तो मंडराता ही है साथ ही एक स्वस्थ राजनीतिक परिवेश के खो जाने का भय भी बना रहता है।

तसलीमा और प्रतिबंध :

तसलीमा के लेखन का उस समय सर्वप्रथम विरोध किया गया, जब उनकी पुस्तक 'निर्वासित बाहर-भीतर' आई। इस पुस्तक में सम्मिलित कविता 'नियति' को अश्लील कहा गया। किन्तु जब यह कविता बांग्लादेश की प्रतिष्ठित पत्रिका 'रविवार' में शामिल की गई, तो उसे प्रतिबंधित नहीं किया गया बल्कि तसलीमा

की पुस्तक में प्रकाशित होने पर ही इसपर विरोध प्रारम्भ हुआ। तसलीमा के अनुसार नियति कविता में प्रयोग किए गए शब्दों को अश्लील उन्ही ने कहा जो स्वयं उस तरह की हरकते करने में नहीं हिचकते। तसलीमा का मानना है कि उन्होंने इन शब्दों का प्रयोग प्रेम की सुखद और रोमांचक अनुभूति की अभिव्यक्ति को सशक्त बनाने के लिए किया है। कविता की कुछ पंक्तियाँ निम्नवत् हैं -

शहर रात मेरे बिस्तर पर आकर लेट जाता है,
एक नपुंसक मर्द!
आँखें
अधर
चिबुक
पागलों की तरह चूमते-चूमते,
अपनी दोनों मुट्ठियों में भर लेता है-स्तन!
मुँह में भरकर चूसता रहता है
मारे प्यास के जाग उठता है मेरा रोम-रोम..."[49]

इस कविता में एक स्त्री के मन में उठने वाली काम भावना का जिक्र है, जिसे उसके शरीर से खेलने वाला पुरुष नहीं समझ पाता। वह तो केवल अपने ही शरीर की तृप्ति में लगा रहता है। इस प्रकार स्त्री बिस्तर से लेकर उसके समस्त जीवन तक उपेक्षित रहती है।

तसलीमा के प्रतिबंध का यह सिलसिला लगातार बढ़ता ही गया। 'लज्जा' को 1993 में सरकार द्वारा प्रतिबंधित कर दिया गया। उनके विरुद्ध कट्टरपंथियों के दिन-पर-दिन बढ़ते विरोध प्रदर्शन को देखते हुए, सरकार के निर्देश पर इंटेलिजेंस ब्यूरों ने उन पर नज़र रखनी शुरू कर दी। उनका बाहर निकलना या किसी कार्यक्रम में प्रतिभाग करना भी प्रतिबंधित कर दिया, उनका वीज़ा जब्त कर लियी गया। इसके अतिरिक्त 1999 में, नसरीन की आत्मकथा 'मेरे बचपन के दिन' को पश्चिम बंगाल और बांग्लादेश दोनों में प्रतिबंधित कर दिया। 2002 में, गृह मंत्रालय द्वारा इसके प्रकाशन, बिक्री, और वितरण को अवैध घोषित करने के बाद बांग्लादेश सरकार ने नसरीन की आत्मकथा के द्वितीय भाग 'उत्ताल हवा' की सभी प्रतियों को ज़ब्त करने का आदेश दिया। इसके अतिरिक्त उनकी आत्मकथा के सभी भागों को बांग्लादेश में प्रतिबंधित किया गया है। तसलीमा का मत है कि कई लोगों ने उनपर आरोप लगाया है कि 'द्विखंडित' में उन्होंने नाम ही नाम उल्लेख किया है। अपने एक साक्षात्कार में वे लिखती हैं, "पश्चिम बंगाल में भी मुझे वैसी ही घृणा, वैसे ही आरोप-प्रत्यारोप का सामना करना पड़

रहा है, जैसा कि बांग्लादेश में। पश्चिम बंगाल में मेरी पुस्तकों निर्वाचित कलाम, नष्ट लड़की, नष्ट गद्य और मेरे बचपन के दिन और यहाँ तक कि उत्ताल हवा पर प्रतिबंध लगाने की माँग नहीं की गई जब कि मैंने उसमें इस्लाम विरोधी बातें की हैं। फिर द्विखंडित पर प्रतिबंध की माँग क्यों की जा रही है? ये बड़े-बड़े पाखंडी लोग अपने झूठ के पकडे जाने से भयभीत हैं इसलिए। मुझे आश्चर्य होता है लोगों के इस तरह के आरोपों पर। हम किसी काल्पनिक व्यक्ति पर आरोप प्रत्यारोप करें तो कोई बात नहीं, मैं अपना नाम लेकर लिखूँ तो कोई बात नहीं तो फिर मैं उन लोगों का नाम क्यूँ नहीं ले सकती जो मुझसे सम्बंधित रहे हैं या जिन लोगों ने मेरा साथ दिया है या मेरा शोषण करने का प्रयास किया है? कुछ भी छिपाना मेरी प्रवृत्ति के खिलाफ है। मैंने अपनी आत्मकथा में प्रसिद्ध और आम दोनों को लोगों को समान महत्व दिया है और दोनों का ही नाम लिया है। कोई प्रसिद्ध है तो इसलिए मैं उनका नाम क्यों छुपाऊं?...द्विखंडित या का को पढ़कर कोई भी यह जान सकता है कि मेरा उद्देश्य किसी व्यक्ति विशेष का नाम उछालना नहीं अपनी खुशियों अपने दुखों और अपने संघर्षों को प्रस्तुत करना है ...मैं यह महसूस करती हूँ कि आत्मकथा अर्ध नहीं हो सकती- अर्ध सत्य और अर्ध झूट पर आधारित तो कतई नहीं।"

स्पष्ट है कि इस्लाम विरोधी बातें और कुछ तथाकथित बुद्धजीवियों व राजनीतिक पार्टियों और सत्तानसीनों का नाम लेने के कारण ही तसलीमा की पुस्तकों को प्रतिबंधित किया गया। भारत के अतिरिक्त श्रीलंका में भी 'लज्जा' को प्रतिबंधित किया गया। तसलीमा को सेनावाहिनी के कमांडर इन चीफ एम. ए. हलीम का लिखा हुआ खत प्राप्त हुआ जो उन्होंने गृह मंत्रालय और सूचना मंत्रालय को लिखा था। यह तसलीमा के लिए एक तरह से हुक्मनामा था, जिसमें यह दिखाने का प्रयास किया गया कि बांग्लादेश में हिन्दुओं की स्तिथि बहुत अच्छी है और तसलीमा ने जबरन हिन्दुओं को भड़काने का प्रयास किया। उनके इस प्रयास से विश्व में बांग्लादेश की छवि खराब होगी। इसी कारण सेनावाहिनी ने सरकार को लज्जा पुस्तक प्रतिबंधित करने का आदेश दिया। सेनावाहिनी और सरकार के इस रवैये और दोनों के गठजोड़ पर व्यंग्य करते हुए तसलीमा ने लिखा, "सेनावाहिनी के नितम्ब ने ही इस देश की इस स्वाधीन बांग्लादेश की गद्दी को सबसे ज्यादा स्पर्श किया है। कुछेक गैर फौजी सरकारों के पीछे बन्दूक की नली थी यह हम सभी जानते हैं ...जो प्रधानमंत्री आजकल सत्ता पर आसीन हैं, उनकी गाड़ी की शान-शौकत भी सेनानिवास से ही यात्रा करती है। वे फैज की बीबी हैं। जनता को फ़ौज से छुटकारा नहीं।"[150]

स्पष्ट है, तसलीमा के विरुद्ध दुष्प्रचार करने वालों की और प्रतिबंधों की कमी नहीं रही। इस सम्बन्ध में तसलीमा लिखती हैं, "एक बार दुर्घटना घटनी शुरू हो जाए तो घटती ही जाती है। एक राज्य में घटने पर दूसरे राज्य में घटती है। यह बहुत कुछ कालरा या मलेरिया की तरह, या कहें डेंगू या चिकनगुनिया की तरह संक्रामक है। किसी निर्दिष्ट जगह पर रुका नहीं रहता।"[151] अशोक बाजपेयी इसके पीछे के कारण को प्रकट करते हुए लिखते हैं, "सरकार छोटे-छोटे समुदाय की बात मानती है क्योंकि बड़ा समुदाय चुप रहता है।"[152] 'नई दुनिया' के संपादक आलोक मेहता प्रतिबंध न लागाये जाने का पक्ष लेते हुए लिखते हैं, "साम्प्रदायिक संगठनों चाहे विश्व हिंदू परिषद, बजरंग दल या फिर इस्लामिक संगठन हो ये धर्म के नाम पर मुद्दा तो उठाते है लेकिन जनता में इनको समर्थन हासिल नहीं होता ऐसे में सरकारों को देखना चाहिए कि जिस लेखन से मासूमों के मारे जाने का खघ्तरा न हो सरकार को इस तरह के प्रतिबंध नहीं लगाए जाने चाहिए।"[153]

(vii) उपेक्षा की राजनीति : असाहित्यिकता और अश्लीलता के आरोपों के मध्य उपेक्षित साहित्य :

तसलीमा की रचनाओं में साहित्यिकता-असाहित्यिकता

एक तरफ कई आलोचकों ने तसलीमा के समस्त लेखन को साहित्य मानने से इंकार किया और दूसरा उनकी रचनाओं को अश्लील साहित्य कहकर उसकी उपेक्षा की जाती रही है। इसलिए सर्वप्रथम यह देखा जाना आवश्यक है कि तसलीमा का लेखन साहित्य की कोटि में आता है या नहीं। प्रश्न यह उठता है कि कोई रचना साहित्यिक है या नहीं यह किस प्रकार निर्धारित होगा और किस साहित्य को श्लील या अश्लील कहा जा सकता और उसे निर्धारित करने वाले कारक कौन-कौन से हैं?

साहित्य और उसका उद्देश्य :

प्रेमचंद ने 'साहित्य का उद्देश्य' (1936) नामक अपने अध्यक्षीय भाषण में कहा था कि साहित्य का उद्देश्य 'जीवन की आलोचना' है और "साहित्यकार का लक्ष्य केवल महफ़िल सजाना और मनोरंजन का सामान जुटाना ही नहीं है, उसका दरजा इतना न गिराइए। वह देश भक्ति और राजनीति के पीछे चलने वाली सच्चाई भी नहीं, बल्कि उसके आगे मशाल दिखाती हुई चलने वाली सच्चाई है।"[154] तात्पर्य यह है कि साहित्य की भूमिका एक पथ प्रदर्शक की है। गणपति चन्द्र गुप्त के 'साहित्य की आत्मा' नामक आलेख से यह स्पष्ट हो जाता है कि

साहित्य के लिए किन तत्वों का होना आवश्यक है। भारतीय साहित्य के लिए जिन तत्वों की आवश्यकता है उसे 'काव्य की आत्मा' कहा जाता है। काव्य के छह साधन-रस, अलंकार, रीति, ध्वनि, वक्रोक्ति, औचित्य, काव्य की आत्मा-सौन्दर्यानुभूति, काव्य का फल-रसानुभूति। साहित्यकार रसानुभूति के ये आकर्षण उत्पन्न करने के लिए जिन द्रव्यों का सहारा लेता है वे हैं -भाव, विचार और कल्पना। हर साहित्य में इन तीनों की मात्रा अलग-अलग होती है। अतः साहित्य के प्रति आकर्षण का रूप भी अलग-अलग हो जाता जैसे -भावात्मक आकर्षण, बौद्धिक आकर्षण और कलात्मक आकर्षण। साहित्य की यह आकर्षण शक्ति पाठक और साहित्यकार के मन में चार प्रक्रियाओं से होकर गुजरती है-संयोजन, सम्प्रेषण, द्रवण और अभिव्यक्ति। इन चारों से गुजरकर ही पाठक का 'साधारणीकरण' होता है। गणपतिचन्द्र गुप्त ने आकर्षण शक्ति को ही साहित्य की आत्मा माना है और इस सबंध में उन्होंने पाश्चात्य आचार्य होरेस का मत उद्धृत किया है -"काव्य का सुन्दर होना ही पर्याप्त नही है, वह आकर्षक भी होना चाहिये -उसमें ऐसी शक्ति होने चाहिए कि श्रोता के मन को जिधर चाहे खींच सके।"[155] इस दृष्टि से देखने पर तसलीमा के साहित्य में तीनों प्रकार के आकर्षण मौजूद दिखते हैं।

रामचंद्र शुक्ल ने 'चिंतामणि-3' में सम्मिलित एक निबंध 'साहित्य' में यह स्वीकार किया कि 'साहित्य शब्दों में आबद्ध विचारो का प्रकटीकरण है'।[156] यह निबंध न्यूमन के लेख 'लिटरेचर' पर आधारित है। न्यूमन ने लिखा 'Literature is personal use or eñercise of language.'[157] स्पष्ट है कि साहित्य के सन्दर्भ में न्यूमन ने 'यूनिवर्सल' की जगह 'पर्सनल' पर जोर दिया है। अर्थात् व्यक्ति विशेष के मन को उद्वेलित करने वाले भाव जब शब्दों में गुथकर प्रकट होते हैं तो वे साहित्य की श्रेणी में आते हैं। यहाँ गणपतिचन्द्र गुप्त के द्वारा प्रस्तुत साहित्य के भेदक लक्षणों का उल्लेख प्रासंगिक है, जिससे रचना की साहित्यिकता और असाहित्यिकता का निर्धारण किया जा सकता है। ये लक्षण हैं -'स्थायित्व', 'व्यक्तित्व का प्रतिफलन' और 'रागात्मकता'। ये तीनों तत्व कृति के मौलिक और अन्य से विशिष्ट होने को प्रतपादित करते हैं, जैसा विज्ञान के संदर्भ में सम्भव नहीं हो पाता क्योंकि विज्ञान में एक प्रतिपादित सिद्धान्त को काटकर नवीन का प्रतिपादन किया जाता जबकि साहित्य में प्रत्येक अभिव्यक्ति का महत्व है।

"विचारों का चित्रण उसी सीमा तक होना चाहिए, जहाँ तक वे रचना के भाव सौन्दर्य में बाधक न हों। साहित्य की आत्मा या उसका प्राण भाव है, अतः उसे किसी भी स्थिति में ठेस नहीं लगनी चाहिए। भाव शून्य विचारों का वर्णन

साहित्य की संज्ञा से वंचित करके उसे दर्शन, नीतिशास्त्र या उपदेश ग्रन्थ का रूप दे देता है।"[158] प्रो. नित्यानंद तिवारी के मतानुसार, "जब कोई अपने और पराये की संकुचित सीमा से ऊपर उठकर सामान्य मनुष्यता की भूमि पर पहुँच जाए तो समझना चाहिए कि वह साहित्य धर्म का निर्वाह कर रहा है। पुराने आचार्य अपनी विशेष शब्दावली में इसी को लोकोत्तर और अलौकिक कहते थे। आचार्य रामचन्द्र ने इसी को 'हृदय की मुक्तावस्था' कहा है।"[159]

अरस्तु शब्दों के माध्यम से प्रस्तुत 'अनुकृति' को साहित्य कहते हैं, कालरिज का मत है कि 'साहित्य काव्य रचना वह विशिष्ट प्रकार है, जिसका तात्कालिक लक्ष्य प्रसन्नता प्रदान करना होता है।' हडसन ने भाषा के माध्यम से जीवन की अभिव्यक्ति को साहित्य माना है। मैक्सिम गोर्की की कहानी 'एक पाठक' साहित्य के उद्देश्य के विषय में पाठक कहता है, "साहित्य का उद्देश्य है खुद अपने को जानने में इन्सान की मदद करना, उसके विश्वास को दृढ़ बनाना और उसके सत्यान्वेषण को सहारा देना।"[160] यदि संरचनावादियों की दृष्टि से देखें तो उनका मत है कि आज के जमाने में साहित्य क्या है से बेहतर यह जानना है कि साहित्य कैसे बनता है? साहित्य की सर्वभौम विशेषताओं की खोज करने के बदले साहित्य के निर्माण की दशाओं पर विचार करना अधिक आवश्यक है। संरचनावादी मिशेल फूको का यह मत था कि 'साहित्यिक कृति की स्वायत्तता और वस्तुनिष्ठता की ओर ध्यान दिया जाना चाहिए।'[161]

स्पष्ट है साहित्य में महत्वपूर्ण है-सौन्दर्य की उत्पत्ति और मनुष्य का उद्धार, जीवन की आलोचना और उसकी वस्तुनिष्ठता।

तसलीमा की रचनाओं की साहित्यिकता :

'तस्वीर खींचना' इतना आसान नहीं होता जितना इस शब्द को कह जाना। और बात जब ऐसी लेखिका की हो जिसने अपनी 'तदबीर से अपनी तस्वीर खुद बनाई' हो तो मामला और भी कठिन हो जाता है। तसलीमा की रचनात्मक अंतरात्मा से निकली आवाज का एक पुस्तक के रूप में आना काफी प्रसन्नतादायक और रोचक होता है। प्रसन्नतादायक इस रूप में कि तमाम आलोचनाओं और झंझावातों को कमजोर साबित करते हुए तसलीमा का लेखन अब भी जारी है जो निसन्देह प्रशंसा का विषय है और रोचक यह जानना कि तसलीमा सामाजिक यथार्थ को अब किस नये कलेवर के साथ पेश करने जा रही हैं। तसलीमा की रचनाओं को साहित्य न मानने का कोई कारण नहीं नज़र आता। उनके साहित्य में वे सभी तत्व मौजूद हैं, जो एक लेखक के साहित्य में होना चाहिए। विषय, शैली, भाषा, बिम्ब और प्रतीकों का उचित स्थान पर और कई बार अनोखा

प्रयोग उनकी रचनाओं को साहित्यिक पुट देते हैं। इसके अतिरिक्त साहित्य का उद्देश्य भी साहित्यिकता के मानदंडों के अनुरूप है। निम्नलिखित बिन्दुओं के आधार पर तसलीमा की रचनात्मकता को समझा जा सकता है–

विषय वैविध्य :

तसलीमा की रचनाओं का मूल विषय और उद्देश्य ही तसलीमा की रचनाओं को साहित्य सिद्ध कर देता है। उनके साहित्य का उद्देश्य है 'मानव कल्याण'। यह मानव कल्याण वे मानव जीवन की आलोचना के माध्यम से करती हैं। निश्चित रूप से इस आलोचना में कुछ कटु सत्यों को बाहर आना ही था। इन कटु सत्यों की अभिव्यक्ति से बचकर साहित्यिक उद्देश्य की पूर्ति नहीं की जा सकती। और न ही वे स्वयं भी इन सत्यों से बचकर अपने साहित्य को केवल कपोल कल्पना के धरातल पर खड़ा करना चाहती हैं। अपने समूचे साहित्य में तसलीमा ने 'मानववाद' को प्रतिष्ठापित किया है। उनका रचनात्मक उद्देश्य है कि वे विश्व को शांत और सुन्दर देखना चाहती हैं। इसकी शुरुआत वे स्त्री जीवन की विसंगतियों की ओर इंगित करने से करती हैं। प्रो. कृपाशंकर चौबे लिखते हैं कि "स्त्री के बारे में तसलीमा की कवितायें अपने-आप को इतने बेहतर ढंग से अभिव्यक्त कर देती हैं कि उनपर अलग से टिप्पणी करने की कोई आवश्यकता ही नहीं।"[162] इससे होते हुए वे पितृसत्ता, धर्म, राजनीति, मृत्यु, जीवन, प्रेम, घृणा, नास्तिकता, ईश्वर, कोलकाता, राजनीति, निःसंगतता, निर्वासन आदि को विषय के रूप में लेकर अपना साहित्य रचती हैं। विशेषकर उनकी कविताओं में विविधता और विषय के प्रस्तुतीकरण की नवीनता है। स्त्री को मनुष्य समझे जाने का उद्देश्य लिए वे कभी, कविता, कभी कहानी, कभी उपन्यास, कभी आलेख और कभी आत्मकथा विधा को माध्यम बनाती हैं। किन्तु हर बार अभिव्यक्ति का स्वरूप भिन्न और प्रभावित कर देने वाला रहा है। उदाहरण के लिए–

स्त्री के सम्बन्ध में :
क्या जानती है स्त्री
कि रूप दरअसल
खुद के नीचे बनाता है
अँधेरे का कूप'[163]

सम्बन्धों की जटिलता –'कुत्ता और बिल्ली को प्रेम करना आसान है, मनुष्य को नहीं।'[164]

अहैतुक प्रेम–

प्यार पाकर
बैंगन का भुर्ता
दो ठो मिर्च भात
फुटपाथ पर रात
तब भी एक तृप्ति मिलती है जीने की'[165]
या
जब तुम मेरे साथ नहीं होते तब तुम होते हो मेरे साथ सबसे ज्यादा
मैं चलती हूँ तो लगता है, तुम भी चल रहे हो संग-संग'[166]

देश प्रेम : 'देश तुम कैसे हो/कैसे हो देश तुम? तुम देश कैसे हो? कैसे हो तुम देश/ मेरा दिल तड़पता है तुम्हारे लिए, तुम्हारा नहीं तड़पता?'

व्यवस्था से विद्रोह -'नष्ट लड़की' कविता -'ये लडकियाँ किसी की भी बात पर कान नहीं देतीं, जो मन होता है वही करती हैं/किसी के आदेश-उपदेश की परवाह नहीं करतीं' या 'ओ, मन जागो' कविता में 'ओ मन तुम उठो नाचो अपनी तरह/ तुम अपनी तरह जिंदा रहो'[167]

मृत्यु और जीवन-'लौकिक जीवन' कविता में-'मृत्यु के उस पार कुछ नहीं -मैं जानती हूँ ...अँधेरा सन्नाटा और अकेलापन कट जाते हैं/सिर्फ नहीं कटता है इस छोटे से जीवन का मोह।'[168]

'मृत्यु -एक' कविता में -
'बाथरूम में पानी की आवाज़ तक में,
बजती रहती है मौत की आहट!
शाम उतरते ही चुपके-चुपके आ खड़ी होती है मृत्यु,
कानों में फुसफुसाकर, दे जाती है अपना नाम पता।'[169]

ईश्वर के सम्बन्ध में -'ईश्वर पर भरोसा नहीं/ प्रकृति को देखती हूँ मुग्ध आँखों से।'[170]

विज्ञान और तर्क के सम्बन्ध में -'इहलौकिक' कविता में -
'दूर हटो चाँद, सोडियम की बत्ती जल रही है आज।
लैम्प पोस्ट के नीचे खड़ी हूँ राह पर
चुम्बन लूँगी वैज्ञानिक ढंग से।
...
निर्माण, सिर्फ निर्माण समझती हूँ आज
डायनोसोर विलुप्त हो चुका है
देह और मन की जंजीरों को खोलकर

चलो, जी उठें वैज्ञानिक ढंग से।[171]

नज़रबंद किए जाने पर कविता : तसलीमा अपने कविता संकलन में सात महीने की शोकगाथा लिखती हैं, जिनमें उनके जीवन के अकेलेपन और निःसंगतता का आभास मिलता है। वे इसमें भी आशा के बिंदु खोजती नज़र आती हैं –

'यदि आज जिंदा होते गाँधीजी
बंदी शिविर से चाहे जैसे भी हो
मेरा उद्धार करते।'[172]

एक तरफ तसलीमा की कविताओं और आलेखों में विषयों की विविधता है जबकि उपन्यास, कहानी, और आत्मकथा स्त्री को केंद्र में रखकर उसके अधिकारों, समानता और सहस्तित्व के लिए सम्भावनाओं की खोज करते नज़र आते हैं। कई बार तसलीमा की रचनाओं के विषय में दुहराव नज़र आता है।

यह देखा जा सकता है कि जो विषय गद्य में हैं कई बार उन्हीं विषयों को आधार बनाकर पद्य भी लिखे गए हैं, जिसके कारण उनपर पुनरावृति का आरोप भी लगाया जा सकता है। किन्तु उन्हीं समस्याओं से बार-बार झूझते हुए, उन्हीं घटनाओं से बार-बार रूबरू होते हुए, रचना के फलक पर चाहे वह गद्य हो या पद्य, विषयों में समानता और एकरूपता होना स्वाभाविक है। यह समानता या दोहराव नकारात्मक न होकर सकारात्मक है। यहाँ गद्य और पद्य में उठाये गए समान विषय एक-दूसरे के पूरक बन गए हैं। जो रचना को सम्पूर्णता प्रदान करती है। उदाहरण के लिए बांग्लादेश पर लिखे गए आलेख के लिए 'भाषा दिवस' कविता और धर्म पर लिखे आलेख के लिए 'ईश्वर' कविता और बिल्ली पर लिखे आलेख के लिए 'बिल्ली के साथ आत्मीयता' और 'बिल्ली चाहती है चिंताहीनता' जैसी कवितायें, स्त्रीवाद पर लिखे गए लेख की विद्रोहात्मकता को कविताओं में पूरक के रूप में देखा जा सकता है। इस पुनरावृति से तसलीमा स्वयं भी परिचित हैं और इस सम्बन्ध में अपना पक्ष साफ़ करते हुए यह बताना नहीं भूलती कि चूँकि उन्होंने औरतों के दुःख को नज़दीक से देखा है, चूँकि वे राजनीति का शिकार हुई हैं, धर्म को नज़दीक से देखा है, इसलिए वे बार-बार इन मुद्दों को उठाती हैं और साथ ही यह भी स्पष्ट करती हैं कि वे ग्रामीण या काल्पनिक लेखन करने में इसलिए सहज महसूस नहीं करतीं, क्योंकि एक तो, उन्हें कल्पना से ज्यादा यथार्थ का धरातल पुख्ता लगता है और दूसरा उन्होंने कभी भी ग्रामीण जीवन नजदीक से नहीं देखा। उनके जेहन को जीवन की वास्तविक घटनाएँ ही अपील करती हैं। यथार्थ तो बार-बार आवृत होगा ही, अब इसमें जिन्हें पुनरावृति नज़र आती है तो आती रहे। उनके भीतर की रचनात्मकता विषय

पुराना होने के बावजूद उसे हर बार नई अभिव्यक्ति देती है। इस सम्बन्ध में कृपाशंकर चौबे का मत है, "लेकिन ध्यान देने योग्य यह है कि विषय पुराना होने पर भी तसलीमा ने उसे नये ढंग से कहा है। कवयित्री की साहित्यिक देन की कसौटी इस बात में है कि जिस तरह उनके यहाँ पुराने विषय नये बन जाते हैं, उसी तरह पुराने शब्द भी नये बन जाते हैं। नयापन को सिद्ध कर ही वे पुराने विषयों पर कलात्मक समाधान प्रस्तुत करती हैं।"[173] उदाहरण के लिए-कलकत्ता विषय पर ही उन्होंने लगभग 16 कवितायें लिखी। इसी प्रकार- 'सिहरन', 'दूरी', 'खेल', 'मृत्यु' शीर्षक से भी कई कवितायें लिखीं। किन्तु हर बार अभिव्यक्ति में नवीनता दिखाई पड़ती है। दरअसल उनकी पुस्तकें 'शुगर कोटिंग नहीं यथार्थ की तस्वीर है', जिसमें नवीन की ओर बढ़ने का आग्रह है। वे लिखती हैं, "प्रेम कविता का एक बड़ा विषय है, फिर भी एक तरह की जंजीर भी है ...दूर करती जा रही हूँ पुराना, प्राचीन जो कुछ है उस सबको। नवीन की तरफ जाना चाहती हूँ प्रतिदिन।"[174]

इसके साथ-साथ तसलीमा अपने समय से कभी भी तटस्थ नहीं दिखतीं। उनकी कवितायें और आलेख इसमें उनके सहायक बन समकालीन विषयों पर उनकी अभिव्यक्ति का माध्यम बनते हैं। जैसा कि हाल ही में आई उनकी पुस्तक 'कुछ गद्य, कुछ पद्य' और 'निषिद्ध' में देख सकते हैं। गद्य में संकलित किए गए कलामों (लेखों) में तसलीमा ने विश्व को 'मानचित्र विहीन'[175] मानते हुए कई बार एक ही पटल पर ला खड़ा किया है। यहाँ भारत और बांग्लादेश ही नहीं अमेरिका, तुर्की, अरब, चीन, पाकिस्तान, अफगानिस्तान, म्यामार, श्रीलंका, मंगोलिया, सोमालिया, फलस्तीन, स्वीडन आदि देशों के समकालीन सन्दर्भों को सामने लाने प्रयास किया गया है जो समकालीन अंतर्राष्ट्रीय मुद्दों पर उनकी समझ का ही प्रमाण हैं।

भाषा-शिल्प :

सहज भाषा : तसलीमा की भाषा सीधी और सरल है, जिसमें एक प्रकार का माधुर्य और प्रवाह है। तसलीमा की सभी रचनाओं की भाषा इतनी सहज है कि उनकी सभी रचनाएँ पाठक से संवाद करती नज़र आती हैं। तसलीमा की रचनाओं के अनुवाद भी इसी कारण से सहज बन पड़े हैं। उनमें तसलीमा के साहित्यिक उद्देश्य या रचनाओं का मूल उत्स बरक़रार है। उदाहरण के लिए 'पण्य' या 'विक्रय वस्तु' कविता -'बिल बोर्ड में किसकी तस्वीर टंगी है? नारी की/जोर से किसका शरीर चल रहा है? नारी का/ऊपर से नीचे कौन ढकी हुई है? नारी...।'[176] या 'नारी' कविता -'नारी निर्वासित है पूरब-पश्चिम में, उत्तर दक्षिण में'।[177] कविताओं के साथ-साथ उपन्यास, कहानी, आलेख और आत्मकथा में भी भाषा की सहजता है- गद्य में भी एक प्रकार की लयबद्धता

मौजूद है जो उनके साहित्य को नीरस और उबाऊ होने से बचाती है। उनकी भाषा पर पकड़ और नियत शब्दों के प्रयोग की कुशलता के सम्बन्ध में प्रयाग शुक्ल लिखते हैं, "तसलीमा शोषक और अत्याचारी शक्तियों का प्रतिरोध करती हुई मुखर हैं, पर, इस मुखरता में भी शब्द स्फीति नहीं है।"[178]

बिम्ब और प्रतीक :

तसलीमा ने अपने साहित्य में कई बार सुन्दर और अनोखे बिम्बों और प्रतीकों का प्रयोग किया है। उनके बिम्ब इतने सशक्त हैं कि उनकी मूल भावना यथाशीघ्र पाठक तक पहुँच जाती है। यही कारण है कि समाज की जटिलता को भी वे सरलता से पाठकों तक पहुँचा पायी हैं। 'डर' कविता में –'अब स्वप्न में नहीं जागते हुए देखती हूँ चन्द्रबोड़ा साँप', या 'औरत का जन्म लिए और प्रतिभा का पाप लिए/ हर रोज़ नियत चट्टान हटाकर चलती हूँ'[178] या 'वे आलता की एक शीशी पाकर मारे खुशी के /तीन दिन बिना सोये बिता देती हैं'[180] या 'घर का मरियल कुत्ता भी जरूरत पड़ने पर भौंक उठता है/ पर सस्ती लड़की के मुँह पर एक क्लिप लगा रहता है/ सोने का क्लिप' या फिर 'बड़ी होने पर लड़कियाँ एक-एक तिलचट्टा क्यों बन जाती हैं?'[181], पुरुष 'दिनभर झूलता है चमगादड़ की तरह किसी के भी जीवन में', 'जीवित रहना बहुत कुछ बस के दरवाजे पर, खड़े रहने जैसा'[182] 'भूल जाओगे तो लगेगा जैसे, पैर में काटने वाला जूता उतर गया'[183], 'पत्नी सुन्दर कपड़ों में सजी-धजी एक उन्नत किस्म की दासी होती है, 'औरत जंजीर तोड़ कर बाहर निकल आई है यह मेरे लिए एक बेजोड़ कविता है, जंजीर टूटने की आवाज मेरे लिए सबसे मधुर संगीत है'[184], 'एक्स और वाई के बीच अस्सी और बीस, ऊँच और नीच, ज्यादा और कम की कोई तुक नहीं/फिर भी 'एक्स' के कंधे पर चढ़कर बैठा है वाई'[186], 'अच्छा किया है' कविता में –'एक लम्बा जीवन अकेले ही चलूँगी, यह सोचकर/जूते का सोल मोटा करके मजबूत धागों से सिल लिया है'[187], 'नहीं' शब्द छाती, कलेजे के माँस और पसलियों को चीरता हुआ/निःशब्द प्रलय ले आता है'[188], 'प्रतिदिन दक्षिण-पश्चिम दिशा से सलेटी रंग की पोशाक पहनकर स्वप्न घूमने आता है'[189] आदि तमाम प्रयोग हैं जो तसलीमा के काव्य में ही नहीं उनकी गद्यात्मक अभिव्यक्तियों को भी सहज प्रेषणीय बनाते हैं।

शैली :

तसलीमा की रचनाओं में एक प्रकार का आवेग और आक्रोश दिखता है, जिसके भीतर छुपी भावनाओं को वे आवश्यकतानुसार कभी संयत तो कभी

उग्रता के साथ प्रस्तुत करती हैं। इसे सुन्दर और संप्रेषणीय बनाने के लिए वे छन्द, तुक, अलंकार के प्रयोग के साथ-साथ मुक्त छन्द का प्रयोग करती हैं और इसी में अपनी अधिकाधिक अभिव्यक्तियाँ की हैं। 'स्त्री-पुरुष छन्द' शीर्षक कविता में तुकबंदी का उदाहरण-

रुई-नारी साथ पुरुष के
पुरुष ने उसको धुना
नग्न देह, भग्न माथा
नारी के मुँह पर चूना।"[190]

वे 'बैलेंस की नीति' से आगे बढ़ आना चाहती है और लिखती हैं "बैलेंस बढ़ी खतरनाक चीज है। बैलेंस करना पड़े तो अपनी प्रतिभा, ईमानदारी और साहस सभी को छोड़ना होगा'।[191] इसे वे किसी भी कीमत पर नहीं छोड़ना चाहती। यही कारण है कि उनकी रचनाओं में एक प्रकार की ईमानदारी निरंतर दिखाई पड़ती है।

आत्मकथा के सात भागों में जीवन की तमाम उथल-पुथल, संघर्ष और विभत्सता के चित्रण के बावजूद उनकी कथा क्रम में एक लयात्मकता है, एक कहन शैली है जो प्रभावित करती है। एक सच्ची और ईमानदार आत्मकथा का रोचक रूप में प्रस्तुत किया जाना उनकी विशिष्टता है। अन्यथा जीवन की कटुता की अभिव्यक्ति करते-करते लेखन में लयबद्धता एवं रस कहीं विलुप्त हो जाता है। तसलीमा की प्रस्तुतीकरण की शैली विभत्सता और सौन्दर्य के बीच तारतम्य स्थापित करती है। परिस्थितियों के अनुसार परिवर्तित होती है। उदाहरण के लिए देश छोड़ने के समय अपनी पीड़ा अभिव्यक्त की तो उसमें भी एक प्रकार की लयात्मकता दिखती है और जो तसलीमा की दुःख को तमाम बिम्बों के माध्यम से सामने प्रकट कर देने की शैली और विशिष्टता का ही प्रमाण है। 'वे अँधेरे दिन' के अंतिम पृष्ठ पर लिखा है, "जैसे-जैसे मैं ऊपर चढ़ती गई, मेरा देश धूसर पड़ता गया। मेरा देश बूँद-बूँद करके अदृश्य होता गया। मेरी नजरों से अदृश्य होते गए, हवाईअड्डे पर खड़े, मेरे अब्बू, शांतिनगर के बरामदे में खड़ी, आसमान की तरफ नजरें गड़ाए, मेरी अम्मी!...बादलों का यह रेला, शायद ज़रा दूर खिसक जाए, इस उम्मीद से मैं टकटकी बाँधे आसमान की तरफ देखती रही -'हट जाओ, मेघ, ज़रा, हट-बढ़ जाओ, ज़रा परे खिसक जाओ, मुझे ज़रा देर और देख लेने दो...।"[192]

आज तक लिखे गए साहित्य में माँ के प्रति जितनी भी अभिव्यक्तियाँ की गयीं हैं उनमें तसलीमा की अभिव्यक्ति भी उल्लेखनीय हो सकती है, जिसे

तसलीमा ने आत्मकथा के छठवें भाग 'नहीं, कहीं कुछ भी नहीं' में अभिव्यक्त किया है। माँ जो कि एक स्त्री भी है कि जीवन भर उपेक्षा किए जाने का पश्चाताप, स्त्री के रूप में अपने ही घर की प्रमुख स्त्री को नज़रन्दाज किए जाने का पश्चाताप इस भाग में जिस तरह से उभरा है वह सामान्य व्यक्ति के बस की बात नहीं। उदाहरण –

आत्मकथा में माँ के लिए लिखी एक कविता का अंश –
"मेरा बस, एक आग्रह है,
करती हूँ अनुरोध हाथ जोड़कर,
मुझे यह भरोसा करने को मत कहो कि 'तुम नहीं हो!"[193]
'दुखवती' कविता का अंश–
"माँ को दुःख के हाथों सौंपकर घरवाले असम्भव राहत पाते,
दुखों को बैठने के लिए पीढ़ी देते,
नीम्बू का शरबत पेश करते, पनडब्बे का पान देते,
दुखों की उँगलियों के पोरों पर चूना लगा रहता...
वे तमाम दुःख, माँ से, सूत भर भी कभी परे नहीं हटें!
मेरा मन था, लोहे के संदूकों में दीमक
नन्हे तिलचट्टों के साथ, और भी तिलचट्टे,
नेपथलीन के साथ, उन्हें भी भर रखूँ
मेरा मन था, सैर कराने के बहाने ले जाकर,
ब्रम्हपुत्र के जल में, बहा दूँ किसी दिन!"[194]

तसलीमा ने आत्मकथा के छठवें भाग 'नहीं, कहीं कुछ भी नहीं' में एक अनूठी शैली का प्रयोग किया है। माँ को एक लम्बे पत्र के रूप में लिखी यह आत्मकथा एक बेटी के माँ की सेवा न कर पाने के प्रायश्चित और अपने जीवन की हर बात एक सहेली से बताने के रूप में लिखी गई है और यह सहेली और कोई नहीं तसलीमा की माँ ही हैं। आत्मकथा की शुरुआत 'तुम्हारी अयोग्य नकारा बेटी' से करते हुए 'माँ, तुम कैसी हो तुम?' से शुरू होती है और अंत होता है कुछ इन शब्दों में ,"मैं चाहती हूँ जो ग्लानि मैं भुगत रही हूँ, जो अपराध बोध, मुझे निरंतर कष्ट भोगने को विवश करता रहा है, इसी तरह मैं बाकी ज़िन्दगी भी कष्ट झेलूँ। मैं जितने दिनों भी जियूँ मेरी मुक्ति न हो। यह प्रायश्चित नहीं है, यह मेरी स्वीकारोक्ति है। मैं जितनी भी भली हूँ, वह तुम्हारी वजह से! जितनी भी बुरी हूँ मैं, वह अपनी वजह से! मेरे बुरे होने की जिम्मेदारी मुझे ही लेने दो!"[195] यह प्रायश्चित, यह दुःख और ग्लानि इसमें डूबते हुए हम 'सरोज स्मृति'

की छवि महसूस करने लगते हैं।

इसी प्रकार प्रेम को लेकर की गई अभिव्यक्तियाँ, प्रेम में डूबकर पार होना जैसा सूफी प्रेम में दिखाई पड़ता है कुछ वैसा चित्रण किया है तसलीमा ने। उदाहरण –"जितना मैं कहती "चलो, हम प्यार करें।' वह उतनी ही जिद पर आ जाता, चलो सोने चलें।"[196] प्रेम में पड़कर "जड़ जमाकर बैठी हुई इच्छाएँ, ढीठ बच्ची की तरह, जाने कैसे तो हड़बड़ाकर बाहर निकल आती थीं।"[197] और वे प्रेम को शर्तहीन और सीमाहीन स्वीकार करती हैं इसी कारण उन्हें एक ऐसे लड़के से प्रेम हो जाता है जिसे उन्होंने कभी नहीं देखा लेकिन उसकी कविताओं को पढ़ा है, उसी एक माध्यम से उसे महसूस किया है –"मेरा प्यार रुद्र के शब्दों के साथ था। 'उपद्रुत-उपकूल' की कविताओं और अक्षरों और उसके खतों के साथ था। इसके पीछे के इन्सान को मैं नहीं पहचानती थी।"[198] इसी प्रकार, "इन्सान ज़िन्दगी में शायद एक ही बार प्यार करता है, इसे वह बार-बार दुहरा नहीं पाता। और किसी के लिए तो सीने में इतना दर्द जमा नहीं होता; और किसी के लिए तो आँखों से आँसू नहीं झरते ...मैंने जी-जान से रुद्र से नफरत करने की कोशिश की है, लेकिन नाकाम रही। उसकी कविताओं के हर शब्द ने मेरी उस कोशिश को दूर-दूरांतर तक उड़ा दिया।"[199] इसके अतिरिक्त 'लज्जा' उपन्यास कहा गया वह वाक्य कैसे भूला जा सकता है –'सुरंजन खुद को एक आधुनिक मनुष्य मानता था लेकिन अब उसे अपने को हिन्दू-हिन्दू लगता है'[200] उपन्यास के समस्त कथ्य को एक पंक्ति में समेटकर 'सूत्र वाक्य' सा बन जाता है।

तसलीमा अपनी रचनाओं में बार-बार एक प्रयोग करती दिखती हैं वह है शब्दों का दोहराव या किसी शब्द विशेष पर बल या वाक्यों में सर्वथा अवांछनीय शब्दों का प्रयोग या वाक्य संरचना में विचलन। उदाहरण के लिए –'तुम्हारे पीछे मर्दों का झुण्ड लगा है? याद रहे? सिफलिस।'[201] इसमें सिफलिस शब्द का अचानक से आ जाना ध्यान आकर्षित करता है। इसी प्रकार 'देश तुम कैसे हो?/कैसे हो तुम देश?/तुम, देश कैसे हो?/ कैसे हो देश तुम?'[202], 'मनुष्य का पूरा इतिहास ही शायद कुछ भी नहीं, कुछ भी नहीं, कुछ भी नहीं है'[203] आदि। यह सहज है या सोच समझकर किया गया है यह तो स्पष्टतः नहीं कहा जा सकता किन्तु इसमें 'फोरग्राउंडिंग' या 'अग्रगामिता' की वही साहित्यिक तकनीक दिखाई देती है, जिसे रूसी भाषाविद मुकरोव्सकी ने प्रस्तुत किया था। बच्चन सिंह का मत है 'अग्रगामिता एक शैलीवैज्ञानिक शब्द है। इसे भाषिक विचलन के समकक्ष समझा जा सकता है। इसमें सामान्य भाषा का घिसी-पिटी अभिव्यक्तियों और सम्प्रेषणों के नियमों को तोड़ता हुआ कवि ऐसी भाषा का

प्रयोग करता है जो पाठकों को नये परिप्रेक्ष्य के प्रति सचेत करती है।'[204] ऑक्सफ़ोर्ड डिक्शनरी के अनुसार-'Forgrounding is the action of emphasizing somthing by means of linguistic devices.' हैलिडे ने इसे इस प्रकार परिभाषित किया-'as a part of the functional theory of language, or what cannot be ecpresses statically is fourgrounding.'[206]

स्पष्ट है, तसलीमा का समस्त साहित्य विचारों के साथ शैलीगत प्रयोग भी करता है। इस प्रयोग में सर्वथा नवीनता है। अभिव्यक्ति इतनी सशक्त है कि पाठक उनकी भावनाओं से निरंतर जुड़ाव महसूस करता है। तसलीमा के करीबी और उनके दिल्ली में नजरबंद रहने के दिनों में उनके संपर्क में रहे कृपाशंकर चौबे लिखते हैं, "मेरी समझ में नहीं आता कि तसलीमा ने अपने साहित्य में नारी मुक्ति से लेकर धर्मनिरपेक्षता तक अपने स्वतंत्रत और एक हद तक जो मौलिक विचार व्यक्त किए हैं और बेबाकी से जो सवाल खड़े किए हैं, उनसे असहमति की गुंजाइश कहाँ है?"[207] ऐसे में नामवर सिंह के कथन "यदि शब्दों द्वारा अंतःकरण के गुप्त रहस्य प्रगट किए जाते हैं; चित्त की वेदना को शांति दी जाती है; ह्रदय में बैठा हुआ शोक बाहर निकल दिया जाता है; दया उत्पन्न की जाती है और बुद्धि चिरस्थायी बनाई जाती है; यदि बड़े ग्रंथकारों द्वारा बहुत से मनुष्य मिलकर एक बनाये जाते हैं; जातीय लक्षण स्थापित होता है; भूत और भविष्य तथा पूरब पश्चिम एक दूसरे के सम्मुख उपस्थित किए जाते हैं; ऐसे लोग मनुष्य जाति में अवतार स्वरूप माने जाते हैं -तो साहित्य की अवहेलना करना और उसके अध्ययन से मुख मोड़ना कितनी बड़ी कृतघ्नता है"[208] के अनुरूप तसलीमा के साहित्य की उपेक्षा करना या उससे मुँह मोड़ना समाज के लिए उपयोगी एक सशक्त अभिव्यक्ति को खो देना होगा।

तसलीमा के साहित्य में श्लीलता-अश्लीलता :

तसलीमा के साहित्य को 'अश्लीलील साहित्य' कहकर भी खारिज करने का प्रयास किया गया है। इस आरोप-प्रत्यारोप के दौरान वे यह देखना भूल गए कि अश्लीलता का साहित्य से कहाँ तक सम्बंध है। क्या अश्लील शब्दों या वाक्यों के प्रयोग के कारण साहित्य की महत्ता खत्म हो जाती है? इस सबंध में सर्वप्रथम यह देखना आवश्यक है 'लीलता-अश्लीलता क्या है एवं इसका साहित्य से कहाँ तक सरोकार है?

श्लीलता एवं अश्लीलता : साहित्य से सरोकार

श्लील शब्द का अर्थ है -'उत्तम', 'शुभ', 'भद्र' जबकि अश्लीलता का

अर्थ है, अशुभ, गन्दा, अनुचित, अशोभनीय, घृणास्पद, भोंडा या जुगुप्सा उत्पन्न करने वाला। इसके लिए अंग्रेजी में 'Obsenity' शब्द का प्रयोग किया जाता है जो लैटिन के 'obscures' से बना है जिसका एक अर्थ है 'छुपाना'। अश्लील के अंतर्गत मल-मूत्र जैसी गन्दी चीजें और गाली-गलौज जैसी अभद्र चीजें भी आती हैं तो दूसरी ओर स्त्री-पुरुष के यौन सम्बन्ध जैसी गोपनीय चीज भी। मानक हिंदी कोश में इसका अर्थ 'फूहड़पन, भद्दापन, लज्जस्पदता' बताया गया है।[209]

प्राचीन आचार्यों जैसे मम्मट, विश्वनाथ, वामन, भामह आदि ने अश्लील को साहित्य का एक दोष माना है। भारतीय काव्यशास्त्र में इसके लिए 'ग्राम्यत्व दोष' पद का प्रयोग करते हुए अश्लीलता को इसी में सम्मिलित किया है। जहाँ किसी 'लज्जाजनक' या 'अमंगल' का भाव होता है वहाँ यह दोष माना जाता है। अश्लीलता को रचना के सौन्दर्य में बाधक माना है। भरतमुनि ने नाट्यशास्त्र में लिखा, "नाटक में जब इन ग्राम्य या लज्जाजनक बातों का प्रयोग किया जाता है तब इसमें रस भंग होने का भय होता है क्योंकि नाटक परिवार व अन्य सदस्यों के साथ देखा जाता है यदि इसमें कहीं भी लज्जाजनक दृश्य हो तो संकोच महसूस होगा जिससे रसभंग होने का भय बराबर बना रहेगा। अत: इन चीजों का निषेध आवश्यक है।"[210]

श्लीलता-श्लीलता के मानदंड के सम्बन्ध में विश्वनाथ तिवारी का मत है कि इसके निर्धारण के लिए कोई एक विशेष मानदंड नहीं बनाया जा सकता क्योंकि वे मानदंड केवल एक देशकाल विशेष से सम्बंधित होते हैं वे दूसरे देशकाल विशेष पर लागू नहीं होते। उदाहरण के लिए जो कार्य भारत में अश्लील समझा जाता है, जैसे सार्वजानिक स्थल पर चुम्बन लेना वह इंग्लैण्ड या अन्य यूरोपीय देशों में किसी भी तरह से अश्लील नहीं माना जाता। यही बात शब्दों के सम्बन्ध में भी कह सकते हैं। कुछ शब्द ऐसे हैं जो एक भाषा विशेष में तो अश्लील हैं किन्तु दूसरी भाषा में वे अश्लील नहीं हैं। लक्ष्मीकान्त वर्मा का मत भी कुछ इसी प्रकार है। उनका मत है, "कोई भी कलाकृति सुन्दर या असुंदर तो हो सकती है किन्तु वह श्लील-अश्लील नहीं हो सकती। वस्तुत: श्लील-अश्लील साहित्यिक या कलात्मक मानदंड नहीं है।"[211]

इस प्रकार कह सकते हैं भाषा की विविधता और सांस्कृतिक विविधता के कारण प्रत्येक देश और समाज के अश्लीलता और 'लीलता के मानदंड भिन्न-भिन्न हो सकते हैं। विश्वनाथ प्रसाद तिवारी लिखते हैं, "नीति-अनीति के निर्धारण में दृष्टि का विशेष महत्व होता है। एक ही दृश्य एक की दृष्टि में अश्लील हो सकता है और दूसरे की दृष्टि में नहीं।"[212] रचना की श्लीलता-अश्लीलता

के निर्धारण के सम्बन्ध में वे लिखते हैं, "किसी रचना की जाँच पड़ताल के सम्बन्ध में यह देखना जरूरी है कि लेखक ने जो चित्रण किया है वह उसकी रचनात्मक ईमानदारी के लिए ज़रूरी था या उसने यों ही प्रदर्शन, चमत्कार अथवा मजा लेने के लिए कर दिया है। यदि वह रचनात्मक वास्तविकता के लिए जरूरी था तो उसे हम अनैतिक या अश्लील नहीं कह सकते।"[213] वे श्लीलता-अश्लीलता का निर्धारण करने की तीन दृष्टियों का उल्लेख करते हैं, "एक दृष्टि तो वह है जो चीजों के नाम रूप की सीमाओं को भेदकर तह तक जाने का प्रयास करती है। ऐसी दृष्टि मुक्त होती है और इसके लिए 'लीलता-अश्लीलता जैसी कोई चीज नहीं होती है। दूसरी दृष्टि वह है जो नितांत संकीर्ण तथा अधूरी है और जो ट्रांजिस्टर बजाने या अपनी बीवी के साथ बातचीत करने को अश्लील मानती है। भारतीय गांवों में यही दृष्टि नीति-अनीति का निर्धारण करती है। अधूरी और संकीर्ण दृष्टि सदा अश्लील होती है चाहे वह कलाकार की हो या पाठक की शासन की। तीसरी दृष्टि इन तीनों के बीच की दृष्टि है जो एक सामजिक परिवेश में अपने वैयक्तिक पूर्वाग्रहों से बहुत कुछ मुक्त होकर श्लीलता-अश्लीलता का निर्धारण करती है।"[214] स्पष्ट है, विश्वनाथ तिवारी इस सम्बन्ध में एकदम स्पष्ट हैं कि कहीं पर अनावश्यक ही अश्लीलता की खोज करना नितांत संकीर्ण विचारधारा का द्योतक है। तसलीमा को भी इसी संकीर्ण दृष्टि से देखने का प्रयास करने के कारण ही उनके साहित्य को 'पोर्न साहित्य' की श्रेणी में रखने का प्रयास किया गया।

तसलीमा ने अपने साहित्य में 'लिंग', 'सेक्स' या 'यौन सम्बन्ध', 'देह' आदि की बात अधिकतर की है, जिसके कारण कई लोगों को यह अश्लील नज़र आता है। किन्तु वास्तविकता में देखें तो ये शब्द स्त्री-जीवन और स्त्री-विमर्श की एक प्रकार से पारिभाषिक शब्दावलियाँ हैं, जिनसे गुजरे बिना स्त्री सम्बन्धी चिंतन से न्याय नहीं किया जा सकता। विश्वनाथ तिवारी के अनुसार, "जिस प्रकार सेक्स का दमन मनुष्य में नाना प्रकार की विकृतियों और कुंठाओं को जन्म देता है उसी प्रकार साहित्य में सेक्स का गोपन चित्रण भी उसे यथार्थ से दूर करता है और उसकी सर्जनात्मक क्षमता को मारता है।"[215] वे इस सम्बन्ध में भक्ति काल (सूर और विद्यापति) और रीति काल की रचनाओं का उदाहरण देते हैं, जिनमें भक्ति के नाम पर कई बार अश्लीलता दिखती है जबकि कई साहित्य ऐसे हैं जो खुले रूप से सेक्स का चित्रण करते हैं किन्तु उनमें अश्लीलता नहीं दिखाई देती। डॉ हाँसदा सोवेंद्र शेखर के भी साहित्य को अश्लील कहकर प्रतिबंधित किया गया। एक साक्षात्कार में वे कहते हैं, "लोग

अगर दर्शन खोजेंगे तो मेरी कहानी में दर्शन मिलेगा। लेकिन अगर लोगों के मन में ही मैल भरा हुआ है, लोग सेक्स को बुरा मानते हैं, जो हरेक चीज में धूल के कण में सेक्स खोज रहे हैं तो उन्हें सेक्स ही दिखेगा। हम चाहे हरि भजन लिख लें या फिर से महाभारत लिख लें, उन लोगों को मेरी लेखनी में सेक्स ही नजर आयेगा...' हमें जो मन आयेगा, हम लिखेंगे। हम सब सेक्स से ही पैदा हुए हैं तो क्या दिक्कत है उससे।'[216] रूसी लेखक सोल्जेनित्सीन के शब्दों में, "स्वीकृत और अस्वीकृत -ऐसा तुम लिख सकते हो, ऐसा नहीं-की श्रेणियों में साहित्य का विकास नहीं हो सकता। साहित्य यदि अपने समकालीन समाज की आत्मा नहीं है, समाज को उसके सुख-दुःख नहीं पहुँचाता, आसन्न नैतिक और सामाजिक संकटों के विरुद्ध चेतावनी नहीं देता तो वह साहित्य नाम का अधिकारी नहीं है, वह एक आभार भर है।"[217] जगदीश्वर चतुर्वेदी के अनुसार, "लेखक या रचनाकार की मर्यादा का फैसला लेखक स्वयं करता है। वह सिर्फ एक ही मर्यादा मानता है और वह है सृजन की मर्यादा। इस क्रम में वह समाज की मर्यादाओं को तोड़ता है...रचनाकार की मर्यादा को यदि सत्ता तय करने लगे, संगठन तय करने लगें, धर्म गुरु तय करने लगे या संघ परिवार तय करने लगेगा तब तो यह सीधे-सीधे रचनाकर के कामकाज में हस्तक्षेप होगा।"[218] जगदीश्वर इसे 'दाब की राजनीति' या 'जनता का फासीवाद' कहते हैं। कलाओं में जीवन का सौन्दर्य या कुरूपता व्यक्त हो यह तो रचनाकार ही तय करेगा। इसमें पाठक की आस्था हो या अनास्था इससे लेखक का कोई सरोकार नहीं। जैसा कि अज्ञेय का मत है, "कला का नैतिकता के प्रचलित रूप से कोई लगाव नहीं है -उसे तो नैतिकता के बुनियादी स्त्रोतों से मतलब है।"[219] उनके अनुसार "श्लील -अश्लील का प्रश्न सामाजिक नैतिकता का प्रश्न है। साहित्य का प्रश्न वह नहीं है।" दूसरी तरफ नरेंद्र कोहली जैसे लेखकों का मत है, "पाठक की रतिक्रिया मर्यादित होनी चाहिए पर इसके लिए यह आवश्यक है कि कलाकार की रचना की भी कोई मर्यादा होनी चाहिए।"[220]

स्पष्ट है साहित्य में कई बार मर्यादित लेखन को प्रोत्सहित किया गया है तो कहीं समस्त मर्यादाओं से आगे निकलकर एक बेहतर स्तर तक साहित्य को ले जाने के लिए प्रेरित किया गया है।[221]

तसलीमा का साहित्य और श्लीलता-अश्लीलता :

तसलीमा के समस्त साहित्य को यदि देखें तो कई सन्दर्भ ऐसे नज़र आते हैं जिन्हें एक दृष्टि विशेष के आधार पर 'अश्लील' कहा जा सकता है। किन्तु यदि उस संकुचित दृष्टि से निकलकर देखा जाया तो वही शब्द तसलीमा के

साहित्य को विशिष्ट और सशक्त बनाते नज़र आने लगते हैं।

बांग्लादेश में जहाँ एक तरफ भाषा के इस्लामीकरण का खेल खेला जा रहा था वहाँ तसलीमा के लेखन को अश्लील साबित करने के लिए सैकड़ों हाथ आगे बढ़ उठे। इस सन्दर्भ में तसलीमा लिखती हैं "चंद बुरे लोग, किसी बुरे इरादे से भाषा का खतना करके यह सोच रहे हैं कि वे लोग इस देश में इस्लामी पताका लहरायेंगे। सिर्फ भाषा में ही नही राजनीति के दिमाग में भी मुट्ठी-मुट्ठी इस्लाम ठूँसा जा रहा है।"[222] जो बांग्ला भाषा पूर्वी और पश्चिमी बंगाल में एक है, उसे तोड़कर कट्टरपंथी पूर्वी बांग्ला को इस्लामी बांग्ला बनाने पर तुले हुए हैं। फरहाद मजहर जैसे बांग्लादेशी लेखकों की सोच है, "इस देश की बांग्ला, इस्लामी बांग्ला है और पश्चिम बंगाल की बांग्ला, हिन्दू बांग्ला है। हम लोगों की संस्कृति इस्लामी संस्कृति है। हमें अपनी भाषा में पर्याप्त अरबी-उर्दू शब्द मिलाना चाहिए।"[223] इस सम्बन्ध में तसलीमा लिखती हैं, 'इस्लाम पंथी लोग इस देश को एक इस्लामी राष्ट्र बनाने की योजना बना रहे हैं। ये लोग कभी, बांग्लादेश की आजादी के खिलाफ थे। अब इस आजाद बांगलादेश में बांग्ला भाषा और संस्कृति को निश्चिंह करके, जोर जबरदस्ती इसे इस्लामी बांग्ला बनाने की साजिश रच रहे हैं-इसी आशंका से मैंने तथाकथित इस्लामी भाषा पर रोक लगानी चाही थी।"[224] उन्होंने एक ही भाषा के इस प्रकार के बंटवारे का विरोध ही नहीं किया बल्कि उस बांग्ला भाषा में कुछ ऐसी अभिव्यक्तियाँ की जिससे सामान्य लोग ही नहीं बल्कि बुद्धिजीवी भी अश्लील मानते हैं।

तसलीमा के साहित्य को 'कोकशास्त्र' या 'इरोटिका' की श्रेणी में रखा गया। इसका कारण है उनकी बेबाक अभिव्यक्ति की शैली जो किसी शब्द की अश्लीलता या श्लीलता को नहीं देखती बल्कि उसके सटीक प्रयोग और उससे उत्पन्न होने वाले प्रासंगिक भावों को देखती है।

उनके साहित्य में प्रयुक्त शब्दों, अन्तरंग प्रसंगों आदि के कारण उसे अश्लील कहा गया है। एक तरफ आत्मकथा में तसलीमा ने कई ऐसे अन्तरग प्रसंगों का उल्लेख किया है तो दूसरी ओर उनकी कविताओं, कहानियों और उपन्यासों में भी सेक्स का खुलकर चित्रण हुआ है।

'आई हूँ अस्त होने' कविता की इन पंक्तियों को भाषा प्रयोग की दृष्टि से अश्लील कहा जा सकता है, किन्तु संदर्भ ज्ञात होते ही इस भ्रम का निवारण हो जाता है –

'अस्त होने दो! अस्त होने दो! होने दो अस्त!
अगर न होने दो, तो करो स्पर्श,

हौले से स्पर्श करो, स्पर्श करो ज़रा-सा
रोम-रोम में, छाती पर,
स्पर्श करो पोर-पोर, झाड़कर जंग, चूम लो त्वचा को,
कसकर दबोच लो कंठदेश, मार डालो मृत्यु की चाह को,
उछालकर फेंक दो, सत्मंजिले से! मुझे सपने दो! मुझे बचा लो!"[225]

इसी प्रकार 'प्रिय चेहरा' कविता में कलकत्ता से आये किसी व्यक्ति को देखकर उसे ही कलकत्ता के समान महसूस करने लगती है। और पाना चाहती है प्रेम। वह उस इन्सान से भी उतना ही प्यार करती हैं, जितना कलकत्ता से। इस कविता पर भी सन्दर्भ जाने बिना अश्लीलता का आरोप लगाया जा सकता है -

'आपको खबर नहीं, क्यों मेरे होठ बढ़ जाते हैं,
आपके होठों तक,
...
आपको तो अंदाज़ा भी नहीं, जब मैं आपसे कहती हूँ-
मैं आप से प्यार करती हूँ,
दरअसल मैं किसे प्यार करती हूँ,
आप नहीं जानते इसलिए अब भी उम्मीद लगाए हैं!"

'सुनते हो' कविता -

कुछ करो! कुछ तो करो! मुझे स्पर्श करो, मुझे चूम लो,
सिर्फ होठ नहीं, समूचा अंग-प्रत्यंग चूम लो,
तुमुल चुम्बनों से भर दो,
...
लाओ दो मुझे थोड़ी सी गर्माहट!
तुम आग हो! मेरी अमल आग! आओ मैं तुम्हे तपा दूँ![227]
या
'दुविधाहीन' कविता -
'एक नदी भर पानी है, मैं उतरूँगी
भले ही न आता हो तैरना
साथ साल में प्रेमासक्त हो सकते हैं मर्द
प्रेम में मैं उम्र का कोई बंधन नहीं मानती।[228]
'कम्पन' कविता में -
'कहते हैं-तीस बरस में घटने लगता है
मुहब्बत का शीत

लेकिन मैं देख रही हूँ तीस के ऊपर देह विपरीत।'[229]

'जल में तैरना' कविता में –

प्यार के जल में तैरने की बात पर
मैंने तुम से खुद कहा था आगे बढ़कर
तुमने कहा, 'सरदी लगेगी, भीगने से क्या लाभ!
इससे अच्छा है दो मुझे अपनी कोमल देह का स्वाद।'[230]

किन्तु आगे की पंक्तियों से यह स्पष्ट हो जाता है कि यही स्त्री जो किसी के प्रेम में पड़ धोखा खाती रही। ऐसे में उसे प्रेम में बिताये पल याद आना स्वभाविक है।

'बरसों तक स्वाद और गंद बांटकर धोखा खाती रही
प्यार के जल में तैरने का स्वप्न गया डूब'[231]

कहीं-कहीं गाली-गलौज का भी प्रयोग किया गया किन्तु वह अभिव्यक्ति को शसक्त बनाने के उद्देश्य से ही हुआ है और इसके अतिरिक्त इसका एक कारण यह है कि पीड़ित या चोटिल व्यक्ति के लिए सहज होकर लिखना संभव नहीं। इसके सम्बन्ध में कँवल भारती लिखते हैं –

'यह बताओ बलात्कार की शिकार
तुम्हारी माँ की भाषा कैसी होगी?
कैसे होंगे गुलामी की जिंदगी जीने वाले
तुम्हारे बाप के विचार?
ठाकुर की हवेली में दम तोड़ती
तुम्हारी बहिन के शब्द
क्या वे सुन्दर होंगे?'[232]

चूँकि तसलीमा भी भुक्तभोगी हैं, उन्हें यथार्थवादी लेखन ही रुचिकर है इसलिए वे अपने क्रोध को शब्दों में संवारकर कम नहीं करना चाहतीं।

'कलकत्ता कल्चर' कविता- 'तुम कल्चर साले के बाप के बाप हो'[233],

'रातें' कविता -'मन ही मन मैं किसी को लाकर, अपने बिस्तर पर लिटा लेती हूँ'[234]

'दु:ख' कविता –स्त्री मन में सहवास या काम की भावना होती है इसका प्रमाण इसके अतिरिक्त दु:ख में एक अदद सुख की तलाश की मानवीय प्रवृत्ति का चित्रण --

"दु:ख जब मुझे किसी अँधेरे की तरफ खींचे लिए जाता है,
उस वक्त मेरी देह चाहती है, कोई और देह,

भले कोई भी देह, चाहे जैसे भी हो।'[235]

'तीन चार पाँच' कविता-बलात्कार की भावना की अभिव्यक्ति के लिए लिखी पंक्तियाँ -

'म्यान में बौखलाई

सेनापति की तलवार की तरह निकला आ रहा था मर्द का अंग! पुरुषांग!'[236]

'पद्मावती' कविता में समलैंगिक रिश्तों को सहमति दी गई है -

'होठों का होठों से होता रहा प्यार
प्यार होता रहा आकाश पार
जन्म ले रही थी, नारी से नारी!'[237]

'फेस ऑफ़' कविता-इसमें पुरुष से बदला लेने की तीव्र उत्कंठा अभिव्यक्त हुई है -

लेकिन उसने दांत गड़ा दिए हैं।
उसने तुम्हारे पुरुषांग को काट खाया।
शी बाइट्स योर डिक-ऑफ'[238]

'अगर कर सको, तो घर्षण करो' कविता-बलात्कार न सहने और चुप रहने के विरुद्ध स्त्रियों का प्रोत्साहन करते हुए लिखा -

'सुनो, अब घर्षिता न होना!
बल्कि बलात्कार को अमादा मर्द का पुरुषांग काटकर,
उसी के हाथ में पकड़ा दो।
या झुला दो उसकी गर्दन में।

मुन्ने राजा अब चूसते रहें अपना-अपना दिग्विजयी अंग!
चूसते रहें निरुपाय झूलता हुआ अंडकोष!'[239]

'नियति' कविता -

'मेरा समूचा तन तब तेज़ प्यास से
नींद में डूबे पुरुष का शरीर छूकर
एक बूँद पानी माँगता, रोता है।'[240]

'उलटा खेल' या 'विपरीत खेल' -

'मैंने उस दिन 'रमना' में देखा एक लड़का
लड़की खरीद रहा है।
मेरी भी बड़ी इच्छा होती है दस-पाँच रुपये में लड़का खरीद लाऊँ
...

घर ले जाऊँ और हील वाली जूती से
ताबड़तोड़ पीटकर छोड़ दूँ –
जा स्साले!

...

उन्हें खरीद कर, पूरी तरह रौंदकर
सिकुड़े अंडकोश पर जोर से लातमार कर कहूँ –
भाग स्साले!"[241]

प्रो. सरस्वती भल्ला लिखते हैं, "वस्तुतः जब नियति कविता तसलीमा ने लिखी तो समूचा पुरुष समाज उन पर आक्रामक हो गया। यह सब स्वाभाविक था क्योंकि कविता में 'नपुंसक' पुरुष का चित्रण था। जो शब्द आज स्त्रियों के लिए वर्जित थे, उसका साहस पूर्ण ढंग से खुलकर कवियत्री ने प्रयोग किया। उसपर अनैतिकता, अभद्रता व अश्लीलता के आरोप लगे क्योंकि पुरुषों के तथाकथित स्वाभिमान का प्रश्न था। यद्यपि इस कविता में यौन व्यापार का चित्रण है परन्तु क्या वह भी केवल पुरुष के अधिकार क्षेत्र में है? यह प्रश्न यह कविता खड़ा कर देती है।"[242]

आत्मकथा के सभी खंडों में कई बार ऐसे प्रसंग आये हैं जिन्हें अश्लील कहकर आलोचना की गई है। 'मेरे बचपन के दिन' में वे चाचा अमानुद्दौला द्वारा किए गए बलात्कार का चित्रं कुछ इस प्रकार करती हैं–"मैंने देखा चाचा के पेडू के निचले हिस्से में एक बहुत बड़ा साँप मेरी ओर फन उठाये हुए था, मुझ पर हमला करने के लिए तैयार। मैं भय से सिमट गई। मुझे और ज्यादा डराते हुए मेरी दो जाँघों के बीच में वह साँप फन मरने लगा...चाचाजी बोले...इस बात का जिक्र तुम किसी से न करना कि तुमने मेरी नूनी देखी है और मैंने तुम्हारी चिज्जी देखी है।"[243] इसी प्रकार 'द्विखंडित' में कई पुरुषों के द्वारा जबरन उनसे बनाये गए रिश्ते या उनकी कामुकता के सम्बन्ध में उन्होंने वे विस्तार से लिखा है। इनमें कारोबारी अल फारुक, हासन रशीद, हिलाल हाफिज, शम्सुल हक़ आदि के प्रसंग हैं। इसके अतिरिक्त 'उत्ताल हवा' में शरीरिक सम्बन्ध का दृश्य जो एक प्रकार से बलात्कार ही महसूस होता है –"मेरे स्तनों की घुंडियों को उसने अपने होठों से सिर्फ भिंगोया ही नहीं, दाँतों से काटता-बकोटता भी रहा। अपनी दोनों मुट्ठियों में मेरे वक्ष इतना कसकर दबाता-मसलता रहा मानो वह उन्हें पीसकर, बिलकुल पानी बनाकर पी जाएगा...अपने दोनों पाँवों से वह मेरे दोनों पैर चौड़े करने में झूझता रहा। मैंने कसकर अपनी आँखें मूँद लीं, मानो आँखें खुल न जाएँ...मैं चीख उठी।"[244] तसलीमा द्वारा इस प्रकार के ढेरों प्रसंग आत्मकथा में उल्लिखित हैं। इनके

परिप्रेक्ष्यों और उद्देश्यों को समझें बिना तसलीमा पर अश्लीलता का आरोप लगाया जा सकता है। किन्तु कोई लेखिका अपने जीवन में पुरुषों द्वारा की गई ज्यादतियों या उनके द्वारा किए गए शोषण का उल्लेख नहीं करती तब उसकी अभिव्यक्ति कमजोर पड़ जाती है। तसलीमा ने इस मसले में स्वयं को कमजोर नहीं होने दिया बल्कि इसके स्थान पर उन सभी अन्तरंग घटनाओं का बारीक चित्रण और वर्णन किया है, जिससे स्त्री पीड़ा मुखर हो सकी है।

फ़िल्मकार और प्रवक्ता रुबाइयत हुसैन का मत है कि 'मैं यह कहना चाहता हूँ कि तसलीमा की साहित्य जगत में इसलिए निंदा की गई क्योंकि बह बांग्ला साहित्य में स्त्री की यौनिकता पर बात करने वाली पहली लेखिका है। और वह दूसरे लेखकों के साथ शारीरिक सम्बन्धों (जो कि सत्य या मनगढ़ंत हो सकते हैं) को स्पष्ट रूप से लिखने वाली पहली लेखिका है। द्विखंडित में तसलीमा का पक्ष वास्तविकता पर आधारित था या नहीं यह एक अलग मुद्दा है किन्तु उस पुस्तक पर हुई बेकार की बातें और कुत्सित प्रतिक्रिया एक बार फिर यह सिद्ध करती हैं कि यदि कोई भी स्त्री अपनी यौनिकता या यौन सम्बन्धों पर खुलकर बात करती है तो उसे सहज स्वीकार नहीं किया जाता।"[245] "दरअसल वर्तमान स्थिति में स्त्री अगर सच बोलती है, अपने जीवन और लेखन में पारदर्शिता बरतती है तो लोग उसे अश्लीलता मानने लगते हैं, जबकि इस अश्लीलता को ज़िन्दगी में हर व्यक्ति, विशेषकर औरतें हर रोज़ भोगती हैं। पुरुष-मन अपने संदर्भ में उसे अश्लील नहीं मानता, लेकिन स्त्री के सन्दर्भ में वह उसे न सिर्फ अश्लील कहता है बल्कि उसे रस और चटकारे लेने के लिए लिखा गया लेखन भी कहता है।" आगे वे कहते हैं, "तसलीमा सच बोलती हैं और अपने रिश्तों की परते भी खोलती हैं तो वह अश्लील मानी जाती हैं। उन्होंने जिंदगी में झेली सारी शर्म की परतों को खोलकर रख दिया है जो उनपर लादी गयीं थीं या जिनमें वह स्वयं शरीक थीं।"[246]

स्पष्ट है कि तसलीमा नसरीन ने जिन शब्दों का प्रयोग अपने लेखन में किया है उसके कोई न कोई सन्दर्भ और अर्थ हैं। उन्होंने यूँ ही 'पोर्न' लेखन करने के लिए तथाकथित अश्लील शब्दों का प्रयोग किया है यह कहना उचित नहीं प्रतीत होता है। जरूरत उनके संदर्भों और विषयवस्तु को समझे जाने की है न कि उनके साहित्य को उपेक्षित कर लेखिका से बदला लेने की।

(viii) साहित्यिक प्रतिद्वंदिता की शिकार लेखिका :

तसलीमा ने बहुत ही कम उम्र में वह शोहरत प्राप्त कर ली थी, जिसका कई वरिष्ठ लेखक ख्वाब देखा करते हैं। वे दो बार बांग्ला के सर्वश्रेष्ठ

साहित्यिक 'आनंद पुरस्कार' ने नवाजी गयीं। इस ईर्ष्या का आभास तसलीमा को बहुत पहले ही हो गया था, "हाय गजब! बड़े-बड़े पर्वताकार पेड़ तिनके से ईर्ष्या करने लगे थे।"[247] लेखक समुदाय के भीतर लिंगगत अन्तर्विरोध और पितृसत्तात्मक मानसिकता को तसलीमा कुछ इस प्रकार स्पष्ट करती हैं "कवि निर्मलेंदु गुन, रफीक आज़ाद आदि कोई भी कवि यदि 'नियति' कविता लिखता या पढ़ता है तो पाठक या श्रोता को कोई ऐतराज़ नहीं होता। ऐतराज़ दरअसल कविता ही नहीं, बल्कि रचयिता के लिंग का है।"[248] साहित्यिक महकमें में उन्हें 'ब्याह टूट्टी अकेली लड़की'[249] कहा जाने लगा। इस अकेली लड़की को कई बार बड़े-बड़े साहित्यकारों ने अपनी हवश का शिकार बनाने का भी प्रयास किया। स्पष्ट है तसलीमा का सानिध्य सभी चाहते थे किन्तु उसे आगे बढ़ता कोई देखना नहीं चाहता था। यही कारण है कि तसलीमा के संकट के दिनों में उनके विरुद्ध वे ही लेखक खड़े हो गए जो कभी उनकी वाहवाही करते नहीं थकते थे। इनमें उनके खास संपर्क में रहे लेखक तो थे ही और ऐसे भी कई लेखक थे जिनसे वे कभी नहीं मिलीं। इसी प्रतिद्वंदिता के चलते कई लेखकों ने तसलीमा के निर्वासन के समय या तो सरकार और कट्टरपंथियों का पक्ष लिया या मौन हो गए। बांग्ला साहित्यकार एक खास किस्म की साहित्यिक प्रतिद्वंदिता के शिकार दिखाई देते हैं, जिन्होंने कलकत्ता में तत्कालीन सरकार को तसलीमा के साहित्य को प्रतिबंधित करने की सलाह दी।

आत्मकथा में तसलीमा के पक्ष, विपक्ष में लिखने वाले और तटस्थ रहे लेखकों और बुद्धिजीवियों की एक लम्बी सूची प्राप्त होती है और उनके मत भी प्राप्त होते हैं। जहाँ एक तरफ उन्हें बांग्लादेश के और भारत के महाश्वेता देवी, मैत्रेयी पुष्पा आदि लेखिकाओं का समर्थन प्राप्त हुआ वहीं बांग्लादेश, यूरोप और भारत में उनके कई प्रतिद्वंदी उभर आये थे, जिन्होंने कई बार तसलीमा को अश्लील घोषित कर उन्हें निंदनीय लेखिका की श्रेणी में फेंक दिया। बांग्लादेश की 'सुगंधा' जैसी पत्रिकाएँ 'तसलीमा नसरीन अब उड़ती फिर रही हैं'[250] जैसे लेख लिख उनके विरुद्ध अनर्गल प्रलाप कर रहीं थीं। पश्चिम बंगाल में भी कई पत्रिकाएँ जैसे-'साप्ताहिक कलम', 'मियान' भी तसलीमा की निंदक बनी रहीं। सस्ती पत्रिकाओं में उन्हें 'चिंदी-चिंदी कर काटा-पीटा' जाता रहा और व्यक्तिगत जीवन को खंगालने और कुरेदने का काम किया जाता था।

आनंद बाजार पत्रिका से 'निर्वाचित कलाम' पुस्तक के लिए प्राप्त होने वाले 'आनंद पुरस्कार' प्राप्त होने के बाद तो विरोधियों की संख्या लगातार बढ़ती गई। तसलीमा यह मानती हैं 'लोकप्रियता के जहाँ सैकड़ो अच्छे पक्ष हैं, उतने ही बुरे

पक्ष भी हैं।"[251] साहित्य जगत दो गुटों में बंट गया। एक तसलीमा समर्थक और दूसरा तसलीमा विरोधी। समर्थकों ने जहाँ तसलीमा को 'एक योग्य लेखिका' कहा, 'जो वह सोचती हैं वही लिखती हैं', 'सबसे उल्लेखनीय लेखिका, 'बिलकुल फर्क नज़रिए की लेखिका' कहा, वहीं विरोधी लेखकों ने 'छिछोरी' और 'नक़ल करने वाली लेखिका' कहा। उन्हें 'हास्यास्पद', 'भ्रामक', 'अवैज्ञानिक', 'प्रतिद्वंदिता चाहने वाली औरत', 'दुस्साहसी, दुर्विनीत और दुर्दांत' कहा गया और पत्रिकाओं में उनके पक्ष-विपक्ष में कलाम लिखने का दौर चल पड़ा। पत्रिकाएँ भी दो गुटों में बंट चुकी थीं। जहाँ 'आनंदबाजार', 'देश', 'बंगला की वाणी' पक्ष में थीं वहीं 'विचिन्ता', 'इन्कलाब', 'दैनिक संग्राम', 'दिनकाल', 'मिल्लत', 'बांग्ला बाजार', 'साप्ताहिक कलम', 'मियान' विपक्ष में लिख रहीं थीं। तसलीमा विरोधी गुट में बांग्लादेश के अहमद हूफा, रफीक आजाद, बांग्ला बाज़ार पत्रिका के सम्पादक मोतिउर रहमान, अबू फैजल, डॉ. गुलाम मोयायम, फ़रिश्ता आदि थे। तो पक्ष में लिखने वालों में बांग्लादेश के विरूपाक्ष पाल, शम्सुर रहमान, जहाँ नारा इमाम, रशीद करीम, नाजिम महमूद, मयहारुल इस्लाम जैर, सनत कुमार साहा (राजशाही विश्वविद्यालय के प्रोफ़ेसर), हुसैन आजीजुल हक़ आदि और पश्चिम बंगाल के शंख घोष, भवतोष दत्त, केतरी कुशारी डाइशन, शिवनारायण राय, आनंद बागची, विजया मुखोपाध्याय, सुतपा भट्टाचार्य, मीर नुरुल इस्लाम, नीरद चौधरी आदि रहे।

उन पर विभिन्न प्रकार के आरोप-प्रत्यारोप लगाये गए। किसी ने यह कहा चूँकि तसलीमा मुसलमानों के विरुद्ध, मुसलमान कट्टरपंथियों के विरुद्ध लिखती हैं इसीलिए उन्हें यह पुरस्कार हिन्दू कट्टरपंथियों ने दिया। मुहम्मद मुक्कदस हुसैन ने निर्वाचित कलाम के प्रत्युत्तर में 'उचित जवाब' नाम से किताब लिखी और हुमायूँ आज़ाद तो तसलीमा के जैसे ही स्त्री केन्द्रित पुस्तकें लिखने लगे। मैत्रेयी चट्टोपाध्याय जैसी स्त्रीवादी लेखिका भी उनके विपक्ष में जा खड़ी हुई। इन जैसे लेखक तो तसलीमा की नकल करके ही बांग्लादेश में विख्यात हो गए।

दरअसल आलोचना किया जाना और प्रतिद्वंदिता में षड्यंत्र के तहत आलोचना किया जाना दोनों अलग-अलग चीजे हैं। तसलीमा इसी प्रतिद्वंदिता की शिकार हुई हैं। इस प्रतिद्वंदिता के सम्बन्ध में विरूपाक्ष पाल ने लिखा, "तसलीमा नसरीन जो सोचती हैं, वही पूरे साहस के साथ कहती भी हैं। कछुआ जैसे अन्य बुद्धिजीवियों की तरह, वे तलैया समझकर, अपना सिर बाहर नहीं निकालतीं। वे तो हमेशा ही सिर बढ़ाये रहती हैं। शायद इसीलिए मौसमी साहित्यकारों को लगता है कि उनमें कांडज्ञान की कमी है।"[252] कुलमिलाकर 'चारो तरफ से पुरातनपंथी

और दुर्मुख लेखकों के वाक्य बाणों'[253] से तसलीमा नेस्तनाबूत होती रहीं।

इन सब विरोध के बावजूद दूसरा पक्ष भी था जहाँ तसलीमा को अपने लेखन के लिए विभिन्न लोगों का सहयोग और पाठकों विशेषकर स्त्री पाठकों का बहुत प्यार भी मिल रहा था। यूरोप में तो तसलीमा के पक्ष में लेखक सड़कों पर उतर आये और कई लेखकों जैसे -सलमान रुश्दी, बरनार-अंरी लेबी, नदिन गार्डिमर, फिलिप सोलेर, लैला सब्बार, सुजान सटांग, रादा इबेकोविच आदि ने उनके समर्थन में खुला-पत्र लिखा जिसे 'प्रिय तसलीमा नसरीन' पुस्तक के रूप में संकलित भी किया गया है। इसी प्रकार भारत में जहाँ कई बंगाली लेखकों ने इर्ष्यावश तसलीमा का विरोध किया तो वहीं कई बड़े लेखक जिनमें हिंदी के लेखक जैसे मैत्रेयी पुष्पा, नामवर सिंह, राजेंद्र यादव आदि सम्मिलित हैं ने भी तसलीमा के पक्ष में कई प्रयास किए। शायद पाठकों और लेखकों का यह समर्थन ही था, जिसने तसलीमा को लड़ने का साहस और आत्मविश्वास दिया। वे लिखती हैं, "चारों तरफ की बदनामी, अफवाह, निग्रह, निशंसता, ईर्ष्या, परश्रीकातरता के घने-घने कीचड़-कादा पर, मुझे मेरुदंड सीधे रखकर चलना होगा, मैं जानती हूँ. अगर मैं तनकर नहीं चली, तो किसी भी पल ठोकर खाऊँगी। टूट फूट जाऊँगी।"[254] इसलिए 'बाहर की थूक के सैकड़ों छीटें'[255] उनपर भले ही पड़ें किन्तु उन छींटों को पोछ उन्होंने अपने सिद्धांतों का परित्याग नहीं किया। पंडित शिव नारायण राय के शब्दों में कहें तो, "झूठी अफवाह फैलाकर किसी तेज-तर्रार कलम को भोथरा नहीं बनाया जा सकता है।"[256] तसलीमा की कलम की धार इसीलिए कभी कम नहीं हुई।

यदि किसी साहित्यकार को खत्म करना है तो उसके लिए सबसे बेहतर उपाय यह है कि उसके साहित्य की उपेक्षा की जाय। तसलीमा नसरीन के साथ भी कुछ ऐसा ही हुआ है। सपाट लेखन और बेतुकी बातों जैसा आरोप लगाकर उनकी रचनाओं को असाहित्यिक घोषित कर उपेक्षित करने का प्रयास किया गया। किन्तु यदि साहित्य के उद्देश्य की दृष्टि से देखें तो तसलीमा की आत्मकथा और आत्मकथेतर साहित्य सभी साहित्यिक उद्देश्य को पूर्ण करते नज़र आते हैं। भाषा, शैली, प्रतीक और बिम्ब योजना के साथ विषय वैविध्य तसलीमा की रचनाओं को साहित्यिक कहने के लिए पर्याप्त हैं। प्रेमचंद द्वारा सुझाये गए मत के अनुसार देखें तो यह महफ़िल सजाता या मनोरंजन का सामान नहीं जुटाता बल्कि सच्चाई की मशाल ले कर आगे बढ़ता है। न्यूमन के मत के आधार पर देखें तो यह 'युनिवर्सल की जगह 'पर्सनल' होकर व्यक्ति विशेष के मन को उद्वेलित करने वाला साहित्य है और इसमें गणपतिचन्द्र गुप्त द्वारा बताये गए रस

के अनुरूप उत्पन्न 'भावनात्माक', 'कलात्मक' और 'बौद्धिक आकर्षण' की क्षमता भी है। साथ ही मैक्सिम गोर्की के मत के समान यह आत्मान्वेषण का अवसर भी देता है और संरचनावादी फूको ने जिस 'स्वाययत्ता' और 'वस्तुनिष्ठता' की बात की वह भी इसमें विद्यमान है।

कुल मिलाकार जगदीश्वर चतुर्वेदी के मत को आधार बनाकर कह सकते हैं कि तसलीमा ने 'सृजन की मर्यादा' के अपने दायित्व का निर्वहन किया है अब इसमें श्लीलता या अश्लीलता है या नहीं यह पाठक या आलोचक की दृष्टि पर निर्भर करता है। तसलीमा ने जिन शब्दों का प्रयोग अपने लेखन में किया है उसके कोई न कोई सन्दर्भ और अर्थ हैं। उन्होंने यूँ ही 'पोर्न' लेखन करने के लिए तथाकथित अश्लील शब्दों का प्रयोग किया है यह कहना उचित नहीं प्रतीत होता है। जरूरत उनके संदर्भों और विषयवस्तु को समझे जाने की है न कि साहित्यिक प्रतिद्वंदिता में पड़कर उनके साहित्य को उपेक्षित करने की।

कह सकते हैं तसलीमा कुत्सित राजनीति और पितृसत्ता और धर्म से उसके गठजोड़ की शिकार लेखिका हैं और उनका साहित्य इस कुत्सित राजनीति के विरुद्ध लिखा गया साहित्य है।

संदर्भः

1. तसलीमा नसरीन, द्विखंडित, पृष्ठ-46
2. https://omprakashkashyap.wordpress.com/category/प्लेटो-के-आदर्श-राज्य-की-शिक्षानीति,21/10/17 को देखा गया.
3. वही
4. The picture become more clearar when, over 2000 yers ago, deities came to eñibit iconographical characterstics that place them within broader religious traditions found in other parts of South and South&EastAsia. (Willem Van Schendel ,A History of Bangladesh, University Printing House, Cambridge, Year, 2009, pg.-26)
5. वही, चह.-30-33.
6. वही, चह.-29
7. https: //hi.wikipedia.org/wiki/ykgkSj;ladYiuk on 21/10/17
8. तसलीमा नसरीन, मेरे बचपन के दिन, पृष्ठ-81
9. कृष्णा सोबती, गुजरात पाकिस्तान से गुजरात हिंदुस्तान, पृष्ठ-27
10. तसलीमा नसरीन, मेरे बचपन के दिन, पृष्ठ-81
11. वही, पृष्ठ-82
12. वही, पृष्ठ-82
13. वही, पृष्ठ-82
14. https%//en.wikipedia.org/wiki/History_of_Bangladesh sited on 20/10/17
15. तसलीमा नसरीन, मेरे बचपन के दिन, पृष्ठ-9
16. जसवंत सिंह, खतरे में भारत, राजपाल एंड संस, नई दिल्ली, संस्करण-2013

17. कृष्णा सोबती, गुजरात पाकिस्तान से गुजरात हिंदुस्तान, पृष्ठ–31
18. वही, पृष्ठ–56
19 https://en.wikipedia.org/wiki/History;of;Bangladesh sited on 20/10/17
20. तसलीमा नसरीन, मेरे बचपन के दिन, पृष्ठ–85
21. वही, 295
22. https://en.wikipedia.org/wiki/Constitution;of;Bangladesh,16/07/16 को देखा गया.
23. तसलीमा नसरीन, द्विखंडित-पृष्ठ–54
24. वही, पृष्ठ–66
25. वही, पृष्ठ56
26. वही, पृष्ठ–47
27. वही, पृष्ठ–218
28. वही, पृष्ठ 219
29. वही, पृष्ठ–219
30. तसलीमा नसरीन, द्विखंडित, पृष्ठ–57
31. वही, पृष्ठ–219
32. वही, पृष्ठ–339
33. वही, पृष्ठ–341
34. वही, पृष्ठ–345
35. वही, पृष्ठ–345
36. वही, पृष्ठ–59
37. वही, पृष्ठ–59
38. वही, पृष्ठ–60
39. राजकिशोर, धर्म और राजसत्ता, पृष्ठ–85
40. वही, पृष्ठ–38
41. तसलीमा नसरीन, द्विखंडित, पृष्ठ–151
42. वही, पृष्ठ–63
43. वही, पृष्ठ–385
44. वही, पृष्ठ–401
45. वही, पृष्ठ–425
46. वही, पृष्ठ–419
47. 'Today, liberal Bnagladeshi feel increasingly embattled. Many are convinced that Islamism is growing dangerously, supoorted by an acommodating government as well as terrorist intimidation. On the other hand, liberal Bangladesh forms a vibrant, feisty and vocal community with ever-stronger global links.('Willem Van Schendel,A History of Bangladesh, University Printing House, Cambridge, Year, 2009, pg.-262)
48. तसलीमा नसरीन, द्विखंडित, 419
49. वही, पृष्ठ–420
50. वही, पृष्ठ–63
51. राजकिशोर, धर्म और राजसत्ता, पृष्ठ–18
52. तसलीमा नसरीन, द्विखंडित, पृष्ठ–66

53. https%//samaybuddha.wordpress.com/2015/02/18/dharm&ke&naam.par&har&galat&sahi&ho&jata&hai/, 15/08/16 को देखा गया.
54. महाभारत, शांतिपर्व -12-14-18
55. सं-राजकिशोर, धर्म और राजसत्ता, पृष्ठ-85
56. http%//www.jagran.com/editorial/apnibaat&8828606.html on 9/11/17
57. तसलीमा नसरीन, द्विखंडित, पृष्ठ-54
58. रामचंद्र शुक्ल, हिंदी साहित्य का इतिहास, पृष्ठ-60
59. तसलीमा नसरीन, फेरा, पृष्ठ-100
60. अखिलेश मिश्र, धर्म का मर्म पृष्ठ-41
61. तसलीमा नसरीन, द्विखंडित, पृष्ठ-345
62. वही, पृष्ठ-270
63. जगदीश्वर चतुर्वेदी, साम्प्रदायिकता, आतंकवाद और जनमाध्यम, पृष्ठ-165
64. https://khabar.ndtv.com/news/blogs/ravish-kumar.writes-about-the.relation.between.religion.and-politics-1451529 on 9/11/17
65. "Earth is a prison planet, and humans are prisoners." https: //www.ancestryofman.com/ seen on 31/10/17
66. ("exile, has been deployed as a concept beyond simply a forced removal from a given physical location. Eñile in everyday use invokes images of individual political dissidents sent overseas or large groups of people banished to distant lands, forming various diasporas. In these cases there is sometimes a presumption that the eñiled are different from casual migrants who forget their original homelands and form new allegiances with the places in which they settle. Eñiles retain a sense of (be)longing to/for a real or imagined homeland.') www.postcolonialweb.org/poldiscourse/eñile.htmlon seen on 31/10/17
67. कृष्णा सोबती, गुजरात पाकिस्तान से गुजरात हिंदुस्तान, पृष्ठ-28
68. Exile, www.postcolonialweb.org/poldiscourse/eñile.htmlon seen on 31/10/17
69. In his memoir, Out of Place (1999), Edward Said described the condition of eñile as the source of his most deeply held beliefs about himself and the world. His use of eñile as a metaphor is in several ways analogous to the ways in which diasporic religious communities orient themselves in relation to space and time.Although Said was critical of the dangerous idea of sacred space, the space of eñile is in certain respects similar to a religious myth in its shaping influence on his life, as revealed in his autobiography. * Literature-Theology, Vol. 21. no.3, september 2007, Published by Oñford University Press, pp 293-301
70. Oxford Hindi-English Dictionary, Ed. S. K. Verma, R. N, Sahai, Oñford University Press, New Delhi,April, 2013, pg.-260
71. (Literature-Theology, Vol. 21. no.3, september 2007, Published by Oñford University Press, pp 293-301)
72. (E. Said, ^Reflections on Eñile, ^p. 175.)
73. T. Tweed, Our Lady of the Eñile: Diasporic Religion at a Cuban Catholic Shrine in Miami (New York and Oñford: Oñford University Press, 1997),

pp. 93-98. (Literature-Theology, Vol. 21. no.3, september 2007, Published by Oñford University Press, pp 296)

74. Being an exile is not simply a fate inflicted on him, but a matter of vision and commitment that eñpresses his ultimate values. (Literature-Theology, Vol. 21. no.3, september 2007, Published by Oñford University Press, pp 297)

75. कृष्णा सोबती, गुजरात पाकिस्तान से गुजरात हिंदुस्तान, पृष्ठ–27

76. http://www.hindisamay.com/content/7231/1/लेखक-ईमान-मर्सल-का- आत्मकथ्य-कुछ-पुर्जियाँ-कुछ- चिन्दियाँ.बेच॰(seen on -17/11/17)

77. कुंवर नारायण, ना सीमायें, ना दूरियाँ- ' कुंवर नारायण से रेनाता चेकाल्स्का की बातचीत',वाणी प्रकाशन, नई दिल्ली, संस्करण –2017, पृष्ठ–261

78. https: //samaybuddha.wordpress.com/2015/02/18/dharm-ke.naam-par- har -galat- sahi-ho-jata-hai/, 12/04/16 को देखा गया.

79. "और वह (यहूदी घमंड से) कहते हैं कि हमारे दिल कवच से सुरक्षित हैं। नहीं, उनके कुफ्र के कारण उनपर अल्लाह की फिटकार है।" (कुरान शरीफ, पृष्ठ–43)

80. "जो लोग मरियम के बेटे मसीह को ही अल्लाह कहते हैं, वह बेशक कफिर हैं।" (कुरान शरीफ, पृष्ठ–165)

81. (ऐ पैगम्बर! यहूदियों व ईसाइयों से) कहो कि ऐ किताबवालों! जब तक तुम तौरात और इंजील और जो (शहीफे) तुम्हारे परवरदिगार की तरफ से तू पर उतारे गये हैं उन्हें कायम न रखोगे, तब तक तुम कुछ भी राह पर नहीं हो। और (ऐ पैगम्बर) जो तुम पर तुम्हारे परवरदिगार की तरफ से (कुरान) उतरा है उससे इन लोगों में डाह होने के कारण) उनमे से बहुतेरों की सरकशी और कुफ्र बढ़ेगा। सो तू इन काफिरों की कौम पर अफ़सोस न करना।"(कुरान शरीफ, पृष्ठ–211)

82. "बेशक वह लोग काफ़िर हो गये हैं जो यह कहते हैं कि अल्लाह तआला इन्ही तीनों में से एक हैं। हालाँकि अल्लाह के अलावा और कोई माबूद नहीं और जैसी-जैसी बातें ये लोग (अल्लाह के बारे में) कहते हैं अगर उनसे बाज नहीं आयेगें तो जो लोग इनमें से कुफ्र करते रहेंगे उन्हें दुखदायी अजाब होगा।"(कुरान शरीफ, पृष्ठ–211)

83. "...और अगर न मानें तो अल्लाह इनको दुनिया और आखिरत में दुखदाई सजा देगा और जमीन पर न इनका कोई साथी होगा और न मददगार।"(कुरान शरीफ, पृष्ठ–337)

84. "...ऐ पैगम्बर इनको दोहरी सजा होगी क्योंकि (इनका कुफ्र इस कद्र बढ़ा था कि हमारा पैगाम) न ये लोग सुन सकते थे और न देख सकते थे।"(कुरान शरीफ, पृष्ठ–377)

85. "उसकी जाति के सरदार जो काफ़िर (धर्म विमुख) थे कहने लगे कि हमको तुम अहमक मालूम होते हो और हम बेशक तुमको झूठा समझते हैं।")कुरआन शरीफ, पृष्ठ–273).

86. "(ऐसा कभी न हुआ कि) जब कोई पैगम्बर उनके पास आया उन्होंने उनकी हँसी न उड़ाई हो।"(कुरान शरीफ-पृष्ठ–731)

87. "फिरऔन, हमान और कारून की तरफ तो वह कहने लगे कि (यह मूसा तो) जादूगर और झूठा है।"(कुरान शरीफ, पृष्ठ–777).

88. "जो लोग अल्लाह और उसके पैगम्बर से लड़ते और फसाद फ़ैलाने की गरज से मुल्क में दौड़े फिरते हैं, उनकी सजा तो यही है कि मार डाले जाएँ या उनको सूली दी जाए या उनके हाथ–पाँव खिलाफ जानिब से काट दिए जाएँ या उनको देश निकाला दिया जाय।"(कुरान शरीफ, पृष्ठ–199).

89. सूरा 33 आयत 61 –"फिटकारे हुए कि जहाँ पाए गये पकड़े गये और जान से मारे गये।"(कुरान शरीफ, पृष्ठ–705)

90. https://en.wikipedia.org/wiki/Islam_and_blasphemy, 23/11/17 को देखा गया.
91. तसलीमा नसरीन, द्विखंडित, पृष्ठ-55
92. वही, पृष्ठ-238
93. वही, पृष्ठ-391
94. तसलीमा नसरीन, लज्जा, पृष्ठ-68
95. वही, पृष्ठ-43
96. वही, पृष्ठ-93
97. bangladesh penal code article -292 -http: //bdlaws.minlaw.gov.bd/print; sections; all.php\id=11
98. तसलीमा नसरीन, द्विखंडित, पृष्ठ-421
99. कुरान शरीफ, पृष्ठ-482-483
100. तसलीमा नसरीन, द्विखंडित, 446
101. वही, पृष्ठ-441
102. वही, पृष्ठ-398
103. वही, पृष्ठ-401
104. वही, 467
105. वही, 466
106. तसलीमा नसरीन, निर्वासन,
107. रूसी लेखिका मेरी बाशकिर्त्सेव का प्रसिद्ध कथन
108. तसलीमा नसरीन, निर्वासन, पृष्ठ-104
109. तसलीमा नसरीन, मुझे घर ले चलो -पृष्ठ-25
110. तसलीमा नसरीन, नहीं कहीं कुछ भी नहीं-पृष्ठ-188
111. तसलीमा नसरीन, उत्ताल-हवा, पृष्ठ-273
112. तसलिमा नसरीन, नहीं कहीं कुछ भी नहीं-पृष्ठ-48
113. तसलीमा नसरीन, मुझे घर ले चलो -पृष्ठ-59
114. वही-पृष्ठ-177
115. वही -पृष्ठ-180
116. तसलीमा नसरीन, नहीं कहीं कुछ भी नहीं -पृष्ठ-223
117. वही, पृष्ठ-224
118. वही, पृष्ठ-223
119. तसलीमा नसरीन, कुछ पल साथ रहो-पृष्ठ-19
120. https: //www.brainyquote.com/quotes/keywords/eñile.htm, 12/12/17 को देखा गया.
121. तसलीमा नसरीन, निर्वासन,पृष्ठ-228
122. तसलीमा नसरीन, कुछ पल साथ रहो, पृष्ठ-92
123. तसलीमा नसरीन, निर्वासन, पृष्ठ-214
124. तसलीमा नसरीन, मुझे घर ले चलो-पृष्ठ-105
125. वही, पृष्ठ-9
126. तसलीमा नसरीन, निर्वासन, पृष्ठ-73
127. तसलीमा नसरीन, द्विखंडित-पृष्ठ-62
128. 'अजन्ता-एलोरा भ्रमण का मेरा अनुभव', हंस, वर्ष-32,अंक-2, सितम्बर-2017, सं-संजय सहाय, पृष्ठ-95

129. तसलीमा नसरीन, कुछ पल साथ रहो, पृष्ठ–17
130. वही, भूमिका
131. वही, पृष्ठ–37
132. वही, पृष्ठ–23
133. वही, पृष्ठ–19
134. वही, पृष्ठ–24
135. तसलीमा नसरीन, कुछ पल साथ रहो, पृष्ठ–31
136. वही, पृष्ठ–65
137. वही, पृष्ठ–25
138. वही, पृष्ठ–33
139. तसलीमा नसरीन, मुझे घर ले चलो, पृष्ठ–362
140. तसलीमा नसरीन, निर्वासन, पृष्ठ–185
141. वही, पृष्ठ–51
142. Marc Schuilenburg, ^Behave or be banned\ Banning orders and selective eñclusion from public space*, https: //www.researchgate.net/profile/Marc;Schuilenburg?12/02/18 को देखा गया.
143. वही, पृष्ठ–148
144. वही, पृष्ठ–149
145. वही, पृष्ठ–150
146. वही, पृष्ठ–147
147. वही, पृष्ठ–147
148. इंडोनेशिया के लोकप्रिय नाटककार और कवि, जिनकी रचनाओं में इंडोनेशिया की समाज–व्यवस्था की विकृतियों और सत्ता के चरित्र की विसंगतियों पर व्यंग्य किया गया है। इसके कारण उन्हें सुकर्नो और सुहार्तो जैसे शासकों के काल में प्रतिबन्ध और कारावास का सामना करना पड़ा।
149. केन्या के रंगकर्मी और लेखक जिनको केन्या के शासकों जोमो केन्याटा और दिन्यल मोई के समय में प्रतिबन्ध और कारावास झेलना पड़ा। और उन्हें केन्या में जाने से प्रतिबंधित कर दिया गया। इसका कारण यह बताया गया कि एक तो वे वहाँ की सरकारी भाषा अंग्रेजी में नहीं लिखते बल्कि केन्या की ही एक स्थानीय भाषा गिकियू में लिखते हैं और दूसरा उनकी रचनाओं में साम्राज्यवाद विरोधी संघर्ष का चित्र किया गया है।
150. मैनेजर पाण्डेय, अनभै सांचा, पृष्ठ–147
151. तसलीमा नसरीन, द्विखंडित, पृष्ठ–119
152. वही, पृष्ठ–363
153. 'अजन्ता–एलोरा भ्रमण का मेरा अनुभव', हंस, वर्ष–32,अंक–2, सितम्बर–2017, सं–संजय सहाय, पृष्ठ–94
154. http: //www.bbc.com/hindi/india/2012/02/120203.tasleema ;politics;ss ,seen on–10/7/16
155. वही
156. डॉ. सत्येन्द्र, निबंध निलय, पृष्ठ–117
157. डॉ गणपति चन्द्र गुप्त, भारतीय एवं पाश्चात्य काव्य सिद्धांत, पृष्ठ–27
158. रामचंद्र शुक्ल, चिंतामणि भाग–3, पृष्ठ– 27
159. वही, पृष्ठ–7
160. डॉ गणपति चन्द्र गुप्त, भारतीय एवं पाश्चात्य काव्य सिद्धांत, पृष्ठ–9

161. http: //saahityaalochan.blogspot.in/2008/08/blog-post;2139.html, seen on 19/11/17
162. http: //hindisamay.com/kahani/Ek»20pathak.htm, vuq.-vfuy tufot;, 18/07/17 को देखा गया.
163. मैनेजर पाण्डेय, साहित्य और इतिहास दृष्टि, हववहसम इववा, पृष्ठ–49
164. कृपाशंकर चौबे, नज़रबंद तसलीमा, पृष्ठ–64
165. तसलीमा नसरीन, तसलीमा नसरीन की कवितायें, पृष्ठ–44
166. तसलीमा नसरीन, कुछ गद्य, कुछ पद्य, पृष्ठ–243
167. तसलीमा नसरीन, तसलीमा नसरीन की कवितायें, पृष्ठ–138
168. तसलीमा नसरीन, कुछ पल साथ रहो, पृष्ठ–78
169. वही, पृष्ठ–113
170. तसलीमा नसरीन, पृष्ठ–108
171. तसलीमा नसरीन, बंदिनी, पृष्ठ–15
172. तसलीमा नसरीन की कवितायें, पृष्ठ–30
173. तसलीमा नसरीन की कवितायें, पृष्ठ–84
174. तसलीमा नसरीन, बंदिनी, पृष्ठ–89
175. कृपाशंकर चौबे, नज़रबंद तसलीमा, पृष्ठ–68
176. तसलीमा नसरीन, कुछ गद्य, कुछ पद्य, पृष्ठ–127
177. वही, पृष्ठ–47
178. मुझे मुक्ति दो, पृष्ठ–30
179. वही, पृष्ठ–29
180. तसलीमा नसरीन, मुझे देना और प्रेम, भूमिका से
181. तसलीमा नसरीन की कवितायें, पृष्ठ–23
182. वही, पृष्ठ–18
183. तसलीमा नसरीन, कुछ गद्य, कुछ पद्य, पृष्ठ–197
184. वही, पृष्ठ–218
185. वही, पृष्ठ–225
186. तसलीमा नसरीन, औरत का कोई देश नहीं, पृष्ठ–17
187. वही, पृष्ठ–25
188. तसलीमा नसरीन की कवितायँ, पृष्ठ–22
189. वही, पृष्ठ–104
190. वही, पृष्ठ–113
191. वही, पृष्ठ–159
192. वही, पृष्ठ–78
193. तसलीमा नसरीन, कुछ गद्य, कुछ पद्य, पृष्ठ–172
194. तसलीमा नसरीन, वे अँधेरे दिन, पृष्ठ–465
195. तसलीमा नसरीन, नहीं कहीं कुछ भी नहीं, पृष्ठ–249
196. वही, पृष्ठ–208
197. वही, पृष्ठ–311
198. तसलीमा नसरीन, उत्ताल हवा, पृष्ठ–283
199. तसलीमा नसरीन, द्विखंडित, पृष्ठ–42
200. तसलीमा नसरीन, उत्ताल हवा, पृष्ठ–205

201. वही, पृष्ठ-360
202. तसलीमा नसरीन, लज्जा, पृष्ठ-169
203. तसलीमा नसरीन की कविताएँ, पृष्ठ-14
204. तसलीमा नसरीन, मुझे मुक्ति दो, पृष्ठ-46
205. तसलीमा नसरीन, निर्वासन, पृष्ठ-256
206. बच्चन सिंह, आधुनिक हिंदी आलोचना के बीज शब्द, पृष्ठ-7
207. कृपाशंकर चौबे, नज़रबंद तसलीमा, पृष्ठ-63
208. रामचंद्र शुक्ल, चिंतामणि भाग-3, सं-नामवर सिंह, राजकमल प्रकाशन, 1983, पृष्ठ-8
209. मानक हिंदी कोश, रामचंद्र वर्मा(सं), प्रथम खंड, राजपाल एंड संस, पृष्ठ-217
210. डॉ मालती जावले, साठोत्तर हिंदी कहानी और अश्लीलता, विनय प्रकाशन, कानपुर, प्रथम संस्करण-1996, पृष्ठ-10
211. लक्ष्मीकान्त वर्मा, आधुनिक हिंदी कहानी के संदर्भ में अश्लीलता : एक विवेचन, साहित्य भवन, इलाहाबाद, पृष्ठ-15
212. विश्वनाथ प्रसाद तिवारी, रचना के सरोकार, पृष्ठ-94
213. वही, पृष्ठ-95
214. वही, पृष्ठ-97
215. http: //www.joharkhabar.com/culture/interview-ramesh-bhagat.and-hansda-sowvendra-shekhar/
216. विश्वनाथ प्रसाद तिवारी, रचना के सरोकार, पृष्ठ-99
217. जगदीश्वर चतुर्वेदी, साम्प्रदायिकता, आतंकवाद और जनमाध्यम, पृष्ठ-166
218. विश्वनाथ प्रसाद तिवारी, रचना के सरोकार, पृष्ठ-97
219. वही, पृष्ठ-97
220. जगदीश्वर चतुर्वेदी, साम्प्रदायिकता, आतंकवाद और जनमाध्यम, पृष्ठ-166
221. तसलीमा नसरीन, द्विखंडित, पृष्ठ-164
222. वही, पृष्ठ-161
223. वही, पृष्ठ-163
224. तसलीमा नसरीन, कुछ पल साथ रहो, पृष्ठ-24
225. वही, पृष्ठ-47
226. वही, पृष्ठ-52
227. तसलीमा नसरीन की कवितायें, पृष्ठ-173
228. वही, पृष्ठ-176
229. वही, पृष्ठ-172
230. जय सिंह मीणा के आलेख 'दलित साहित्य : शालीनता का प्रश्न' से, http%//www.debateonline.in/301113/
231. तसलीमा नसरीन, कुछ पल साथ रहो, पृष्ठ-28
232. वही, पृष्ठ-73
233. वही, पृष्ठ-53
234. कुछ पल साथ रहो, पृष्ठ-101
235. वही, पृष्ठ-108
236. वही, पृष्ठ-112
237. वही, पृष्ठ-114

238. तसलीमा नसरीन की कवितायें, पृष्ठ-29
239. वही, पृष्ठ-77
240. प्रो. श्रीराम शर्मा, समकालीन हिंदी साहित्य के विविध विमर्श, पृष्ठ-45
241. तसलीमा नसरीन, मेरे बचपन के दिन, पृष्ठ-102
242. तसलीमा नसरीन, उत्ताल हवा, पृष्ठ-320
243. Rubaiyat Hossain is an independent film-maker and Lecturer at Brac University.,I want to argue that Taslima Nasrin is condemned, especially in the literary circle, because she is the first woman to talk openly about female señuality in Bangla literature. She is also the first one to write openly about her señual encounters with other writers (may they be true or fabricated). Whether Taslima's accounts in Dwikhondita were based on reality is an entirely separate debate, but from the ill reaction towards the book, we come to understand once again that when a female talks openly about her señuality it is not well received.
244. (http: //archive.thedailystar.net/forum/2006/december/taslima.htm, 24/04/16 को देखा गया)
245. रमणिका गुप्ता, मेरे साक्षात्कार, पृष्ठ-129
246. तसलीमा नसरीन, द्विखंडित, पृष्ठ-134
247. वही, पृष्ठ-47
248. वही, पृष्ठ-122
249. वही, पृष्ठ-274
251. वही, पृष्ठ-325
252. वही, पृष्ठ-297
253. वही, पृष्ठ-298
254. वही, पृष्ठ-325
255. वही, पृष्ठ-326
256. वही, पृष्ठ-294

मानवतावादी तसलीमा

पिछले पृष्ठों में यह देखा गया कि तसलीमा के अनुसार स्त्री-जीवन धर्म, पितृसत्ता और राजनीति के त्रिकोण में कुछ इस प्रकार जकड़ा है कि उससे निकल पाना अत्यंत कठिन है। तसलीमा नसरीन आत्मकथा में स्त्री-जीवन के दायरे को सीमित करने वाले कारणों के वर्णन के साथ-साथ उनसे बाहर निकल आने के कई विकल्प भी बीच-बीच में प्रस्तुत करती हैं, जिन्हें समग्र रूप में 'मानवतावाद' के रूप में परिभाषित किया जा सकता हैं।

धर्म, पितृसत्ता और राजनीति के गठजोड़ की बेड़ियों में फँसी स्त्री को इससे बाहर निकाल लाने की अकुलाहट तसलीमा की आत्मकथा और आत्मकथेतर रचनाओं में स्पष्ट दिखाई देती है। वे स्त्रियों का शोषण कर रहे पितृसत्तात्मक समाज, धर्म के आधार पर बँटे समाज और कुत्सित राजनीति से कुंठित होते समाज को मानवतावादी मूल्यों के सहारे सीमित मानसिकताओं के दायरे से निकल आने के लिए प्रोत्साहित करती हैं। वे 'मानवतावाद' को एक बेहतरीन विकल्प के रूप में स्थापित करती नज़र आती हैं। इस मानवतावाद का उद्देश्य है मानवीय अस्मिता और मानवीय गरिमा को बनाए रखना। जैसा कि नामवर सिंह का मत है, "महान कला, सच्चा यथार्थवाद और मानवतावाद, अविभाज्य ढंग से परस्पर जुड़े होते हैं और इन्हें जोड़नेवाला सिद्धांत वही है जिस पर हम बल देते रहे हैं, अर्थात् मानव अस्मिता की हिफाजत।"[1] तसलीमा का समग्र साहित्य अपने स्तर पर मानव अस्मिता की हिफाजत की ही बात करता है -जिसका विशेष आग्रह है-स्त्री को मनुष्य स्वीकार किया जाना।

तसलीमा 'अकाज' कविता में लिखती हैं, "मैंने अपने सपने नेपथलीन में मरोड़कर, बड़े जतन से रख छोड़े हैं!"[2] और ये सपने हैं- कलकत्ता वापस लौटने के सपने, एकमेव भारत के सपने, सभी लोगों को प्रेम से रहते हुए देखने के सपने, स्वतंत्रता-समानता के सपने। तसलीमा इन सभी सपनों को 'मानववादी

मूल्यों' के माध्यम से पूर्ण होते देखना चाहती हैं और घोषित कर देती हैं, "मैं अपने लेखन के माध्यम से सत्ता और मानवाधिकार के लिए संघर्ष कर रही हूँ।"[3] इसके लिए सर्वप्रथम यह देखना आवश्यक है कि मानवतावादी मूल्य और तत्संबंधी सिद्धांत और विश्व में प्रचलित मान्यताएँ क्या है? यह अग्रलिखित बिन्दुओं में स्पष्ट हो जाता है -

(क) मानवतावाद : मनुष्य को मनुष्य स्वीकार करने की अवधारणा

मानवतावाद एक आधुनिक दर्शन है जो अपनी ज्ञान मीमांसा में 'प्रत्यक्षवाद', तत्वमीमांसा में 'भौतिकवाद' और नीतिमीमांसा में 'उपयोगितावाद' जैसे सिद्धांतों को स्वीकारता है। यह पारम्परिक धर्मों का विरोधी है क्योंकि इसके अनुसार उनकी अलौकिकता, रूढ़िवादिता तथा मजहबी मानसिकता विश्व का विकास कम, विनाश अधिक कर रही है। डॉ. सर्वपल्ली राधाकृष्णन के अनुसार, "जब मानव मस्तिष्क को पता लगता है कि जिन अवलम्बों पर वह बहुत समय से झुककर सहारा लेता आया है वे जीर्ण एवं जर्जर हैं; जब संशय होता है कि पारंपरिक धर्म या सम्प्रदाय निराधार हैं, जब जीवन से उसका अर्थ खो गया सा लगता है, और वह सिकुड़कर एक अवधि, एक लम्बाई, एक प्रसार भर रह जाता है, जब भयानक अरक्षा एवं आत्मा के अकेलेपन का भाव हम पर अधिकार कर लेता है, तब हम अनुभव करते हैं कि विवेकपूर्ण जीने का केवल एक मार्ग है, वह है उन तात्विक, अनिवार्य वस्तुओं को बलपूर्वक ग्रहण किए रहना जो आज भी निश्चित हैं : सत्य की सरलता और नैतिक नियमों की महनीयता।"[4] इस सत्य का निहितार्थ है मनुष्य की शक्ति को पहचानना। जैसा कि सुमित्रानंदन पन्त ने उद्घोषणा की 'सुन्दर है सुमन विहग सुन्दर मानव तुम सबसे सुन्दरतम'। मनुष्य की इसी शक्ति को पहचानने और उसके महत्व को स्थापित करने का सिद्धांत 'मानवतावाद' में प्रस्तुत किया गया है।

(i) मानवतावाद का शाब्दिक अर्थ एवं परिभाषा :

'मानवतावाद' अंग्रेजी के 'ह्युमनिज्म' शब्द का हिंदी रूपांतरण है, जो कि इतालवी शब्द 'युमनिस्ता' से नि:सृत है। इस शब्द का अर्थ है 'इतालवी साहित्य का नैतिक दर्शन'। पंद्रहवीं शताब्दी में सर्वप्रथम प्रयोग किए गए इस शब्द (युमनिस्ता) का आधुनिक काल में 'ह्युमनिज्म' के रूप में प्रयोग करने के दौरान इसका अर्थ विस्तार हुआ।[5] 'हिंदी आलोचना की पारिभाषिक शब्दावली' पुस्तक में 'ह्युमेनिज्म' शब्द लैटिन भाषा के 'ह्युमंस' शब्द से निसृत बताया गया है, जिसने पहले 'ह्युमन' शब्द का रूप ग्रहण किया तथा जिसका सम्बन्ध 'होमो'

जाति से है। इस 'ह्युमन' शब्द का अर्थ 'मानव' है एवं प्रत्यय लगाकर इसे 'मानवतावाद' बनाया गया है।[6] फ्रांसीसी पुनर्जागरण के समय 'ह्युमनिस्ट' शब्द का सर्वप्रथम प्रयोग किया गया। तबसे इसका अर्थ 'मानव की भलाई' के सन्दर्भ में लिया जाने लगा। इस शब्द का मूल तात्पर्य 'मानव का मानव के प्रति प्रेम' है। इसकी विभिन्न परिभाषाएँ दी गयी हैं जो निम्नवत् हैं –

बाल्डविन की डिक्शनरी ऑफ़ फिलोसोफी एंड साइकोलॉजी के अनुसार "यह विचार, विश्वास, अथवा कर्म सम्बन्धी वह पद्धति है, जो ईश्वर का परित्याग करके मनुष्य तथा सांसारिक वस्तुओं पर ही केन्द्रित रहती है।"[7]

मानवतावादियों के अंतर्राष्ट्रीय संगठन 'इंटरनेशनल ह्युमेनिस्ट एंड एथिकल यूनियन' के अनुसार, "मानवतावाद एक लोकतान्त्रिक और नैतिक जीवन मुद्रा है जो दृढ़तापूर्वक यह कहता है कि मानव को अपने जीवन को अर्थ और आकार प्रदान करने का उत्तरदायित्व है। यह मानवीय क्षमताओं द्वारा बुद्धि और अन्वेषण की मनोवृत्ति से, मानवीय और अन्य प्राकृतिक मूल्यों पर आधारित नैतिकता द्वारा एक अधिक मानवोचित समाज बनाये जाने का समर्थन करता है। यह ईश्वरवादी नहीं है, और यह वास्तविकता के अतिप्राकृतिक दृष्टिकोण को स्वीकार नहीं करता।"[8]

अमेरिकी मानवतावादी दार्शनिक कार्लिस लामोंट के अनुसार, "मानवतावाद इस प्राकृतिक विश्व में समस्त मानवता के अधिकतर शुभ के लिए सहर्ष सेवा का दर्शन है। यह बुद्धि, विज्ञान, और लोकतंत्र की विधियों का समर्थन करता है।"

स्पष्ट है, मानवतावाद जीवन के प्रति एक लोकतान्त्रिक एवं नैतिक नजरिया है जो मानव के साथ, मानव जैसा व्यवहार करने के लिए प्रेरित करता है।

(ii) मानवतावादी दर्शन : मानवतावाद का दर्शन निम्नलिखित तीन तत्वों के आधार पर समझा जा सकता है –

ज्ञानमीमांसा :

मानवतावाद की ज्ञानमीमांसा मूलतः मानवीय अनुभव और तर्कबुद्धि पर आधारित है। इसी आधार पर मानवतावादी ईश्वर, आत्मा आदि सभी अलौकिक सत्ताओं के अस्तित्व का निषेध करते हैं। इसके अंतर्गत 'प्रत्यक्ष' को ही ज्ञान का महत्वपूर्ण प्रमाण माना जाता है।

तत्वमीमांसा :

इस दृष्टि से मानवतावाद मूलतः प्रकृतिवाद, भौतिकवाद, विकासवाद और निरीश्वरवाद को स्वीकार करता है। यह ईश्वरवाद का स्पष्ट शब्दों में खंडन करते

हुए 'भौतिकतावाद' को स्थापित करता है।

आचारमीमांसा :

इसमें अलौकिक शक्तियों के निषेध के साथ ही मनुष्य की शक्ति की महत्ता को स्थापित किया गया है। यह जीवन का लक्ष्य 'मानव कल्याण' मानता है। इसमें कला, संस्कृति, साहित्य के साथ-साथ अंतर्राष्ट्रीयतावाद और विश्व-बंधुत्व को मूल आदर्श के रूप में स्वीकार किया गया है।

कह सकते हैं, मानवतावाद पूर्णतः मानवकेन्द्रित दर्शन है जो अलौकिक के स्थान पर भौतिक की स्थापना करता है और मनुष्य को अपनी उन्नति के लिए स्वयं उत्तरदायी मानता है।

(iii) मानवतावादी अवधारणा का क्रमिक विकास :

मानवतावाद का विकास मानव चिन्तन के इतिहास के साथ ही हुआ है किन्तु उस समय यह किसी अवधारणा के रूप में नहीं रहा। इसका आधुनिक सन्दर्भों में प्रयोग तो फ़्रांस की क्रांति के बाद ही हुआ। मानवतावाद के प्राचीन प्रमाण चीन के कन्फ्यूशियस, ताओ और भारत के बौद्ध दर्शन के साथ ग्रीक दर्शनों आदि में मिलते हैं। मानवतावाद की पृष्ठभूमि उस समय से देखी जा सकती है 'जब सोफ़ीवादियों और सुकरात ने दर्शन का स्वर्ग से पृथ्वी पर आह्वाहन किया था।'[9] मानवतावाद के सम्बन्ध में अब तक प्रस्तुत मतों को एक साथ रखकर देखें तो इसके दो रूप दिखाई पड़ते हैं-'धर्मसंगत मानवतावाद' और 'धर्मविरोधी मानवतावाद'। 'धर्मसंगत मानवतावाद' का अर्थ है, वह मानवतावाद, जो सामान्य प्रचलित अर्थ में प्रयुक्त धर्म का निषेध नहीं करता हो या भावात्मक रूप से, धर्म पर आधारित होने के कारण ही मानववादी विचार को स्वीकार करता हो। जैसे- बौद्ध धर्म एवं प्रोटेस्टेंट धर्म। 'धर्मविरोधी मानवतावाद' समकालीन मानववादी दर्शन है। इसकी परम्परा का आरम्भ प्रोटेगोरस से हुआ जिनका स्पष्ट कहना था कि 'होमो मेंसुरा' या 'मनुष्य माप है सभी पदार्थों का'। प्रोटेगोरस की भाँति जिन दार्शनिकों ने मानववाद का समर्थन किया वे सब 'सॉफिस्ट्स' कहलाए। इसके बाद हिराक्लिट्स, डेमोक्रिटस, थेल्स आदि ने भी भौतिकतावाद का समर्थन किया। सुकरात ने 'अपने को जानो' आदि कहकर मनुष्य सम्बन्धी चिंतन को प्रोत्साहित किया गया।[10] भारतीय दर्शन परम्परा में चार्वाको ने भी धर्मविरोधी मानवतावाद का समर्थन करते हुए यह मत दिया कि 'निग्रह और अनुग्रह करने में समर्थ व्यक्ति ही ईश्वर की संज्ञा से विभूषित है।'[11] बौद्धों ने स्वयं के द्वारा निर्वाण प्राप्ति के मार्ग को खोलकर व्यक्ति की महत्ता

स्थापित की। गीता का 'निष्काम कर्म' व्यक्ति को नैतिकता और कर्म का पाठ पढ़ाता नज़र आता है। इस दृष्टि से इन सभी को मानवतावादी मूल्यों का पोषक कहा जा सकता है।

पुनर्जागरण काल में मानवतावाद सैद्धांतिक रूप में सामने आया। पाश्चात्य परम्परा के प्रमुख मानववादी चिन्तक –इमेनुअल कांट, डेविड ह्युम, थॉमस पेन, वोल्टेयर, मैरी वोलास्टन क्राफ्ट, बैरन डी होल्बख, जेरेमी बेन्थम, चार्ल्स डार्विन, थॉमस हार्डी, ऑगस्ट कॉम्ट, जॉन ड्यूवी, एरिक फ्राम, कोलिस लामोंट, मार्क्स, स्पेंसर, बैंथम, जूलियन हक्सले, जॉन स्टुअर्ट मिल, बरट्रेंड रसेल, जॉर्ज सेंटयाना, जे.पी. सार्त्र, ई एम.फोस्टर, सिगमण्ड फ्रायड, जी. ई. मूर आदि हैं। भारतीय पुनर्जागरण और आधुनिक काल में राजा राम मोहन राय, विवेकानंद, गाँधी, मानवेन्द्र नाथ राय, जवाहर लाल नेहरू, राधाकृष्णन, पंडित दीन दयाल उपाध्याय उल्लेखनीय हैं। भारतीय परम्परा में मानवतावाद ईश्वरीय और अनिश्वरीय दोनों है। राजा राम मोहन राय, विवेकानंद, गाँधी ने जहाँ ईश्वरीय मानवतावाद को प्रतिस्थापित किया वहीं मानवेन्द्रनाथ राय ने 'रेडिकल मानवतावाद' तो दीन दयाल उपाध्याय ने 'एकात्म मानवतावाद' एवं नेहरु ने 'वैज्ञानिक मानवतावाद' को सिद्ध किया। मानवतावाद को पश्चिम की देन कहा जाता है क्योंकि सर्वप्रथम वहीं ह्यूमेनिज्म के रूप में इस पर चिंतन प्रारंभ हुआ। वस्तुतः यह सही नहीं है क्योंकि मानवतावादी विचारधारा तो भारतीय उपमहाद्वीप में बौद्ध और चार्वाकों के समय से ही है। इसी कारण तसलीमा का मत है, "समानाधिकार और मानवाधिकार का कोई पूर्व–पश्चिम–उत्तर–दक्षिण नहीं होता।"[12]

(iv) मानवतावाद के प्रकार :

मानवतावाद को लेकर प्राचीन से आधुनिक काल तक विभिन्न मत प्रस्तुत किए गए हैं। मध्ययुग में 'ईश्वर केन्द्रित मानवतावाद' की स्थापना हुई तो आधुनिक युग में ईश्वर की सत्ता को नकार 'इहलौकिक मानवतावाद' का समर्थन किया गया। फ्युअरबैक के प्रतिपादन के अनुसार 'आधुनिक मानवतावाद ने यह बात स्वीकार की है कि...मनुष्य को ही सब कुछ बनना हो तो ईश्वर को विसर्जित करना होगा।'[13] इसका परिणाम यह हुआ कि मैक्सिम गोर्की ने आगे चलकर 'द लोअर डेप्थ' नामक अपने नाटक में एक पात्र से यह कहलवा ही दिया कि 'सब बातें मनुष्य का ही भाग हैं। सभी बातें मनुष्य के लिए ही हैं। मनुष्य ही केवल सत्य है।'[14]

मानवतावाद को लेकर पाश्चात्य जगत में व्यापक बहस हुई जिसमें हाईडेगर और सार्त्र के बीच विवाद उसके प्रारंभ को लेकर था। सार्त्र ने डेकार्टियन

'कोजिटो' को मानववाद का आधार माना तो हाईडेगर ने तत्वमीमंसा को उसका आधार माना एवं सीमोन दि बोउआर और सार्त्र के मध्य बहस इस बात को लेकर हुई कि सार्त्र के अस्तित्ववाद में मर्दवादी रवैया है। इसके बाद 'थमाए गए मानवतावाद' की जगह 'सच्चे मानवतावाद' की स्थापना की बात की गयी।[15] इन विभिन्न मतों के आधार पर मानवतावाद के विभिन्न प्रकार समाने आते हैं, जो निम्नवत् हैं -

ईश्वरवादी मानवतावाद या धार्मिक मानवतावाद या क्लासिक ह्युमेनिज्मः

इस प्रकार के मानवतावादी विभिन्न धर्मों में दी गयी मानव कल्याण सम्बन्धी बातों को आधार बनाकर मानव कल्याण से जुड़े मानवतावाद को प्रस्तावित करते हैं। वस्तुतः सभी धर्मों का मूल उत्स मानवतावादी ही है किन्तु भ्रमात्मक स्थितियों और धार्मिक कट्टरता और साम्प्रदायिक सोच के चलते यह कहीं खो सा गया है। धार्मिक मानवतावादी इसी मूल उत्स को आधार बनाकर ही धर्म का पक्ष लेते हैं। इनका मानना है कि मानव कल्याण के लिए ईश्वरीय प्रेरणा आवश्यक है। जी.बी.फास्टर, जॉन ड्यूवी, जूलियन हक्सले, एरिक फ्रॉम, मिल, विलियम जेम्स, आर्थर कीथ, ह्वाइटहेड, एफ.सी.एस. शिलर, फोस्टर स्वाइत्सर, रवीन्द्रनाथ टैगोर, महात्मा गाँधी इसी प्रकार के मानवतावादी हैं। इन्होने 'धर्मनिष्ठता' या 'Religiousity' को मानव हितों के लिए आवश्यक माना है। यहाँ धर्म या धार्मिकता का सम्बन्ध किसी अलौकिक से नहीं बल्कि मानवीय मूल्यों और मानवीय भलाई पर आधारित सिद्धांतों से है, जो मानवीय बुद्धि और मुक्त सहयोग में आस्था रखता है।

आध्यात्मिक मानवतावाद :

इस प्रकार का मत भारतीय दर्शन के जैन और बौद्ध दर्शन में मिलता है जहाँ किसी ईश्वर की दखलंदाजी न स्वीकार करते हुए भी मनुष्य को अपने आध्यात्मिक विकास में सक्षम स्वीकार किया गया। मूल मान्यता यह है कि मनुष्य सब कुछ कर सकता है किन्तु मनुष्य अंततः किसी परम तत्व से सम्बंधित है। आधुनिक काल में सर्वपल्ली राधाकृष्णन ने इस प्रकार के मानवतावाद का समर्थन किया।

धर्मनिरपेक्ष मानवतावाद :

इसमें मानवतावाद को धर्म से स्वतंत्र एक जीवन-दर्शन माना गया है। धर्म का आधार आस्था है और परलोकवाद को महत्व दिया गया है, जबकि मानवतावाद में बुद्धि और वैज्ञानिक चिंतन को महत्व देते हुए इहलोकवाद को महत्व दिया जाता है। इस मान्यता के अनुसार मानवतावाद का बुद्धिवाद से निकट

सम्बन्ध है। पॉल कर्ज़ ने इस मानवतावाद की वकालत की है।

लोकतान्त्रिक मानवतावाद :

अमेरिकी दार्शनिक कॉर्लिस लामोंट ने अपनी पुस्तक 'द फिलोसोफी ऑफ़ ह्यूमेनिज्म' में 1949 में यह मत सर्वप्रथम प्रस्तुत किया। उसके अनुसार, "मानवतावाद इस प्राकृतिक विश्व में समस्त मानवता के अधिकतर शुभ के लिए सहर्ष सेवा का दर्शन है। यह बुद्धि विज्ञान और लोकतंत्र की विधियों का समर्थन करता है।"[16] वह लोकतान्त्रिक मानवतावाद के प्रकृति तत्व का समर्थन और हर प्रकार के अतिप्रकृतिवाद का विरोध करता है, जिसमें ईश्वर की सत्ता भी सम्मिलित है। इसके अनुसार मानव में सब कुछ बदलने की क्षमता है उसके लिए उसे किसी प्रकार की अप्राकृतिक शक्ति को खोजने की आवश्यकता नहीं है। इसी कारण वह भाग्यवाद और नियतिवाद का भी प्रतिरोध करता है। उनका मत है कि लोकतान्त्रिक व्यवस्था से मानवतावाद के मूल्यों की प्राप्ति की जा सकती है। यहाँ लोकतंत्र से तात्पर्य केवल राजनीतिक ही नहीं बल्कि सामाजिक और आर्थिक सम्बन्धों में भी लोकतान्त्रिक मूल्यों के पालन से है।

समाजवादी मानवतावाद :

यह मार्क्सवाद पर आधारित है, जिसमें पूँजीवादी उदारतावाद और स्टालिनवाद का विरोध किया गया। इसके प्रतिपादक दार्शनिक मार्क्स, लूकाच, गोल्डमान, लेफेब्र हैं एवं नवमानवतावादी जैसे एरिक फ्रॉम, हर्बर्ट मारक्यूज आदि इसके समर्थक हैं। 'The Political and Economic Manuscript of 1884' में मार्क्स ने मानवतावाद सम्बन्धी विचार प्रस्तुत किए। मार्क्स ने कहा 'मनुष्य अपने भाग्य का निर्माता स्वयं है।' वस्तुतः यह भौतिकतावाद को मानवतावाद का आधार मानता है। भौतिक प्रक्रियाएँ क्या हैं इस सम्बन्ध में नामवर सिंह लिखते हैं, "वर्ग समाजों का श्रम विभाजन शहर से देहात का, तथा शारीरिक श्रम से बौद्धिक श्रम का अलगाव, मनुष्य द्वारा मनुष्य का शोषण एवं दमन, पूँजीवादी उत्पादन का विशेषीकरण ये सब भौतिक और आर्थिक प्रक्रियाएँ हैं।"[17] इसके साथ ही मार्क्सवादी मानवतावाद विशेषीकरण की समाप्ति की बात करता है और यह आशा करता है कि असली मानवतावाद तभी स्थापित होगा जब मानव बाहरी प्रकृति पर नियंत्रण के साथ-साथ अपनी मानवीय प्रकृति के नियमों के अनुसार जी सके।

वैज्ञानिक मानवतावाद :

नेहरु इस मत के प्रबल समर्थक थे। उनका मत था कि इस युग के दो प्रबल

तत्व हैं –'मानवतावाद' और 'वैज्ञानिक परम्परा'। उन्होंने दोनों का समन्वय कर 'वैज्ञानिक मानवतावाद' का प्रतिपादन किया। वैज्ञानिक मानवतावाद के अनुसार, नैतिक जड़ की विकासात्मक प्रक्रियाओं के फलस्वरूप मानव का उद्विकास हुआ है और इसलिए प्रकृति का अंग रहकर, बिना आधिदैविक शक्ति की दुहाई दिए, अपनी ही शक्ति और बुद्धि पर भरोसा रखकर मानव अपना उत्थान कर सकता है।[18] उनकी मान्यता है कि यदि मनुष्य अपनी वैज्ञानिक मनोवृत्ति के साथ धर्मनिष्ठता की भावना को जोड़ सके तो वैज्ञानिक धर्म विकसित हो सकेगा और यही मनुष्य के लिए एकमात्र वैश्विक धर्म हो सकता है।

नव मानवतावाद या रेडिकल मानवतावाद :

मानवेन्द्र नाथ राय ने पश्चिम के सभी विचारों को खारिज़ करते हुए अपने ही प्रकार का मानवतावादी दर्शन प्रतिस्थपित किया जिसे 'आमूलीय मानवतावाद' की संज्ञा दी जाती है। यह आध्यात्मिकतावाद, राष्ट्रवाद और साम्यवाद की एक समीक्षा थी। उन्होंने 'आर्थिक मानव' की छवि को पूरी तरह से खारिज दिया। आमूलीय मानवतावाद के तीन तत्व थे-स्वतंत्रता, विवेक और नैतिकता। उन्होंने इस मत को रेडिकल डेमोक्रेटिक पार्टी के घोषणा पत्र 'न्यू ह्यूमेनिज्म' में प्रस्तुत किया। इस पत्र के आखिरी तीन पैराग्राफ बदलकर '22 थीसिस' नामक घोषणा-पत्र प्रकाशित हुआ। उनके अनुसार व्यक्ति और व्यक्ति की स्वतंत्रता ही सर्वोच्च है, जिसके लिए सब कुछ छोड़ दिया जाना चाहिए। वे व्यक्ति को साध्य और राज्य को साधन के रूप में प्रतिस्थपित करते हैं और व्यक्तिवाद और मानवीय स्वतंत्रता के प्रबल समर्थक हैं। वे इस सम्बन्ध में साम्यवाद को भी एक उपयोगी विचारधारा नहीं मानते। वे मार्क्सवाद के माध्यम से इतिहास की आर्थिक व्याख्या की आलोचना करते हुए उनके इस सिद्धांत का विरोध करते हैं कि विचारधाराएँ और नैतिक मूल्य समाज के आर्थिक ढाँचे की अधिरचना मात्र हैं। वे राजनीतिक दृष्टि से लोकतंत्र के समर्थक हैं और उन्होंने मानवतावाद को एक लोकतांत्रिक सामाजिक राजनीतिक दर्शन के रूप में प्रस्तुत किया।[19]

उपरोक्त वर्णन के आधार पर मानवतावाद के कुछ तत्व निर्धारित किए जा सकते हैं, जो लगभग सभी आधुनिक मानवतावादियों के दृष्टिकोण में अनिवार्य हैं। ये तत्व हैं –लोकतान्त्रिक मूल्य, संयमन, मानव कल्याण, सहयोग, सहानुभूति, भ्रातृत्व, विश्वबंधुत्व की भावना, समानता और स्वतंत्रता, साधन की पवित्रता, आशावाद, सम्यक् विकास, वैज्ञानिक दृष्टिकोण, व्यक्ति विशेष का कल्याण, धर्मनिरपेक्षता, निरीश्वरवाद एवं नास्तिकता, बुद्धि, तर्क और वैज्ञानिक चिंतन आदि। 1980 में विश्व के कई मानवतावादियों जैसे पॉल कर्ज, ए.जे.एयर,

मिलोवान जिलास, अर्नेस्ट नगेल, वी.एम.तारकुंडे आदि के हस्ताक्षर से जारी किए गए 'धर्मनिरपेक्ष मानवतावादी घोषणा पत्र' में भी मानवता को 'बुद्धि, मुक्त अन्वेषण, स्वतंत्रता, धार्मिक संदेहवाद, धर्मनिरपेक्षता और लोकतंत्र से जोड़ा गया है।'[20]

(ख) मानवतावादी तसलीमा : विकल्प के रूप में मानवतावाद की स्थापना

तसलीमा अपने विचारों के सम्बन्ध में एक आलेख में लिखती हैं, "मैंने अपने विश्वास के लिए मानवतावाद या मानवतंत्र को चुन लिया है। मुझे मुस्लिम रिफार्मर समझने की गलती नहीं करनी चाहिए। मैं सुधारवादी नहीं हूँ। किसी धार्मिक गोष्ठी की भी नहीं हूँ, मेरी पहचान, मेरी गोष्ठी, धर्ममुक्त मानवतावादी की है।"[21] एक मानवतावादी के रूप में उनके क्या लक्ष्य हैं उस विषय में स्पष्ट करते हुए वे लिखती हैं, "मेरे विषय हैं-समाजतंत्र, समता, सच्चाई और समानाधिकार वगैरह। आजकल सबकुछ होता है, इंसानों में यह आदर्श ही गायब होता है। इन्सान धीरे-धीरे मानवता बोध से नीचे गिरता जा रहा है।"[22] दरअसल इन विषयों के माध्यम से वे 'इन्सान और इंसानियत के पक्ष में इन्सान की कथा रचती हैं'[23] और निर्वासन के बीच फँसी अपनी ज़िन्दगी के निगेहबानों से आग्रह करती हैं –'निपटा लेने दो, हाथ में बचे बाकी काम'।[24] ये बाकी बचे काम हैं लोगों में एक दूसरे के लिए जीने की इच्छा देखना, स्त्रियों की समानता और स्वतंत्रता का साक्षी बनना और इसके लिए अपनी लेखनी से लिखते रहना आजीवन –

'बस, दो कलम लिख लूँ
उसके बाद, भले मर जाऊँ।'[25]

तसलीमा की रचनाओं में वे सभी तत्व उपलब्ध हैं, जो एक मानवतावादी व्यक्ति या विचारक के लिए आवश्यक हैं। ये सभी तत्व धार्मिक रूढ़िवादिता, पितृसत्तात्मक मानसिकता और कुत्सित राजनीति के विकल्प बन एक बेहतर समाज की संकल्पना गढ़ते हैं। तसलीमा की आत्मकथा एवं आत्मकथेतर रचनाओं में मानवतावादी मूल्यों को निम्नलिखित बिन्दुओं के अंतर्गत देखा जा सकता है–

(i) अभिव्यक्ति की स्वतंत्रता की पक्षधर :

तसलीमा आत्मकथा में सत्य को हथियार बनाती हैं। वे वर्जना और सीमा के पार देखने का प्रयास करती हैं और पूरी कोशिश करती हैं कि समाज भी किसी दायरे में रहकर ना सोचे। इस दायरे को तोड़ने के लिए उनके अनुसार

अभिव्यक्ति की स्वतंत्रता महत्वपूर्ण हो सकती है। लेखक अली रिआज़ कहते हैं, "जो भी उन्होंने किया, वह शीघ्र हो सकता है पर इसने सामाजिक रूप से संगठित चुप्पी को तोड़ा, बांग्लादेश को उसके रुढ़िवादी सोच से निकालकर और वर्चस्ववादी सोच का विरोध करके असम्बद्ध व्यवहारों को प्रतिबंधित किया।"[26] वे भारत और बांग्लादेश ही नही बल्कि वह समस्त विश्व में इस अभिव्यक्ति की स्वतन्त्रता की पक्षधर हैं। उनका मत आदम देमाची (युगोस्लाविया सखारोव पुरस्कार विजेता) के मत से कितना मिलता है -"अगर तुम ज़ुबान से जो कहते हो कि तुम आज़ादी के लिए जंग कर रहे हो लेकिन आज़ादी के लिए अपने प्राणों की आहुति देने को तैयार नहीं हो तो या तो तुम अपने से झूठ बोल रहे हो या दूसरों से झूठ बोल रहे हो।"[27]

वे अभिव्यक्ति की स्वतंत्रता में इस हद तक विश्वास करती हैं कि अपने विरोधी को भी उनके विरुद्ध बोलने की पूर्ण स्वतंत्रता के लिए संघर्ष करने को तत्पर हैं। उनका यह मत ईवलिन स्ट्रेसर हॉल के उस मत के समान है जिसके अनुसार, "मैं तुम्हारे विचार से सहमत नहीं हूँ, पर मैं मरते दम तक लड़ूँगी उसे व्यक्त करने के तुम्हारे अधिकार के लिए।"[28] तसलीमा अपने जीवन में भी स्वयं की अभिव्यक्ति की स्वतंत्रता के लिए कोर्ट तक जाती हैं और इस स्वतंत्रता से किसी प्रकार का समझौता न करने के कारण ही देश त्याग करने को विवश कर दी जाती हैं।

(ii) थियोसेंट्रिक समाज के स्थान पर एन्थ्रोपोसेंट्रिक समाज की स्थापना पर बल :

तसलीमा ने आत्मकथा में अपने जीवन और अन्य स्त्रियों के जीवन में धर्मसत्ता के द्वारा उत्पन्न व्याधियों को इंगित किया है। इस अभिव्यक्ति में कहीं न कहीं यह आग्रह है कि हमें इस धर्म और धर्मसत्ता के विकल्प की तलाश करनी चाहिए। इस कोशिश में वे 'मानवतावाद' पर जाकर रुकती हैं। इसके लिए वे मानवतावादी मूल्य जिसे-धर्मनिरपेक्षता, लौकिकता और नास्तिकता की स्थापना करती हैं। यदि "धर्म का आधार सृष्टि का निर्माण और ध्वंस से उपजा सहजबोध था"[29] तो तसलीमा का कहना है कि इस सहजबोध को तार्किक रूप दिए जाने की आवश्यकता है। धर्म के नाम पर अब तक हुई मार-काट, अत्याचार और राजनीति का तभी त्याग हो सकता है जब हम मानवतावादी मूल्यों में विश्वास करने लगें। सृष्टि के सभी प्राणी मानव हैं और आपस में एक समान हैं। किसी के अधिकार किसी से कम नहीं हैं, इस प्रकार की मान्यताएँ ही मानव के शांतिपूर्वक सहअस्तित्व के लिए सर्वाधिक सुरक्षित हैं। अन्यथा धर्म जैसी

व्यवस्था के झाँसे में पड़कर मानव एक दूसरे का ही सर्वनाश कर रहा है। अतः आवश्यकता है वैमनस्य उत्पन्न करने वाले धर्म पर संदेह करने की। यह मानवतावाद का एक महत्वपूर्ण तत्व 'धार्मिक संदेहवाद' ही तो है। पीटर अबेलार्ड का मत है, "संदेह के द्वारा हम जाँच-पड़ताल तक पहुँचते हैं और जाँच-पड़ताल हमें सच तक ले जाती है।"[30]

इसीलिए तसलीमा 'मसजिद-मंदिर' कविता में लिखती हैं -

'धूल में मिल जाएँ धर्म के दरो-दीवार
अंधी आग में राख हो जाए मस्जिद-मंदिर

...

मानवकल्याण के लिए अब प्रार्थनालय हों-
अस्पताल, अनाथालय, विद्यालय और विश्वविद्यालय
...धर्म का दूसरा नाम हो आज से मानवता।'[31]

तसलीमा की आत्मकथा एवं आत्मकथेतर रचनाओं से हम यह समझ पाते हैं कि धर्म किस तरह एक सामाजिक आतंक उत्पन्न करने और मनुष्य को संकुचित और सीमित करने में भागीदार है। इस सीमित सोच और सामाजिक आतंक से मुक्ति के लिए ही धर्म की आलोचना और उसके विकल्प की आवश्यकता है। विवेकानन्द का मत है, "मैं यह नहीं स्वीकर करता कि जो ईश्वर मुझे यहाँ रोटी नहीं दे सकता, वह स्वर्ग में मुझे अनंत सुख देगा। उफ़! भारत को ऊपर उठाया जाना है! गरीबों की भूख मिटाई जानी है! पंडा-पुरोहितों को हटाया जाना है! हमें पण्डे पुरोहित नहीं चाहियें। हमें सामाजिक आतंक नहीं चाहिए।"[32] इस सामाजिक आतंक से मुक्ति का मार्ग है 'मानवतावाद'। इसीलिए विवेकानंद अपने प्रसिद्ध भाषण 'कास्ट, कल्चर एंड सोशलिज्म' में क्रमिक रूप से धर्म के आतंक से मुक्ति का राह सुझाते नज़र आते हैं, "पहले पुजारी प्रपंच का नाश करो, अपने संकीर्ण संस्कारों को तोड़ो, मनुष्य बनो और बाहर की ओर झाँकों।"[33] यह बाहर की ओर झाँकना दरअसल अपने इतर मनुष्यों को देखना है, उनको महत्व देना और उनके कष्टों को समझना और उसमें सम्मिलित होना है। तसलीमा जानती हैं कि इस सामाजिक आतंक का इतिहास पुराना है -

'कमोबेश, हजारहा सालों से,
इन्सान करता आया है इन्सान की हत्या,
धर्म को बचाने के लिए।'[34]

इसलिए इसे खत्म करना इतना सरल नहीं है। इसे खत्म होने में भले ही लम्बा समय लगे किन्तु उसके लिए अभी से प्रयास करने के लिए प्रेरित करती

हैं। इस प्रयास को प्रबल बनाने में तार्किक और वैज्ञानिक दृष्टि महत्वपूर्ण हो सकती हैं। "सत्य ही जीतता है, लेकिन विलोम सही नहीं। जो भी जीते वह सत्य नहीं। यह अर्थ का अनर्थ होगा। सत्य की कसौटी जीत नहीं तर्क है।"[35] यही कारण है कि तसलीमा स्वयं भी आजीवन तर्क और विज्ञान को सर्वोपरि मानती रहीं। तसलीमा 'लौकिकता' को ही सर्वस्व मानती हैं। इसमें किसी ईश्वरीय शक्ति के स्थान पर उन्हें प्रकृति से अधिक लगाव है –

:मुझे रहने दो इसी नश्वर धरती पर,
बसी रहने दो मुझे वन में पहाड़, उत्ताल सागर में
...
पृथ्वी ही मेरा इस पार
पृथ्वी ही मेरा उसपार।[36]

इस आधार पर उन्हें 'प्रकृतिवादी मानववादी' कहने में कोई अतिश्योक्ति नहीं होगी। मदन मोहन मालवीय 'देशभक्ति का धर्म' आलेख में लिखते हैं, "धर्म वह है कि प्राणी को प्राणी के साथ सहानुभूति हो, एक दूसरे को अच्छी अवस्था में देखकर प्रसन्न हो और गिरी हुई अवस्था में सहायता दें।"[37] यह धर्म दरअसल 'मानवता का धर्म' है। "वास्तविक धर्म है मानवता और संस्कृति है मानवमात्र को भयमुक्त करने का प्रयास। यही राम भक्ति है, यही देश भक्ति भी है। लेकिन जोंक समान जल में भी टेढ़े-मेढ़े चलती है, भैस के भी थन से लग जाय तो भी दूध नहीं खून पीती है।"[38] तसलीमा इस वास्तविक धर्म अर्थात् मानव जीवन का कल्याण को ही मूल्य उद्देश्य मानती हैं, जिसके लिए सभी को एक साथ उठ आगे बढ़ने का आग्रह भी वे करती हैं।

तसलीमा का मत हैं कि जो लोग इस प्रयास में साथ छोड़कर अलग हट जातें हैं वे समाज के लिए घातक हैं। उनकी तुलना आतताइयों से करते हुए 'अतल में नज़रबंद' कविता में वे लिखती हैं –

'जिस दिन मैंने जाना,
तुम्हारे घर न आने की असली वजह
मारे दहशत के मैं सिमटी-सिकुड़ी पड़ी हूँ, शब्दातीत
आततायी से ज्यादा, मैं तुमसे हूँ भयभीत!' [39]

'भयंकर व्यस्त मानस और मानसनुमा प्राणी'[40] तो है किन्तु तसलीमा रूपी कवि इस अहसास से धीरे-धीरे महरूम हो रहा है कि 'धरती पर रहता है ऐसा कोई इन्सान/जिसके पास मौजूद है दिल'[41]। ऐसे में इन्सान रहित कलकत्ता भी पराया लगने लगता है –

'जिसे कहा था अपना शहर, मेरा नहीं!
वह शहर जुबान पर कुछ मन में कुछ पालने वालों का शहर!
बस्ती के उपासे, बिन खाए लोगों से कतराकर निकल जाने वालों का शहर!
फुटपाथ पर मरे पड़े भिखमंगों को लांघकर चल देने वाला शहर!
मुसीबत की आँच लगते फटाफट बदन चुराने वालों का शहर!
अन्याय के ढेर पर बैठे, जुबान बंद रखने वालों का शहर,
यह मेरा नहीं!'[42]

इसके अतिरिक्त तसलीमा धर्म जनित 'साम्प्रदायिकता' की भी निंदा करती हैं। साम्प्रदायिक मानसिकता को परिभाषित करते हुए वे लिखती हैं, "धर्म के आधार पर यह जो इंसान को किसी सम्प्रदाय में शामिल कर लेना, अलग कर देना, यह मामला और यह मानसिकता ही तो सांप्रदायिक है।"[43] तसलीमा साम्प्रदायिकता और उसके कारण उत्पन्न विसंगतियों की स्वयं गवाह रहीं हैं। इसलिए वह बार-बार सांप्रदायिक भेदभाव पर अपनी कलम चलाती रहीं हैं। असगर अली इंजीनियर का मत है, 'साम्प्रदायिकता के पीछे धर्म नहीं बल्कि राजनीति होती है और इसी क्षेत्र में साम्प्रदायिकता का ग्राफ, उस क्षेत्र के राजनैतिक समीकरणों के साथ ऊपर-नीचे होता रहता है।"[44] डॉ. याकूब मसीह भी लिखते हैं, "जब तक सेक्युलरिज्म का अर्थ 'धर्मो का सह अस्तित्व माना जायेगा, तब तक भारत में धार्मिक तनाव बना रहेगा, जिससे राष्ट्रीयता के भाव को धक्का पहुँचता है। इसलिए आवश्यक है कि 'सेक्युलरिज्म' का अर्थ या तो धर्म निरपेक्षता या इहलौकिकता समझा जाय।"[45] असगर अली इंजीनियर साम्प्रदायिकता की त्रासद परिणति को इस रूप में देखते हैं, "साम्प्रदायिकता का चरम फासीवाद होता है।"[46] इस मानवजनित फासीवादी अवस्था से निकल आने के लिए तसलीमा की रचनाएँ प्रेरित करती हैं। इसी कारण वे बांग्लादेश के अल्पसंख्यक वर्ग (हिन्दू) की न होते हुए भी उनके पक्ष में खड़ी होती हैं। वे उन लाखों हिन्दुओं की आवाज़ बनती हैं जो साम्प्रदायिक मानसिकता के शिकार हो यातनापूर्ण जीवन जीने पर मजबूर हुए हैं। जैसा कि उनके उपन्यास 'लज्जा' या आत्मकथा के विभिन्न खण्डों में घटनाओं के उल्लेख के दौरान देखा जा सकता है।

कह सकते हैं तसलिमा का उद्देश्य 'थियोसेंट्रिक' (धर्म केन्द्रित) समाज को 'एँथ्रोपोसेंट्रिक' (मानव केंदित) समाज की ओर ले जाना है। वे एक 'धर्मनिरपेक्ष मानवतावादी' हैं। इस दृष्टि से तसलीमा को 'व्यक्तिवादी' कहा जा सकता है।

(iii) धर्मनिरपेक्षता की समर्थक :

तसलीमा की यह इच्छा और लक्ष्य दोनों है कि दुनिया के लोग इस जाति, धर्म, सम्प्रदाय की संकुचित दुनिया से निकलकर सौहार्द के एक विस्तृत क्षेत्र में रहें। जहाँ हर कोई समान हो और एक दूसरे के प्रति सम्मान रखता हो। इसके लिए तसलीमा धर्मनिरपेक्षतावादी मूल्यों को सबसे अधिक सहायक मानती हैं। धर्मनिरपेक्षता को लैटिन में 'सेक्युलर' कहा जाता है, जिसका अर्थ है 'इस दुनिया का'। इसे धार्मिकता का विलोम कहा जा सकता है। अर्थ से स्पष्ट है कि धर्मनिरपेक्षता इहलौकिकता में विश्वास करती है जिसके अंतर्गत भौतिक जगत और मनुष्य ही ज्यादा महत्व रखता है। यहाँ किसी भी अलौकिक सत्ता के लिए कोई भी स्थान नहीं है। जार्ज जैकब होलीयोक ने अपनी पुस्तक 'इंग्लिश सेकुलरिज्म' में कहा, "धर्मनिरपेक्षता इस जीवन से सम्बंधित एक व्यवहार है, जिसे पवित्र लोगों के द्वारा स्थापित किया गया है और उन लोगों के लिए नियोजित किया गया है जो धार्मिक विश्वासों को अनिश्चित, अविश्वसनीय मानते हैं।"[47]

'धर्म निरपेक्षता' की अवधारणा वस्तुतः पश्चिमी जगत की देन है, जिसकी शुरुआत चर्च और राज्य की अलग-अलग सत्ता की माँग के साथ हुई। जबकि भारत और बांग्लादेश जैसे देशों में धर्मनिरपेक्षता धर्म से तटस्थता की नहीं बल्कि सरकार से यह अपेक्षा करती है कि सभी धर्मों को समान मानते हुए समस्त धर्मावलम्बियों के साथ समान व्यवहार किया जाएगा। यहाँ धर्म को व्यवस्थित करने की विचारधारा के बजाय धर्मनिरपेक्षता एक राजनीतिक विचारधारा के रूप में स्वीकृत की गई है। किन्तु तसलीमा का मत इस राजनीतिक अर्थ से भिन्न हैं। वे धर्मनिरपेक्षता को किसी भी धर्म में भेदभाव न किए जाने से नहीं बल्कि धर्म के समूल नाश से लेती हैं। तसलीमा ने धर्म के आधार पर होने वाले मतभेदों और उसकी परिणति को अपनी आँखों से देखा था जिसकी वजह से वह हमेशा ऐसे समाज की हिमायती रहीं, जिसमें कोई धर्म न हो, सभी को केवल मनुष्य के रूप में देखा जाए।

(iv) नास्तिकतावादी :

नास्तिकता वह सिद्धांत है, जो यह स्वीकार करता है कि किसी भी रूप में ईश्वर का अस्तित्व नहीं है। भारतीय दर्शन में नास्तिक शब्द का प्रयोग तीन अर्थों में हुआ है-प्रथम-जो वेदों की प्रमाणिकता में विश्वास नहीं करते, दूसरा-जो परलोक या मृत्यु के पश्चात् जीवन में विश्वास नहीं करते और तीसरा -जो ईश्वर

के अस्तित्व में विश्वास नहीं करते। ऐसे नास्तिकों को ही 'अनीश्वरवादी' कहा गया है। इस आधार पर तसलीमा को घोर नास्तिक कहा जा सकता है। क्योंकि वे न तो वेदों की प्रमाणिकता में विश्वास करती हैं, न ही उन्होंने किसी अलौकिक शक्ति के अस्तित्व को स्वीकार किया और न ही वे परलोक जैसी किसी अवधारणा में विश्वास करती हैं। उनके नास्तिक होने के पीछे कारण यह हो सकता है कि यह तर्क, वैज्ञानिक सोच पर आधारित है, जिसमें धर्म या ईश्वर जैसी किसी अवधारणा को किसी व्यक्तिगत लाभ के लिए आधार नहीं बनाया जा सकता। वे लिखती हैं, "कम से कम सारी दुनिया में 110 करोड़ लोग नास्तिक हैं। कोई भी नास्तिक समाज में पाखंडी व्यक्ति के रूप में परिचित नहीं है और न कोई समाज के लिए हानिकारक ही है। आस्तिक लोग ईश्वर या अलौकिक शक्ति के डर से अच्छा काम करते हैं, लेकिन नास्तिक लोग अपने विवेक और मानवीय मूल्यबोध के बल पर सच्चे और महान होते हैं।"[48]

डॉ रणजीत सिंह के लेख 'निरीश्वरवाद की परम्परा' में यह दिखाया गया है कि नास्तिकता की यह परम्परा पूरे विश्व में व्याप्त है। इसके लिए उन्होंने विभिन्न जातियों-जनजातियों के उदाहरण प्रस्तुत किए हैं, जैसे-अफ्रीका की कुछ पिग्मी जातियों में कोई निश्चित प्रथा या अनुष्ठान नहीं था। श्रीलंका के वेदाह लोग भी किसी निश्चित अनुष्ठान को नहीं मानते आदि। पश्चिमी दर्शन जिसका विकास यूनान में छठी शताब्दी ई.पू. में हुआ में प्रारंभ में नास्तिक नहीं थे किन्तु धीरे-धीरे ईश्वरवादियों की आलोचना से नास्तिकता की ओर भी लोगों का ध्यान गया। जेनोफनेस ने ईश्वर की मूर्तियों का मजाक उड़ाते हुए कहा कि यदि घोड़ों और गायों के भी हाथ होते तो वे ईश्वर को घोड़े और गाय के रूप में चित्रित करते। भारत में भी इस समय चार्वाक और बौद्ध मत में भी ऐसी ही मान्यताएँ पनप रही थीं। इसके बाद सुकरात आया जिसका मत था 'सही करने के लिए सही सोचना जरूरी है।' यूरोप में नास्तिकता की अवधारणा रिनेशा के समय से ही दिखाई पड़ने लगी। फ्रांसीसी क्रांति, प्रथम विश्वयुद्ध के बाद हुई सोवियत क्रांति आदि से नास्तिकता का व्यापक प्रचार हुआ। प्रबोधन काल में रूसो ने ईसाई विश्वास का खंडन किया और उनका मानना था कि मनुष्य मूलतः अच्छे थे, पर सभ्यता ने उन्हें भ्रष्ट कर दिया। वाल्टेयर को फ्रांसीसी क्रांति और उससे उभरे नास्तिकतावाद का उत्तरदायी माना जाता है। आधुनिक युग में नास्तिकता को बढ़ावा देने के लिए स्पष्ट रूप से लिखी गयी पुस्तक थी फ्रांसीसी कैथोलिक पादरी ज्याँ मेक्लियर की 'संसार के सभी धर्मों के धर्म और झूठ का निरूपण'। उसके बाद 1970 में द होलबाख की पुस्तक प्रकाशित हुई 'प्रकृति की

व्यवस्था'। आगे चलकर फ्रांसीसी क्रांति ने रही सही कसर पूरी कर दी और धार्मिक सत्ता को पलट कर नास्तिकता का ध्वज फहराया।

ब्रिटेन में यदि देखें तो नास्तिकता के संदर्भ में 'मैथ्यू टर्मद द्वारा लिखे गए पत्रों को नास्तिकता का प्रथम घोषणा पत्र माना जाता है। अंग्रेजी के रूमानी कवि शैली को 1811 में पेम्फलेट 'नास्तिकता की आवश्यकता' लिखने के कारण आक्सफोर्ड यूनिवर्सिटी से बाहर कर दिया गया। जर्मनी में लुडविग फायरबाख के द्वारा लिखी पुस्तक 'ईसाइयत का सार' ने आगे चलकर मार्क्स, मैक्स स्टर्नर, आर्थर शापनहावर, फ्रेडरिक नीत्से आदि को प्रभावित किया। बीसवीं शताब्दी में अनेक निरीश्वरवादी दर्शनों को मान्यता मिली जैसे-'मार्क्सवाद', 'लेनिनवाद', 'माओवाद''अस्तित्ववाद', 'वास्तविकतावाद', 'धर्मनिरपेक्ष मानवतावाद', 'तार्किक प्रत्यक्षवाद', 'निषेधवाद', 'अराजकतावाद' आदि।

भारत में बौद्ध, जैन और लोकायत और चीन में ताओवाद के रूप में पूर्व में निरीश्वरवाद की अवधारणा स्थापित हुई। भारतीय दर्शन की शाखाओं में केवल लोकायत या चार्वाक ही नास्तिक थे। हिन्दू षड्दर्शन में सांख्य और मीमांसा स्पष्ट रूप से निरीश्वरवादी थे क्योंकि वे ईश्वर की सत्ता स्वीकार नहीं करते थे। चोल प्रान्त में जन्म लेने वाले धर्मकीर्ति बौद्ध परम्परा के प्रखर नास्तिक दार्शनिक थे उन्होंने अपनी पुस्तक 'प्रमाणवार्तिक' में कहा-

वेदं प्रमाणयम कस्यचित कतृवाद:
स्नाने धर्मेच्छा जातिवादावलेप:।
संतापरंभ पापहानाय चेति
ध्वस्त प्रज्ञानां पंचालिंगानि जांग्ये।

अर्थात, वेद को प्रमाणिक मानना, किसी ईश्वर को श्रृष्टि का कर्ता समझना, स्नान करने से धर्म होता है, ऐसा मानना, ऊँची जाति का घमंड करना और पाप दूर करने के लिए संताप देना, ये पाँचों अकाल के मारे लोगों की मूर्खता की निशानियाँ हैं।

वर्तमान में 'लिबरेशन थियोलॉजी' शब्द का प्रयोग भी किया जाता है जिसका अर्थ है- शोषण के विरुद्ध संघर्ष में धर्म का उपयोग करना। लैटिन अमेरिका तथा अमेरिकी महादेश में अमेरिकी साम्राज्यवाद के खिलाफ लड़ाई में लिबरेशन थियॉलॉजी अस्तित्व में आया। फिडेल कास्ट्रो ने आह्वान किया कि जो गरीबों का शत्रु है, वह यीशू का भी शत्रु है। इस प्रकार आर्थिक असमानता और ईश्वर का सम्बन्ध स्थापित कर ईश्वर की सत्ता को चुनौती देने का प्रयास किया गया। इस आधार पर तसलीमा को लिबरेशन थियोलाजी का समर्थक भी

कहा जा सकता है। क्योंकि उन्होंने अपने विचारों को सिद्ध करने और स्त्रियों के शोषण को स्पष्ट करने के लिए धर्म का सहारा लिया है। किन्तु उन्होंने इसके लिए धर्म की नकारात्मक छवि को आधार बनाया।

'न्यू एथिज्म या नव-नास्तिकवाद' बीसवीं शताब्दी के नास्तिक दार्शनिकों के लिए यह शब्द प्रयोग किया गया। नव-नास्तिकवादियों के अनुसार धर्म की अतार्किक बातों की खुलकर आलोचना की जानी चाहिए। इस मत के अंतर्गत सैम हेरिस, डेनिअल डेनिट, रिचर्ड ड्वाकिंस और क्रिस्टोफर हिचंस सम्मिलित हैं। इन सभी ने धर्म को समाज के द्वारा अपनी सहूलियत के लिए बनाए गए एक सिद्धांत के रूप में परिभाषित किया है। तसलीमा को भी नव-नास्तिकवादियों में सम्मिलित किया जा सकता है क्योंकि उन्होंने भी धर्म की खुलकर आलोचना की।

(v) नस्लवाद का विरोध :

सामान्यतः व्यक्ति की प्रजाति और जैविक संरचना के आधार पर होने वाली हिंसा, विभेद और अत्याचार को 'नस्लवाद' के रूप में देखा जाता है। इस विभेद से वैश्विक शांति में व्यवधान उत्पन्न होता है। तसलीमा आत्मकथा के पाँचवे भाग में इसी नस्लवाद की समस्या को प्रस्तुत करतीं हैं। यूरोप में प्रवास के दौरान उन्हें और उनकी ही तरह अश्वेत लोगो को नस्ल के आधार पर कई प्रकार की असुविधाओं का सामना करना पड़ता है। वे इस पर कटाक्ष करते हुए लिखती हैं, "श्वेतांग मूर्ख सांवले रंग की बुद्धि को कभी स्वीकार नहीं करते।"[49] वे नस्लवाद की निंदा कर समस्त विश्व के मानवों की समानता के विचार को स्थापित करना चाहती हैं और यहाँ वे 'अंतर्राष्ट्रीयतावाद' और 'वैश्विक भाईचारे' की समर्थक दिखाई देती हैं।

(vi) अहैतुक प्रेम, स्त्री-पुरुष समानता और स्वतंत्रता का समर्थन :

विश्व में मनुष्य पर किया जाने वाला सबसे प्राचीन अत्याचार सम्भवतः 'गुलामी' है। यह गुलामी आज स्त्रियों पर हो रहे यौनाचार, वेश्यावृत्ति, निर्यातन आदि के रूप में जारी है। इसे तसलीमा 'पतिता प्रथा'[50] कहती हैं। स्त्रियों की इस गुलामी के लिए उत्तरदायी है पितृसत्तात्मक मनसिकता। तसलीमा पितृसत्तात्मक मानसिकता के कारणों को ही नहीं तलाशतीं बल्कि उससे उबर आने का उपाय भी खोजती हैं। यह उपाय उन्हें 'प्रेम' और स्त्रियों के समानाधिकार और उनकी स्वतंत्रता में दिखाई पड़ता है।

तसलीमा ने जिस प्रेम की बात की है वह शर्त पर आधारित न होकर

'अहैतुक प्रेम' है, मानवतावादी प्रेम है। इस प्रेम में केवल प्रेमी-प्रेमिका का प्रेम ही नहीं बल्कि मानव का मानव के प्रति प्रेम, मानव का अपने समाज और देश के प्रति और समाज का अपने मनुष्यों और राष्ट्र का अपने नागरिकों के प्रति प्रेम भी सम्मिलित है। अर्थात् तसलीमा की रचनाओं में प्रेम के विविध रूप दिखते हैं लेकिन सबका एक ही उद्देश्य है, 'मानव मात्र की भलाई' और 'आपसी सौहार्द' की स्थापना।

यद्यपि पुरुष की पाबंदियों का कोई अंत नहीं -'जिंदा रहती हूँ' कविता में -

'आदमी का चरित्र ही ऐसा है,
बैठो तो कहेगा-नहीं, बैठो मत।
खड़े होओ तो कहेगा-यह क्या बात हुई, कहीं चलो भी
और चलो तो कहेगा -छिः, बैठो!' [51]

ऐसे पुरुष के लिए 'विषघर' कविता में उपमा दी -'दोमुँहे साँप से ज्यादा जहरीला होता है दोमुहाँ आदमी'।[52]

'प्रेरित नारी' कविता में -
प्रकृति ने स्त्री को मनुष्य कहा है-
पुरुषों ने एकजुट होकर कहा है -'नहीं'। [53]

फिर भी उनका मत है कि दोनों के मध्य समानता और स्वतंत्रता का दायरा एक ही होना चाहिए। इसलिए 'पुरुषों की दान-दक्षिणा' कविता में वे लिखती हैं -

'स्वाधीनता क्या तुम्हारे खेत की फसल है
जिसे उपजाते हो तुम?
तब क्यों मुझे यों मुट्ठी भर देना चाहते हो!
बेवकूफ लड़के!
स्वाधीनता सिर्फ तुम्हारी चीज नहीं मेरी भी है
जन्म की पहली साँस से ही मैंने पायी थी जो ऑक्सीजन
उसका नाम स्वाधीनता है। [54]

वे प्रेम को बाँटने की पक्षधर हैं किन्तु उस प्रेम में भय और छल कपट हो यह उन्हें स्वीकार नहीं क्योंकि ऐसा प्रेम कुछ ऐसा कहर करता है जो स्त्री को 'कैसा तो केचुआ बनाकर, उस पर नमक छिडककर 'धकेल देता है खड्डे में!'[55]

वे स्त्री को पुरुष के मिथ्याचार से बचकर रहने की सलाह देती हैं क्योंकि वे जानती हैं 'सबके ह्रदय में प्यार का बीज नहीं होता, सबकी माटी तो उर्वर

नहीं होती।'[56] सीमोन द बोउआर ने इसी लिए लिखा, "सर्वोच्च विजय के लिए यह आवश्यक हो जाता है कि स्त्री और पुरुष अपने प्राकृतिक विभाजन को बनाये रखते हुए भी आपसी सौहार्द स्थापित कर सकें।"[57] तसलीमा भी दो लोगों को लड़ते हुए देखने से बेहतर यह मानती हैं कि दो व्यक्ति प्रेम करें। यह प्रेम केवल दो विपरीत लिंगों का ही नहीं बल्कि समान लिंगों का भी सकता है। इस रूप में वे 'होमो-सेक्ससुएलिटी' की भी समर्थक हैं। क्योंकि समलिंगी व्यक्ति भी इन्सान ही हैं। उनका मत है कि इन्सान को किसी श्रेणी में बाँटकर देखना ठीक नहीं और जो भी इन्सान हैं सभी को अपने अधिकार मिलने चाहिए। विश्व के सभी लोगों में प्रेम और सौहार्द के लिए के लिए ही वे लिखती हैं, "पूरब की साड़ी का आँचल बाँध रखो पश्चिम की धोती की चुन्नट से।"[58]

'अकाज' कविता -
'सभी लोग भूल जाएँ, मैं नहीं भूलूँगी।
चलो, भले और कोई प्यार न करे, निभृत में, मैं ही प्यार कर लूँगी।
इस दुनिया को, दुनिया में बसे दिलवाले लोगों को प्यार करते हुए,
किसी और को नहीं, मैं अपने को ही धन्य करती हूँ!'[59]

तसलीमा 'अहैतुक प्रेम' की पक्षधर हैं। उनका रुद्र से प्रेम अहैतुक प्रेम है, उनका मानव से प्रेम अहैतुक है, देश से प्रेम अहैतुक है। 'मनुष्य -यह शब्द मुझे बहुत उद्वेलित करता है' कविता में -

'कंचनजंघा के सूर्योदय से भी सुन्दर लगते हैं लोग
कश्मीर के आसमानों को चूमते हुए शिखरों
से भी सुन्दर हैं लोग
मैनहट्टन की ऊँची-ऊँची इमारतों से भी
ऊँचे हैं इन्सान
नियाग्रा के जलप्रपात से भी अच्छे लगते हैं
मनुष्य ; जब उनके मन में प्रेम की धारा बहती है।'[60]
'मनुष्य इससे सुंदर कोई और शब्द
मुझे इस धरती पर नहीं मिला।'[61]

'आँखे' कविता में शारीरिक प्रेम के स्थान पर भीतर के प्रेम की महत्ता स्थापित करते हुए प्रश्न उठाया गया है 'शरीर स्पर्श किए बिना क्या नहीं होता प्यार?'[62] यह प्रेम इस प्रकार का है कि 'मैंने गौर किया है, मैं तुम्हारे माथे की झुर्रियों को भी प्यार करती हूँ!'[63] "प्यार जब खत्म हो जाता है,/तभी इन्सान हिसाब-किताब करने बैठता है।'[64] ये सब पंक्तियाँ तसलीमा अपने अनुभव के

आधार पर लिखती हैं। उनका प्रेम जो पहले प्रेम के 'रूमानी आदर्शवाद' से सम्पृक्त था किन्तु रुद्र और उसके जैसे अन्य पुरुषों के साथ संसर्ग ने उन्हें सिखा दिया कि आदर्श अवस्था कुछ नहीं है, रूमानियत कुछ नहीं है उसके स्थान पर केवल यथार्थ है। प्रणय कृष्ण आलेख 'प्यार क्या है? एक कल्पना, एक स्वप्न, एक फैंटेसी' में लिखते हैं, "पुरुष के प्रेम ने उन्हें सिखाया है कि 'इस खेल में मेरे सुख के बावजूद उनका सुख ही अहम रहा' लिहाजा वो इन संबंधों को 'आकर्षण', 'खेल' या 'देह विनिमय जैसे शब्द देती हैं -प्यार कहना नहीं चाहतीं।"[65] प्रेम यदि शर्तहीन होगा तो वह उत्तम है किन्तु नितांत बोध-बुद्धिहीन प्रेम भी घातक है। वे मातृसत्ता को पितृसत्ता के विकल्प के रूप नहीं देखती बल्कि स्त्री-पुरुष के समानाधिकार की बात करती हैं।

(vii) निर्वासितों और विस्थापितों की पक्षधर :

तसलीमा ने बचपन से ही अपने देश के लोगों विशेषकर हिन्दुओं को बेघर होते देखा था। उसके पीछे सांप्रदायिक और राजनीतिक जो भी कारण रहे हों किन्तु इससे लाखों लोगों को अपने देश से विस्थापित हो जाना पड़ा। चाहे वह 1971 बांग्लादेश मुक्तियुद्ध हो या बाबरी मस्जिद विध्वंस की घटना हो लाखों लोग अपनी मातृभूमि को छोड़कर जाने के लिए विवश हो गए। इसलिए वह बार-बार सांप्रदायिक राजनीति का विरोध करती हैं। आत्मकथा के साथ अन्य रचनाओं में भी वे उनके और उन जैसे लोगो के बेघर और पहचान विहीन होने का मुद्दा उठाती हैं। अपने लेखन के कारण देश और समाज से बहिष्कृत तसलीमा ने आत्मकथा में उन बुनियादी कारणों को ढूढ़ने का प्रयास किया जो किसी को विस्थापित हो जाने के लिए उत्तरदायी हैं। तसलीमा के मामले में तो यह उनके लेखन के कारण हुआ पर उन हज़ारों बांग्लादेशी हिन्दुओं का क्या जो बांग्लादेश की आज़ादी के संघर्ष और बार-बार हो रहे सांप्रदायिक दंगों के कारण देश छोड़ने को बाध्य हुए? तसलीमा शारीरिक, भौतिक, सामाजिक और भावनात्मक असुरक्षा से घिरे लोगों के इस यथार्थ को अपनी रचनाओं में पेश करती हैं और आत्मकथा में पर्याप्त साक्ष्यों के साथ इन पर सवाल खड़ा करती हैं। वे यह स्वीकार करती हैं कि, "निर्वासन एक निहायत ही बुरा सपना है।"[66]

तसलीमा ने अपने निर्वासन के साथ अन्य व्यक्तियों के निर्वासन की पीड़ा को आत्मकथा में स्थान दिया है। जहाँ तसलीमा का निर्वासन ब्लासफेमी के कारण एक राजनीतिक निर्णय का परिणाम है, वहीं बांग्लादेश में अल्पसँख्यकों का विस्थापन धार्मिक और साम्प्रदायिक आधार पर होने वाले भेदभाव और राजनीतिक लाभ के लिए हो रही उनकी उपेक्षा का परिणाम है। इस विस्थापन

में भारत विभाजन के बाद विस्थापित हिन्दू और मुस्लिम के साथ बांग्लादेश के निर्माण के समय से लेकर बाबरी मस्जिद के बाद बनी परिस्थितियों के कारण हुए विस्थापन को सम्मिलित किया गया है। विस्थापन के सम्बन्ध में कृष्णा सोबती लिखती हैं, "विभाजन -एक शब्द, शरणार्थी -एक विशेषण। लुटा-पुटा गरीब। कैम्पों में रहने वाला। विस्थापितों को राशन मुफ्त मिल सकता है फार्म भरा होना चाहिए तो कम्बल के भी हकदार हो सकते हैं...यह तो एक स्थिति है। अपनी जड़ों से उखड़ने की। नई जगहों पर जमने की।"[67]

इतिहास पर नज़र डाले तो जब भी कोई देश गृहयुद्ध या वाह्य युद्ध में फँसा है तो उसके यहाँ की जनता को अपने स्थान या कई बार देश से विस्थापित हो जाना पड़ा है। विश्वयुद्ध इसका सबसे बड़े उदाहरण है। लेकिन बांग्लादेश में स्थिति थोड़ी भिन्न हैं। यहाँ पर जब भी अल्पसँख्यक विस्थापित हुए है तो उसके पीछे धार्मिक उन्मादियों का बहुत बड़ा हाथ रहा है। हिंदू अल्पसँख्यकों को काफ़िर मानकर देश से निकालने का कार्य किया जाता रहा है।

कोई भी व्यक्ति अपनी इच्छा से अपनी भूमि से कटना नहीं चाहता उसके पीछे बहुत से मनोवैज्ञानिक, राजनीतिक और आर्थिक कारण कार्य करते हैं। उन्होंने उन परिस्थितियों को समझने की कोशिश की है जिसमें इन्सान देश त्याग जैसे फैसला लेने पर मजबूर हो जाता है, "खुद को हिन्दुओं की जगह बिठाकर मैंने यह समझने की कोशिश की कि असुरक्षा का बोध कितना तीखा होने पर, इन्सान देश त्याग जैसा फैसला लेता है या ले सकता है।"[68] इसी असुरक्षा, साम्प्रदायिक संत्रास और विभीषिका के परिणाम के रूप में आई उनकी पुस्तक 'लज्जा'। विभाजन के बाद हुए विस्थापन के सन्दर्भ में लिखा, "जब किसी भी चिड़िया या कौवे या कोयल के बच्चे के पंख निकल आते हैं तो उसे चोंच मार-मारकर घोसलें से बाहर कर दिया जाता है-यानी यह पता चल जाता है कि बच्चा अपने पैरों पर खड़ा होने के लायक हो गया। पर देश के विभाजन के कारण उखड़े हुए लोगों के बारे में यह बात पूरी तरह से लागू नहीं होती। अच्छी तरह से जमे-जामये और विकसित होते और फलते-फूलते लोगों को उखाड़ फेंक दिया गया था।"[69] कृष्णा सोबती कुछ इस तरह से लिखती है, "जब कबीले जड़ों से उखड़ते हैं, भूचाल की तबाही से बिखरते हैं तो सब कुछ उलट पुलट हो जाता है। नीचे का ऊपर ऊपर का नीचे। तभी हँसी और रुलाई की एक मुद्रा उद्घाटित होती है। उच्छ्वास का भी कोई अर्थ होता होगा। अलहदगी। अपनों और परायों से। नाते-रिश्तों से। सगे -सम्बन्धियों और मित्रों से। सबसे बढ़कर तो स्वयं अपने से। इसे व्यक्त करने के सामर्थ्य को हिन्दू-मुसलमान के नाम पर

रियाया कई-कई बेरहम मौसम जी चुकी। कोई हरा भरा मौसम जैसे जंगलों की आग में झोंक दिया गया हो। इससे बचकर दौड़ने पर पीठ में चुरा घोंप दिया गया हो। समय की पीठ। बचने वाला आगे आगे मरने वाला पीछे-पीछे। वहशत। हिंसा की वह दहशत।"[70] विस्थापित हुए लोगों की संवेदना की तरफ भी तसलीमा नजर दौड़ाती हैं "मैंने एक बात महसूस की जो लोग देश विभाजन के बाद, पूर्वी बंगाल छोड़कर पश्चिमी बंगाल में चले आये हैं, वे लोग पूर्वी बंगाल के व्यक्ति को देखकर बेहद अपना और सगा मानते हैं। पीछे छूट गयी जिंदगी को वे मुड़-मुड़कर देखने लगते हैं।"[71]

(viii) मानवतावाद पर आधारित राजनीति की पक्षधर :

तसलीमा आत्मकथा में धर्म प्रेरित राजनीति पर प्रहार ही नहीं करती बल्कि सत्ता लोलुप राजनीतिज्ञों की कलई खोलती हैं। उनका मानना है कि "इंसानों के सन्दर्भ में अनुकूल परिवेश के अभाव के कारण प्राकृतिक नहीं हैं। अभाव का कारण है-इन्सान द्वारा रची इंसानों की कुत्सित राजनीति।"[72] वे देश और राष्ट्र को दिशा देने वाली राजनीति को हर प्रकार की संकुचित मानसिकता से आगे निकालकर जनता को समानता और स्वतन्त्रता देने की हिमायत करती हैं। वे लिखती हैं, "सभी राजनीतिक दलों का उद्देश्य होता है छल-बल-कौशल से बस सत्ता हथिया लो। शासन का आनंद भोग करना ही राजनीतिक लोगों का चरम उद्देश्य होता है। देश की ऐसी राजनीति मुझे चिंता के दलदल में डुबाए रही।" असगर अली इंजीनियर भी कुछ इसी प्रकार की चिंता प्रकट करते हुए लिखते हैं, "पश्चिमी सहित दुनिया के सभी देशों में धर्म, विशेषकर एशियाई और अफ्रीकी देशों में, धर्म ही नैतिक घटनाक्रम की दिशा तय करता है।"[73] ऐसे में जब सरकार धर्म से निर्देशित होकर चलने लगती है तो क्या होता है उसके विषय में तसलीमा का मत है, "पश्चिम की राजनीतिक और सामाजिक, आर्थिक व्यवस्था, सुनियोजित शिक्षा व्यवस्था इन्सान को आत्मनिर्भर होने की हजारों सुविधा देती है...जबकि दुनिया के हजारों दरिद्र और धर्म पीड़ित देशों में इन संभावनाओं की करुण मौत हो जाती है।"[74]

जब राजनीतिक और प्रशासनिक अधिकार रखने वाले लोगों के उद्देश्य धर्म प्रेरित हो जाते हैं तो वे जनता के संदर्भ में नैतिक दृष्टि खो बैठते हैं। इस स्थिति में समाज और राष्ट्र के सुधार की समस्त संभावनाओं का अंत हो जाता है। इस पर कटाक्ष करते हुए तसलीमा लिखती हैं, "कुनैन तो बुखार ठीक कर देती है पर कुनैन को कौन ठीक करेगा।"[75] राष्ट्र को दिशाहीन बनाने में सरकारों की साजिश धर्मप्रेरित होती है। ऐसे में शासन का कोई भी रूप चाहे वह राजतन्त्र हो

या प्रजातंत्र, फासीवाद में बदल जाता है। 'धूसर शहर' कविता में वे लिखती हैं-

'पता नहीं कौन हैं वे लोग जिन्होंने ढाका को
बेवकूफी की तिरपाल से ढँक दिया है।'[76]

'अस्वीकार' कविता भारतीय उपमहाद्वीप की एकता के सम्बन्ध में -

'भारत कागज़ का कोई टुकड़ा नहीं
जिसे चिंदी-चिंदी कर फेंका जा सके।
सैंतालीस एक शब्द है, जिसे मैं
रबर से मिटा देना चाहती हूँ

...

उद्धार करना कहती हूँ
अपने पुरखों की अखंड भूमि'[77]

'ईशनिंदा-कानून' कविता में धर्म और राजनीतिक गठजोड़ के सम्बन्ध में-

'खाते-खाते जब पेट भर गया अजगर का
जब कोई और आदमी नहीं बचा देश में
सिर्फ कुछ कुत्ते ही रह गए
तब कुत्ते और अजगर में गहरी दोस्ती हो गयी
वे काफी लम्बे समय तक जिंदा रहे।'[78]

राजनीतिक कुटिलता से निकलकर वे अमेरिका जैसे देशों को विश्व में शांति, सहस्तित्व और समानता के मूल्यों को प्रसारित करने के लिए प्रेरित करती हैं। उदाहरण के लिए 'अमेरिका' कविता में वे लिखती हैं -

"..तुम तो जेफरसन के अमेरिका हो,
लिंकन के अमेरिका,
तुम मार्टीन लूथर किंग के हो, अमेरिका!
तुम पाँव जमाकर एक बार उठ खड़े हो,
आखिरी बार! मानवता के लिए!"[79]

स्पष्ट है, तसलीमा मानवता पर आधारित राजनीति की पक्षधर हैं। मानवता पर आधारित राजनीति से तात्पर्य समानता, स्वतंत्रता, सहस्तित्व पर आधारित राजनीति से है। इसके लिए वे कई बार स्वयं को 'कम्युनिस्ट' घोषित करती हैं और 'समाजवाद' को शासन का एक बेहतर विकल्प मानती हैं। पूँजीवाद पर कटाक्ष करते हुए 'कलकत्ता तेरा हृदय' कविता में लिखती हैं-

"सब तरफ चल-फिर रहे हैं, पूँजीवाद के हाथी
सब कहीं माथे पर पग्गड़ बांधे, बैठा है साम्राज्यवाद!

तुम ठहरी बुंदकी भरी चींटी, डंक मारो,
तो भी किसी को होता नहीं एहसास!"

oooooo

"अब तुम्हे नज़र नहीं आता इन्सान का तन-बदन
तन बदन तो अब कागज़ी डॉलर-यूरो-पाउंड बनकर,
लिमोजिन में सवारी करते हैं, कनकॉर्ड में चढ़ते हैं,

महीने-महीने ख्वाहिश खरीदते हैं, गर्मी के मौसम में समुन्दर निपटा आते हैं,

इनका सीना चीरकर देखा है तुमने? उनमें दिल नहीं होता!"[80]

विश्व में व्याप्त पूँजीवादी व्यवस्था को समाप्त होते देखने की ख्वाहिश के कारण वे विश्व की आर्थिक महाशक्ति कहलाने वाले देशों को दिखावे की सहानुभूति से बाहर निकल मानवमात्र की भलाई के विषय में सोचने के लिए उनपर कटाक्ष करते हुए 'ग्यारह सितम्बर' कविता में लिखती हैं -'ग्यारह सितबर को एफिल टावर का ध्वस्त होना अमेरिका के अभिमान का टूटना था वह कई वर्षों तक इस पर आँसू बहाता रहा।' किन्तु तसलीमा इन आँसुओं को 'घडियाली आँसू' कहती हैं क्योंकि अमेरिका ने कभी छोटे देशों या छोटे लोगों की मौत पर आँसू नहीं बहाए चाहे वह ईराक में यूरेनियम की वजह से हुए विकिरण से हुई मौत हो, या रुआंडा का गृह युद्ध या फिर बोस्निया या सोमालिया या तीसरी दुनिया के देश हों --

'ऊँची-ऊँची दो इमारतों के पतन का मतलब है, किसी ऊँची
चीज का पतन होना! अहंकार का पतन!
तिमंगल मछली की खाल पर, अगर कोई छोटी मछली दांत गड़ा दे,
तो क्या तिमंगल मछली का मान नहीं जाता?'

oooo

'जब टूटती है कोई बड़ी इमारत, तभी तुम्हारी नज़र जाती है?
छोटे घर, बस्ती, सड़कों के बेघर इंसानों की मौत,
इन्सान की मौत भी वीभत्स तरीके से
राजनीति के चक्कर में फँस गयी है।'[81]

तसलीमा यद्यपि कम्युनिज्म की समर्थक हैं और उसे बेहतर विकल्प के रूप में देखती हैं किन्तु यह भी जानती हैं कि इस विचारधारा की आड़ लेकर कई बार जनता का शोषण किया गया है। ऐसे में इसकी छवि खराब हुई है। इसलिए वे लिखती हैं "कम्युनिस्ट जब सड़ते हैं तो भयानक रूप से सड़ जाते हैं। देह

भर जाता है दुर्गन्ध से।"

कम्युनिज्म के अतिरिक्त वे गणतंत्र और लोकतान्त्रिक मूल्यों में भी विश्वास करती हैं और इसके लिए 'एक विशाल जनजागरण की आवश्यकता'[82] को भी महसूस करती हैं। साथ ही लोकतांत्रिक मूल्यों के नाम पर चलने वाले राष्ट्र में व्याप्त असमानता से खिन्न होकर वे लिखती हैं, "इंसान की तो बस एक ही जात होती है, फिर भी इनमें कितना-कितना फर्क!...किसी के लिए ज़िन्दगी मौज मजा खुशियों की छाँव है, किसी के लिए जहरबुझी असहनीय!"[83]

तसलीमा का मानना है कि उनका लेखन मानवता के पक्ष में एक अति सूक्ष्म प्रयास है। इसलिए वे 'तोप दागना' कविता में लिखती हैं -

'सरकार के पास तोप और कमान हैं
और मुझ जैसी मामूली मच्छर के पास है डंक।'[84]

किन्तु उनका यह प्रयास सार्थक हो या न हो उन्हें बस यह आशा और अपेक्षा है कि विश्व में शांति, सहभागिता और प्रेम हो। '1500 बंगाब्द' कविता में वे लिखती हैं -

'सौ साल बाद खुशहाल बंगाल में
अगर मेरी कविता धूल भी चाटे, तो भी
बंगाली जीये मछली-भात के साथ
गुलाब की खुशबू से जिंदा रहे स्वप्नदृष्टा मनुष्य
शुद्ध और स्निग्ध प्रेम जिंदा रहे।'[85]

किन्तु "मनुष्य बुद्धिमान है। अपनी बुद्धि का उदाहरण बहुत सी चीजों में छोड़ रहा है। मंगल गृह तक मशीन भेजी है। लेकिन इस छोटे से गृह में समता से, समानाधिकार से, सहानुभूति से, सुख से, निश्चिन्ता से, सुख से स्त्री और पुरुष के रहने का परिवेश आज भी बना नहीं पा रहा है क्यों? क्या बुद्धि नहीं है इसलिए या इच्छा नहीं है इसलिए?[86] मुझे तो लगता है इच्छा नहीं है इसलिए।' 'ऐसा एक देश' कविता में -'पहले मेरा देश ऐसा नहीं था!...मौजूद थे कुछेक इन्सान जैसे इन्सान।'[87] लेकिन अब 'पंद्रह करोड़ लोग मज़े लेकर देखते हैं -मर्मान्तक मृत्यु'[88] इसलिए वे वर्तमान युग को 'कबंध युग' कहती हैं। और आशा करती हैं, "काश उर्वर हो उठे यहाँ की माटी, कभी किसी दिन!/जन्म ले इन्सान'[89] या 'हारकर घिर आता है अँधेरा, मगर नहीं आता कोई इन्सान!'[90]

उनका मत है कि इन्सानियत विहीन-'यह दुःसमय अकेले मेरा नहीं, हम सबका है दुःसमय!'[91] और अमानवीयता और अन्याय के खिलाफ यह जंग 'कौन कहता है, यह जंग अकेली मेरी है?'[92] तसलीमा इस सम्बन्ध में मार्टीन लूथर

के वाक्य 'Our life begin to end the day we become silent about that things that matter', अलबर्ट आइन्स्टीन के कथन 'The world is dangerous place to live, not because of the people, who are evil, but because of the people, who don't do anything about it ' या जॉर्ज बर्नार्ड शा का मत 'A reasonable man adopts himself to the world. An unreasonable man persists in trying to adopt the world to himself. Therefore, all progress depends upon the unreasonable man.'[94] आदि को उद्धृत कर मनुष्य को अपनी चुप्पी तोड़ने और अपने समाज की भलाई के लिए प्रयास करने के लिए एक जुट होने के लिए प्रेरित करती हैं।

वे कभी भी विश्व को गर्त में जाते हुए नहीं देखना चाहतीं। इसलिए 'गुडबाइ इण्डिया' कविता में लिखती हैं –

'जिस दिन इंसानियत को पैरों तले कुचलकर
इन्सान उड़ाएगा, शहर नगर में धर्मान्धिता के निशान!
...उस दिन, गहराई हो, आधी रात!
मुझे देखना न पड़े देश का चेहरा!'[95]

तसलीमा जानती हैं कि इस कबंध युग में 'किसे गरज़ है, आँसुओं से बहते इन्सान की'[96] यही इन्सान तसलीमा की कविताओं में कभी –'औंधे मुँह गिरता है' तो कभी 'मर रहा है इन्सान' कभी 'नया जीवन/ रच रहा है इन्सान'[97] के रूप में दिखता है। और ऐसी अनिश्चयता के बीच –'...इन्सान? कह दिया है उन लोगों ने–नामुमकिन?/अपना मानव जीवन, बस, इसी तरह /गुजारना होगा–मानवहीन!'[98] इस मानवहीन जीवन की पूर्ति वे रचनात्मकता के माध्यम से करती हैं। 'आश्रय' कविता में वे लिखती हैं –'आदमी के पास नहीं,/अंततः मैं कला के पास लौटती हूँ'[99] या इसका एक अन्य मार्ग दिखाती हैं और वह है लोगों की एकज़ुटता –'धर्मवाद' कविता में

'इस महामारी को कौन रोकेगा
मैं? तुम? या वे लोग?
ऐसा भी तो हो सकता है कि सबसे पहले
हम, तुम और वे सब मिलकर इकट्ठे हों
और फिर पत्थरों को हटायें।'[100]

शंकर शरन 'स्त्रियों पर आतंक' शीर्षक आलेख में लिखते हैं, "एक अर्थ में तसलीमा रूपी यह अकेली, निर्वासिता नारी एक दर्पण है जिसमें हम अपना और सब का चेहरा देख सकते हैं। हमारा लोकतंत्र, सेक्युलरिज्म, अभिव्यक्ति की स्वतंत्रता, कानून का शासन, मीडिया का अहंकार, न्यायधीशों का रौब, इस्लामी

कट्टरपंथियों का (मुट्ठी भर) होना, उदारवादी मुस्लिमों का हवाई अस्तित्व, फेमिनिस्टों की उग्र दयनीयता और राष्ट्रीय मानवाधिकार के अधोवस्त्र -सभी इस दर्पण में देखे जा सकते हैं।"[101] आगे वे लिखते हैं, "तसलीमा मानवतावादी हैं मात्र आत्मप्रचार चाहने वाली 'मानवाधिकारवादी', 'ग्लोबल नागरिक' या 'गांधीवादी' नहीं। उन्होंने अपनी सत्यनिष्ठा के लिए कष्ट सहा और आज भी उसका परिणाम भुगत रही हैं।'[102]

कह सकते हैं कि राजकिशोर के मत "चीजों को बहुत विवादस्पद न बनाया जाय और अतार्किक हठधर्मिता न पाली जाय तो बात कुल एक पंक्ति की है: 'धर्म' का विकल्प 'वैज्ञानिक दृष्टिकोण हो सकता है तथा 'धर्म में विश्वास' का विकल्प 'मनुष्य प्रजाति की ऐतिहासिकता में विश्वास' में मुमकिन है"[103] के समान तसलीमा भी धर्म के लिए विकल्प तार्किक चिंतन, मनुष्य की शक्ति में विश्वास और वैज्ञानिक दृष्टिकोण के माध्यम से ही खोजना चाहती है।

(ग) मानवतावादी मूल्यों पर आधारित समाज : यूटोपिया या डिस्टोपिया?

भले ही 'मानवतावाद' शब्द समाज के लिए बहुत ही उपयोगी लगे और उसके आधार पर की गयी कल्पनाएँ भी सम्भव प्रतीत हों किन्तु बहुत से ऐसे दार्शनिक भी हैं, जो मानवतावादी मूल्यों को कई बार समाज के लिए पूर्णतः उचित नहीं मानते। उदाहरण के लिए संरचनावादियों ने स्वयं को मानवतावाद के आलोचक के रूप में प्रस्तुत किया। इसमें लकाँ, फूको, लेवी-स्त्रास, अलथुसे प्रमुख हैं। "ये लोग मानवीय आत्मपरकता के किसी अनिवार्य और तात्विक रूप को स्वीकार करने के लिए तैयार नहीं थे। उन्होंने एक सार्वभौमकर्ता के रूप में मनुष्य की भूमिका को खारिज़ कर दिया। सार्त्र को एक बार फिर आलोचना का निशाना बनाते हुए संरचनावादियों ने कहा मानवतावाद कर्ता को केंद्र बनाकर तज़वीज़ की गयी जड़ मीमांसा का नतीजा है।"[104] 'द सेवेज माइंड' में लेवी-स्त्रास ने कहा 'मानव विज्ञानों का अंतिम लक्ष्य विधेयक तत्वों की खोज के जरिए मनुष्य को रचने के बजाय उसका विसर्जन होना चाहिए।'[105] दूसरी तरफ मनोवैज्ञानिक जुंग ने 'मॉडर्न मैन इन सर्च ऑफ़ सोल' में बताया कि वर्तमान यूरोप में धर्म के प्रति उदासीनता बढ़ी है। इसके बावजूद धार्मिक विश्वास को समाप्त करना मुश्किल है। क्योंकि व्यक्तियों के जीवन और मन में धर्म की गहरी पैठ होती है।

मानवतावाद के सम्बन्ध में 'बहस की कला' (पोलोमिक्स) की विचारधारा भी है, जिसमें मानवतावाद को लेकर तर्क-वितर्क किया गया है। बीसवीं सदी के शुरुआती आलोचक जैसे कि एजरा पाउंड, टी. ई. हुल्मे और टी. एस. इलियट

ने मानवतावाद को एक 'भावनात्मक ढलान' (हुल्मे) या 'ज़रूरत से ज्यादा नारी सुलभ' (पाउंड) होने का विचार रखा और अधिक पुरुषोचित, सत्तावादी समाज की ओर लौटने की इच्छा जताई, जैसा कि मध्य काल में था।

उत्तर आधुनिक आलोचक जो 'स्व-घोषित मानवतावाद' के विरोधी हैं, जैसे कि जीन फ्रंकोइस ल्योटार्ड और मिशेल फोकॉल्ट ने दावा किया है कि मानवतावाद, मानवीयता या सार्वभौम मानव प्रकृति की पहुँच से परे और अत्यंत अमूर्त धारणा का विचार करता है, जिसको साम्राज्यवाद के छल के लिए और मानव से कमतर समझे जाने वालों पर प्रभुत्व के लिए इस्तेमाल किया जा सकता है। फ्रांसीसी विचारक जोसेफ दी मैस्त्रे एक स्थान पर लिखते हैं, "जहाँ तक 'मानव' का सम्बन्ध है, मैं प्रकट रूप से बताता हूँ कि अपने जीवन में मेरी उससे भेंट नहीं हुई। यदि वह कहीं अस्तित्व में होगा भी तो उसकी मुझे कोई जानकारी नहीं है।"[106]

स्पष्ट है, मानवतावाद को 'अमूर्त' एवं अनावश्यक कहने वाले आलोचकों की कमी नहीं है। किन्तु इस सम्बन्ध में दार्शनिक केट सोपर ध्यान दिलाते हैं कि अपने सद्भावपूर्ण आदर्शों तक न पहुँच सकने के लिए मानवतावाद की कमी बताकर मानवतावाद विरोधी इस तरह अक्सर एक 'मानवीय शब्दाडम्बर स्त्रावित' करते हैं। अपनी पुस्तक 'ह्युमेनिज्म' में टोनी डेवीस ने इन आलोचकों को 'मानवतावाद विरोधी मानवतावादी' कहकर संबोधित किया है। मानवतावाद विरोधी मानवतावादियों के अपने मुक्तिदायी आदर्शों को पूरा न कर पाने की नाकामी पर ध्यान दिला सकते हैं लेकिन वे स्वयं अपनी कोई वैकल्पिक मुक्तिदाई परियोजना नहीं प्रस्तुत करते हैं।

उपरोक्त मत के आधार पर कह सकते हैं कि मानवतावादी आलोचक भले ही मानवता को एक कल्पना मात्र मानकर खारिज़ कर देते हों किन्तु वे इस सम्बन्ध में किसी बेहतर विकल्प का सुझाव नहीं दे सके हैं। इसलिए नवीन मतवाद स्थापित होने तक मानवतावाद को बेहतर विकल्प माना जा सकता है। धर्म, पितृसत्ता और राजनीति के दुष्चक्र में फँसे वर्तमान समाज की दशा डिस्टोपिया की तरह है, मानवतावादी यूटोपिया को प्राप्त करने के लिए ईमानदार प्रयासों की जरूरत है। कहना न होगा कि तसलीमा ने अपने प्रश्नों और विचारों के माध्यम से इस दिशा में ईमानदार प्रयास किया है।

संदर्भ :

1. नामवर सिंह(सं), कार्ल मार्क्स :कला और साहित्य चिंतन, पृष्ठ-53
2. तसलीमा नसरीन, कुछ पल साथ रहो, पृष्ठ-65
3. तसलीमा नसरीन, नहीं कहीं कुछ भी नहीं, पृष्ठ-109

4. डॉ सर्वपल्ली राधाकृष्णन, सत्य की खोज, पृष्ठ-35
5. https: //hi.wikipedia.org/wiki/ekuorkokn, 12/09/17 को देखा गया.
6. डॉ.अमरनाथ, हिंदी आलोचना की पारिभाषिक शब्दावली, पृष्ठ-396
7. वेद प्रकाश वर्मा, धर्मदर्शन की मूल समस्याएँ, पृष्ठ-459
8. वही, पृष्ठ-450
9. समाजविज्ञान विश्व कोश, अभय कुमार दूबे, पृष्ठ-1431
10. अशोक कुमार शर्मा, प्रारम्भिक समाज एवं राजनीति दर्शन, पृष्ठ-321
11. प्रो. पाल कर्ज, धर्मनिरपेक्ष मानववादी घोषणापत्र, अनु.-रमेंदु, पृष्ठ-14
12. तसलीमा नसरीन, निषिद्ध, पृष्ठ-9
13. दत्तोपंत ठेंगडी, पंडित दीनदयाल उपाध्याय विचार दर्शन, खंड-1, पृष्ठ-114
14. वही, पृष्ठ-111
15. समाजविज्ञान विश्वकोश, अभय कुमार दुबे, पृष्ठ-1432
16. डॉ रमेंद्र, धर्म दर्शन सामान्य एवं तुलनात्मक, पृष्ठ-199
17. नामवर सिंह, कार्ल मार्क्स :कला और साहित्य चिंतन, पृष्ठ-53
18. डॉ. याकूब मसीह, तुलनात्मक धर्म दर्शन, पृष्ठ-289
19. डॉ रमेंद्र, धर्म दर्शन सामान्य एवं तुलनात्मक, पृष्ठ-202
20. रमेंद्र, समाज एवं राजनीतिदर्शन एवं धर्म दर्शन, पृष्ठ-271
21. तसलीमा नसरीन, निषिद्ध, पृष्ठ-12
22. तसलीमा नसरीन, नहीं, कहीं कुछ भी नहीं, पृष्ठ-198
23. तसलीमा नसरीन, बंदिनी, पृष्ठ-10
24. वही, पृष्ठ16
25. वही, पृष्ठ-18
26. https: //en.wikipedia.org/wiki/Devil's;advocate, 12/01/17 को देखा गया.
27. तसलीमा नसरीन, मुझे घर ले चलो, पृष्ठ-193
28. तसलीमा नसरीन, निर्वासित, पृष्ठ-22
29. राजकिशोर, धर्म और धर्म सत्ता, पृष्ठ-83
30. वही, पृष्ठ-93
31. तसलीमा नसरीन, यह दुःख, यह जीवन, पृष्ठ-28
32. तरुण कुमार, निराला की विचारधारा और विवेकानंद, पृष्ठ-20
33. राजकिशोर, धर्म और धर्म सत्ता, पृष्ठ-61
34. तसलीमा नसरीन, बंदिनी, पृष्ठ-18
35. अखिलेश मिश्र, धर्म का मर्म, पृष्ठ-62
36. तसलीमा नसरीन, बंदिनी, अनु.सुशील गुप्ता, पृष्ठ-19
37. जगदीश्वर चतुर्वेदी, साम्प्रदायिकता, आतंकवाद और जनमाध्यम, पृष्ठ-87
38. अखिलेश मिश्र, धर्म का मर्म, पृष्ठ-65
39. तसलीमा नसरीन, बंदिनी, पृष्ठ-29
40. वही, पृष्ठ-34
41. वही, पृष्ठ-38
42. वही, पृष्ठ-41
43. तसलीमा नसरीन, वे अँधेरे दिन, पृष्ठ-344
44. असगर अली इन्जीनियर, धर्म और साम्प्रदायिकता, पृष्ठ-146
45. वागर्थ, सितम्बर-2006, पृष्ठ-53

46. असगर अली इंजीनियर, धर्म और साम्प्रदायिकता, पृष्ठ–89
47. www.gyutenburg.org, 12/01/18 को देखा गया.
48. तसलीमा नसरीन, नष्ट लड़की, नष्ट गद्य, पृष्ठ–83
49. तसलीमा नसरीन, नहीं कहीं कुछ भी नहीं, पृष्ठ–291
50. तसलीमा नसरीन, निषिद्ध, पृष्ठ–43
51. तसलीमा नसरीन, तसलीमा नसरीन की कवितायें, पृष्ठ–141
52. वही, पृष्ठ–153
53. तसलीमा नसरीन, यह दुःख, यह जीवन, पृष्ठ–115
54. वही, पृष्ठ–58
55. तसलीमा नसरीन, बंदिनी, पृष्ठ–22
56. वही, पृष्ठ–22
57. सुमन राजे, हिंदी साहित्य का आधा इतिहास, पृष्ठ–316
58. तसलीमा नसरीन, कुछ पल साथ रहो, पृष्ठ–24
59. वही, पृष्ठ–65
60. तसलीमा नसरीन, यह दुःख, यह जीवन, पृष्ठ–80
61. वही, पृष्ठ–81
62. तसलीमा नसरीन, कुछ पल साथ रहो, पृष्ठ–58
63. वही, पृष्ठ–70
64. वही, पृष्ठ–85
65. दक्षिण कोशल, सम्पादक –उत्तम कुमार, वर्ष–1, अंक–5, पृष्ठ–29
66. तसलीमा नसरीन, निर्वासन, पृष्ठ–98
67. कृष्णा सोबती, गुजरात पाकिस्तान से गुजरात हिंदुस्तान तक, पृष्ठ–43
68. द्विखंडित, पृष्ठ–346
69. विश्वमित्र शर्मा, औरतें पाकिस्तान बनाम हिंदुस्तान, पृष्ठ–116
70. गुजरात पाकिस्तान से गुजरात हिंदुस्तान, पृष्ठ–55
71. द्विखंडित, पृष्ठ–126
72. तसलीमा नसरीन, मुझे घर ले चलो, पृष्ठ–68
73. असगर अली इंजीनियर, धर्म और सांप्रदायिकता, पृष्ठ–48
74. तसलीमा नसरीन, मुझे घर ले चलो–पृष्ठ–184
75. वही,पृष्ठ–279
76. तसलीमा नसरीन, यह दुःख, यह जीवन, पृष्ठ–77
77. वही, पृष्ठ–88
78. वही, पृष्ठ–138
79. तसलीमा नसरीन, कुछ पल साथ रहो, पृष्ठ–93
80. तसलीमा नसरीन, कुछ पल साथ रहो, पृष्ठ–34
81. तसलीमा नसरीन, कुछ पल साथ रहो, पृष्ठ–97
82. तसलीमा नसरीन, निषिद्ध, पृष्ठ–57
83. तसलीमा नसरीन, निषिद्ध, पृष्ठ–52
84. तसलीमा नसरीन, यह दुःख, यह जीवन, पृष्ठ–110
85. वही, पृष्ठ–121
86. तसलीमा नसरीन, निषिद्ध, पृष्ठ–56
87. तसलीमा नसरीन, बंदिनी, पृष्ठ–55

88. वही, पृष्ठ-56
89. तसलीमा नसरीन, बंदिनी, पृष्ठ-63
90. वही, पृष्ठ-42
91. वही, पृष्ठ-72
92. वही, पृष्ठ-72
93. तसलीमा नसरीन, छोटे-छोटे दु:ख, पृष्ठ-244
94. वही, पृष्ठ-254
95. तसलीमा नसरीन, बंदिनी, पृष्ठ-110
96. तसलीमा नसरीन, बंदिनी, पृष्ठ-50
97. तसलीमा नसरीन, यह दु:ख, यह जीवन, पृष्ठ-42
98. तसलीमा नसरीन, बंदिनी, पृष्ठ-48
99. तसलीमा नसरीन, तसलीमा नसरीन की कवितायें, पृष्ठ-129
100. तसलीमा नसरीन, यह दु:ख, यह जीवन, पृष्ठ-90
101. शंकर सरन, जिहादी आतंकवाद, पृष्ठ-118
102. शंकर सरन, जिहादी आतंकवाद, पृष्ठ-128
103. राजकिशोर, धर्म और धर्मसत्ता, पृष्ठ-101
104. समाजविज्ञान विश्वकोश, अभय कुमार दुबे, पृष्ठ-1432
105. वही, पृष्ठ-1432
106. दत्तोपंत ठेंगडी, पंडित दीनदयाल उपाध्याय विचार दर्शन, खंड-1, पृष्ठ-111

संदर्भ ग्रन्थ सूची

आधार ग्रन्थ :

1. नसरीन, तसलीमा. उत्ताल हवा. सुशील गुप्ता (अनु.). नई दिल्ली : वाणी प्रकाशन, संस्करण-2003, आवृत्ति-2012.
2. नसरीन, तसलीमा. कुछ पल साथ रहो. सुशील गुप्ता (अनु.). नई दिल्ली : वाणी प्रकाशन, प्रथम संस्करण-2006.
3. नसरीन, तसलीमा. दो औरतों के पत्र. सुशील गुप्ता(अनु.).नई दिल्ली : वाणी प्रकाशन, नई दिल्ली, प्रथम संस्करण-2010.
4. नसरीन, तसलीमा. द्विखंडित. सुशील गुप्ता (अनु.).नई दिल्ली : वाणी प्रकाशन, संस्करण-2004, आवृत्ति-2014.
5. नसरीन, तसलीमा. नष्ट लड़की : नष्ट गद्य. मुनमुन सरकार (अनु.).नई दिल्ली : वाणी प्रकाशन, प्रथम संस्करण-1995, आवृत्ति-2010.
6. नसरीन, तसलीमा. फेरा. अमर गोस्वामी(अनु.).नई दिल्ली : वाणी प्रकाशन, संस्करण 1996, आवृत्ति-2013.
7. नसरीन, तसलीमा. फ्रांसीसी प्रेमी. नई दिल्ली : वाणी प्रकाशन, द्वितीय संस्करण-2004, आवृत्ति-2010.
8. नसरीन, तसलीमा. बंदिनी सुशील. गुप्ता(अनु.). नई दिल्ली : वाणी प्रकाशन, संस्करण-2009, आवृत्ति 2014.
9. नसरीन, तसलीमा. मुझे देना और प्रेम. प्रयाग शुक्ल(अनु.).नई दिल्ली : वाणी प्रकाशन, प्रथम संस्करण-2012.
10. नसरीन, तसलीमा. मुझे मुक्ति दो.दिल्ली : पूज्य प्रकाशन, दिल्ली, संस्करण-2014.
11. नसरीन, तसलीमा. लज्जा. मुनमुन सरकार(अनु.).नई दिल्ली : वाणी प्रकाशन, छब्बीसवीं आवृत्ति-2010.
12. नसरीन, तसलीमा.कुछ गद्य कुछ पद्य. महेंद्र मिश्र (अनु).नई दिल्ली : वाणी प्रकाशन, प्रथम संस्करण-2016.
13. नसरीन, तसलीमा.छोटे-छोटे दुःख. सुशील गुप्ता (अनु.).नई दिल्ली : वाणी प्रकाशन, तृतीय संस्करण-2008.
14. नसरीन, तसलीमा.तसलीमा नसरीन की कवितायें. मुनमुन सरकार (अनु.).नई दिल्ली : वाणी प्रकाशन, संस्करण-2002.
15. नसरीन, तसलीमा.दुखियारीलड़की.सुशील गुप्ता(अनु.).नई दिल्ली : वाणी प्रकाशन, संस्करण-2005, आवृत्ति-2014.

16. नसरीन, तसलीमा.निमंत्रण. सुशील गुप्ता(अनु.).नई दिल्ली : वाणी प्रकाशन, संस्करण-2010, आवृत्ति-2014.
17. नसरीन, तसलीमा.निर्वासन. अमृता बेरा (अनु.).नई दिल्ली : वाणी प्रकाशन,प्रथम संस्करण-2014.
18. नसरीन, तसलीमा.निषिद्ध. सांत्वना निगम(अनु.). विमलेश त्रिपाठी(सं), नई दिल्ली : वाणी प्रकाशन, प्रथम संस्करण-2017.
19. नसरीन, तसलीमा.ब्रह्मपुत्र के तट पर. सांत्वना निगम(अनु.). नई दिल्ली : वाणी प्रकाशन, प्रथम संस्करण-2015.
20. नसरीन, तसलीमा.मेरे बचपन के दिन. अमर गोस्वामी (अनु.).नई दिल्ली : वाणी प्रकाशन,संस्करण-2004, आवृत्ति-2014.
21. नसरीन, तसलीमा.यह दु:खः यह जीवन. शम्पा भट्टाचार्या(अनु.).नई दिल्ली : वाणी प्रकाशन, संस्करण-1996, आवृत्ति-2013.
22. नसरीन,तसलीमा. औरत का कोई देश नहीं. सुशील गुप्ता (अनु.). नई दिल्ली : वाणी प्रकाशन, संस्करण-2009, आवृत्ति-2013.
23. नसरीन,तसलीमा. औरत के हक़ में. मुनमुन सरकार (अनु.).नई दिल्ली : वाणी प्रकाशन,उन्नीसवाँ संस्करण-2008.
24. नसरीन,तसलीमा. चार कन्या. मुनमुन सरकार (अनु.).नई दिल्ली : राधाकृष्ण प्रकाशन, प्रा.लि. , पांचवाँ संस्करण-2016.
25. नसरीन,तसलीमा. नहीं, कहीं कुछ भी नहीं. सुशील गुप्ता (अनु.).नई दिल्ली : वाणी प्रकाशन, प्रथम संस्करण-2012, आवृत्ति-2014.
26. नसरीन,तसलीमा. मुझे घर ले चलो. सुशील गुप्ता (अनु.). नई दिल्ली : वाणी प्रकाशन, तृतीय संस्करण-2010, आवृत्ति-2014.
27. नसरीन,तसलीमा. शोध. सुशील गुप्ता(अनु).नई दिल्ली : वाणी प्रकाशन, प्रथम संस्करण-2006.
28. नसरीन,तसलीमा.वे अँधेरेदिन. सुशील गुप्ता (अनु.).नई दिल्ली : वाणी प्रकाशन,संस्करण-2004, आवृत्ति-2011.

सहायक ग्रन्थ (हिंदी) :

1. अग्रवाल, रोहिणी.साहित्य की जमीन और स्त्री मन के उच्छ्वास. नई दिल्ली : वाणी प्रकाशन,2014.
2. अनामिका. स्त्रीत्व का मानचित्र.दिल्ली : सारांश प्रकाशन प्रा.लि., 2001.
3. अमरकांत. इन्ही हथियारों से.नई दिल्ली : राजकमल प्रकाशन प्रा. लि.,2003.
4. अमरनाथ. हिंदी आलोचना की पारिभाषिक शब्दावली. नई दिल्ली : राजकमल प्रकाशन प्रा.लि., 2009.
5. अलफ़ोंस, के.जे. बदलाव के लिए, अभय किशोर(अनु.), नई दिल्ली : वाणी प्रकाशन, 1998.
6. अली इंजीनियर, असगर. धर्म और साम्प्रदायिकता.नई दिल्ली : वाणी प्रकाशन,2010.
7. अवस्थी, नंद कुमार(सं).कुरान शरीफ. शेरवानी संस्करण, लखनऊ : किताबघर प्रकाशन,1978.
8. असद, माजदा. गद्य के विविध रूप.नई दिल्ली : अकादमी प्रकाशन, 1990.
9. आज़ाद, सलाम (सं). 1971 मुक्तियुद्ध की कहानियाँ.सोमा बंदोपाध्याय (अनु.) नई दिल्ली : राष्ट्रीय पुस्तक न्यास, 2014.
10. आज़ाद, सलाम.बांग्लादेश में हिन्दू संहार. नई दिल्ली : वाणी प्रकाशन,प्रथम संस्करण-2005.
11. आबदीन, जैनुल.हजारों डूबते सूरज. व्हाइट फैल्कोन पब्लिशिंग, 2015.
12. ए. सी. भक्तिवेदांत स्वामी प्रभुपाद.श्रीमद्भागवद्गीता यथारूप.मुंबई : भक्तिवेदांत ट्रस्ट,1983.
13. एक अज्ञात हिन्दू औरत. सीमंतनी उपदेश. डॉ धर्मवीर (सं), नई दिल्ली : वाणी प्रकाशन, 2008.

14. कमलेश्वर(सं). गर्दिश के दिन.दिल्ली : परमेश्वरी प्रकाशन,2013.
15. कालिया,ममता. भविष्य का स्त्री विमर्श.नई दिल्ली : वाणी प्रकाशन, प्रथम संस्करण-2015.
16. कुमार, तरुण. निराला की विचारधारा और विवेकानंद.नई दिल्ली : वाणी प्रकाशन, 2008.
17. कुमार, राधा. स्त्री संघर्ष का इतिहास (1800-1990).नई दिल्ली : वाणी प्रकाशन,संस्करण-2011, आवृत्ति-2014.
18. क्षीरसागर, सुनीता आगतराव (सं). आत्मकथाएँ और आत्मकथाकार: एक अध्ययन. सोलापुर : लक्ष्मी बुक पब्लिकेशन, 2015.
19. खेतान, प्रभा.बाज़ार के बीच : बाज़ार के खिलाफ. नई दिल्ली : वाणी प्रकाशन, 2004.
20. गाँधी, महात्मा.सत्य के प्रयोग. काशीनाथ त्रिवेदी (अनु.), अहमदाबाद : नवजीवन प्रकाशन.
21. गुप्त, गणपति चन्द्र.भारतीय एवं पाश्चात्य काव्य सिद्धांत. इलाहाबाद : लोकभारती प्रकाशन, 2009.
22. गुप्त, मन्मथनाथ.स्त्री-पुरुष समबन्धों का रोमांचकारी इतिहास. नई दिल्ली : वाणी प्रकाशन, संस्करण-2005, आवृत्ति-2011.
23. गुप्ता, मोहनलाल. भारत में समाज एवं धर्म सुधार आन्दोलन.जोधपुर : सुभद्रा प्रकाशन, 2017.
24. गुप्ता, मोहनलाल.भारत में समाज एवं धर्म सुधार आन्दोलन. जोधपुर : सुभद्रा प्रकाशन, 2017.
25. गुप्ता, रमणिका.मेरे साक्षात्कार.नई दिल्ली : किताबघर प्रकाशन,प्रथम संस्करण-2007.
26. गोस्वामी, अमर (अनु.). प्रिय तसलीमा नसरीन. नई दिल्ली : वाणी प्रकाशन, 2005.
27. गौड़, वीरेंद्र कुमार. यूँ जन्मा बांग्लादेश.नई दिल्ली : सामयिक प्रकाशन, 2015.
28. ग्रीयर,जर्मन. बधिया स्त्री.अनु. मधु बी.जोशी, नई दिल्ली : राजकमल प्रकाशन, प्रथम संस्करण-2001,आवृत्ति-2014.
29. चतुर्वेदी, जगदीश्वर. साम्प्रदायिकता, आतंकवाद और जनमाध्यम. नई दिल्ली : अनामिका पब्लिशर्स और डिस्ट्रीब्यूटर्स प्रा. लि..
30. चतुर्वेदी, पंकज.आत्मकथा की संस्कृति.नई दिल्ली : वाणी प्रकाशन, 2003.
31. चतुर्वेदी, पंकज.क्या मुसलमान ऐसे ही होते हैं.दिल्ली : शिल्पायन, 2010.
32. चतुर्वेदी, रामस्वरूप.शरत के नारी पात्र.नई दिल्ली : भारतीय ज्ञानपीठ.
33. चतुर्वेदी, सच्चिदानंद.मझधार.कानपुर : अमन प्रकाशन, 2017.
34. चौबे, कृपाशंकर.नज़रबंद तसलीमा.दिल्ली : शिल्पायन प्रकाशन, 2008.
35. जावले, मालती.साठोत्तर हिंदी कहानी और अश्लीलता. कानपुर : विनय प्रकाशन,1996.
36. झा, प्रदीप (अनु. एवं सं). महिलायें और साम्यवाद.पटना : समकालीन प्रकाशन प्रा. लि., पटना, 1997.
37. ठाकुर, हरिनारायण. दलित साहित्य का समाजशास्त्र, नई दिल्ली : भारतीय ज्ञानपीठ,2009.
38. ठेंगडी, दत्तोपंत. पंडित दीनदयाल उपाध्याय विचार दर्शन. खंड-1, दिल्ली : सुरुचि प्रकाशन, 2016.
39. तारकबागीश, प्रेमचंद (सं). उत्तररामचरितम्, कोलकाता : बांग्ला प्रेस, 1862.
40. तिवारी, रामचंद्र. भारतीय एवं पाश्चात्य काव्यशास्त्र की रूपरेखा. इलाहाबाद : लोकभारती प्रकाशन, 2010.
41. तिवारी, विश्वनाथ प्रसाद.रचना के सरोकार.नई दिल्ली : वाणी प्रकाशन,ISBN-81-7055-105-6
42. तुलसी ग्रंथावली, दूसरा खंड, (विनयपत्रिका).काशी : नागरी प्रचारिणी सभा काशी, संवत्-2031.
43. तुलसीदास. रामचरितमानस. गोरखपुर : गीता प्रेस, विक्रम संवत् 2065.
44. त्यागी, रवीन्द्रनाथ.गरीब होने के फायदे एवं अन्य व्यंग्य रचनाएँ. डॉ कमल किशोर गोयनका(सं).दिल्ली : प्रभात प्रकाशन,2010.
45. त्रिपाठी, विश्वनाथ.हिंदी साहित्य का सरल इतिहास.हैदराबाद : ओरियंट ब्लैकस्वान प्रा.लि., प्रथम संस्करण-2007.
46. दास, कमला.मेरी कहानी. हिंदी पॉकेट बुक्स, 2012.

47. दास, श्यामसुंदरश्याम. मेरी आत्मकहानी.प्रयाग : इंडियन प्रेस (पब्लिकेशन) प्राइवेट लिमिटेड, 1957.
48. दुबे, अभय कुमार. फुटपाथ पर कामसूत्र. नई दिल्ली : वाणी प्रकाशन, 2016.
49. देवी, स्फुरना. अबलाओं का इन्साफ. नैया (सं).नई दिल्ली : राधाकृष्ण प्रकाशन, 2013.
50. धवन, मधु (सं). लेखन कला : एक परिचय. नई दिल्ली : वाणी प्रकाशन, 2015.
51. नगेन्द्र. हिंदी साहित्य का इतिहास.नोएडा : मयूर पेपर बैक्स,2007.
52. नारायण, कुँवर. ना सीमायें, ना दूरियाँ 'कुंवर नारायण से रेनाता चेकाल्स्का की बातचीत'. नई दिल्ली : वाणी प्रकाशन, 2017.
53. नेहरू, जवाहर लाल. मेरी कहानी. सस्ता साहित्य मंडल, 2011.
54. नैमिशराय, मोहन दास.अपने-अपने पिंजरे.नई दिल्ली : वाणी प्रकाशन, 1996.
55. पवार, उर्मिला. आयदान. सौ.माधवी प्र.देशपांडे (अनु.), नई दिल्ली : वाणी प्रकाशन, नई दिल्ली, 2010.
56. पवार, दया. अछूत.दिल्ली : राधाकृष्ण प्रकाशन प्रा. लि, 2010.
57. पाण्डेय, मैनेजर. अनभै सांचा.नई दिल्ली : वाणी प्रकाशन, प्रथम संस्करण-2012.
58. पाण्डेय, मैनेजर.आलोचना में सहमति-असहमति.नई दिल्ली : वाणी प्रकाशन, प्रथम संस्करण -2013.
59. पुष्पा, मैत्रेयी.सुनो मालिक सुनो.नई दिल्ली : वाणी प्रकाशन,2006.
60. पोद्दार, हनुमान एवं चिम्मनलाल, गोस्वामी (सं). संक्षिप्त श्रीमद्देवीभागवत.गोरखपुर : गीताप्रेस, संवत-2046.
61. बच्चन, हरिवंश राय. बसेरे से दूर. दिल्ली : राजपाल एंड सन्ज, 2010.
62. बच्चन, हरिवंश राय.क्या भूलूँ, क्या याद करूँ. दिल्ली : राजपाल एंड संस, 2011.
63. बनारसीदास. अर्धकथानक. रोहिणी चौधरी (अनु.), नई दिल्ली : पेंगुइन बुक्स.
64. बाल्मिकी, ओम प्रकाश. जूठन. नई दिल्ली : राधाकृष्ण प्रकाशन प्रा.लि., नई दिल्ली,1999.
65. बोहरा, मोहन कृष्ण.तसलीमा संघर्ष और साहित्य.नई दिल्ली : वाणी प्रकाशन,2016.
66. मण्डलोई, लीलधार और अरविंद. जैन स्त्री मुक्ति का सपना.नई दिल्ली : वाणी प्रकाशन, 2006.
67. मसीह, याकूब. तुलनात्मक धर्म-दर्शन.दिल्ली : मोतीलाल बनारसीदास, 1985.
68. महर्षि वेदव्यास. महाभारत. हनुमानप्रसाद पोद्दार (सं), पंडित रामनारायण शास्त्री पाण्डेय (अनु), गोरखपुर : गीता प्रेस.
69. माजी, महुआ.मैं बोरिशाइल्ला.नई दिल्ली : राजकमल प्रकाशन, प्रा.लि. प्रथमसंस्करण-2007, आवृत्ति-2013.
70. माधव, नीरजा. हिंदी साहित्य का ओझल नारी इतिहास (1857-1947).नई दिल्ली : सामयिक बुक्स, 2014.
71. मिश्र, दयानिधि (सं). लोक और साहित्य : अन्वय और समन्वय. नई दिल्ली : वाणी प्रकाशन, 2015.
72. मिश्र, विद्यनिवास. हिन्दू धर्म : जीवन में सनातन की खोज.नई दिल्ली : राजकमल प्रकाशन प्रा.लि, 2008.
73. मिश्र,अखिलेश. धर्म का मर्म. वंदना मिश्र(सं), नई दिल्ली : राजकमल प्रकाशन प्रा.लि. ,2003.
74. यादव, राजेंद्र (सं). देहरि भई विदेस. नई दिल्ली : किताबघर प्रकाशन, 2013.
75. यादव, राजेंद्र.कथा जगत की बागी मुस्लिम औरतें.नई दिल्ली : राजकमल प्रकाशन, प्रथम संस्करण-2008.
76. रमेंद्र. धर्म दर्शन सामान्य एवं तुलनात्मक.वाराणसी : मोतीलाल बनारसीदास, ISBN-81-208-3182-9.

77. रमेंद्र. समाज एवं राजनीतिदर्शन एवं धर्म दर्शन. नई दिल्ली : मोतीलाल बनारसीदास, ISBN -81-208-2713-9.
78. राजकिशोर. धर्म और धर्मसत्ता. नई दिल्ली : वाणी प्रकाशन, नई दिल्ली, 2015.
79. राजे, सुमन.हिंदी साहित्य का आधा इतिहास.नई दिल्ली : भारतीय ज्ञानपीठ, तृतीय संस्करण-2006.
80. राधाकृष्णन, सर्वपलल्ली.सत्य की खोज. डॉ एस.गोपाल (अनु).नई दिल्ली : राजकमल एंड संस, 2009.
81. वर्मा, महादेवी.श्रृंखला की कड़ियाँ.इलाहाबाद : लोकभारती प्रकाशन, 2008.
82. वर्मा, लक्ष्मीकांत. आधुनिक हिंदी कहानी के संदर्भ में अश्लीलता : एक विवेचन.इलाहाबाद : साहित्य भवन.
83. वर्मा, वेद प्रकाश. धर्मदर्शन की मूल समस्याएँ.दिल्ली : दिल्ली विश्वविद्यालय, 1991.
84. विपिनचंद्र. आधुनिक भारत का इतिहास.नई दिल्ली : ओरियंट ब्लैक स्वान, प्राइवेट लिमिटेड, 2016.
85. वेदव्यास. विष्णुपुराण. गोरखुर : गीताप्रेस.
86. शम्भूनाथ. हिंदी उपन्यास : राष्ट्र और हाशिया.नई दिल्ली : वाणी प्रकाशन, 2016.
87. शर्मा, अशोक कुमार. प्रारम्भिक समाज एवं राजनीति दर्शन. दिल्ली : मोतीलाल बनारसी दास, ISBN-81-208-3176-4.
88. शर्मा, गीतेश.धर्म के नाम पर.नई दिल्ली : राजकमल प्रकाशन, प्रा.लि., 2013.
89. शर्मा, जयदेव.अथर्ववेद संहिता भाष्य. अजमेर : श्री दुर्गा प्रिंटिंग प्रेस, 1958.
90. शर्मा, नसिरा.पारिजात.नई दिल्ली : किताबघर प्रकाशन, प्रथम संस्करण-2014.
91. शर्मा, रामविलास.परम्परा का मूल्याँकन.नई दिल्ली : राजकमल प्रकाशन, 1981.
92. शर्मा, श्रीराम आचार्य (सं). अथर्ववेद संहिता. शांतिकुंज हरिद्वार : ब्रह्मवर्चस, पंचम आवृत्ति, 2002.
93. शर्मा, श्रीराम आचार्य. ऋग्वेद संहिता.हरिद्वार : ब्रह्मवर्चस, चतुर्थ आवृत्ति-2001.
94. शर्मा, श्रीराम. समकालीन हिंदी साहित्य विविध विमर्श. 2009.
95. शर्मा, स्नेहलता. बच्चन की आत्मकथा : काव्यात्मक मूल्याँकन. दिल्ली : आर्य बुक डिपो, 1986.
96. शास्त्री, रामचंद्र वर्मा (टीकाकार).मनुस्मृति. नई दिल्ली : विद्या विहार,संस्करण-2007
97. शुक्ल, रामचंद्र. हिंदी साहित्य का इतिहास.नई दिल्ली : वाणी प्रकाशन, प्रथम संस्करण-2011, आवृत्ति-2015.
98. शुक्ल, रामचंद्र.चिंतामणि भाग-3. सं-नामवर सिंह.नई दिल्ली : राजकमल प्रकाशन, 1983.
99. श्रीमोहनदेवपंत(व्याख्याकार).हर्षचरितम्.नई दिल्ली : मोतीलाल बनारसीदास,1984.
100. सचदेव, पद्मा.बूँद बावड़ी.नई दिल्ली : वाणी प्रकाशन,1992.
101. सत्येन्द्र. निबंध निलय.नई दिल्ली : वाणी प्रकाशन, 2005.
102. सरन, शंकर.जिहादी आतंकवाद.नई दिल्ली : राजपाल एंड संस,ैठछ-978-81-7028-818-3.
103. सांकृत्यायन, राहुल. वैज्ञानिक भौतिकवाद.इलाहाबाद : लोकभारती प्रकाशन, ग्यारहवाँ संस्करण-2009.
104. सातवलेकर, दामोदर.कठोपनिषद.सूरत : भारत मुद्रणालय,1950.
105. सिंह, अरुण कुमार सिंहऔर आशीष कुमार सिंह (सं). व्यक्तित्व का मनोविज्ञान.दिल्ली : मोतीलाल बनारसीदास.
106. सिंह, कमलेश. हिंदी आत्मकथा स्वरुप और साहित्य, दिल्ली : नेशनल पब्लिशिंग हॉउस,1989.
107. सिंह, जगजीत.सरल गुरु ग्रन्थ साहिब एवं सिख धर्म.दिल्ली : प्रभात प्रकाशन.
108. सिंह, जयदेव एवं वासुदेव सिंह(सं). कबीर साखी सुधा.वाराणसी : विश्वविद्यालय प्रकाशन, 1988.
109. सिंह, जसवंत.खतरे में भारत.नई दिल्ली : राजपाल एंड संस, 2013.

110. सिंह, नामवर (सं). कार्ल मार्क्स :कला और साहित्य चिंतन. नई दिल्ली : राजकमल प्रकाशन, प्रथम संस्करण- 1991, आवृत्ति-2011.
111. सिंह, नामवर. कविता के नये प्रतिमान.नई दिल्ली : राजकमल प्रकाशन, प्रथम संस्करण -1990, आवृत्ति-2009.
112. सिंह, बच्चन. आधुनिक हिंदी आलोचना के बीज शब्द.नई दिल्ली : वाणी प्रकाशन, ISBN-81-7055-362-8.
113. सोबती, कृष्णा. गुजरात पाकिस्तान से गुजरात हिन्दुतान.नई दिल्ली : राजकमल प्रकाशन प्रा. लि., 2017.
114. स्वामी अड़गड़ानन्द. अमृतवाणी-भाग-5, गूढ़ पदों के संदेश.मुंबई : श्री परमहंस स्वामी अड़गड़ानन्द ट्रस्ट.
115. स्वामी ब्रह्मस्थानंद. स्वामी विवेकानंद साहित्य संचयन. रामकृष्ण मठ, 2006.
116. हुसैन, एम. एफ. एम.एफ.हुसैन की कहानी अपनी जुबानी. एम.एफ.हुसैन फाउंडेशन, मुंबई, 2002.

सहायक ग्रन्थ (अंग्रेजी) :

1. Deen, Haneefa. The Cresent and The Pen.Westport : Praeger Publisher,2006.
2. Engles,Friedrich. Origin of family. Private Property and The State, Penguin Group, 1884.
3. Hay,L.G. The Holy Bible in the Hindi Language, Vol&1.Allahabad: The Presbyterian Mission Press, 1851
4. John, Olive P., Richard W.Robins, and LawrenceA.Perwin (Ed.). Hnadbook of Personality: Theory and Research. NewYork: The Gulford Press, 2008.
5. Kropotkin, Peter. MutualAid:A Factor of Evolution. New York : Dover Publication Inc,ISBN .978&0875580241.
6. Linda R.,Anderson.Autobiography: New Critical Idiom. New York: Routledge,2001
7. Literature.Theology, Vol. 21. no.3, New Delhi : Oxford University Press, 2007
8. Masuzava, Tomoko. The Invetion of World Religions.London : The University Cicago Press Ltd, 2005.
9. Nasrin, Taslima. BangladeshA Country Of Terrorism. ISBN. 9781505997187.
10. Nasrin, Taslima. Esile :A memoir. New Delhi : Penguin publication, 2015.
11. Nayak, D. G.Art ofAutobiography. Poona : Vidarbh Marathwad Book Company, 1962.
12. Schendel, Willem Van.A History of Bangladesh.Cmabridge : University Printing House, 2009.
13. Sree, S. Prasanna. Psycho Dynamics of Women in post modern Literature. New Delhi : Sarup and Sons, 2008.

14. Wadud,Amina. Inside the Gender Jihad : Women Reform in Islam. London : One World Publication, 2006.
15. Wells, H.G. Eñperiment inAutobiography. Read Books Ltd., 2016.

पत्र-पत्रिका :

1. इण्डिया टुडे. साहित्य वार्षिकी 2017-18, नोएडा : लिविंग मीडिया लिमिटेड, नोएडा.
2. कथादेश. हरिनारायण (सं), फ़रवरी : 2006, दिल्ली.
3. कथादेश. हरिनारायण (सं). अप्रैल : 2014, दिल्ली.
4. कथादेश. हरिनारायण (सं). सितम्बर : 2008, दिल्ली.
5. कथादेश. हरिनारायण(सं). अंक-1, मार्च : 2008, दिल्ली.
6. दक्षिण कोसल. उत्तम कुमार(सं). वर्ष-1, अंक-5, फ़रवरी : 2015, छत्तीसगढ़
7. बहुवचन. गिरीश्वर मिश्र (सं). अशोक मिश्र, अंक-44, जनवरी-मार्च : 2015, वर्धा, महाराष्ट्र.
8. वागर्थ. दिसंबर : 2004, कोलकाता : भारतीय भाषा परिषद.
9. वागर्थ. सितम्बर : 2006, कोलकाता : भारतीय भाषा परिषद,.
10. समकालीन भारतीय साहित्य. अंक-77, मई-जून : 1998, नई दिल्ली.
11. समयाँतर. जून : 2015, दिल्ली.
12. हंस, अगस्त : 2011, नई दिल्ली : अक्षर प्रकाशन.
13. हंस. आत्मकथा अंक. प्रेमचंद(सं). प्रथम संस्करण, जनवरी-फ़रवरी : 1932, तृतीय आवृत्ति-2014, विश्वविद्यालय प्रकाशन, वाराणसी.
14. हंस. जनवरी : 2011, नई दिल्ली : अक्षर प्रकाशन.
15. हंस. मुस्लिम विशेषांक. राजेन्द्र यादव(सं). पूर्णांक-203, वर्ष-18, अंक-1, अगस्त : 2003. नई दिल्ली : अक्षर प्रकाशन.
16. हंस. राजेन्द्र यादव (सं), वर्ष -14, अंक- 6-7, जनवरी-फरवरी: 2000, नई दिल्ली : अक्षर प्रकाशन.
17. हंस. संजय सहाय (सं). वर्ष-32, अंक-3, अक्टूबर : 2017, नई दिल्ली : अक्षर प्रकाशन.
18. हंस. संजय सहाय (सं). वर्ष-32,अंक-2, सितम्बर : 2017, नई दिल्ली : अक्षर प्रकाशन.
19. हंस. स्त्री-विशेषांक. राजेन्द्र यादव(सं). पूर्णांक -277, वर्ष-24, अंक-4, नवम्बर : 2009, नई दिल्ली ; अक्षर प्रकाशन.
20. हंस. स्त्री-विशेषांक. राजेन्द्र यादव(सं). पूर्णांक-161, वर्ष-14, अंक-6-7, जनवरी-फ़रवरी : 2000, नई दिल्ली : अक्षर प्रकाशन.
21. हंस.मार्च : 2010. नई दिल्ली : अक्षर प्रकाशन.

शब्दकोश :

1. Adamec, Ludwig (2009). Historical Dictionary of Islam, 2nd Edition. Lanham: Scarecrow Press, Inc, Gibb, H.A. R. (editor) (1960).
2. Pathak, R. C., Bhargav (Ed), Dictionary Hindi-English. Varanasi : Bhargav Book Dipot ,2008.
3. Verma, S. K, Sahay, R. N (Ed). Oñford English Hindi Dictionary. New Delhi : Oñford University Press,53rd Impression, 2013.
4. डॉ. नगेन्द्र (सं.). मानविकी पारिभाषिक कोश (साहित्य खंड). दिल्ली : राजकमल प्रकाशन.
5. दुबे, अभय कुमार (सं.).समाज विज्ञान विश्वकोश(खड-1). दिल्ली : राजकमल प्रकाशन, 2013.

6. पाण्डेय, राजबली (सं.). हिन्दू धर्मकोश. आगरा : उ.प्र. हिंदी संस्थान.
7. बाहरी, हरदेव (सं.).संक्षिप्त हिंदी शब्दकोश. दिल्ली : राजपाल एंड संस.
8. वर्मा, रामचंद्र.मानक हिंदी कोश (खंड-1). प्रयाग : हिंदी साहित्य सम्मेलन.
9. वर्मा,रामचंद्र (सं.). उर्दू-हिंदीकोश. इलाहाबाद : लोकभारती प्रकाशन,इक्कीसवाँ संस्करण-2011.
10. श्रीवास्तव, मुकंदीलाल (सं.). ज्ञान शब्दकोश. बनारस : ज्ञान मंडल लिमिटेड, 1965.

अंतर्जालिक स्त्रोत :

1. ^Autobigraphy*.Britan nica.com.https: //www.britannica.com/art/ autobiography- literature, 26August 2016.
2. ^Constitution of Bnagladesh*. constituteproject.org, 20August 2016.
3. ^dykokn*. wikipedia. flracj. 2014, https: //hi.wikipedia.org/wiki/dykokn, (6August 2016).
4. Autobiography.CambridgeDictionary, https://dictionary.cambridge.org/ dictionary/ english/autobiography, 26August 2016.
5. Autobiography. Wikipedia, Creative CommonsAtribution. 25August 2016, https: //en.wikipedia.org/wiki/Autobiography#cite;ref-1, 26August 2016.
6. Bacan, Candce. ^The Genre ofAutobiography: Definition and Chrachterstics*.11may2016 ,https://letterpile.com/writing/ TheGenreof Autobiography, 27 September 2016.
7. bangladesh penal code article -292 -http: //bdlaws .minlaw. gov.bd/print ;sections;all.php\id¾11, 26 November 2017.
8. http: //archive.thedailystar.net/forum/2006/december/taslima.htm ,24April 2016.
9. http: //aryamantavya.in/quran-ishwariya-vaani/, 18 October 2017.
10. http: //bharatdiscovery.org/india, 23 July 2017.
11. http: //bharatdiscovery.org/india/lkekftd-èkkfeZd;lqèkkj;vkUnksyu,18 October 2017.
12. http: //hindisamay.com/kahani/Ek»20pathak.htm, vuq.-vfuy tufot;, 18 July 2017.
13. http: //kavitakosh.org/kk/vkRedF;/;/;t;'kadj;çlkn, 20 February 2017.
14. http: //kavitakosh.org/kk/pancjnkbZ;/;ifjp;, 20 February 2017.
15. http: //saahityaalochan.blogspot.in/2008/08/blog-post;2139.html,19 November 2017.
16. http: //sanskritbhasi.blogspot.in/2014/05/blog-post;17.html, 28April 2017.
17. http: //www.bbc.com/hindi/india/2012/02/120203;tasleema;politics;ss, 10 July 2016.
18. http: //www.bbc.com/hindi/india-41228101, 10 November 2017.
19. http: //www.bbc.com/hindi/news2012/08/120828;blasphemy;laws;qa;ss. shtml, 23 November 2017.
20. http: //www.hindisamay.com/content/1145/1/लेखक-दुखिनीबाला -की-आत्मकथा-सरला- एक-विधवा-की-आत्मजीवनी.ब॰चे, 28 February 2016.
21. http: //www.hindisamay.com/content/2056/1/हरिवंश- राय-बच्चन-की-कविताए -कवि-की- वासना.बेच॰, 20April 2017.
22. http: //www.hindisamay.com/content/6136/ 1/लेखक-वैभव-सिं ह-का-लेख-जादुई-यथार्थवाद-एवं-मार्खेज.बेच॰, 18 September 2016.
23. http: //www.hindisamay.com/content/7231/1/y `खक-ईमान-मर्सल-का -आत्मकथ्य-कुछ-पुर्जियाँ-कुछ-चिन्दियाँ.बेच॰, 17 November 2017.
24. http: //www.jagran.com/editorial/apnibaat-8828606.html, 9 November 2017.

25. http: //www.joharkhabar.com/culture/interview-ramesh- bhagat-and- hans da- sowvendra-shekhar, 12 January 2018.
26. http: //www.kalkajyotish.com/fgUnw-èkeZ, 15 June 2017.
27. http: //www.nationsonline.org/oneworld/map;of;southeast;asia.htm ,18 January 2018.
28. http: //www.ohchr.org /EN/NewsEvents/Pages/DisplayNews.aspñ\News ID¾1 6401-LangID¾E, 28 September 2017.
29. http: //www.pewresearch.org/fact-tank/2017/10/03/key-facts-abo ut- government- f avored-religion-around-the-world/, 12 January 2018.
30. http: //www.scotbuzz.org/2017/10/vyaktitv-evam-manav-vyavahar. html,12 October 2016.
31. http: //www.thehindu.com/todays-paper/tp-nati onal/tp-kerala /Taslimar squos- ls quoShame-Againrsquo- in-Malayalamarticle 16622293.ece, 18April 2017.
32. https: //en.wikipedia.org/wiki/C onstitution;of ;Bangladesh, 16 July 2017.
33. https: //en.wikipedia.org/wiki/Demographics;of;Bangladesh,18 October 2017.
34. https: //en.wikipedia.org/wiki/Devil's;advocate, 18 October 2017.
35. https: //en.wikipedia.org/wiki/Eastern;Christianity, 25 July 2016.
36. https: //en.wikipedia.org/wiki/Feminism, 12 January 2018.
37. https: //en.wikipedia.org/wiki/Gordon;Allport, 30April 2017.
38. https: //en.wikipedia.org/wiki/History;of;Bangladesh, 20 October 2017.
39. https: //en.wikipedia.org/wiki/Interfaith;dialogue, 28 September 2017.
40. https: //en.wikipedia.org/wiki/Islam;and;blasphemy, 23 November 2017.
41. https: //en.wikipedia.org/wiki/Religion, 15 May 2017.
42. https: //en.wikipedia.org/wiki/Shamanism, 18 July 2017.
43. https: //en.wikipedia.org/wiki/Shinto, 28 September 2017.
44. https: //hi.wikipedia.org/wiki, 28 September 2017.
45. https: //hi.wikipedia.org/wiki/vksfon, 30 November 2017.
46. https: //hi.wikipedia.org/wiki/ikjlh;èkeZ, 28 May 2017.
47. https: //hi.wikipedia.org/wiki/i`Foh;dk;bfrgkl, 18 October 2017.
48. https: //hi.wikipedia.org/wiki/cgkbZ;/eZ, 16 May 2017.
49. https: //hi.wikipedia.org/wiki/cksu /eZ, 28 September 2017.
50. https: //hi.wikipedia.org/wiki/ekuorkokn, 12 September 2017.
51. https: //hi.wikipedia.org/wiki/;wjksih;;भागुभार, 18 October 2017.
52. https: //hi.wikipedia.org/wiki/लाहौर;ladYiuk, 21 October 2017.
53. https: //hi.wikipedia.org/wiki/संयुक्त;राज्य;अमेरिका;में;अमेरिकी;मूल;निवासी, 28 May 2017.
54. https: //hi.wikipedia.org/wiki/fgUnw èkeZ, 16 May 2017.
55. https: //kafila.online/2017/06/01, 17August 2016.
56. https: //khabar.ndtv.com/news/blogs/ravish-kumar-wr ites-about-the-relation- between-religion-and-politics-1451529, 9 November 2017.
57. https: //naidastak.wordpress.com/2013/07/07/criticism;of;religion,18 October 2017.
58. https: //navbharattimes. indiatimes. com/world/pakistan /christian-man-sentenced-t o-death-for-blasphemy-in- pakistan/articleshow /60703085, (24 November 2017).
59. https: //omprakashkashyap.wordpress.com/category/Iysटो-के-आदर्श- राज्य-की-शिक्षानीति, 21 October 2017.
60. https: //preachingsofbuddha. blogspot. in/2014/10/blog-post;21.html, 28April 2017.

61. https: //pushpakpkr.wordpress.com/2017/04/06/hindu-dharm-ka -itihas -history/, 28 May 2017.
62. https: //samadhanrps.wordpress.com/2016/05/14euq";;dh;mRifÙk;dgk¡; D;ksa;dSls, 18 October 2017.
63. https: //samaybuddha.wordpress.com/2015/02/18/dharm-ke- naam-par-har- galat-sahi-ho-jata-hai, 12April 2016.
64. https: //www.ancestryofman.com, 31 October 2017.
65. https: //www.bbc.com/hindi/india/2016/02/160210;islam;many;sects;pk, (18August 2017.
66. https: //www.bbc.com/hindi/india2015/11 /151123;taslima; nasrin;no ;birth;women;revolution;du, 12 January 2018.
67. https: //www.brainyquote.com/quotes/keywords/eñile.htm, 12 December 2017.
68. https: //www.b ritannica.com/topic/classification-of-religions, 3 November 2017.
69. https: //www.facebook.com/public/Badrul-Hasan, 22 February 2016.
70. https: //www.hindujagruti.org/hindi/news/79249.html, 18 October 2017.
71. https: //www.linkedin.com/pulse/women-righ ts-bangladesh-consti tution-omar-faruk-stranger, 12 December 2017.
72. https: //www.merriam-webster.com/dictionary/feminism, 12 January 2018.
73. https: //www.thoughtco.com/current-world-population-1435270,18 October 2017.
74. https: //www.uah.edu/woolf/feminism;kinds.htm, 16April 2017.
75. literarism.blogspot.com, 16 July 2017.
76. Schuilenburg,Marc. ^Behave or be banned\ Banning orders and selective exclusion from public space*.https: //www.researchgate.net/profile/Marc; Schuilenburg\, 12 February 2018.
77. www.gyutenburg.org, 12 January 2018.
78. www.postcolonialweb.org/poldiscourse/eñile.htmlon, 31 October 2017.
79. अग्रवाल, रोहिणी. 'भारतीय उपमहाद्वीप का स्त्री लेखन : स्त्री सशक्तीकरण की अनुगूँजें'. http: //www.streekaal.com/2017/12/women-wri thing-in-India n-sub- continent. html, 16 January 2018.
80 .गुप्ता, ज्योति. 'स्त्री आत्मकथा: आत्माभिव्यक्ति और मुक्तिप्रश्न'. स्त्री काल, 2016,http;//www.google.co.in/search\/¾en-q¾relatedeconomictimes.indiatimes.com/articleshow/msid-3504762, flstny-1cm), 6August 2016.
81. चतुर्वेदी, जगदीश्वर. 'अस्मिता और आत्मकथा की चुनौतियाँ'. जिजच: // हंकलांवी .वतह/हा/ अस्मिता; और;आत्मकथा;की;चुना ैतियाँ;(रश्मिरथी;के;प्रसंग;में;) /;जगदीश्वर चतुर्वेदी, 16 March 2016.
82. तलवार, वीर भारत.'स्त्री विमर्श : इससे दयनीय कोई दूसरा विमर्श नहीं है हिंदी में'. https: //tirchhispelling.wordpress.com/tag/L=kh-foe'kZ/, 22 February 2017.
83. पाखी, फ़रवरी 2013, जिजच: //ूचीप.पद/मिइ-13/इवनज;चीप.चीच प्रसंग;में);/;जगदीश्वर चतुर्वेदी, 18August 2017.
84. मसीवाल, भावना.'जेंडर की अवधारणा और अन्या से अनन्या'. 'स्त्री काल', http: //www.streekaal.com/2014/10/blog-post;29.html, 12 January 2018.
85. मीणा, जय सिंह.श्दलित साहित्य : शालीनता का प्रश्न'.http: //www. debateonline.in /301113/, 18 November 2017.
86. मैनेजर पाण्डेय, साहित्य और इतिहास दृष्टि, google book.

www.ingramcontent.com/pod-product-compliance
Lightning Source LLC
LaVergne TN
LVHW090301051026
849518LV00005B/1596